Dieser erotische, farbige, handlungsreiche Roman über die Mambo Kings Castillo ist so rhythmisch und pulsierend, so lebensvoll und melancholisch wie der Mambo selbst. 1949: Zwei kubanische Musiker, Nestor und Cesar, sind aus ihrer Heimat Kuba nach New York aufgebrochen, um die ›Yankees‹ mit ihrer Musik zu erobern. Zu Beginn der Mambo-Ära müssen die beiden tagsüber noch kleinen Gelegenheitsjobs nachgehen. Aber dann kommt der Durchbruch in den Dance Halls. Mit ihrem Orchester – Nestor spielt Trompete, Cesar singt – spielen sie berauschend ihre brandend-sinnliche Musik, die ihnen den Titel *Mambo Kings* einträgt. Dies ist ihr großer Lebensaugenblick, an den sie sich noch dreißig Jahre später mit Wehmut zurückerinnern. Oscar Hijuelos beschreibt facettenreich die Castillo-Brüder, ihre Familien, Freunde, Geliebten und Frauen, erweckt eine fast vergessene Epoche, die Eisenhower-Jahre, wieder zum Leben. Der Roman ›Die Mambo Kings spielen Songs der Liebe‹, ein Roman über Leidenschaft und Verlangen, Verlust und Sehnsucht – und vor allem über die Musik der frühen fünfziger Jahre – war in den USA ein Bestseller. Er wurde 1990 mit dem Pulitzer-Preis ausgezeichnet.

Oscar Hijuelos   wurde als Sohn kubanischer Eltern 1951 in New York geboren. Sein ganzes Leben stand im Zeichen dieser Stadt: er ging dort zur Schule, musizierte früh mit puertorikanischen Bands (er spielt Gitarre), lernte boxen, studierte am City College Literatur. Die Welt seiner kubanischen Vorfahren und deren Emigration nach New York bilden immer wieder den Hintergrund für seine Romane. Oscar Hijuelos lebt in New York.
Im S. Fischer Verlag erschien vom selben Autor ›Unser Haus in der letzten Welt‹.

Oscar Hijuelos

Die Mambo Kings
spielen Songs der Liebe

Roman

Deutsch von Michael Strand

Fischer Taschenbuch Verlag

Die Figuren des Romans sind frei gestaltet,
auch wenn es für einige von ihnen historische Ausgangspersonen gibt.

Veröffentlicht im Fischer Taschenbuch Verlag GmbH,
Frankfurt am Main, Juni 1992

Lizenzausgabe mit freundlicher Genehmigung des
S. Fischer Verlags GmbH, Frankfurt am Main
Die amerikanische Originalausgabe erschien 1989
unter dem Titel ›The Mambo Kings Play Songs of Love‹
im Verlag Farrar, Straus and Giroux, New York
© 1989 by Oscar Hijuelos
Copyright für die deutsche Ausgabe
© 1990 S. Fischer Verlag, Frankfurt am Main
Umschlaggestaltung: Buchholz/Hinsch/Hensinger
Umschlagabbildung: Fred Marcellino
Druck und Bindung: Clausen & Bosse, Leck
Printed in Germany
ISBN 3-596-11335-0

. . . ein Knopfdruck nur an Ihrem Plattenspieler, und der Traum von der wogenden See und einem Rendezvous zum Tanzen auf einer Terrasse in Havanna oder in einem schicken Nachtclub wird Wirklichkeit. Wenn Ihnen die Zeit fehlt, nach Havanna zu fahren, oder wenn Sie Erinnerungen an eine frühere Reise auffrischen möchten, diese Musik macht's Ihnen möglich . . .

Text des Plattencovers von
*The Mambo Kings Play
Songs of Love*

TMP 1113

Orchestra Records
1210 Lenox Avenue
New York, New York

1957

*E*s war an einem Samstagnachmittag in der La Salle-Street, Jahre und Jahre ist das her, ich war noch ein Kind, und so gegen drei machte Mrs. Shannon, die dicke Irin in ihrem Kleid mit den ewigen Suppenflecken drauf das hintere Fenster auf und rief in den Hof hinunter: »He, Cesar, juhu, ich glaub', Sie sind im Fernsehen, ich könnte schwören, der da sind Sie!« Als ich die Kennmelodie der *I Love Lucy*-Show hörte, wurde ich aufgeregt, weil ich wußte, daß sie von etwas Unvergänglichem sprach, von der Folge, in der mein verstorbener Vater und mein Onkel Cesar aufgetreten waren, als Ricky Ricardos singende Cousins, frisch von der Farm in der Provinz Oriente auf Kuba und oben im Norden für ein Engagement in Rickys Nachtclub, dem Tropicana.

Das kam der Wahrheit ihres wirklichen Lebens ziemlich nahe – sie waren Musiker und Komponisten, die 1949 aus Havanna nach New York gekommen waren, im selben Jahr gründeten sie die Mambo Kings, ein Orchester, das Clubs, Tanzlokale und Varietés an der Ostküste füllte – und das Tollste von allem war, sie machten eine fabelhafte Reise in einem flamingorosa Bus zu Sweet's Ballroom drüben in San Francisco, wo sie in einer Nacht der Mambo All-Stars auftraten, eine wunderbare Nacht des Ruhms, über den Tod hinaus, den Schmerz und alle Stille.

Desi Arnaz hatte eines Abends ihren Auftritt in einem Nachtclub irgendwo auf der Westside gesehen, und weil sie sich vielleicht schon von Havanna oder der Provinz Oriente her kannten, wo Arnaz, wie auch die beiden Brüder, herkam, war es nur natürlich, daß er sie einlud, in seiner Show aufzutreten. Eine von ihren Nummern mochte er ganz besonders, einen romantischen Bolero, den sie selbst geschrieben hatten, »Beautiful Maria of My Soul.«

Ein paar Monate später (wie viele genau, weiß ich nicht, ich war gerade fünf), begannen sie mit den Proben für den unsterblichen Auftritt meines Vaters in dieser Show. Für mich war das leichte Pochen meines Vaters an Ricky Ricardos Tür seitdem immer wie ein Zeichen aus dem Jenseits, wie in Draculafilmen oder in den Filmen mit den lebenden Toten, wo Geister hinter Grabsteinen hervorwallen oder durch die zerbrochenen Fenster und morschen Fußböden von düsteren alten Gängen steigen: Lucille Ball, die wunderschöne, rothaarige Schauspielerin und Komikerin, die Rickys Frau spielte, war gerade am Saubermachen, als sie das Pochen meines Vaters an der Tür hörte.

»Ich kooomme«, rief ihre singende Stimme.

Vor ihr in der Tür zwei Männer in Seidenanzügen mit Schleifen wie Schmetterlingen um den Hals, mit schwarzen Instrumentenkoffern neben sich und weißen Hüten mit schwarzen Bändern in der Hand – mein Vater, Nestor Castillo, dünn und breitschultrig, und Onkel Cesar, massig und sehr, sehr groß.

Mein Onkel: »Mrs. Ricardo? Mein Name ist Alfonso, und das hier ist mein Bruder Manny . . . «

Und ihr Gesicht leuchtet auf und sie sagt: »Ah, die Jungs aus Kuba. Ricky hat mir schon alles von euch erzählt.«

Dann, als sie auf der Couch sitzen, kommt Ricky herein, einfach so, und sagt etwas wie: »Manny, Alfonso! Mann, ist ja riesig, daß ihr es noch geschafft habt, rechtzeitig zur Show von Havanna hierher zu kommen.«

An dieser Stelle lächelte mein Vater. Als ich zum ersten Mal eine Wiederholung sah, fielen mir noch andere Dinge von ihm ein – wie er mich hochhob, wie er nach Rasierwasser roch, wie er mir über den Kopf streichelte, wie er mir einen Zehner schenkte, wie er mein Gesicht berührte, wie er pfeifen konnte, wie er mit mir und meiner kleinen Schwester Leticia im Park spazierenging, und so viele andere Dinge, die in meinem Kopf alle gleichzeitig passierten, und es war, als würde man etwas ganz Bedeutendes ansehen, sagen wir, die Auferstehung von den Toten, so als wäre Christus aus seinem Grab herausgetreten und hätte die Welt mit Licht überflutet – wie wir es bei uns in der Kirche mit den großen roten Türen gelernt hatten –, weil mein Vater jetzt wieder lebendig war und seinen Hut abnehmen und sich auf die Couch in Rickys Wohnzimmer setzen konnte, mit seinem schwarzen Instrumentenkoffer auf dem Schoß. Er konnte Trompete spielen, den Kopf bewegen, mit den Augen zwinkern, nicken, durchs Zimmer gehen und »danke« sagen, wenn man ihm einen Kaffee anbot. Für mich war das ganze Zimmer plötzlich erfüllt von einem silbrigen Leuchten. Und jetzt wußte ich, daß wir das alles wieder sehen konnten. Mrs. Shannon hatte in den Hof hinuntergerufen, um meinem Onkel Bescheid zu sagen: Ich war schon oben in seinem Apartment.

Mein Herz schlug rasend schnell, als ich den großen Schwarzweißfernseher bei ihm im Wohnzimmer andrehte und versuchte, ihn zu wecken. Mein Onkel war in der Küche eingeschlafen – er hatte die Nacht zuvor wirklich lange gearbeitet, irgendein Job in einem Gesellschaftsclub in der Bronx, wo er mit einer zusammengewürfelten Band von Musikern sang und Trompete spielte. Er schnarchte, sein Hemd war offen, ein paar Knöpfe waren über dem Bauch aufgesprungen. Zwischen dem feingliedrigen Zeige- und Mittelfinger seiner rechten Hand brannte eine Chesterfield-Zigarette bis auf den Filter herunter, in der Hand hatte er immer noch ein halbes Glas Roggenwhisky, den er in den letzten Jahren wie verrückt in sich hineinschüttete, weil er an bösen Träumen litt, Geister sah, weil er glaubte, er sei verflucht, und trotz all der Frauen, die er in sein Bett nahm, sein Dasein als Junggeselle einsam und mühselig fand. Aber das wußte ich damals noch nicht, ich dachte, daß er schlief, weil er die Nacht zuvor so hart gearbeitet hatte, sieben oder acht Stunden lang Singen und Trompetespielen. Ich rede von einer Hochzeitsparty in einem überfüllten, verrauchten Saal (mit verriegelten Feuertüren), von neun Uhr abends bis vier, fünf Uhr früh, bei der die Band immer ein, zwei Stunden lang ohne Pause durchspielte. Ich glaubte, er müsse einfach ausruhen. Wie hätte ich auch wissen können, daß er regelmäßig heimkam und, angeblich um abzuschalten, erst ein Glas Whisky runterstürzte, dann noch eins und noch eins, so lange, bis er den Ellbogen auf dem Tisch aufstützen mußte, um sein Kinn draufzulegen, weil er anders den Kopf nicht mehr hochhalten konnte. Aber an diesem Tag lief ich in die Küche, um ihn aufzuwecken, damit auch er die Sendung sehen konnte; ich rüttelte ihn sachte und zog an seinem Ellbogen, was ein Fehler war, denn es wirkte so, als hätte ich einer fünfhundert Jahre alten Kirche die Stützpfeiler weggezogen: Er kippte einfach um und krachte zu Boden.

Im Fernsehen lief gerade ein Werbespot, und weil ich daher wußte, daß mir nicht viel Zeit blieb, fing ich an, sein Gesicht zu tätscheln, ihn an seinen hochroten, heißen Ohren zu ziehen, daran zu zerren, bis er schließlich ein Auge aufmachte. Beim Versuch, klar zu sehen, erkannte er mich anscheinend nicht, denn er fragte: »Nestor, was machst denn du hier?«

»Ich bin's, Onkel, ich, Eugenio.«

Ich sagte das in einem richtig ernsthaften Ton, genau wie der kleine Junge, der sich in *Der alte Mann und das Meer* immer bei Spencer Tracy rumdrückt; ich glaubte wirklich an meinen Onkel und nahm jedes Wort von ihm, jede Berührung in mich auf, als ob es Manna wäre aus einem Reich von großer Schönheit, himmelhoch über mir, seinem Herz. Ich zerrte wieder an ihm, und er öffnete die Augen. Diesmal erkannte er mich.

Er sagte: »Du?«

»Ja, Onkel, steh auf. Bitte, steh auf. Du bist wieder im Fernsehen. Komm schon.«

Eines muß ich über meinen Onkel Cesar sagen, es gab wenig, das er damals nicht für mich getan hätte, und so nickte er und versuchte, sich vom Boden hochzustemmen, kam auf die Knie, hatte Mühe mit dem Gleichgewicht und fiel dann nach hinten. Der Kopf muß ihm wehgetan haben: in seinem Gesicht zuckte es vor Schmerz. Dann schien er wieder zu schlafen. Aus dem Wohnzimmer kam die Stimme von Rickys Frau, die wie üblich mit ihrer Nachbarin Ethel Mertz Pläne schmiedete, um an eine Rolle in Rickys Show im Tropicana zu kommen, und ich wußte, daß die beiden Brüder bereits im Apartment gewesen waren – an der Stelle hatte Mrs. Shannon in den Hof hinuntergerufen –, daß in ungefähr fünf Minuten mein Vater und mein Onkel auf der Bühne des Tropicana stehen würden, bereit, dieses Lied zu spielen. Ricky würde sich das Mikrophon nehmen und sagen: »Schön, Leute, jetzt habe ich etwas ganz Besonderes für Sie. Meine Damen und Herren, ich freue mich, Ihnen präsentieren zu dürfen: Direkt aus Havanna, Kuba – Manny und Alfonso Reyes!« Und gleich darauf würden mein Vater und mein Onkel Seite an Seite dastehen, lebendig, atmend, so daß alle Welt sie sehen konnte, wie sie im Duett diesen *canción* spielten.

Als ich meinen Onkel schüttelte, machte er die Augen auf und gab mir seine Hand, die hart war und schwielig von dem anderen Job, den er damals hatte, als Hausmeister, und er sagte: »Hilf mir auf, Eugenio. Hilf mir.«

Ich zog mit aller Kraft, aber es war aussichtslos. Trotzdem versuchte er es: mit viel Mühe richtete er sich auf ein Knie auf und begann dann, die Hand auf den Boden gestützt, sich von neuem hochzustemmen. Als ich noch einmal zog, kam er wundersamerweise langsam hoch. Dann schob er meine Hand weg und sagte:

»Geht schon, Junge.«

Die eine Hand auf dem Tisch, die andere auf dem Heizungsrohr, zog er sich hoch, bis er stand. Einen Moment lang ragte er wie ein Turm über mir, schwankend, als würde der Wind mächtig durchs Apartment blasen. Glücklich führte ich ihn über den Flur in Richtung Wohnzimmer, aber an der Tür fiel er wieder hin – nicht, daß er einfach umfiel, er stürzte vorwärts, als wäre der Boden plötzlich abschüssig geworden, und wie aus einer Kanone geschossen schlug er, wumms!, gegen das Bücherregal im Flur, in dem er stapelweise Platten aufbewahrte, darunter eine Menge von den schwarzen, zerbrechlichen 78ern, die er zusammen mit meinem Vater und ihrer Gruppe, den Mambo Kings, aufgenommen hatte. Die kamen mit Karacho herunter, die gläsernen Regaltüren sprangen auf, die Platten schossen heraus, drehten sich wie die fliegenden Untertassen im Kino und zerbrachen in tausend Stücke. Das ganze Regal kam gleich hinterher und krachte neben ihm auf den Boden: die Aufnahmen von »*Bésame Mucho*«, »*Acércate Más*«, »*Juventud*«, »Twilight in Havana«, »Mambo Nine«, »Mambo Number Eight«, »Mambo for a Hot Night« und ihre schöne Version von »Beautiful Maria of My Soul« – sie alle gingen in Scherben. Dieser Sturz wirkte ernüchternd auf meinen Onkel. Plötzlich richtete er sich ganz von allein auf einem Knie auf, dann auch auf dem anderen, stand auf, lehnte sich gegen die Wand und schüttelte den Kopf.

»*Bueno*«, sagte er.

Er folgte mir ins Wohnzimmer und setzte sich hinter mich. Ich saß in einem großen Polstersessel, den wir aus dem Keller heraufgeschleppt hatten. Er blinzelte auf den Bildschirm und sah sich selbst und seinen jüngeren Bruder, den er trotz ihrer Schwierigkeiten miteinander sehr geliebt hatte. Er schien zu träumen.

»Schön, Leute«, sagte Ricky Ricardo, »jetzt habe ich etwas ganz Besonderes für Sie . . . «

Die beiden Musiker in ihren weißen Seidenanzügen mit Schleifen groß wie Schmetterlinge gingen ans Mikrophon, mein Onkel hatte eine Gitarre in der Hand und mein Vater seine Trompete.

»Danke, dankesehr. Und jetzt eine kleine Nummer, die wir geschrieben haben . . . « Und Cesar begann auf der Gitarre zu zupfen, und mein Vater hob seine Trompete an die Lippen und spielte den Anfang von »Beautiful Maria of My Soul«, und eine wunderschöne Melodie erfüllte schwebend leicht den Raum.

Sie sangen das Lied so, wie sie es geschrieben hatten – auf Spanisch. Mit dem Ricky Ricardo-Orchester hinter ihnen, wandten sie sich einander zu und stimmten im Duett eine Zeile an, die, grob übersetzt, ungefähr so geht: »Welch süßen Schmerz hat mir durch diese Frau die Liebe doch gebracht.«

Mein Vater ... Er sah so lebendig aus ...

»Onkel!«

Onkel Cesar hatte sich eine Zigarette angezündet und war eingeschlafen. Die Zigarette war ihm aus der Hand geglitten und brannte sich in die gestärkte Manschette seines weißen Hemdes. Ich machte sie aus, und dann öffnete mein Onkel wieder die Augen und lächelte. »Eugenio, tu mir einen Gefallen. Hol mir was zu trinken.«

»Aber Onkel, willst du dir nicht die Show ansehen?«

Er gab sich wirklich alle Mühe, aufmerksam zu sein und hinzusehen.

»Schau doch, es sind du und Papa.«

»*Coño, sí* ...«

Das Gesicht meines Vaters mit seinem Pferdegrinsen, die geschwungenen Augenbrauen, die großen fleischigen Ohren – ein Familienmerkmal – dieser leichte Ausdruck von Schmerz, das Tremolo in seiner Stimme, wie schön mir das alles vorkam ...

Und so sauste ich in die Küche und kam mit einem Glas Roggenwhisky wieder; ich rannte so schnell, wie ich nur konnte, ohne etwas zu verschütten. Ricky war zu den Brüdern auf die Bühne gegangen. Ihr Auftritt gefiel ihm entschieden, denn zugleich mit dem letzten Ton riß er die Hand in die Höhe und rief »Olé!«, und eine dicke Locke seines dichten schwarzen Haares fiel ihm in die Stirn. Und dann verbeugten sie sich, und das Publikum applaudierte.

Die Show ging weiter. Es folgten ein paar komische Einlagen: ein verkleideter Stier mit einem Blumengebinde um die Hörner tanzte einen irischen Jig; dabei stieß er Ricky mit seinen Hörnern in den Hintern und brachte ihn sosehr in Rage, daß ihm die Augen hervorquollen und er sich mit der flachen Hand auf die Stirn schlug und anfing, tausend Worte in der Sekunde Spanisch zu reden. Aber an diesem Punkt war mir das alles unwichtig, das Wunder war vorbei, die Wiederauferstehung eines Menschen, wie es der Herr uns verheißen hatte, damals glaubte ich fest daran, die Erlösung vom Schmerz und von der Mühsal dieser Welt.

A-Seite

Im Hotel Splendour
1980

*F*ast fünfundzwanzig Jahre, nachdem er und sein Bruder in der *I Love Lucy*-Show aufgetreten waren, hatte Cesar Castillo unter der elenden Hitze einer Sommernacht zu leiden, und er goß sich noch einen Drink ein. Er war in einem Zimmer im Hotel Splendour Ecke 125ste Straße und Lenox Avenue, nicht weit von der engen Treppe, die zu den Tonstudios von Orchestra Records hinaufführte, wo seine Gruppe, die Mambo Kings, ihre fünfzehn schwarzen, zerbrechlichen 78er produziert hatte. Gut möglich im Grunde, daß es dasselbe Zimmer war, in dem er einmal ein appetitliches, langbeiniges Partygirl namens Vane aufs Kreuz gelegt hatte, die Miß Mambo des Monats Juni 1955. Damals war alles anders: auf der 125sten Straße gab es einen Club neben dem anderen, es gab weniger Gewalt, weniger Bettler, die Leute hatten mehr Achtung voreinander; er konnte von seinem Apartment in der La-Salle-Street aus spät nachts noch spazierengehen, den Broadway entlang, dann auf der 110ten Straße rüber nach Osten zum Central Park und seinen verschlungenen Wegen folgen, über die kleinen Brücken über Flüßchen und Felsen, den Duft der Bäume und die Schönheit der Natur sorglos genießen. Oft kam er dann in den Park Palace Ballroom auf der Fifth Avenue 3, um Machito oder Tito Puente zu hören, Musikerfreunde an der Bar zu treffen, Frauen aufzureißen, zu tanzen. Man konnte durch den Park gehen, seine besten Sachen anhaben und eine hübsche, teure Uhr tragen, ohne daß man Angst haben mußte, daß einer von hinten kam und einem ein Messer in den Hals drückte. Mann, die Zeiten waren für immer vorbei.

Er lachte: was hätte er nicht alles drum gegeben, wenn er körperlich noch so gut beisammen wäre wie damals, als er achtunddreißig war und mit Miß Mambo die Treppe hinauf aufs Zimmer ging. Er lebte damals nur für diesen Augenblick, wenn er eine Frau auf einem Bett ausziehen konnte: Miß Vanna Vane aus Brooklyn, New York, hatte ein Muttermal auf ihrer rechten Brust gleich unter dem Nippel, und sein großes Ding kam, bums!, hoch wie nichts, wenn er den Busen einer Frau nur berührte oder ganz nah bei ihr stand und die Wärme zwischen ihren Beinen spürte. Die Frauen trugen hübschere Kleider damals, raffiniertere, feinere Sachen, und es machte mehr Spaß, ihnen beim Ausziehen zuzusehen. Ja, vielleicht war dies das Zimmer, wo er immer mit Vanna Vane hingegangen war, in jenen glorreichen, endlosen Nächten vor langer Zeit.

Er saß am Fenster im Flimmerlicht der Straße, sein schwermütiges Hundegesicht mit den Hängebacken leuchtete wie weißer Stein. Er hatte sich einen kleinen Plattenspieler mitgebracht, der früher mal seinem Neffen Eugenio gehört hatte, und einen Stoß alter Platten, die seine Gruppe, die Mambo Kings, in den frühen Fünfzigern gemacht hatten. Eine Kiste Whisky, eine Stange Zigaretten – Chesterfield ohne Filter (»Rauchen Sie Chesterfield, den Tabak Ihrer Wahl, die Marke des Mambo Kings«), die seinen hübschen Bariton mit den Jahren ruiniert hatten, und ein paar andere Sachen: Papier, Umschläge, ein paar BiC-Kugelschreiber, sein zerfleddertes Adreß-buch, Magenpillen, ein Schmuddelmagazin – etwas, das *El Mundo Sexual* hieß –, ein paar verblaßte Photos, Kleider zum Wechseln, alles in einen abgewetzten Strohkoffer gepackt. Er hatte vor, so lange im Hotel Splendour zu bleiben, wie er brauchen würde, um den Whisky da auszutrinken (oder bis ihm die Venen in den Beinen platzten), und er dachte sich, daß er zum Essen wohl zu der Chinabude an der Ecke gehen würde, die mit dem Schild, auf dem »Nur Mitnehmen« stand.

Während er sich vorbeugte und eine Platte mit dem Titel »The Mambo Kings Play Songs of Love« auf den summenden Plattenspieler legte, hörte er Schritte auf der Treppe, die Stimmen eines Mannes und einer Frau, der Mann sagte: »Da wären wir, Schätz-chen«, und dann das Geräusch einer Tür, die auf- und wieder zugemacht, und von Stühlen, die herumgerückt wurden, als würden sie sich zusammen vor einen Ventilator setzen, um zu knutschen und zu trinken. Der Stimme nach ein Schwarzer, schätzte Cesar, ehe er den Plattenspieler einschaltete.

Ein Meer von Kratzern, ein Trompetenthema, ein Habanera-Rhythmus auf dem Baß, ein Klavier spielte sentimentale, traurige Mollakkorde, sein Bruder Nestor Castillo, irgendwo ganz weit weg in einer Welt ohne Licht, setzte die Trompete an, die Augen ge-schlossen, das Gesicht angespannt in träumerischer Konzentration . . . die Melodie von Ernesto Lecuonas »*Juventud*«.

Während er einen Schluck von seinem Whisky nahm, flossen seine Erinnerungen ineinander wie das Gelbe und das Weiße bei Rührei.

Er war jetzt zweiundsechzig Jahre alt. Das mit der Zeit wurde langsam wirklich ein Witz. Gestern noch jung, heute schon alt. Halb rechnete er damit, Miß Vanna Vane auf dem Stuhl auf der anderen Seite des Zimmers sitzen zu sehen, wenn er die Augen aufmachte, wie sie mit ihren langen Beinen in ein Paar Nylons schlüpfte und das fröhliche weiße Licht eines Sonntagmorgens auf der 125sten Straße durch die Jalousien hereinbrannte.

An einem von diesen Abenden, an denen er in ihrem Apartment in der La Salle-Street nicht stillsitzen konnte, war er damals, 1954, im Pam-Club, hörte dem fabelhaften Tito Rodriguez und seinem Orchester zu und beobachtete das Zigarettenmädchen: sie trug ein zu enges Trikot mit Leopardenmuster, ihr blondes Haar war lang, lockig und ganz nach einer Seite gekämmt, so daß es ihr fließend über das halbe Gesicht fiel, wie bei Veronica Lake. Jedes Mal, wenn sie vorbeikam, kaufte ihr Cesar Castillo ein Päckchen Zigaretten ab, und wenn sie ihren Bauchladen auf dem Tisch abstellte, nahm er ihr Handgelenk und sah ihr tief in die Augen. Dann gab er ihr einen Vierteldollar Trinkgeld und lächelte. In ihrem glänzendschwarzen Oberteil sahen ihre Brüste herrlich voll und groß aus. Einmal hatte er mitbekommen, wie ein betrunkener Matrose in einer Bar zu seinem Kumpel sagte: »Guck mal, die Torpedos an der Mieze da, *mamma mia*!« Er liebte amerikanische Redensarten, er stellte sich Torpedos mit ihren spitz zulaufenden Enden vor und war ganz hingerissen von dem schmalen Streifen Schweiß, der sich quer über ihrem Zwerchfell angesammelt hatte.

Nachdem er das achte Päckchen Zigaretten gekauft hatte, lud er sie auf einen Drink ein. Weil es schon sehr spät war, beschloß sie, sich zu ihnen zu setzen, zu diesen beiden gutaussehenden Brüdern.

»Mein Name ist Cesar Castillo, und das hier ist mein Bruder Nestor.«

»Vanna Vane. Nett, Sie kennenzulernen.«

Wenig später war er schon draußen auf der Tanzfläche mit Miß Vane und zog vor allen Leuten eine höllische Schau ab, als die Band auf Teufel komm raus zu improvisieren anfing: ein Bongospieler, einer auf Congas und ein Drummer an einem normalen Schlagzeug schlugen einen schnellen, wirbelnden, sich wiederholenden Rhythmus. Ihr Trommeln verlockten so sehr dazu, sich im Kreis zu drehen, daß der Mambo King das Stecktuch aus der Brusttasche seines Jacketts zog und sich, als Abwandlung eines Bändertanzes, einen Zipfel davon zwischen die Zähne klemmte und Vanna aufforderte, es mit dem anderen genauso zu machen. Verbunden durch ein rosa-hellblaues Taschentuch, das sie mit den Zähnen festhielten, begannen Cesar und Vanna sich ganz schnell im Kreis zu drehen wie wirbelnde Akrobaten in einer Zirkusnummer. Während sie sich drehten und drehten, applaudierten die Zuschauer, und etliche Paare machten es ihnen auf der Tanzfläche nach. Schließlich gingen sie schwindlig und im Zickzack zurück an ihren Tisch.

»So, Sie kommen also aus Kuba wie dieser andere Bursche da, Desi Arnaz?«

»Ganz recht, Baby.«

Später, um drei Uhr morgens, begleiteten er und Nestor sie noch zur U-Bahn.

»Vanna, ich möchte gern, daß Sie was für mich tun. Ich hab da dieses Orchester, und wir haben gerade eine Platte gemacht. Wir überlegen, sie ›Mambos for the Manhattan Night‹ zu nennen oder so ähnlich, die Idee ist von mir, und wir brauchen jemanden, ein hübsches Mädchen wie Sie – wie alt sind Sie?«

»Zweiundzwanzig.«

» – ein hübsches Mädchen für das Photo mit uns zusammen auf dem Cover. Was ich damit sagen will« – er schien jetzt verlegen und schüchtern – »Sie wären die Richtige dafür. Fünfzig Dollar würden dabei rausspringen.«

»Fünfzig.«

In weißen Seidenanzügen groß in Schale geworfen, trafen die beiden Brüder Vanna an einem Samstagnachmittag auf dem Times Square und gingen hinüber ins Photoatelier auf der 48sten Straße, ins Olympus Studio, wo der Photograph ein Hinterzimmer mit Plastikpalmen ausstaffiert hatte. Wie sie mit ihren Instrumenten so daherkamen, einer Trompete, einer Gitarre und einer Trommel, sahen sie richtig gelackt aus, die dicken Haarschöpfe zu glänzenden Tollen glattgestriegelt. Miss Vane trug ein Cocktailkleid mit Rüschenvolants, gekreppter Taille und engem Oberteil, glänzende schwarze Nylons mit Naht und Zehn-Zentimeter-Pfennigabsätze, die ihr einen hohen Hintern machten und ihre hübschen langen Beine zur Geltung brachten. (Bei der Erinnerung daran fiel ihm aber nicht mehr ein, wie dieser Muskel hieß, ganz oben auf der

Innenseite eines Frauenschenkels, dieser Muskel, der gleich neben dem Kitzler ansetzte und sich anspannte, wenn man ihn küßte, ganz, ganz leicht zuckte, wenn er eine Frau dorthin küßte.) Sie probierten hundert verschiedene Posen aus, aber die, die dann auf die Plattenhülle kam, war so: Cesar Castillo zähnefletschend wie ein Wolf, eine Conga um den Nacken gehängt, über der er gerade mit der Hand ausholte, sein Mund lachend offen, sein ganzer Körper zu Miss Vane geneigt. Sie hatte die Hände unterm Kinn zusammengelegt, ihr Mund formte ein erregtes »Ohh!«, ihre Beine waren abgewinkelt wie beim Tanzen, man sah ein Stück von ihrem Strumpfhalter, während links von ihr Nestor, die Augen geschlossen und den Kopf in den Nacken gelegt, seine Trompete blies. Später sollte der Graphiker, der die Retuschen für Orchestra Records machte, noch die Skyline von Manhattan hineinkopieren und einen Schweif von Noten mit einem und mit zwei Fähnchen, die aus Nestors Trompete hervorquollen.

Weil Orchestra Records billig produzierte, waren die meisten von ihren Platten 78er, obwohl sie auch ein paar 33er im Partyformat herausbrachten, mit vier Nummern auf jeder Seite. Damals hatten die meisten Plattenspieler noch drei Geschwindigkeiten. Diese 78er wurden in der Bronx gepreßt und waren aus schwerem, aber brüchigem Plastik; pro Platte gingen nie mehr als ein paar tausend Stück weg, man konnte sie in *botánicas* – kleinen Läden mit religiösem Krimskrams – finden, neben Figuren von Jesus Christus und seinen leidenden Jüngern, Wunderkerzen und Heilkräutern, in Plattengeschäften wie dem Almacén Hernández auf der 113ten Straße und in der Lexington Avenue in Harlem, in Wühlkisten auf Straßenmärkten und Dancehalls. Die Mambo Kings brachten zwischen 1949 und 1956 fünfzehn von diesen 78ern heraus, jede zum Preis von 69 Cent, und drei 33er-Langspielplatten (1954 und 1957).

Auf den A- und B-Seiten dieser 78er waren die Titel »Solitude of My Heart«, »A Woman's Tears«, »Twilight in Havana«, »The Havana Mambo«, »Conga Cats and Conga Dolls«, »The Sadness of Love«, »Welcome to Mamboland«, »Jingle Bells Mambo!« (»Wer ist denn der drollige Dicke da mit dem weißen Bart, der mit dem Mädel tanzt wie ein Wirbelwind . . . Santa Claus, Santa Claus, er tanzt den ›Jingle Bells Mambo!‹«), »Mambo Nocturne«, »The Subway Mambo«, »My Cuban Mambo«, »The Lovers' Mambo«, *»El Campesino«*, »Alcohol«, »Traffic Mambo«, »The Happy Mambo!«, »The

New York Cha-cha-cha«, »Cuban Cha-cha«, »Too Many Women (and Not Enough Time!)«, »Mambo Inferno«, »Noche Caliente«, »Malagueña« (als Cha-Cha-Cha), »Juventud«, »Solitude«, »Lovers' Cha-cha-cha«, »How Delicious the Mambo!«, »Mambo Fiesta!«, »The Kissing Mambo«. (Dazu noch die 33er »Mambo Dance Party« und »Manhattan Mambo« aus dem Jahr 1954 und ihre 33er-LP »The Mambo Kings Play Songs of Love« vom Juni 1957). Nicht nur, daß die Mambo Kings auf jeder dieser Platten ein gewinnend hübsches »Miß Mambo«-Pinupgirl präsentierten, manchmal lag auch ein Heft mit Anleitungen zum Tanzen bei. Bis Mitte der 70er Jahre waren die meisten dieser Platten vom Angesicht der Erde verschwunden. Wann immer er an einem Trödelladen vorbeikam oder an einem Plattenregal mit »Klassikern«, stöberte er darin herum und sah, ob er nicht wieder ein paar Stücke fand, als Ersatz für die, die zu Bruch gegangen oder verliehen oder verschenkt oder einfach abgespielt waren und voller Kratzer vom vielen Hören. Manchmal bekam er sie für 15 oder 25 Cent und ging dann zufrieden heim, den Stoß Platten unter dem Arm.

Der schmale Eingang zu Orchestra Records, wo diese Platten gemacht worden waren, war jetzt mit Brettern vernagelt, in den Fenstern lagen lauter Überbleibsel des Kleidergeschäftes, das daraus geworden war; ein paar Schaufensterpuppen lehnten rücklings an den Scheiben. Damals aber schleppten er und die Mambo Kings immer ihre Instrumente die enge Stiege hinauf, und immer stieß der enorm große Kontrabaß gegen die Wand. Hinter einer roten Tür auf der STUDIO stand, war ein kleines Wartezimmer mit einem Büroschreibtisch und einer Reihe schwarzer Metallstühle. An der Wand hing ein Pinnbrett aus Kork mit Photos von den anderen Musikern der Plattenfirma: ein Sänger namens Bobby Soxer Otero; ein Pianist, Cole Higgins, und daneben die legendären Ornette Brothers. Dann war da ein Photo von den Mambo Kings, alle in weißen Seidenanzügen auf einem muschelförmigen Podium im Art-déco-Stil in Positur geworfen, schwungvolle Kritzeleien liefen kreuz und quer über das Bild.

Das Studio hatte ungefähr die Ausmaße eines großen Badezimmers. Auf dem Boden lagen dicke Teppiche, die Wände waren mit Kork und Stoff ausgekleidet, ein großes Fenster ging auf die 125ste Straße hinaus. An warmen Tagen war es drinnen heiß und stickig, es gab weder Klimaanlage noch Lüftung bei den Aufnahmen, außer einem rostigen Ventilator auf dem Klavier im Studio, den sie zwischen zwei Nummern dann immer einschalteten.

In der Mitte des Raumes standen drei große runde RCA-Mikrophone für die Sänger und drei weitere für die Instrumentalisten. Die Musiker zogen immer die Schuhe aus und traten ganz leise auf, darauf bedacht, nur ja nicht herumzutrampeln, weil das von den Mikrophonen als »Plumps« aufgezeichnet wurde. Kein Lachen, kein Atmen, kein Flüstern. Die Bläser standen auf einer Seite, die Rhythmusgruppe – Schlagzeuger, Bassist und Pianist – auf der anderen.

Cesar und sein Bruder Nestor standen nebeneinander, der Mambo King spielte die *claves* (die hölzernen Instrumente, die dieses klickende Geräusch machten, eins–zwei–drei–eins–zwei) oder schüttelte Rumbakugeln oder schrummte auf der Gitarre. Manchmal spielte Cesar die Trompetenparts zusammen mit Nestor, gewöhnlich aber trat er zurück und ließ seinen Bruder in Ruhe sein Solo spielen. Trotzdem wartete Nestor, bis sein älterer Bruder mit einer Phrase zu Ende war und nickte. Erst dann machte Nestor einen Schritt nach vorn, und seine düsteren Solos flogen wie schwarze Engel durch die üppigen Arrangements der Gruppe. Dann trat Cesar wieder ans Mikrophon, oder der Pianist spielte noch ein Solo, oder es kam der Refrain im Chor. Manche Lieder waren schnell im Kasten, andere wurden wieder und wieder gespielt, bis in den frühen Morgen, bis die Stimmen heiser wurden und die Straßen in einem unwirklichen Licht zu verschwimmen schienen.

Cesar kam damals immer gleich zur Sache – in der Musik und bei den Frauen. Er war gerade erst mit ihr zum Essen ausgegangen, in den Babalú-Club, und sagte, während sie an einem Bissen gebackener Banane kaute: »Vanna, ich bin sehr verliebt in Sie, und ich möchte Ihnen zeigen, wie es ist, von einem Mann wie mir geliebt zu werden.« Und weil sie ein paar Krüge vom Spezial-Sangria des Babalú-Clubs leergemacht hatten, und weil er mit ihr in einen netten Film gegangen war – *Die barfüßige Gräfin* mit Humphrey Bogart und Ava Gardner – und weil er ihr fünfzig Dollar Gage als Photomodell verschafft und ein teures Tanzkleid mit Rüschenvolants gekauft hatte, damit sie zwischen ihn und seinen Bruder auf die Plattenhülle von »Manhattan Mambos '54« kommen konnte; und vielleicht weil er ein ziemlich gutaussehender Mann war und wie ein Wolf ganz genau wußte, was er von ihr wollte – sie konnte es in seinen Augen sehen – fühlte sie sich so geschmeichelt, daß sie, als er meinte: »Warum fahren wir nicht *uptown*?«, ja sagte.

Vielleicht war es ja der Stuhl da, auf den sie sich mit ihrem süßen Hintern gesetzt hatte, als sie sich an die delikate Verrichtung machte, ihren Rock hochzuschlagen und den Strumpfhalter aufzuknipsen, sie lächelte verlegen, während sie ihre Nylons herunterrollte und sie danach über den Stuhl legte. Er lag quer über dem Bett. Er hatte sein Jackett ausgezogen, sein Seidenhemd, seine flamingorosa Krawatte, sein ärmelloses Unterhemd, so daß sein Oberkörper nackt war – abgesehen von einem matt gewordenen Kruzifix, einem Geschenk zur Erstkommunion von seiner Mutter auf Kuba, das an einer dünnen goldenen Kette um seinen Hals hing. Weg mit dem Licht, weg mit ihrem drahtverstärkten BH Marke »Maidenform«, Größe 80, Körbchengröße C, weg mit ihrem »Lady of Paris«-Schlüpfer mit dem gestickten Blumenmuster im Schritt. Weg mit seinen Hosen. Er sagte ihr ganz genau, was sie tun sollte. Sie zog ihm die Hosen herunter und holte mit ihrer langen, schmalen Hand sein großes Ding heraus, und in Null Komma nichts war sie dabei, ein dickes Präservativ daran herunterzurollen. Sie mochte das, mochte ihn, mochte seine Männlichkeit und seine Arroganz und die Art, wie er sie auf dem Bett herumwarf, sie auf den Bauch und auf den Rücken drehte, wie er sie über die Bettkante herunterhängen ließ und so wild in sie hineinstieß, daß sie sich fühlte, als würde ein wildes Tier aus dem Wald über sie herfallen. Er leckte mit seiner Zungenspitze das Muttermal auf ihrer Brust, das sie so häßlich fand, und nannte es schön. Er stieß so stark zu, daß er den Gummi zerriß und trotzdem weitermachte, obwohl er wußte, daß der Gummi kaputt war. Er machte weiter, weil das Gefühl so gut war, und sie schrie und dachte, sie müßte gleich auseinanderbrechen, und, buumm!, kam er zu seinem Orgasmus und schwebte durch einen Raum ohne alle Wände, voll von flatternden schwarzen Nachtigallen.

»Sag mir nochmal diesen Satz auf Spanisch. Ich hör das so gern.«

»*Te quiero.*«

»Ah, ist das schön, sag's nochmal.«

»*Te quiero*, Baby, Baby.«

»Und ich ›*te quiero*‹ auch.«

Ganz stolz führte er ihr seine *pinga* vor, wie man das in seiner Jugend nicht sehr feinfühlig genannt hatte. Er saß auf seinem Bett im Hotel Splendour und lehnte sich zurück in den Schatten. Einfach nur ihren schönen Körper anzusehen, feucht von Schweiß und Glück, machte sein großes Ding gleich wieder steif. Wie so das Licht vom Fenster drauffiel, war es dick und dunkel wie ein Ast. Damals wuchs es wie ein Rankenstamm zwischen seinen Beinen hervor, gehalten von einer dicken Vene, die genau in der Mitte durchlief und sich nach oben hin teilte wie die sich verzweigenden obersten Äste eines Baumes oder, wie er sich einmal gedacht hatte, als er eine Karte der Vereinigten Staaten ansah, wie der Lauf des Mississippi und seiner Nebenflüsse.

»Komm her«, sagte er zu ihr.

In dieser Nacht hob er, wie in so vielen anderen Nächten, die zerknüllten Laken hoch, damit sie zu ihm ins Bett kommen konnte. Und bald rieb Vanna Vane ihren feuchten Hintern an seiner Brust, seinem Bauch, seinem Mund, und Strähnen ihres gefärbten blonden Haares kamen ihnen zwischen die Lippen, wenn sie sich küßten. Dann bestieg sie ihn und bewegte sich vor und zurück, bis in ihr drin alles ganz verschlungen war und heiß und es ihnen beiden das Herz zerriß (hämmernd wie Conga-Trommeln), und sie sanken erschöpft zurück und ruhten sich aus, bis sie bereit waren für mehr, das Bild, wie sie sich liebten, ging dem Mambo King in einem fort im Kopf herum wie die Melodie eines Songs der Liebe.

Der Gedanke an Vanna stieß die Tür zu jener Zeit wieder auf. Er sah sich Arm in Arm mit ihr – oder einer Frau wie ihr – in den Park Palace Ballroom spazieren. Das war sein Lieblingslokal an seinen freien Abenden, wenn er Lust hatte, sich zu amüsieren. Es war ein gutes Gefühl, mit einer hübschen Frau dort Einzug zu halten, einer großen Blondine mit herzförmigem Hintern. Vanna Vane mit vollen Hüften und Brüsten in einem hautengen schwarzen Fetzen mit aufgenähten schwarzen Pailletten, die blinkten und klimperten, wenn sie durch den Raum ging. Er kam in einem lichtblauen Nadelstreifenanzug hereinstolziert, mit weißem Seidenhemd und einer Krawatte in hellem Himmelblau, das Haar zu einer leichten Tolle aufpomadisiert, sein Körper roch nach Old Spice, dem Duft des Seemanns.

Damals war das die Sache schlechthin: Sich mit einer Frau wie Vanna sehen zu lassen, brachte so viel Prestige wie ein Paß, ein Zeugnis von der High School, ein richtiger Ganztagsjob, ein Plattenvertrag, ein DeSoto Baujahr '51. Dunkelhäutige Männer wie Nat

King Cole oder Miguelito Valdez kreuzten mit blonden Freundinnen in den Tanzlokalen auf. Und auch Cesar tat das gern, obwohl er ein weißer Kubaner war wie Desi Arnaz. Ha, er kannte da einen Typen, der auch immer in den Clubs herumhing, der brachte seine brünette Freundin dazu, daß sie sich die Schamhaare blond färbte. Er wußte das, weil er sie selber ins Bett geholt hatte, als sie noch brünett war, und dann später überredete er sie klammheimlich, mit ihm irgendwo hinzugehen, ins Hotel vielleicht, wo er ihr einen Kuß auf den Nabel drückte und ihr das Höschen runterzog und seine Zunge in die Süße ihres neuen, verbesserten clairolgefärbten Haars tauchte. Cesar genoß es, wie alle bewundernd die Köpfe drehten, wenn er und sein Mädchen sich durch das Gedränge der Tänzer ihren Weg an die gerammelt volle Bar bahnten. Dort spendierte er seinen Freunden großzügig Drinks – in den fünfziger Jahren war Cola mit Rum groß in Mode –, blödelte und schwatzte, bis das Orchester eine Nummer wie den »Hong Kong Mambo« oder den »Mambo de Paree« anstimmte und er mit seinem Mädchen wieder hinaus zum Tanzen ging.

Später ging er dann vielleicht in die höhlenartigen Waschräume des Park Palace, um sich seine schicken zweifarbigen Schuhe aufpolieren zu lassen, oder um eine Wette bei einem der Buchmacher zu plazieren, die an einem langen Stand arbeiteten, wo auch noch Illustrierte und Zeitungen, Kondome, Blumen und Marihuanazigaretten verkauft wurden. Ein Dollar Trinkgeld für den Schuhputzerjungen, einmal Pinkeln, einmal kurz das gewellte Haar gekämmt, und dann wieder nach draußen, seine Schuhe mit den Metallplättchen klickediklickten durch die verfliesten Korridore wie unter den Arkaden auf Kuba, zurück zu der schönen Musik. Dann tanzte er wieder oder setzte sich zu seinem schweigsamen Bruder an den Tisch, nippte an seinem Drink und beobachtete die drallen jungen Dinger um ihn herum.

Yeah, und sogar jetzt im Hotel Splendour ist es, als wäre er wieder in diesem Tanzschuppen, er guckt sich mal um und bemerkt eine hübsche Brünette, die zu ihm rübersieht. Und wer kommt wohl auf ihn zu, als das Mädchen, mit dem er da ist, eben mal weggeht, um sich frisch zu machen – eben diese Brünette, und obwohl sie keine Blondine ist, sieht sie doch richtig scharf aus in ihrem engen rosa Kleid und kommt mit ihrem Drink in der Hand auf ihn zugestöckelt, und *Dios mío*, ist die aber erhitzt vom Tanzen, Schweißperlen rollen ihr vom Kinn und auf den Busen, ihr Bauch ist feucht und schimmert durch ihr Kleid, das ihr am Körper klebt. Und was sagt sie wohl? »Sind Sie nicht Cesar Castillo, der Sänger?« Und er nickt und faßt sie am Handgelenk und sagt: »Wow, riechen Sie aber gut«, und dann fragt er nach ihrem Namen, reißt einen Witz, um sie anzumachen, und dann, noch ehe sein Mädchen zurück ist, sagt er: »Warum kommen Sie morgen abend nicht wieder hierher, damit wir noch 'n bißchen reden und uns amüsieren können?«, und er springt vorwärts, fühlt, wie ihre Nippel in seinem Mund hart werden, und dann ist er wieder im Park Palace und sieht ihr nach, wie sie weggeht – er kann gerade den Abdruck ihres Höschens durch ihr Kleid ausmachen, und dann ist sie mit ihm im Bett und foltert ihn mit ihrem Daumenballen, ein Rollen über seine Öffnung, die den Kopf seines Penis groß macht wie einen Cortland-Apfel, und dann kommt sein Mädchen wieder, und sie nehmen noch ein paar Drinks, daran erinnert er sich.

In den Lokalen blüht Cesar auf: nette Menschen, gutes Essen, Schnaps, Gesellschaft und Musik. Und wenn er nicht zum Tanzen ausging oder Auftritte mit seinem Orchester, den Mambo Kings, hatte, war er zu Besuch bei Freunden, die er im Park Palace oder anderen Lokalen kennengelernt hatte, Landsleuten aus Kuba oder Puertoricanern, die ihn zu sich einluden, zum Abendessen und Kartenspielen, zum Plattenhören, zum Schunkeln in der Küche, zum Singen und Sichsgutgehnlassen.

Jetzt fiel ihm auch wieder ein, wie sich die Frauen damals anzogen: eng am Kopf anliegende Turbane, Glockenhüte mit tief heruntergebogenen Krempen, Barette mit Bändern und Pillbox-Hütchen mit Federn. Schwere tropfenförmige Ohrgehänge mit falschen Rubinen, Kristallen und Perlen drin; Perlenketten, weiß und cremefarben, die in tiefe Ausschnitte herunterhingen, der Busen drunter aufgeschüttelt und einfach süß; Paillettenkleider mit geschlitzten Röcken und gerafften Taillen, zusammengehalten von schwarzen Gürteln aus Zobel. Unterröcke mit Rüschen, Schlüpfer, Hüft- und Strumpfhalter und Spitzen-BHs, durchscheinend über den Brustwarzen. (Genau das richtige für Küsse auf den Bauch und dafür, mit der feuchten Zunge über den Nabel zu kreisen und mit der Nase den Streifen Schamhaar darunter entlangzustreichen.) Sie trugen Satinhöschen mit Blümchenzwickeln, weiße Höschen mit schwarzem Saum, Höschen mit filzüberzogenen Knöpfen, bauschige Ballonhöschen, Höschen, die im Bund einschnitten und Linien auf den Wölbungen zarter Frauenhaut zurückließen; die Hüften warm an seinem Gesicht; schwarze Höschen mit Zobelzeichnung, Höschen mit Leopardenmuster, Höschen mit Schmetterlingsflügeln drauf. (Und wenn die Damen einmal nicht die richtigen kleinen Sachen drunter anhatten, marschierte er hochbeglückt in die Abteilung für Damenwäsche in Kaufhäusern wie Macy's und Gimbels, flirtete mit den Verkäuferinnen und sah sich mit dem größten Vergnügen diese kleinen Sachen in den Vitrinen an. Wie ein Student, der sich auf eine Prüfung vorbereitete, verdrehte er die Augen und zog seine schöngeschwungenen Brauen hoch, während er die Namen auf den Etiketten durchging: Tropical Rhapsody, Bronze Twilight, Tigress, Nights of Desire.

»*Oh là là*«, sagte er dann zu der Verkäuferin und schüttelte seine rechte Hand, als hätte er sich eben die Finger verbrannt. »Was davon würden Sie tragen wollen, Miss?«)

Er war ein glücklicher Mann damals, hatte ein paar Dollar in der Tasche, nette Sachen zum Anziehen, war gesund und hatte Freunde aller Art, Musiker, Mambotänzer und Frauen von überallher aus der Stadt.

Er hatte etliche von seinen Musikern drüben im Park Palace gefunden. Als er und sein Bruder im Frühjahr 1949 zum ersten Mal nach New York gekommen waren, am Beginn des Mambo-Booms, waren sie an drei, vier Abenden in der Woche hingegangen. An Jobs kamen sie durch ihren dicken Cousin, Pablo, bei dem sie anfangs gewohnt hatten, als sie noch tagsüber in der Fabrik für Fleischkonserven arbeiteten, damit sie genug Geld hatten, um abends auszugehen und etwas auf die Beine zu stellen. Damals lernten sie eine Menge Leute kennen, viele davon Musiker wie sie selber, gute Leute. Da war Pito Pérez, der Kesseltrommeln spielte; Benny Domingo an den Congas; Ray Alcazar am Klavier; Manny Dominguez, der Gitarre und *cencerro* spielte; Xavier aus Puerto Rico, Posaune; Willie Carmen, Flöte; Ramón *El Jamón* Ortiz, Baßsaxophon; José Otero, Geige; Rafael Guillón, Rassel; Benny Chacón, Akkordeon; Johnny Bing, Saxophon; Johnny Cruz, Horn; Francisco Martinez, Vibraphon; Johnny Reyes, die *trés* und die achtsaitige *quatro*. Und dazu die Brüder selber: Cesar, der sang, Trompete, Gitarre, Akkordeon und Klavier spielte, und Nestor, Flöte, Trompete, Gitarre und Gesang.

Viele von den Musikern waren wie die Brüder tagsüber einfache Arbeiter, aber wenn sie Auftritte hatten und auf der Bühne standen oder tanzen gingen, waren sie Stars für eine Nacht. Stars, die man auf Drinks einlud, Stars, die freundlich vorgestellt wurden, Stars, die Frauen eroberten. Einige von ihnen waren schon so berühmt, wie auch der Mambo King es werden wollte. Sie lernten den Schlagzeuger Mongo Santamaría kennen, der damals eine Show hatte, die Black Cuban Diamonds hieß; Pérez Prado*, den Kaiser des Mambo, den Sänger Graciella; den Pianisten Chico O'Farrill; und diesen schwarzen Typen, der Kubaner so gern mochte, Dizzy Gillespie. Sie trafen auch den großen Machito, einen würdevoll und elegant aussehenden Mulatten, der im Park Palace an der Bar herumstand, neben ihm sein winziges Frauchen, und seine Fans empfing und von ihnen Uhren und Schmuck geschenkt bekam, den er gelassen in die Jackettasche steckte. Später kamen die Sachen dann in eine chinesische Kassette aus Teakholz, die Machito bei sich im Wohnzimmer aufbewahrte. Als sie ihn einmal in seinem Apartment irgendwo zwischen der 80sten und 90sten Straße West besuch-

---

* Ein Zug an der Zigarette, ein Schluck Whisky, das Gefühl, das ihn etwas ins Kreuz stach, etwas mit Krallen scharf wie Rasiermesser, das sich durch die labyrinthischen Gänge seiner Nieren und seiner Leber wühlte ... *Pérez Prado.* Als der Mambo King in der Abgeschiedenheit seines Zimmers im Hotel Splendour an Pérez dachte, fiel ihm ein, wie er den Mann zum ersten Mal auf einer Bühne gesehen hatte; er war in einer anderen Welt und verrenkte seinen Körper zu hunderterlei Gestalten, als ob er aus Gummi wäre: lauernd wie ein Jagdhund, auf dem Sprung wie eine Katze, ausladend wie ein Baum, segelnd wie ein Doppeldecker, brausend wie ein Zug, vibrierend wie eine Waschmaschine beim Schleudern, rollend wie ein Würfel, hüpfend wie ein Känguruh, schnellend wie eine Feder, hopsend wie ein Kiesel auf dem Wasser ... und sein Gesicht eine Maske von Konzentration, Gewißheit und purer Lust, ein Wesen aus einer anderen Welt, seine Bühne eine Welt für sich. Vom dünnen Pérez hatte der Mambo King ein paar von seinen jazzigeren Bühnengebärden, vom fröhlich schwatzenden Pérez an der Bar, der zu allem um ihn herum sagte: »Jungs, ihr müßt kommen und mich in Mexiko besuchen! Wir werden auf die Pauke hauen wie noch nie, ich sag's euch, Freunde. Wir gehen zum Rennen und zum Stierkampf, wir werden essen wie Fürsten und saufen wie der Papst!«

ten, bekamen die beiden Brüder die Kassette zu sehen, randvoll mit gravierten Uhren, Armbändern und Ringen, der Deckel war mit chinesischen Spiralenornamenten verziert und dem eingelegten Bild eines Perlmuttdrachens, der eine Blüte verschlang. Und Cesar sagte: »Nur keine Sorge, Bruderherz, uns wird's eines Tages genauso gehen.«

Cesar hatte ein Photo von einem dieser Abende, es steckte in dem Innenfutteral seines Koffers im Hotel Splendour: Die beiden Brüder, feingemacht in weißen Anzügen und an einem runden Tisch sitzend, an den Wänden hinter ihnen spiegelten sich die Reflexe entfernter Lichter, die Tänzer und das Messingblech des Orchesters. Cesar, ein wenig beschwipst und maßlos von sich eingenommen, ein Champagnerglas in der einen Hand und in der anderen die weiche, volle Schulter eines nicht identifizierbaren Mädchens – Paulita? Roxanne? Xiomara? – sie sah fast genauso aus wie Rita Hayworth mit ihrem hübschen, hoch ins Dekolleté geschobenen Busen und einem komischen Lächeln, weil Cesar sich gerade hinüberbeugte, um sie zu küssen, und ihr dabei das Ohr leckte, und daneben Nestor, ein bißchen abseits und für sich, er sah in die andere Richtung und zog befremdet ein wenig die Augenbrauen hoch.

Das also waren die Zeiten, als sie die Mambo Kings gründeten: Es fing mit Jam Sessions an, mit denen sie ihre Vermieterin, Mrs. Shannon, und die anderen Nachbarn, die meisten davon Iren und Deutsche, regelmäßig verrückt machten. Musiker, die sie aus den Tanzlokalen kannten, kamen mit ihren Instrumenten zu ihnen ins Apartment und richteten sich im Wohnzimmer ein, wo es laut herging mit schrägen Saxophonen, Geigen, Trommeln und Bässen, die in den Hof und auf die Straße schrillten, heulten, dröhnten und hallten, so daß die Nachbarn ihre Fenster zuschlugen und den Kubanern mit dem Hammer drohten. Aus gelegentlichen Jam Sessions wurden regelmäßige Proben, einige Musiker kamen immer wieder, und so sagte Cesar eines schönen Tages einfach: »Machen wir doch ein kleines Orchester auf, was ist?«

Den glücklichsten Griff tat er aber mit einem gewissen Miguel Montoya, einem Pianisten und versierten Profi, der die Geheimnisse des Arrangierens beherrschte. Auch er war Kubaner und hatte sich seit den frühen dreißiger Jahren bei verschiedenen Orchestern in New York City umgetan, und er hatte gute Verbindungen, weil er beim Orchester von Antonio Arcana und bei Noro Morales gespielt hatte. Sie trafen Montoya immer im Park Palace. Er war stets von Kopf bis Fuß weiß gekleidet, trug große, glitzernde Saphirringe und gab mit einem Spazierstock aus Elfenbein mit Kristallspitze an. Es ging das Gerücht, er habe, obwohl er in den Lokalen immer mit einer Frau aufkreuzte, etwas Weibisches in seinem Wesen. Eines Abends waren sie in Montoyas Apartment Ecke Riverside Drive und 115te Straße zum Essen. Alles bei ihm zu Hause war weiß und weich – von den Ziegenfellen und Federbüschen, die an den Wänden hingen, bis zu den Statuetten der heiligen Barbara und der Gottesmutter, die er mit Seide drapiert hatte, und den pelzigen Kuschelsofas, Couches und Sesseln: in der Ecke stand sein weißer Stutzflügel, ein Steinway, auf dem er stets eine dünnhalsige Vase mit Tulpen stehen hatte. Sie aßen zarte Kalbsschnitzel, die Miguel in Zitrone, Butter, Knoblauch und Olivenöl zubereitet hatte, dazu überbackene Kartoffeln und einen großen Salat, den sie mit einer Flasche Wein nach der anderen hinunterspülten. Später, als der Hudson im Mondlicht silbrig schimmerte und es aus der Ferne von New Jersey herüberblinkte, lachten sie zusammen, drehten den Plattenspieler an und verbrachten die halbe Nacht mit Rumba-, Mambo- und Tango-tanzen. Cesar bemühte sich sehr um Miguel, flirtete mit ihm, behandelte ihn mit echter Zuneigung, wie einen lieben Onkel, den er in einem fort abtätschelte und umarmte. Im Laufe des Abends fragte er Montoya dann, ob er nicht Zeit hätte, bei ihrem Orchester mitzumachen, und an diesem Abend gab Montoya nach und sagte zu.

Sie bildeten eine Mamboband, das heißt, eine traditionelle latein-amerikanische Tanzcombo, scharf gemacht durch Saxophon und Trompeten. Die Besetzung bestand aus Flöte, Geige, Klavier, Saxophon, zwei Trompeten, zwei Schlagzeugern, der eine an einem Standardschlagzeug, der andere an einer Batterie Congas. Cesar kam auf Mambo Kings, während er die Anzeigen im Brooklyner *Herald* durchsah, wo die Hälfte der Gruppen Namen hatte wie Mambo Devils, Romero and the Hot Rumba Orchestra, Mambo Pete and His Caribbean Crooners. Da gab es einen Eddie Reyes, den King of the Bronx Mambo, Juan Valentino and His Mad Mambo Rompers, Vic Caruso and His Little Italy Mambonairs, und Gruppen wie das Havana Casino Orchestra, die Havana Melody Band, das Havana Dance Orchestra. Auf denselben Seiten standen Anzeigen wie:

JETZT IN DIE TANZSCHULE! LERNEN SIE DEN MAMBO, FOXTROTT, RUMBA. TANZEN SIE SICH IN DIE HERZEN DER MÄDCHEN! Warum also nicht Cesar Castillo and the Mambo Kings?

Obwohl Cesar sich selbst mehr als Sänger sah, war er auch ziemlich begabt als Instrumentalist, er konnte Klavier spielen, Gitarre, Flöte, Trompete, und war ein Meister am Schlagzeug. Er war mit einer ungeheuren Energie gesegnet, einem Schwall von Kraft von zu vielen Ohrfeigen seines jähzornigen Vaters, Pedro Castillo, und einer Liebe zur Musik von seiner Mutter und dem liebevollen Hausmädchen, das geholfen hatte, ihn auf die Welt zu bringen, Genebria. (An dieser Stelle horcht er auf die fernen Trompetenklänge auf einer der Aufnahmen der Mambo Kings, »Twilight in Havana«, und seufzt; es ist, als ob er wieder ein Kind wäre und im Karneval durch die Innenstadt von Las Piñas liefe, und die Veranden der Häuser sind mit riesigen Laternen erleuchtet und die Balkone geschmückt mit Girlanden von Bändern und kleinen Lichtern und Blumen, und er läuft an so vielen Leuten vorbei, die Musik machen, Musiker überall an jeder Straßenecke, auf Kirchenstufen, auf den Veranden der Häuser, aber er läuft weiter in Richtung Plaza, wo das große Orchester Aufstellung genommen hat; das ist die Trompete, deren Echo er da unter den Arkaden seiner Stadt hört, während er an den Säulen vorbeiläuft und an den Schatten der Liebespaare, die sich dahinter verstecken, und er rennt Stufen hinunter, an einem Garten vorbei, mitten durch Zuschauer und Tänzer, zum Podium, wo dieser Trompetenspieler, fett und feist in seinem weißen Anzug, den Kopf zurückgelegt, seine Musik hinauf in den Himmel bläst, und das trägt und hallt wider von den Wänden einer anderen Arkade in Havanna, und er spielt Trompete, jetzt, um drei Uhr morgens, dreht sich im Kreis und lacht nach einer langen Nacht in den Clubs und Bordellen mit Freunden und seinem Bruder, lacht mit den Noten, die ins leere Dunkel hinausschießen und zurückschallen, in ihm wirbeln wie die Jugend.)

Er und sein Bruder mochten eigentlich die langsameren Balladen und Boleros lieber, aber zusammen mit Montoya gingen sie daran, eine regelrechte Tanzcombo aufzubauen, weil es das war, was die Leute wollten. Montoya war es, der für Stücke wie »Tu Felicidad«, »Cachita«, »No te Importe Saber« die Arrangements machte, Nummern, die Leute wie René Touzet, Noro Morales, Israel Fajardo populär gemacht hatten. Er konnte Noten lesen, was die beiden Brüder nie wirklich gelernt hatten – obwohl sie sich durch eine Partitur irgendwie durchwursteln konnten, kamen sie bei ihren Liedern mit simplen Akkordbegleitungen an, und mit Melodien, die sie auf ihren Instrumenten oder im Kopf zusammengestellt hatten. Das machte gelegentlich Ärger unter den anderen Musikern, aber Cesar sagte immer zu ihnen: »Was mich interessiert, ist ein Mann, der wirklich Gefühl für die Musik hat, und nicht einer, der nur runterspielen kann, was auf dem Blatt steht.« Und dann sprach er von dem unsterblichen *conguero* Chano Pozo*, der 1948 wegen einer Drogensache erschossen worden war und dessen Geist schon jetzt in Mambos in Havanna wiederkehrte, und von Musikern wie dem großen Mongo Santamariá. »Nimm einmal Mongo«, sagte Cesar häufig zu Nestor. »Er konnte keine Noten lesen. Und Chano etwa? Nein, *hombre*, bei ihm lag das im Blut, und das ist es, was wir auch wollen.«

Sie probten immer bei ihrem Cousin Pablo im Wohnzimmer, an Tagen, an denen die Rohre für das heiße Wasser immer wieder wie wild in der Wand zu rasseln anfingen und der Fußboden wegen der U-Bahn rumpelte wie bei einem Erdbeben. Sie probten an Tagen, an denen die Heizung nicht funktionierte und es so kalt war, daß ihnen kalter Dampf unter den Nägeln hervorquoll, und die Musiker die Augen verdrehten und sagten: »Was soll der ganze Scheiß hier

---

* Manuel Flanagan, ein Trompeter, der Chano gekannt hatte, erzählt: »Ich erinnere mich daran, wie Chano starb. Ich war unten in der 52sten Straße, als ich die ganze Sache hörte. Chano war in der Karibik-Bar oben in der 116ten, auf der Suche nach diesem Kerl, der ihm schlechten Stoff verkauft hatte. Das war am Morgen gewesen. Er hatte sich die Spritze gesetzt, ihm war schlecht geworden, und drum ging er nachher noch mal raus auf die Straße und suchte den Kerl. Er fand ihn in dieser Bar, zog ein Messer und verlangte sein Geld zurück. Nun, der Mann hatte keine Angst vor Chano und Chano nicht vor ihm: Wissen Sie, er war ja schon in Havanna mal angeschossen und niedergestochen worden, und er hatte es überlebt, und so holte er sein Messer heraus und ging los auf den Mann, obwohl der eine Kanone zog: Chano ging trotzdem weiter los auf ihn, weil er glaubte, daß die Geister ihn beschützen würden, aber diese Geister, die Yoruba-Geister, konnten auch nicht verhindern, daß ihn die Kugeln durchlöcherten, und das war's dann.«

eigentlich?« Aber sie machten weiter, weil Cesar Castillo sie gut behandelte: Sie kamen todmüde von ihren Brotjobs daher und spielten sich das Herz aus dem Leib, weil sie wußten, daß sie sich alle nach der Probe in der kleinen Küche zusammensetzen würden; Pablos Frau tischte große Platten mit Steaks und Schweinskoteletts auf – alles unter dem Hemd oder einem langen Mantel aus der Fleischfabrik herausgeschmuggelt –, Reis und Bohnen und was sie sonst noch wollten. Wenn sie dann jede Menge Essen und Bier verdrückt hatten, lachten sie sich eins und kehrten zurück in das Reich der Kälte, mit dem Gefühl, daß Cesar Castillo und sein Bruder sich wirklich um sie kümmerten.

Mit den Händen Kreise durch die Luft ziehend (nachdem er erst mal einen Schluck Bier genommen und einen Zug an einer Chesterfield gemacht hatte), erklärte er ihnen, wie er sich eine bestimmte Nummer vorstellte: »Bei dieser Ballade sollten wir ruhig und leise anfangen, wie die Katzen. Miguel, erst du am Klavier, die Mollakkorde und das ganze Zeug auf den hohen Tasten, dann, Manny, kommst du mit dem Baß, aber *suavecito, suavecito*, und dann, Nestor, steigst du mit der Trompete ein, tataratatatah, und dann die Congas und die anderen Bläser. Wir spielen erst eine Strophe durch, und dann machen wir das Ganze nochmal von vorn, und ich singe die Strophe.«

»Wir spielen«, sagte Manny, der Bassist. »Und du singst und machst ein Gesicht wie ein Pfarrer dabei.«

Wenn sie die Lieder schließlich ausgearbeitet hatten, Texte und einfache Akkorde, und die Melodien im Kopf hatten, brachte er sie zu seinem Arrangeur, dem eleganten Miguel Montoya. Er setzte sich neben ihn und pfiff die Melodie oder spielte sie mit einem Finger gleich auf dem Klavier, damit man sie als Notenzeile aufschreiben konnte. Es gab viele Nächte, in denen Passanten auf dem Broadway oder dem Tiemann Place hören konnten, wie der Mambo King und sein Bruder an ihren Liedern arbeiteten. Die Leute schauten hinauf und sahen, wenn sie die Köpfe zurücklegten, ihre Silhouetten im Fenster. Oder manchmal gingen sie auch aufs Dach, mit ein paar Flaschen Bier und Steak-Sandwiches auf italienischem Weißbrot, mit reichlich Zwiebel und Salz drauf, und sie setzten sich auf eine Decke und ließen es sich schmecken und tranken und brachten die Nacht damit zu, sich Lieder auszudenken, als wär's für die rot-gelb-blau-und-weiß erleuchteten Gebäude der Stadt.

Engagements waren anfangs schwer zu kriegen bei all den guten Tanzkapellen, die es schon gab. An seinen freien Tagen hatte Cesar eine Menge Rennereien zu machen, er ging von einem Club zum nächsten auf der Achten, Neunten und Zehnten Avenue, in der Bronx und in Brooklyn und draußen in Harlem. Er versuchte die ganze Zeit, bei blasierten puertorikanischen Gangstern in ockerfarbenen Anzügen, denen die Hälfte aller Mambosänger in New York gehörte, Vorspieltermine zu kriegen. Aber sie kamen doch an ein paar Jobs: Pfarrkränzchen, Schulbälle, Hochzeiten. Viele Stunden Proben, ein paar Dollar Gage. Dabei half es eine Menge, daß Cesar Castillo ein weißer kubanischer Bolerosänger war, vom Typ her ein Latin Lover, wie man das zu jener Zeit nannte, dunkelhaarig, mit dunklem Teint, seine Haut war, was man damals »swarthy« nannte. »Swarthy« für Amerikaner, aber hellhäutig im Vergleich zu vielen seiner Freunde. Pito, ein drahtiger Kubaner aus Cienfuegos, war so dunkel wie die Mahagonibeine des Lehnstuhls in ihrem Wohnzimmer in der La Salle-Street. Viele von den Jungs, die in dem Apartment mit ihren schrillen gitarreförmigen Frauen und Freundinnen aufkreuzten, waren dunkle, knochige Typen.

Ein Flugblatt vom 15. Mai 1950:

Der Geselligkeitsverein auf der 79sten Straße Ecke Broadway lädt Sie ein zu einem Tanzvergnügen mit einem Doppelprogramm erstklassiger Mambo-Unterhaltungsmusik. Wir freuen uns, Ihnen heute und morgen abend (Freitag und Samstag) Glorious Gloria Parker und ihre Rumba-Damenkapelle präsentieren zu dürfen! Außerdem spielen für Sie der einmalige Cesar Castillo und seine Mambo Kings aus Kuba! Eintrittspreis: $ 1,04. Einlaß: 21 Uhr! Röhrenhosen und Jitterbug-Tanzen verboten.

Bald hatten sie Auftritte in der ganzen Stadt. Das Café Society auf der 58sten Straße, das Havana Madrid am Broadway Ecke 51ste, der Biltmore Ballroom Ecke Church und Flatbush, das Stardust auf der Boston Road in der Bronx, der Pan-American Club und der Gayheart Ballroom auf der Nostrand Avenue, das Manhattan Towers-Hotel auf der 76sten Straße beim City Center Casino.

Er kam auf die Bühne und tänzelte vor dem Mikrophon, während seine Musiker die Anfangstakte spielten. Wie herrlich, zusammen mit seinem Bruder Nestor auf der Bühne zu stehen und für ein Publikum aus den Leuten in den Cafés zu spielen, die über die Tanzfläche hopsten, federten, kreiselten. Wenn Nestor Soli spielte, flatterten Cesars schwere Augenlider wie Schmetterlingsflügel, die auf einer Rose schwirren; bei Schlagzeugsolos wackelten seine Hüften, und seine Arme zuckten durch die Luft: er machte ein paar tänzelnde Schritte zurück, faßte sich mit der einen Hand an den Gürtel, griff sich mit der anderen eine Hosenfalte und zog sie hoch, als wollte er die stramme Männlichkeit darin richtig zur Geltung bringen: den Umriß eines großen Schwengels durch weißseidene *pantalones*. Das Klavier legte Notenakkorde unter ein Solo, und er sah hinauf in die rosa und roten Scheinwerfer und schenkte dem Publikum ein Pferdegrinsen. Die Frau im trägerlosen Kleid, die eine langsame, reibende Rumba tanzte, starrte auf Cesar Castillo. Die ältere Dame, die sich das Haar zu einer himmlischen Spirale aufgetürmt hatte, starrte auf Cesar Castillo. Das Teeniemädchen, Miß Roosevelt High School, Jahrgang 1950, schlankbeinig und in Gedanken über die Jungs und die Liebe rätselnd, starrte auf Cesar Castillo. Alten Damen wurde heiß in ihrer Haut, sie bewegten die Hüften wie die jungen Mädchen, ihre Augen weitaufgerissen vor Staunen und Vergnügen. Dann trat er vom Mikrophon zurück und tänzelte quer über die Bühne.

Das Publikum mochte sie überall, wenn es aber einen Platz gab, der ihnen »gehörte«, dann war das der Imperial Ballroom auf der 18ten Straße Ost Ecke Utica Avenue in Brooklyn. Hier waren sie die Hauskapelle – engagiert zunächst wegen Miguel Montoya, weiterverpflichtet aber aufgrund der Beliebtheit von Cesar und Nestor. Sie veranstalteten laufend Wettbewerbe, bei denen es Preise von 25 Dollar zu gewinnen gab, für die besten Karottenhosen, das schrillste Hemd, die bestaussehende Frau, den besten Tänzer mit einem Regenschirm in der Hand, die wohlgeformtesten Beine, die verrücktesten Schuhe, den ausgefallensten Hut, und einmal an einem Samstagabend gab es eine Konkurrenz um die beste Glatze, zu der sich eine gewaltige Menge Leute einfand. Der Augenblick ihres größten Ruhmes aber kam in jener denkwürdigen Nacht, als sie an einer Schlacht im Krieg zwischen Kuba und Puerto Rico teilnahmen. Unter dem bewährten hüftschwingenden, beckenreibenden Oberkommando ihres Sängers Cesar Castillo trug die Band den Sieg davon bei diesem, um die Veranstaltungsseite des *Herald* zu zitieren, »wilden Fußgemenge«.

An einem anderen Abend lernte Cesar Frankie Pérez kennen, der zu einem seiner Freunde fürs Leben wurde. Das war 1949, und das Orchester spielte gerade eine von Cesars und Nestors Eigenkompositionen, »Twilight in Havana«. Frankie war ein wilder Tänzer und kannte jeden Rumba-, Mambo- und *Cu-bop**-Schritt, den es nur gab. Er war ein *suavecito*, der schon von klein auf in Havanna ein geborener Hexenmeister auf seinen zwei Beinen gewesen war und der es fertigbrachte, daß jede Partnerin mit ihm gut aussah. Damals machte er an drei oder vier Abenden die Runde durch die größeren Tanzlokale in der Stadt: das Park Palace, das Palladium, das Savoy, das Imperial. An diesem Abend trug er einen grünen Anzug mit V-Schnitt und Röhrenhosen, dazu einen glänzendrosa überbreiten Hut mit violetter Krempe, cremefarbene Schuhe mit Blockabsätzen und grüne Socken mit Schottenkaro. Beseligt und aller Sorgen ledig tanzte er nahe der Bühne, als er plötzlich ein Pengpeng aus dem Büro des Geschäftsführers hörte. Dann zerbrechendes Glas und Schreien. Jemand rief: »Alles runter«, und die Leute auf der Tanz-

---

* »Cu-bop« war die Bezeichnung für die Verschmelzung von afrokubanischer Musik und dem heißen Bebop-Jazz aus Harlem. Sein wichtigster Vertreter war der Bandleader Machito, der sich zusammen mit Maurio Bauza und Chano Pozo in den späten vierziger Jahren mit Dizzy Gillespie und Charlie Parker zusammentat. Die amerikanischen Jazzer griffen kubanische Rhythmen auf, und die Kubaner übernahmen jazzigere Rhythmen und Akkordfolgen. Machitos Orchester, mit Chico O'Farrill als Arrangeur, wurde berühmt für schwindelerregende Solos, gespielt über ausgedehnten Riffs, die man *montunos* nannte. Während dieser furiosen Breaks, wenn Schlagzeuger wie Chano Pozo und Instrumentalisten wie Charlie Parker verrückt spielten, hatten Tänzer wie Frankie Pérez die Mitte der Tanzfläche für sich und fügten improvisierte Dreher, Beugen, Grätschen, Sprünge in die Mambo-Grundschritte ein, genauso, wie die Musiker bei ihren Solos improvisierten. (Yeah, und dann war da noch diese extrascharfe Geste, die er sich von Cesar Castillo abgeguckt hatte. Wenn er mit einer hübschen Frau tanzte, tippte er sich mit dem Zeigefinger an die Stirn und machte ein zischendes Geräusch, als ob er am Verglühen wäre, fächelte sich dann Luft zu, um sich abzukühlen von der mächtigen Liebesglut, zischte noch einmal, hüpfte wie auf glühenden Kohlen, befächelte sich wieder und schickte ihr einen Kuß, und dazu, Mann, die ganze Zeit dieses wahnsinnige Cu-bop-Gefühl.)

fläche liefen auseinander und suchten Deckung hinter den verspiegelten Säulen und unter den Tischen. Es machte noch zweimal peng, und die Band hörte auf zu spielen, die Musiker duckten sich hinter ihren Pulten, sprangen von der Bühne und warfen sich flach auf den Boden.

Zwei Männer kamen aus dem Büro des Geschäftsführers auf die Tanzfläche gestürzt und schossen um sich, während sie machten, daß sie Richtung Ausgang kamen. Der eine von ihnen war dünn und hakennasig und trug eine Geldtasche. Der andere Mann war massiger und das Laufen schien ihm schwerzufallen, als hätte er ein lahmes Bein, vielleicht war er auch von den Schüssen aus dem Büro getroffen worden. Es sah so aus, als würden sie es schaffen, aber kaum waren sie draußen, liefen sie direkt in Revolverfeuer; ein paar Bullen waren gerade vorbeigefahren, als sie den Aufruhr drinnen mitbekamen. Der eine der Räuber wurde in den Hinterkopf getroffen, der andere ergab sich. Später, als alle sich an der Bar drängelten und Drinks kippten, kamen Cesar und Nestor mit Frankie ins Reden. Nachdem sie ausgetrunken hatten, gingen sie raus auf die Straße, wo sich eine Menge Leute angesammelt hatte. Der tote Mann lag immer noch mit dem Gesicht nach unten im Rinnstein. Er war breitschultrig und hatte ein Nadelstreifenjackett an. Nestor schlug so was auf den Magen, aber Cesar und Frankie bahnten sich einen Weg zu der Leiche, um sie sich aus der Nähe anzusehen. Gegen eine Ziegelwand gelehnt, ihre feierlichen Gesichter aus dem Schatten heraus auf die Leiche gerichtet, sannen sie traurig und verwirrt über das Schicksal des toten Mannes nach. Cesar stützte sich mit dem Fuß hinten ab, mit der Sohle eines modischen Kordovanschuhs an der Wand, er zündete sich gerade eine Zigarette an und horchte auf all die Sirenen, als ein weißes Blitzlicht losging. Abgesehen davon, daß sie an diesem Abend Freunde wurden, kamen er und Frankie auf die Seite 3 der nächsten Morgenausgabe der *Daily News*, auf ein Photo mit der Überschrift: RÄUBER AUS TANZLOKAL STIRBT IN EINER BLUTLACHE.

Ein aufregender Abend unter so vielen anderen aufregenden Abenden. Wie damals der Rum floß, Herrgott noch mal, wie die Schnapsflaschen immer mehr wurden, genauso wie die dicken Latexpräservative und die bebenden Frauenschenkel – wie bei der wunderbaren Brotvermehrung.

*M*it dem Visum in der Hand und mit Geld von ihrem Cousin Pablo waren sie in New York aufgetaucht, als Teil jenes Stroms von Musikern, der seit den zwanziger Jahren aus Havanna hereingeflossen war, als die Tango- und Rumbawelle über die Vereinigten Staaten und Europa hinwegschwappte. Dieser Boom setzte ein, weil mit dem Aufkommen des Tonfilms und dem Niedergang des Stummfilms viele Musiker ihre Jobs im Orchestergraben verloren. Es hieß in Kuba bleiben und verhungern oder nach Norden gehen, um in einer Rumbaband unterzukommen. Selbst in Havanna mit all seinen Hotels, Tanzlokalen und Nachtclubs gab es zuviele Leute in der Szene. Als Cesar 1945 mit der naiven Vorstellung, ganz groß herauszukommen, dort anfing, wurde er nur einer unter tausend Bolerosängern, die kämpfen mußten, um sich durchzubringen. Havanna war voll von erstklassigen, schlecht bezahlten Sängern und Musikern wie ihm und Nestor. Es waren Bands, die wunderlich altmodisch klangen neben den reichlich blechbestückten amerikanischen Bigbands wie denen von Artie Shaw, Fletcher Henderson und Benny Goodman, die damals groß in Mode waren. Das Leben als Musiker in Havanna war ärmlich, aber gesellig. Hübsche junge Sänger, Trompeter und *congueros* kamen überall zusammen – unter Arkaden, auf Plätzen, in Bars. Während im Kasino das Paul Whiteman Orchester spielte, wurde die unverfälschte kubanische Musik auf die Straßen verbannt. Sogar Musiker, die in den beliebten Karibik-Orchestern von Enric Madriguera und René Touzet spielten, beklagten sich ständig, wie schlecht sie von den Mafiatypen behandelt würden, die die Kasinos führten und den kubanischen Musikern einen Dreck bezahlten. Zehn Dollar die Nacht, abzüglich Reinigungsgebühr für die Uniformen, Schwarze und Mulatten durch die eine Tür, weiße Musiker durch eine andere, keine Drinks auf das Haus, kein Geld für Überstunden, und zu Weihnachten eine Flasche verwässerten und wieder abgefüllten Whiskys als Bonus. Und das in Clubs wie dem Tropicana und dem Sans Souci.

Die Allerbesten – Olga Chorens, Alberto Beltrán, Nelson Piñedo, Manni Jiménez – arbeiteten in Clubs mit Namen wie Night and Day, New Capri, Lucky Seven. Der fabelhafte Ernesto Lecuona im Montmatre, Beny More im Sierra.

Die Brüder hatten vor allem als Straßensänger in Havanna gearbeitet, aber auch in einer drittklassigen Unterhaltungsband, die sich Havana Melody Boys nannte. Sie spielten in der Bar eines Spielkasinos, schüttelten schrotgefüllte Cocktailshaker, schrummten auf Gitarren und bliesen Blech, zur Unterhaltung für ein Publikum von alkoholgetränkten Spielern und altjüngferlichen Touristinnen aus dem amerikanischen Mittelwesten. Dabei hatten sie Mambohemden mit Rüschenärmeln und orangefarbene Stierkämpferhosen an, die so eng waren, daß sich ihnen der Paterfamilias verknotete wie ein Knorren an einem Baum. (Noch ein anderes Photo von den Havana Melody Boys steckte in dem Innenfach aus weichem Stoff im Koffer des Mambo Kings, den er ins Hotel Splendour mitgebracht hatte, in einem Packen von alten Photographien, Briefen, Notizen für Lieder: Mambomusiker in Rüschenhemden und blauweiß gestreiften *pantalones* sitzen in einer Reihe auf einer Bambusbühne, die wie eine Hütte aussehen soll. Es sind neun Musiker. Hinter ihnen steht ein Fenster offen, mit scheinbarem Blick auf den Hafen von Havanna, am Himmel lauter Sterne und ein Halbmond.) Sie machten damals sogar eine Platte, mit dem fabelhaften Cesar Castillo als Star, »*El Campesino*« hieß sie (eine spätere Version von dieser Eigenkomposition nahm er 1952 zusammen mit den Mambo Kings auf). Sie ließen so an die tausend Exemplare von der 78er als Probestücke pressen, verschickten sie an lokale Radiostationen und brachten ein paar davon sogar in die Jukeboxes im Vergnügungspark in Havanna und oben in La Playa de Marianao. Es wurde kein Hit und verlor sich in dem Meer von Boleros und Balladen, die in Havanna damals herauskamen. Tausende schmalzige Sänger und schnulzende Sängerinnen, und für jeden eine schwarze Plastikscheibe, ein Echo für jede schaumig glucksende Welle in dem sich kräuselnden Mambomeer.

Weil er das Singen mit den Havana Melody Boys satt hatte, wollte Cesar Castillo sein eigenes Orchester gründen. Aus einer Kleinstadt in Oriente stammend, hatten ihn die Geschichten über Kubaner inspiriert, die in die Staaten ausgewandert waren. Eine Frau aus Holguín war Schauspielerin geworden und nach Hollywood gegangen, wo sie durch Filme, die sie mit George Raft und Cesar Romero machte, reich geworden war (in einem Film mit dem Titel *Passion on the Pampas* hatte Raft einen argentinischen Gaucho mit einem Gauchohut und Glöckchen an der Krempe gespielt und mit dieser Frau Tango getanzt). Sie hatte genug Geld gemacht, um in einer leuchtendrosa Villa in einem Ort namens Beverly Hills leben zu können; dann war da noch ein Rumbatänzer namens Ernesto Precioso, den Cesar aus den Tanzlokalen in Santiago de Cuba kannte und der von

Xavier Cugat entdeckt worden war und bei ihm große Rollen bekam – als Solotänzer in einem Hollywood-Kurzfilm mit dem Titel *The Lady in Red* und zusammen mit dem Pianisten Noro Morales in *The Latin from Staten Island*.

Noch mehr, die es zu etwas gebracht hatten? Alberto Socarrás spielte in einem Nachtclub namens Kubanacan in Harlem; Miguelito Valdez (»Magnificent Miguelito«) schnulzte bei Xavier Cugat im McAlpin Hotel dahin; Machito mit seiner großen Popularität in New York und seinen Europatourneen; Tito Rodríguez im Palm Nightclub, und die Pozo-Brüder.

Die berühmteste Erfolgsstory aber war immer die eines Sängerkollegen, den die Brüder aus Santiago de Cuba kannten, wo sie gelegentlich in Tanzcafés gespielt hatten und auf den *placitas*, im Mondlicht sitzend und gitarrespielend. Er hieß Desi Arnaz. Er war in den dreißiger Jahren in den Staaten aufgekreuzt und hatte sich in den Tanzlokalen und Clubs von New York als ein netter, sauberer Typ etabliert und es mit seiner Conga-Trommel, seiner Singstimme und seinem drolligen kubanischen Akzent zur Berühmtheit gebracht. Und da waren noch andere: Romero und Gilbert Roland, Jungs aus Kuba, die es beim Film geschafft hatten und Nachtclub-Gigolos und revolvertragende, sombrerobedeckte, gestiefelte und gespornte *vaqueros* spielten. Der Erfolg von Arnaz machte Cesar Eindruck, und er träumte manchmal davon, auch so berühmt zu werden (jetzt lacht er darüber). Daß Cesar Weißer war wie Arnaz (für manche Amerikaner blieb er trotzdem ein »Spic«) und einen guten, tremolierenden Bariton hatte und dazu das Aussehen eines platthübschen Jungen, schien alles wie dazu bestimmt, zu seinem Vorteil auszuschlagen.

In jedem Fall war der ganze Betrieb in New York besser. Befreundete Musiker aus Havanna fuhren nach Norden und fanden Arbeit in den Orchestern von Leuten wie Cugat, Machito, Morales und Arnaz. Cesar hörte Gerüchte und bekam Briefe, in denen von Geld, Tanzlokalen, Plattenverträgen, guten Wochengagen, Frauen und freundlichen Landsleuten die Rede war. Wenn er dort hinauf ginge, sagte er sich, könnte er bei seinem Cousin Pablito wohnen, in ein Orchester eintreten und einiges Geld verdienen. Und wer konnte schon wissen, was vielleicht sonst noch alles passieren würde?

An dem Tag, als die Brüder in New York ankamen, frisch aus Havanna, im Januar 1949, lag in der ganzen Stadt zwei Fuß hoch Schnee. Sie flogen in einem Pan Am-Clipper für 39,18 Dollar von Havanna nach Miami und nahmen anschließend den Florida Special nach Norden. In Baltimore erlebten sie den ersten Schnee, und als sie durch eine Station im Norden von Maryland fuhren, sahen sie einen Wasserturm, der geborsten und zu einer orchideenförmigen, vielblättrigen Eiskaskade erblüht war. Pablo holte sie von der Pennsylvania Station ab, und, *hombre*, in ihren Schuhen mit den dünnen Sohlen und ihren billigen Mänteln von Sears und Roebuck waren die Brüder durchgefroren bis auf die Knochen. Auf den Straßen schienen Menschen und Autos in den Schneeböen zu verschwinden wie zerflatternde Phantome. (Sie lösten sich auf in einem Schnee, der überhaupt nicht so war wie der Schnee, den sie aus dem Kino in Havanna kannten, gar nicht wie Bing Crosbys märchenhafter »I'm dreaming of a White Christmas«-Schnee, oder wie der Schnee, wie sie ihn sich in ihren Träumen vorgestellt hatten, lauwarm wie die nachgemachten Eiszapfen auf dem »*Vollklimatisiert*«-Schild im Kino.) Durch ihre kubanischen Schuhe ging das Wasser hindurch, und als sie bei Pablo im Hausflur mit den Füßen stampften, konnten sie die Dämpfe der Gas- und Elektroöfen auf den Gängen riechen.

Pablo und seine Familie wohnten in der La Salle-Street 500, westlich der 124sten Straße und des Broadway, in Uptown-Manhattan. Es war ein sechsstöckiges Mietshaus, erbaut um die Jahrhundertwende als Unterkunft für kleine Angestellte, und hatte eine einfache Eingangstreppe mit schwarzen, verschnörkelten Geländern und einer schmalen Haustür, die von einem Torbogen mit einem Zinnenmuster aus Ziegeln eingefaßt war. Darüber ragten sechs Stockwerke hoch schwarze schmiedeeiserne Feuerleitern und beleuchtete Fenster mit Jalousien empor. Es war zwei Minuten von der 125sten Straße Ost 1 entfernt, eine Nacht im Zug und eine Dreiviertelstunde Flug von Havanna und fünf Minuten von Harlem, dem synkopenschlagenden Herzen des Rhythmus, wie sie in jenen Tagen immer sagten. Vom Dach aus konnte man den Hudson sehen und auf der Nordseite des Riverside Parks bei der 112ten Straße das Mausoleum, in dem Grant begraben lag, mit seiner Kuppel und den Säulen, und weiter bis zu den Docks und den Schlangen von Pendlern und Autos, die darauf warteten, an Bord der Fähre nach New Jersey zu gehen.

Am selben Abend kochte Pablos Frau für sie ein Festessen, und weil es geschneit hatte und sie kalte Füße hatten, wusch sie ihnen die kältestarren Zehen in einer Schüssel mit heißem Wasser. Sie war eine praktische und warmherzige Frau aus Oriente, für die Heiraten und Kinderkriegen die wichtigsten Ereignisse im Leben waren. Sie lebte dafür, die Männer im Haus zu umsorgen; sie schuftete schwer, um ihnen die Wäsche zu waschen, die Wohnung sauber zu halten, zu kochen und auf die Kinder aufzupassen. An diesen kalten ersten Tagen verbrachte der zukünftige Mambo King die meiste Zeit damit, in der Küche zu sitzen, Bier zu trinken und ihr zuzusehen, wie sie große Töpfe mit Schmorfleisch, Reis, Bohnen und frittierte *plátanos* zubereitete. Sie briet Steaks, Schweinskoteletts und lange Kränze von Würsten, die Pablo von seinem Job als Vorarbeiter in der Fleischfabrik heimbrachte. Der Küchendunst zog durch die Fenster hinaus, und die Nachbarn, genau wie ihre Vermieterin, Mrs. Shannon, schüttelten die Köpfe. Pablos Frau machte Frühstück für sie, gebratene *chorizos* und Eier, und bügelte ihnen dann ihre Sachen. Sie seufzte viel, aber gleich darauf lächelte sie wieder, als wollte sie sich selbst Mut machen; das Hübscheste an ihrem runden Gesicht mit den Grübchen waren ganz lange Wimpern, deren Schatten wie die Zeiger einer Uhr waren. Genauso war sie auch, wie eine Uhr, auf der der Tag in Hausarbeiten eingeteilt war und Seufzer die Stunde anzeigten.

»Eine Familie und Liebe«, jetzt hörte er es wieder, »das ist es, was einen Mann glücklich macht, nicht nur Mambospielen.«

Und damals fuhr Pablo sie auch öfters in seinem Oldsmobile herum und zeigte ihnen die Sehenswürdigkeiten, oder die Brüder fuhren mit der U-Bahn durch alle vier Stadtbezirke, die Gesichter an die Scheiben gepreßt, als würden sie zum Spaß die Säulen und Blinklichter zählen. Cesar mochte lieber Vergnügungsparks, Zirkus, Kinos, Varietés und Baseballspiele, während Nestor, ein stillerer, nachgiebigerer und eher gequälter Mensch, Freude an der Natur hatte und gern zu den Plätzen ging, wo es Pablos Kindern am besten gefiel. Er nahm sie ins Naturgeschichtliche Museum mit, wo es für ihn das Schönste war, zwischen den Überresten von so vielen Reptilien, Säugetieren, Vögeln, Fischen, Insekten herumzugehen, die sich alle früher einmal pulsierend, schimmernd, kriechend, fliegend, schwimmend durch die Welt bewegt hatten und jetzt als Präparate in langen Reihen von Glaskästen lagen. An einem dieser

Tage posierten er, Cesar, Pablo und die Kinder für ein Photo stolz vor dem bedrohlich aufragenden Skelett des Tyrannosaurus Rex. Nachher gingen sie hinüber in den Central Park, die Brüder schlenderten nebeneinander her, wie sie es unten in Havanna immer getan hatten. Damals war es dort noch ruhig und sauber. Überall gingen alte Damen spazieren, und junge Männer kuschelten im Gras mit ihren Mädchen. Sie machten Picknicks auf dem Rasen, aßen dicke Steaksandwiches und tranken Coca-Cola und genossen die Sonne, während sie zusahen, wie schwanenförmige Boote über den Teich glitten. Am schönsten war der Zoo in der Bronx im Frühling, mit den Löwen, die durch ihre Käfige strichen, den Büffeln mit ihren großen Hörnern und den Speichelflocken, die ihnen schaumig wie Gischt vor dem Kinn standen, langhalsigen Giraffen, die mit neugierigen Köpfen hoch ins Blätterwerk der Bäume hineinäugten. Schöne Tage waren das, und aller Schmerz und alles Leid war weit, weit weg.

Zu jener Zeit lag in New York ein böses Vorurteil in der Luft, eine Nachkriegs-Feindseligkeit gegen alles Fremde, und in den Straßen keimte die Jugendkriminalität auf. (Und heute, Jahre später? Ein paar von den Alteingesessenen, die hartnäckig weiter dageblieben sind (die Iren), können immer noch nicht glauben, was mit ihrer Straße passiert ist; wo es sich nun auf den Gehsteigen drängelt vor Dominotischen, Kartenspielern, Radios und Fruchteis-Wagen, schleichen diese alten Leutchen verstohlen umher wie Gespenster.) Cesar konnte sich noch gut daran erinnern, wie er auf der Straße angezischt wurde, weil er mit Nestor Spanisch sprach, wie irgendwer ihn von einem Dach aus mit Eiern bewarf, als er in einem flamingorosa Anzug den Hügel hinauf zu Pablito unterwegs war. Sie lernten, welche Straßen man meiden mußte und daß man nachts nicht über die Docks gehen durfte. Und während sie diesen Teil des Lebens in New York zunächst deprimierend fanden, tröstete sie die Wärme zu Hause bei Pablo darüber hinweg. Die Musik aus Pablos Plattenspieler, das Aroma von gebratenen Bananen, die Zuneigung und die Küsse von Pablos Frau und seinen drei Kindern machten sie wieder heiterer.

So erging es den meisten Kubanern, die damals nach New York kamen, weil jeder jeden kannte. Apartments voller Leute auf der Durchreise oder Cousins oder Freunden aus Kuba – genau wie es immer in der *I Love Lucy*-Show passierte, wenn Kubaner zu Ricky nach New York auf Besuch kamen, *de visita*, und plötzlich vor der Tür standen, mit dem Hut in der Hand, und bescheiden Diener machten, unter Freundlichkeiten und Dankesworten. Kubaner, die Kastagnetten spielten, Rumbakugeln schüttelten, Flamencotänzer, Jongleure, Dompteure und Sänger, die Männer nicht sehr großgewachsen und mit treuherzig offenen Gesichtern, die Frauen klein und drall, so still, so dankbar für die Gastfreundschaft.

Sie schliefen auf Klappbetten im Wohnzimmer; manchmal fröstelten sie nachts, wenn der Wind vom Hudson durch die undichten Fenster hereinzog, beunruhigten sich über die Sirenen des Feuerwehrautos unten auf der Straße, schreckten (anfangs) hoch, wenn der Boden bebte und das Haus von den an- und abfahrenden Hochbahnzügen auf der 125sten Straße erzitterte. Im Winter froren sie, aber im Frühling brachten ihnen italienische Straßenmusikanten Ständchen – Mandoline, Geige, Gitarre und ein Sänger. An Sonntagnachmittagen suchten sie die Radiostationen nach netter Musik ab und hörten sich auf WHN Machitos »Live aus dem El Flamingo« an; es machte die Brüder glücklich, wenn der Perkussionist und Bandleader zwischen zwei Nummern ein paar Worte auf Spanisch sagte: »Und nun eine kleine Nummer für meine *compañeros* da draußen . . . « Sie lehnten am Fenster und beobachteten den Scherenschleifer in seinem dicken schwarzen Mantel, wie er gebückt und graubärtig die Straße heraufgehumpelt kam, mit dem Schleifstein an einem Riemen über der Schulter und einer bimmelnden Glocke. Sie kauften kübelweise Eis für ihre Drinks beim Eismann, der einen kleinen schwarzen Laster fuhr. Sie wurden gewärmt von der Kohle, die über eine Rutsche in den Keller gelassen wurde, angebellt von wilden Rudeln von Straßenkötern und gesegnet vom Pfarrer der katholischen Kirche mit den roten Türen.

Wenn sie nicht ausgingen, um sich die Stadt anzusehen oder Freunde zu besuchen, hatten die Brüder ärmellose Unterhemden an und saßen in der Küche und paukten, um ihr Englisch zu verbessern. Sie lasen etwas, das *A Better English Grammar for Foreign Speakers* hieß, Comics mit Captain Marvel und Tiger Boy, die *Daily News*, den Brooklyner *Herald*, die »blauen Zettel« von der Galopprennbahn und die Lesebücher in Golddruckeinbänden über verzauberte Schwäne und wirteläugige Bäume im Schwarzwald, die Pablos Kinder von der Gemeindeschule nach Hause brachten. Obwohl die beiden Brüder schon ein höfliches, wenn auch bruchstückhaftes

Englisch sprechen konnten, das sie durch die Arbeit als Pikkolos oder Kellner im Explorers' Club, Abteilung Havanna, auf der guten alten Neptuno Street gelernt hatten (»Jawohl, Sir; nein, Sir. Sagen Sie bitte nicht Pancho zu mir, Sir.«), waren die verdrehten, harten Konsonanten und knappen Vokale der englischen Sprache nie Musik in ihren Ohren. Abends beim Essen, wenn der Tisch sich bog von Platten mit Steaks und Koteletts, *plátanos* und *yuca*, erzählte Cesar immer, wie er über die Straße gegangen war und andauernd einen *ruido* – ein Lärmen – im Ohr gehabt hatte, das wirbelnde Durcheinander von Englisch mit jüdischem, irischem, deutschem, polnischem, italienischem, spanischem Akzent, das für ihn kompliziert und unmelodisch klang. Er hatte einen starken Akzent, rollte das Rrrrrrr, sagte »Hjo-Hjo« statt »Jo-Jo« und »tink«, nicht »think« – genau wie Ricky Ricardo –, kam aber gut genug zurecht, um die amerikanischen Frauen, die er da und dort kennenlernte, mit seinem Charme zu betören, um bei schönem Wetter draußen auf der Feuerleiter zu sitzen, auf der Gitarre zu zupfen und schmelzend auf Englisch »In the Still of the Night« zu singen. Und er konnte auch in den Schnapsladen unten auf der Straße gehen und sagen: »Einen Bacardi, den dunklen, bitte . . . « Und dann, etwas später, konnte er den Inhaber schon mit Bravado ansprechen: »Na, mein Freund, wie geht's uns denn?«

Er war stolz auf sich, weil es damals bei den Kubanern in New York als Zeichen von Finesse galt, Englisch zu sprechen. Bei den Parties, zu denen sie gingen und die von Kubanern in der ganzen Stadt gegeben wurden, stellte man um so mehr dar, je besser man Englisch konnte. Bei Gesprächen in rasantem Spanisch stellte Cesar immer wieder seine sprachliche Gewandtheit unter Beweis, indem er eine Wendung einstreute wie »heiße Miezen bei einer Jam Session«. Hin und wieder traf er auf eine Clique aus Greenwich Village – amerikanische Mädels mit einem Hang zum süßen Leben, die im Palladium oder im Palm Nightclub aufkreuzten; ausgelassene Wumms-rumms-bums-Typen, die keinen BH unter ihren zebragemusterten Partykleidern trugen. Wenn er sie auf der Tanzfläche traf, machte der Mambo King ihnen mit seinen Bewegungen und seiner Latin Lover-Ausstrahlung Eindruck und ging mit ihnen auf die Bude ins Village (mit der Badewanne in der Küche), wo sie Marihuana rauchten (dabei hatte er das Gefühl, daß ihm ein ganzes Feld von Zuckerrohr im Kopf austrieb), Bebop hörten und auf Teppichen voller Hundehaare und Couchen mit ausgeleierten Federn bumsten. Er schnappte Wörter wie »Irre« und »Wahnsinn« auf (beispielsweise in »Wahnsinn, Mann, hab' ich 'nen Druck!«), pumpte ihnen mit sexistisch-onkelhafter Fürsorge Geld und führte sie zum Essen aus. In der Zeit, in der er kurz in der Tidy Print-Druckerei auf der Chambers Street arbeitete, um sich ein wenig Geld extra zu verdienen, damit er sich ein Auto kaufen konnte, verbrachte er seine Mittagspause immer mit einem jüdischen Jungen aus Brooklyn, Bernardito Mandelbaum, dem er Spanisch beibrachte. Dabei lernte er auch ein paar jiddische Ausdrücke. Sie tauschten immer ihre Wörter aus: *Schlep* (Idiot), *schmuck* (Dummkopf), *schnook* (Weißnix), *schlemihl* (Tunichtgut, Blödmann) im Tausch für *bobo* (Idiot), *vago* (Lahmarsch), *maricón* (Schwuchtel) und *pendejo* (Filzlaus). Bei einigen dieser Parties, wo nur englisch gesprochen wurde, war er berühmt dafür, daß er durch die reiche Vielfalt seines Ausdrucks selbst auf die trockensten kubanischen Professoren Eindruck machen konnte. Er war aber auch ein guter Zuhörer, der ganze Abende damit zubrachte, sich ans Kinn zu fassen, zu nicken und immer wieder »Ach so?« zu sagen. Und später, wenn er mit Nestor unterwegs nach Hause war, sagte er die neuen Wörter, die er gelernt hatte, auf wie ein Gedicht.

In den Strohkoffern, die sie aus Kuba mitgebracht hatten, waren Packen von Papier, auf die sie viele ihrer Einfälle für Songs geschrieben hatten. Darin ging es meist um kleine Dinge aus ihrem Leben. Weil er Romantik und Provinzlertum komisch fand, verfaßte Cesar freizügige Songtexte mit einer Tendenz zu Obszönitäten und spaßigen Wortverdrehungen (aus *Bésame Mucho* wurde *Bésame Culo*). Oft wirkte ein Kater inspirierend auf ihn: in jenen Tagen, als er und Nestor auf Klappbetten in Pablos Wohnzimmer schliefen, wachte er manchmal nach einer ausschweifenden Nacht in Tanzlokalen und Nachtclubs auf, Haut und Haare rochen nach Tabak, Parfum und Schnaps, da kam die Inspiration über ihn, und der Mambo King kroch aus dem Bett, griff sich seine brasilianische Gitarre aus Orangenholz, schlug ein paar Akkorde an, und mit einem Fuß in Schlappen auf der Heizung und einem Schädel, in dem es hämmerte vor Ironie und Kopfweh, erfand er ein Lied.

Die 1950 entstandene Ballade »Alcohol« schrieb er eines Morgens, nachdem er mit einem zusammengeknüllten Paar Nylonstrümpfe in der Jackentasche und einer zerbissenen Lippe auf der Wohnzimmer-couch aufgewacht war und sich fühlte, als schlüge in seinem Kopf ein großer schwarzer Vogel mit schweren Schwingen. Derart inspiriert, nahm er seine Gitarre, pfiff eine Melodie, dachte sich ein paar Verszeilen aus und verfertigte eine erste Version des Songs, den die Mambo Kings 1952 auf Platte aufnehmen sollten und dessen Text fragte: »Alkohol, warum raubtest du mir die Seele wohl?«

Auch andere Kompositionen kamen ihm auf die gleiche mühelose Weise, Songs, die dazu geschrieben waren, die Zuhörer wieder auf die *plazas* kleiner Städte auf Kuba zurückzuversetzen, nach Havanna, in lang vergangene Augenblicke des Werbens und Liebens, der Leidenschaft und eines Lebens, das in dem jetzigen Dasein mehr und mehr verblaßte.

Seine (und Nestors) Stücke waren mehr oder weniger typisch für das, was damals komponiert wurde: Balladen, Boleros und eine unendliche Auswahl von schnellen Nummern zum Tanzen (*son montunos, guarachas, merengues, guaracha mambos, son pregones*). Kompositionen, die Momente jugendlichen Maulheldentums einfingen (»Tausend Frauen zugleich hab ich glücklich gemacht, ich bin ein Mann der Liebe!«). Lieder über Liebeleien, Magie, errötende Bräute, untreue Ehemänner, Betrogene und Betrüger, kokette Schöne, Niederlagen. Mal glücklich, mal traurig, mal schnell und mal langsam.

Und dann gab es Songs über eine Qual jenseits allen kleinen Kummers.

Das war Nestors Spezialität. Während Cesar seine Lieder nur so herausschüttelte, be- und überarbeitete Nestor ein und dieselbe Komposition wieder und wieder. Nestor liebte die Qualen des Komponierens. Er verbrachte Stunden und Stunden über ein Notenheft gebeugt, mit einer Gitarre oder seiner Trompete auf den Knien, und mühte sich ab, um eine Ballade zu komponieren, ein einziges schönes Lied. Rafael Hernández hatte es bei »*El Lamento*« genauso gemacht, Moisés Simon bei »The Peanut Vendor«, Eliseo Grenet bei »*La Ultima Rumba*«. Und in jenen Tagen, als sein Herz voll war von unerträglichem Schmerz, schrieb er das Lied, das sie im Fernsehen spielen sollten, jene klagende Melodie, die sie dem Ruhm am nächsten brachte: »*Bella Maria de Mi Alma*«, »Beautiful Maria of My Soul«, ein Lied, das in seinen Anfängen nur aus ein paar schmerzlichen Ausbrüchen bestand: »Maria ... meine Liebe ...

Maria . . . mein Herz« – Wörter, die eingeschlossen waren in einen Käfig aus Dornenruten, geflochten aus drei Akkorden, a-moll, d-moll und E-Sept; ein Lied, das er so oft spielte und mit solcher Melancholie in der Stimme sang, daß sogar der verwirrte Cesar Castillo einmal sagte: »Ich kann's nicht mehr ertragen! Wenn ich noch einmal was von Maria hör, schmeiß ich dir deine Gitarre aus dem Fenster.«

Und dann: »Warum läßt du den Song nicht einfach sein und kommst mit mir? Na komm schon, Brüderchen, ich bin fast zehn Jahre älter als du . . . und ich hab da so ein Gefühl . . . «

»Nein, geh ohne mich.«

Glatt und wie ein junger Gott, schüttelte Cesar Castillo den Kopf und ging zur Tür hinaus, entschwand, vorbei an den Kiosken, durch den Treppenaufgang mit dem Pagodendach und den Rauchglasscheiben, um die U-Bahn in die Stadt zu nehmen. Später dann in jenen Nächten, wenn er nichts hatte, um sich abzulenken, dachte Nestor über die Vergangenheit nach, vor der es kein Entrinnen gab. In seinen Eingeweiden wühlte es, schwer lag sein Schädel in den Kissen, die Laken umschlangen ihn, und eine dicke blaue Ader kroch ihm wie ein Wurm über die schwermütige Stirn. In manchen Nächten hörte er jedes Geräusch von der Straße: Katzen, die an dunklen Kellereingängen herumschlichen, den Wind, der die Drähte der Fernsehantennen gegen die Wände peitschte, Kaffeetassen, Teller und Besteck, die abgewaschen wurden, gedämpfte Stimmen, die in Küchen murmelten, Bettgeräusche, irgendwen, der rülpste, die Jack Benny-Show beim Nachbarn im Fernsehen, und, für ihn ein Hohn, das heftige Keuchen einer Nachbarin von der anderen Straßenseite, der riesenhaften, hängebusigen jungen Irin mit den Sommersprossen auf dem Hintern, die er oft durchs Fenster sah, Fiona, die gerade am Bumsen war und sich verzückt die Lunge aus dem Leib schrie.

An diesen Abenden hoffte Nestor beim Zubettgehen auf schöne Träume von Gärten und dem Sonnenlicht früh am Morgen, das für ihn immer mit Liebe verbunden war; statt dessen aber mußte er durch einen schmalen düsteren Gang des Unglücks in eine Kammer der Folterqualen gehen, wo Maria, die Schöne seines Herzens, nackt und begehrenswert, ihn auf ein Gestell legte und an einem großen Rad drehte, dessen Seile ihm Arme und Beine auszureißen und von seinem Glied die Haut abzuziehen begannen. Er wachte auf, das

Herz schlug ihm, als wollte es zerspringen, und an der Wand wirbelten Schatten. Aufgewühlt saß er neben dem Bett, sein Körper naß vor Schweiß, zündete sich eine Zigarette an und wünschte, er wäre mit seinem älteren Bruder ausgegangen.

Und was geschah dann?

Das Telephon läutete, und wenn er drang, hörte er in etwa folgendes: »Hey, Bruderherz, ich weiß, wir müssen morgen arbeiten, aber warum ziehst du dich nicht trotzdem an und kommst schnurstracks hierher. Ich bin grad im El Morocco, und mein Freund Eddie hier wird demnächst eine kleine Party schmeißen, mit jeder Menge netten Mädels . . .«, und im Hintergrund das entzückte Quietschen von Frauen und Musik von einem Zwanzig-Mann-Orchester, daß es den Laden aus den Angeln hob.

Nestor antwortete auf seine ruhige Art: »Gut, laß mir eine Stunde Zeit . . .«, und obwohl er sonst so praktisch und introvertiert war, zog er sich an und ging in den Club.

Immer schon der düsterere und stillere von den beiden Brüdern, war er der Bursche mit den großen Ohren, der fünf Drinks gekippt haben mußte, ehe er auftaute und der Welt ein zähnefletschendes Grinsen zeigte. Eine Frau, die sich an ihn drückte, in einer fröhlich feiernden Runde um einen Tisch voller Champagnergläser, ihr Busen fühlte sich weich an durch ihr Seidenkleid, hatte keine Chance bei ihm. Es machte auch keinen Unterschied, wenn sie lieb war, zärtlich, scharf auf Sex und hübsch; er schien immer irgendwo anders zu sein. Schon ein paar Drinks legten Schatten auf sein Gesicht; im Spiegel auf der Herrentoilette wogten diese Schatten hin und her wie kosende Frauenhände. Als er zum ersten Mal in die Staaten kam, erschien ihm jede Frau, die er ansah, so leblos wie eine Schaufensterpuppe. Er konnte keine andere Frau anschauen, und die einzige Art, wie er mit diesem unerträglichen Schmerz fertigwurde, waren Tagträume von Maria: Würde sie ihm plötzlich den liebevollsten aller Briefe schreiben? Würde sie mit dem nächsten Flugzeug hier auftauchen, ihre Rüschendessous in eine kleine Tasche gepackt? Würde sie sich am Telephon ausweinen und ihn um Vergebung anflehen?

Bei allem Unverständnis meinte Cesar immer: Sei kein Idiot, vergiß sie! Aber das konnte Nestor nicht. Er durchlebte seine Zeit mit ihr so oft aufs neue, daß er manchmal das Gefühl hatte, unter seiner Vergangenheit begraben zu sein, als ob alle Einzelheiten dieser gescheiterten Liebe (und anderer trauriger Dinge aus seinem Leben) in Steine, Unkraut und Staub verwandelt und er damit zugeschüttet worden wäre.

Er trug seine Träume von Maria sogar in die Fleischfabrik, in der Pablo ihm einen Job verschafft hatte. Arbeit an einem Bottich, in dem Tierknochen und Därme zerkleinert und zermahlen wurden, um daraus Hot Dogs und Wurstfüllungen zu machen. Die Klingen rotierten, und er verbrachte die Zeit damit, auf die herumschleudernden Innereien zu starren – Gekröse, Mägen, Rückenmark, Hirne – als wär's ein sonniger Garten. Das Krachen der Knochen, das Schwirren der Maschinen, Erinnerungen, Musik und seine Träume von Maria. Die Fabrik war in einem langen, flachen Lagerhaus am Fluß und hatte riesige Metalltore, die aufgingen, wenn Kühlwagen Fracht lieferten oder abholten. Er arbeitete dort von sieben Uhr früh bis vier Uhr nachmittags und brachte diese Stunden am Bottich damit zu, sich etwas vorzupfeifen und zu versuchen, aus dem Stehgreif ein Lied über Maria zu machen. Was wollte er damit erreichen? Ein Lied zu schreiben, das so sehr reine Liebe und Sehnsucht vermittelte, daß Maria, weit weg, ihn »hören« und auf wunderbare Weise wieder in ihr Herzinnerstes schließen würde. Er glaubte, sie würde diese Melodien in ihren Träumen hören und etwas würde von ihr Besitz ergreifen: Sie würde sich hinsetzen und ihm einen Brief schreiben, in dem sie ihn um Verzeihung bat, einen Brief, in dem sie ihre Verwirrung und Dummheit eingestand; eines Tages würde sie ihren Ehemann verlassen – wenn er das überhaupt war – und er würde ein Klopfen an der Tür hören und durch den Flur gehen, der hechelnde Hund hinter ihm her, und die Maria seines Herzens draußen stehen sehen, diese Frau, die der verlorene Schlüssel zu seinem Glück geworden war.

Aber soviele Briefe er ihr auch schrieb, sie antwortete ihm niemals. Soviele Geschenke er ihr auch schickte, er erhielt nie auch nur ein Dankeschön. Zwei Jahre lang verging kein Tag, an dem er nicht daran dachte, nach Havanna hinunterzufliegen, um sie zu sehen. Es war hoffnungslos, er fühlte, wie sich sein Herz zusammenzog, verkrampfte. Er sprach nicht über Maria aus Havanna, aber er brachte die meisten seiner Tage damit zu, an sie zu denken.

Er hatte immer ein kleines Photo von ihr in einem Badeanzug mit gegürteter Taille bei sich, seine Maria, die den schaumigen Wellen des Meeres bei Havanna entstieg, er holte es heraus und redete mit dem Bild, als ob sie ihn hören könnte. Nach der Arbeit machte er einen einsamen Spaziergang hinauf zum Grant-Mausoleum, um nach dem toten Präsidenten und seiner Frau zu sehen, und dann über einen Weg hinunter in den Riverside Park, wo er sich gegen eine Steinwand lehnte, den glitzernden Eisschollen auf dem Fluß zusah und sich vorstellte, darunter im Wasser zu sein. Träume von drängender Enge. Unter der Erde, in Tunnels, in Blöcken von Eis. Er dachte seine Gefühle für Maria so oft durch, bis sie zu einem Brei wurden wie die Innereien in den Fleischwölfen der Fabrik. Je mehr er an sie dachte, desto entrückter wurde sie. Jede Unze Liebe, die er in seinem kurzen Leben je bekommen hatte, wurde aufgesogen und verschmolz mit dem Bild Marias. (*Mamá*, ich brauchte Maria sosehr, wie ich dich brauchte, als ich noch ein Baby war, hilflos in seinem Bett, die Brust zusammengeschnürt und die Lungen voll dicker Watte. Ich konnte nicht atmen. *Mamá*, weißt du noch, wie ich nach dir schrie?)

Das also war Nestor, ein junger Mann in einem ärmellosen Unterhemd, dessen Gestalt im Fenster des Apartments in der La Salle-Street aussah wie der Buchstabe K, ein Bein mit abgewinkeltem Knie auf dem Fensterbrett, den Arm auf den Fensterrahmen gestützt, eine Zigarette rauchend wie ein schmachtender Filmstar, der auf einen Anruf vom Studio wartet – eine Melodie summend. Das war Nestor, auf der Couch im Wohnzimmer, er schlug einen Akkord auf der Gitarre an, sah hoch und schrieb ihn in ein Notenheft. Das war Nestor, dessen Stimme man nachts auf der Straße hören konnte, auf der La Salle-Street, am Tiemann Place, Ecke 124ste und Broadway. Das war Nestor, er lag auf den Knien und spielte mit den Kindern, schob einen Spielzeuglastwagen in eine Stadt aus Bauklötzchen, die Kinder kletterten auf seinen Rücken und machten Hoppe-hoppe-Reiter, während in seinem Kopf tausend Bilder von Maria aufsprangen wie Blüten: Maria nackt, Maria mit einem Sonnenhut, Marias Brust in seinem Mund, Maria mit einer Zigarette, Maria den schönen Mond bewundernd, Maria langbeinig tanzend, ihr Körper vibrierend im Rhythmus eines Balletts von milchkaffeehäutigen Frauen in gefiederten Turbanen, Maria taubenzählend auf einer plaza, Maria einen *batida* mit Ananas durch einen Strohhalm schlürfend, Maria sich windend, die Lippen feucht und das Gesicht rot von Küssen, in Ekstase, Maria grollend wie eine Katze, Maria sich die Lippen nachziehend, Maria blumenpflückend ...

Das also war Nestor, die Augenbrauen in gelehrter Konzentration hochgezogen wie ein Physikstudent, am Küchentisch Science-fiction-Comics lesend. Das war Nestor, oben auf dem Flachdach auf eine Decke hingestreckt und Whisky schlürfend, mit einem Schrei aus dem Schlaf schreckend, piekfein im weißen Seidenanzug, trompetespielend auf der Bühne irgendeines Tanzlokals, still sich an die Drinks haltend, auf einer Party in der Wohnung den Punsch in eine Schüssel füllend und von einigen jener Nächte mit Maria träumend – sie war so gegenwärtig in seiner Erinnerung, daß gegen drei Uhr früh die Wohnungstür aufging und Maria wie ein Geist ins Wohnzimmer trat und ihren Unterrock auszog, mit einem Knie zuerst, dann mit dem zweiten zu ihm auf das Klappbett glitt und sich langsam niederließ, so daß, was er als erstes über sein Schienbein und Knie heraufgleiten fühlte, ihr Geschlecht war. Und dann faßte sie ihm an sein Ding und sagte: »*Hombre*!«

Er war der Mann, den die Erinnerungen plagten, genauso wie es dreißig Jahre später sein Bruder Cesar Castillo sein würde, der Mann mit dem Aberglauben, daß ein Lied, das er über Maria schrieb, sie zu ihm zurückbringen würde. Er war der Mann, der zweiundzwanzig verschiedene Versionen von »*Bella Maria de Mi Alma*« verfaßte, erst als »The Sadness of Love«, dann »Maria of My Life«, ehe er mit Hilfe seines älteren Bruders Cesar zu der Version gelangte, die sie eines Abends dann im Mambo Nine Club singen sollten, »Beautiful Maria of My Soul«, an jenem Abend, als sie bei ihrem kubanischen Landsmann Desi Arnaz Aufmerksamkeit und Interesse erregten.

Wenn sie nachts lange ausgewesen waren, fanden sie sich oft um fünf Uhr früh wieder, wie sie die Treppe zum Apartment ihres Cousins Pablo im vierten Stock hinaufstiegen. Die Dächer waren feuerrot, und schwarze Vögel kreisten um die Wassertürme. Cesar war damals dreißig und darauf aus, sich eine schöne Zeit zu machen, er zog es vor, nach vorn zu schauen und nie zurück in seine Vergangenheit; er hatte ein Kind, eine Tochter, auf Kuba zurückgelassen. Manchmal hatte er ihretwegen Gewissensbisse, manchmal tat es ihm leid, daß es mit seiner Ex-Frau nicht geklappt hatte, aber er blieb bei seinem Entschluß, sich eine schöne Zeit zu machen, den Frauen nachzujagen, zu essen, zu trinken und Freunde zu finden. Er war keineswegs kaltherzig: es gab Augenblicke voller Zärtlichkeit bei ihm, die ihn selber überraschten, den Frauen gegenüber, mit denen er ausging, als ob er sich ernsthaft verlieben wollte, und sogar zärtliche Gedanken an seine frühere Frau. Es gab andere Augenblicke, in denen sie ihm gleichgültig war. Heiraten? Nie wieder, sagte er sich, auch wenn er den Frauen, die er herumzukriegen versuchte, mit zusammengebissenen Zähnen vorlog, daß er gern heiraten würde. Heiraten? Wozu?

Er mußte sich eine Menge über »eine Familie und Liebe« von Pablos draller kleiner Frau anhören. »Das ist es, was einen Mann glücklich macht, nicht nur Mambospielen.«

Er hatte Momente, in denen ihm die Traurigkeit ein Loch ins Herz bohrte, wenn er an seine Frau dachte, aber das war nichts, das ein Drink, eine Frau, ein Cha-Cha-Cha nicht wieder hätten gutmachen können. Es war lange her, daß er sich mit ihr eingelassen hatte, alles wegen Julián Garcia, eines bekannten Bandleaders in der Provinz Oriente. Er war damals bloß ein junger Anfänger aus Las Piñas gewesen, ein Sänger und Trompetenspieler aus einer Wandertruppe von *guajiro*-Musikern, die auf Kleinstadtplazas und in Tanzsälen in den Provinzen Camagüey und Oriente aufspielten. Mit sechzehn war er in die Tanzlokale ausgerissen, er erlebte eine schöne Zeit, in der er in kleinen Städten viele Leute kennenlernte, für sie spielte und arme Mädchen vom Land flachlegte, wo immer er welche fand. Er war ein gutaussehender, überschäumender Sänger mit einem ungeschulten Stil und einem Hang zu opernhaften Bravourstücken, bei denen er dann regelmäßig anfing falsch zu singen.

Diese Musiker verdienten niemals irgendwelches Geld, aber eines Tages, als sie bei einem Tanz in einer Kleinstadt namens Jiguaní spielten, machten sein jugendlicher Überschwang und sein Aussehen auf irgend jemanden unter den Zuhörern solchen Eindruck, daß er ihn Julián Garcia empfahl. Der hielt damals gerade nach einem neuen Sänger Ausschau und schrieb ihm einen Brief, der einfach an »Cesar Castillo, Las Piñas, Oriente« adressiert war. Cesar war damals neunzehn und noch voller Hoffnungen. Die Einladung begeisterte ihn, und eine Woche, nachdem er den Brief erhalten hatte, machte er sich auf die Reise hinunter nach Santiago.

Die steilen Hügel von Santiago de Cuba würde er nie vergessen, eine Stadt, die, so dachte er Jahre später, in ihrer Hügeligkeit an San Francisco erinnerte. Julián lebte in einer Wohnung über einem Tanzlokal, das ihm gehörte. Die Sonne brannte auf das Kopfsteinpflaster, aus kühlen Hauseingängen roch es nach spätem Mittagessen und man hörte die beruhigenden Geräusche von Familien bei Tisch. Besen, die einen Hausflur fegten, Salamander, die über die Fliesen mit dem Arabeskenmuster huschten. Garcias Tanzpalast war ein Refugium aus schattigen Arkaden und einem langen Innenflur. Das Lokal war leer, abgesehen von Garcia, der in der Mitte einer säulengesäumten Tanzfläche saß und auf dem Klavier klimperte, stämmig, schwitzend, den Kopf feucht von zerronnenem Haarfärbemittel.

»Ich bin Cesar Castillo. Sie haben mir geschrieben, ich soll irgendwann vorbeikommen und bei Ihnen vorsingen.«

»Ja, ja.«

Er begann sein Probesingen mit Ernesto Lecuonas »*Maria la O*«.

Einen Strohhut mit schwarzem Band in der Hand und nervös, weil vor ihm Julián Garcia saß, sang Cesar sich das Herz aus dem Leib, mit lang ausgehaltenen hohen Tönen und langsamer Phrasierung, und ruderte dabei dramatisch mit den Armen. Immer wenn er fertig war, nickte Julián ermutigend und ließ ihn bis zehn Uhr abends weitersingen.

»Komm morgen wieder. Die anderen Musiker werden auch da sein, okay?«

Freundlich, väterlich in seiner Art, die Hand auf Cesars Schulter, geleitete Julián ihn über den Flur hinaus.

Cesar hatte ein paar Dollar in der Tasche. Er hatte vor, am Hafen herumzugehen, sich zu amüsieren und sich dann auf einem von den Piers am Meer schlafen zu legen, wie er es schon so oft vorher getan hatte, die Arme über das Gesicht gelegt, auf Feldern auf dem Land, auf Plazas, auf Kirchenstufen. Er war sosehr gewohnt, alleine zurechtzukommen, daß er überrascht war, als er Garcia fragen hörte: »Und hast du etwas zum Übernachten heute?«

»Nein.« Und er zuckte die Schultern.

»*Bueno*, du kannst oben bei mir bleiben. Hm? Ich hätt's dir gleich in dem Brief schreiben sollen.«

Er blieb diese eine Nacht und noch viele weitere und genoß die Heimeligkeit bei Julián und seiner Familie. Hoch auf dem Hügel und mit Blick auf den Hafen, war die Wohnung eine angenehme

Veränderung für den künftigen Mambo King. Er bekam sein eigenes Zimmer, das auf einen Balkon hinausging, und Essen, so viel er wollte. Das war dort der Hausbrauch: Juliáns ganze Familie, seine Frau und seine vier Söhne, die mit ihm zusammen auftraten, waren kolossal bei Leibe, überfüttert und von fröhlicher, engelsgleicher Wesensart. Das kam daher, weil Julián so fürsorglich war, ein liebevoller Mann, der sogar Cesars Vorsatz, keinen Menschen zu wollen oder zu brauchen, ins Wanken brachte.

1937 fing er bei Juliáns Kapelle, einem Zwanzig-Mann-Orchester, als Sänger an. Sie hatten einen gefälligen »karibischen« Sound, der stark von Streichern und wohltönenden Flöten abhing, mit einer schleppenden Rhythmusgruppe wie die Foxtrott-Kapellen in den zwanziger Jahren, und Julián, der dirigierte und Klavier spielte, hatte einen Hang zu träumerischen Arrangements, Musikwölkchen, die aus einem Klavier mit viel Dämpfung emporschwebten. Der Mambo King besaß noch eine Photographie von diesem Orchester – sie steckte in dem Umschlag im Hotel Splendour –, er in einem förmlichen schwarzen Anzug, mit weißen Handschuhen, in einer Reihe mit den anderen sitzend. Hinter ihnen ein Ausblick auf den Hafen von Havanna und die Festung El Morro, flankiert von Piedestalen, auf die Julián kleine Antikenstatuen – eine geflügelte Siegesgöttin und eine Büste von Julius Cäsar – und große Vasen mit Straußenfedern gestellt hatte. Was war denn das für ein Ausdruck auf Cesars Gesicht? Das Haar zurückgekämmt und in der Mitte gescheitelt, lächelte er heiter vergnügt wie zur Feier dieser glücklichen Zeit in seinem Leben.

Juliáns Orchester füllte die Tanzsäle in ganz Oriente und Camagüey. Er hatte einen konservativen Geschmack und spielte nie eigene Kompositionen, sondern verließ sich auf die Lieder der populären kubanischen Komponisten jener Zeit: Eduardo Sánchez de Fuentes, Manuel Luna, Moisés Simón, Miguel Matamoros, Eliseo Grenet, Lecuona. Er war der warmherzigste Mensch, der Cesar Castillo im Leben je begegnen sollte. Dieser stattlich beleibte Orchesterleiter verströmte die reinste Menschenliebe – »eine Familie und Liebe, das ist es, was einen Mann glücklich macht« – und ließ auch seine Musiker seine Zuneigung spüren. Das war eine Zeit, in der der Mambo King nahe daran war, ein anderer Mensch zu werden.

Cesar ließ sich die Lust auf Frauen nie vergehen. Er behielt zwar sein Potenzprotz-Gehabe und seine männliche Arroganz, aber bei

Julián und seiner Familie fühlte er sich so friedlich, daß er ruhiger wurde. Das zeigte sich auch in seinem Gesang. Er wurde kontrollierter, beschwingter und entwickelte ein gefühlvolles Timbre in seinen Liedern, das bei den Leuten viel Anklang fand. Er hatte freilich noch keinen Weg gefunden, daraus die Weltmüdigkeit seiner Aufnahmen aus der Mitte der Fünfziger zu machen. (Und wenn man gar die gebrochene Stimme des Cesars von 1978 hörte und mit dem goldig warmen Timbre von 1941 verglich, mochte man kaum glauben, daß dies ein und derselbe Sänger war.) Sie spielten kreuz und quer durch die Provinzen in Kleinstädten mit Namen wie Bayamo, Jobabo, Minas, Morón, Miranda, Yara, El Cobre und in den größeren Städten von Camagüey, Holguín und Santiago. Sie reisten in drei Lastwagen, fuhren über ungepflasterte Straßen, kämpften sich durch Busch und Wälder auf dem Land und hinauf in die Berge. Sie spielten für *campesinos*, Soldaten, Beamte, Geschäftsleute. Sie spielten für Leute, die in Hütten mit Dächern aus Palmwedeln, und für andere, die in prächtigen Villen im spanischen Stil lebten, auf Plantagen und bei Zuckerfabriken und den schönen Zitronenhainen, für die Amerikaner, die sich Bretterhäuser wie in Neuengland gebaut hatten, mit kleinen Gärten hintendran und vorne Veranden. Sie spielten in Städten ohne Kanalisation oder Elektrizität, wo die Menschen den Namen Hitler kaum je gehört hatten, auf dem Land, das so finster war, daß die Sterne ein Schleier von Licht waren und wo bei Nacht Geister wie Leuchtfäden durch die Straßen und über Wände hinweg irrlichterten und die Ankunft von Juliáns Orchester gefeiert wurde wie die Wiederkunft Christi. Kinder und Hunde und Horden von Halbwüchsigen liefen hinter ihnen her und klatschten und pfiffen, wo immer sie auch hinkamen. Sie spielten auf Hochzeiten, Taufen und Firmungsfesten, auf *fiestas de quince* und *fiestas blancas*, wo alle Teilnehmer von Kopf bis Fuß weiß trugen. Sie spielten Walzer und *danzones* für die alten Leute und bodenschleifende Tangos und schwüle Rumbas für die jungen.

Julián war ein guter Orchesterleiter und ein guter Mensch. Cesar hätte ihn wohl als seinen »zweiten Vater« gesehen, wenn er beim Wort »Vater« nicht immer am liebsten mit der Faust gegen die Wand geschlagen hätte. Damals lernte er von Julián viel über die Zusammenstellung von Orchestern und über das Singen, und er genoß das ruhmreiche Gefühl, auf der Bühne zu stehen. Er legte all sein Gefühl in seine Lieder und lebte für den Moment, wenn der ganze Saal auf den Beinen war, entweder tanzend oder applaudierend.

»Laß sie einfach fühlen, daß du sie magst. Du darfst nicht übertreiben dabei, denn das durchschauen sie, aber laß es sie trotzdem merken.«

Juliáns Orchester war populär genug, daß der Mambo King in vielen kleinen Städten über die Straße gehen konnte und immer irgendjemand auf ihn zukam und sagte: »Sind Sie nicht Cesar Castillo, der Sänger?« Er begann, sich ein vornehmes Gehabe zuzulegen, das sich freilich verflüchtigte, wenn es darum ging, Frauen nachzustellen. Wenn er einmal im Monat zu Besuch auf die Farm in Las Piñas zurückkehrte, hatte er immer ein Gefühl, als käme er heim in ein Spukhaus, an die Stätte so vieler Kämpfe mit seinem Vater und der Traurigkeit seiner weinenden Mutter, welche die Räume erfüllte. Er kam mit Geschenken und guten Ratschlägen und dem sehnlichen Wunsch nach Frieden, der nach einem Tag oder so immer aufs neue in einen Streit mit seinem Vater, Don Pedro, ausbrach, der Musiker für verweichlicht und dem Untergang geweiht hielt. Er kam heim und gab Nestor Musikstunden, ging mit ihm in die Stadt. Immer wieder beeindruckt von seines Bruders Talent als Musiker, hatte er Pläne, Nestor in Juliáns Orchester unterzubringen, wenn er einmal erwachsen war und die Familie ihn aus dem Haus ließ.

Jetzt erinnert er sich und seufzt: die lange Anreise zur Farm, am Flußufer und am Waldrand entlang, auf ungepflasterter Straße vorbei an den Häusern über dem Wasser, die Sonne brannte durch die Baumkronen. Der Mambo King ritt auf einem geliehenen Maultier, die Gitarre an einem Riemen über der Schulter . . .

Er war seit fünf Jahren beim Orchester, als er einmal am Wochenende bei einer Party in Juliáns Wohnung dabei war und dort die Bekanntschaft von dessen Nichte, Luisa Garcia, machte. Er war der gutaussehende junge Sänger unten am Tisch, der sich in der Freundschaft des älteren Mannes sonnte, den ganzen Abend spanischen Brandy kippte und sich leichtherzig genug fühlte, um sich schnell zu verlieben. Und da war sie, Luisa. Beim Essen saß er ihr gegenüber, lächelte und sah ihr beharrlich in die Augen, sie aber wandte sich ab. Schüchtern und dünn, mit einem glatten Gesicht, hatte Luisa eine große Hakennase, hübsche Augen und einen freundlichen Ausdruck. Sie trug gerne einfache Kleider. Obwohl ihr Körper nicht spektakulär war, stieg von ihrer Haut doch ein netter Duft von Ölen und Parfüm auf, und wenn er neben ihr stand und sich aus einer Schüssel mit Punsch das Glas füllte, wußte er, daß sie eine leidenschaftliche Geliebte abgeben würde.

Sie war Lehrerin und, mit siebenundzwanzig, drei Jahre älter als der Mambo King. Keiner aus ihrer Familie hatte noch viel Hoffnung, daß sie heiraten würde, aber an diesem Abend wurde die Art, wie Cesar sie dauernd ansah, Gegenstand des Familientratsches. Julián hätte nicht entzückter sein können. Er rief sie zu sich und sprach zu ihnen gemeinsam. »Ich wollte euch beiden die Aussicht von diesem Fenster hier zeigen. Ist das nicht was, wie die Sonne überall hineinscheint? *Que bueno, eh?*«

Wer konnte schon wissen, was sie fühlte? Sie hatte den gesenkten Blick einer Frau, die gewohnheitsmäßig nervöse Seitenblicke in den Spiegel warf, einer Frau, die sich entschlossen hatte, allein auszukommen. Aber Cesar? In dieser glücklichen Tischrunde sitzend, in Gesellschaft des ersten Menschen, der sich jemals wirklich um ihn gekümmert hatte, fühlte er, daß er zu dieser Familie gehören wollte. So begann er ihr auf das hartnäckigste den Hof zu machen. Sie hatte mitbekommen, wie er ihre Kusine Vivian angesehen hatte, wie seine Augen die Rundungen ihres Hinterteiles entlanggestrichen waren, und sie hatte zu sich gesagt: »Nein, nein, nein, egal was er zu mir sagt.«

Aber sie ergab sich Cesar und begann, mit ihm Spaziergänge in den Straßen von Santiago zu machen. Allzeit Kavalier, hielt er ihr die Türen auf und fluchte nie beim Plaudern. Wenn er mit ihr zusammen war, machte er feurige Gesten und zog sich immer ordentlich an, üblicherweise ein weißes Leinenjackett und saubere Hosen, den Strohhut mit aufgedrehter Krempe tief in die Stirn gedrückt.

Sie ließen sich vor einem Kinoplakat photographieren, auf dem für den Betty-Grable-Film *Moon over Miami* geworben wurde.

Manchmal schaffte er es, mit ihr allein zu sein. Die beiden saßen dann in einem kleinen einsamen Park inmitten der Blumen. Ihr eiserner Widerstand amüsierte den Mambo King. Sie erlaubte ihm einige wenige Küsse und Umarmungen, und eines Abends knöpfte er die vier linksgenähten Knöpfe ihrer Bluse auf, schob seine Hand darunter und berührte ihre zarten Brüste, aber weiter ließ sie ihn nicht gehen, und er lachte und meinte: »Weißt du nicht, früher oder später wird es passieren – und wenn ich dich erst heiraten muß!« Es hatte etwas Komisches, wie dieser Mann, der schon so viele Frauen herumgekriegt hatte, sich von diesem Mädchen hinhalten ließ, die ihm Luft in den Mund blies und immer die Beine zusammenpreßte, wenn seine langen Musikerfinger ihr unter den Rock krochen und nach ihrem wertvollsten »Schatz« tasteten. Wie nach einer solchen Brautzeit doch noch eine Hochzeit zustandekam, würde keiner je erklären können.

Eine Zeitlang vertraute er Luisa, wie er noch nie jemandem zuvor vertraut hatte. Sie fiel als Partnerin für den Mambo King ziemlich aus dem Rahmen, besonders im Vergleich zu den billigen Flittchen, denen er sonst den Vorzug gab, aber Cesar, der seit den Tagen seiner Kindheit Frieden gesucht hatte, wollte sie ernsthaft heiraten.

Allein mit ihr, abgeschieden vom Rest der Welt, war er zufrieden. Aber sobald er hinaus auf die Straße trat, wurde er ein anderer Mann. Wenn andere Frauen vorbeigingen, sah er ihnen nach, sein Penis wurde steif in seinen Hosen, und Luisa wußte es. Wütend rauschte sie dann davon und ließ ihn zurück. Er mit seinem Macho-Temperament konnte damit nicht umgehen, und es dauerte immer Tage, ehe die Einsamkeit und seine Zuneigung zu ihrer Familie sie beide wieder zusammenbrachten.

Als er sie bat, ihn zu heiraten, hatte Luisa große Zweifel, doch weil sie Angst davor hatte, eine alte Jungfer zu werden, und weil Julián auf Cesar schwor, sagte sie ja. Das war 1943, und sie zogen in eine kleine Wohnung in Santiago (noch eine schöne Erinnerung: ihr kleines Zuhause in einer Straße mit Kopfsteinpflaster, sonnig von morgens bis abends und voll von Straßenhändlern und Kindern). Als er sie seiner Familie daheim in Las Piñas vorstellte, gefiel sie seiner Mutter Maria sehr gut, ebenso Nestor: alle, einschließlich des jähzornigen Pedro, waren höflich zu ihr.

Was also geschah? Er machte, was er wollte. Es dauerte etwa eineinhalb Jahre, bis das Hochgefühl, nun zur Familie Garcias zu gehören, sich abgenutzt hatte. Der Mambo King fand sich im Hause Garcias beim Essen sitzend wieder, mit offenen Augen von Frauen träumend, die er auf der Straße gesehen hatte. Er zeigte sich den Garcias gegenüber sogar beleidigt, weil Julián ihn an eine Frau verkuppelt hatte, die weinte, wenn man sie gekränkt hatte! Da sie den Terminplan ihres Onkels sehr genau im voraus kannte, wurde es schwierig für Cesar, zwei oder drei Tage auf einmal wegzubleiben, und das war ihm unbequem. Also erfand er die Ausrede, er müsse heim nach Las Piñas fahren, wo er sich mit irgendeinem Landmädchen verkroch, grollend und verdrossen über seine Situation. Immer, wenn er von diesen Ausflügen zurückkam, redete er zwei oder drei Tage hintereinander nichts. Er stapfte durch die Zimmer und murrte Sätze vor sich hin wie »Warum hab ich mich nur zum Gefangenen machen lassen« oder »Was mache ich nur mit meiner Jugend«, unüberhörbar für Luisa. Lange Zeit hindurch tat sie, was sie nur konnte, damit er sich wohler fühlte . . . Sie flehte ihn an, sich wieder mit ihr zu vertragen, und er ging aus dem Haus, ihre Frage »Warum bist du nur so grausam zu mir?« in seinem Kopf wie ein Sommermoskito.

Eines Tages im Jahre 1944 erzählte Luisa Cesar glücklich, daß sie schwanger sei, als ob die Geburt eines Kindes ihrer zerbröckelnden Ehe neuen Halt hätte geben können. Sie waren einmal pro Woche bei Julián zum Essen, und als Familie schienen sie zufrieden. Aber dann rief Julián, der auch nicht aus Holz war und davon gehört und selbst gesehen hatte, wie sein Sänger seine Nichte behandelte, Cesar eines Abends auf den Balkon hinaus und sagte, während er über die Bucht von Santiago hinweg in die Ferne sah: »Du bist mir sehr nahe, mein Junge, aber wie auch immer, ich erwarte, daß du meine Familie mit Respekt behandelst. Und damit Sie eines wissen, *señor*, wenn Ihnen nicht paßt, was ich sage, können Sie sofort zur Tür hinausgehen.«

Seine Strenge deprimierte Cesar. Der Mann war seit einiger Zeit krank, hatte Atembeschwerden und Wasser in den Beinen, er spielte beim Orchester kaum mehr Klavier und dirigierte lieber im Sitzen, lustlos den Taktstock schwenkend. Der Mann konnte kaum noch durchs Zimmer gehen (genau wie heute der Mambo King). Es war, als hätte Juliáns gewaltiges Gewicht ihm die Lungen abgedrückt, sein Atem ging schwer, und er hatte Mühe beim Gehen. Und so schob der künftige Mambo King Juliáns Zorn auf seine schlechte Gesundheit.

»Was du da so hörst, stimmt nicht. Ich liebe Luisa aus ganzem Herzen, und ich würde nie wollen, daß die Dinge hier schieflaufen.«

Julián klopfte ihm auf die Schulter, schloß ihn auf seine freundschaftliche Art in die Arme, und sein Ärger schien sich zu legen. Dieser Zusammenstoß mit ihm machte aus dem Mambo King eine Zeitlang einen besseren Ehemann, und er und Luisa verlebten eine

Zeit der Wonne, ausgerichtet auf ein Bild künftigen häuslichen Glücks, mit Cesar als Bandleader-Sänger-Ehemann und Frau und Kind(ern), die daheim glücklich und voll der Liebe auf ihn warteten. Und doch, wenn er sich diese beschauliche Szene ausmalte, sah er sich mit einem harten Tritt die Haustür aufstoßen, wie es sein Papi immer getan hatte; er sah sich schreien und wüten und sein Kind ohrfeigen, wie auch er immer geohrfeigt worden war, er sah sich im Kreis gehen und jeden um sich herum beschimpfen, wie sein Vater es tat. Er hatte geglaubt, in Juliáns Familie einzuheiraten, würde ihm zu einem ganz prosaischen, normalen Glück verhelfen, nun aber ertappte er sich dabei, daß er die ganze Sache schon wieder bereute. Nicht, weil er Luisa nicht liebte, sondern weil er fühlte, daß Verdruß und Mißmut ihm im Blut brodelten und er ihr nicht wehtun wollte . . .

Und dann ihre Schwangerschaft, die aus der Liebe eine allzu heikle Operation machte. (Hier fiel ihm ein, wie er das erste Mal mit ihr geschlafen hatte. Ihre Haut war weiß und ihre Hüften knochig und ihr Dreieck aus Schamhaar feucht in der Mitte von all ihrer Küsserei. Er war kein sehr schwerer Mann damals, aber doch doppelt so schwer wie sie, und er machte ihrer Jungfräulichkeit mit einem einzigen Rammstoß ein Ende, auf den in den folgenden Tagen noch viele weitere Stöße folgten: Sie taten es so oft, daß ihre Hüften und Hinterbacken voller blauer Flecken waren und sein Ding, das sonst unfehlbar hochkam, schließlich an einem Sonntagnachmittag um drei endgültig schlappmachte – die Folge von Hitze und Erschöpfung. Aber als er in sie verliebt war, da liebte er diese Luisa, die der Schlüssel zu ihrem Onkel Julián Garcia war, die dünne, versonnene Luisa, die nur für sein Vergnügen da war und niemals irgendetwas von ihm erwartete.) Er fühlte eine Unruhe in sich und verbrachte viele Nächte bei diesen Kleinstadthuren. Luisa wußte es, sie konnte diese Frauen auf seiner Haut riechen, in seinem Haar, sie merkte es an seiner gesättigten Schläfrigkeit und den bläulichen Ringen um seine Augen.

»Warum bist du nur so grausam zu mir?«, fragte sie ihn wieder und wieder.

(Und diese Grausamkeit, ich wollte nicht, daß alles so war, ich war einfach ein Mann und tat, was ich für richtig hielt, Luisa, aber das wußtest du nicht, wußtest nichts von meiner Ruhelosigkeit und daß ich nicht an so einfache Dinge wie ein geruhsames Eheleben glauben konnte, du konntest nicht sehen, daß mir alles vorkam wie ein letzter böser Streich, daß Versklavung und Demütigung vielleicht schon auf mich warteten. Die ganze Situation war schon soweit, daß sich dein Onkel Julián von mir abwandte, früher hatte er mich immer mit der reinsten Liebe angesehen. Ich hab mich also von meinem Schwanz lenken lassen, na und wenn schon? Was hatte denn ein bißchen Lachen, ein paar schnelle Ficks mit Frauen, die ich nie wiedersehen würde, mit allem anderen zu tun, mit unserer Liebe vor allem? Warum mußtest du so ein Drama daraus machen? Warum mußtest du immer erst heulen und dann rumschreien mit mir?)

Damals fing er wirklich an zu trinken. An einem Abend trank er bei Julián soviel Rum, daß er ein Gefühl hatte, als würde er einen Fluß hinuntertreiben. Als er aus dem Haus wankte, wurden zwei von seinen Musikerkollegen mitgeschickt, um ihm die Treppe hinunterzuhelfen. Er natürlich stieß sie weg und sagte immer wieder: »Ich brauche niemanden«, und dann schlitterte er zwei Treppenabsätze weit hinunter und schlug sich den Schädel an.

In ihm stieg eine Idee auf: nach Havanna zu gehen.

Weg, weg, weg von alledem, so sah es Cesar. Er hatte viele Gründe, nach Havanna zu ziehen: für einen Musiker war das auf Kuba der einzig wahre Ort. Doch er glaubte auch, in Havanna würde er die Sache mit Luisa wieder in Ordnung bringen und gleichzeitig, weg von ihrer Familie, tun können, was ihm gefiel. Außerdem war er sechsundzwanzig Jahre alt und wollte in einem Orchester arbeiten, bei dem er ein paar eigene Lieder spielen konnte. Er und Nestor hatten schon seit langer Zeit Balladen und Boleros geschrieben und nichts davon je mit Julián Garcia gespielt. In Havanna würde es ihnen vielleicht gelingen, etwas auf die Beine zu stellen. Was sollte er sonst tun, bei Julián bleiben? Den Rest seines Lebens in irgendwelchen Tanzsälen spielen? Unzählige Geschichten hatte er schon über Musiker gehört, die es in Havanna zu was gebracht hatten.

Jedenfalls hatten sich die Dinge bei Juliáns Orchester sehr verändert. Julián war so krank, daß er die meisten seiner Tage im Bett zubrachte. Einer seiner Söhne, Rudolfo, hatte die Leitung des Orchesters übernommen und wollte Cesar eine Lektion in Demut erteilen, weil er seine Cousine so schlecht behandelte. Er setzte ihn nach hinten in die Bläsergruppe, neben seinen Bruder Nestor, der seit kurzem beim Orchester war. Diese Lektion bestärkte ihn nur in seiner Absicht, das Orchester zu verlassen, und im Jahre 1945 ging er mit seiner Frau und dem Baby nach Havanna.

Sie waren seit zwei Monaten in Havanna und wohnten in einem *solar* im nicht ganz so teuren Teil von La Marina, als die Nachricht kam, daß Garcia gestorben sei. Jetzt, da Julián tot war, fühlte Cesar sich wie ein Prinz, der urplötzlich von einem Zauber erlöst worden war. Als sie nach dem Begräbnis mit ihrem Baby aus Oriente heimkamen, fand er an den Banden der Ehe gar keinen Geschmack mehr. (Man muß sich ihn nur ansehen, auf einer Party in Manhattan ungefähr 1949, die rechte Hand aufs Herz gelegt, die andere hochgehoben wie beim Treueeid auf die Fahne, Schweiß läuft ihm über die Stirn, hüftwackelnd, einen Drink in der Hand, glücklich, glücklich.)

Obwohl sie in einem fröhlich lauten *solar* lebten, war ihre enge Zweizimmerwohnung ein düsterer Ort. Er hatte für einige Zeit Arbeit als Orchestermusiker in einem Kino gefunden, als Begleiter für die Sänger und Komiker, die das Publikum zwischen den Filmen unterhielten; hatte Kisten auf dem Markt verladen und später durch einen neuen Bekannten einen Job als Pikkolo und Kellner im Explorers' Club in Havanna gefunden. Bei Leuten auf der Straße und Freunden in den Cafés und Bars und Tanzlokalen war er ein fröhlicher Mensch, bei seiner Frau aber brachte er Stunden zu, ohne ein Wort zu reden, und wenn sie durchs Zimmer ging, nahm er keine Notiz von ihr. Sie war die Unsichtbare geworden, die gelegentlich das Bett mit ihm teilte und seine neugeborene Tochter, in Windeln gewickelt, auf den Armen durchs Zimmer trug, um sich in einen Flecken Sonnenlicht zu setzen.

In diesen Monaten gab er gänzlich einem Laster nach, das bei ihm in der Familie lag: Jede andere Frau, die in Havanna auf der Straße ging, erschien ihm unendlich, schmerzlich schöner und begehrenswerter als seine eigene. Er kam abends heim, machte sich fertig zum Ausgehen und zog los in die Tanzlokale, ein Dandy mit einem Strohhut mit schwarzem Band. Er tat so, als hörte er nicht, wie sie rief: »Bitte, warum bleibst du nicht bei mir zu Hause?« Tat so, als hörte er nicht ihr »Bitte, geh nicht.«

Er fand sich wieder, wie er den Mädchen auf der Prado-Promenade nachpfiff: er war der gelackte Macho mit dem tief in die Stirn gedrückten Hut, der auf dem Bürgersteig vor dem El Dandy-Kaufhaus die Frauen taxierte; er war der Gitarrist mit der schmelzenden Stimme, der, die Augenbrauen verwegen hochgezogen, hübschen Touristinnen auf ihrem Weg ins Hotel Nacional Ständchen brachte, der Mann in Unterhemd und karierten Badehosen, der die Hotelbalkone entlangschlich und heimlich, still und leise nach einer Treppe suchte, über die man verflucht noch mal hier wieder rauskam, der sich an einem Dienstagnachmittag auf einem von der Sonne aufgeheizten Bett räkelte, in einem Zimmer mit Blick aufs Meer.

Nach einer Weile tat er einfach so, als wäre er nie verheiratet gewesen: Er bewahrte seinen Ehering ganz unten in einem Strohkoffer auf, unter den Papieren, auf denen er seine Ideen zu Liedern mit Titeln wie »Undankbarkeit«, »Trügerisches Herz«, »Tropische Romanze« aufgeschrieben hatte. Gelegentlich wurde er wehmütig und wünschte sich die glückliche Zeit zurück, als er Julián und seiner Familie so nahestand, als er sich in Luisa verliebt hatte, und dann wurde er ruhiger, und sie waren ein paar Wochen lang glücklich. Aber die Dinge kamen in Schüben bei ihm. Das Baby machte alles wirklich schwierig. Er rannte herum und sagte: »Wenn da nicht das Baby wäre, ich wäre ein freier Mann.« Seiner Frau, die sich immer noch bemühte, ihn glücklich zu machen, jagte er damit Angst und Schrecken ein. Das ging sechs Monate lang so, aber schließlich trieb er es zu weit mit ihr.

Er war auf dem Gemüsemarkt ein Stück weiter unten auf der Straße, wo er wohnte, ein Markt voller Wagen und Stände, Leute, die Eis und Kaffee verkauften, Fisch- und Geflügelhändler, und ging zwischen den Knollengemüsen und dicken Bananen umher, als ihm eine Frau auffiel, nicht hübscher als die meisten anderen, aber, wie er fand, eine wilde Sinnlichkeit ausstrahlend. Sie trug einen Ehering. Sie sah gelangweilt aus. Vielleicht schlief ihr Mann nachts nicht mehr mit ihr, oder vielleicht war er eine von diesen schwächlichen Figuren, die kaum mehr einen hochkriegten, oder vielleicht machte es ihm Spaß, sie nachts mit Gewalt zu nehmen und ihre Brüste zu quetschen, bis sie voller blauer Flecke waren. Seine Kreise durch die Arkaden ziehend, folgte Cesar dieser Frau, die ihm scheu aus dem Weg ging, als spielten sie ein Spiel zusammen, und hinter den Säulen verschwand.

Er kam an den Nachmittagen, wenn ihr Mann arbeitete, zu ihr in ihr *solar*. Ihr Name fiel ihm nicht mehr ein, aber im Hotel Splendour erinnerte sich der Mambo King daran, wie wild sie bei der Liebe wurde und daß sie die üble Angewohnheit hatte, ihn in dem Moment, wo er seinen Höhepunkt erreichte, heftig an den Hoden zu ziehen, so heftig, daß es ihm noch tagelang wehtat. Wie schäbig das alles war, drehte ihm Jahre später noch den Magen um, damals aber nahm er diese Frau für selbstverständlich, genauso, wie er auch seine Ehefrau und alle Frauen für selbstverständlich nahm. Eines Tages holte es ihn aber ein. Nachdem diese Frau ihm langweilig geworden war und er sich davongemacht hatte, tauchte sie eines Nachmittags im *solar* auf und erzählte Luisa von ihrer Affäre mit Cesar. (Ob sie auch die Tätowierung mit dem Engel auf seiner rechten Brustseite über dem Nippel beschrieb, die Brandnarbe auf seinem rechten Arm, das hornförmige Muttermal auf seinem Rücken, oder sein Ding, das eine Handbreit über seinem Nabel hochragte?) Als er an diesem Abend nach Hause kam, war seine Frau ausgezogen.

Er fand einen Brief vor, in dem stand, seine schlechte Behandlung habe sie davongetrieben. Ihre Familie erwarte sie, und sie würde allein mit seinem Kind besser zurechtkommen als mit einem Mann, der die wahrhaft schönen Dinge im Leben nicht zu schätzen wisse, der sein Leben damit zubringe, Schlampen nachzujagen.

Im Schlaf hörte er das Wort »grausam, grausam, grausam«, und er hatte einen Traum, in dem er einen Hügel hinaufging und Julián Garcia wieder zum ersten Mal begegnete. Dann versuchte er es mit Luisa noch einmal, und sein Kummer schwand. Er schrieb ihr einen Brief, worin er sie um Verzeihung bat, und sie schrieb zurück, sie würde ihm vergeben, wenn er nach Oriente zurückkäme, wo es ihr besser gefiel als in Havanna. Er war erleichtert, daß ihr immer noch an ihm lag, aber am Ende erklärte er auf seine Macho-Art: »In meinem Leben bestimmt keine Frau.« Er glaubte, weil sie ihn verlassen hatte, sei es ihre Pflicht, wieder vor seiner Tür zu erscheinen. Er verbrachte ein paar Monate mit Warten, im Glauben, daß die Tür zum *solar* aufgehen und sie hereinkommen würde. Es geschah nie. Er konnte nicht verstehen, weshalb sie Probleme mit ihm hatte. Konnte sie denn nicht sehen, daß er ein gutaussehender Mann war und sie eine graue Maus? Konnte sie denn nicht einsehen, daß er jung war und mit anderen Frauen seinen Auslauf haben wollte? Und woher nahm sie sich das Recht, seinem Kind den Vater wegzunehmen? Hatte sie ihn nie mit Mariela beobachtet? Gesehen, wie das Baby gurrte und glücklich in seinen Armen einschlief ... Hatte er ihr nicht erzählt, unter welch harten Bedingungen er großgeworden war?

(Du hast mir nicht geglaubt, daß es für mich als Kind nur Ohrfeigen gab und einen Tritt in den Arsch von meinem Vater, der machte, was er wollte, und ich mußte es fressen.)

Zunächst vermißte er sie viele Nächte lang, ein demütigender Schmerz nagte an ihm, der Schmerz darüber, daß das Leben traurig war. Wenn sie nur gewußt hätte, wie es war, ein stattlicher *caballero* zu sein, mit einer hübschen Singstimme und einem teuflischen Ding zwischen den Beinen und voller Jugend, die einem in den Adern brannte!

»Wenn sie erst einmal vor meiner Tür steht, werden wir weitersehen.«

Sechs Monate war er ohne sie in Havanna, wodurch er wirklich in einen üblen Zustand geriet – betrunken torkelte er durch die Straßen von La Marina in Havanna, wo er und Nestor wohnten.

»Meine kleine Tochter, mein kleiner Schatz, Mariela.«

Ein Schluck Whisky.

»Mariela . . . «

Schließlich wurde er sanfter und mit der Zeit und zunehmender Wehmut ließ seine Sturheit nach. Er hatte, was er sagen würde, schon eingeübt. Er würde zurück nach Oriente fahren und Süßholz raspeln. »Ich hab keine Entschuldigung für mich . . . ich weiß nicht, was es ist. Ich war immer allein. Du kennst meinen Vater, er war meiner Mutter gegenüber immer *un bruto*. Ich hab nie was anderes gesehen.«

Er beschloß, nach Oriente zu fahren und seine Tochter zurückzufordern. Eines Tages stand er vor dem Haus von Luisas Eltern, wo sie die ganze Zeit gewesen war, schlug mit dem Schuh gegen die Tür und verlangte, man möge ihm den gebührenden Respekt erweisen.

»Nur wenn du dich anständig aufführst«, wurde er beschieden.

Er rechnete damit, sie in schlechter Verfassung vorzufinden, bleich und abgezehrt. Aber sie schien glücklicher zu sein, und das kränkte ihn und machte ihn wütend. »Sehr kann sie mich ja nicht geliebt haben«, dachte er. Sie saßen einander im Wohnzimmer des Hauses gegenüber, die anderen Familienmitglieder schlichen in den Nebenzimmern herum. Er war bestürzt über die Förmlichkeit der Situation. Sie sprachen miteinander mehr wie flüchtige alte Bekannte und nicht wie Eheleute, die seit drei Jahren verheiratet waren. Er hatte sich die Worte zurechtgelegt, um sie kleinzukriegen, sie zu zwingen, seine Taten hinzunehmen. Er weigerte sich, irgendwelche Verfehlungen einzugestehen, weigerte sich zuzugeben, daß er sie schlecht behandelt hatte. Er sagte, daß er schon in seinen Briefen seine Sünden bekannt habe. Warum sollte er sich von neuem demütigen lassen? Ungeachtet des Umstands, daß er der aufstrebende Komponist schöner romantischer Boleros war, in denen die zartesten Herzensregungen zum Ausdruck kamen, hatte er das Gefühl, daß ihm die rechten Worte fehlten. Es war, würde er sich Jahre später sagen, das einzige Mal in seinem Leben, daß er ernstlich die Fassung verlor und dafür einen hohen Preis zu zahlen hatte. Als er verlangte, sie solle zu ihm zurückkommen, hatte seine Frau Luisa mit ruhiger und sanfttönender Stimme zu ihm gesagt: »Nur wenn du hier in Oriente bleibst und mich wie ein Mann von Ehre und Anstand behandelst, nur dann werde ich mit dir kommen.«

Zwei Monate lang lebten sie wieder unter einem Dach, in Havanna. Aber dann wurde er ruhelos, und seine Ruhelosigkeit trieb ihn zu den Frauen zurück, die er da und dort hatte. Er verbrachte viel Zeit mit seiner Tochter, ging niemals aus, ohne ihr ein kleines Geschenk mitzubringen, eine Puppe, ein Säckchen Bonbons, einen kleinen Handspiegel, irgendetwas, das er zufällig auf dem Markt sah und das ihr vielleicht gefiel. Er bedeckte ihr Gesicht mit Küssen und saß stundenlang mit ihr am Fenster zur Straße und schaukelte sie auf seinem Schoß. Diese Momente echter Zärtlichkeit ließen Gedanken an Versöhnung aufkommen, doch sobald Cesar auch nur kurze Zeit mit seiner Frau beisammen war, fingen ihre Streitereien wieder an. Nach zwei Monaten sah sie erschöpft und abgespannt aus, und er begann nach einer Lösung zu suchen.

Er zog aus ihrem *solar* aus und sah seine Frau nur mehr einmal die Woche, wenn er getreulich die Hälfte von seinem Gehalt ablieferte. Es war nicht so, daß es ihm gleichgültig war: Wenn er sie sah, war er höflich und beinahe versöhnlich. Sie war es, die ihm sagte: »Nie wieder.« Er machte mit seiner Tochter auf seinen Knien Hoppehoppe-Reiter, trug sie durchs Zimmer und drückte ihr Küsse aufs Gesicht. Eine Zeitlang sprach er, wenn er sich mit anderen Frauen traf, immer traurig vom Verlust seiner kleinen Tochter. Sie ließen sich über einen Anwalt, den ihre Familie kannte, scheiden, und sie heiratete schließlich einen anderen, einen Mann aus Havanna.

Jetzt, da er im Hotel Splendour so dasaß, schwirrte sein Leben mit Luisa ihm durchs Herz wie ein schwarzer Falter. Er fühlte eine große Traurigkeit in sich und dachte wieder daran, wie er in seiner Jugend nie geglaubt hatte, daß es die Liebe gab – für ihn. Damals aber, in Havanna und später gitarreklimpernd in Pablos Wohnzimmer in New York, sagte er sich nur: »So ist das Leben«, verscheuchte seine Traurigkeit und zog eine Macho-Mauer zwischen sich und seinen Gefühlen hoch.

Einmal kurz mit dem Finger geschnippt, und das war's.

Gegen Ende hatte sie zu ihm gesagt: »Für einen, der soviele Liebeslieder singt, bist du grausam.«

»Mariela, mein Töchterchen, mein lieber kleiner Schatz . . . Mariela.«

Ein Schluck Whisky.

»Mariela . . . Luisa . . . «

Wenigstens ein Lied hatte er davon, dachte er jetzt – »Einsamkeit meines Herzens«, einen Bolero von 1949.

*E*ines Tages im Jahre 1950 stand eine junge, hübsche Frau aus Lateinamerika an einer Bushaltestelle Ecke 62ste Straße und Madison Avenue. Sie war etwa einundzwanzig und trug einen Regenmantel und weiße Tennisschuhe. Neben ihr eine Einkaufstasche mit Putzmittel, Scheuerlappen, einem Arbeitskittel, Kopftuch und einem Staubwedel. Sie las sehr aufmerksam ein Buch, fast ohne dabei die Lippen zu bewegen, nur gerade so ein bißchen. Sie hatte seit ungefähr fünfzehn Minuten gewartet, als sie hochsah und den gut angezogenen jungen Mann mit dem schwarzen Instrumentenkoffer neben sich bemerkte. Er hielt auf der Straße nach einem Bus Ausschau und pfiff vor sich hin. Er hatte etwas ziemlich Gedankenverlorenes in seiner Art, und obwohl er sie ansah und höflich nickte, schien er sich mehr auf die Melodie zu konzentrieren, die er gerade pfiff, die Brauen in schöpferischer Inbrunst gekräuselt. Das gefiel ihr, und obwohl sie wußte, wohin der Bus ging, sagte sie auf Spanisch zu ihm: »Entschuldigen Sie, ist das der Bus in die 125ste Straße?«

»Ja, der hält hier. Er fährt direkt dorthin.«

Sie standen eine Minute lang schweigend da, und dann fragte er sie: »Bist du Kubanerin? *Tú eres cubana?*«

»Ja, bin ich.«

»Hab ich mir gleich gedacht.« Er sah sie an, taxierte sie auf eine nette Art.

»Was machst du? Arbeiten?«

»Ja, ich mach sauber bei einem reichen Mann. Er ist so reich, daß er unglücklich ist. Und du?«

»Ich bin Musiker.«

»Ahhhh, dir seh ich mit einem Blick an, daß du gut sein mußt. Wie geht's dir dabei?«

»Na ja, ich habe ein kleines *conjunto* mit meinem Bruder zusammen, meinem älteren Bruder. Er ist eigentlich der Sänger in der Familie, aber manchmal mache ich auch ein paar eigene Lieder. Wir versuchen weiterzukommen, aber es ist schwierig. Ich mein, ich muß tagsüber im Lagerhaus arbeiten.«

»Ich sag dir, dir wird alles gelingen, was du willst.«

»Das sagt jeder, aber wer weiß. Wie heißt du?«

»Delores Fuentes. Und du?«

»Nestor Castillo.«

Sie war sosehr gewohnt, mit Männern zusammen zu sein, die fröhlich waren und draufgängerisch, und da war dieser Musiker, still, höflich und ein wenig düster.

Sie fuhren zusammen die Madison Avenue hinauf und saßen nebeneinander. Er schrieb sich Textzeilen für ein Lied auf einem Stück Papier auf, und von Zeit zu Zeit pfiff er ein Stück von einer Melodie, sah aus dem Fenster auf die grauen Häuser, pfiff wieder.

»Ist das etwas, an dem du gerade arbeitest?«

»Ja, ein Bolero.«

»Ein Liebeslied, ja?«

»So was Ähnliches. Ich arbeite schon lang dran.«

»Wie soll's denn heißen?«

»›Beautiful Maria of My Soul‹. Oder so ähnlich.«

»Und diese Maria?«

Er war irgendwo anders, obwohl er ihr geradewegs in die Augen schaute.

»Einfach nur ein Name. Vielleicht schreib ich's und nehm deinen Namen.«

Sie stiegen beide bei der 125sten Straße aus. Er wollte zu Fuß Richtung Broadway und dann hinauf in die La Salle-Street, wo er, wie er sagte, ein Apartment zusammen mit seinem Bruder hatte.

Und sie wollte den Bus Nummer 29 in die Bronx nehmen. Ehe er sich von ihr trennte, fragte er noch: »Tanzt du gern?«

»Oh, ja.«

»*Bueno*, wir spielen kommenden Freitagabend in Brooklyn. In einem Lokal, das Imperial Ballroom heißt, hast du davon gehört? Das ist 18te Straße Ost, von der Utica Avenue ab, eine von den letzten Haltestellen der Linie 4. Ich schreib's dir auf, okay?«

»Okay.«

Sie brauchte noch eine Stunde nach Hause. Bei den langen Fahrten aus der Bronx und zurück nahm sie lieber Busse als die U-Bahn. Die lange Fahrt machte ihr nichts aus, weil sie immer ein paar Bücher dabeihatte. An diesem Tag hatte sie einen Roman von James M. Cain, *The Postman Always Rings Twice*, zur Hälfte durch, und sie las auch in einem Band mit dem Titel *A Simpler English Grammar* von Hubert Orville, das sie für ihren Abendkurs in Englisch fleißig studierte. Sie las gerne, weil es sie vom Alleinsein ablenkte und ihr das Gefühl gab, zugleich allein und in Gesellschaft zu sein. Sie hatte mit der Arbeit als Putzfrau angefangen, weil sie ihren Job in dem Billigladen auf der Fordham Road, einer Woolworth-Filiale, satt hatte, vor allem, weil ihr der Geschäftsführer mit Kniffen und gelegentlichen Abtatschereien das Leben schwer machte. Aber so ging es ihr mit fast jedem Mann auf der Straße. Es sah so aus, als wären sie alle ständig hinter ihr her. Sie hatte ein feines Gesicht mit großen, hübschen und intelligenten Augen, schulterlanges schwarzes Haar, und einen seltsam verschlossenen Ausdruck, den die Männer als Einsamkeit deuteten. Die Männer liefen ihr überall nach, Soldaten, Geschäftsleute, junge Bürschchen, Collegestudenten, Professorentypen, die in den Laden kamen, um Bleistifte zu kaufen. Männer, die versuchten, ihr in den Ausschnitt zu sehen, wann immer sie sich vorbeugte, Männer, die sie aus den Augenwinkeln ansahen, während sie die Qualität eines Füllfederhalters begutachteten, und durch den Schlitz in ihrer Bluse sahen, wo das Fleisch ihrer Brüste auf den weißen Stoff ihres BHs stieß. Manche sagten: »Vielleicht könnten wir zwei heut abend ausgehen«, was hieß: »Vielleicht könnte ich dich heut abend bumsen.«

Sie lebte mit ihrer älteren Schwester Ana Maria zusammen, die von Kuba heraufgekommen war, um bei ihr zu sein, nachdem ihr Vater, bei dem Delores gewohnt hatte, gestorben war. Ana Maria war sehr temperamentvoll, ging gern zum Tanzen und zu Rendezvous und versuchte in einem fort, Delores dazu zu bringen, mit ihr zu gehen.

»Komm schon, gehen wir tanzen, uns amüsieren.«

Sie aber zog es vor, daheimzubleiben und zu lesen. Eines von den netten Dingen an dem Job, bei reichen Leuten die Putzfrau zu machen, war, daß sie ihr immer Bücher schenkten. Der reiche Mann, der Ecke 61ste Straße und Park Avenue wohnte, ließ ihr immer ein wenig freie Zeit, in der sie machen konnte, was sie wollte, und sagte, sie könne gern in seinen Büchern lesen, und er hatte hunderte davon in gewaltigen Regalen, die bis an die Stuckdecken reichten. Da saß sie dann glücklich am Fenster mit Blick auf die Park Avenue, und aß zu Mittag Sandwiches mit schwach durchgebratenem Roastbeef und Salat, mit einem Buch auf dem Schoß. Es war ihr nicht so wichtig, was sie las, solange die Sprache nicht zu schwierig war, und sie war stolz auf sich, weil sie zumindest zwei Bücher pro Woche schaffte. Nicht schlecht für die Tochter eines Mannes, der kaum lesen und schreiben konnte. Und noch dazu auf Englisch! Außerdem lenkten die Bücher sie von den Schrecken der Welt ab und von der Traurigkeit, die sie durchpulste. Es war schon komisch, genau dieselbe Traurigkeit spürte sie auch bei dem Musiker von der Bushaltestelle.

Sie las so viel, daß Ana Maria eines Abends zu ihr sagte: »Du wirst noch eine alte Frau werden, ganz allein in einem Haus ohne Kinder und Enkelkinder, ohne einen Ehemann und ohne Liebe, du wirst nichts haben als Bücher, die dir zu den Ohren herauskommen, wenn du nicht im Ernst anfängst, dir einen Mann zu suchen.«

Also ging sie auf das Drängen ihrer Schwester mit Männern aus. Einige waren Amerikaner und einige waren frisch aus Kuba oder Puerto Rico angekommene Romeos, freundliche, geschwätzige Burschen, die ihr mehr wie Kinder als wie Männer vorkamen. Sie mochte ein paar von den amerikanischen Jungs recht gern, wollte sich aber nicht ernsthaft mit ihnen einlassen. Sie hatte immer das Gefühl, sie müsse sich »aufsparen«; für was oder wen, wußte sie nicht. Manchmal machte es sie traurig, daß die Liebe ihr zunehmend gleichgültig wurde, aber dann sagte sie sich: »Ich werde einen guten Mann schon erkennen, wenn ich ihn sehe.«

Sie ging aus, knutschte, fummelte ein bißchen herum, erlaubte diesen Männern, ihren Körper zu fühlen. Sie nahm das aber nicht allzu ernst und fand das ganze Herumgetue mit Liebe und Liebeswerben verwirrend. Ein Mann ging mit ihr in *Pecos Bill Meets the Apaches*, und während sie von den Aufregungen dahinpreschender Pferde und heulender Indianer völlig gebannt dasaß, flüsterte dieser Mann: »Sie sind wunderschön ... Bitte, *querida*, einen Kuß nur.« Und manchmal küßte sie den Mann dann, nur damit er sie in Ruhe ließ. Sie ging mit Ana Maria zusammen zu Verabredungen, aber sie mochte es nicht, wenn die Nächte bis drei oder vier Uhr früh dauerten. Sie ging aus, weil sie kein Mauerblümchen sein wollte, aber sie war immer wieder glücklich, wenn sie in die vertraute Sphäre ihres Zimmers zurückkehrte, wo sie das Radio anstellen und ihre Bücher lesen konnte. Sie las Bücher auf Spanisch und mit viel Fleiß auf Englisch. Nachdem sie nur zwei Jahre die High School besucht hatte, ging sie nun zweimal die Woche in die Abendschule.

Als sie in die Wohnung kam, war Ana Maria gerade am Bügeln in der Küche, irgendwelche fröhliche Musik im Radio anhörend und vor sich hinsummend. Wie üblich, zog Delores sich aus, um ein Bad zu nehmen. Von Ana Maria kam dann immer: »Soll ich heute was kochen zum Abendessen?« und: »Vielleicht sollten wir ins Kino gehen? Hä?« Aber an diesem Abend war es Delores, die, während sie den Flur entlang ins Badezimmer ging, sagte: »Warum gehen wir dieses Wochenende nicht tanzen?«

»Wie kommst du denn darauf? Du meine Güte, hat dich einer eingeladen?«

»Ein Musiker.«

»Oh, Musiker sind so aufregend.«

»Dieser ist so wie ich, mehr ein stiller Mensch.«

»Schön, wenn du gehen willst, komm ich mit.«

An jenem Abend nahm sie ein langes entspannendes Bad. Manchmal nahm sie sich Bücher mit und las, das Buch über das Wasser haltend, zehn oder zwölf Seiten auf einmal, und ihre Brüste und ihr dichtes Schamhaar trieben an der Oberfläche. Sie las ein paar Seiten, die Stelle, wo der Mann und die Frau in dem Roman von Cain den Griechen umbringen, und dann beschloß sie, einfach still dazuliegen und das Wasser und den Flug ihrer Gedanken zu genießen, Spekulationen über diesen *simpático* jungen Musiker, in dem sie eine gewisse Ähnlichkeit mit ihrem Vater sah.

Genauso, wie die Gedanken des Mambo Kings immer wieder um bestimmte Ereignisse aus seiner Vergangenheit kreisten, während er

Jahre später in der Sommerhitze in dem Zimmer im Hotel Splendour saß, genauso, wie auch andere in der Familie ihren Tagträumen über die Vergangenheit nachhingen, hörte auch Delores Fuentes ihre eigene Musik und schloß die Augen.

Es war 1942, als die dreizehnjährige Delores Fuentes mit ihrem Vater Daniel aus Havanna in die Bronx kam. Ihre ältere Schwester, Ana Maria, war mit ihrer Mutter, die sich geweigert hatte, mit ihm zu kommen, auf Kuba zurückgeblieben. Er war vom Land zugezogen und hatte in Havanna nichts als Pech gehabt, Mißgeschicke, die zu verstehen Delores noch zu jung war. Warum sollte er in New York mehr Glück haben, meinte ihre Mutter immer, wo doch die Dinge dort viel schwieriger waren? Sie hatte sich geweigert, sich den Wölfen vorwerfen zu lassen, und ihm gesagt, er solle allein fahren. Schweren Herzens besorgte er sich ein Visum und reiste mit seiner Tochter nach Norden.

Daniel war vierzig und sprach kein Englisch, und das machte es schwierig, einen Job zu finden, Arbeitskräftemangel hin oder her. Jeden Abend wartete sie am Fenster auf ihn, horchte auf seine Schritte im Hausflur. Drei Monate lang suchte er erfolglos Arbeit. Kein Englisch, keine Arbeit, bis er schließlich bei einer Mineralwasserfirma einen Job als Auslieferer fand und schwere Holzkästen mit Flaschen mit Metallverschlüssen treppauf, treppab schleppte, ein Haus nach dem anderen. Seine Schicht begann morgens um halb sieben und ging bis sechs Uhr abends. Nur einmal hatten sie Glück, als sie durch einen freundlichen Kubaner, den er auf der Straße kennenlernte, eine Wohnung fanden. Er kam heim in ihr Apartment in einem Haus ohne Fahrstuhl zwischen der 169sten Straße und der Third Avenue, mit krummem Rücken und Muskeln, die so wehtaten, daß er kaum die Kraft hatte, in Ruhe zu Abend zu essen. Danach nahm er ein Bad und zog sich in sein großes leeres Bett zurück, warf sein Badetuch ab und lag in der Sommerhitze nackt auf dem Bett.

Wie es ihre Mutter in Havanna immer getan hatte, kochte Delores für ihren Vater, wobei sie mit dem auskommen mußte, was sie in jenen Tagen der Kriegsrationierung auf dem Markt bekam. Eines Abends wollte sie ihn überraschen. Nachdem er ins Bett gegangen war, machte sie einen *flan* mit Karamelglasur, kochte eine Kanne guten Kaffee, und marschierte mit dem wabbelnden *flan* auf einem

Tablett glücklich durch den engen Flur. Als sie die Tür aufstieß, fand sie ihren Vater schlafend, nackt und im Zustand äußerster sexueller Erregung. Zu Tode erschreckt und unfähig, sich zu bewegen, tat sie so, als wäre er eine Statue, obwohl sein Brustkorb sich hob und seine Lippen sich bewegten, als redete er im Traum mit jemandem . . . Er mit seinem Leidensgesicht, sein Penis, enorm groß . . . Das Komische daran war, daß Delores, trotz ihrer Angst, sein Ding angreifen wollte und daran ziehen wie an einem Hebel; sie wollte sich neben ihn legen und ihre Hand dort unten hintun, um ihn von seiner Qual zu erlösen. Sie wollte, daß er aufwachte, und wollte es auch wieder nicht. In diesem Moment, an den sie sich immer erinnern würde, fühlte sie, wie es schwarz in ihrer Seele wurde, so als hätte sie eben eine schreckliche Sünde begangen und sich selbst ins finsterste Verlies der Hölle verdammt. Sie rechnete damit, beim Umdrehen den Teufel hinter sich stehen zu sehen, mit einem Lächeln auf seinem rußschwarzen Gesicht und den Worten: »Willkommen in Amerika.«

Um diese Zeit herum begannen bei ihr dichte schwarze Schamhaare zu wuchern, die sich kräuselten wie Flammen und aus ihrem Körper hervorquollen; ein einziges Haar davon, das sie sich aus Neugier ausriß, war fast einen Fuß lang, und da waren so viele, daß sie diesen Wust von Haaren mit einer Schere zurückstutzen mußte. Ihre Brüste taten weh vor Schwere, und sie fing an, beim Aufwachen zu merken, daß sie die Laken vollblutete, die sie sonst so peinlich sauber hielt. Dann begannen auch noch andere Dinge zu passieren: Jungs von der Straße fingen an, sie zum Fangenspielen aufzufordern und zum Versteckspielen unten im Keller, und sie versuchten, ihre Brüste zu berühren, und ihre Finger unter den Saum ihres BHs zu stecken. Sie betrachtete sich in dem großen Spiegel an der Tür des gebraucht gekauften Kleiderschranks in ihrem Zimmer und fragte sich: »Will ich das?« Wollte sie, daß Männer auf der Straße sie so ansahen? Sie versuchte sich wie ein Junge anzuziehen, Hosen zu tragen, aber am Ende ließ ihre weibliche Eitelkeit sie wieder zu den wenigen Kleidern zurückkehren, die sie besaß, Stücken, die jeden Tag enger und aufreizender wurden.

Eines Abends, um Weihnachten herum, ein Jahr nach ihrer Ankunft, kam ihr Vater mit einigen seiner Freunde betrunken aus der Mineralwasserfabrik nach Hause: ein paar Italiener, ein Jude, ein

Puertorikaner, Männer, die nach einer Weihnachtsfeier aufgeräumt waren, glücklich, nun ein paar freie Tage zu haben. Sie brachten große Schachteln mit Pizza und Käse-*calzone* in die Wohnung mit. Ihr Vater und seine Freunde tranken an diesem Abend jede Menge Whisky. Sie verzogen die Gesichter und klatschten bei den schmeichelnden Weisen des Guy Lombardo-Orchesters im Radio mit. Delores saß still da, die Hände im Schoß gefaltet, und sah ihnen zu. Ihr Vater fragte sie ununterbrochen: »Stimmt was nicht, Liebes? Was ist denn, sag's dem Papa, hä?«

Was sollte sie ihm sagen? Daß sie in sich ein seltsames, fast unerträgliches Verlangen spürte, ihn von seiner Qual zu erlösen, indem sie sich nackt zu ihm ins Bett legte? Daß sie es nie tun würde, nicht in einer Million Jahren, und doch das Gefühl hatte, sie sollte? Daß sie sich in ihrer eigenen Wohnung wie eine Fremde fühlte?

Als der Italiener die Musik lauter drehte, sagte ihr Vater: »Na, komm schon, Delorita, amüsier dich mit uns, es ist Weihnachten.«

Und der Italiener unterstützte ihn: »Ja, ja, Süße, sei nicht fad.«

Daraufhin nahm ihr Vater sie an der Hand und schwang sie im Kreis herum, stieß gegen sie, prallte wieder zurück, so betrunken war er. Dann lehnte er sich schwitzend und keuchend an die Wand und tupfte sich mit einem Taschentuch die Stirn trocken. Er starrte sie an und bemerkte, daß sie wie ihre Mutter aussah; zweifellos war er überrascht, daß sie eine so hübsche Frau war. Und er machte sie nervös, und sie schloß die Augen.

Vielleicht hatte ihr Vater ihre Miene falsch gedeutet, aber was er sagte, ging ihr noch Jahre danach durch Mark und Bein: »Schäm dich nicht für deinen Vater und kränk dich nicht, weil ich dir peinlich bin, *niña*, denn eines Tages bist du mich sowieso los, ein für allemal.«

Hier kam ihre Erinnerungsseligkeit ins Stocken. Was hatte er damit gemeint? Hatte sie irgendwie zu seinem Leid beigetragen? Lag es an der Art, wie sie mit ihm umging? Sie wußte nur, daß ihr Vater immer mehr zu leiden schien, und verbrachte ihre ersten Jahre in den Staaten damit zu versuchen, sich um ihn zu kümmern. Sie ging zur Schule, und es gelang ihr auch, einen Job in der Woolworth-Filiale auf der Fordham Road zu finden, um zur Bezahlung ihrer Rechnungen etwas beizusteuern. Das war eine von den Gelegenheiten, wo ihr gutes Aussehen für sie von Nutzen war. Der Geschäftsführer stellte sie ein, weil er hübsche Frauen mochte. Sie war dankbar für den Job, arbeitete halbtags dort und ging dann heim, um sich um ihren Vater zu kümmern. Sie kochte ihm das Essen, machte ihm das Bett, wusch ihm seine Sachen, packte ihm sein Mittagessen ein und hörte ihm abends zu, wenn er über die Einsamkeit seiner Tage sprach.

»Ein Mann ist nichts ohne seine Familie, Delorita. Rein gar nichts. Nichts ohne Familie, nichts ohne Liebe.«

Von der Getränkefabrik brachte er billigen italienischen Wein nach Hause, für den er zehn Cent pro Flasche bezahlte. Er setzte sich immer ins Wohnzimmer und trank, bis die Schmerzen in seinem Rücken und in seinem Herzen schwanden und seine Lippen blau zu werden begannen.

Normalerweise blieb er an den Abenden zu Hause, aber einmal war er so aufgekratzt vom Wein, daß er sich in Schale warf und zu Delores sagte: »Ich bin zu jung, um die ganze Zeit daheim zu hocken. Ich geh aus.«

Er hatte die Zeitungen durchgesehen und die Adressen von ein paar Tanzlokalen herausgefunden, von denen Freunde ihm erzählt hatten.

»Mach dir um mich keine Sorgen. In ein paar Stunden bin ich zurück«, sagte er und fuhr ihr mit seinen warmen Händen übers Gesicht. Sie studierte bis ein Uhr früh eine englische Grammatik, blieb dabei die ganze Zeit am Wohnzimmerfenster sitzen und behielt die Straße im Auge. Sechs Stunden später, sie schlief fest und träumte, sie spielte mit ihrer älteren Schwester, Ana Maria, in Havanna, die Sonne schien und der Tag war strahlend hell vor Zukunftshoffnungen, als sie ihren Vater auf dem Flur hörte. Sie fand ihn dort an die Wand gelehnt, betrunken und erschöpft. Er brauchte eine Weile, bis er sie klar sah, aber als er schließlich soweit war, sagte er: »Ich hab mir bloß 'nen netten Abend gemacht. Und du?«

Sie half ihm ins Bett, zog ihm die Schuhe aus. Als sie auf den Wecker sah, war es dreiviertel fünf, und der arme Mann würde in genau fünfundvierzig Minuten aufstehen und zur Arbeit müssen. Sie blieb bei ihm, saß an seinem Bett und sah zu, wie ihr *papá* schnarchte, mühsam atmend und den Kopf von einer Seite auf die andere drehend. Sie sah auf seinen kraftvollen Körper, furchterregend männlich, und war verwirrt wegen ihrer zärtlichen Gefühle für ihn. Hin und wieder sagte er ein paar Worte, und die Erinnerung an diese Worte, »Bitte, *Dios,* erlöse mich«, sollte Jahre später wiederkehren, als sie ihre eigene Familie und ihre eigenen Schwierigkeiten hatte. »Erlöse mich«, als der Wecker losging, und sie mitansah, wie der Mann die Augen aufmachte und wie ein Toter, der ins Leben zurückkehrt, mit einem Ruck aufstand, gähnte, die Arme streckte und sich dann über den Flur auf den Weg ins Badezimmer schleppte, wo er sich wusch und seine graue Lieferantenuniform anzog.

In der Woche darauf passierte dasselbe. Dann, nach einer Weile, machte er es sich zur Gewohnheit, an zwei oder drei Abenden in der Woche auszugehen, genauso wie er es in Havanna getan hatte.

»Ein Mann muß tun, was er will, sonst ist er kein Mann«, sagte er zu ihr. »Du weißt ja, es ist nicht leicht für mich, die ganze Zeit allein zu sein.«

Und was ist mit mir? fragte sie sich immer. Sie verbrachte diese Nächte damit, sich Sorgen um ihn zu machen und sich einsam zu fühlen. Manchmal ging sie auf Besuch zu den Nachbarn und redete mit ihnen. Mit ihrem Job bei Woolworth, dem Abendkurs und ihren Freundschaften im Haus lernte sie ziemlich gut Englisch zu sprechen. Aber wozu war ihr Englisch gut, wenn sie doch so allein war? Sie mochte Menschen, war aber sehr schüchtern. Sie war schön, und ihr Körper brachte die Männer dazu, sie gierig anzustarren. Trotzdem aber dachte sie, sie sei unansehnlich und mache dauernd irgendwas falsch. Wenn sie nur an den Abenden, wo ihr Vater ausging, nicht so einsam gewesen wäre, wenn sie nur nicht das Gefühl gehabt hätte, irgend etwas in ihr müßte zerbrechen.

Und ihr Vater, warum mußte er immer ausgehen, wenn er dann so erschöpft aussah?

»Papi«, fragte sie ihn eines Abends, »*adonde vas?*«

»Ich geh tanzen.«

»Allein?«

»Mit einer Freundin.«

Ihr Vater ging in New York genauso aus wie daheim in Havanna immer. Urplötzlich ertappte Delores sich dabei, daß sie fühlte, was ihre Mutter immer gefühlt haben mußte. Die nächtelangen Streitereien zu Hause hatten sich nicht in Luft aufgelöst. Sie hatte das Gebrüll in sich, und wenn sie sah, wie ihr Vater sich schön anzog, um die Frau, die er da hatte, zu treffen, hörte Delores sich sagen: »*Papá,* ich glaub nicht, daß du gehen solltest, du wirst wieder müde sein.«

»Mach dir um mich keine Sorgen.«

Und dann gab er ihr einen Kuß und ging die Treppe hinunter. Normalerweise war er schon betrunken, wenn er aus der Wohnung ging. Sie folgte ihm bis ins Treppenhaus und sah zu, wie er in den Schatten verschwand. Ihr erster Gedanke war: Fall nicht. Dann: Fall ruhig und steh nicht wieder auf.

Er geht mit irgendeiner Schlampe tanzen, das war es, was sie dachte, während sie ihm vom Fenster aus nachsah, wie er die steil abfallende 169ste Straße Richtung Hochbahn hinunterging. Sie stellte sich die Frau vor: einen Hut mit Federn obendrauf, ein zu enges Kleid, das Oberteil zum Platzen. Und sie hatte Lippenstiftlippen wie aus Gummi und breite, breite Hüften.

Allein im Apartment in der Bronx, versuchte sie sich zu beruhigen. Sie liebte ihren Vater, der schuftete, um für sie beide zu sorgen. War es nicht nur fair, daß er ausging? Ja, armer Papi, und sie saß am Fenster und horchte auf das Radio eines Nachbarn im Hof oder versuchte, wie immer mit einem Wörterbuch bei der Hand, eine Zeitung zu lesen oder eines von den Büchern, die ihr Nachbar, ein Lehrer, gerührt von ihren Bemühungen, besser lesen zu lernen, ihr vor die Tür legte.

An manchen Abenden schrieb sie ihrer Mutter mitfühlende Briefe, in denen Dinge standen wie: »*Mamá*, je älter ich werde, desto besser verstehe ich, wie sehr *papá* dich verletzt haben muß.«

Weil ihre Mutter sich geweigert hatte, ihn in die Staaten zu begleiten, hatte Delores sie schroff verurteilt. Sie für grausam gehalten. Es gab da Dinge bei uns, die du nicht verstehst, hatte sie Delorita gesagt – jetzt aber fing sie an zu verstehen. Hatte er nicht viele Nächte außer Haus verbracht, schon damals?

Es vergingen immer Wochen, in denen sie auf Antwort wartete, aber sie bekam nie eine. Sie dachte, daß ihre Mutter sie mit Recht haßte, weil sie für ihren Vater Partei ergriffen hatte. An solchen Abenden fragte sich Delores oft: »Und was habe ich jetzt? Weder meine Mutter noch meinen Vater.«

Sie erinnerte sich, wie ihre Mutter immer dagesessen hatte, die Arme fest verschränkt, die Wuthaltung, wenn *papá* tat, was ihm gefiel. Delores saß auch mit fest verschränkten Armen da, wartete darauf, die Schritte ihres Vaters auf dem Flur zu hören und hatte auch Lust, ihn anzuschreien.

Aber wenn er da war, wurde sie immer wieder weich und kümmerte sich statt dessen um ihn.

Auf ihre Weise wurde Delores eine Art Stoikerin. Das Leben hatte seine begrenzten Freuden: Da war die Sonne, da waren Jungs und Männer, die ihr auf der Straße nachsahen; da waren die spaßigen Briefe von ihrer älteren Schwester Ana Maria auf Kuba; da waren die Hollywood-Filme in dem großen Kino auf der Fordham Road; da waren romantische Romane; da waren kleine Schachteln mit Bonbons; da waren die Zweijährigen, die in Windeln auf dem Gehsteig vor ihrem Haus dahintapsten; da waren die Blumen im Park und die hübschen Kleider in den Auslagen der Geschäfte. Aber da war nichts, um das Gefühl zu überwinden, daß über der Welt ein Schleier von Melancholie lag, den die Traurigkeit ihres armen Vaters ausbreitete. Sie war so gleichmütig, daß nur wenige Dinge sie störten, und obwohl sie in einem Alter war, in dem junge Mädchen sich verlieben, träumte sie niemals davon – bis zu jenem Abend, als sie beschloß, ihrem Vater in ein Tanzlokal nachzugehen.

An diesem Abend durchstöberte Delores die Wohnung nach etwas Schreibpapier und fand dabei einen Werbezettel vom Dumont Ballroom auf der East Kingsbridge Road. Sie fühlte in sich ein übermächtiges Verlangen, ihn zu sehen. Sie machte sich schön, ging den steilen Hügel hinunter, nahm auf der Jerome Avenue die U-Bahn Richtung Norden und kam so bei dem Lokal an. Es war ein Hafen, den viele junge Männer mit gepolsterten Schultern, taillierten Jakken und Röhrenhosen angelaufen hatten. Viele davon waren harte, magere Kriegsveteranen, die ihr nachpfiffen und Dinge zuriefen wie »Euer Lieblichkeit, wohin des Weges?«

»Ihre Lieblichkeit« fand ihren Vater trinkend an der Bar, mit durchgeschwitztem Hemd. Er redete mit einer Frau, die genauso aussah, wie Delores sie sich vorgestellt hatte. Sie war an die Vierzig, ziemlich mollig, ein bißchen überreif in ihrem billigen Kleid. Sie hat das Gesicht einer Hure, dachte Delores zuerst, aber als ihr Vater, der sich so benahm, als wäre das alles ganz normal, ihr Delores vorstellte, leuchtete das Gesicht der Frau vor Freundlichkeit auf.

»Na so was, bist du aber hübsch«, sagte die Frau zu Delores. Delores wurde rot bei dem Kompliment. Weshalb sollte sie böse auf die Frau sein? Ihr Vater hatte ihr den Arm um die fleischigen Hüften gelegt. Er lächelte auf eine Art, die sie nicht oft zuvor gesehen hatte, glücklich. Und die Erschöpfung war aus seinem Gesicht verschwunden. Worüber sollte sie böse sein – über diese beiden einsamen

Leute, die an einer Bar in einem Tanzlokal versuchten, einander zu trösten? Das Orchester auf der Bühne spielte gerade »Frenesí«. Ihr Vater beugte sich an Delores Ohr und fragte: »Delorita, was willst denn du hier?«

»Papi, ich will, daß du nach Hause kommst.«

Er gab darauf nicht einmal eine Antwort, machte nur eine schleifenförmige Bewegung mit seiner Zigarette und sagte zu der Frau: »Also, siehst du das? Meine eigene Tochter gibt mir Befehle. Mir, dem Mann.«

Dann lächelte er.

»Komm schon, führ dich nicht auf wie deine Mutter.«

Dann begann das Orchester einen Tango zu spielen, und sie alle drei gingen hinaus in die Masse der Schatten. Auf der Stelle sah sie, was für ein fabelhafter und graziöser Tänzer ihr Vater war, und daß das Tanzen ihn von seinem Schmerz zu erlösen schien. Er nahm sie an der Hand und fing an, ihr die drei Wiegeschritte beim Tango zu zeigen. Ihre Wange an sein warmes Gesicht gepreßt, um sie herum wirbelnde Lichter und ein Schwarm von parfümierten Schatten, hatte sie einen Tagtraum, in dem sie immer weiter so mit ihm tanzte . . . Dann war die Nummer aus, und die Frau kam zu ihnen auf die Tanzfläche. Delores ging zur Bar zurück und beobachtete, wie sie sich im Kreis drehten. Er konnte Lindyhop und Rumba und tanzte Jitterbug wie kein zweiter. Auf dem Podium spielte eine Kapelle, die sich Art Shanky Orchestra nannte, eine Truppe von Musikern in Nadelstreifen, nach Leibeskräften. Ihre goldenen Trompeten schienen Zauberkräfte zu haben, weil sie ihren Vater um soviel jünger machten. Er tanzte geradewegs in einen Lichtkegel hinein und warf einen Schatten, der an den behangenen Wänden des Tanzsaales hochkroch, hundert Fuß hoch. Ein Sänger kam auf die Bühne und begann »Moonlight Becomes You« zu singen. Ihr Vater und diese Frau gingen daraufhin zurück an die Bar. Keuchend von den schnellen Tänzen, sagte ihr Vater: »Ist doch gar nicht so übel hier, oder?«

Er lehnte sich mit dem Rücken an die Bar, und als die Frau ihm mit einem Taschentuch die Stirn abwischte und den Schweiß von den Lippen tupfte, schien es, als würde sie ihm Jahre der Anstrengung und des Unglücks aus dem Gesicht wischen. Einen Moment lang, in dem Augenblick, als er von dem Licht und der Musik verzaubert schien, trat er aus sich selbst heraus und schien auf ewig getröstet. Er zündete sich eine Zigarette an und sagte: »Delorita, dort drüben, der Amerikaner dort schaut her zu dir.«

Am Ende der Bar stand ein hochgewachsener Mann, der nach einem Iren oder Deutschen aussah, mit einem Wust von gewelltem blonden Haar. Er trug ein Sportjackett mit Fliege und wirkte ziemlich gepflegt. Er war wohl Mitte Zwanzig, Delores war damals siebzehn.

Der Mann lächelte. Ein wenig später kam er herüber und forderte sie respektvoll zum Tanzen auf. Sie hatte schon eine ganze Reihe von Aufforderungen abgelehnt, und sie wies auch ihn ab.

»Ich wollte sowieso nur mit Ihnen reden. Mein Name ist – ich weiß, das klingt jetzt alles ein bißchen unwahrscheinlich, aber Sie müssen mir glauben ... Sehen Sie, ich arbeite bei Pepsodent Zahnpasta, und wir veranstalten in ein paar Wochen einen Schönheitswettbewerb unten auf Coney Island, und da dachte ich, Sie würden vielleicht mitmachen wollen. Ich meine, wenn Sie mir Ihren Namen und all das geben, kann ich mich um alles kümmern ... Der erste Preis sind hundert Dollar.« Dann schaute er weg und fügte hinzu: »Und Sie sind mit Sicherheit hübsch genug, um zu gewinnen ... «

»Was muß ich dafür tun?«

»Sie ziehen einfach einen Badeanzug an – haben Sie einen? – und stellen sich vor die Leute hin. Es ist an einem Samstagvormittag ... Warum geben Sie mir nicht Ihre Adresse, hä? Es wäre eine nette Sache für sie ...«

Er hielt die Hände hoch, wie um zu sagen: »Ich bin unbewaffnet ...«

Sie wurde rot und schaute weg. »Sie finden mich in dem Woolworth-Laden auf der Fordham Road. Ich arbeite halbtags dort.« Und sie schrieb ihm ihren Namen auf, Delores Fuentes.

Er sah auf das Stück Papier und meinte: »Sie haben eine wirklich schöne Schrift.«

»Ich kann Ihnen Gedichte aufschreiben. Ich schreib selber welche, und ich lerne Gedichte auf Englisch auswendig.«

»Ja?«

»Wollen Sie, daß ich Ihnen eins aufschreibe?«

»Aber sicher.«

Sie wandte sich zur Bar und schrieb mit Akribie das Gedicht »Annabel Lee« von Edgar Allan Poe nieder.

»Sie nehmen mich auf den Arm?« Und er kratzte sich den Kopf, steckte das Gedicht ein und sagte: »Sie sind wirklich Klasse, wissen Sie das?«

Später, so um drei herum, als der Tanzabend dem Ende zuging, war Delores nicht mehr böse oder besorgt um ihren Vater. Eigentlich schien sie jetzt sogar froh über das Lokal. Und ihr Vater kam ihr nicht einmal betrunken vor. Als sie das Tanzlokal zusammen verließen, ging er mit geradem Rücken und hocherhobenem Kopf. Es machte sie froh, wenn sie daran dachte, wieder hierher zu kommen. Die Leute machten einem Komplimente und sagten einem, daß man hübsch genug für einen Schönheitswettbewerb war! Sie und ihr Vater waren unterwegs zur Bushaltestelle, und als sie über die Straße gingen, um den Bus zurück zu nehmen, und plötzlich der Amerikaner in einem 1946er Oldsmobile neben ihnen stehenblieb, war Delores völlig baff. Es war ein Kabrio, und das Stoffverdeck war aufgeklappt.

»Laßt mich euch zwei Hübschen heimfahren.«

Und so kletterten sie in seinen Wagen und fühlten sich wie reiche Leute. Ihr Vater ließ sich in die pralle Lederpolsterung auf dem Rücksitz plumpsen. Er legte seinen Arm um Delores und schlief schließlich ein und schnarchte, während der Wagen dahinfuhr.

Der Mann, den sie in dem Tanzlokal kennengelernt hatte, war sehr nett. Er tauchte in dem Woolworth-Laden auf, um sich zu vergewissern, daß sie an dem Wettbewerb teilnahm, brachte ihr eine Schachtel Schokolade, einen Strauß Blumen, einen kuscheligen kleinen Teddybären. Am Tag des Wettbewerbs fuhr er mit seinem Wagen von seiner Wohnung in der Dyckman Street in die Bronx und brachte sie im offenen Kabrio an die Strandpromenade von Coney Island. Er wirkte ziemlich sportlich. An diesem Tag hatte er einen hellblauen Sommeranzug an, mit einem hellrosa Hemd und einem roten Tuch um den Hals. Wie sie so dahinfuhren, flatterte sein goldblondes Haar im Wind wie eine Schiffsflagge. Er war *muy guapo* – gutaussehend – und schien gut zu verdienen. An diesem Tag mußten mehr als eine Million Menschen am Strand sein, und als sie von der Bühne auf sie sah, wurde ihr schwindlig. Von so vielen Leuten in dieser endlosen Masse angeschaut zu werden, war wie durch die Luft zu fliegen, besonders als sie aus ihrem Kleid stieg und mit ihrem wohlgestalteten Körper rausmarschierte, wo die Leute sie sehen konnten. Sie wurde mit einer ohrenbetäubenden Salve von Johlen und Pfeifen begrüßt. Sie belegte bei dem Wettbewerb den dritten Platz und gewann fünfundzwanzig Dollar. Danach ging der nette Mann mit ihr in den Vergnügungspark und bezahlte für alle Fahrten und alles, was sie wollte. Dann wurde es langsam spät, und er sagte: »Und jetzt die Überraschung.« Und sie fuhren von Coney Island weg zu einem italienischen Fischrestaurant an der Tenth Avenue.

Immer wieder sagte er: »Das also ist unser ganz spezielles kleines Essen.«

Er hob sein Glas und trank ihr zu: »Ich kann's einfach nicht glauben, daß Sie nicht den ersten Platz gemacht haben, aber vielleicht war das Ganze ja geschoben, wissen Sie? Aber es gibt ja immer noch nächstes Jahr.«

Dann fiel ihm dazu nichts mehr ein, und er sagte: »Pepsodent macht jedes Jahr diesen Wettbewerb. Wäre es nicht prima, wenn wir nächstes Jahr wieder hierhergehen würden?«

»Ja, prima wär das.«

»Und es tut auch gut, aus der Hitze rauszukommen. Das ist das Schlimme an New York im August, es wird so verflucht heiß, viel zu heiß.«

Der Kellner brachte ihnen eine große Platte Linguini mit Muschelsauce und danach kam ein großer gedünsteter Fisch mit silbrigen Flossen. Und er sagte: »Donnerwetter, das ist aber ein richtiges Festmahl, was wir da haben, nicht?«

Er war über einfach alles begeistert und glücklich, und sie konnte sich überhaupt nicht mehr vorstellen, wie sie soviel hatte daheimbleiben können, ohne sich mit irgendeinem von den amerikanischen Jungen zu treffen, die ihr auf der Straße nachsahen.

»Sie sind aus Kuba, nicht? Mein Onkel fährt jeden Winter dort runter, regelmäßig wie die Uhr. Hinunter nach Havanna. Er sagt, es ist schön dort.«

»Ja, ich war schon lang nicht mehr da. Aber demnächst werd ich wieder mal hinfahren.«

Dann sprach sie über sich selber und die Bücher, die sie gern las, Liebesromane und Detektivgeschichten, erzählte ihm, sie hätte nichts dagegen, eines Tages zu studieren und Lehrerin zu werden. Er nickte eifrig und lächelte viel, und wenn er sich zurücklehnte, konnte sie sehen, daß seine Ohren schon rot vom Wein waren. Es war ein lautes, fröhliches Lokal. Der italienische Kellner war entzückt von ihr, und alle waren so nett.

»Ich schätze, es wird Zeit, daß wir zurückfahren«, sagte der nette Mann und sah auf seine Uhr. »Es ist schon fast elf.« Als sie dann bei der Kasse ein paar Pfefferminz-Drops aus einer Schale bekamen, hielt er inne und sagte: »Ich bin hier ganz in der Nähe aufgewachsen. Haben Sie Lust, sich das Haus anzusehen, in dem ich gewohnt habe?«

»Okay.«

Im Auto saß sie sittsam und bescheiden neben ihm, unsicher, was sie tun sollte. Sie war besorgt, sie könnte ihn verärgern. Eine Frau bei ihr im Haus, die viel Erfahrung mit Männern hatte, hatte ihr gesagt: »Wenn er nett zu dir ist, gib ihm einen Kuß und laß ihn ein bißchen herummachen, aber laß ihn ja nicht irgendwas unter deinem Rock anstellen.«

Sie fuhren weg von dem Restaurant und über die Promenade, wo der Strand ins Meer hinein auszackte und wo es weniger Häuser gab.

»Wenn man in diese Richtung weiterfährt, kommt man direkt an die Südspitze von Long Island«, sagte er. Ihr fiel auf, daß es hier nicht mehr so viele Wohnstraßen gab, nur gelegentliche Straßenlaternen weiter weg. Das Meer war grau, und an der Oberfläche kräuselte sich im Mondlicht gelblicher Schaum.

»Sind wir bald da?« fragte sie.

»Ja ja, gleich.«

Sie dachte, er würde nach links abbiegen, aber er fuhr nach rechts. Sie waren jetzt auf einer Straße irgendwo weit über die Rockaways und Coney Island hinaus, wo die U-Bahngleise die Schleife landeinwärts machten und verschwanden. Plötzlich lenkte er den Wagen zur Seite und fuhr von der Straße runter unter einen verlassenen Plankensteg und durch einen Wald von meerwasserzerfressenen Pfeilern, ehe er schließlich stehenblieb.

»Wissen Sie was«, sagte er und blies besorgt einen Schwall Luft aus. »Mein Wagen kocht, fühlen Sie mal das Armaturenbrett.«

Sie legte ihre Hand auf das Armaturenbrett, und es war heiß.

»Wieso bleiben wir hier nicht einfach ein Weilchen sitzen und genießen die Nachtluft?«

Sie saßen eine Zeitlang da und schauten aufs Meer, und er erzählte, wie seine Mutter an den Nachmittagen immer mit ihm hierhergegangen und er unten am Strand gesessen, mit einem Kübel und einer kleinen Schaufel und Burgen gebaut habe – sein Haus sei nicht weit von hier. Und sie saß nur da und wartete auf den Moment, in dem er sich zu ihr drehen würde, damit sie ihm einen Kuß geben konnte, und dann passierte es, einfach so: Er nahm einen Schluck Whisky aus einem kleinen Flachmann, nahm sie an den Handgelenken und sagte: »Delores, den ganzen Tag schon will ich Ihr hübsches Gesicht küssen.«

Sie spürte, wie er sich an sie preßte, und flüsterte: »Ich auch.«

Sie begannen sich zu küssen: Er küßte sie auf die Wangen und um die Nase herum, und dann küßte er sie wirklich, und seine Hände griffen ihr überall hin. Sie erlaubte ihm, ihren Busen zu streicheln; dann versuchte er, seine Hände unter ihren Rock und den Badeanzug zu kriegen und sie zwischen ihre Beine zu schieben, die sie zusammengepreßt hielt wie einen Schraubstock. Und mit einem Mal hatte er einen ungläubigen Ausdruck im Gesicht, das nun ein bißchen verzerrt war, und sagte: »Was soll denn das bedeuten?«

»Tut mir leid.«

»Nun entspann dich erst mal, ja? Ich will dich ja nicht auffressen.« Trotzdem aber versuchte er immer noch, ihr unter den Rock zu gehen und seine Finger ins Unterteil von ihrem Badeanzug zu schieben, und dann stieß sie ihn weg.

Und plötzlich schien er sich um nichts mehr scheren zu wollen und zerrte am Oberteil ihres Badeanzugs, zerriß die Träger und zog das Vorderteil herunter, so daß er mit seinem Mund an ihre Brüste konnte; sie krümmte sich unter ihm, unter seinen Küssen und seiner dicken Zunge.

»Wenn du wüßtest, Delores, was ich jetzt fühle«, sagte er immer wieder. Sie versuchte ihn wegzustoßen, aber er war ein kräftiger Mann und plötzlich wütend, weil sie sich ihm widersetzte. Er schlug ihr ins Gesicht und sagte: »Ich spiel hier keine Spielchen mit dir, nun komm schon, Delores. Was zum Teufel ist überhaupt los mit dir?«

Da wurde ihr schlagartig klar, daß sie drauf und dran war, ihre Jungfräulichkeit zu verlieren, und das auf die mieseste Art, die man sich vorstellen konnte. An diesen *pendejo*! Oh, Papi! Es gab nichts, was sie tun konnte, um es zu verhindern. Wohin sollte sie davonlaufen? Unter dem Plankensteg hinaus auf diese Straßen, wo keine Menschenseele war? Es war so trostlos, daß sie sich wünschte, sie wäre eine Meerjungfrau und könnte hinaus in die wunderbare See schwimmen. Sie ging die Möglichkeiten durch, sich zu wehren oder nachzugeben, und hatte das Gefühl, daß die Welt sich hoffnungslos verdüsterte. Wie hatte sie nur so vertrauensselig sein können, so dumm? Was konnte sie denn tun, außer sich in den Sitz lehnen, Jammer und Scham in ihrem Herzen zu fühlen und fast so etwas wie Gefallen an seiner Heftigkeit. Alle diese Gedanken verwandelten sich in ein Gefühl überwältigender Traurigkeit darüber, eine Frau zu sein. Und wo war die Nettigkeit dieses Mannes jetzt? Sie lehnte sich in den Sitz zurück, und er stand auf und zog Schuhe und Socken aus. Dann, mit derselben besessenen Inbrunst, mit der er ihr den Badeanzug zerrissen hatte, zog er an seinem erigierten Glied, griff es sich stolz . . .

Als er endlich seinen Reißverschluß offen hatte, war sie an den Punkt gelangt, wo sie nur mehr wollte, daß alles schon vorbei wäre. Er stieß die Autotür auf und stand über ihr, schob sich die Hosen und seine getupften Boxershorts bis zu den Knien hinunter. Und da war es, sein Glied, leicht gebogen und in der Luft zuckend. Wie von einem Kind, dachte sie.

Über ihr Gesicht ging ein Ausdruck irgendwo zwischen Mitleid, Belustigung und purer Verachtung, und sie sagte: »Geh zum Teufel, *hombre*!«

Und während sie sich auf dem Sitz abwandte und wegdriftete wie das Holz und der Schaum und der Abfall, die am Rand des Wassers trieben, versuchte er weiter, sein Ding unten bei ihr hineinzuzwängen, er war so wütend, und während das weiterging, hatte sie den Eindruck, in diesem Zimmer mit ihrem Vater zu sein, an dem Tag, als sie ihn nackt gesehen hatte; daß sie nun neben ihm auf dem Bett war und sein Glied ansah, riesig und machtvoll, ein Wesen jenseits der körperlichen Schwächen, die ihn eines Tages umbringen sollten.

Ihr armer Vater sollte 1949 sterben, er brach auf einer Treppe zusammen, während er Selters auslieferte, bum, bum, zwei Treppen hinunter, sprachlos, das letzte, was er sah, waren zwanzig Flaschen Selters, die auf den Stufen aufschlugen, in Scherben gingen und alles vollsprühten. Jahre später, würde sie zu sich selber sagen: »Was immer jemand über dich sagt, Papi, du warst ein Arbeiter, ein Beschützer und ein Mann, ein lieber und sanfter Mann, Papi, nicht wie der Bastard, der sich an mir vergangen hat.«

An diesem Abend, als ein Mann sie am Strand zu vergewaltigen versuchte, ging ihr das Wort »männlich« durch den Kopf, strich wie ein Seidenschal an den Rand ihrer sexuellen Spekulationen über ihren Vater. Sie war nicht am Strand, sondern saß am Bettrand und rieb den schmerzenden Rücken ihres Vaters mit Öl ein, strich ihm mit den Händen über die Schultern und hörte ihn sagen: »*Ai, qué bueno!* – Das tut gut!« und war glücklich über seine wohligen Seufzer, auch wenn er in ihren Gedanken nur ein Geist war. Nach ein paar Augenblicken aber, als der Pepsodentmensch ein paar Mal versucht hatte, in ihren jetzt strohtrockenen Unterleib einzudringen, hörte sie, wie er frustriert ausrief: »Los, mach's mir!« Und dann »Scheiße nochmal!« Als sie die Augen aufmachte, sah sie, wie er masturbierte, um die Ejakulation zu Ende zu bringen, die bei seinen fehlgeschlagenen Versuchen losgegangen war, ohne daß er es gewollt hatte … Ein wenig spöttisch sah sie zu, wie die Wut und die Erregung ihm aus dem Gesicht wichen, sah zu, wie er die Hosen und alles andere wieder hochzog, ihr den Rücken zugewandt. Er sagte: »Ich sollte dich auf der Stelle da im Wasser ersäufen. Und jetzt verschwind aus meinen Augen.«

Dann ließ er sie am Strand zurück, bei den Mücken und Flöhen und Krebsen, die sich immer zu mehreren auf einem Haufen durch den Sand bewegten, sich langsam durchfraßen, und sie mußte auf den Straßen umherwandern und jemanden suchen, der ihr half. Am Morgen saß sie auf einem Bordstein ungefähr sieben Blocks landeinwärts, wo es Häuser gab. Ein Milchwagen blieb stehen, und der Fahrer, in weißer Uniform, lehnte sich heraus und sagte: »Schlimme Nacht gehabt, Lady?«

Dann brachte er sie zu einer U-Bahn-Station, die fünfzehn Minuten entfernt war.

Am Abend der Tanzveranstaltung dachte Delores daran, was ihre Schwester Ana Maria ihr gesagt hatte: »Liebe ist der Sonnenschein der Seele, Wasser für die Blumen des Herzens, und der süß duftende Wind am Morgen des Lebens« – Gefühle, die aus den schmalzigen Boleros im Radio stammten, aber vielleicht stimmten sie ja, egal wie grausam und dumm Männer sein konnten. Vielleicht gibt es einen Mann, der anders ist und gut zu mir.

Und so zog Delores ein rotes Kleid mit Plisseetaille und geschlitztem Rock an, dunkle Nylons und schwarze Stöckelschuhe, eine Kette aus falschen Perlen, toupierte sich das Haar auf wie Claudette

Colbert, tupfte sich ein wenig Chanel No. 5 hinters Ohr und zwischen die Brüste und träufelte ein paar Tropfen auf den talkumgepuderten Zwickel ihres Höschens, so daß die Frau, die in den Tanzsaal hereinkam, nur mehr entfernte Ähnlichkeit mit der Putzfrau hatte, die Nestor an der Bushaltestelle kennengelernt hatte.

Was Delores und Ana Maria außen auf den Messingtüren des Lokals angeschlagen sahen, war:

!!! GROSSER WETTBEWERB !!!
* * * * * * * * * * *

IM IMPERIAL BALLROOM
Gesucht werden die
BESTEN
und
AUSGEFALLENSTEN
PAARE mit GLATZE!
*

Erster Preis 50 Dollar! & EINE KISTE CHAMPAGNER &
EINE AUSWAHL IHRER LIEBLINGSSCHALLPLATTEN
!!!!!! UND VIELES MEHR !!!!!!
* * * * * * * * * *

Es spielen
die fabelhaften MAMBO KINGS !!
*

Eintritt: 1.06 Dollar. Einlaß: 21 Uhr.

Nachdem sie Mäntel und Hüte an der Garderobe abgegeben hatten, bahnten sich Delores und Ana Maria, von frechen Fingern in die Hintern gekniffen, ihren Weg durch die Menge von Leuten mit oder ohne Glatze, die sich im Imperial Palace eingefunden hatten. Delorita war nun in der Welt des Liebeswerbens, von der sie geglaubt hatte, sie bedeutete ihr nichts. Die Nacht zuvor aber hatte sie von dem Musiker geträumt, den sie an der Bushaltestelle kennengelernt hatte. Sie lag nackt in einem Bett, drückte sich an ihn, und sie küßten und küßten sich; so eng drückten sie sich aneinander, daß ihr Haar ihn umschlang wie ein zusammengerolltes Tau, und die Haut brannte ihnen, und gleichzeitig hatte sie das Gefühl, daß alle Poren ihres Körpers sich öffneten und daß aus jeder Pore warmer, süßer Saft troff wie Honig. Ihr Traum verbreiterte sich zu einem Trichter von Gefühlen, durch den ihr Körper schwebte wie eine Wolke; sie erwachte mitten in der Nacht und stellte sich vor, wie die langen feinfühligen Finger des Musikers die feuchteste Öffnung ihres Körpers berührten. Als sie sich auf die Bühne zubewegte, um Nestor ihrer Schwester zu zeigen, wurde sie rot, weil sie an den Traum denken mußte.

Die Mambo Kings standen auf der Bühne und sahen ziemlich genauso aus wie auf den Photos aus jener Zeit, in weißen Seidenanzügen und in zwei Reihen aufgestellt, der elegante Miguel Montoya saß an einem Konzertflügel, ein Perkussionist stand an einer Batterie von Congas, Bongos und *timbales*, ein Schlagzeuger an einem amerikanischen Schlagzeug, dann Manny mit seinem Kontrabaß, dann der Posaunist und zwei der Bläser. Davor der Saxophonist und der Flötist, ihre beiden Geiger, und dann die Brüder selbst, Seite an Seite vor dem Mikrophon stehend. Der Scheinwerfer war auf den gutaussehenden Cesar Castillo gerichtet, und Ana Maria, der er gefiel, fragte zunächst: »Ist er das?«

»Nein, der Schüchterne da an der Seite.«

Und da war er und wartete auf das Dacapo einer Habanera, und auf ein Nicken von Cesar trat er dann ans Mikrophon, legte den Kopf in den Nacken und begann sein Solo zu spielen. Wie sein älterer Bruder, der nach hinten in den Schatten getreten war, hatte er einen weißen Seidenanzug an, ein flamingorosa Hemd und eine himmelblaue Krawatte. Er spielte das Solo zu »Solitude«, das sein Bruder komponiert hatte.

»Ist er nicht schön?« fragte Delores.

Und dann, als die Melodie wiederkehrte und Cesar die letzte Strophe sang, stellte sie sich direkt vor der Bühne auf, wo der Trompeter stand, und lächelte ihn an. Er war mit steinernem Gesicht in Konzentration versunken gewesen, aber als er sie sah, leuchtete sein Gesicht auf. Dann gingen sie zu einer schnellen Nummer über, einem Mambo. Mit einem verstohlenen Lächeln auf dem Gesicht nickte Cesar dem Perkussionisten zu, der die Hände gehoben hatte wie ein Boxer, und der fing, bop, bop, bop, auf einer *quinto*-Trommel an, dann kam das Klavier dazu, mit einem improvisierten südamerikanischen Einstieg im Wechsel mit dem Baß. Ein weiteres Nicken von Cesar und die anderen setzten ein, und Cesar begann vor dem großen kreisrunden Mikrophon zu tanzen, seine weißen Lederschuhe mit den goldenen Schnallen zuckten ein- und auswärts wie ausschlagende Kompaßnadeln. Und Nestor, der bei den Bläsern stand, blies vor lauter Freude darüber, Delores zu sehen, so heftig in seine Trompete, daß sein Gesicht rot wurde und sein nachdenklicher Kopf zu platzen schien. Und die vielen Leute auf der Tanzfläche wackelten und hüpften, und die anderen Musiker hatten Spaß an Nestors Solo und schüttelten die Köpfe, und er spielte glücklich und wollte nur eines, Eindruck auf Delores machen.

Dann kam wieder eine langsame Nummer, ein Bolero.

Nestor flüsterte Cesar etwas zu, und der sagte an: »Diese kleine Nummer ist eine Eigenkomposition mit dem Titel ›Twilight in Havana‹, und mein Bruder hier möchte sie einem hübschen Mädchen namens Delores widmen.«

Den Kopf zurückgelegt, stand er neben dem Mikrophon, im Gegenlicht der Scheinwerfer warf er einen Schatten auf die Tanzfläche hinunter, der an der Innenseite ihrer wohlgeformten Schenkel hochzugleiten, auf der feuchten Stelle dazwischen zu verweilen und daran zu züngeln schien.

Delorita und ihre Schwester Ana Maria tanzten die ganze Nacht hindurch mit einem Mann nach dem anderen. Ana Maria tat es mit dem größten Genuß, und Delorita mit einer süßen Wehmut, das Kinn auf der Schulter ihres Tanzpartners, den Blick auf die Bühne gerichtet und den Lichtkegel auf dem Mikrophon und die zerquälte, seelenvolle Gestalt von Nestor Castillo. Und obwohl sie mit jedem der gutaussehenden Männer, die an dem Abend da waren, etwas hätte machen können, wartete Delores auf Nestor. Als er von der Bühne kam, als die Band Pause machte und das andere Orchester spielte, wirkte er glücklich und wie verzaubert, seine Düsterkeit schien, nach beinahe zwei Jahren des Leidens um die schöne Maria, besiegt durch die Aussicht auf eine neue Liebe. Er widmete sich Delores, als ob es nichts auf der Welt gäbe, das er nicht für sie tun würde. Er holte ihr und ihrer Schwester Drinks von der Bar, wischte ihr mit seinem nach Flieder duftenden Taschentuch eine Schweißperle von der Stirn, und als sie sagte: »Ich tanze ja gern, nur nachher tun mir immer die Füße so weh«, bot er an, ihre warmen, nylonüberzogenen Sohlen zu massieren.

Als sie fragte: »Warum bist du so nett zu mir?«, gab er zur Antwort: »Weil ich fühle, Delores, daß das hier mein Schicksal ist.«

Er blieb an ihrer Seite, als ob er sie schon immer gekannt hätte, und wenn er anscheinend grundlos den Kopf schwermütig hängen ließ, streichelte sie ihm zärtlich den Nacken und dachte: »Mein armer Papi war genauso«, und weil sie seinen Schmerz zu verstehen schien und er merkte, daß er für sie keine Witze reißen und keine romantischen Märchen erzählen mußte, um sie einzufangen, wie es sein Bruder mit den Frauen machte, hatte er das Gefühl, daß es eine starke Bindung zwischen ihnen gab. Wie ein verirrter Vogel aus einem Bolero fühlte er, wie ihm die zarte Flamme der Liebe die Flügel versengte.

Als die Musiker wieder auf die Bühne gingen, gesellte sich der stämmige, schnurrbärtige Conférencier für diesen Abend zu ihnen, der einen schwarzen Smoking mit einer breiten, roten Schärpe trug wie ein ausländischer Diplomat. Er stellte sich ans Mikrophon und sagte die Hauptattraktion des Abends an:

»Und nun, meine Damen und Herren, ist der Moment da, auf den Sie alle gewartet haben: Unser Wettbewerb der besten Tänzer mit Glatze. Unsere Preisrichter heute abend sind keine geringeren als der vielgerühmte Rumbatänzer Paolito Pérez und seine Frau Conchita.« Und beide verbeugten sich von der Bühne herunter. »Dazu der einmalige *Mr. Dance* persönlich, ›Killer‹ Joe Piro, und schließlich, das Stimmwunder des Mambo-Kings-Orchesters, der immer fabelhafte Cesar Castillo. Bevor wir beginnen, möchte ich Sie noch daran erinnern, daß diese Veranstaltung von der Organisation der Söhne Italiens sowie der Rheingold-Brauerei auf der Nostrand Avenue gemeinsam unterstützt wird. Maestro, Sie können beginnen.«

Als der Wettbewerb angekündigt worden war, hauptsächlich durch Flugzettel und Plakate und ein paar Spots im Radio, hatte es einen Ansturm auf die Friseure in Downtown-Brooklyn, in der Bronx und in Harlem gegeben. Eine gewaltige Menschenmenge hatte sich eingefunden, darunter mehrere hundert Paare, die sich die Haare ratzekahl abrasiert hatten; violette und grüne Eierköpfe, Glatzköpfe in weißen Smokings und Abendkleidern, Glatzköpfe in riesigen Babywindeln (bei der Dame waren die Windeln züchtig im Nacken überkreuzt und festgesteckt), Herr und Frau Mond, Glatz-köpfe als Orangen, Glatzköpfe als Marsmenschen, Glatzköpfe als Wasserstoffbomben, Glatzköpfe, die als Küken gingen, und wer weiß was noch. Es gab Clowns und Harlekins und Paare in wallen-den Gewändern mit aufgenähten Bommeln, Paare mit Federn und

Glöckchen; die kostümierten Wettbewerbsteilnehmer mußten nicht nur verrückt aussehen, sondern auch ihre Virtuosität und Leichtfüßigkeit beim Tanzen unter Beweis stellen, ihre Könnerschaft in der Kunst des Mambo, Rumba, Tango und Cha-cha-cha.

Im Kreis der beschwipsten Zuschauer stehend, drückte Delores die Daumen für ein Paar, das das hübscheste Duo von Kahlköpfen abgab. Die Frau sah aus wie die Königin Nofretete und trug glitzernde Halsketten und Armbänder, die allesamt Licht in die Welt hinausstrahlten, und ein rotes Kleid mit Ärmeln wie Schmetterlingsflügel, es war nach oben zu in Spiralen gelegt wie das Dach einer Pagode. Ihr Partner hatte einen Kragen aus Straußenfedern und trug große goldene Ohrringe und überweite purpurfarbene Seidenhosen und sah aus wie der Geist aus der Flasche; aber das Auffälligste an ihnen war, wie verliebt sie wirkten, sie lächelten sich an und küßten sich bei jeder Drehung, jeder Beuge, jedem Wiegeschritt.

Die beiden gewannen nicht, obwohl sie gute Tänzer waren. Sieger wurde ein anderes Paar: Der Mann hatte einen Wecker auf seiner Glatze festgebunden und die Kopfhaut mit Zahlen vollgeschrieben. Er hatte Karottenhosen in Übergröße an, dazu rosa Schuhe mit Spikes vorne drauf und ein lavendelfarbenes Hemd und Jackett. Seine Partnerin trug ein enges trägerloses Kleid, mit dem sie sich in die Herzen der Männer im Publikum wabbelte. Der krönende Augenblick kam bei einer wirbelnden Pirouette, bei der sich durch die Fliehkräfte das Oberteil ihres Kleides löste und zwei füllige Brüste freigelegt wurden, groß, bebend, nackt und bloß wie ihr Kopf.

Später gingen Delores und Ana Maria auf die Damentoilette, die voll war von Frauen mit und ohne Glatze, die sich mit allem gebotenen Ernst daranmachten, ihren Lidstrich, das Mascara und den Lippenstift aufzufrischen. Sie setzte sich vor den Spiegel, um sich auch frisch zu machen, und sah mit Genuß dem Kommen und Gehen dieser jungen, hübschen Frauen zu, die darauf aus waren, junge Männer kennenzulernen und Spaß zu haben.

Wenn die Tür aufging, drang ein Schwall lauter südamerikanischer Bigbandmusik in den Raum, in den Kloboxen machten die Damen Pipi, überall schwer der Duft von Chanel No. 5, von Sen-Sen, Kaugummis, die in Mündern schnalzten. Kubanische und puertorikanische und irische und italienische Mädchen in einer Reihe vor den Schminkspiegeln, Mascara und Rouge auflegend und sich die Lippen nachziehend. Frauen, die sich die Röcke richten und die Strumpfhalter geradeziehen, dicke mondweiße und honigfarbene Schenkel im gleißenden Licht.

Und Stimmen:

»Ich sag dir, Schätzchen, ein paar von den Männern da, wauu! Der Junge geht ran wie der Teufel, grad erst hab ich ihn kennengelernt, und schon klopft er mit seiner Latte bei mir an.«

»Findest du, daß ich gut aussehe, ich meine, wie, glaubst du, würd's ihm gefallen, wenn ich mir das Haar so hochstecke?«

»Und er will, daß ich mit ihm nach San Juan komme, in ein Hotel da unten . . . Er zahlt und macht alles.«

»Und dann geht der Mistkerl mit mir spazieren. Ich hab 'nen kleinen Schwips und möcht mit ihm ein bißchen draußen auf dem Parkplatz im Auto sitzen. Alles, was ich will, ist dasitzen und ein bißchen frische Luft schnappen, und auf einmal macht er sich über mich her, als hätt er noch nie 'ne Frau gehabt. Ich kenn den Kerl gar nicht wirklich, weiß nur, er ist verheiratet, und ich schwör, unglücklich verheiratet, so wie der mich abgegrabscht hat . . . Wir raufen so eine Weile rum, dagegen hab ich ja noch nichts, aber ins Bett geh ich um keinen Preis mit einem Mann, wenn da nicht wirklich was läuft zwischen ihm und mir, du weißt, was ich meine? Und was macht er? Holt sein Ding aus der Hose und sagt: ›Oh bitte, Süße, warum gibst du ihm nicht einen kleinen Kuß?‹ und ›Oh, bitte‹, zwinkert mit den Augen und führt sich auf, als hätt er die wildesten Schmerzen. Ich hab ihm gesagt, verpiß dich, und ihn im Auto sitzenlassen mit seinem Ding in der Hand, und dann, obwohl ich im Recht bin, ist er zwanzig Minuten später schon wieder auf der Tanzfläche und tanzt Cha-cha-cha mit 'ner andern, und so, wie die ihn ansah, wett ich, daß sie sein Ding im Mund gehabt hat. Und ich kann allein in die Bronx fahren, den ganzen langen Weg mit der Linie 2 zur Allerton Avenue . . . «

»Jedenfalls, der Typ ist über einsneunzig und muß an die hundert Kilo haben, arbeitet bei der Stadt, verstehste, und . . . er hat ein Ding so groß wie mein kleiner Finger, was für ein Beschiß!«

»Man kann so schön sein, wie man will, es gibt immer noch 'ne schönere.«

»Für 'nen Ehering würd ich damit aufhören.«

»Ach, du meine Güte! Hat irgendwer ein Extrapaar Strümpfe dabei?«

»... *Qué guapo* der Sänger ist, was? Mit dem würd ich jederzeit ausgehen.«

»Nun, ich *war* schon mit ihm aus.«

»Und?«

»Das Herz würd er dir brechen.«

»Sein Bruder ist auch nicht übel.«

»Du sagst es.«

Sie erinnerte sich, daß sie wieder in den Tanzsaal zurückging, vorbei an den Schuhputzern, der dichten Reihe Männer, die wie verrückt ihre Zigaretten rauchten und versuchten, an einem offenen Fenster ein wenig frische Luft zu schnappen. Pärchen, die in Telephonzellen und Korridoren schmusten und fummelten, von weit weg kam die Musik wie durch einen langen, langen Tunnel: der Zupfbaß, das Schlagzeug, das Rasseln der Becken, das Hämmern der Congas und *timbales* dräuend wie eine Gewitterwolke, aus der nur hin und wieder eine Trompetenphrase oder ein Klavier-Crescendo emporstieg ... Es war schon komisch im Leben: Sie dachte gerade an Nestor Castillo und bewegte sich durch die Menge auf die Bar zu, als sie spürte, wie eine Hand sie sachte am Ellbogen faßte. Und es war Nestor, wie wenn sie ihn hergewünscht hätte. Er ging mit ihr an die Bar, trank ein Glas Whisky und sagte: »Wir müssen noch eine Runde spielen, und danach gehen wir aus, so um drei herum, etwas essen. Warum kommst du nicht mit ... ? Du kannst meinen Bruder und ein paar von den andern Musikern kennenlernen.«

»Kann ich meine Schwester mitbringen?«

»*Cómo no.* Wir treffen uns draußen.«

Das große Finale des Abends war der Conga. Der fabelhafte Cesar Castillo kam heraus, eine Congatrommel à la Desi Arnaz über die Schulter gehängt, schlug diese Trommel und führte die Mambo Kings in einen Eins-zwei-drei-eins-zwei-Rhythmus, in dem sie sich dann in einer schlängeligen Conga-Reihe über die Tanzfläche bewegten, hüftstoßend, trippelnd, vorwärtsstolpernd, auseinanderstrebend, beinschlenkernd, hüftschwenkend, lachend und ausgelassen ...

Schließlich fuhren sie in Mannys 1947er Oldsmobile *uptown*, trafen sich dort mit einigen von den anderen Mambo Kings und besetzten ein paar lange Tische im hinteren Teil eines kleinen Eßlokals namens Violeta's, das der Besitzer nur so lange offenhielt, damit die Musiker, die nach ihren Auftritten ausgehungert waren, noch zu einem guten Essen kamen. Auf der hinteren Wand war ein tropisches Gemälde in den flammenden Farben eines endlosen kubanischen Sonnenuntergangs, der sich über die Festung El Morro am Hafen von Havanna ergoß. Die Wände über der Bar waren mit signierten Photographien der südamerikanischen Musiker bedeckt, die dort regelmäßig aßen. Alle, vom Flötisten Alberto Socarrás bis zum Kaiser des Mambo höchstselbst, Pérez Prado.

In dieser Nacht kamen, während die Mambo Kings und ihre Begleiter dinierten, die bekannten Bandleader Tito Rodríguez vom Tito Rodríguez Orchester und Tito Puente, der eine Band namens Picadilly Boys leitete, hereinspaziert, und obwohl Cesar die Stirn runzelte und zu Nestor sagte: »Da kommt der Feind!«, begrüßten die Brüder sie, als wären sie lebenslange Kumpel.

»*Oyeme, hombres! Qué tal?*«

Wenn sie die beiden Brüder nebeneinander beobachtete, konnte Delores sich gut vorstellen, wie die beiden waren. Sie waren wie ihre Unterschriften auf der gerahmten Photographie der Mambo Kings an der Wand über der Bar. Ein Photo, auf dem sie in weißen Seidenanzügen auf einem muschelförmigen Art-déco-Podium posierten, neben sich ihre Instrumente. Das Photo war mit den Unterschriften der Musiker bedeckt, die schwungvollste stammte vom älteren Bruder Cesar Castillo, den Delores auf den ersten Blick nicht besonders mochte. Seine Unterschrift verriet die pure Eitelkeit. Voller Schnörkel und Schleifen, so daß seine Buchstaben aussahen wie die windgebauschten Segel eines Schiffes. (Wenn sie ihn nur hätte sehen können, wie er in der La Salle-Street am Küchentisch saß, vor sich einen Block, einen Bleistift und eine Schönschreibfibel, und stundenlang seine Unterschrift übte.) Und so war er auch, dachte Delores, lauter heiße Luft und leere Gesten. Er hatte einen schiefen, verschlagenen Zug von Erfahrung um den Mund, dem Delores nicht traute. Platzend vor Energie nach dem abendlichen Auftritt, war der ältere Mambo King ständig in Bewegung, alberte mit seinen Mitspielern herum, redete nur von sich und davon, wie herrlich es sei, auf der Bühne zu stehen, flirtete mit den Serviererinnen und taxierte Delores und Ana Maria auf diese gierige Art. Ihre Schwester anzusehen, die ja ohne Freund hier auftauchte, war eine Sache, aber die neue Gefährtin des eigenen Bruders! *Qué cochino!* dachte sie. Rüde und eingebildet.

Nestors Unterschrift war einfacher und mit mehr Sorgfalt hinge-setzt, fast wie die Handschrift eines aufgeregten Kindes, als hätte er lange dazu gebraucht, seine schlichten, bescheidenen Buchstaben richtig hinzukriegen. Er neigte dazu, still dazusitzen, zu lächeln, wenn Witze gemacht wurden, ernsthaft zu nicken, wenn er bestellte oder die Speisekarte durchsah. Und er bemühte sich, mit jedermann gut auszukommen. Er war höflich zur Kellnerin und zu seinen Musikerkollegen. Er wirkte beinahe ängstlich, wegen seiner Tisch-manieren getadelt zu werden, während sein älterer Bruder quer über den Tisch zur Platte mit den *tostones* langte und alles hungrig runterschlang, mit geschlossenem Mund gurgelnd lachte, und nicht nur einmal unfein rülpste, mitten in einem Lachanfall, der ihm die Pupillen weitete und ihm Tränen in die Augen trieb. Ein Mann, der nur an sich selber dachte und sich immer mehr nahm, als ihm zustand: fünf Schweinskoteletts, zwei Teller Reis und Bohnen, ein Teller *yuca*, alles getränkt in Salz und Zitronensaft und Knoblauch. Eine Bandleader-Portion, das war sicher. Kein Wunder, daß der Sänger mit dem betörenden Aussehen eines hübschen Jungen schon einen Bauch und Hängebacken bekam! Und obendrein beschloß er, nachdem er sich den Bauch vollgeschlagen hatte, jedermann sonst am Tisch zu ignorieren und die ganze Zeit mit Ana Maria zu flirten und Süßholz zu raspeln. *Dios mió*, diese wölfische Gefräßigkeit an ihm war so typisch . . .

Nestor war zurückhaltender, was ihr gut gefiel. Und er war sehr aufmerksam, schob ihr den Stuhl hin, hielt ihr die Tür auf und vergewisserte sich, daß sie alles hatte, was sie wollte. Möchtest du ein paar *plátanos*? Etwas vom Hühnchen? Schweinskoteletts? Behandelte sie, als wäre sie genauso wichtig wie jeder von den Musikern . . . Sie mochte ihn und fand, er sei ein kultivierter Mann, eine poetische Seele, die Songs der Liebe schrieb. Sie war nervös, aber damals und dort beschloß sie, ihn mit ihr machen zu lassen, was er wollte. Da war etwas, das sie ungeheuer anziehend fand an seiner Förmlichkeit, seiner Zurückhaltung, seinem Schmerz.

Später setzte Cesar Manny an der 135sten Straße ab, wo er wohnte, lieh sich von ihm den Wagen und brachte die beiden Schwestern nach Hause in die Bronx, eine gefahrvolle Fahrt, wäh-rend der sich die Mädchen vor Angst an ihren Sitzen festkrallten, weil er ständig den Bordstein streifte, besonders auf dem West Side Highway Richtung *uptown*: von den Radkappen sprühten

Funken, als er an den anderen Fahrzeugen vorbeibrauste, hupte und fuhr wie ein Betrunkener, obwohl er gar nicht betrunken war. Aber er brachte sie doch heil nach Hause und wartete im Wagen, während Nestor Delores und Ana Maria zu ihrer Wohnung begleitete. Delorita sollte sich später erinnern, daß sie sich wünschte, er würde ihr wenigstens einen netten langen Kuß geben, mit ein wenig Zunge dabei, aber er schien derart zurückhaltend und höflich, daß sie in dieser Nacht zu Bett ging und sich fragte: »Stimmt etwas nicht mit mir?« Und sie fragte sich auch, ob nicht sie es hätte sein sollen, die ihn an sich zog und ihre Zunge in seinen Mund gleiten ließ.

Sie fingen an, miteinander auszugehen. Sie trafen sich an den Abenden, an denen die Mambo Kings nicht spielten, gingen chinesisch essen und fuhren dann *downtown*, um ins Kino zu gehen, zu Freunden oder zum Tanzen. Delorita sprach immer über die Bücher, die sie las, und den reichen Mann, bei dem sie arbeitete – »Er ist nett, aber er ist so reich, daß er unglücklich ist« – und er hörte still zu und hatte nie viel von sich zu erzählen. Er schien sich immer wegen irgend etwas Gedanken zu machen, aber er sprach nie darüber. Ein Mann, der in dich verliebt ist, sollte eine Menge zu sagen haben, dachte sie sich dann immer, aber da war etwas Schönes da drinnen, in dieser breiten Brust ... Er sagte nie sehr viel, aber sie war sich sicher, daß er sich langsam öffnen würde. Und allmählich tat er es auch, erzählte von seiner Kindheit auf Kuba und daß er sich manchmal wünschte, er wäre nie von der Farm fortgegangen, weil er mehr für ein einfaches Bauernleben geschaffen war, wie er immer meinte.

»Ich bin kein Abenteurer wie mein älterer Bruder. Nein, nein, ich war zufrieden damit, nachts draußen auf der Veranda zu sitzen, die Sterne anzuschauen und *tranquilito, tranquilito* dahinzuleben, aber so ein Leben war mir nicht bestimmt, ich war dafür bestimmt, hierher nach New York zu kommen.«

Anfangs dachte sie, sein Schmerz sei ganz gewöhnliches Heimweh nach der ländlichen Umgebung und dem soviel einfacheren Leben. Sie glaubte, daß er kubanischen Landgeruch an sich hatte und daß an ihm kein Falsch war.

Aber der arme Mann – sie stellte sich vor, daß ihm irgendwelche schrecklichen Dinge passiert waren, als er noch klein war. Er hatte ihr erzählt, als Kind auf Kuba sei er zumindest zweimal so krank gewesen, daß der Priester ihm die Sterbesakramente erteilt habe. »Ich erinnere mich an einen Priester in einem violetten Umhang, der über mir betete. Kerzen und Öl, das mir auf die Stirn gestrichen wurde. Und meine Mutter in einer Ecke, weinend.«

Und einmal an einem sonnigen Tag, dem Tag, an dem er ihr das Herz aufschloß, als sie im Riverside Park spazierengingen, sagte er zu ihr: »Sieh mal, wie schön es heute ist, was?«

»Ja, das ist es, mein Lieber.«

»Aber weißt du, bei etwas, das so schön ist wie das hier, hab ich immer das Gefühl, es gehört mir nicht.«

»Was meinst du?«

»Manchmal fühl ich mich wie ein Gespenst, *tú sabes*, als wäre ich nicht wirklich ein Teil von dieser Welt.«

»Nein! *Bobo*! Du bist sehr wohl ein Teil von dieser Welt.«

Dann ließen sie sich auf einem hübschen grasbewachsenen Hügel nieder. Sie hatten sich einen kleinen Imbiß mitgebracht, Schinken und Käse mit Mayonnaise auf Kümmelbrötchen und kaltes Bier. Auf einer Wiese spielten Kinder Softball, und hübsche Collegemädchen in Bermudas und weißen Tennisschuhen lagen da und dort auf Decken hingestreckt und studierten ihre Bücher. Die Sonne hoch am Himmel, Insektenschwirren in der Luft, Boote und Schleppkähne, die auf dem Hudson vorbeizogen. Zwei Bienen schwebten über einem Büschel Löwenzahn wie ein verliebtes junges Paar, das ein Haus besichtigt. Dann machte es Klingeling, ein Eisverkäufer mit seinem kleinen weißen Laster. Nestor ging hin und kam mit zwei Bechern Eis wieder, Erdbeer für ihn, Orange für sie, und sie aßen, tropfend von süßem Sirup, und legten sich dann zurück. Sie war so glücklich, weil es ein schöner Tag war und sie verliebt war, aber Nestor?

Er hatte die Augen geschlossen, und auf einmal erzitterte er. Kein körperliches Zittern, sondern ein geistiges Schaudern. Es war so stark, daß sie es spürte, es schlug ihr entgegen wie Dampf aus einem Herd.

»Oh, Nestor, warum bist du nur so?« Und sie küßte ihn und sagte: »Setz dich hierher, neben mich, *mi corazón*.«

Und dann begann er zu weinen.

»Delores . . . ein Mann weint nicht. Verzeih mir.«

Und obwohl sein Gesicht ganz verzerrt war, hörte er auf damit und gewann die Fassung wieder.

»Ich werd nur manchmal so müde«, sagte er zu ihr.

»Wovon?«

»Einfach müde.«

Sie wußte nicht, was sie tun sollte. Sie nahm seine rechte Hand und küßte sie.

»Es ist nur so, daß ich manchmal das Gefühl hab, ich werd nicht lang dasein auf dieser Welt.«

Daraufhin sprach er kein Wort mehr darüber, und sie machten einen Spaziergang. Der Tag endete für die beiden glücklich damit, daß sie sich im Nemo-Kino auf dem Broadway ein Doppelprogramm mit Abbott and Costello ansahen. Dann gingen sie Pizza essen.

Sie mußte liebeskrank gewesen sein, mußte ihn mit so flehentlichen Augen angeschaut haben, denn nachdem sie zwei Monate miteinander ausgegangen waren, sagte er zu ihr, als sie sich bei ihr im Hausflur küßten: »Weißt du, Delorita, ich wollte, du würdest mich nicht so ansehen. Ich bin nicht der Heilige, für den du mich hältst.«

Und kurz entschlossen zog er sie an sich, umarmte sie und brachte sie zum Aufseufzen, als sie den Druck des heißen Ständers in seinen Hosen zwischen ihre Beine hinein fühlte.

»Sieh mal, Delorita«, sagte er, »ich wollte dich respektieren, aber jetzt ... Ich kann nachts nicht schlafen, ich muß immerzu an dich denken ... Und da ist noch etwas, ich hab kein Wort davon gesagt oder meine Gefühle gezeigt, denn ich bin ein vorsichtiger Mensch, aber, Delorita« – und er versetzte ihr einen Schock, indem er ihre Hand nach unten an seinen Hosenschlitz zog – »siehst du nicht, in was für einem Zustand ich bin?«

Sie küßten sich eine ganze Weile, bis sie sagte: »Laß uns hineingehen. Ana Maria ist ausgegangen und kommt erst spät zurück.«

Sie war gar nicht nervös, als sie sich vor ihm auszog und sich auf eben der Couch zurücklegte, auf der ihr Vater immer vor Erschöpfung eingeschlafen war. Nestor hatte seine Hände überall auf ihr, seine dicke Zunge in ihrem Mund, seine Finger schoben sich unter den Drahtrand ihres BHs, und er flüsterte: »*Querida*, mach mir die Hose auf.« Und sie faßte hinunter, ohne hinzusehen, machte ihm die Knöpfe auf und zog dann die Hose auseinander, genauso wie er ihre Schamlippen auseinanderzog, und sie holte sein Ding heraus: Es war mächtig und so groß, daß sie keuchte und die Beine weit spreizte.

Weil ihr Höschen jetzt schon so feucht war, sagte sie zu ihm:

»Zieh's aus, mein Liebling«, und während sie einander die Gesichter mit Küssen bedeckten, trieb sie fort und dachte an die Nachmittage ihrer Jugend in Havanna, als das Haus voller Geschrei war und sie in einem Zimmer Zuflucht suchte, durch dessen geschlossene Fensterläden ein paar Strahlen Sonne hereinfielen, und sich auf ihr Bett legte und sich selber anfaßte, um das Geschrei zu vergessen, es ganz zu vergessen über den wohligen Empfindungen, genau wie die, die sie jetzt überkamen. Ihre Beine öffneten sich noch weiter, und sie fühlte, wie eine gewaltige Kraft von ihr Besitz ergriff, und ihr Inneres füllte sich mit dem geschmolzenen Wachs einer großen Altarkerze, und als sein heftiges Atmen lauter wurde, klang er wie der Wind, den sie manchmal in ihren Träumen hörte. Ihre Poren taten sich auf und verströmten den warmen und süßen Saft ihres Traums, und sie dachte: »Mein Gott, das ist ein Mann!« Stundenlang machten sie weiter; Delores war ihm so dankbar, daß sie alles tat, was er wollte. In dieser Nacht sprang sie in der Liebe von gänzlicher Unwissenheit zur Erkenntnis. Und als sie sein lustvolles Stöhnen hörte und den Ausdruck ekstatischer Erlösung auf seinem Gesicht sah, hatte sie das Gefühl, einen neuen Lebenszweck für sich gefunden zu haben: diesen jungen Musiker von seiner Qual zu erlösen.

Und der arme Nestor? Er glaubte, bei Delores zu sein, und verschlang ihre Brüste mit den großen Nippeln, aber wenn er die Augen schloß und ihr Gesicht nicht mehr sah, dann küßte er den Busen der schönen Maria seiner Seele, leckte ihre Haut vom Nabel bis zur Zehe. Wenn er aus seiner Wehmut aufschreckte und ihm wieder einfiel, wie sehr er Delores liebte und wie gut er sich in ihr fühlte, wurde er aus dem Dunkel, in das er schon halb hineingeglitten war, wieder herausgerissen, und er öffnete die Augen und sah tief in die ihren, und weil es ihm jetzt kam und ihm die Knochen im Leib zerschmolzen und eine sämige Hitze seinen Körper überschwemmte, die von seinem Penis aufstieg und in seinem Kopf explodierte, machte er die Augen wieder zu und fühlte abgrundtiefen Kummer wegen Maria. Und doch, wenn er sie vor sich sah, stellte er sie sich in einem Zimmer vor mit einer Tür, durch die man auf das Krankenbett seiner Kinderzeit sah und auf ihn selbst, unfähig, sich zu rühren, »*Mamá!*« rufend und wartend, wartend. Und er öffnete die Augen wieder und fing an, härter in Delores hineinzustoßen, aber er mußte dauernd an die andere denken und vergaß sich fast ein paar Mal, war nahe daran, »Maria, Maria« zu keuchen.

Um diese Zeit waren ihr Cousin Pablo und seine Familie in ein nettes Haus in Queens gezogen und hatten die Wohnung den Brüdern überlassen. Cesar übersiedelte ins Schlafzimmer am Ende des Flurs, und Nestor bekam eines von den kleineren Zimmern in der Nähe der Küche. Er begann Delorita zum Essen einzuladen, und weil sie so weit weg wohnte, blieb sie oft über Nacht. Nestor holte sie an der Ecke 125ste Straße und Broadway ab, wo Delorita aus dem Bus aus der Bronx stieg. Oder sie kam direkt von ihrer Arbeit als Putzfrau in die La Salle-Street und brachte in einer Tasche Kleider zum Wechseln mit. Es störte sie nicht, daß sie das Bett teilten, ohne verheiratet zu sein. Sie dachte, das ginge niemanden etwas an, obwohl sie erst einundzwanzig war. Und außerdem hatte sie keinen Zweifel, daß sie eines Tages heiraten würden.

Nachdem Pablo und die Familie weg waren, wirkte das Apartment zunächst trist, kaum möbliert, nur vollgestellt mit Musikinstrumenten und Trommeln. Delores aber brachte Blumen mit und Rollen von buntem Gaslichtpapier. Zusammen mit Nestor unternahm sie Ausflüge nach Chinatown, und sie kamen mit Vasen, chinesischen Wandschirmen und Jasminkerzen wieder. Sie hielt die Wohnung sauber und begann für sie zu kochen. Manchmal spazierten sie Richtung Columbia University und zu den Buchläden am Broadway, und während sie die Wühlkisten und Regale mit den antiquarischen Büchern nach Abenteuer-, Spionage-, Liebes- und Detektivromanen durchstöberte, wartete er geduldig. Sie gingen viel aus damals: Manchmal lieh sich Cesar ein Auto, und sie unternahmen eine weitere gefahrvolle Fahrt aufs Land, oder sie gingen ins Park Palace, das schick war wie das La Conga oder das Copacabana, um Machito oder Israel Fajardo zu hören und nachher schlenderten sie um zwei Uhr früh durch den Central Park. Einmal, nach einem Auftritt der Mambo Kings in Brooklyn, fuhren sie nach Coney Island. Sie und Nestor saßen auf einer Bank und knutschten, vor ihnen die ebbende See, und der Vorfall mit dem Pepsodentmenschen schien genauso weit weg wie der knochenbleiche Mond über ihnen.

An den Abenden, an denen sie nicht zur Schule ging, büffelte sie. Sie hatte ihr Englisch nach einem langen Kampf voller Erniedrigungen in einer katholischen Schule in der Bronx gelernt, wo die

Nonnen ihr buchstäblich das Wörterbuch um den Kopf schlugen, wenn sie gewisse Wörter falsch aussprach oder sie sich nicht merken konnte. Ihre chronischen Aussprachefehler machten sie zur Zielscheibe vieler Spötteleien, aber sie hielt durch, war fleißig und tat sich hervor, gewann Rechtschreibwettbewerbe und bekam gute Noten und wurde so eine von den *latinas*, die nach einer Lehrzeit voller Angst so gut Englisch konnten wie jedermann sonst (und obendrein im Tonfall der Bronx). Sie versuchte immer, Nestor etwas beizubringen, ermunterte ihn, ein Buch zu lesen. Er zuckte die Achseln, und später fand sie ihn dann mit einer Gitarre, Papier und Bleistift auf dem Sofa im Wohnzimmer sitzend, pfeifend und an Melodien für verschiedene Songs arbeitend.

Sie war zum ersten Mal, seit sie denken konnte, glücklich, und dafür betete sie Nestor an. Manchmal kam sie ins Wohnzimmer, ließ die Jalousien herunter und zog ihr Kleid aus. Oder sie setzte sich zu ihm, um ihm einfach Gesellschaft zu leisten, und ein paar Minuten später war ihr Schlüpfer zu den Knien runtergezogen und der Rock über die Taille hochgeschoben. Sie war immer glücklich mit ihm, denn, wenn sie miteinander schliefen, murmelte der jüngere Mambo King stets: »*Te quiero, Delorita. Te quiero*«, wieder und wieder. Wenn er einen Orgasmus hatte, zog sich sein Gesicht auseinander, als wollte es flach werden wie eine von den venezianischen Karnevalsmasken bei ihrem Arbeitgeber an der Wand; und während dieser ekstatischen Erlösung vom Schmerz errötete er. Es gab nichts, das sie nicht für ihn tat. Sie rieb sich Babyöl auf den Busen und die Schenkel, nahm sich eine Dose Vaseline und schmierte sich damit zwischen den Beinen ein, fand Nestor bei einem Nickerchen im Schlafzimmer, gab ihm die Brust und ließ sich dann rittlings auf seinem Glied nieder.

Er hatte einen unruhigen Schlaf und litt an Alpträumen. Oft, wenn sie neben ihm lag, dachte sie über seine Traurigkeit nach und wie sie ihm helfen könnte, aber außer der Liebe schien es nichts zu geben, was sie tun konnte, um ihn aus seiner Schwermut herauszureißen. Liebe zu machen verscheuchte diese Melancholie: Nachts schlief er an ihren Hintern geschmiegt ein, sein steifes Glied an sie gepreßt. Es sah so aus, als hätten sie sich im Schlaf unzählige Male geliebt. Eines Nachts, als sie gerade träumte, sie würde Blumen pflücken, fühlte sie, wie sein Penis von hinten in sie eindrang. Aber nicht in ihre Scheide. Sie war halb eingeschlafen, so daß das Gefühl, daß er dort in sie eindrang, sich nur langsam durch ihren Körper verbreitete: erst fühlte es sich an, als würde ihr warmer Ton in den Hintern geschoben, aber nach einiger Zeit trat an die Stelle der Weichheit ein dicker und länger werdender Stachel, der sie zuerst schmerzhaft dehnte und dann wieder warm und weich wurde. Sie drehte sich, um ihm seine Lust zu erleichtern, und rieb ihre Hüften in ihn hinein, bis er kam. Danach waren sie bald wieder fest eingeschlafen, Nestor in seinen unruhigen Träumen.

Und nun die ersten Akkorde von »Beautiful Maria of My Soul«. Und Nestor, der in Delores' Armen von 1947 träumt: Spätabends, wenn er mit seinem Job im Explorer's Club von Havanna fertig war, wo er Seite an Seite mit seinem älteren Bruder arbeitete, machte er oft Spaziergänge durch die Viertel der Stadt; er liebte es, sich in den Arkaden zu verlieren und auf dem Marktplatz zwischen den Bauern und den Hühnerkäfigen und den grauen Schweinen umherzugehen. In der Gasse hinter einem Chinarestaurant namens Papo-lin's in La Marina, dem Viertel am Hafen, nahe dem sie wohnten, beobachtete er, wie zwei rote Hähne, mächtige Machos, mit messerscharfen Krallen gegeneinander kämpften. Im Stehen in einer Bar in einer ganzen Zeile von Bars aß er zu Abend, einen Teller Reis und Bohnen und ein Schweinskotelett, getränkt in Salz und Zitrone, für 25 Cent, und sah auf die Straße, wo sich das Leben drängte: Männer, die Lumpenkarren zogen, chinesische Arbeiter in Samtschuhen und langen Baumwollkitteln auf dem Weg in die Tabakfabriken; die Armen aus Las Yaguas, die in Buden ihre Waren und Dienste feilboten: Wahrsagungen, Schuhreparaturen, *jugo de fruta* für 10 Cent, Uhren, Gitarren, Werkzeug, rollenweise Seile, Spielzeug und religiöse Artikel, Nippes und Glücksbringer, Blumen, Liebestränke und Zauberkerzen, lassen Sie Ihr Photo machen, für nur 25 Cent, in Farbe! Er guckte sich bei den Kleidern um, um zu sehen, was er für die fünfzehn Dollar die Woche, die er damals verdiente, kaufen konnte: eine gute *guayabera* mit schmuckem Spitzenbesatz, zwei Dollar; ein einfaches Hemd, ein Dollar; ein Paar Buster Brown-Schuhe, vier Dollar; ein Paar leinene *pantalones*, drei Dollar fünfzig. Ein Hershey-Riegel, zwei Cent, Pepsi oder

Apur-Cola, zehn Cent ... Und es gab Bananenstauden, die wie Laternen von den Regalen hingen, einen Obstkarren nach dem anderen, Eiswagen und eine Runde Männer, die in einem kühlen Hauseingang Würfel spielten. Blumen in Töpfen und Blumen, die von den Balkonen herabhingen, und Flechten auf den von der Meeresluft angefressenen Mauern; Perlstabbalustraden und Stilportale, braune und orangefarbene Simse, Türklopfer mit Tierköpfen und Engeln. Gestelle mit kupfernen Töpfen und Pfannen, Kinder, die zwischen den Buden umherrannten, Matrosen auf Bordelltour in der Stadt; ein Fahrrad, das an einem Strick über einer Reihe von Fahrradreifen hing; Papageien in Käfigen; ein zwielichtiger Herr mit Augen wie eine Schildkröte, der still an einem schmalen Klapptisch saß, an dem er seine »künstlerischen« Photos verkaufte; und dann Ständer voller Kleider und hübsche Frauen, die sich dazwischen drängelten und Musik, die aus den Hauseingängen kam. Der Geruch von Blut und Sägespänen, die Laute von Tieren, die auf dem Hackstock geschlachtet wurden, der Geruch von Blut und Tabak und ein Spaziergang durch eine lange Gasse hinter dem Schlachthaus, das an ein anderes Schlachthaus stieß: Ein Mann, der kübelweise Wasser über den blutgetränkten Boden schüttete, und hinter ihm in einer Reihe die aufgeschlitzten Kadaver von einem Dutzend Schweine. Dann die Lederwaren und Tischlereien und die Läden mit den Badesachen ...

Dann kam er an den Prostituierten vorbei, die in den Hauseingängen standen, in knappen Unterkleidern und Morgenröcken, die eine Brust oder ein Stück Schenkel sehen ließen, und sich die Lippen leckten, als hätten sie gerade ein Eis gegessen; sie sahen ihm prüfend in den Schritt, lächelten und sagten: »Pssst. *Ven, macho, adonde vas?*« Er ging an ihnen vorbei und winkte immer guten Tag: Sie kannten ihn als den stillen Musiker, der durch ihre Straße ging, der Typ, der nicht so ein Draufgänger war wie sein Bruder. Sie riefen ihm zu und streichelten sich über den Busen, und einmal sprang eine von diesen Damen aus dem Hauseingang hervor und kniff ihn in den Hintern: »*Guapito*! He, mein Hübscher, worauf wartest du noch?« Aber er hatte niemals Lust mitzugehen, denn seit damals, als sein Bruder ihn immer zu den Huren in Oriente mitnahm, fand er irgend etwas an der Situation unerträglich traurig, nicht das Streicheln der Brüste und Lenden, nicht seinen Samenerguß oder die weiße Schüssel mit Wasser unterm Bett, in der die benutzten Präservative schwammen, sondern die Vorstellung, sich dabei zu ertappen, daß ihm diese Frauen leidtaten, die gezwungen waren, mit Männern zu schlafen, die sie nicht liebten, die für fünfzig Cent die Beine breitmachten und manchmal, wenn es eine wirklich schöne Frau war, für einen Dollar.

Aber er war kein Heiliger. Es gab da ein hübsches Mädchen, mit dem er hin und wieder ins Bett ging, eine junge Frau, verheiratet, wie sich herausstellte, die wirklich einen Mann nötig hatte, der sie liebte. Er besuchte sie vier Mal und war gerade dabei, sich in sie zu verlieben, als er draufkam, daß der einzige Grund, warum sie ihm den Schwanz lutschte und ihn kirre zu machen versuchte, Geld war, und das machte ihn wochenlang trübsinnig vor Enttäuschung, und er kehrte zu seinen alten Gewohnheiten zurück. (Gar nicht wie Cesar, der Schwierigkeiten in seiner Ehe hatte und grölend mit einer Flasche Rum in eines von diesen Hurenhäusern ging und sich drei Frauen auf einmal nahm und gesättigt und mit vor Befriedigung verschmitzt leuchtenden Augen in ihre kleine Zweizimmerwohnung heimkam. Gar nicht wie Cesar, der von Zeit zu Zeit in diesen Bordellen auftauchte und die Nacht bei diesen Frauen verbrachte, die er mit seinem tremolierenden, bebenden Bariton unterhielt: Er sang, und sie kochten für ihn, und manchmal verzog er sich in ein Zimmer und ging mit einer von den Frauen ins Bett.)

So kam es, daß die Huren von La Marina ein Einsehen hatten angesichts des Ausdrucks von ewigem Heimweh und Sehnsucht nach Liebe, der sich nachts auf Nestors Gesicht legte. Auch damals schon litt er an Schlaflosigkeit; friedlichen Schlaf hatte er nur in den Armen seiner Mutter gekannt, als er noch ein Baby gewesen war: jeder andere Schlaf war todbringend wie der, den er als krankes Kind in jenen Tagen erlebt hatte, als er nicht atmen konnte und auf Bauch und Rücken voller Striemen war, als er die Augen aufschlug und seine Mutter weinend auf einem Stuhl bei seinem Bett sitzen sah und über sich gebeugt einen Priester, der ihm ein Öl, das entfernt nach Zimt roch, auf die Stirn tupfte und über ihn das Kreuz machte, und er als Kind dachte, er müsse jetzt sterben. Der friedliche Schlaf in den Armen seiner Mutter war es, was ihm fehlte, und so ging er durch diese Straßen, lag im Hader mit der Nacht und wünschte, er hätte Las Piñas oder die liebende Umarmung seiner Mutter nie verlassen. Aber er war ein Mann, *coño*! Dazu bestimmt, in der Welt zu leben und seinen Platz einzunehmen unter den anderen Männern, die da überall herumliefen, die die Dinge im Griff hatten und

Befehle gaben und sich dem Leben stellten in jedem Augenblick. Warum sollte er anders sein?

Tagträumerisch durchstreifte er diese Straßen, und weil er keine feste Route hatte und gern im Zickzack durch Seitengäßchen ein und aus ging und durch Gänge und über Treppen, wußte er nie, wo er am Ende ankommen würde. Dieses Umherwandern gab ihm manchmal das Gefühl, den Sternen verwandt zu sein. Er saß stundenlang am Hafen und schaute sie an: Sterne, die quer durch den Himmel stürzten, Sterne, die in ihrem rosigen und bläulichen Licht dort oben hingen, vor einem Himmel, der nie und nie ein Ende nahm. Was taten sie dort oben? Murmeln und seufzen und auf die närrische Liebe herabblicken, wie sie es in den Liedern taten? Sehnten sie sich danach, sich von dem Dunkel loszureißen, das sie nährte? Waren sie einsam oder traurig, oder hatten sie eine Welt, in der sie spielten wie die Kinder? Oder waren sie zu himmelweiter Abgeschiedenheit bestimmt, einsam und allezeit auf der Suche nach dem Glück – wie Nestor?

Eines Nachts ging er in einen Park im Bezirk Marianao, wo die *rumberos* unter den Bäumen an einem Fluß zusammenkamen, um mit ihren unglaublichen *batá*-Trommeln, perlenbesteckten Rassel-Kalebassen und Trompeten Musik zu machen. In dieser Nacht hatte er bei ihnen mitgetan und Trompete gespielt und war, die Straßen durchwandernd, auf dem Weg nach Hause. In einer Eckbar trank er einen Kaffee und sah ein paar Kindern zu, die zur Musik eines Leierkastenmannes tanzten. Danach überlegte er, in einen Cowboy-Film zu gehen, zog aber dann weiter auf einem Weg, der ihn an einem Hauseingang vorbeiführte, aus dem er Tellerklirren, Schreien und einen Kampf auf der Treppe hörte. Wäre der Streit fünf Minuten vor oder nach seinem Eintreffen ausgebrochen, hätte sich die Situation womöglich ohne sein Dazwischentreten gelöst und die Frau in dem zerrissenen Kleid, der die Tränen über das schöne Gesicht rannen, wäre in ihre Wohnung zurückgegangen oder hätte sich wieder mit dem Mann vertragen. Aber er kam durch Zufall gerade vorbei, als er Geschrei hörte, und dann schnelle, trappelnde Schritte auf der Treppe, Schläge, und dann durch die Tür das raufende Paar sah. Der Mann versuchte ihr die Arme festzuhalten, und die schöne Frau, tränenüberströmt, zog ihn an den Haaren. Beide Gesichter schmerzverzerrt, der Mann in gewalttätiger Wut.

Nestor ging dazwischen, heldenhaft, nahm sich den Mann vor und sagte zu ihm: »Hören Sie mal, Schluß damit, Sie sollen ihr nicht wehtun. Sie ist doch nur eine Frau.« Und dann wurde etwas anderes daraus, der Mann brauste auf, weil diese Schwuchtel da den Nerv hatte, sich mit ihm anzulegen, und darum sagte er: »Und wer bist du, daß du mir so kommst?« und gab Nestor einen Stoß, und Nestor stieß zurück, und dann fingen beide an, mit Fäusten aufeinander einzuschlagen, der Kampf endete draußen auf dem Kopfsteinpflaster, beide Männer bluteten und ihre Hemden waren dreckverschmiert. Nachdem er den Kampf aus der Entfernung mitangesehen hatte, während er sein Abendbrot aus Reis und Huhn und Wurst und *tostones* zu Ende aß, kam ein Polizist herüber und zerrte die beiden auseinander.

Als der Mann sich beruhigt hatte, ging er wieder zu seiner Frau hinüber, wechselte wütende Worte mit ihr und stürmte dann mit den Worten davon: »Du brauchst mich nicht? Auch gut, mich siehst du nie wieder.« Sie sah zu, wie er wegging. Alle paar Schritte drehte er sich um und schrie etwas herüber zu ihr: »Schlampe! Hure!« Sie weinte, und Nestor stand an der Ecke und hatte keine Lust mehr, seinen Spaziergang fortzusetzen. Er wollte an ihrer Seite bleiben, und obwohl sie einander nicht viel zu sagen hatten, blieben sie nebeneinander stehen, schweigend. Dann bot er ihr an, sie in das Café einzuladen. »Danach geht's Ihnen gleich besser«, sagte er.

Sie nur anzusehen, machte Nestor schwach: Sie war schöner als das Meer, als das Morgenlicht, als ein Feld voll wilder Blumen, und ihr ganzer Körper, aufgeregt und verschwitzt von der Anstrengung, verströmte einen weiblichen Duft, der ihm in die Nüstern stieg, ihm in den Körper sickerte wie Quecksilber, sich ihm in den Magen bohrte wie Amors frecher Pfeil. Er war so schüchtern, daß er sie nicht länger ansehen konnte, und das gefiel ihr, weil die Männer sie sonst immer anstarrten.

»Ich heiße Maria«, sagte sie zu ihm.

»Und ich Nestor«, sagte er leise zu ihr.

Sie war zweiundzwanzig Jahre alt und aus ihrem kleinen *pueblo* am Meer nach Havanna gegangen, wo sie die vergangenen paar Jahre gelebt und als Tänzerin in verschiedenen Nachtclubs gearbeitet hatte. Es überraschte ihn nicht zu hören, daß sie Tänzerin war: Sie hatte einen schönen Körper mit kräftigen, muskulösen aber wohlgeformten Beinen. Sie war eine *mulata*-Schönheit mit den hohen

Backenknochen der Starlets aus den vierziger Jahren, ein schmoll-mundiges, verführerisches Double von Rita Hayworth. Und der Mann, mit dem sie sich gestritten hatte?

»Jemand, der einmal gut zu mir war.«

Er verbrachte den Abend mit ihr in dem Café, *paella* essend und Wein trinkend, und erzählte ihr alles aus seinem kurzen Leben, die Krankheiten seiner Kindheit, sein Gefühl, ein unwürdiger Mensch zu sein, seine Ängste, daß er nie ein richtiger Macho in diesem Königreich der Machos würde sein können. Ihr gequälter Zustand und ihre pulsierende Verletzlichkeit gingen beredt auf seinen Schmerz ein. Jede seiner Geschichten heftete sich an Maria, seine neue Vertraute, die einzige Frau, mit der er je so geredet hatte.

An diesem Abend, und noch vielen anderen, war sie höflich, dankbar und liebevoll. An ihrer Tür verbeugte er sich und wandte sich ab. Sie sah so gut aus, daß er nicht einmal im Traum daran gedacht hätte, er könnte eine Chance bei ihr haben. Aber dann zog sie ihn an sich, und sie küßten sich. Sie schloß in einer Art von Mitgefühl die Augen, ihre Körper drückten sich aneinander, ihre Hand an seinem Hinterkopf. Wie weich und warm ihre Haut unter dem Kleid war. Wie dick ihre Zunge . . .

»Warum gehen wir morgen nicht in den Luna-Park?« sagte sie zu ihm. »Kannst du am Nachmittag kommen?«

Es war sein freier Tag.

»Ja.«

»Dann ruf zu dem Fenster dort hinauf.« Und sie zeigte auf ein Fenster mit geschlossenen Läden im zweiten Stock, bei einem Balkon, auf dem ein Laken und ein paar Kleider hingen.

In dieser Nacht ging er mit stolzgeschwellter Brust und einer *pinga*, die warm und angeschwollen in seiner Hose lag, durch die Straßen heim. Er ging noch Stunden in seinem Viertel umher und kletterte schließlich die Treppen zu dem *solar* hinauf, das er mit seinem älteren Bruder Cesar teilte. Er traf ihn an, wie er sich gerade ein paar Koteletts auf dem kleinen Herd briet, den sie dort hatten. Er war in Unterhemd und Boxershorts und sah trübe aus. Es ging ihm schlecht, seit er aus der Wohnung ausgezogen war, die er mit Frau und Tochter gehabt hatte. Außerdem trank er; auf dem Fensterbrett stand eine Flasche Tres Medallas-Rum. Cesar wirkte angeschlagen.

»Was ist denn mit dir passiert?«

»Ich hab jemanden kennengelernt. Ein Mädchen. Sie heißt Maria.«

Cesar nickte, klopfte seinem Bruder auf den Rücken und hoffte, daß diese Frau Nestors düstere Anwandlungen vertreiben würde.

Und Nestor setzte sich zu seinem älteren Bruder an den Tisch, das Blut pulste ihm in den Adern, er war voller Leben und verschlang noch ein Schweinskotelett, obwohl er doch erst vor ein paar Stunden reichlich gegessen hatte. Laut schmatzend wie ein ausgehungerter kleiner Hund. Lebensgeräusche, Verdauungsgeräusche, in seinen Augen ein Ausdruck von Glück und Hoffnung. Obwohl er in dieser Nacht nicht schlafen konnte, war es eine Schlaflosigkeit vor Freude, die seine Lebensgeister weckte, so daß er Lust hatte, sich aus dem Fenster zu beugen und in die Welt hinauszuschreien. Stattdessen lag er wach im Bett, zupfte leise seine Gitarre, einen e-Moll-Akkord, seine liebste Tonart fürs Liederschreiben. Er spielte und träumte sich Melodien zusammen, die in seinem Kopf entstanden wie harte, glänzende Perlenketten. Er behielt das Fenster im Auge, um das erste Tageslicht nicht zu verpassen. Er stellte sich vor, wie er mit dieser Frau auf der Farm in Las Piñas auftauchte, mit ihr über ein Feld lief und seiner Mutter zurief: »Schau, *Mamá*, hier ist Nestor, dein Sohn, von dem du geglaubt hast, er würde niemals glücklich werden! *Pobrecito*! Sieh mich an, ich habe eine wunderschöne Frau gefunden, die mich liebt!«

Er wartete, bis er die ersten Geräusche des Tages hörte und die schattenhaften Umrisse der Balkonbrüstung, ein Schnörkel von Blumen, auf dem zerschlissenen Rouleau ausmachen konnte. Im Hof ein Radio: »Und nun aus dem House of Socks, auf der Welle von CMQ in Havanna . . .« Männer in Unterhemden, die auf ihren Balkons Würste brieten. Sein älterer Bruder, der sich seufzend im Bett herumdrehte. Schritte auf dem Flur, ein kleines Mädchen spielte unten Himmel und Hölle, andere beim Schnurspringen . . .

An diesem Vormittag und bis in den Nachmittag hinein zermarterte ihn die Erwartung. Und so glücklich er sich auch gefühlt hatte, seine Selbstzweifel krochen immer wieder unter seinen sonnenhellen Gedanken hervor. Unter ihrem Fenster stehend, rief er ungefähr zwanzig Minuten lang ihren Namen, aber sie kam nicht heraus. Bis dahin hatte Nestor die Überzeugung gewonnen, daß Maria gelogen hatte und ihn nun versetzte. Und so wandte er sich zum Gehen, in der Absicht, den Nachmittag im Kino in der Stadt zu verbringen. Er war sehr niedergeschlagen, als Maria um die Ecke kam, atemlos und hastig.

»Ich mußte etwas zu meiner Cousine bringen und es hat länger gedauert, als ich dachte.«

Der Tag war wunderschön. Seine Zuversicht kehrte zurück, sie verbrachten die Zeit damit, Händchen zu halten und durch die fröhliche Menge im Park zu bummeln. Sie spielten Lotteriespiele. Von Zeit zu Zeit sah er ihr tief in die Augen und dachte bei sich: Ich weiß, wir sind dabei, uns zu verlieben, nicht wahr? Und sie lächelte, doch sie wandte den Kopf ab, als würde es ihr einen schmerzlichen Stich geben. Natürlich hing ihr das mit dem anderen Mann noch nach. Nestor hielt sich auf Distanz, blieb still, aber immer, wenn er den »Vorfall an diesem Tag« erwähnte, sagte sie: »Denk nicht einmal an diesen Kerl, er war so ein *cabrón*.« Warum aber dann der wehmütige Blick in ihren Augen? »Komm«, und sie nahm ihn an der Hand, »wir wollen uns amüsieren.«

Am Abend saßen sie knutschend draußen auf einem Pier am Meer, aus seiner Penisspitze quollen Samentränen. Er fand nichts dabei, daß sie sich ihm so leicht überließ, obwohl alte Damen ihnen scheele Blicke zuwarfen. Er dachte, daß sie mich so wild küßt, kommt daher, daß wir verliebt sind. Warum hielt sie nur die Augen so fest geschlossen, als wäre er gar nicht da? Zwei Wochen lang sahen sie sich jeden Tag. Er ging zu ihr nach Hause, wo sie ein Zimmer bei einer Frau gemietet hatte, und sie zogen los auf die Straße, er beim Gehen federnd vor Beschwingtheit. Ihre Liebesaffäre war bald bei gegenseitiger Masturbation an Gassenmauern und in Kinos angelangt, und das führte unausweichlich zum Vollzug dieser Liebe in einem Zimmer am Hafen voll blauen Lichts, auf einem Bett weiß wie der Sand am Strand, in der Wohnung eines Freundes.

An diesem Tag dachte er zum ersten Mal daran, einen *canción* über seine Liebe zu ihr zu schreiben. Gesättigt und wie im Paradies, dachte sich der jüngere Mambo King, der niemals zuvor wirklich eine Frau gekannt hatte, folgende Textzeile aus: »Wenn das Verlangen eines Mannes Seele überkommt, ist er für alles in der Welt verloren, außer für die Liebe . . .«

Monatelang war die Liebe für ihn und Maria wie ein Gelage. Sie gingen an einen menschenleeren Flecken Strand außerhalb von Havanna oder in die Wohnung von Nestors Freund am Hafen. Er brachte sie nie in das *solar* mit, das er mit seinem älteren Bruder teilte, weil er das Gefühl hatte, daß die Fröhlichkeit seiner Liebe schmerzlich für Cesar sein würde, der Frau und Kind verlassen hatte und darunter litt ... Und außerdem: Was, wenn Cesar sie nicht mochte? Sein Bruder, sein Herz, sein Blut. In jenen Tagen stürmte Nestor die Treppe zu ihrem *solar* hinauf, seine Schuhe mit den Blockabsätzen klapperten über den Boden, vorbei an Bildern von sich und Maria, wie sie sich im Halbdunkel küßten. Sie taten es auf dem Bett und manchmal auf dem Boden oder auf einem Haufen Schmutzwäsche. Sie schienen einander so sehr zu lieben, daß ihre Haut eine lustvolle Hitze ausströmte und einen Geruch, der so stark war, daß er Rudel von verwilderten Kötern anzog, die ihnen auf der Straße nachliefen.

Einmal, als Cesar nicht da war, kam sie in die Wohnung der Brüder und beschloß, für Nestor Abendessen zu machen. Sie kochte einen Topf Hühnerfleisch mit Reis auf dem weißen Emailherd mit den Tierfüßen, und dann, den Schöpflöffel in der Hand, streckte sie ihren großen Rumbahintern heraus, hob den Rock hoch und sagte: »Komm her, Nestor.«

Sie mochte es auf alle Arten: von hinten, in ihrem Mund, zwischen ihren Brüsten und in ihrem engen Hintern. Sie machte seinen Penis qualvoll dick und lang. Er glaubte immer, er würde sie auseinanderreißen, aber je mehr er ihr gab, desto weiter öffnete sie sich ihm.

Er ging mit ihr ins Kino, wo sie auf dem Balkon saßen, und mitten in den entscheidenden Liebesszenen steckte er ihr einen und dann zwei und dann drei und dann vier Finger hinein. Im Foyer eines Hausflurs hob er ihren Rock hoch und leckte ihr die Schenkel. Er stützte sich auf ihr ab wie ein Hund und drückte seine Zunge genau in die Mitte ihres Höschens. An manchen Tagen vergaß er, wer er war und wo er wohnte und arbeitete: tagsüber im Explorer's Club, nachts in einem kleinen Spielclub namens Capri Club. Sie hatte große, feste Brüste. Ihre Brustwarzen waren braun und vierteldollargroß, die Spitzen zuerst ganz klein, aber wenn er daran saugte, schwollen sie an. Winzige Empfindungsknospen blühten auf, und er schmeckte die Süße ihrer Milch. Bläulich und dick wie ihr Handgelenk, glitt sein Penis in ihren Mund, und sie langte nach hinten, zog ihm die Hinterbacken auseinander und steckte ihre Hand dazwischen, drang in ihn ein. Damals lebte er, *coño*! Lebte.

Er liebte sie so sehr, daß er in ihren Armen hätte sterben können. Liebte sie so sehr, daß er sie im Hintern leckte. Sie kam und er kam, und in dem rötlichen Silber und Weiß, das hinter seiner Stirn explodierte und seinen Körper durchschauerte, spürte er die Gegenwart von etwas Leichtem, Durchsichtigem, etwas wie eine Seele, die in seinen Körper eintrat. Er lag neben ihr und hatte das Gefühl, sein Körper sei zu einem Feld geworden und er und sie würden auf den Schwingen der Liebe verzückt darüber hinwegfliegen. Er dachte an sie, während er bei der Arbeit im Club die Haarwasserflecken von den Lehnen der schweren Lederfauteuils schrubbte. Er trug eine kurze, weiße Jacke mit drei Messingknöpfen und eine kleine Kappe wie ein Hotelpage, servierte den Clubmitgliedern auf Tabletts Speisen und Getränke und träumte davon, ihre Nippel zu lecken. Der Geruch von leinölpoliertem Holz, Rasierwasser, blauem Zigarrenrauch, Flatulenzen. Der Geruch von Leder, Fauteuils mit Haarwasserflecken, dicken Teppichen aus Persien und der Türkei. Nestor lachend, Nestor glücklich, Nestor seinem Bruder einen Klaps auf den damals gramgebeugten Rücken gebend. Er arbeitete in der kleinen Küche hinter der Bar, machte Schinkensandwiches ohne Rinde und Drinks. Er pfiff, er lächelte, er sang glücklich vor sich hin. Er sah quer durch den Speisesaal durch offene französische Fenster auf die Veranda und den Garten. Er dachte an die verheerenden Wölbungen ihrer Hinterbacken, die Strähne dicken schwarzen Haares, die, ein ganz klein wenig nur, hinten zwischen ihren gespreizten Schenkeln hervorlugte. Der Duft von violetten Glyzinien, die über die Gartenwände herabhingen, vielblättriger Jasmin und chinesischer Hibiskus. Der Geschmack ihrer weitoffenen Scheide, ganz rot und glänzend vor Nässe, eine offene Orchidee unter seiner Zunge.

Weil er es nicht erwarten konnte, sie wiederzusehen, durchlitt er die Abende, an denen er mit den Havana Melody Boys arbeiten mußte, neben seinem Bruder Trompete spielte und sang. Seine schöne Maria arbeitete im Ballett des Havanna Hilton, als eine von zehn »schönen milchkaffeefarbenen Tänzerinnen«, und dort wollte Nestor sein, den Blick nicht ins Publikum gerichtet, noch auf die Scheinwerfer, sondern in die Ferne. Er konnte nicht anders als an Maria denken. Wenn er nicht mit ihr zusammen sein konnte, war ihm elend zumute, und wenn er bei diesen Engagements fertiggespielt hatte, stürmte er davon, um sie zu treffen.

Das war zu einer Zeit, als sein älterer Bruder Cesar seine eigenen Sorgen hatte, weil seine Ehe mit Luise in die Brüche gegangen war. Aber Cesar war neugierig auf diese schöne Maria, die seinen schwermütigen, stillen Bruder genommen und glücklich gemacht hatte. Also arrangierte Nestor es schließlich, daß sie sich eines Abends kennenlernten. Sie suchten dafür eine Bar aus, in die viele Musiker gingen, oben am Strand von Marianao. *Dios mío!* sein Bruder Cesar war überrascht über Marias Aussehen und bedeutete Nestor seinen Beifall, aber damals tat das jeder. Er stand da und versuchte, wie jeder andere Mann, herauszufinden, wie um alles in der Welt Nestor sie an Land gezogen hatte. Sein jüngerer Bruder war nie ein Frauenheld gewesen. Genaugenommen schien er immer ein bißchen Angst vor Frauen zu haben. Und da war er nun, mit einer schönen Frau und einem Ausdruck tiefen Glücks auf dem Gesicht. Mit seinem Aussehen, obwohl ganz ansprechend, mit dem langen Gesicht eines Matadors und einem sensiblen, gequälten Ausdruck, weiten dunklen Augen und großen fleischigen Ohren, hatte er sie auch nicht herumgekriegt. Es mußte seines Bruders Ernsthaftigkeit und Unschuld gewesen sein, Eigenschaften, an denen bestimmte Frauen anscheinend Gefallen fanden. Neben seinem Bruder stehend, sah Nestor ihr zu, wie sie vor einer Jukebox tanzte, aus der Beny More plärrte. Ihr Hintern wackelte, und ihr Körper bebte, ihr schönes Gesicht war der Mittelpunkt des Raumes. Nestor fühlte sich als Triumphator, weil er wußte, was die anderen gern gewußt hätten: Ja, ihre Brüste waren so rund und saftig voll, wie sie sich unter ihrem Kleid ausnahmen, und ihre Nippel wurden groß und hart unter seinen Lippen, und, ja, ihr großer Rumbaarsch war brennend heiß und, ja, ihre wunderbaren Schamlippen teilten sich und sangen wie die großen Kußlippen ihres breiten Lippenstiftmundes und, ja, sie hatte dickes schwarzes Schamhaar, und einen Leberfleck auf der rechten Wange und dazu einen zweiten auf der zweiten inneren Fältelung ihrer Schamlippen; er kannte das feine, schwarze Haar, das aus der Furche zwischen ihren Hinterbacken langsam nach oben wuchs, und er wußte, daß sie, wenn sie zum Orgasmus kam, den Kopf zurückwarf, mit den Zähnen knirschte und daß ihr ganzer Körper danach erzitterte.

Voll Stolz neben seinem älteren Bruder an der Bar stehend, schlürfte Nestor sein Bier, eine Flasche nach der anderen, bis die Bläue des Meeres draußen vor den Fenstern des Lokals Falten warf wie ein Cape und er die Augen zumachen konnte und wie der dichte Rauch im Raum durch die Menge der Tänzer wogen und sich um die wollüstige Üppigkeit legen, die Maria hieß.

Komisch, daß das auch der Name ihrer Mutter war. Maria. Maria.

Wenn er sich an diese Zeit erinnerte, dachte Nestor nie an die vielen langen Pausen in ihren Gesprächen, wenn sie im Park spazierengingen. Schließlich war er nur ein verschlossener Junge vom Land mit sechs Klassen Volksschule, der über fast nichts außer Musikern und Viehzucht Bescheid wußte. Er hatte ihr alles von sich erzählt, und nun wußte er fast nichts mehr zu sagen. »Wie ist es im Club?«, »Schöner Tag heute, was?«, »*Bueno*, was für ein herrlicher Tag?«, »Warum machen wir nicht einen Spaziergang und essen irgendwas Feines?« Was konnte er ihr schon sagen? Sie war über menschliche Konversation erhaben. Sie hatte es gern, wenn er ihr im Park vor der Oper mit seiner Gitarre ein Ständchen brachte und die Leute zusammenliefen, um zuzuhören, und ihm Beifall klatschten. An manchen Tagen schien sie sehr traurig und verloren, und das machte sie noch schöner. Er ging neben ihr her und fragte sich, was sie wohl dachte und was er sagen konnte, um sie wieder froh zu machen.

Nach und nach wurden aus ihren Spaziergängen lange Vigilien, bis sie an jenen Ort gelangten, wo alles gut war: ihr Bett. Aber dann, irgendwie, wurde selbst aus ihrem glücklichen Treiben im Bett etwas anderes. Sie hielt inne und weinte in seinen Armen, weinte so sehr, daß er sich nicht zu helfen wußte.

»Was ist denn, Maria? So sag's mir doch?«

»Du willst einen guten Rat, Bruderherz?«, sagte Cesar zu Nestor. »Wenn du eine Frau willst, behandle sie manchmal gut, aber laß sie sich nicht zu sehr dran gewöhnen. Zeig ihr, daß du der Mann bist. Ein bißchen Prügel hat noch keiner Liebe geschadet. Frauen haben's gern, wenn sie wissen, wer der Boss ist.«

»Aber Maria prügeln? Meine Maria?«

»Mein Wort drauf . . . Frauen haben's gern, wenn man sie herumkommandiert und ihnen zeigt, wo ihr Platz ist. Dann wird sie schon aufhören mit ihrer Flennerei.«

In dem Versuch zu verstehen, was sein Bruder meinte, fing er an, Maria herumzukommandieren, und während ihrer wortlosen Spaziergänge im Park zeigte er ihr, daß er ein Mann war, packte sie grob an den Handgelenken und sagte zu ihr: »Du weißt, Maria, du kannst wirklich von Glück sagen, daß du mit jemandem wie mir zusammen bist.«

Er sah ihr zu, wie sie sich vor dem Spiegel zurechtmachte, und sagte: »Ich dachte nie, daß du so eitel bist. Das ist nicht gut, Maria, du wirst im Alter häßlich werden, wenn du zu lange in den Spiegel siehst.«

Er tat andere Dinge, über die er später in der Erinnerung vor Scham zusammenzucken sollte. So gutaussehend sie auch war, er begann, seinen älteren Bruder nachzumachen und ging dazu über, sich nach anderen Frauen auf der Straße umzudrehen. Er stellte sich vor, daß sie für immer bei ihm bleiben würde, wenn er sie ein wenig kleiner machte. Als die Dinge nicht besser wurden, wurde das Schweigen zwischen ihnen länger. Je schlimmer die Dinge wurden, desto verwirrter wurde Nestor.

Aber während der Zeit, als es schlecht um sie stand, setzte Nestor sich hin und schrieb seiner Mutter einen Brief, in dem stand: »*Mamá*, ich glaub, ich hab ein Mädchen zum Heiraten gefunden.«

Und sobald er einmal seiner Mutter davon erzählt hatte, bekam seine Liebesromanze etwas Magisches, etwas von Unausweichlichkeit. Schicksal nannte er es. Zunächst machte er ihr einen förmlichen Antrag, auf den Knien, in einem Garten hinter einem Gesellschaftsclub, mit Ring und Blumen. Er senkte den Kopf und wartete auf eine Antwort: Er schloß die Augen und dachte an alles Glück des Himmels, und als er wieder hochsah, um in ihr hübsches Gesicht zu schauen, lief sie gerade aus dem Garten hinaus, sein Ring und die Blumen lagen neben ihm auf dem Boden.

Wenn er mit ihr ins Bett ging, mußte er an den Mann denken, den er an dem Tag gesehen hatte, als sie sich kennenlernten, und wie sie nachher geweint hatte. Wenn sie sich liebten, hinterließ er blaue Flecke auf ihren Beinen und Brüsten, weil er sie grob anfaßte, um ihr zu zeigen, daß er ein starker Mann war. Er stand von ihrem Bett auf und sagte zu ihr: »Du wirst mich verlassen, nicht?« Er hatte das üble Gefühl im Magen, daß irgend etwas in ihm sie abstieß. In diesen Nächten wünschte er sich eine *pinga* so riesig, daß es sie auseinanderriß und ihre neuen Zweifel an ihm herausfielen wie aus einer zerbrochenen *pinata*.

Weil er glaubte, Hartnäckigkeit würde ihn ans Ziel bringen, sagte er zu ihr: »Ich werde dich jeden Tag bitten, mich zu heiraten, bis du ja sagst.«

Sie gingen zusammen spazieren und ins Kino, ihr schönes Gesicht ganz zerquält.

»Da ist etwas, das ich dir sagen will ...«, begann sie immer wieder.

»Ja, Maria, daß wir für immer zusammenbleiben?«

»... Ja, Nestor.«

»Ah, ich hab's gewußt. Ich würde sterben ohne dich.«

Eines Abends wollten sie zusammen in einen Humphrey Bogart-Film gehen und sich an ihrer üblichen Stelle treffen, vor einer Bäckerei namens De Leon's. Als sie nicht kam, ging er auf der Suche nach ihr bis drei Uhr früh die Straßen ab, und als er ins *solar* heimkam, erzählte er seinem älteren Bruder, was passiert war, und Cesar sagte, daß es vermutlich einen guten Grund gab, warum sie ihre Verabredung nicht eingehalten hatte. Nestor hatte den Rat seines Bruders schon immer sehr profund gefunden und fühlte sich gleich besser. Tags darauf ging er zu Marias Haus, und sie war nicht da, und er ging am nächsten Tag, und sie war nicht da, und dann ging er ins Havanna Hilton, und dort war sie auch nicht. Was, wenn ihr irgendetwas zugestoßen war? Er ging immer wieder zurück zu ihrem *edificio*, aber sie war nie dort, und jeden Abend tröstete ihn Cesar, der selber eine schlimme Zeit durchmachte. Aber am fünften Tag sagte Cesar, der sich eine Lebensphilosophie aus Rum, Rumba und Rumbumsen zurechtgelegt hatte, zu Nestor: »Entweder es ist ihr was passiert, oder sie hat dich verlassen. Wenn ihr was passiert ist, wirst du sie wiedersehen, aber wenn sie fort ist ... mußt du sie vergessen.«

Ein andermal am Morgen klopfte er so lang an die Tür, daß der Besitzer herauskam. »Maria Rivera? Sie ist weggezogen.«

Wieder und wieder ging er zu dem Club, aber dort sagte man ihm, sie habe ihren Job aufgegeben und sei in ihr *pueblo* zurückgegangen.

Durch Wochen hindurch konnte er nichts essen oder trinken und magerte ab, und seine Schlaflosigkeit wurde schlimmer. Er saß auf dem Flachdach ihres *solar* und sah auf die Sterne über dem Hafen, Sterne des Wehklagens, Sterne der Hingabe, Sterne unendlicher Liebe, und fragte sie: »Warum verhöhnt ihr mich so?« Er kam in einem verheerenden Zustand zur Arbeit, erschöpft und düster. Seine Verzweiflung war genauso ekstatisch wie vorher sein Glück.

Selbst dem Chef der Havanna Melody Boys fiel auf, wie niedergedrückt Nestor war. Während die anderen Musiker quer über die
Bühne Mambo tanzten, bewegte er sich kaum. Jemand flüsterte:
»Sieht aus, als müßte er grad durch eine schlimme Herzenssache
durch.«

»Armer Kerl, vielleicht ist jemand gestorben.«

»Laßt ihn in Ruhe. Es gibt nichts, das ihn heilen könnte. Nur die
Zeit.«

Schließlich fuhr er in ihr *pueblo*, vier Stunden im Bus von Havanna
entfernt. Er ging durch die Straßen und fragte nach einer gewissen
Maria Rivera. Er war gefahren, ohne seinem älteren Bruder ein Wort
davon zu sagen, und hatte sich in einem Gasthaus ein Zimmer
genommen. Er war seit vier Tagen dort und trank gerade *café con leche*
in einer Bar, als er aufblickte und den Mann sah, mit dem Maria an
dem Tag gestritten hatte, als sie sich kennenlernten. Jetzt, da er ihn
genau ansehen konnte ohne die Verzerrung durch die Angst, überraschte es ihn, einen sehr ansehnlichen Mann zu sehen. Er trug eine
blaue *guayabera*, weiße Leinen-*pantalones*, gelbe Socken und weiße
Schuhe, und er hatte starke und angenehm männliche Züge: dunkle,
eindringliche Augen, einen dicken, sehr maskulinen Schnurrbart,
einen breiten Nacken. Der Mann hatte in aller Ruhe ausgetrunken
und ging dann plötzlich hinaus auf die Straße. Nestor folgte ihm in
einiger Entfernung. Er kam in eine sehr hübsche Straße, eine
schmale Straße mit Kopfsteinpflaster, die bergauf führte. Alte orangefarbene und hellrosa Mauern, überwachsen von blühendem wilden Wein. Palmen und Akazien, die ihre Schatten auf den Gehsteig
warfen. Und aus der Ferne das Leuchten des Meeres.

Da war ein Haus. Ein hübsches Haus mit Blechdach, von dem
man aufs Wasser sah. Der Geruch von Ananas und einem Garten.
Ein Haus voll Glück und Stimmen. Die Stimme von Maria, lachend
und glücklich, glücklich.

Er wartete, lungerte gequält unter den Schatten herum wie ein
Gespenst, nur um einen flüchtigen Blick auf sie zu werfen. Und das
machte die Sache noch schlimmer. Er sah durch ihr Fenster und
hörte Stimmen schnattern und Besteck und Teller und Pfannen, in
denen Bananen gebraten wurden, ihr Leben ging fröhlich weiter
ohne ihn, und er krümmte sich zusammen. Zunächst hatte er nicht
die Courage, an die Tür zu pochen und ihr gegenüberzutreten, er
wollte die Wahrheit nicht sehen müssen. Aber er fand seine Stärke in

einer Bar wieder, kam in der Dämmerung wieder und stakste bis an die Tür, Bauch rein, Brust raus. Eine lange klagende Trompetenphrase, hochaufsteigend und Schleifen um die Sterne ziehend. Mimosenduft in der Luft. Lachen. Er hämmerte so lange gegen die Tür, bis der Mann herauskam.

»Was wollen Sie?«

»Mein Mädchen.«

»Sie meinen«, sagte er, »meine Frau.«

»Sagen Sie nicht, daß . . .«

»Vor einer Woche.«

»Aber sie hat Sie gehaßt.«

Der Mann zuckte die Achseln. »Es war uns bestimmt.«

Oh, Maria, warum warst du so grausam, da ich doch das Sternenlicht sah, wie es dir durchs Haar spülte, und das versunkene Glühen des Mondes in deinen Augen.

Nestor schaffte es den Hügel hinunter bis zu einer Kaimauer, er lehnte sich an ein kleines Denkmal des kubanischen Dichters José Martí und sah auf das Meer aus Dämmerung. Dort malte er sich aus, wie glücklich er hätte mit ihr sein können, wenn er nur nicht so grob gewesen wäre oder mehr geredet hätte, oder ein wenig wirklichen Ehrgeiz besäße. Hätte sie doch nur nicht die Schwäche in seiner Seele gesehen. Wie in einem Traum tauchte Maria hinter ihm auf, und sie lächelte. Als er ihre Hand zu berühren versuchte, war es, als griffe er nach Luft. Da war nichts. Aber Maria war da. Sie sprach so sanft und so zärtlich zu ihm über ihre Herzens- und Seelenqualen, daß er, als sie verschwand, merkwürdig beruhigt war.

Was war es, das sie zu ihm gesagt hatte?

»Was auch geschieht, ich werde dich ewig lieben.«

Immer und ewig bis in den Tod.

Er verbrachte die Nacht vor ihrer Tür im Freien. Am Morgen entdeckte er, daß sie ihm einen Teller mit Schinken und Brot hinaus aufs Pflaster gestellt hatte, wo er geschlafen hatte, aber eine Armee von glutroten Ameisen war darüber hergefallen.

Er kehrte nach Havanna zurück und erzählte Cesar, was Maria ihm gesagt hatte.

Um seinen Hals hing das Kruzifix, das seine Mutter ihm zur Erstkommunion geschenkt hatte und das oft die fülligen Brüste der

Schönen Maria gestreift hatte. Und um seine Brust lag das drük- kende Gefühl von Steinen und Erde, das schwache, pulsierende Gefühl in den Gelenken, die zu Wachs wurden, als müßte er jede Sekunde zusammenbrechen.

»Sie sagte, sie liebt mich noch immer. Sie sagte, sie denkt die ganze Zeit an mich. Sie sagte, sie wollte mich niemals verletzen. Sie sagte, manchmal, wenn sie nachts im Bett liegt, muß sie an mich denken und kann mich in sich fühlen. Sie sagte ...«

»Nestor, hör auf damit.«

»Sie sagte, sie hätte mich geheiratet, wenn da nicht diese eine Sache gewesen wäre, dieser andere Mann in ihrem Leben, ein alter *prometido* aus der Stadt, wo sie herkommt. Daß er einfach jemand ist, den sie vergessen wollte. Ein Provinzler, der sich nicht um sie kümmerte, als sie zusammen waren, und der herkam, um sie zurück- zuholen, und –«, er bedeckte sein Gesicht mit den Händen, »sie fühlte, daß sie zu ihm zurückgehen mußte und ...«

»Nestor, hör auf.«

»Sie sagte, sie wird sich immer an unsere schönen Zeiten zusam- men erinnern, aber er war vor mir da, und, na ja, jetzt ist unser Schicksal besiegelt. Sie sagte, daß sie ihn aus innerem Schmerz geheiratet hat. Sie sagte, sie wollte mich nie hintergehen, und daß sie mich wirklich geliebt hat. Sie sagte, es würde ihr das Herz brechen, daß wir uns nicht schon viel früher getroffen haben, aber dieser Mann war immer schon der, den sie liebte ...«

»Nestor, sie war wie eine *puta*!«

»Sie sagte, ihre wahre Liebe bin ich, aber ...«

»Nestor, hör auf. Mann, hast du keine Eier mehr? Du bist besser dran ohne sie.«

»Ja, besser.«

Und was geschah nun? Nachdem seine große Liebe in die Brüche gegangen war, nahm Nestor wieder die furchtsame Haltung seiner Jugend an, als er nachts in der Dunkelheit seines Zimmers gekauert hatte, um ihn das dichte Gefühl von Verhängnis. Er ging zur Arbeit im Explorer's Club auf der Neptuno Street wie ein Schlafwandler, bewegte sich durch die holzgetäfelten Räume mit den Landkarten und Globen und den Köpfen von Löwen und Antilopen und Wid- dern und trug Tabletts mit Daiquiris und Whiskys für die betuchten Briten und Amerikaner, ohne je zu lächeln oder ein freundliches

Wort zu sagen. Einmal in diesen Tagen krachte ein Schuß aus den eleganten Toiletten, und die Clubangestellten stürzten herbei und fanden einen von den Herren, einen gewissen Mr. Jones, tot auf, den rauchenden Revolver noch in der Hand. Es stellte sich heraus, daß sein richtiger Name Hugo Wuerschner war und er beschlossen hatte, sich das Leben zu nehmen, weil ein anderes Mitglied im Club dahintergekommen war, daß er früher in Havanna als Agent für das Dritte Reich gearbeitet hatte. Da er es ablehnte, sich erpressen zu lassen, zog Wuerschner, lange schon verzweifelt über den Zusammenbruch des Reiches, es vor, seinem Leid ein Ende zu machen. Das verzerrte und enttäuschte Gesicht des Toten war dem Nestors sehr ähnlich, so sehr litt er.

Sein älterer Bruder schleppte Nestor überallhin mit, ins Kino, in die Nachtcafés und die Bordelle. »Sie ist es nicht wert«, sagte er immer und immer wieder. Er sagte zu Nestor: »Du fährst besser, wenn du die Weiber härter anpackst, wenn du gut bist, geht's immer schlecht aus.« »Vergiß sie einfach, sie ist nichts wert . . . keine einzige Träne ist sie wert, verstehst du?«

Wann immer er in seinem Leben Kummer hatte, suchte sich der ältere Mambo King eine Frau, und darum dachte er, Nestor in Frauen zu ersticken, sei die einzige Lösung. Einen Abend verbrachten die Brüder unten im Hafen in einem Bordell namens Palace, runde Rücken und übermütige Schwänze, die rauf und runter gingen ohne Ende, die ganze Nacht. Kreiselnde Zungen, klatschende Bäuche, feuchte Schenkel. Sie vögelten und vögelten und zogen dann grölend im Suff hinunter zum Hafen, wo Nestor mit Flaschen nach Matrosen warf und einem Priester seine Sünden beichten wollte. Im Hafen angekommen, beschloß Nestor, eine Yacht zu klauen, damit sie um die Welt segeln konnten, aber als er ein Ruderboot fand und damit zehn Meter weit hinausfuhr, verlor er die Riemen und kotzte ins Wasser. Stehend und lachend pinkelte er ins Wasser, das der Mondschein in dreieckige Spiegelungen der roten und gelben und blauen Lichter der Stadt zerschnippelte. In der Ferne hörte er das Röhren einer Schiffssirene, sie brüllte *Castillo*, *Castillo*, und er schrie: »Zum Teufel mit allem!« Lachend dachte er in einem fort: Zum Teufel mit Maria, ich lebe noch!

Dann gingen sie heim in ihr *solar*, Cesar zog Nestor die Straßen entlang, und sie torkelten auf Häuser zu, die sich zu verneigen und zu nicken schienen wie weise alte Chinesen. Sie fanden den Eingang und die Treppe zu ihrem *solar*, zehn Stufen hinauf und fünfzehn nach hinten hinunter, Cesar seinen Bruder beschwichtigend, Nestor lauthals lachend.

»Zum Teufel mit allem!«

Aber auch diese Nacht vermochte sein gewaltiges Leiden nicht zu durchbrechen. Was für eine Macht Maria über ihn hatte, ahnte keiner. Für Cesar blieb es ewig ein Rätsel.

»So warst du schon immer, weinen wegen nichts und wieder nichts«, sagte Cesar zu ihm. »Sie ist nichts wert, schlecht für dich wie eine Flasche Gift. Konntest du das nicht von Anfang an sehen?«

»Aber ich liebe sje.«

»*Hombre*, sie ist ein Stück Mist.«

»Ohne sie will ich sterben.«

»Sei nicht blöd.«

»Wenn du wüßtest, wie weh . . .«

»*Dios mío*, du mußt aufhören, dich selber so zu demütigen.«

(Dann gingen die Stimmen weiter bis zu den letzten verklingenden Trompetentönen von »Beautiful Maria of My Soul«, ein Zug an der Zigarette, ein Schluck Whisky, und der Tonarm des Plattenspielers hebt sich wieder.)

*O*bwohl Nestor die dicken Präservative aus Armeebeständen im Zweiten Weltkrieg benutzte, war er gelegentlich sehr leichtsinnig und nachlässig, wenn er mit Delores schlief, tat es ohne Gummi und zog sich erst lang nach dem ersten Ejakulationsschauer zurück. Sie schloß sich im Badezimmer ein und spülte sich mit einer Dusche aus, ähnlich einer Schnabeltasse, die sie mit doppelkohlensaurem Natron und Selters füllte. Eines Nachmittags, als sie gerade bei dem reichen Mann das Parkett bohnerte, hatte sie das Gefühl, daß sich ihr Bauch mit Licht füllte, wie Sterne in der Abenddämmerung am dunklen Himmel aufgehen, und ihr wurde klar, daß dieses Licht von einer Seele kam, einem Atem, dem Leben selbst. Ein hundertjähriger kubanischer Doktor, der zwischen Columbus Avenue und 38ster Straße seine Praxis hatte, stellte die Schwangerschaft fest. Sie kletterte die Treppe zum Apartment in der La Salle-Street in der Erwartung hinauf, Nestor werde diese Nachricht mit überschäumender, verliebter Freude begrüßen. Als sie hereinkam, arbeitete er gerade an demselben Lied, das er gepfiffen hatte, als sie sich vor einem Jahr kennenlernten. Als sie diese Melodie hörte, mußte sie wieder an damals denken, und sie glaubte, der Bolero sei nun für sie. Sie ging zu ihm, legte ihm die Arme um den Hals und flüsterte: »Ich muß dir etwas sagen. Ich bin schwanger.«

Nestor holte tief Luft, starrte in die Zimmermitte, wo ein Traggestell stand und ein schwarzer Koffer für eine Baßtrommel von einem amerikanischen Schlagzeug, blinzelte, seufzte und sagte dann: »Bist du sicher?«

Dann, als er bemerkte, wie das Glück in ihrem Gesicht dahinwelkte, setzte er hinzu: »Nein, ich freu mich ja, *querida*. Ich freu mich wirklich.«

Dann legte er die Arme um sie, aber dabei senkte er den Kopf und schien zum Fenster hinzusehen, das einen Spaltbreit offenstand, auf die Feuerleiter hinaus, und in diesem Moment hatte sie den Eindruck, daß er am liebsten hingehen, hinausklettern und niemals wiederkommen würde.

Der junge Musiker tat das Rechte: Nestor und Delores wurden von einem Friedensrichter in einer kleinen Stadt in New Jersey getraut. Nestor stand meistens bei dem Tisch, auf den Cesar Castillo eine Kiste eisgekühlten Champagners gestellt hatte, und stürzte ein Glas nach dem anderen hinunter. Sie machten keine Hochzeitsreise, sondern gaben ein Fest, das in einem Restaurant in Chinatown begann und im Mambo Nine Club endete, wo sie mit dem Barkeeper und dem Geschäftsführer befreundet waren und eine Band von Freunden aus den Tanzlokalen für die Musik sorgte. In der Fröhlichkeit dieses Tages küßte und umhalste Delores ihre Schwester Ana Maria und wünschte bei Gott, ihr Vater wäre noch am Leben, um sie so glücklich zu sehen. Sie dachte an ihn und wurde traurig. Dem Beispiel all der fröhlichen Freunde folgend, trank sie zuviel Champagner. Ihre Unerfahrenheit holte sie wieder ein, und sie wirbelte zu einem Mambo im Kreis und sah, wie jedermanns Gesicht sich in den roten und gelben Lichtern in dem Club in die Länge zog, wie die Ohren lang wurden und spitz wie bei Wölfen. Dann verschwamm alles, und es wurden dicke schwarze Balken daraus. Später wachte sie auf der Wohnzimmercouch im Apartment in der La Salle-Street auf, neben Nestor. Er war noch im Anzug und schnarchte und murmelte, den Kopf auf die Couch zurückgelegt, vor sich hin. Sie wischte ihm mit einem Taschentuch über die Stirn, gab ihm einen Kuß und dachte: »Mein Mann, mein Ehemann.«

Aber dann horchte sie und, wie Nadelstiche ins Fleisch, hörte sie schwach, aber deutlich: »Maria, Maria.«

Sie hatten zwei Kinder: Eugenio, der 1951 zur Welt kam, und Leticia, geboren 1954. Nestor wußte zuerst nicht recht, was er als Vater tun sollte, er fühlte sich zuwenig vorbereitet auf die Mannespflichten dieser Welt. Zunächst einmal feierte er. Er malte sich aus, mit seiner Frau und seinem Sohn auf goldenen Pfaden in die Zukunft zu gehen, freudetrunken vor Liebe. Aber etwas machte ihm Angst: wie vollkommen hilflos das Baby war, wie es nach Aufmerksamkeit schrie, wie sehr es die Zuwendung brauchte. Wenn er Eugenio in den Armen hielt und die frischen Venen unter der Kopfhaut seines weichen, rosigen und süß duftenden Kopfes untersuchte, ängstigte er sich wegen all der Dinge, die ihm zustoßen konnten. Er dachte an den Mann, der mit ihm in der Fabrik arbeitete, der seine einjährige Tochter eine Viertelstunde in einem Zimmer alleingelassen hatte und sie, als er zurückkam, tot vorfand; und er dachte an einen Schlagzeuger, den er kannte, einen wirklich netten Kerl aus Kuba namens Papito, dessen neunzehnjähriger Sohn, pfft, aus der Welt schied, weil eine der Adern in seinem Kopf zu dünne Wände hatte und beim Softball-Spielen im Van Cortland Park dem Blutandrang nicht standhielt. Nestor bedeckte Eugenios Gesicht mit Küssen, spielte mit seinen Zehen, kitzelte ihn und sang ihm vor. Er liebte es, wenn das Baby lächelte und zeigte, daß es seinen Vater erkannte, aber wenn es die geringsten Anzeichen von Unwohlsein erkennen ließ, überwältigten Nestor furchtbare Gewissensbisse, und er ging im Hausflur auf und ab, als spielte sich vor seinen Augen eine Art Tragödie ab. Mein Sohn leidet! Der Umstand allein schien ihm unerträglich zu sein.

»Delores, tu was mit dem *nene*! Was haben denn die Kinder! Denk an den *nene*!«

Er kam von seinem Tagesjob in der Fleischfabrik nach Hause und sah nach, ob sich Delores auch gut um die beiden gekümmert hatte. Wie ein Kontrolleur spähte er in ihre Betten hinein und nickte bedächtig, überprüfte die Dicke ihrer Beine und die Farbe auf ihren Wangen. Wenn er sie in den Armen hielt, fühlte er sich ratlos. Er ging liebevoll mit ihnen um, wußte aber sonst mit seiner Vaterrolle nicht so recht etwas anzufangen. Fortwährend brütete er ihretwegen vor sich hin, machte sich Sorgen um ihre Gesundheit. Er sah sie als so hilflos und so anfällig an, daß er an manchen Tagen einen schrecklichen Traum aus seinen angstvollen Kindertagen von neuem durchlebte. Mitten am Tag dachte er daran, wie gern Eugenio am Fenster spielte. Was, wenn er hinauskrabbelte und unten aufs Pflaster fiel? *Dios mío*! Er fing an, auf und ab zu tigern, und machte fünf Minuten Pause, um zu Hause anzurufen und sich zu vergewissern, daß alles in Ordnung war. Er hob die Hälften weißes Mastrindfleisch vom Förderband und hievte sie auf die Ladefläche eines Kühlwagens, dabei hatte er einen langen blutverschmierten Kittel und Gummistiefel an. Der Blutgeruch in der Luft, die Kadaver und Knochen überall machten es nicht besser.

Auch nicht besser machte es die Sache, daß Leticia Asthma bekam und eine lange Zeit hindurch kränkelte. Er fühlte sich dermaßen verantwortlich für ihre Atembeschwerden, daß er jeden Tag mit Geschenken und Süßigkeiten für sie nach Hause kam. Und da er nicht herzlos war, fand sich auch für Eugenio immer etwas in seinen Taschen. Er war erstaunt, als sie nicht starben, aber die ganze Sache mit Leticia machte ihn sehr nervös. Auf eine bestimmte Weise hielt er es nicht aus, zu Hause und in der Nähe der möglichen Katastrophe zu sein; auf eine andere konnte er es nicht ertragen, weg zu sein. Am besten war es, wenn das Haus voller Gäste war – Jam Sessions mit anderen Musikern und Abendessen mit diesen Musikern und ihren Frauen. Und sein älterer Bruder Cesar, betrunken, den Kragen offen, eine gewaltige Ausbeulung in der Hose, den Arm um die Taille eines hübschen Mädchens gelegt.

Wenn verantwortungsvolle, reife, gutherzige Leute in der Nähe waren, die wußten, was im Notfall zu tun war, atmete Nestor leichter. Im allgemeinen aber war er keinen Moment lang entspannt. Seine Augenblicke der Erlösung? Wenn sein Penis Samen herausschleuderte und sein Ich auslöschte, ihn in einen blau und rot erleuchteten Himmel der Schwerelosigkeit schleuderte, und wenn er Trompete spielte und sich in einer Melodie verlor. Sonst wußte er sich nicht zu helfen. Die Verantwortung lastete schwerer auf seinen Schultern, als ihm guttat. Seine Beklemmung begann körperliche Auswirkungen zu zeitigen. In manchen Nächten, wenn er zu schlafen versuchte und die Angst in der Luft hing, begann er zu schwitzen, und sein Herz ging so rasend schnell, daß er sicher war, gleich einen Herzanfall zu bekommen. Dann wieder bekam er schreckliche

Ausschläge, wie sie auch sein Vater gehabt hatte. 1954 war er erst achtundzwanzig, und obwohl er viel aß, wie alle Kubaner, war er dünn. Und doch plagte ihn Nacht für Nacht ein pochendes Herz, und er war überzeugt, daß etwas damit nicht stimmte. Aber es kam ihm nie der Gedanke, zum Arzt zu gehen.

Er schickte seiner Mutter auf Kuba zärtliche Briefe in seiner schlichten Handschrift, in denen von seiner Liebe zu ihr und zur Familie die Rede war: todunglückliche Briefe voller Sehnsucht nach der Sicherheit eines Zuhause, die er auf Kuba gehabt hatte oder gehabt zu haben glaubte. Er war sehr gefühlsselig, dachte an seine Kindheit, an die liebevolle Fürsorge, die er bekommen hatte, als er krank im Bett lag. Er vergaß die Ängste seiner Einsamkeit und schwelgte in den Zärtlichkeiten seiner Mutter und des Hausmädchens Genebria. Er begann diese Briefe mit der Grußformel »*Querida mamá*« und endete mit: »Alle hier bei uns zu Haus schicken Dir tausend, nein, eine Million Küsse. Mit aller Liebe aus ganzem Herzen, Dein *bijito*, N.«

Seine Nächte waren eine Katastrophe. Oft kam er allein von einem Auftritt in die La Salle-Street nach Hause, zog sich aus und legte sich zu Delores ins Bett, lag wach neben ihr und erwartete ihre Zärtlichkeiten. Sie schlangen die Arme umeinander und liebkosten einander zärtlich, bis sie beide einschliefen. Er aber erwachte immer sehr früh und dachte darüber nach, daß irgend etwas in seinem Leben fehlte – was, wußte er nicht. Um halb vier Uhr früh stand er auf und setzte sich ins dunkle Wohnzimmer, strich leise Gitarrenakkorde und riß Delores aus ihren Träumen, so daß sie über den Flur kam.

»Nestor, warum kommst du nicht zurück ins Bett?«

Er zupfte einfach weiter. Er saß am Fenster und sah hinaus. Vom Schein eines Schweißbrenners glühte die Straße wie in der Dämmerung.

»Es ist nur dieses Lied.«

Manchmal schlief er drei oder vier Tage lang nicht. Er hatte keine Ahnung, was es war. Kubaner wußten nichts von seelischen Problemen. Kubaner, die sich schlecht fühlten, gingen zu ihren Freunden, aßen und tranken und gingen tanzen. Probleme waren Charakterfragen. Cesar war *un macho grande*; Nestor *un infeliz*. Leute, denen es schlecht genug ging und die davon kuriert werden wollten, erwarteten, daß die Heilung sofort eintrat. Cesar stand auf recht gutem Fuß mit einigen *santeras*, wirklich netten Damen, die aus der Provinz Oriente kamen und sich zwischen der 110ten Straße und Manhattan Avenue niedergelassen hatten. Und wann immer sich Cesar wegen irgend etwas schlecht fühlte, wenn er deprimiert war, weil er immer noch in einer Fleischfabrik arbeiten mußte, um seinen extravaganten Lebenswandel aufrechtzuerhalten, oder wenn er sich wegen seiner Tochter auf Kuba schuldig fühlte, besuchte er seine Freundinnen, um sich die Seele überholen zu lassen.

Diese *santeras* hörten gern den ganzen Tag Radio und liebten es, Kinder und Gesellschaft um sich zu haben. Wenn er sich schlecht fühlte, ging er einfach dorthin und warf ein paar Dollar in ein Körbchen, lag auf dem Bauch auf einer Zaubermatte am Boden, läutete eine Zauberglocke (die seine Göttin symbolisierte, Charidad oder Nächstenliebe) und erwies der Göttin Mayarí seine Reverenz, deren Mittlerinnen diese Frauen waren. Und, pssst!, hoben sich seine Sorgen hinweg. Oder sie legten ihm ihre Hände auf. Oder er ging einfach rüber zur 113ten Straße und Lenox Avenue, in eine *botanica* und holte sich eine »Läuterung« – der heilige Mann streute Zauberkräuter über ihm aus – die unter Garantie ihre Wirkung tat. In der katholischen Kirche zur Beichte zu gehen, wirkte genauso: aufrichtige Öffnung des Herzens und Sündenbekenntnis, dann die Reinigung der Seele. (Und auch keine Beichte auf dem Totenbett, kein Einlaß in den Himmel aufgrund der Sterbesakramente. Diese Kubaner starben, wie sie lebten, und ein Mann, der im Alter von fünfundzwanzig nicht seine Sünden beichtete, tat das auch mit siebzig nicht.)

Nestor ging mit und probierte es aus, erwies seine Ehrerbietung und fühlte sich ein paar Tage besser. Dann kam das Gefühl wieder, und er war unfähig, sich zu rühren. Es war wie in einem engen, finsteren Schacht eingeschlossen zu sein; manchmal wand er sich wie ein Labyrinth, manchmal verlief er gerade. Sich darin zu bewegen, war immer schwer. Er versuchte es sogar dann mit der Beichte, wenn er gar keine Sünden zu gestehen hatte. Innerhalb der großen roten Kirchentüren, im Geruch von Honigkerzenwachs und Weihrauch, ging er geradewegs zur Kommunionsbank und erinnerte sich, wie er auf dem kühlen Steinboden der Kirche in Las Piñas neben seiner Mutter gekniet und zu Christus und allen seinen Heiligen und zur Muttergottes gebetet hatte. Er schloß die Augen, seine Stirn zuckte vor Anstrengung, mit Gott in Verbindung zu treten.

Und eines Tages, als das Gesicht des Priesters im Dunkel hinter dem Beichtstuhlgitter erschien, sagte er: »Vater, ich komme um Unterweisung.«

»Unterweisung welcher Art?«

»Mein Herz ist . . . traurig.«

»Und was hat dich traurig gemacht?«

»Eine Frau. Eine Frau, die ich einmal gekannt habe.«

»Liebst du sie?«

»Ja, Vater.«

»Und liebt sie dich?«

Schweigen.

»Nun, liebt sie dich?«

»Ich weiß nicht, Vater.«

»Hast du es ihr gesagt?«

»Ja.«

»Und bist du in einer Lage, die dir das gestattet?«

»Nein, Vater. Ich habe Familie.«

»Und deshalb bist du hier?«

»Ja, Vater.«

»Hast du nach diesem Gefühl gehandelt?«

»In meinem Herzen.«

»Deine Ehe verbietet dir das.«

»Ich weiß.«

»Aber diese Versuchung . . . Ich rate dir zu beten. Hast du einen Rosenkranz?«

»Ja, Vater.«

»Dann bete den Rosenkranz, und du wirst gestärkt werden.«

Und er betete den Rosenkranz und erfreute sich der steinernen Gesellschaft der Heiligen und Jesu; er sagte den Rosenkranz her, bis ihm die Gebete zu den Ohren herauskamen, seine schlechten Gefühle aber blieben. Manchmal fühlte er sich so elend, daß er sich sagte: »Wäre ich mit Maria zusammengeblieben, ich hätte mein Glück gefunden.« Er ließ seine Liebesgeschichte wieder und wieder in seinem Kopf ablaufen, obwohl sie schon vor Jahren zu Ende gegangen war. Er war glücklich, naiv, unschuldig hineingegangen . . . und seine Seele war zerstört worden.

Und obwohl er Delores liebte, konnte er nicht aufhören, an Maria zu denken. In seinen Kniescheiben pochte ein Schmerz, und dieser Schmerz strahlte nach oben in seine Schenkel aus und nach unten bis in die Knöchel, ein Schwall von Schwermut, und aus ihm heraus trat Maria. Was war es, das sie an jenem Tag im Jahre 1948 zu ihm gesagt hatte?

»Ich werde dich immer lieben.«

Er ging in den Park und schrieb ihr wenigstens einmal im Monat heimlich einen Brief, obwohl er niemals eine Antwort bekam. Er sah auf die Schiffe, die auf dem Hudson vorbeizogen, Schleppkähne mit Röhren und Müll, und dachte an Maria nackt auf einem Bett. Er hatte schmerzliche Erinnerungen daran, wie es gewesen war, wenn er mit ihr schlief: Aus dem Himmel schwebte ein seidenes Tuch herab, sonnengewärmt und in Honig getaucht, und legte sich eng um seinen Penis.

Aber obwohl er wußte, daß all das falsch war, konnte er dieses Verlangen nach ihr nicht loswerden. Sein Gefühl von Hoffnungslosigkeit brachte ihn zurück zu Maria, und Gedanken an Maria brachten ihn zurück zur Hoffnungslosigkeit. Er liebte Delores, liebte seine Kinder – warum also waren die Dinge so verkehrt? Er zerriß die meisten Photos von ihr, ausgenommen eines, und das hielt er in einer mit beschriebenem Notenpapier gefüllten Schachtel versteckt, im Wohnzimmer zwischen einer Baßtrommel und einer *quinto* eingeklemmt. Er sah sich das Bild monatelang nicht an, und dann holte er es heraus, und sie erschien ihm jedesmal noch schöner und zarter, als er sie in Erinnerung hatte. Der Umstand, daß sie ihn grausam verlassen hatte, linderte seine Sehnsucht nicht. Er wußte, es mußte sich etwas ändern, aber er wußte nicht, wie.

Er entwickelte eine seltsame Gewohnheit. In der warmen Jahreszeit gingen er und seine Familie gern hinauf aufs Dach, um ein Picknick zu machen. Eines Tages ging er dabei an die Dachkante und merkte, daß er sich hinausbeugte, so weit, daß Delores »Nestor!« schrie und die Aufregung und sein Wagemut die Kinder aufjuchzen ließ. Einen Augenblick lang, als er über der La Salle-Street hing, unter sich Kinder, die Stockball spielten, und die Vögel sehen konnte, die um die Wassertürme kreisten, überlegte er zu springen, als würde er, wenn er sich fallen ließe, zwischen den Häusern fliegen wie ein Schmetterling, ehe er aufs Pflaster schlug. Aber er dachte an seine Familie und widerstand der Versuchung, loszulassen. Er fing an, sich aus ihrem Fenster im vierten Stock weit hinauszulehnen, um das Gefühl loszuwerden, und dachte auch an dem Tag daran, als er mit einem Geschenk für Eugenio, der damals fast drei Jahre alt war, nach Hause kam. Es war ein Drachen, und sie verbrachten Stunden damit, auf dem Flachdach hin und her zu laufen und zuzusehen, wie er hoch in die Luft stieg, wie die Balsaholz-Verstrebungen sich bogen und das Papier in der Luft flatterte. Er stand an der Dachkante mit seinem Sohn Eugenio auf dem Arm, küßte ihn aufs Gesicht und tätschelte ihm den Rücken.

Manchmal, bei langen Spaziergängen durch die Stadt, träumte er davon, jemandem zu begegnen, der ihm raten konnte und den Schlüssel zum Glück besaß. Er glaubte, daß der italienische Obsthändler, daß die alten verhutzelten Juden, die auf dem Weg zum Theologieseminar durch die La Salle-Street gingen, die Antwort wüßten. Daß sie ihm sagen würden, was er tun sollte, wie er diese Gefühle loswerden sollte, deretwegen er den Kopf hängen ließ und vom Bürgersteig vor einen daherkommenden Bus treten wollte oder sich vor Angst in der U-Bahn an die Wand drückte, weil die Bahnsteigkante so verlockend schien.

Gedankenverloren wanderte er manchmal *downtown* durch die endlose Menschenmenge, die an ihm vorüberzog. Leute mit zielbewußten und entschlossenen Gesichtern waren überall eilig unterwegs, wie zur Musik eines Schwerttanzes. Wenn er auf einer Parkbank saß, kamen Penner auf ihn zu, und er gab ihnen Zigaretten und Geld. Hunde lagen glücklich hechelnd zu seinen Füßen ausgestreckt auf dem Pflaster; Kinder legten ihm ihr Spielzeug in den Schoß, damit er mit ihnen spielte; und manchmal setzten sich hübsche Frauen in weißen hochhackigen Pumps und gefiederten Hüten neben ihn, fasziniert von dem seelenvoll aussehenden Latin Lover, und wollten ein Gespräch anfangen.

Und was wollte er? Er wollte nur im Schoß der Liebe Schutz finden, nicht irgendwo herumhasten, er wollte, daß ihm jemand diese Schwere von den Schultern nahm.

Eine Sache, die Nestor mehr und mehr bewunderte, war Delores' Gewohnheit zu lesen. Sie las ungeheuer viel und schien es dadurch leichter zu haben. Und sie hatte, zwischen ihren Küssen in einer seiner ruhelosen Nächte, zu ihm gesagt: »Nestor, du solltest dir angewöhnen zu lesen, bis du einschläfst.« Aber abgesehen von Zeitungen und Captain Marvel-Heften, die er an den Zeitungsständen kaufte, las er kaum etwas. Die Bücher, die Delores so beschäftigten, während sie auf einer Parkbank saß und die Kinder in ihren Kinderwagen schaukelte, machten ihn neugierig, diese billigen Taschenbücher, deren Seiten sie umblätterte, während sie am Herd stand und Wasser aufsetzte, um *yuca* zu kochen. Das Lesen umgab sie mit einer vagen Aura von Abwesenheit, obwohl sie keineswegs nachlässig in der Erfüllung ihrer Pflichten als Ehefrau war und er keinen Grund zur Klage hatte, weil sie sich sehr um ihn kümmerte.

Einmal allerdings kaufte Nestor doch ein Buch. Nachdem er in düsterer Stimmung über den Times Square gegangen war, blieb er an einem Zeitungsstand stehen, und ein Buch fiel ihm ins Auge. Es hatte einen einfachen, leuchtendroten Umschlag und stand zwischen ein paar zerfledderten Cowboy-Romanen und Thrillern auf einem Metallregal an der Seite. Das Buch trug den Titel *Forward America!* und war von einem gewissen D. D. Vanderbilt.

Was die Aufmerksamkeit des jüngeren Mambo Kings auf sich zog, war der Klappentext:

... Kein Mensch auf der Welt gibt gerne zu, daß die Dinge nicht immer so rosig sind, wie sie sein sollten. Ich kannte einen Burschen, der sein halbes Leben von Selbstzweifeln geplagt zubrachte. Dieser Zweifel hatte schwere Auswirkungen auf seine Einstellung und Lebensfreude. Er konnte nicht schlafen, ertappte sich bei dem Gefühl, am Rande zu stehen, während alle um ihn herum ihr Leben zu genießen schienen. Er hatte eine Stelle mit einem anständigen Gehalt, aber als Familienvater konnte er nie genug Geld auf die hohe Kante legen. Und obendrein konnte er sich neben aggressiveren Leuten niemals durchsetzen. Er litt unter diesem Fehler und zweifelte an seiner Männlichkeit. Viele Tage träumte er von einem besseren Leben, aber ihm fiel nichts ein, wenn es darum ging, das zu verwirklichen.

Eines Tages sah dieser Mann lange und gründlich in den Spiegel und sagte sich: »Ich hab's!« Er lag die ganze Nacht wach und träumte von den Möglichkeiten für seine Zukunft und kam auf die Grundsätze, wie man in der geschäftigen und unruhigen Welt von heute sein Glück machen kann. *Praktische Geheimnisse und Grundsätze, die auch bei Ihnen wirken!* Gleich am nächsten Tag ging er zu seinem Chef und legte ihm einige Ideen vor, die er für das Geschäft hatte, und war mit seinen neuen Denkansätzen so überzeugend, daß sein Chef ihm eine *Beförderung* und eine *Prämie* zugestand ... In nur wenigen Monaten wurde er nochmals befördert, und ein paar Jahre später wurde er Teilhaber der Firma ...

Diese Grundsätze bewährten sich auch bei der Lösung der

anderen Probleme in seinem Leben. Er hat seitdem den größtmöglichen Erfolg bei *seinen Freunden, seiner Familie*. Er hat sich die Anerkennung und Zuneigung anderer erworben und *auf gute amerikanische Art* sein Glück gemacht. Lesen Sie weiter, geschätzter Kunde. Es macht keinen Unterschied, woher Sie kommen. Ob Sie Chinese sind, Indianer oder vom Planeten Mars, dieses Buch kann *Ihr Leben verändern*!

Ich weiß, daß diese Grundsätze funktionieren, denn der Mann war ich! Die D. D. Vanderbilt-Geheimnisse des Glücks werden auch bei Ihnen wirken!

Nestor zahlte die 79 Cent plus Steuer (4 Cent) für das Buch und nahm dann den Bus nach Hause in die La Salle-Street.

Das Leben ging im wesentlichen weiter wie bisher, und doch wurde dieses Buch Nestors ständiger Begleiter. *Forward America!* bekam Eselsohren in seiner Gesäßtasche. Er brauchte Hilfe für den Geist, nicht für den Körper: Von seinem Tagesjob in der Kolwoski-Fleischfabrik auf der 125sten Straße war er so erschöpft, daß er ein paar Stunden ausruhen mußte, ehe er sich für einen Auftritt umziehen konnte, der bis vier Uhr früh dauern würde. Aber die Kraft, mit Delores zu schlafen, hatte er immer. Die junge, feste Delores hatte eine Haut, die so weich war und so warm anzufassen, daß sie nur die Bluse aufzuknöpfen brauchte, und schon liebten sie sich. Und Cesar? Obwohl sie ihr lustvolles Stöhnen immer unter einem Kissen erstickte, war ihr Schwager wie ein Bluthund oder ein Sherlock Holmes, wenn es darum ging, ihre Schlafzimmergewohnheiten mitzubekommen, und er verließ dann die Wohnung, um nach den Mädchen an der Straßenecke zu sehen oder in den Park zu gehen und sich die Schiffe, die auf dem Fluß vorbeifuhren, anzugucken. Er schlug eine Stunde tot, bevor er ins Apartment zurückkam und Delorita mit gerötetem Gesicht und vor sich hinsummend antraf, während sie sich glücklich an die hausfrauliche Aufgabe machte, Abendessen zu kochen.

Als Delorita eingezogen war, mußte Cesar viele seiner Gewohnheiten ändern. Er hatte ein Zimmer auf den Hof, und von seinem Fenster aus konnte er das Fenster seines Bruders sehen und hatte eines Tages das Glück oder das Pech hinüberzuschauen, während er gerade die Reste seines Mittagessens und stückweise Napfkuchen an die Straßenkatzen verfütterte, und durch einen schmalen Spalt zwischen den Schlafzimmervorhängen seine Schwägerin nackt vor dem Spiegel stehen zu sehen. Sie war so üppig und verführerisch. Er wußte, daß Nestors Schöne Maria toll gewesen war, aber als er Delores nackt sah, dachte er *Dios mío!*, holte tief Luft, schüttelte den Kopf und beschloß, sich zum Wohle seiner geistigen Gesundheit und des Familienfriedens von Delores fernzuhalten. Das gelang ihm ohne große Schwierigkeiten, weil er seine eigenen Mädchen hatte, trotzdem aber hielt er es nicht aus, über den Flur zu gehen oder im Wohnzimmer zu sitzen, zeitunglesend oder mit einer Gitarre, und zu hören, wie ihr Bett wackelte, wie das Kopfbrett gegen die Wand pumperte, wie sein Bruder laut keuchte und sie sich bemühte, ihn dazu zu bringen, leise zu sein, pssssst pssssst, weil sie nicht wollte, daß die Leute sie hörten oder mitbekamen, was sie gerade taten, ein Witz, wenn man bedachte, wie ihr fruchtbarer Körper die Wohnung mit einem Geruch von Fleisch, Zimt und Blut erfüllte. Und darum ging Cesar aus dem Haus, um spazierenzugehen und zu träumen.

Und jetzt diese Zehn-Cent-78er-Metallschallplatte, aufgenommen in einer »Zeichnen Sie Ihre Erinnerungen auf«-Kabine auf Coney Island, circa 1954:

(Lachen) (Rauschen) (Lachen) (Die Stimmen eines Mannes und einer Frau, witzelnd, flüsternd, die Männerstimme sagt) »Na, los doch, los doch . . . «

»Okay.« (Rauschen) »Ajjj! Faß mich da nicht an!« (Lachen) (Im Hintergrund die dröhnende Achterbahn, die in die Kurve geht, und ein Kind, das auf Englisch schreit) »Heeh, Johnny, hier bin ich, du dämliches Arschloch.« (Lachen) (Rauschen) »*Bueno*, hallo ihr da draußen im Radioland!« (Lachen) »Hier spricht Angie Perez, und ich« (Nackenküsse und Schmatzlaute) »ich . . . ich . . . ajjj! möchte nur sagen, daß ich mit meinem neuen Freund Cesar, das heißt, dem berühmten Cesar Castillo, hier in Coney Island bin, am 10. Juli 1954, und ich will nur sagen, daß er der frechste *cochino* auf der Welt ist – ajjj!« (Lachen) »Und wir haben viel Spaß zusammen. Und er hat mir gesagt, ich soll sagen, Halloo Nessstor und ihr alle daheim. Und . . . « (Rauschen) »Oh, die Zeit ist aus. Das, das rote Licht blinkt. Wir müssen auf Wiedersehen sagen. Auf Wiedersehen! Auf« (Rauschen und ein Klicken).

Obwohl die Mambo Kings eine der populäreren Bands in New York waren und es, in einem Monat des Jahres 1954, zur Nummer 5 auf einer Beliebtheitsskala des Brooklyner *Herald* brachten (nach Tito Rodriguez, Machito, Israel Fajardo, Tito Puente), verdiente Cesar nie viel Geld. Was konnten dreizehn Musiker plus ein Manager plus Gewerkschaft plus Finanzamt plus die Leute für die Ausrüstung und die Fahrer schon groß verdienen, wenn sie für einen Auftritt am Wochenende 500 Dollar bekamen? Eines seiner größten Probleme war, daß Cesar sich nie bereitgefunden hatte, einen »exklusiven Management-Vertrag« zu unterschreiben. Er hatte zu viele Geschichten von Sängern und Gruppen gehört, die sich mit einer einzigen Unterschrift um alle künftigen Einnahmen gebracht hatten, nur um eine gute Gage in einem prestigeträchtigen Club wie dem El Morocco zu bekommen. Solche Verträge gestatteten einem Sänger, auch anderswo aufzutreten, aber der Clubbesitzer nahm immer ein paar Prozent der Einnahmen mit, egal, ob der Künstler je wieder in dem Spitzenclub arbeitete. Diese Verträge ruinierten viele Musiker, drängten eine Anzahl von ihnen aus dem Geschäft und zur Handelsmarine, zur Armee, führten zu Namensänderungen und, in einigen Fällen sogar zu Mord und Totschlag. (Ein Lied, das Cesar im Kopf herumging? Mafia, Mafia, Mafia, italienische, puertorikanische, jüdische Mafia. Schwarze Smokings, weiße Smokings.)

Wegen seiner Weigerung geriet er immer wieder in lautstarke Streitereien mit bestimmten Clubbesitzern, die ihn unter Druck setzten. Und das brachte ihm viel Ärger mit den falschen Leuten. Wenn sie in gewissen Clubs spielten, bekamen sie weniger Geld, als ihnen zustand. Einige von diesen Läden wurden von puertorikanischen Gangstern in ockerfarbenen Anzügen geführt, die Kubaner nicht leiden konnten. Er sagte ihnen immer, sie könnten ihn am Arsch lecken und sich ihre Clubs in die *fondillos* ihrer sportiven Hosen stecken.

Da Cesars Jähzorn jedoch seine Kollegen in der Band arbeitslos machte, meinte Nestor dann stets: »Sei vernünftig, *hombre*«, und der Mambo King ging zurück zu eben jenen Clubbesitzern und entschuldigte sich bei ihnen. Danach fühlte er sich total niedergeschlagen.

Er versuchte immer, Geld aufzureißen, damit er hübsche Uhren,

Anzüge und teure Schuhe tragen, Frauen wie Vanna Vane ausführen und vor seinen Freunden in einer Bar den Kumpel spielen konnte. Er kaufte Leuten gern Geschenke, Präsente für seine Familie und Freunde. Nie zögerte er, fürs Abendessen oder Kino zu bezahlen, wenn die Familie gemeinsam ausging. Er war der Typ, der dreißig Blocks zu Fuß ging, um die fünfzehn Cent für die U-Bahn zu sparen, nur damit er an der Bar eine Runde ausgeben konnte. Er hatte Ausgaben aller Art, hauptsächlich durch seinen Hang zur Geselligkeit, aber er wettete auch auf Kredit beim Pferderennen und borgte bei seinen Freunden und Musikerkollegen, wenn er verlor. Er brauchte immer Geld. Es war ihm auf Kuba durch die Finger geronnen und es rann ihm in New York durch die Finger. Im Ausgeben war er großzügig, zum Teufel mit seiner ärmlichen Jugend auf Kuba.

Da war aber noch etwas anderes. Wenn er sich auch damit abgefunden hatte, nie wieder zu heiraten, er dachte immer noch an seine Tochter Mariela unten auf Kuba. Hin und wieder, wenn bei ihm etwas reinkam – wenn er eine Schallplatte aufgenommen hatte, oder wenn eines seiner Pferde tatsächlich einmal gewann – stellte er einen Postscheck aus und schickte ihn seiner Tochter. Sie war jetzt schon neun Jahre alt, und von Zeit zu Zeit bekam er einen Brief von ihr, in dem sie ihm für seine Geschenke dankte. Nach einigen Schwierigkeiten mit seiner Frau bekam er die Erlaubnis, die kleine Mariela 1952 in Havanna zu besuchen. Seine Ex-Frau hatte wieder geheiratet und lebte mit ihrem Mann, einem Lehrer namens Carlos Torres, in einer Seitenstraße der Calle 20. Cesar erhielt einen Nachmittag mit seiner Tochter zugestanden und war glücklich. Er ging mit ihr in die großen Warenhäuser – *Fin de Siglo*, *La Epoca* und *El Encanto* – und kaufte ihr Kleider und Spielsachen. Er bestellte alles, was sie essen wollte. Für sie war er das gütige Wesen, das nach Rasierwasser roch und auf dessen Schoß sie immer gesessen hatte. Aus Mariela war ein hübsches kleines Mädchen geworden. Mit ihr zusammen zu sein, gab ihm ein Gefühl von Zärtlichkeit und Zuneigung. Sie am Ende der Reise wieder zu verlassen, fiel ihm schwerer als gedacht. Darum wollte er die Erinnerung an ihn in ihr wachhalten, indem er ihr Geschenke schickte. Aber Woche für Woche waren seine Taschen leer, egal, was er tat, um zu Geld zu kommen.

Außerdem wollte er sich ein schönes neues Auto kaufen. Er hatte von Manny, dem Bassisten, den gebrauchten Oldsmobile für ein paar hundert Dollar gekauft, und obwohl der Wagen gut lief, war er doch ziemlich ramponiert, weil er für all die Auftritte der Mambo Kings benutzt wurde. Wenn er vor Clubs oder auf den Parkplätzen von Tanzlokalen geparkt war, setzten sich immer Leute darauf, sprangen darauf herum, bumsten auf der Motorhaube. Ein paar Unfälle hatten ihn auch nicht schöner gemacht. Er wollte einen DeSoto, Baujahr '55, und ging alle paar Monate zu DeSoto-Händlern, um die Polsterung zu besichtigen, das Armaturenbrett und den Überschallraketenachtzylindermotor, die »flüsternde« Kupplung und die 180-Grad-Panoramascheibe. Und er war verliebt in seine weiblichen Rundungen und die glänzende, cremeweiße Haut, in die Stoßstangen, die wie Brüste vorstanden und die gewölbte Haube, kurvig wie ein hübscher Frauenkörper. Feingemacht in einem rosa Anzug mit lavendelfarbenem Hemd und weißer Krawatte und einem Strohhut mit schwarzem Band, kam Cesar in den Schauraum hereinspaziert und erkundigte sich nach dem Preis für den Wagen, schwatzte solange, bis er hinter dem Lenkrad saß, sich zurücklehnte und von den fabelhaften Tagen träumte, die vor ihm liegen würden, wenn so ein großartiger Wagen einmal ihm gehörte.

An einem Dienstagabend im Jahre 1955 kam der kubanische Bandleader und Fernsehstar Desi Arnaz in den Mambo Nine Club zwischen der 58sten Straße und Eighth Avenue, um nach Talenten Ausschau zu halten. Jemand hatte ihm von einem kubanischen Brüderpaar erzählt, Cesar und Nestor Castillo. Sie seien gute Sänger und Komponisten, die vielleicht einiges Material hätten, das Arnaz in seiner Show gebrauchen könnte. Die Bühne des Mambo Nine Club war nur dreieinhalb Meter breit, besser geeignet für eine Varieténummer als für ein Dreizehn-Mann-Orchester, aber die Gruppe der Brüder, die Mambo Kings, richtete sich mit ihren Congas, Trompeten, Posaunen, Flöte, Kontrabaß, Saxophonen und einem Flügel hinter ein paar Mikrophonen irgendwie dort ein. In diesem Club probierten die Mambo Kings gelegentlich neue Nummern an Musikerkollegen und Komponisten aus, die gerade mal hereinschauten, Leute wie Machito und der große Rafael Hernández, der Komponist von »El Lamento Borinquen«, die ihnen gute Ratschläge gaben und Mut machten. Es war ein Lokal, wo Musiker der besten Bands in der Stadt hinkamen, um einen zu heben, übers Geschäft zu reden und zu sehen, was so lief. Im Schein der roten und weißen Bühnenscheinwerfer spielten die Mambo Kings schnelle Tanzstücke wie »*El Bodeguero*« und träumerische Arrangements von langsamen, romantischen Boleros wie »*Bésame Mucho*«. Mr. Arnaz saß mit seiner hübschen Frau ganz hinten, der rote Schimmer einer Kerze warf ein verschwommenes Licht auf seine dunklen, intensiven Augen, und ihm gefiel sehr gut, was er da sah und hörte ... Angetan mit weißen Seidenanzügen und Seite an Seite vor dem großen Kugelmikrophon stehend, ließen die beiden Brüder ihre offenkundige Zuneigung zueinander, zum Publikum und zur Musik erkennen. Arnaz, das Kinn auf die Faust gestützt, kam zu gewissen Schlüssen über sie.

Cesar Castillo, wie er so im Licht erschien, die Arme weit ausgebreitet, einen Lichtkranz glänzend wie einen Heiligenschein um den Kopf, erinnerte Arnaz an die Crooner vom alten Schlag aus den Ballsälen und Tanzlokalen auf Kuba, Männer mit angeklatschtem Haar mit Mittelscheitel, Menjoubärtchen und Schleifen wie Schmetterlinge. Ja, für Arnaz beschwor Cesars Stimme Mondscheinnächte herauf, Blumenduft und schwirrende blauschöpfige Nachtigallen, es war die Stimme des ewigen *caballero*, der einer Frau auf einem schmiedeeisernen Balkon ein Ständchen brachte, ein Mann, der zu sterben bereit war für die Liebe einer Frau.

»Meine Damen und Herren, das nächste Lied ist ein kleiner *canción*, an dem mein Bruder Nestor hier und ich geschrieben haben, als wir vor ein paar Jahren zum ersten Mal in die Staaten kamen. Es heißt ›*Bella Maria de Mi Alma*‹ oder ›Beautiful Maria of My Soul‹, und es geht darin um die Traurigkeit und die Qualen der Liebe. Wir hoffen, es wird Ihnen gefallen.«

Cesar nickte dem Pianisten zu, und der unnachahmliche und allzeit elegante Miguel Montoya, adrett in Weiß von Kopf bis Fuß, schlug einen es-Moll-Akkord an, und dann setzten die Congas und Bläser ein, Nestors Anfangssolo hallte von den Wänden wider und brachte Arnaz' Glas zum Klingen. Und dann begann Cesar die Verse zu singen, die Nestor und er in einer kalten, einsamen Nacht geschrieben hatten, kältezitternd vor einem Heizstrahler, Verse inspiriert von der Schönheit aus Havanna, die Nestor das Herz gebrochen hatte. In dem Text gab es die folgenden Zeilen:

> . . . Wie kann ich dich hassen
> wenn ich dich so liebe?
> Ich finde keine Worte für meine Qual
> denn ich weiß nicht, wie soll ich leben
> ohne deine Liebe . . .
> Maria, mein Leben,
> schöne Maria meiner Seele . . .

Arnaz hörte aufmerksam zu. Der Refrain, als die beiden Brüder wie Engel hoch oben auf einer Wolke im Duett ihren Schmerz besangen, ließ ihn an seine eigenen verflossenen Lieben denken, an die Liebe zu seiner Frau und zu anderen, seine Familie auf Kuba und alte Freunde, die er lange Zeit nicht gesehen hatte. Und während er auf die Tanzfläche sah, wo junge Pärchen seufzten und sich küßten, beugte Arnaz sich zu seiner Frau hinüber und sagte: »Ich muß diese Burschen für meine Show haben.«

Später, als die Brüder trinkend an der Bar standen, wurde Arnaz seinem Ruf als höflicher Mensch gerecht und stellte sich ihnen vor, indem er die Hand ausstreckte und sagte: »Desi Arnaz.« Er trug einen blitzblauen Sergeanzug, ein weißes Seidenhemd, eine Krawatte mit Klaviertastenmuster und eine Krawattennadel in Form eines Krokodils; aus seiner Brusttasche sprang ein spitzenbesetztes Stecktuch hervor wie ein Tulpe. Er schüttelte ihnen die Hände und bestellte eine Runde Drinks für alle Musiker, beglückwünschte die Brüder zu ihrem Auftritt und bat sie und ihren Arrangeur und Pianisten Miguel Montoya an seinen Tisch. Dort lernten sie Lucille Ball kennen, die überraschenderweise gut Spanisch sprach. Sie hatte eine Bluse mit Perlenknöpfen an und ein Kleid mit einem samtenen Einsatz mit einer Diamantenbrosche darauf und einem langen Rock. Ihre Hände und Handgelenke glitzerten vor Ringen und Armbändern, sie hatte lockiges rotes Haar, das hochtoupiert war, und wunderschöne blaue Augen. Neben ihrem Mann sitzend, hatte sie aufmerksam Eintragungen in ein Notizbuch gemacht, das mit Daten, Nummern und Namen gefüllt war, und als die Brüder näherkamen, hatte sie, obwohl sie charmant lächelte, auch auf das Ziffernblatt ihrer Armbanduhr getippt, um Arnaz an die Zeit zu erinnern.

Gleich darauf tranken sie schon Champagner, die Flasche in einem goldenen Eiskübel kaltgestellt. Lucille Ball nickte, lächelte freundlich, und beugte sich von Zeit zu Zeit hinüber, um ihrem Mann etwas ins Ohr zu flüstern. Bald schon aber hielt sie sich zurück, wie es die Frauen damals taten, und ließ die Männer ihre Panatellas aus Havanna rauchen, einander zuprosten und sich unterhalten.

Da das zu einer Zeit war, als alle Kubaner in New York sich untereinander kannten, war die Frage unausweichlich: »Und aus welchem Teil von Kuba kommt ihr Jungs?«

»Aus einer Stadt namens Las Piñas, du wirst sie kennen, eine Stadt mit einer Zuckerfabrik in Oriente.«

»Natürlich, ich komm ja aus Santiago de Cuba. Ich bin auch aus Oriente.«

Das Wissen, daß sie alle aus demselben Teil der Welt stammten, ließ sie Arnaz nochmals die Hand schütteln und ihm zunicken, als würden sie sich schon Jahre und Jahre kennen.

»Wir sind bei der Zuckerfabrik aufgewachsen und zogen dann auf eine Farm, als unser Vater es mit Viehzucht versuchte«, erzählte Cesar. »Aber ich mußte einfach weg dort und auch meinen Bruder hierherbringen. Den Viechern die Köpfe abschneiden, das war nichts für uns ... Außerdem wollte ich schon immer Sänger werden, *tú sabes*, seit meiner Kindheit hab ich mich dauernd bei Musikern rumgedrückt und mich bemüht, von ihnen was zu lernen.«

»Bei mir«, sagte Arnaz, »war's genau dasselbe.«

Beim Reden über die Tanzlokal-Szene in Oriente entdeckten sie, daß sie noch etwas gemeinsam hatten: Beide hatten sie auf Kuba für denselben Orchesterchef gearbeitet, für Julián Garcia und sein Orchestra Tipica.

Bei der Erwähnung dieses Namens schlug sich Arnaz mit der Hand aufs Knie. »Julián, das war schon eine Nummer. Lucy, du hättest ihn sehen sollen. Er ließ uns alle in der größten Hitze weiße Handschuhe und Anzüge tragen, sogar die Musiker, die das beim Spielen behinderte. Und dauernd schleppte er Palmen und griechische Statuen herum, um dem Orchester ein wenig Klasse zu geben – war's bei euch noch so?«

»Ganz genau so!« Cesar blies eine blaue Rauchwolke aus. »Weißt du, Arnaz, ich könnte schwören, an dem Tag, wo ich meinen Job als Sänger bei Julián gekriegt hab, daß ich dich da in Santiago gesehen hab. Du hast an diesem Tag am Rand der Bühne gesessen ... hinter einer Harfe oder sowas. Ich kann mich nicht genau erinnern, aber ich erinnere mich an deinen Namen auf den Plakaten vor dem Tanzsaal, wo Julián in Santiago seine Proben hatte.«

»Auf diesem steilen Hügel, wo man vom Gipfel aus den Hafen sehen konnte?«

»Genau der. Der Tanzsaal auf der Zayas-Straße.«

»Ja! In welchem Jahr war das, *coño*?«

»Neunzehn . . . «

» . . . siebenunddreißig. Muß es gewesen sein, weil ich in dem Jahr in die Staaten ging.«

»Ja, und Julián sagte, ich wär der Ersatzmann für einen Sänger, der in die Staaten gehen würde! Wenn ich so daran denke, dann warst du an genau dem Tag in dem Saal, als ich zu meiner ersten Probe kam, du saßt da und zupftest eine Gitarre. Richtig?«

»Ja, jetzt fällt's mir wieder ein. Ich wartete gerade auf einen Freund. Sag mal, Moment mal, haben wir nicht miteinander gesprochen?«

»Ja.«

Und dann, auf die Art, wie Kubaner wirklich herzlich werden, erfanden Arnaz und Cesar ihre Vergangenheit neu, so daß sie in Wirklichkeit vermutlich gute Freunde gewesen waren.

»Fast zwanzig Jahre ist das her, man stelle sich vor? *Dios mío*«, sagte Arnaz. »Fast zwanzig Jahre weg wie nichts.«

(Und plötzlich stand der Tag, an dem er Arnaz zum ersten Mal getroffen hatte, daheim auf Kuba, vor ihm, klar wie das Licht am Morgen: Er war neunzehn Jahre alt und ging einen steilen Hügel in Santiago de Cuba hinauf. Um diese Tageszeit zog die westwärts wandernde Sonne die Schatten der Balkone und Hausdächer ins Unendliche. Oben auf dem Hügel war eine Frau, die den vom Aufstieg erschöpften Vorbeikommenden ein Glas kühles Wasser anbot. Auf der Hügelkuppe stand die sengende Scheibe der Sonne, und dann das Tanzlokal selber mit seiner Zuflucht von schattigen Arkaden und Kühle hinter schweren Eichentüren. Cesar erinnerte sich, wie er über die Bühne des Tanzsaales geblickt und durch die Saiten einer spanischen Harfe hindurch einen gutaussehenden jungen Mann neben dem Klavier sitzen gesehen hatte, den er als einen *gallego*, wie er selber einer war, einschätzte. Neben dem jungen Mann saß ungeheuer fett Julián Garcia, den Kopf feucht von zerrinnendem Haarfärbemittel und Schweiß, und blätterte in Noten.

»Und womit willst du beginnen, mein Freund?«

»Maria la O.«

Julián stimmte die Akkordbegleitung zu diesem *canción* von Lecuona an. Cesar, den Strohhut mit schwarzem Band in der Hand und nervös angesichts der Chance, bei Julián Garcia zu spielen, sang sich das Herz aus dem Leib, setzte lang ausgehaltene hohe Töne ans Ende einzelner Phrasen und ruderte dramatisch mit den Armen. Als er fertig war, grunzte Julián und meinte: »Gut«, und der junge Sänger nickte. Dann ging Julián noch ein paar andere Lieder mit ihm durch, und zufrieden mit Cesars Gesang sagte er zu ihm: »Du kommst morgen wieder, wenn die anderen Musiker da sind, hä?«

Der junge Mann, eine dicke Tolle lockigen, schwarzen Haares hing ihm in die Stirn, sah herüber und lächelte Cesar zu. Er zupfte Akkorde auf der Gitarre, um die Zeit totzuschlagen, während er darauf wartete, daß ein Freund mit seinem Auto kam. Er hatte zugesehen, wie Julián mit Cesar das Repertoire durchging, in der Hauptsache die schwermütigen Boleros und Habaneras von Ernesto Lecuona, damals *der* kubanische Komponist schlechthin. Als Julián Cesar hinausbegleitete, rief Arnaz ihm nach: »He, das war ziemlich gut, mein Freund. Desiderio Arnaz heiß ich«, und streckte ihm freundschaftlich die Hand entgegen. Und nach dem Händeschütteln schlug Arnaz, der vom Warten im Tanzsaal genug hatte, vor, sie sollten zusammen den Hügel hinunter gehen, wo es eine kleine Bar gab.

»Wenn mein Freund hier auftaucht«, sagte er zu Julián, »sag ihm, ich bin in der Bar.«

Sie tranken ein paar Biere zusammen, redeten über Julián und die Frauen und das Leben als Musiker, bis Arnaz' Freund am Eingang auftauchte. Arnaz machte sich auf den Weg in die Zukunft. »Hoffe, du bringst es zu was beim Orchester. Für mich jedenfalls geht's ab nach Havanna.«)

»Also warst du's doch. Ich dachte mir schon, daß dein Gesicht mir irgendwie bekannt vorkommt. Es ist schon komisch im Leben, was? Wer hätte gedacht, daß wir uns nach all den Jahren noch einmal treffen und hier zusammensitzen würden?«

Er hob das perlende Champagnerglas und prostete ihm nochmals zu.

»Damals war ich neunzehn«, erzählte Cesar. »Ein Bauer von der Farm. Außer ein paar Ausflügen hier und da in Oriente und ein paar kleinen Reisen auf dem Maultier über Land war es für mich das erste

Mal in der großen weiten Welt. Aber was waren das nicht für Tage damals! Eine tolle Zeit in meinem Leben, das Singen bei Juliáns Orchester. Es war schön, für die Leute zu spielen.«

Arnaz nickte: »Ich kenn das Gefühl ganz genau, ich war nicht viel älter als du, und da war ich, unterwegs nach Havanna, mit ein paar Pesos in der Tasche, einer Gitarre und dem Plan, mit meiner Nummer in die Staaten zu gehen. Zuerst nach Miami und dann vielleicht Tampa, Hialeah und Fort Lauderdale.« Er schaute weg, das Gesicht schmerzlich verzogen in wehmütiger Erinnerung an die Jugend.

»Schließlich bin ich in New York gelandet und hab in den Clubs hier gearbeitet. Genau wie ihr Jungs auch. Ein paarmal hab ich ziemliches Schwein gehabt, jemand hörte mich singen und Conga spielen, und das nächste, was ich weiß, ist, ich bin in New York am Broadway und spiel so eine Art Don Juan in einem Musical, *Too Many Girls* hieß es, war'n Glücksfall, und seither ist es immer gut gelaufen.«

Aber dann sah Arnaz einen Augenblick lang zur Seite und in seinen Augen lag eine momentane Müdigkeit und ein wenig Überdruß. »... Aber das Leben hier ist immer so viel Arbeit.« Und er blies den Rauch aus. »Ihr Burschen wißt, was ich meine?«

»Ja«, pflichtete Cesar bei. »Ich weiß, was du meinst, *hombre*. Einen Tag in den Tropen, den nächsten bis zu den Knien im Schnee. Einen Tag bei irgendwem auf der Terrasse in der Sierra und am nächsten in der U-Bahn. Einen Moment hier und im nächsten woanders, einfach so, pffft.«

An diesem Punkt kamen die anderen Mambo Kings mit schwarzen Instrumentenkoffern in der Hand herüber, um für heute gute Nacht zu sagen und sich bei Mr. Arnaz nochmals für die Drinks zu bedanken. Sie drängten sich alle um den Tisch, nickend und lachend, während Arnaz auf Spanisch mit ihnen herumalberte und ihnen Komplimente machte. Währenddessen beugte Cesar sich zu seinem jüngeren Bruder hinüber, besprach sich mit ihm und sagte dann, als die anderen gegangen waren, zu Arnaz: »Wir machen heut noch ein spätes Abendessen bei uns in der Wohnung, *uptown* in der La Salle-Street. Darf ich dich und deine Frau einladen, mitzukommen und mit uns zu essen? Die Frau meines Bruders kocht immer ein richtiges Festmahl, und heute gibt es *arroz con pollo*, schwarze Bohnen und *plátanos*.«

Und Arnaz beratschlagte mit seiner Frau. Sie hörten sie sagen: »Aber Liebling, wir haben doch morgen früh zu tun.«

»Ich weiß, ich weiß, aber ich bin hungrig, und wer will jetzt noch in ein Restaurant?«

Also wandte er sich um und sagte zu den Brüdern: »Warum nicht?«, und kurz danach standen sie in ihren langen Mänteln und breitkrempigen Hüten schon draußen auf der Straße, bliesen in die hohlen Hände und stampften mit den Füßen auf den Bürgersteig. Während sie drinnen gewesen waren, hatte es zu schneien begonnen, und es kam immer noch dicht herunter, ein Himmel von Schnee fiel auf jede Straße und jedes Haus, jede Markise, jedes Auto, jeden Baum.

Cesar stand auf der Straße und winkte ein Taxi herbei, und gleich darauf drängelten sie sich alle wohlig im Wagenfond zusammen. Nestor und Cesar saßen auf den kleinen metallenen Klappsitzen, mit dem Gesicht zum Heckfenster und zu ihren neuen Freunden.

Oder vielleicht hatten sie Arnaz auch einfach nur so kennengelernt; ihre Musik gefiel ihm und er kam an der Bar auf sie zu und sagte: »Hättet ihr Jungs Lust, in meiner Show dabeizusein?« Ganz geschäftsmäßig, auf seinem Gesicht die Müdigkeit der Verantwortung. Oder vielleicht hatte er auch etwas von Überdruß und Erschöpfung an sich, das Cesar und Nestor an ihren Vater, Don Pedro, unten auf Kuba erinnerte. Vielleicht hatte er traurig gegähnt und gesagt: »*Me siento cansado y tengo hambre* – ich bin müde und hungrig.« Wie auch immer, er und seine Frau begleiteten die Brüder *uptown* in die La Salle-Street.

Ihr Taxi war Ecke Broadway und 124ste Straße in Richtung La Salle-Street abgebogen. Als Arnaz aus dem Taxi stieg, hinter ihm seine Frau, brauste ein Zug aus der Hochbahnstation auf der 125sten Straße. Ansonsten war die Welt still. Die Straße hinauf und hinunter waren Häuserreihen mit gelb erleuchteten Fenstern und den Silhouetten der Menschen darin. Arnaz hatte eine italienische Aktenmappe dabei, Cesar eine Gitarre und Nestor seine Trompete. Nach ihnen kam Miguel Montoya, den sie mit eingeladen hatten. Mit seinem Mantel mit Pelzkragen, seinen vornehm weißen Handschuhen, seinem Spazierstock mit Elfenbeinspitze, stellte er eine Art weibischen, aber würdevollen Dandy dar. Er war fünfundfünfzig Jahre alt und bei weitem der kultivierteste von den Mambo Kings. Er verbeugte sich und hielt Leuten die Tür auf, verwendete gelegentlich ein französisches Wort – »Merci« oder »Enchanté« – womit er Eindruck auf die Frau von Arnaz machte und ihr Herz gewann.

Das Haus in der La Salle-Street entsprach keineswegs dem, was Arnaz und seine Frau gewohnt waren: Sie hatten Häuser in Connecticut und Kalifornien und ein Apartment in Havanna. Und es entsprach auch nicht dem, was die Brüder von Kuba her kannten, ein bescheidenes Haus aus Kiefernholz mit Blick auf ein von Obstbäumen gesäumtes Feld, das in der späten Nachmittagssonne von Vogelstimmen schwirrte, ein praller Himmel mit Streifen aus rotem, gelbem, rosa und silbernem Licht, flammenden Baumwipfeln und Amseln mit einem Stich Orange im Gefieder. Nein, es war ein sechsstöckiges Gebäude, die Art, bei der man nicht einmal im Traum daran denken würde, dort für den Rest seines Lebens zu wohnen, nahe einer Hügelkuppe gelegen, mit einer schlichten kleinen Eingangstreppe, Kellerstiegen und einem schmalen, trübe beleuchteten Eingang. Der einzige Fassadenschmuck, ein steinerner Ibis über der Haustür, war 1920 angebracht worden, als alles Ägyptische der letzte Schrei war.

Während Nestor die Tür aufsperrte, fühlte er sich ein wenig nervös und befangen; seit dem Tag ihrer Ankunft vor sieben Jahren war er so. Seine Hände zitterten, als er den Schlüssel ins Schloß zu stecken versuchte. Die Kälte machte es ihm auch nicht leichter, möglicherweise hatte sie das Metall vereist. Alle warteten geduldig, und schließlich öffnete sich die Tür auf einen engen Hausflur, in dem eine einsame Glühbirne von einem dicken schwarzen Draht herabbaumelte, verdreht wie ein Fragezeichen über den Postfächern. Dann war da noch ein verdreckter Spiegel und das Treppenhaus, und von der zweiten Tür, der Wohnstatt von Mrs. Shannon, der Hauswirtin, kam ein strenger Geruch nach Hundehaaren, Kohl, und, schwach, Urin.

Nestor, der sich gern seiner Reinlichkeit rühmte, rümpfte die Nase und setzte zu einer Entschuldigung an für das, was da ihre Augen und Nasen beleidigte, doch Arnaz, der seine Verlegenheit spürte, gab ihm einen guten, freundschaftlichen, kubanischen Klaps auf den Rücken und sagte so beschwichtigend wie möglich: »Ah, was für ein nettes Haus ihr hier habt.« Seine Frau aber verdrehte die Augen und sah ihren Mann mit einer Art »Das darf doch nicht wahr

sein«-Blick an; dann lächelte sie charmant ihr berühmtes rubinlippi-
ges Lächeln.

Dann, als sie die Treppe in den vierten Stock hochkletterten,
begann Arnaz die Melodie des Liedes zu pfeifen, das er an diesem
Abend schon einmal gehört hatte, »Beautiful Maria of My Soul«,
und während er vor sich hinpfiff, dachte er über die schreckliche
Düsterkeit nach, die Nestor allem Anschein nach plagte. Er dachte:
»Natürlich, er ist ein *gallego**, und *gallegos* haben Schwermut im
Herzen.« Trotzdem tat Arnaz der jüngere Bruder leid, der selten
lächelte, ganz anders als die gesellige Seele, die sein älterer Bruder
war.

Als ihm der gute Essensgeruch auf dem Flur der Wohnung in die
Nase stieg, klatschte Arnaz in die Hände und rief aus: »*Qué bueno*!
Wie wunderbar!« Er ging über den Flur, dessen Wände mit gerahmten Photographien von Musikern und mit Portraits von Christus und
den Aposteln bedeckt waren.

»Fühl dich ganz wie zu Hause, *compañero*«, sagte Cesar auf seine
übliche freundschaftliche Art. »Das ist jetzt auch dein Zuhause,
Arnaz.«

---

* Wer waren die *gallegos*? Die arrogantesten Kubaner, sagen die einen.
Die fleißigsten und ehrlichsten Kubaner, eigensinnig, ehrgeizig, wil-
lensstark und stolz, sagen andere. Der Name *gallego* steht für Kubaner,
deren Vorfahren aus Galicien gekommen waren, einer Provinz von
Seehäfen, morgendunstverhangenen Äckern (eine blaugrüne und nebe-
lige Gegend, wie Schottland) und zerklüfteten Bergen, im nordwest-
lichen Winkel von Spanien gelegen. Nördlich von Portugal – dem Port
der Gallier – in den Atlantik hineinragend, war Galicien von den
Römern, den Kelten, den Galliern, den Sueben und den Westgoten
besetzt worden, von denen die Galicier ihre Streitlust und ihre manchmal schwermütige Lebenssicht hatten. El Cid war ein *gallego*. Ebenso
die meisten der spanischen Soldaten, die im neunzehnten Jahrhundert
zur Niederschlagung von Revolten nach Kuba entsandt wurden. Ein
weiterer *gallego*? Franco. Noch andere? Angel Castro, ein spanischer
Soldat, der sich in der Provinz Oriente niederließ, wurde ein Groß-
grundbesitzer, und sein Sohn Fidel, ehrgeizig, arrogant und großspurig,
sollte der absolute Herrscher im Land werden. In jüngster Zeit wird der
Begriff *gallego* auf Kuba als Bezeichnung für hellhäutige Kubaner oder
nicht auf Kuba ansässige Spanier auf der Durchreise verwendet.

»Danke. Sag doch, Lucy, ist es nicht nett hier?«

»Ja, wirklich, Desi, einfach prima.«

»Ah, rieche ich da etwa *plátanos*?«

»*Plátanos verdes*«, rief eine Frauenstimme aus der Küche.

»Und *yuca* mit *ajo*?«

»Ja«, sagte Cesar glücklich. »Und wir haben Wein und Bier da!« Er hob die Hände. »Und Rum!«

»*Qué bueno!*«

Es war gegen ein Uhr früh, und Delores Castillo stand in der Küche und wärmte die Töpfe mit Reis und Huhn und Bohnen, und in einer Bratpfanne brutzelten die Bananen. Sie hatte das Haar zu einem Knoten aufgesteckt und eine fleckige Schürze um. Als sie alle in die Küche drängelten, erkannte Delores den berühmten Arnaz und seine Frau.

»*Dios mío!*« rief sie. »Wenn ich gewußt hätte, daß Sie kommen, hätte ich erst noch saubergemacht.«

Als sie die Fassung wiedergewann, lächelte Delores so wunderschön, daß Arnaz zu ihr sagte: »Mrs. Castillo, Sie sind eine zauberhafte Frau.« Die Mäntel wurden ins Schlafzimmer gelegt, und bald versammelten sich alle um den Küchentisch. Während die Männer sich auf das Essen stürzten, eilte Delores über den Flur und weckte ihre Kinder. Eugenio hatte kaum richtig die Augen offen, als er merkte, wie er durch den Flur getragen wurde und seine Mutter zu ihm sagte: »Ich möchte dir jemanden zeigen.« An der Küchentür ließ sie ihn runter, und als er aufblickte, sah er nur das in diesem Haushalt übliche Bild: eine überfüllte Küche, kauende Münder, offene Bier- und Rumflaschen auf dem Tisch. Und der nette Mann, der seine Mutter so aufgeregt machte, sah auch nur aus wie einer von den vielen anderen Musikern, die in diesem Haus ein und aus gingen. Und der Name Desi Arnaz sagte ihm damals noch nichts, es war einfach irgendein Name, den er hörte, als sie ihn vorstellte.

»Mr. Arnaz, das ist unser Junge, Eugenio. Und das ist Leticia.«

Desi Arnaz langte herüber und kniff ihn in die Wange und tätschelte Leticia den Kopf. Dann wurden sie ins Kinderzimmer zurückgebracht und schliefen wieder ein, im Hintergrund spanischsprechende Stimmen in der Küche, die Musik vom Plattenspieler, Lachen und Händeklatschen, alles Dinge, wie sie sie in so vielen anderen Nächten auch hörten.

Alle lachten. Lucille Ball erzählte, wie sie zum erstenmal nach

Kuba gefahren war und ein kubanisches Essen kochen mußte, um Eindruck auf Desis Familie zu machen. »Ich hab fast das Haus niedergebrannt!«

»Ajj, erzähl schon«, sagte Arnaz.

»Aber am Ende ist es doch gut geworden. Jedenfalls, *señora*, weiß ich, wieviel Arbeit Sie damit haben. Diese ganzen Kochbananen zerstampfen und alles in Packpapier und das richtig hinkriegen.«

Plötzlich fielen ihr wieder die Spaziergänge auf der Wiese vor dem *ingenio* von Arnaz' Familie unten in Oriente ein. Zuerst hatte sie Angst vor der stockdunklen Landschaft, dann aber begann sie die Schönheit des Nachthimmels zu genießen, der von den Kometenschweifen der Sternschnuppen durchzogen war.

»Aber schließlich schaffte ich es, die Bananen in Packpapier zu zerstampfen und die richtige Menge Salz, Knoblauch und Zitrone dazuzutun. Genau, wie Sie's mit denen hier gemacht haben.«

Von der Victrola, wie Cesar den RCA-Plattenspieler im Wohnzimmer immer noch nannte, kam Musik: Zuerst legte er den fabelhaften Beny More auf, einen seiner Lieblinge, danach eine von den eigenen Aufnahmen der Mambo Kings mit dem Titel »Twilight in Havana«. Arnaz am Küchentisch machte einen quietschvergnügten Eindruck, stürzte sich auf die Platten mit Essen, die man ihm hinstellte, und sagte Dinge wie: »*Qué sabroso!* Ihr wißt gar nicht, wie angenehm es ist, sich zur Abwechslung mal ganz zu entspannen.«

Sie waren froh zu hören, daß Arnaz sich wohlfühlte. Nach ein paar Drinks war es Cesar nicht mehr so wichtig, wie berühmt er war; er war glücklich, einen *compañero* bei sich in der Wohnung zu haben und begann, sobald sich der Rum einmal in seinen Kopf hochgearbeitet hatte, ihn ganz ernsthaft zu bemitleiden.

Da ist nun ein Mann so berühmt und doch überglücklich über das allereinfachste Essen, dachte er. Wahrscheinlich hat er es satt, die ganze Zeit mit den Rockefellers zum Essen auszugehen.

Nestor hatte indessen allmählich das Gefühl, daß sie Arnaz zuviel zumuteten. Er stand in einer Ecke des Raumes und spielte mit seinem Uhrband herum. Er hatte gesehen, wie Lucille Ball rot geworden war, als Cesar noch eine Flasche Rum aufmachte.

»Schatz, vielleicht sollten wir langsam ans Nachhausegehen denken«, sagte sie zu Arnaz. Aber dann kam Cesar mit seiner brasilianischen Gitarre aus Orangenholz herein und gab sie Arnaz. »Spiel ein kleines Lied für uns, Arnaz.«

»Warum nicht« – und er nahm die Gitarre auf den Schoß und schlug einen c-Moll-Akkord an, dabei strich er mit der Hand so schnell über die Saiten, daß der Resonanzkörper vibrierte wie ein Fensterladen, gegen den der Wind schlug, und begann einen seiner größten Hits zu singen, »Babalú«.

»Oh, großer Babbbbbbbaaaaaaallluuuuu, oh, warum hast du mich verlassen?«

Cesar schlug mit der Hand rhythmisch auf den Tisch, und Nestor, der sich nun mitreißen ließ, begann Flöte zu spielen ... Dann stimmte Arnaz *Cielito Lindo* an, und spätestens jetzt bildeten alle in der Küche einen Kreis von eingehängten Armen und glücklich schunkelnden Körpern.

Gespielt wie ein Walzer, war *Cielito Lindo* die Art von Lied, die eine liebevolle Mutter ihren Kindern beim Zubettgehen vorsang, und deshalb fielen den beiden Mambo Kings wunderbare Dinge von ihrer Mutter ein, und deshalb schloß Arnaz die Augen in wohligem Gedenken an seine eigene liebende Mutter auf Kuba.

(Nestor erinnerte sich daran, wie er als ängstliches Kind oft aus einem bösen Traum erwachte, schweißbedeckt, mit pochendem Herzen und einem Gefühl von Hilflosigkeit: Der Mond zog bedrohlich am Fenster vorbei, und das Moskitonetz, das an Haken von der Decke hing, schien zu atmen wie ein lebendiges Wesen, Schatten krümmten sich zu Tiergestalten, und er schrie, damit irgendjemand käme und ihn rettete, einer seiner Brüder, sein Vater, am liebsten aber seine Mutter; sie zog das Netz auseinander und setzte sich zu ihm ans Bett, flüsterte ihm Geschichten ins Ohr und sang ihm leise vor. Und Cesar erinnerte sich an ihre Stimme, wenn sie ihm im Garten hinter dem Haus in einer Metallwanne das Haar wusch, das Sonnenlicht zerstäubte das fließende Wasser zu rot- und rosastichigen Sprühfontänen, und an das wunderbare Gefühl, wenn sie ihm mit den Händen über den Nacken und durchs Haar fuhr. Und bei Arnaz? Da war es das Bild seiner Mutter, wie sie die leeren Stunden des Nachmittags mit Liedern füllte, die sie auf dem Pianino im Salon ihres herrschaftlichen Hauses in Santiago spielte. Allein diese Gedanken rührten die drei Männer fast zu Tränen.)

Dann aber, gegen drei, tippte Lucille Ball wieder auf ihre Uhr und sagte zu Arnaz: »Jetzt müssen wir aber, Liebling.«

»Ja, natürlich. Morgen heißt's arbeiten, immer nur arbeiten. Tut mir leid, daß wir schon gehen müssen, aber vorher möchte ich euch noch was sagen. Dieser *canción*, den ihr Jungs heute abend im Club gespielt habt, ›Beautiful Maria‹, der gefällt mir wirklich, und ich meine, ihr solltet zu mir in die Show kommen und es dort spielen.«

»In die Nachtclub-Show?«

»Nein, ich rede von meiner Fernsehshow.«

»Aber ja!«, sagte Cesar. »Natürlich, laß uns nur wissen, was wir zu tun haben. Ich geb dir unsere Adresse.« Und er sauste in den Flur auf der Suche nach etwas zum Schreiben und einem Stück Papier. Später war Cesar draußen auf dem Broadway und versuchte, für Arnaz und seine Frau, die auf dem schneebedeckten Bordstein warteten, ein Taxi herbeizuwinken. Miguel Montoya hatte beschlossen, über Nacht zu bleiben und die Castro-Bettcouch im Wohnzimmer zu riskieren. Sie waren etwa zwanzig Minuten dort draußen, ehe sie ein Taxi erwischten, dessen schwere, schneekettenbewehrte Reifen langsam die verschneite Straße heraufrollten.

Arnaz schüttelte Cesar Castillo die Hand. »Ich bin froh, daß wir Gelegenheit hatten, uns kennenzulernen, mein Freund. Ihr hört demnächst von mir. Okay? Also, *cuídate*, paßt auf euch auf.«

Dann stiegen Arnaz und seine Frau ins Taxi und verschwanden in die Nacht.

*D*esi Arnaz hielt sein Versprechen, und drei Monate später saßen die Brüder im Flugzeug nach Hollywood, Kalifornien. Cesar machte die Reise wirklich Spaß, es machte ihm Spaß, in dieser viermotorigen Maschine zu fliegen und zu beobachten, wie die Wolken im Sonnenlicht verglühten. Aber Nestor? Er konnte sich einfach nicht vorstellen, wie all dieses Metall sich in der Luft halten sollte. Der lange, elfstündige Nonstopflug machte ihm Angst. Er blieb in seinem Sitz, die Hände nervös verknotet, und sah ängstlich aus dem Fenster auf die Wolken. Cesar saß in aller Ruhe da, schrieb Postkarten und ein paar Liedzeilen, las Zeitschriften und ließ es sich wohlsein. Sie flogen Erste Klasse, was bedeutete, daß die Stewardessen den Passagieren jeden Wunsch von den Augen ablasen. Cesar gefiel eine Stewardeß besonders, die das hübscheste kleine Paar *nalgitas* – Pobacken –, die ernstzunehmendsten *nalgitas* hatte, die er seit langem gesehen hatte, und wenn sie den Gang hinunterlief, stieß Cesar seinen Bruder mit dem Ellbogen an, damit

Nestor ihre federnde Fülle nicht verpaßte. Aber der war zu sehr mit sich selber beschäftigt, machte sich zu viele Sorgen darum, wie alles verlaufen würde, als wäre jede kleine Panne sein Tod. Die Vorstellung, in der Show aufzutreten, machte ihm Angst.

Für Cesar war alles klar und einfach, und er machte sich nicht viele Gedanken darüber, außer daß es für sie eine gute Gelegenheit sein würde, ein paar Dollar zu machen. Man würde sie sehen und das Lied hören: »Beautiful Maria of My Soul«. Und daraus könnte der erste große Hit der Mambo Kings werden. Die Vorstellung, im Fernsehen aufzutreten? Cesar hatte nicht die geringste Ahnung vom Fernsehen. Hin und wieder sahen sie sich bei einem Freund Boxkämpfe an oder auch Sendungen in Schaufenstern von Elektroläden, aber keiner der Brüder hatte je auch nur davon geträumt, in der *I Love Lucy*-Show aufzutreten.

Und das Lied, das an diesem Abend im Mambo Nine Club das Interesse von Arnaz gefesselt hatte? Selbst Cesar mußte zugeben, daß es ein großartiges Lied war, ein richtiger Ohrwurm. Er hatte mit den Jahren ziemlich die Nase voll davon, von Maria zu hören; eines Tages aber war er ins Wohnzimmer gekommen, als Nestor, der zweiundzwanzig Versionen von diesem *canción* geschrieben hatte, es wieder einmal sang. Und es klang so gut wie einer von diesen Evergreens, bei denen die Leute mitten in der Nacht feuchte Augen bekamen. Normalerweise ärgerte sich Cesar, wenn er hörte, daß Nestor schon wieder an einer neuen Version arbeitete, aber an diesem Tag sagte er zu seinem jüngeren Bruder: »Du kannst jetzt aufhören. Es ist perfekt. Ein großartiges Lied, Bruderherz«, und er klopfte ihm auf den Rücken. »Und jetzt freu dich, daß du's los bist.«

Nestor aber freute sich über gar nichts und brütete in einem fort wie ein verkrachter Poet oder ein alter Mann.

»Nestor, du bist fast dreißig Jahre alt, du hast eine Frau, die dich liebt, und zwei Kinder«, sagte Cesar. »Wann willst du endlich ein Mann werden und aufhören, dich zu Tode zu sorgen? Wann wirst du endlich aufhören, so ein Schlappschwanz zu sein?«

Das ließ Nestor zusammenzucken.

»Tut mir leid«, sagte Cesar zu ihm. »Sei einfach glücklich. Und mach dir keine Sorgen, Brüderchen, denn du hast ja immer noch deinen Bruder Cesar, der sich um dich kümmert.«

Gerade, als er das sagte, geriet die Maschine in ein Luftloch, sackte einige hundert Fuß ab und fing an zu rütteln.

Und, wie das Flugzeug, schüttelte es auch Nestor. Er war schon immer sehr nervös gewesen, wenn auch Trompetespielen und Singen eine beruhigende Wirkung auf ihn hatten, und er hatte auch gelernt, sich vor seinen Kindern, Leticia und Eugenio, zu beherrschen.

»Egal, was tu tust«, hatte Cesar einmal gesagt, »vor deinen Kindern sei ein Mann. Du willst doch nicht, daß sie total versaut sind, wenn sie groß werden.«

Desilu Productions brachte sie im Hotel Garden of Ali Baba unter, mit einem Swimmingpool, stacheligen Palmen und jungen Starlets, die sich in der Sonne räkelten. Jedesmal, wenn sie sich auf den Weg vom Hotel zu den Proben machten, kippte Nestor ein Glas Whisky, manchmal auch zwei. Das hatte er sich durch das Spielen in großen Tanzlokalen angewöhnt. Das Fernsehstudio war auf der Selma Avenue, und es herrschte soviel Betrieb dort, daß es keinem auffiel, wenn Nestor leicht betrunken ankam. Die eigentliche Aufzeichnung der Sendung sollte an einem Freitag stattfinden, und die Schauspieler und Musiker würden drei Tage Zeit für Proben haben. Alle, die mit der Show zu tun hatten, waren nett zu den Brüdern. Zu den Kubanern, die er engagierte, war Desi Arnaz besonders freundlich und großzügig. Wen immer man damals nach Desi Arnaz fragte, jeder sprach von seiner Freundlichkeit und Fürsorge für die Leute, die für ihn arbeiteten. Er war ein verantwortungsvoller *patrón*. Schließlich war der Mann Kubaner und wußte, wie sich ein Mann zu benehmen hatte.

Sie erschienen um zehn zu den Proben und verbrachten den Großteil des Tages damit, mit den anderen Musikern herumzustehen und bei der Zusammenstellung des Orchesters zuzusehen: Viele von seinen Mitgliedern waren amerikanische Musiker, die in verschiedenen Bigbands in Kalifornien gespielt hatten, aber es gab auch ein paar Kubaner, mit denen die Brüder Karten – Whist – spielten, um die Zeit totzuschlagen.

In der Show hatten sie nicht viel zu tun. Sie sollten hereinkommen und dann das Lied spielen. Was ihre Fähigkeiten als Schauspieler betraf, so sagte Arnaz, der sich selbst um alles kümmerte, den Brüdern, sie sollten einfach sie selber sein – immer mit einem Klaps auf den Rücken. Nestor aber nahm die Drehbuchseiten mit ihren paar Zeilen Dialog heraus und las sie wieder und wieder durch. (Ein Teil von diesem Drehbuch, vergilbt und eingerissen, findet sich auch unter den Sachen des Mambo Kings in seinem Zimmer im

Hotel Splendour.) Selbst als Arnaz ihnen sagte: »Macht euch keine Sorgen, auch wenn ihr euren Dialog schmeißt, wir kümmern uns schon drum. *Pero no te preocupes*, okay?«

Trotzdem schien Nestor sich so viele Sorgen zu machen. Er war ein seltsamer Mann, so gefaßt und vernünftig in manchen Dingen, dann wieder verloren und verwirrt.

An dem Tag, als sie die Show vor Publikum tatsächlich aufzeichneten, konnte Nestor sich kaum rühren, so sehr wollte er weg von alldem. Er verbrachte den Nachmittag damit, in ihrem Hotelzimmer auf und ab zu tigern, ein schwitzendes Nervenbündel. Und im Studio selbst blieb er in den Kulissen, lehnte sich gegen einen Cola-Automaten, und sah den hektischen Elektrikern, Ton- und Lichttechnikern, Kameraleuten und Skriptgirls um ihn herum zu, als ginge das Leben an ihm vorbei. Irgend etwas daran, dieses Lied, Marias Lied, vor Millionen Menschen zu singen, machte ihm Angst. Seine Furcht verdroß Cesar, der ständig zu ihm sagte: »*Tranquilo, tranquilo, hombre*. Und vergiß nicht, wir werden Arnaz dort draußen bei uns haben.«

Nestor muß ziemlich übel ausgesehen haben, denn einer von Arnaz' Musikern, ein netter, dicklicher, glatzköpfiger Bursche aus Cienfuegos, der bei Arnaz Congas und Bongos spielte, ging zu ihm und fragte: »Alles in Ordnung, mein Freund?« Dann nahm er Nestor beiseite und gab ihm ein paar Schluck Rum aus einer kleinen Flasche, die er in der Tasche hatte. Das beruhigte Nestor tatsächlich, und kurz darauf kam das Mädchen von der Maske und betupfte ihnen Nase und Stirn mit Puder. Ein anderer Assistent saß da und stimmte Cesars Gitarre auf ein Klavier ein. Ein dritter Assistent führte sie zu der Stelle, von der aus sie auf die Bühne kommen sollten. Dann kam Arnaz selbst aus seiner Garderobe, lächelte und winkte den Brüdern zu. Dann sah Cesar ihn wie vor jedem Auftritt mit seinem jüngeren Bruder von oben bis unten an, stäubte ihm Fusseln vom Jackett, zog es am Saum herunter, um sicherzugehen, daß es in den Schultern gut saß, und klopfte Nestor auf den Rücken. Dann begann das Orchester das *I Love Lucy*-Thema zu spielen, jemand gab ihnen ihr Stichwort, und sie gingen gemeinsam, Gitarre und Trompete in Händen, hinaus.

Es war 1955, und Lucille Ball war in ihrem Wohnzimmer beim Saubermachen, als sie ein Klopfen an der Tür ihres Apartments in Manhattan hörte, jemanden, der sanft pochte.

»Ich kooooomme«, antwortete sie und strich sich auf dem Weg zur Tür über die Frisur.

Draußen standen zwei Männer in weißen Seidenanzügen mit schmetterlingsförmigen Schleifen, neben ihnen schwarze Instrumentenkoffer, Gitarre und Trompete, in der Hand schwarzbebänderte Strohhüte. Die beiden Männer nickten und lächelten, aber irgend etwas an ihnen schien traurig, zumindest im Rückblick, als wüßten sie, was mit ihnen passieren würde. Der größere und breitere von beiden, der einen öligen, nach Zuhälter aussehenden Schnurrbart trug, wie es damals große Mode war, räusperte sich und sagte mit leiser Stimme: »Mrs. Ricardo? Mein Name ist Alfonso und das hier ist mein Bruder Manny . . .«

»Ah, die Jungs aus Kuba. Ricky hat mir schon alles von euch erzählt. Kommt rein und macht es euch gemütlich. Ricky wird in einer Minute da sein. «

Mit ausgesuchter Höflichkeit verbeugten sich die Brüder und setzten sich dann aufs Sofa, ohne sich aber in die prallen Kissen zurückzulehnen. Der jüngere Bruder, Manny, dessen wirklicher Name Nestor Castillo aus Las Piñas war, schien der nervösere von beiden zu sein, seine Fußspitze trommelte auf den Boden; seine verdunkelten, irgendwie traurigen Augen blickten unschuldig und ahnungsvoll in die Welt hinaus. Hinter ihnen war ein Pianino, auf dem eine klobige Blumenschale und die Porzellanfigur eines Picadors stand; dann, vor ihnen ein Fenster mit Spitzengardine, ein Tisch, auf den die rothaarige Lucille Ball im Nu ein Tablett mit Keksen und Kaffee stellte. All das passierte in ein paar Sekunden, es war, als hätte sie gewußt, daß die beiden zu Besuch kommen würden. Aber das machte nichts – der ältere Bruder tat ein paar Stück Zucker in seinen Kaffee, rührte um und nickte der Gastgeberin dankend zu.

Herein kam Ricky Ricardo, Nachtclub-Sänger und Impresario – die Rolle, die Desi Arnaz in seiner Fernsehshow spielte. Er war ein liebenswürdig aussehender Mann mit großen, freundlichen Augen und einem dicken Schopf schwarzen Haares, glänzend wie ein Seehundfell. In Hosen mit Umschlägen, einem Jackett mit breiten Revers, einem Hemd mit niedrigem Kragen und einer schick aussehenden schwarzen Krawatte mit Klaviertastenmuster und einer krokodilförmigen Krawattennadel, sah er entschieden erfolgreich und selbstbewußt aus. Er kam herein, mit der rechten Hand in der

Jackentasche, und als er die Brüder sah, klopfte er jedem von ihnen auf den Rücken und sagte: »Manny, Alfonso! Mann, ich freu mich, euch zu sehen. Wie geht's denn so unten auf Kuba?«

»Bestens, Ricky.«

»Also, setzt euch doch und sagt mir, habt ihr Jungs euch schon entschieden, was ihr in meiner Show im Tropicana spielen wollt?«

»Ja«, sagte der ältere Bruder. »Wir haben uns entschieden, ›Beautiful Maria of My Soul‹ zu singen.«

»Ist ja wunderbar, Jungs. Ich sag dir, Lucy, wart ab, bis du die Nummer hörst, die sie mit mir fürs Finale der Show nächste Woche machen werden, ›Beautiful Maria of My Soul‹.«

Das Gesicht der Rothaarigen veränderte sich, fiel in sich zusammen, als ob jemand gestorben wäre.

»Aber Ricky, du hast doch *mir* die Chance versprochen, in der Show zu singen.«

»Also, darüber kann ich jetzt nicht mit dir diskutieren, Lucy. Ich muß die Jungs rüber in den Club bringen.«

»Bitte, Ricky, wenn du mich läßt, frag ich dich auch nie wieder. Bitte?«

Sie stand vor ihm und sah ihn so zuckersüß an und klimperte so verführerisch mit den Wimpern, daß er wieder unschlüssig wurde. »Wir werden sehen, Lucy.«

Kopfschüttelnd fing er an, mit den Brüdern rasend schnell Spanisch zu sprechen: »*Si ustedes supieran las cosas que tengo que aguantarme todes los días! Me vuelvo loco con estas americanas! Mi mamá me lo dijo, me dijo, ›Ricky, no te cases con una americana, a no ser que quieras* gewaltiges Kopfweh! *Esas americanas te pueden volver loco.‹ Mi mamá tenía razon, debía haberme casado con esa chica bonita de Cuba que nunca me puso problemas, que sabía quién le endulzaba el pan. Ella non era* verrückt, *ella me dejaba tranquilo, saben ustedes lo que quiero decir, compañeros?«**

* »Wenn ihr wüßtet, was ich mit dieser Frau jeden Tag durchmache. Diese amerikanischen Frauen können einen wirklich wahnsinnig machen. Hunderttausend Mal hat meine Mutter mir gesagt: ›Ricky‹, hat sie gesagt, ›heirate nie eine Amerikanerin, außer du willst dir gewaltiges Kopfweh einhandeln‹. Und recht hat sie gehabt, ich hätte dieses Mädchen unten auf Kuba heiraten sollen! Es gab da ein hübsches Mädchen, die mir nie Ärger machte, die wußte, was gut für sie war. Sie war nicht verrückt, sie hat mich in Frieden gelassen, ihr wißt, was ich sagen will, Freunde?«

Und dann wieder auf Englisch: »Gehen wir.«

Die Brüder setzten ihre Hüte auf, nahmen ihre Instrumentenkoffer und folgten dem Nachtclubsänger hinaus. Als er die Tür öffnete, standen seine Nachbarn vor ihm, ein untersetzter Mann mit Glatze und seine Frau, eine hübsche, leicht matronenhafte Blondine, mit Panamahüten in der Hand. Die beiden Brüder nickten ihnen zu und gingen weiter über den Flur des Apartmenthauses und dann hinaus.

Später dann zerfloß ein riesengroßes Satinherz, und hinter einem Nebelschleier erschien das Innere des Nachtclubs Tropicana. Etwa zwanzig Tische, gedeckt mit weißen Tischtüchern und Kerzen, mit Blick auf die Tanzfläche und die Bühne, an denen ganz normale, aber elegant gekleidete Leute saßen – unser heutiges Nachtclubpublikum. Gefältelte Vorhänge hingen von der Decke, da und dort standen Topfpalmen. Ein Oberkellner im Smoking mit einer überdimensionalen Weinkarte in der Hand, ein langbeiniges Zigarettenmädchen, Kellner, die von Tisch zu Tisch gingen. Dann die Tanzfläche, und schließlich die Bühne, deren Vorbau und Seitenkulissen ähnlich wie afrikanische Trommeln bemalt waren, mit Vögeln und krakeligen Voodoo-Linien; diese Muster wiederholten sich auf den Congas und den Pulten, hinter denen die Mitglieder des Ricky Ricardo-Orchesters saßen, etwa zwanzig Musiker in vier aufsteigenden Reihen hintereinandersitzend, jeder ausstaffiert mit einem Mambohemd mit Rüschenärmeln und einem mit paillettenbenähten Palmen verzierten Gilet (mit Ausnahme einer Harfenistin in einem bodenlangen Kleid und Kristallperlen). Die Musiker sahen sehr menschlich aus, sehr alltäglich, versonnen, gleichmütig oder glücklich, ausgeglichen, ihre Instrumente bereithaltend.

In der Bühnenmitte ein großes Kugelmikrophon, ein Scheinwerfer. Dann ein Trommelwirbel und Ricky Ricardo.

»Schön, Leute, heute abend habe ich etwas ganz Besonderes für Sie. Meine Damen und Herren, ich freue mich, Ihnen präsentieren zu dürfen: Direkt aus Havanna, Kuba – Manny und Alfonso Reyes. Sie singen einen selbstkomponierten Bolero, ›Beautiful Maria of My Soul.‹«

Die Brüder kamen heraus, in weißen Seidenanzügen und mit einer Gitarre und einer Trompete, verbeugten sich vor dem Publikum und nickten, als Ricky sich zum Orchester wandte und, den Taktstock in der Hand, fragte: »Fertig?«

Der ältere Bruder schlug einen a-Moll-Akkord an, die Tonart des

Liedes; eine Harfe rauschte wie aus himmlischen Höhen; der Bassist begann, eine Habanera zu spielen, und dann setzten das Klavier und die Bläser mit einem Riff aus vier Akkorden ein. Nebeneinander vor dem großen Kugelmikrophon stehend, die Stirn gerunzelt vor Konzentration, mit ernsten Gesichtern, begannen die Brüder ihren romantischen Bolero zu singen: »Beautiful Maria of My Soul«. Ein Lied über eine Liebe, so weit entfernt, daß es wehtut; ein Lied über verlorene Freuden, ein Lied über die Jugend, ein Lied über eine Liebe, so ungewiß, daß ein Mann niemals weiß, woran er ist; ein Lied über das Sichsehnen nach einer Frau, so sehr, daß auch der Tod einen nicht schreckt, ein Lied über die Sehnsucht nach dieser Frau, selbst wenn sie einen verlassen hat.

Als Cesar sang, mit bebenden Stimmbändern, schien er etwas unendlich Schönes und Schmerzliches zu sehen, das in großer Ferne geschah, mit leidenschaftlichen Augen, flehentlich, sein ernstes Gesicht fragend: »Siehst du, wer ich bin?« Die Augen des jüngeren Bruders aber waren geschlossen, sein Kopf in den Nacken gelegt. Er sah aus wie ein Mann, der dicht davor ist, in einen bodenlosen Abgrund von Sehnsucht und Einsamkeit zu stürzen.

Bei den letzten Zeilen kam der Bandleader zu ihnen, er sang mit ihnen im Chor und war so glücklich über das Lied, daß er am Ende die rechte Hand hochriß und ihm eine dicke schwarze Haarlocke in die Stirn fiel. Dann rief er: »*Olé!*« Die Brüder lächelten jetzt beide und verbeugten sich, und Arnaz in der Rolle des Ricky Ricardo rief mehrmals: »Einen netten Applaus für die beiden, Leute!« Die Brüder verbeugten sich nochmals, schüttelten Arnaz die Hand und gingen, dem Publikum zuwinkend, von der Bühne.

Nestor gab sich, das mußte man ihm lassen, wirklich Mühe. Jeden Tag las er in dem Buch über die Selbstverbesserung von Mr. D. D. Vanderbilt, das er mit Hilfe eines englischen Wörterbuchs sorgfältig studierte. So also saß Nestor in diesem kalifornischen Hotel um drei Uhr morgens in Boxershorts und Morgenmantel auf dem Bettrand und gab sich alle Mühe, seine Zweifel am Sieg von positiver Einstellung und persönlichem Einsatz über Verzweiflung und Mißerfolg zu überwinden. Nach sieben Jahren in den Vereinigten Staaten lebte er immer noch in einem wachsenden Grauen vor den Dingen. Es war nicht so, daß er vor etwas Bestimmtem Angst hatte; er hatte nur so ein Gefühl, daß das alles nicht gutgehen, daß der Himmel einstürzen und der Blitz ihn treffen würde, wenn er über die Straße ging, daß die Erde sich auftun und ihn verschlingen würde. Dabei saß er gar nicht herum und brütete über derlei Gedanken, er träumte es. Seit Jahren kam er von diesen Träumen nicht los, denselben Träumen, die ihn als Kind auf Kuba heimgesucht hatten, wenn er oft mitten in der Nacht schweißgebadet aufgewacht war, mit einem Krähenschwarm im Zimmer, oder wenn er sich in den brennenden Schlingen eines Taus verfangen fand, wenn das Tau ihm auf unerklärliche Weise durch die Ohren in den Körper kroch und sich durch seine Eingeweide fraß, wenn er mitten in der Nacht aufwachte und einen Priester in schwarzer Soutane über sich stehen sah, mit einem grimmigen Gesicht wie geschmolzenes Wachs, sein Gewand und seine Hände seltsam nach *frijoles negros* und Weihrauch riechend.

Seit kurzem hatte er auch wieder angefangen zu träumen, er würde auf Händen und Knien durch einen engen Tunnel kriechen, gerade breit genug, um durchzukommen; der Tunnel schien sich endlos hinzuziehen, auf ein schwach leuchtendes Licht in der Ferne zu. Und während er hindurchkroch, Hände und Knie verkeilt, konnte er Stimmen hören, die leise sprachen, eben laut genug, daß er sie hörte, aber nicht verstand.

Davon hatte er gerade geträumt und war aufgewacht, als die kalifornische Sonne durch einen Spalt in der Jalousie hereindrang, ihr gleißendhelles Licht ergoß sich ins Zimmer. Er spürte, daß ihm der Magen flatterte, ein Schock durchlief seinen Körper und er öffnete die Augen. Es war gegen Mittag, und das erste, was er hörte, war sein siebenunddreißigjähriger Bruder, der mit seinen neuen Eroberungen draußen im Pool herumalberte, drei Mädchen, kaum aus dem Backfischalter heraus, in knappen einteiligen Badeanzügen, kichernd und absolut hingerissen davon, daß Cesar Castillo, der Kavalier, ihnen unentwegt eisig angelaufene Drinks aus Fruchtsaft, Rum, löffelweise Zucker, Orangenstückchen und zerstoßenem Eis spendierte – mit den besten Empfehlungen von Desilu Productions.

Es war ihr letzter Tag in Kalifornien, und Cesar fühlte sich pudelwohl. Dort lag er, trug ein kleines, matt gewordenes Kreuz an einem Kettchen um den Hals, sein dichtes gekräuseltes Brusthaar feucht und strähnenweise grau, eine lange Havannazigarre im Mund, den Kopf zurückgelegt – nicht vor Schmerz, sondern vor Behagen – briet in der Sonne, schlürfte seinen Drink und flirtete mit den Mädchen. Sie waren zu ihm hin gestürzt, weil sie ihn zunächst, als er in seinen extragroßen karierten Badehosen um den Pool stelzte, für den Filmschauspieler Gilbert Roland gehalten hatten. Die Mädchen waren aber auch so ganz entzückt, ihn kennenzulernen, entzückt, daß der gutaussehende Cesar Castillo sie für diesen Abend zum Essen in irgendein todschickes Lokal eingeladen hatte.

»Señoritas«, hatte er gesagt, »alles, was Sie wollen.«

Durch die Jalousie beobachtete Nestor, wie Cesar mit großem Geplatsche an den Beckenrand paddelte – er konnte nicht schwimmen. Es war der Ruf der Natur, und er kam in ihren Bungalow im Garden of Ali Baba zurück, sein Urinstrahl war mächtig und geräuschvoll auf dem Klosett.

»Schön hier, was? Zu schade, daß wir schon so bald wieder zurückmüssen.«

Die Klospülung ging, und er fügte hinzu: »Bruderherz, warum kommst du nicht raus und schließt dich uns an?«

»Ja, gleich.«

Ein kurvenreicher weiblicher Schatten erschien hinter der Milchglasscheibe der Bungalowtür und rief herein: »Juuhu!« Und als Cesar die Tür aufmachte, fragte sie: »Darf ich bei Ihnen mal für kleine Mädchen?«

»Aber klar doch.«

In einem roten Badeanzug mit einem kurzen Plisseeröckchen und roten Stöckelschuhen wippte die Blondine, alles an ihr, Po, Busen, die langen Beine, allerliebst durchs Zimmer. Als sie ins Badezimmer schlüpfte, schätzte Cesar mit den Händen die Breite ihrer Hüften und zog durch die Zähne Luft ein. Es war der Blonden offenbar ein wenig peinlich, in ihrem Badezimmer Pipi zu machen, denn sie drehte den Wasserhahn auf, und Cesar nahm das als Hinweis, öffnete die Bungalowtür und wartete, leicht angetrunken an den Türrahmen gelehnt, Bauch rein, Brust raus, und sah auf den Pool und die Palmen in einiger Entfernung, die Sträucher dahinter gingen über vor Blüten – beim Blödeln mit Nestor hatte er sie einmal »das Schamhaar der Natur« genannt. Voll von fröhlichen Gedanken pfiff er vor sich hin.

Im nächsten Moment waren Cesar und die Blondine wieder am Pool, sprangen hinein und spritzten die anderen an. Sie war eine gute Schwimmerin und tauchte graziös auf den Grund des Beckens, kam wellenschlagend wieder hoch, ihr Körper fest und sonnengebräunt . . . Nestor dachte, daß er vielleicht doch ausgehen sollte, ein paar Drinks nehmen und sich entspannen, dann jedoch sagte er sich: »Ich bin ein verheirateter Mann mit zwei Kindern.« Aber er hörte andauernd Cesar gelöst und glücklich lachend. Als er hinaussah, kniete er gerade bei den drei Mädchen; sie lagen bäuchlings auf Matten in einer Reihe; er war dabei, sie am Rücken und an den fleischigsten, schweißperlenbedeckten Stellen ihrer Schenkel mit Sonnencreme einzureiben.

Nestor zuckte zusammen, empört. Warum gab dieses fröhliche Bild ihm ein Gefühl, als würde ihm das Herz zerreißen, als wäre der Kummer in ihm eine bösartige Schlacke, die ihm durch die Adern rann? Der alte Schmerz schüttelte ihn wieder: Wenn das passierte, dachte er immer »Maria«, der Gedanke an seine Frau und seine Kinder aber ließ ihn noch tiefer in Trübsal versinken.

Trotzdem schlüpfte er in eine blaue Badehose und lag wenig später schon draußen am Pool. Der Ober brachte ihm ein großes Glas von dieser tropischen Rumbowle, und der erste Schluck besänftigte ihn. Er fing dann an, die ganze Sache mit den Mädchen und die Zeit ohne seine Familie mit freundlicheren Augen zu sehen, als eines von den drei Mädchen, eine Brünette, sich neben ihn setzte und fragte: »Kommen Sie heute abend mit uns? Wir gehen rüber ins El Morocco, um irgendein Orchester zu hören und zu tanzen.«

Und sie rief zu Cesar hinüber: »Wie heißt das Orchester?«

»Das René Touzet Orchestra. Brüderchen, warum kommst du nicht mit?«

»Mal sehen«, sagte er zögernd, obwohl er sonst seinem älteren Bruder überallhin folgte und es haßte, wenn man ihn allein zurückließ.

Sie waren bis halb acht trinkend am Pool geblieben. Um vier herum hatte der Kellner ihnen ein Tablett Sandwiches mit Truthahn, Schinken und Käse gebracht, und sie hatten über ihren Auftritt im der *I Love Lucy*-Show geredet und darüber, wie nett alle zu ihnen gewesen waren. Und sie erwähnten, daß sie in New York eine Mamboband hatten. Eines von den Mädchen hatte eine kleine Rolle in einem Film mit Ricardo Montalban, *Desperados from the Land of the Golden Sun*. Ricardo sei »einfach ein Traum«, sagte sie. Und Cesar sah sie an und meinte: »Und ihr seid drei Träume, Baby.«

Armer Nestor. Er mußte einfach eines von den Mädchen dauernd anschauen, die Brünette. Ihre Haut war vom sonnigen kalifornischen Leben goldbraun und schien zu glänzen wie ein Versprechen.

Obwohl er nicht viel zu ihr gesagt hatte, schien sie doch zu ihm zu gehören, wandte ihm ihre Aufmerksamkeit zu und machte ihm schöne Augen, wenn er zu ihr hinsah. Während die beiden anderen mit Cesar im Pool herumtollten, war sie auf ihrer Liegematte bei Nestor geblieben, und deshalb fand er, daß sie »mehr Klasse« hatte. Ihr Name war Tracy Belair, und als sie sich später trennten, um sich zum Ausgehen umzuziehen, gab sie Nestor einen süßen Kuß mit etwas Zungenspitze dabei. Beim Duschen dachte Nestor an dieses Mädchen und bekam eine Erektion. Aber er gelobte sich, nichts mit ihr zu machen.

Und doch, bis acht Uhr hatte ein weiterer Drink ihm ein Gefühl von Schwerelosigkeit und Hochstimmung eingeflößt, und er war plötzlich voll von jener Art Selbstvertrauen, die Mr. Vanderbilt in seinem Buch beschrieb. Um viertel nach acht fühlte er sich unsterblich.

Das Telephon läutete, und es war Nestor, der abhob.

»Hallo, hier spricht Desi Arnaz. Wie geht's euch Jungs denn? Hört zu, ich ruf nur an, um sicherzugehen, daß bei euch auch alles in Ordnung ist. Gefällt euch das Hotel und alles? Gut.« Er dankte den Brüdern nochmals, und setzte hinzu: »Und laßt uns einander nicht vergessen. Okay?«

Das nächste, was er wußte, war, daß Nestor an einem Tisch im El Morocco saß, Champagner trank, und sie alle fünf einen Photographen glücklich angrinsten. Der Laden war wirklich Klasse. Alles auf der Speisekarte war in Schnörkelschrift geschrieben und hatte einen französischen Namen, und viele von den Sachen kosteten so viel, wie er in der Fleischfabrik pro Woche verdiente.

»Bestellt, was immer ihr wollt«, sagte Cesar zu allen.

Und, Teufel nochmal, warum auch nicht? Arnaz hatte gesagt, sie sollten ihm die Rechnung schicken. Bald türmten sich auf ihrem Tisch so gut wie alle Gerichte auf der Karte: eine silberne Schüssel mit armen verschrumpelten Schnecken, wie die, die nach einem Regen in Scharen über die Veranda ihres Hauses auf Kuba krochen, alle schwarz, traurig aussehend und mit Knoblauch gekocht; Platten mit Medaillons, Hummer, Shrimps, geriefelten Kartoffeln; und eine Flasche Champagner nach der anderen. Darauf folgten um irgendeine unschickliche Uhrzeit Schüsseln mit Eisparfait und italienischen *baci* – in dunkle Schokolade getauchte Kugeln von Schokolade- und Vanilleeis, hinuntergespült mit französischem Cognac. Und dazwischen hatte es Küßchen gegeben. An einem Punkt sah Nestors Brünette ihn lange an und erklärte: »Weißt du was, mein Süßer, du siehst genauso wie, wie heißt er noch gleich, Victor Mature, ist das nicht auch ein Spanier?« Später wurde er dann Gilbert Roland.

Das Orchester klang großartig, und nach einer Weile waren sie alle fünf auf der Tanzfläche und hatten eine Menge Spaß. Mittendrin aber beschloß Nestor, New York anzurufen, und deswegen sollte er sich am nächsten Tag noch winden, weil er sich nicht erinnern konnte, was er gesagt oder wie er geklungen hatte. Warum glaubte er, daß er Delores zum Weinen gebracht hatte?

Als sie den Club verließen, löste sich alles auf, und dann wankte er durch die Tür des Garden of Ali Baba und kniff seine Gefährtin durch ihr Abendkleid aus Silberlamé in den Po. Noch mehr Champagnerkorken knallten. Das nächste, woran er sich erinnerte, war, daß er die Augen aufmachte und zu seinem Bruder hinübersah: Cesar saß, an die Wand gelehnt, auf dem Boden, hatte den BH von einer der Frauen wie eine Krawatte um den Hals geschlungen und prostete allen mit Champagner zu: Auf Amerika! Auf Desi Arnaz! Auf René Touzet! Und auf Liebe und Romantik.

Torkelnd versuchten die beiden Brüder und ihre drei Gefährtinnen Mambo zu tanzen. Dann fing Cesar an, seinen beiden Damen Serenaden zu singen, und dann zog er mit ihnen in sein getrenntes Schlafzimmer ab und ließ den Heiligen Nestor mit der Versuchung selbst zurück. Wie kamen sie schließlich, in tiefe Zungenküsse versunken, auf die Couch? Mit jedem Kuß wurde die junge Frau katzenhafter. Sie trug einen flammend roten BH und ein kleines rotes Höschen, und sie hatte einen blumenförmigen schwarzen Leberfleck genau über dem Nabel. Ihr leuchtender Körper schien so vollkommen, so gesund, so voller Leben. Sie zu küssen, machte ihn verrückt. Nackt und naß von seinen Küssen, sagte sie: »Wart einen Moment, *amigo*, du mußt dich erst ausziehen.«

Und als er dann ohne Hosen dastand, empfand er einen Anflug von Scham, weil er schließlich ein verheirateter Mann war, ein guter Kubaner und Katholik mit zwei Kindern zu Hause in New York, aber das war kein Hindernis für Mutter Natur oder für die Frau, ihn lange anzusehen und zu sagen: »Mann, wo bist du nur mein ganzes Leben lang gewesen?«

Dann wachte er auf und schleppte sich im Dunkeln auf knochenlosen Beinen durchs Zimmer ins Bad, wo er sich übergab. Er ging nach draußen, um eine Zigarette zu rauchen: Der Himmel war klar und erfüllt von Sternen, die sich im Pool spiegelten. Warum bloß fühlte er sich so schlecht? Warum bloß hatte er sich sein ganzes kurzes Leben hindurch so schlecht gefühlt?

Gegen fünf Uhr früh weckte er die Brünette, die lächelte, ihn umarmte und sagte: »Hallo, Herzensbrecher.«

Aber er sagte: »Du solltest jetzt nach Hause gehen, hm?«

Und das war's dann. Sie zog sich an, und er saß da, sah ihr zu und fühlte sich schlecht. Vielleicht lag es an der Art, wie er es zu ihr gesagt hatte, ohne eine Spur von Zuneigung, nach alledem, was er ihr vermutlich gesagt hatte, während sie sich liebten.

Er versuchte wieder einzuschlafen – sie hatten den Acht-Uhr-Flug nach Hause – aber die Sonne ging bereits auf. Und so holte er sein Buch heraus und begann eine inspirierende Stelle zu lesen, die er unterstrichen hatte: »Im heutigen Amerika muß man an die Zukunft denken. Verbünden Sie sich mit dem Fortschritt und dem Morgen. Der zuversichtliche, selbstbewußte Mann blickt in die Zukunft und niemals zurück in die Vergangenheit. Am Anfang jedes Erfolges steht ein Plan, der Sie weiterbringt. In Augenblicken des Zweifels müssen Sie sich in Erinnerung rufen, daß jedes Hindernis nur eine zeitweilige Verzögerung darstellt. Daß jedes Problem zu lösen ist. Wo ein Wille, da ein Weg. Auch Sie können ein Mann von morgen sein!«

In den Tagen nach der Ausstrahlung der Show wurden sie auf der La Salle-Street zu Berühmtheiten: Hagere, rotbackige Iren traten aus dem Schatten von Mulligan's Bar an der Ecke in das Licht des späten Nachmittags und fragten die Brüder: »Darf ich euch auf ein Glas Bier einladen?« Die Leute steckten die Köpfe aus den Fenstern, um ihnen ein Hallo zuzurufen, Passanten sprachen sie an und wünschten ihnen alles Gute. Die alten Klatschbasen, die auf zierlichen, dünnbeinigen Stühlen vor der Haustür saßen, tuschelten über den plötzlichen Ruhm, der über die beiden »Spanier« gekommen war, die in Nummer 500 wohnten; noch Wochen danach hatten die beiden Brüder richtige Fans unter den Iren und Deutschen in ihrem Block, und sogar Leute, die die Show nicht gesehen hatten, wußten davon und begegneten den Musikern mit neuem Respekt.

Ihr größter Fan war ihre Wirtin, Mrs. Shannon, die durch Delores von der Show gehört und die Neuigkeit in der ganzen Nachbarschaft verbreitet hatte, voll Stolz, daß dies ihre Mieter waren.

So war es nicht immer gewesen. Nachdem er und Nestor bei Pablo – »Also, das nenn ich einen wirklich ordentlichen Spanier« – eingezogen waren, hatten die Parties begonnen, Woche für Woche und immer bis in die frühen Morgen, und mit soviel Radau, daß sie die halbe Nacht damit zubrachte, an die Rohre zu hämmern und die Polizei zu rufen, um sie zur Räson zu bringen. Gegen den rundlichen Pablo und seine sittsame Frau hatte sie nichts gehabt – er war immer nett zu Mrs. Shannon gewesen und hatte ihr gratis Steaks und Koteletts aus der Fabrik mitgebracht – aber diese beiden Machos mit ihrer Gefolgschaft von Weibern und wölfisch aussehenden Männern, die andauernd tranken und sangen und oben in ihrem Apartment die Nacht durchfeierten! Als Pablo 1951 auszog, hatten die Brüder aus der Wohnung einen »Sündenpfuhl« gemacht.

Der schlimmste Klatsch über das Treiben in dem »Sündenpfuhl« dort oben kam von einer ihrer Nachbarinnen, Mrs. O'Brien, die sich in heißen Nächten immer mit ihrem Mann aufs Flachdach hinaufsetzte, um eine frische Prise vom Hudson River zu kriegen, vielleicht ein paar Biere zu trinken und Sandwiches mit Käse, Schinken und Mayonnaise zu essen. Eines Abends, als sie wieder oben waren, konnte Mr. O'Brien nicht stillsitzen und beschloß, auf dem Dach herumzugehen und die Abdeckung zu kontrollieren. Die Brüder hatten unten gerade wieder eine von ihren Parties: Eine Reihe von sechs Fenstern mit halb heruntergezogenen Jalousien, ein plärrender Plattenspieler, Stimmen, der Blick in ein Zimmer, proppenvoll mit Beinen und wirbelnden Händen, Händen, die Drinks hielten – das war alles, was er in Wirklichkeit erkennen konnte. Er sah sich gerade die ganze Sache dort unten an, als er ein Geräusch hörte – wie jemand, der eine steile Anhöhe hinaufkeucht und seufzt. Die Geräusche kamen vom Nachbardach, und als er einen Blick hinüberwarf, sah er etwas, das allem Anschein nach ein Mann und eine Frau auf einer Decke war, sie verbargen sich in den Schatten und liebten sich. Aus dem Schatten des Mannes ragte ein langer und glänzender Penis, der im Dunkeln einem eingefetteten Stück Rohr ähnelte. Seine Frau war zu ihm gestoßen, und sie standen lange Zeit da, beobachteten entgeistert und neidisch, was da vor sich ging, und beschlossen dann, die Polizei zu rufen. Als sie diesen Fall von viehischer Unzucht zu Protokoll gab, errötete Mrs. Shannon und sagte: »Was wird ihnen noch alles einfallen?«

Trotz der vielen Klagen, die sie über die beiden hatte, begann sie, langsam an dem älteren Bruder Gefallen zu finden. Er erschien häufig an ihrer Tür, um die Miete zu bezahlen oder ihr kleine Geschenke zu bringen: Essen und Kuchen, die auf den Hochzeits- und Verlobungsparties, bei denen die Brüder spielten, übriggeblieben waren, Fleisch aus der Fabrik. Und immer, wenn die Mambo Kings eine neue Platte herausbrachten, schenkte er ihr eine davon. Und bei den Parties zeigte er sich im nachhinein wahrhaft reumütig und sagte mit beflissener Stimme: »Tut uns wirklich leid, daß wir letzte Nacht so einen Radau gemacht haben. Es ist nur so, daß wir ja überhaupt nicht wissen können, wie laut es ist . . .« – und nach so etwas fühlte sie sich immer gleich besser. Aber da war noch etwas, das sie an ihm mochte. Fünfzig Jahre, etwas kräftig, wie sie war, mit einem Dreifachkinn, glaubte sie doch, daß der Mambo King sie irgendwie attraktiv fand. Wann immer Cesar an ihrer Tür erschien, gab er ihr das Gefühl, daß er sie schön fand: Er sah ihr geradewegs in ihre blauen Augen, klar wie das Morgenlicht, seine Braue wölbte sich leicht, und in seinen Mundwinkeln spielte ein winziges Lächeln, wie um zu sagen: »Mann, o Mann.« Einst war sie eine irische Schönheit gewesen, die infolge eines zu männlichen Temperaments geradewegs in ein bierumdünstetes Matronendasein gesegelt war. Daß Cesar ganz entfernt zu ahnen schien, wie sie früher ausgesehen hatte, ließ sie von einer kleinen Romanze mit ihm träumen.

Dann erschienen die Brüder im Fernsehen, und sie sah, wie sie tatsächlich mit Lucille Ball sprachen, ihr Herz flatterte, und ihr wurde schwindlig bei dem Gedanken, sie ja schon bald wieder zu sehen. Ein paar Tage, nachdem die Show gesendet worden war, ging sie aus, ließ sich das Haar waschen und legen, kaufte sich ein neues Kleid, backte den Brüdern einen Apfelkuchen und schockierte ihren Mann mit der Ankündigung: »Ich geh hinauf, die zwei Jungs aus Kuba besuchen.«

Es war Cesar, der ihr die Tür öffnete: Wie sie so vor ihm dastand, kam sie sich vor, als stünde sie am Rande einer steilen Klippe – atemlos und mit dem unbestimmten Gefühl, hinabgerissen zu werden auf immer und ewig.

»Ja, Mrs. Shannon?«

»Ich muß es euch einfach sagen, ihr Jungs wart großartig, wirklich großartig. Ich hab euch im Fernsehen gesehen.«

»Dankeschön.«

»Und ich, ich hab Ihnen eine Kleinigkeit gebacken, sehen Sie?

Einen Kuchen. Ich hab lang keinen Kuchen mehr gebacken, aber früher schon öfter mal.«

Cesar nickte und sagte: »Dankeschön. Warum kommen Sie nicht herein und trinken oder essen etwas, wenn Sie mögen. Gehen Sie aus?«, fragte er. »Sie sehen so feingemacht aus.«

»Nein. Auf einen Sprung kann ich hereinkommen.«

Sie folgte Cesar über den Flur, an den Kinderwagen und Dreirädern vorbei und durch die Küche ins Eßzimmer: Auf einem langen Tisch standen immer noch Platten mit *bacalao* – in Knoblauch gekochter Kabeljau – schwarzen Bohnen, Reis, einem riesigen Salat, Koteletts und Steaks aus der Fabrik und eine große Schüssel *yuca*: Nestor, in Fliege und Hosenträgern, saß an einem Ende des Tisches und lutschte an einem Zahnstocher. Die Kinder spielten auf dem Boden im Wohnzimmer, während Delores am anderen Ende des Tisches saß, stumm wie ein Fisch, und ihren Mann starr ansah.

»Seht mal alle her, wer zu Besuch da ist.«

»Möchten Sie etwas essen?«

Sie sah auf das Essen und sagte: »Nur ein bißchen Kotelett, das wär fein. Und etwas Reis.«

»Delores«, befahl Cesar. »Gib Mrs. Shannon einen Teller.«

Sie stand auf und gehorchte und tat ihr schwarze Bohnen und Salat und *bacalao* auf, alles auf einmal: Mrs. Shannon setzte sich, stocherte in den Dingen herum, zog es vor, nichts davon zu kosten, machte sich dann aber über das Steak her.

Cesar sah ihr zu und sagte: »Die *yuca* sollten Sie aber schon probieren. Es ist wie Kartoffeln, nur mit mehr Geschmack.« Und, die Hand aufs Herz gelegt, setzte er hinzu: »Jedenfalls meiner Meinung nach.«

Mrs. Shannon kaute hingerissen an ihrem Fleisch: Cesar machte ihr wieder Komplimente, und sie erkundigte sich: »Und wie waren sie so, Desi Arnaz und Lucy? Erzählen Sie mir von Lucy?«

»Eine wirklich nette Frau. Eine Dame.«

Und dann legte er los mit seiner Geschichte, wie man sie in Hollywood als Stars behandelt hatte, über die rosa und hellblauen Häuser von Beverly Hills, wie er in einen Club namens Ciro's gegangen war und in einer Nische den Schauspieler William Holden mit einem hübschen Mädchen im Arm erspäht hatte. Sie war bei jedem Wort ganz Ohr, und Cesar holte aus ihrem kleinen Ausflug alles heraus: Besuche in Luxusvillen, an jeder Straßenecke ein Star,

Geld wie Heu, und mittendrin sie, zwei ganz gewöhnliche Jungs. Dann und wann faßte Mrs. Shannon sich an den Halsansatz und rief aus: »Das muß ja was gewesen sein.«

Delores saß da, bestürzt über die Distanz zwischen ihr und ihrem Mann: Er schien ruhelos, konnte auf seinem Stuhl nicht stillsitzen, rauchte eine Zigarette nach der anderen, etwas in ihm quälte ihn: er inhalierte tief, manchmal fast keuchend. Seit er aus Kalifornien zurück war, hatte er noch quälendere Alpträume und er schien mehr und mehr Zeit damit zuzubringen, im Wohnzimmer auf und ab zu tigern. Und da war noch etwas, es lag ein Hauch von Verhängnis über ihm, auch wenn er andauernd in dem Vanderbilt-Buch mit den zerknitterten Seiten las.

Später wickelte Mrs. Shannon den Apfelkuchen, den sie auf den Tisch gestellt hatte, aus der Aluminiumfolie und brachte einen aufgewölbten Kuchen, gefüllt mit Zitronenstückchen, Kirschen und Rosinen, zum Vorschein. Die Kinder sprangen hoch, um auch ein Stück abzukriegen, und die Erwachsenen beugten sich bewundernd darüber. Es war ein köstlicher Kuchen, wie wenn man eine Frau zum ersten Mal küßte, dachte Cesar; wie rumgetränkte Ananas, dachte Nestor; wie mit Papi *flan* essen, dachte Delores; wie Schokolade, dachte Eugenio; wie gewürzter Apfelkuchen, dachte Leticia. Wenn man sich vorstellte, daß dieselbe Frau ihn gemacht hatte, die um zwei Uhr früh mit schriller Stimme in den Hof hinunterkreischte: »Dreht verflucht noch mal das Scheißding leiser.« Dieselbe Frau, die eines Tages die Treppe hochkam und einen Hammer schwingend vor der Tür stand, mit rotem Gesicht, nahe dran, zuzuschlagen.

Als sie fertiggegessen hatten, sagte Cesar zu Mrs. Shannon: »Ich möchte Ihnen etwas geben«, und ging ins Wohnzimmer. Eine schwarze Aktenmappe lag auf der Baßtrommel eines amerikanischen Schlagzeugs, das zusammen mit anderen Instrumenten in einer Ecke des Wohnzimmers stand; er öffnete sie und nahm ein Schwarzweißphoto von sich, Nestor und Desi Arnaz heraus, das während des mitreißenden Finales von »Beautiful Maria« gemacht worden war – die drei im Chor singend, mit offenen Mündern, gebleckten Zähnen, die Köpfe gebadet in Gloriolen aus Licht. In der Mappe waren ungefähr dreihundert Abzüge von diesem Photo. Ihr Freund Benny, der Baby- und Allzweckphotograph, hatte sie von ihrem Negativ aus dem Studio gemacht; einen davon stellte er bei sich ins Schaufenster, neben ein Erstkommunionsbild und ein Photo eines aus dem Krieg heimgekehrten GI. Sie hatten eines auf dem Flur hängen – das Original – mit einer Widmung von Arnaz: »Meinen guten Freunden Cesar und Nestor Castillo, mit aller Zuneigung *y un abrazo siempre.* Desi Arnaz 5/17/55.« Er kam mit einem von den Photos ins Eßzimmer zurück, schrieb eine Widmung für Mrs. Shannon und reichte es dann Nestor zum Unterschreiben. Mrs. Shannon drückte das signierte Photo an ihre Brust und erklärte: »Oh, vielen, vielen Dank.«

Sie blieb bis um zehn herum. Auf dem Flur, vor einem Regal mit den Romanen, die Delores kaufte, blieben Cesar und Mrs. Shannon einen Moment lang stehen, und Cesar sah sie lange und beinahe liebevoll an, als wollte er sie womöglich wirklich küssen, aber er faßte sie am Ellbogen, drückte ihre plumpen Schultern und klopfte ihr auf den Rücken, wie er es oft mit Freunden tat. Er begleitete sie vor die Tür, dankte ihr für den Kuchen, beugte sich über das Treppengeländer und sah zu, wie das Runde, das Mrs. Shannon war, die Treppe hinunter verschwand. Zurück im Wohnzimmer, zog er sich einen Stuhl herbei und sagte zu seinem Bruder Nestor: »Noch etwas von diesem Kuchen, Brüderchen?« Und dann, nach einem weiteren Stück: »Stell dir vor, Mrs. Shannon backt Kuchen für uns, und einen guten noch dazu. Stell dir mal vor.«

*I*hr Auftritt in der Show erwies sich als Erfolg. Ihre Komposition gefiel Desi Arnaz so sehr, daß er ihnen tausend Dollar für die Aufführungsrechte bezahlte und »Beautiful Maria of My Soul« im Herbst 1955 selber aufnahm. Es kam bis auf Nummer acht der Schlagerhitparade, eine Woche lang Kopf an Kopf mit Größen wie Rosemary Clooney und Eddie Fisher. Bei den Liebhabern romantischer Boleros wurde »Beautiful Maria« praktisch sofort zu einem kleinen Klassiker und stand neben »*Bésame Mucho*« und »*Siempre en Mi Corazón*«. Arnaz selber trat mit »Beautiful Maria of My Soul« dann noch in der Ed Sullivan-Show auf, und bald sang es auch eine Reihe von anderen Künstlern, vor allem Nat King Cole (er nahm »Beautiful Maria of My Soul« in Havanna für sein Album »Cole Español« auf; das Lied war wie geschaffen für seine weiche, raffinierte Stimme, und die Orchesterbegleitung dazu zeichnete sich durch ein Trompetensolo von keinem Geringeren als Chocolate

Armenteros aus). Das Ten Thousand Hollywood Strings-Orchestra nahm ebenfalls eine eigene Version des Liedes auf. (Man kann es heute noch, zwischen einer unerträglich fröhlichen Orgelversion von »Guantanamera« und »Quizás, quizás, quizás!«, von den Bändern mit Berieselungsmusik in Supermärkten, Einkaufszentren, Flughäfen und den Wartehallen von Busstationen hören.) Dann bekam Cesar eines Tages einen Anruf von einem Mann namens Louie Levitt von RCA Victor, der ihm mitteilte, Cugat habe Interesse, eine eigene Instrumentalversion des Liedes aufzunehmen. Die Genehmigung wurde für eine Summe von eintausend Dollar gewährt. Durch die Tantiemen aus all diesen Einspielungen hatten die Brüder plötzlich Geld in der Tasche. Alles in allem nahmen sie 1956 bis 1957 etwa zehntausend Dollar an Tantiemen aus den verschiedenen Einspielungen ein.

Die Mambo Kings selbst nahmen »Beautiful Maria of My Soul« als 45er Single auf, und es war auch auf einem 33er LP-Album, einer Sammlung ihrer romantischen Liebeslieder mit dem Titel »The Mambo Kings Play Songs of Love«. Von dieser Platte verkauften sie zehntausend Stück; sie war ihr größter Erfolg. Da sie noch nie zuvor einen Hit gehabt hatten, auch keine Beinahe-Hits, versuchte Cesar stets, neue mitreißende Tanznummern zu schreiben und probierte vor dem Spiegel Tanzschritte aus, in der Hoffnung, eine neue Welle auszulösen, wie es Antonio Arcana 1952 mit dem Cha-cha-cha gelungen war.

Ihre Platten wurden von Radiostationen wie WPIX und WOR oft gespielt. Und sie begannen, Engagements in erstklassigen Schuppen wie dem MacAlpin Ballroom und dem Biltmore Hotel zu bekommen, zudem konnten sie für Wochenend-Auftritte mit der Band ein paar hundert Dollar mehr verlangen. Durch ihre Jobs kamen sie überall in der Stadt herum, traten nun vor gemischtem Publikum auf, vor Italienern und Schwarzen, Juden und Latinos. Dann engagierte Grossinger's, die Dancehall in einem jüdischen Badeort an der Küste, sie einen Monat lang für die Wochenenden, und sie konnten sich den Luxus leisten, zwei andere Bands im Vorprogramm unterzubringen, die Johnny Casanova Rumba Boys und ihre alten Lieblinge, Glorious Gloria und ihre Rumba-Damenkapelle. Die größte Auszeichnung für sie war aber, im Grossinger's als Vorgruppe von Machito's Orchestra zu spielen. Das war die Zeit, als nervöse

Teenager auf Cesar Castillo und seinen Bruder zukamen und um

Autogramme baten. Diese Mädchen waren sich nicht ganz sicher, ob Cesar ein Star war, doch hatte er es mit Sicherheit darauf angelegt, wie einer auszusehen – mit dunklen italienischen Sonnenbrillen, leuchtendweißer Krawatte und acht Ringen an den Händen. Und er gab Autogramme, als wäre das die natürlichste Sache auf der Welt. Bald schon bekamen sie soviele Jobs außerhalb der Stadt angeboten, daß sie etwas Geld zusammenkratzten und einen alten Schulbus kauften. Als erstes spritzten sie ihn flamingorosa, eine von Cesars Lieblingsfarben. Im Sinne der farblichen Einheit der Gruppe traten die Mambo Kings eine Zeitlang in flamingorosa Anzügen mit schwarzen Revers auf. Dann ließ Cesar seinen Freund Bernadito Mandelbaum, den Künstler, den Bus mit Palmen, Notenschlüsseln und Noten bemalen. Sie stellten ihn auf einem Parkplatz in der 126sten Straße, Ecke Amsterdam Street ab. Auch ein neues Publicity-Photo wurde von den Mambo Kings gemacht: Die Musiker stellten sich im Bus in Pose, und ihre Posaunen und Saxophone und Geigen ragten durch die Fenster heraus. Auf dem Dach montierten sie einen Lautsprecher, über den sie Musik spielten, und sie benutzten den Bus für Fahrten hinaus nach Jersey City, Newark, und Danbury, Connecticut. Sie fuhren keine langen Strecken: die westlichste Stadt, in der sie bisher aufgetreten waren, war Philadelphia, vor den dortigen Kubanern.

Das wurde alles anders, als sie für Mambo USA ihre berühmte landesweite Tournee machten. Von der Mambo USA Konzert-Agentur als eine der Gruppen ausgewählt, die den Mambo im ganzen Land verbreiten sollten, brachen sie im Frühjahr 1956 zu einer zweimonatigen Gastspieltour auf, die sie durch die Tanzlokale und Theater von Kleinstädten überall im Land und auch in Großstädte wie Chicago und San Francisco führte. Ein typischer Fall war ein Tanzabend, bei dem sie in einer alten Halle der American Legion in einem Ort namens Quincyville, Pennsylvania, auftraten. Das Städtchen lag eingebettet in den Hügeln, Kuhherden und stillen Feldern des Landes der Amish. Nestor saß vorne im Bus neben dem Mambo-Tanzpaar Elva und René und hatte seine Freude an der grünen Landschaft, den Seen und den im Sonnenlicht länger werdenden Silos und Bäumen. Er verbrachte die Fahrt, indem er mit Cesar Karten spielte und sein kleines Buch las.

Wann immer sie an einem Friedhof vorbeikamen, sagte Cesar im Scherz: »Schau mal, Bruderherz, *da* liegt die Zukunft.«

Als der Bus in die Hauptstraße von Quincyville bog, aus den Lautsprechern Mambomusik plärrend, bellten Hunde, pfiffen Kinder, Halbwüchsige auf Fahrrädern hupten mit ihren kleinen schwarzen Hupen und die Glocken machten klingeling. Die Leute blieben am Straßenrand stehen, um einen Blick auf die Musiker werfen zu können, und als sie an der Thomas E. Dewey American Legionnaires Hall aus dem Bus stiegen, wurden sie mit freundlichem Kopfnicken und Lächeln willkommen geheißen. (Obwohl es da auch diesen Ort in New Jersey gab, Tanglewood, wo sie um drei Uhr morgens zu ihrem Bus zurückkamen und die Fenster mit Kot verschmiert vorfanden.)

An diesem Abend spielten sie für ein Publikum von erzweißen Farmern und ihren Frauen, die keine Ahnung hatten, worum es in ihrer Musik ging. Hinter den Musikern war ein Transparent, auf dem in großen Buchstaben stand: MAMBO USA TOURS PRÄSENTIERT: DER FABELHAFTE CESAR CASTILLO UND SEINE MAMBO KINGS!

Cesar stand vor dem Mikrophon, wie ein Heiliger unter den Scheinwerfern, mit bebenden Stimmbändern, seine zigarettengebeizte Stimme voll Schmelz, die Arme weit ausgebreitet, um die Welt zu umarmen. Die guten Leutchen von der guten pennsylvanischen Scholle wußten mit ihrer Musik nicht das geringste anzufangen. Cesar während der schnellen Tanznummern zu beobachten, war immer ein Spaß; der Mann wiegte und krümmte sich, ruderte in seltsamen Verwindungen mit den Armen – einen Moment nach vorn federnd und mit den Absätzen stampfend, im nächsten kerzengerade hochspringend wie ein Ausrufezeichen – sein Mund verzog sich zu einem »O«, einem Vanna Vane-»Ooohh«; die Zähne aufgeklappt wie ein Fangeisen, die Zunge zuckte wie eine Rute durch die Luft; seine mit Armbändern behängten und beringten Hände klimperten; seine Schuhe drehten Pirouetten, und beim Dirigieren machte er »Uhhhhh!« und klatschte und rief die Namen seiner Musiker, »*Vaya*, Pito! *Vaya*, Nestor!«, und dann wieder »Uhhhhh«.

Für ein eher konservatives Publikum war das mitunter zuviel, und dann ging die Gruppe zu einem gemischten Programm von amerikanischen und lateinamerikanischen Nummern über. Er schnulzte »In the Still of the Night«, »Moonlight Becomes You«, »Somewhere Over the Rainbow«, dann »*Bésame Mucho*« und »*Maria la O*«. Beim »Peanut Vendor« kam Cesar mit einer Baseballkappe auf dem Kopf heraus, einen Wagen schiebend, auf dem »Erdnüsse zu verkaufen« stand. Er trat ans Mikrophon und sang, einen schrotgefüllten Martinishaker schüttelnd, eine englische Version des Liedes: »Oh komm, probier doch meine Nüsse, so gute kriegst du sonst nie mehr«, was die meisten der Zuhörer sowieso nicht verstanden, weil Cesar immer noch einen starken kubanischen Akzent hatte. Die Musiker aber kannten den Sinn dieser Worte und hatten bei den Liedern immer was zu lachen. Ihre zweite große Neuheit im Programm war ein nachgeahmter Tango, den Cesar komponiert hatte, indem er Teile aus »*Malagueña*« und der Habanera aus Bizets *Carmen* zusammenstahl. Er sagte ihn dem Publikum mit den Worten an: »Und jetzt ein Lied über den Mann der immer mit dem Stier kämpfen muß, und ich meine einen Stier, keinen Ochsen!«

Bei dieser Nummer kam Xavier, ihr tierischer Posaunist, wie ein Stier auf Cesar zugetrampelt, der den Stierkämpfer spielte, ein großes rotes Tuch schwenkte und sich vor einer schönen Frau hinter der Bühne verbeugte und ihr zuwinkte. Die Nummer war auf ein paar Lacher angelegt, und sie führte zugleich das Tanzpaar Elva und René ein. Am Schluß des Liedes kam Elva in einem leuchtend roten Kleid pirouettendrehend in die Arme des tapferen Matadors gewirbelt. Noch ein Riff und aus. Das Publikum brach stets in Beifall aus.

Immer wenn Elva herausgetanzt kam, taxierte Cesar sie mit Blicken, als könnte er durch ihr Seidenkleid hindurchsehen wie Superman. Er hatte sie einmal im Badeanzug gesehen, als sie in den Catskills spielten. Sie sonnte sich an einem See, und als er sie sah, beschloß Cesar, hinzugehen und zu fragen, ob sie ein Soda wollte. Beim ersten Blick auf sie wurde er rot; ein paar Schamhaare, die aus ihrem Badeanzug hervorlugten, brachen ihm das Herz. Er interessierte sich für sie, obwohl er glaubte, daß sie vielleicht ein bißchen verrückt war. Armer René, es ging das Gerücht, daß er sie nicht befriedigen könne, daß sie Männer mit »stattlichen Stangen« vorzog, Männer, die wirklich gut gebaut waren . . . das zumindest sagten die Musiker.

Er war interessiert, hätte sie aber niemals angerührt. René war sein Freund, und er hätte nie mit der Frau eines Freundes herumgebumst. Trotzdem verbrachte er manche Nacht damit, an sie zu denken.

Den Leuten gefiel die Musik sehr, aber dieses Landvolk in Pennsylvania war Country-Tänze gewohnt und hatte Schwierigkeiten beim Mambo, und deswegen schlossen die Abende Gratislektionen in Rumba, Mambo und Cha-cha-cha ein.

René, Elvas Partner, kam auf die Bühne. Er war ein kleiner, dünner Mann, so um die einssechzig, auf acht Zentimeter hohen Blockabsätzen, mit einer spitzen, pockennarbigen Nase, buschigem Schnurrbart, Glatze und großen, sanften, aristokratischen Augen. Er war fünfundvierzig und hatte Elva rund zehn Jahre zuvor aufgegabelt, als sie jung und drall war und im Marianao Park in Havanna für ein paar Groschen Rumba tanzte. René engagierte sie für seine Varieténummer, die darin bestand, im Tropicana Nachtclub in Havanna altmodische Rumbas zu tanzen. 1947 kamen sie nach New York und verdienten sich ihren Lebensunterhalt mit Tanzstunden im Fred Astaire Tanzstudio, im Palladium und im Savoy. Hin und wieder traten sie auch im Teatro Hispanico in Harlem auf, wo René den Inspizienten dabei ertappte, wie er in den Kulissen mit Elva herummachte und mit einem Hammer auf ihn losging. Damals heuerte Cesar sie für die Arbeit mit den Mambo Kings an.

Wenn sie mit der Stierkampfnummer fertig waren, gingen die Mambo Kings zu »Mambo Nocturne« über, eine ihrer Eigenkompositionen. Das Tanzpaar walzte dazu über die Bühne. Die nächste Nummer war »El Bodeguero«, ein Cha-cha-cha, und Elva und René waren unten in der Menge auf dem Tanzboden, zeigten die Schritte und gaben Anweisungen: »Und eins, zwei, drei und Wiegeschritt. Stop. Eins, zwei, drei, Wiegeschritt und stop ... Ah, meine Damen, Sie machen das großartig, aber Ihre Männer sind stocksteif.«

Die Männer hörten ihr aufmerksam zu, und bald beugten und drehten sie sich und schlingerten zur Musik umher, glücklich, mit roten Gesichtern, wie schüchterne Schüler bei einem High-School-Tanz. Die Männer waren ganz vernarrt in die anmutige Elva, und ihre hübschen Frauen mit den strammen Waden waren bezaubert von dem liebäugelnden Prachtstück, das Cesar Castillo hieß.

Cesar ergriff diese Gelegenheit, sich unter die Leute zu mischen. Er kam von der Bühne herunter und tanzte zu einem einzigen Lied mit einem Dutzend Frauen, seine warmblütigen Hände packten die Frauen in den Taillen und ließen sie sich drehen wie fallende Blüten. Der Abend endete mit einer Auswahl aus den »Songs of Love« der Mambo Kings: »Twilight in Havana«, »Journey to the Mountain« und »The Sadness of Love«. Cesar sang vom murmelnden Meer, dem traurigen Mond, der spottenden, foppenden, trügerischen, grausamen, mutwilligen, bestrickenden Liebe – die Augen geschlossen, das Gesicht eine Maske sinnender Leidenschaft.

Alle hatten ihren Spaß, das Publikum und die Musiker. Die Leute sparten nicht mit Beifall, und die Musiker dachten beim Hinausgehen schon an die Fahrt des nächsten Tages, setzten sich zusammen, um kleine Tassen voll Rum herumgehen zu lassen, über ihre Einsamkeit nachzudenken, bevor sie zu Bett gingen. Ihr nächster Auftritt war eine Sonntagnachmittag-Mambo-Tanzparty im Plainfield Auditorium in Plainfield, New Jersey.

Selbst in kleinen Städten, wo man immer beobachtet wurde, suchte Cesar nach Abenteuern. Der Mann gab niemals auf! Gelegentlich fragte er verstohlen an, ob eine bestimmte junge Dame ihm nicht am nächsten Morgen die Stadt zeigen wolle, ehe er mit dem Bus weiterfuhr. Manchmal verabredete er sich noch spät nachts und fand sich dann wartend an den Ecken von Straßen mit Namen, in denen Ahorn oder Efeu vorkamen, wieder, auf und ab gehend, eine Zigarette im Mund, Hände in den Hosentaschen, in Erwartung dieser ungewissen Rendezvous mit Frauen, die Betty, Mary-Jo und Annette hießen. Er traf sich mit diesen Frauen und saß stundenlang mit ihnen zusammen, führte ernsthafte Gespräche, sann über die Schönheit der Sterne nach und versuchte dann, zur Tat zu schreiten: In den Parks dieser Kleinstädte oder auf dem Rücksitz eines Autos in der örtlichen Liebeszeile fummelte, knutschte, rangelte er, rieb sich in Kleidern an den Frauen manchmal einen ab; normalerweise aber waren seine Rastlosigkeit und sein gefräßiges Ego schon durch die amouröse Spannung dieser Rendezvous befriedigt.

(Und da waren noch die Frauen, von denen er träumte, während er seine letzten Drinks im Hotel Splendour austrank. Ein Mädchen, das er auf Coney Island nachts um halb elf leckte, mit ihr unter eine Decke gekuschelt. Eine Frau mit einem Gipsbein, im Stehen während eines Gewitters in einer Telephonzelle in Atlantic City, der Sturm schlug gegen die Scheiben, um sie herum alles so finster, daß keiner was sehen konnte, und so begannen sie sich im Heulen des Windes zu küssen, sein Knie rieb zwischen ihren Beinen, und die Frau sagte, was soll schon sein und zog ihr Strandkleid hoch und runter mit ihrem Höschen, runter über die Beine und den dicken Plastikgips, damit er sie zu sich raufheben konnte, und sie lehnte sich gegen die Wand, lachte und dachte, der Mann ist völlig verrückt, lachte und sah Sterne, während draußen die Leute wie krakelige Strichmännchen durch die Sintflut liefen. Und da war diese Frau in der Menge, die der Thanksgiving-Parade von Macy's zusah. Sie stand neben ihm, Leticia und Eugenio, deren Anwesenheit die Sache erleichterte, da die Frau Kinder offenbar sehr gern hatte. Sie lächelte immer, wenn er Leticia hochhielt, damit sie besser sehen konnte. Aber er brachte sie richtig zum Lächeln, als er fragte: »Und soll ich Sie auch mal hochheben?« Nicht nur, daß sie mit ihr zur U-Bahn gingen, er verabredete sich auch mit ihr für die Woche danach. Sie hatte einen hübschen Körper, ein wirklich üppiges Weib mit vollen Brüsten, und *coño*, sie war so eine mütterliche und mochte es, wenn er daran nuckelte, und machte ein Spiel daraus, ihm damit das Gesicht zu tätscheln, aber die Frau nahm alles viel zu ernst. Wie konnte er mit einer Kriegerwitwe rumspielen, die sogar dann noch traurig aus der Wäsche schaute, wenn sie einen von diesen Spitzen-BHs, *Tigress of the Night*, anhatte, es brach ihm richtig das Herz, sie so zu sehen; sie arbeitete in einem Büro *downtown*, um die vierzig, aber noch immer schön, nur nahm sie alles zu ernst, und doch, Mann, Spaß machte es schon mit ihr, sie mochte Männer, die, wie sie sagte, »gut gebaut waren«. Und da war diese Frau in dem mondänen weißen Mantel, die er eines Tages auf der Fifth Avenue sah, sie war die, der er bis hinein zu Saks auf der Fifth Avenue nachging, hinauf in die Handschuhabteilung, wo er herumstand und so tat, als würde er sich die Sachen ansehen, und sie beobachtete, wie sie vor dem Spiegel posierte. Sie hatte den eleganten, schlanken Körper eines Mannequins, groß und fest, und er sah ihr zu, wie sie Handschuhe überzog, hübsche weiche Lederhandschuhe, und wenn er die Augen schloß, stellte er sich vor, wie sie nach dem Duschen in ein Höschen schlüpfte oder mit feuchten Fingern mit seinem Ding herumspielte, ihm ein Präservativ überzog, auf dieselbe Weise, wie sie ihre Finger in den Handschuh schob. Bei ihr war nichts zu machen, viel zu hochnäsig für ihn. Er folgte ihr durch den ganzen Laden und glaubte schon, daß da was lief, weil sie ihm hin und wieder tief in die Augen sah und er das für eine Art Vorspiel hielt, aber als er gerade drauf und dran war, etwas zu unternehmen, kamen aus einem der Kundendienstbüros zwei Kerle heraus, Kaufhausdetektive, die zu ihm sagten: »Wir hören, Sie belästigen eine unserer Kundinnen, Sir«, und das war das Ende vom Lied, er wurde rot vor Scham, und als er aus dem Laden geführt wurde, schoß er seinen letzten Pfeil ab, warf ihr einen Blick zu, der sagte: »Du weißt ja nicht, wer ich bin oder was dir entgeht, Baby.« Und es gab noch andere, wie die europäische Lady, die er kennenlernte, als er einen Abend lang nebenher als Sänger bei einer Hafenrundfahrt arbeitete. Sie war Französin und sah nicht einmal gut aus, aber sie hatte ihn angestarrt, als er auf der Bühne sang. Und sie ging ran, stellte sich neben ihn an die Reling, um den mondbeschienenen Ozean anzuschauen, denn das war damals, als es viele einsame europäische Frauen gab, weil die Männer im Krieg gefallen waren. Und sie sagte mit starkem französischem Akzent zu ihm: »Die Art, wie Sie ihre Hände bewegen und diese *maracas* schütteln, gefällt mir sehr. Sie haben wunderschöne Hände, darf ich sie mir ansehen?« Und sie begann ihm aus der Hand zu lesen und sagte: »Sie haben eine lange Lebenslinie, wenn Sie nur wollen, und auch Erfolg ist da, nur wollen müssen Sie ihn. Aber ich sehe Schwierigkeiten vor Ihnen liegen, etwas, auf das Sie vorbereitet sein müssen.« Sie sagte: »Sehen Sie, die Stelle da, die aussieht wie ein explodierender Stern, das bedeutet, daß in Ihrem Leben etwas explodieren wird. In Europa hab ich das andauernd gesehen, auf vielen, vielen Händen.« Sie war so dünn, daß ihr Venushügel hervorragte wie eine große Feige, und als er mit ihr schlief, dachte er unentwegt an Paris und an den Eiffelturm und all die Wochenschauen, die er gesehen hatte, mit den Truppen der Alliierten und des Freien Frankreich, die siegreich in die Stadt einzogen. Und da gab es noch andere: Gloria, Ismelda, Juanita, Alice, Conchita, Vivian, Elena, Irene ...)

Trotzdem, wann immer Cesar von diesen Rendezvous zurückkehrte und Nestor, der nicht schlafen konnte, wartend in seinem Bett im Motelzimmer vorfand, sagte er etwas wie: »Oh, Mann, die Braut, die ich da aufgerissen habe, pssssss, Mann, du hättest ihren Körper sehen sollen!« Und er sagte es, um seinen Bruder eifersüchtig zu machen, weil er in vielerlei Hinsicht eifersüchtig auf die Ehe seines Bruders mit Delores war. Oder vielleicht mußte er Nestor einfach immer wie einen armen Teufel behandeln und quälte ihn deshalb mit den Schilderungen seiner erotischen Erfolge.

...Wo ich doch wußte, daß er litt ...

Armer Nestor, er durchlitt die Nächte in Sehnsucht nach Maria, wenn sie unterwegs waren. In diesen einfach möblierten Motelzimmern lag er die halbe Nacht lang wach, die Arme unter das Kissen gesteckt, den Körper zermartert von Seelenqualen. Manchmal stand er auf und ging spazieren, lehnte sich auf dem Parkplatz des Motels an eine Laterne, oder er fand ein paar Kumpel zum Kartenspielen um Fünfer und Zehner, aber ihm war dabei egal, ob er gewann, und er hielt länger aus als die schlaflosesten Schlaflosen. In diesen Nächten machte ihn der Gedanke völlig fertig, denselben wehmütigen Mond und dieselben flüsternden Sterne anzuschauen wie in seinen Liebesnächten mit Maria in Havanna. Er saß im Bett und rauchte Zigaretten, dann reinigte er seine Trompete, entwarf ein paar Liedtexte oder las in seinem Buch, auf der Suche nach einer Antwort auf sein Leid. Er fühlte sich schwach, die Traurigkeit ließ ihm die Knie zittern. Er tigerte herum, bis mit einem glücklichen Grinsen sein älterer Bruder hereinkam, sein älterer Bruder pfeifend, sein älterer Bruder gähnend, sein älterer Bruder ins Bett fallend. Dann, während Cesar auf der anderen Seite des Zimmers schnarchte, verbrachte Nestor die Zeit damit, die Decke zu studieren, Gesichter, Straßen, die über ihm ziehenden Sterne.

Dachte er an Delores und seine Kinder, Leticia und Eugenio? Ja, er konnte den Gedanken nicht ertragen, ihnen wehzutun. Aber was konnte er tun? Er setzte sich auf, seufzend, verzweifelt bemüht, diese Gefühle loszuwerden.

»Ein *cabrón*«, sagte er sich vielleicht, »wäre längst schon wieder zurück in Kuba. Ein *cabrón* wäre nicht treu gewesen.«

Obwohl sein Bruder andauernd Frauen verführte, trug Nestor seine Treue wie einen Heiligenschein, aber er fand es manchmal unerträglich, wollte gehalten, getröstet werden, wollte gesagt bekommen: »Ja, Nestor, ich liebe dich, alle lieben dich«. Und dieses Gefühl machte ihn wütend auf seine Ehe, und wenn er nach Haus kam, ließ er es an Delores aus.

Oft schlief er erst ein, wenn die Sonne aufging. Dann nahmen seine Träume einen goldenen Schimmer an. »Das ist die Zukunft«, sagte er sich im Einschlafen. »Das ist die Zukunft.« Und er sah sich über einen Friedhof stolpern, glückselig zwischen den Obelisken, keltischen Kreuzen und Grabsteinen mit den eingemeißelten Engeln und strahlenden Sonnen. Der auferstandene Christus (Errette dies Fleisch, Herr), Christus zu Gericht sitzend (Vergib mir, Herr), Christus am Kreuz (Schließ mich ein in Dein Herz). Dann wanderte er über den Friedhof und fühlte sich sehr zu Hause, bis ihn ein Geräusch, der schnarchende Cesar, Cesar, der sagte, »Oh, Baby«, Cesar, der rülpste, aus seinem unruhigen Schlaf schreckte und er wieder in die Welt zurückkehrte.

(Am nächsten Tag, als sie durch die hügelige Landschaft in der Nähe des Delaware Water Gap fuhren, lief der Bus heiß und blieb eine Stunde lang am Rand des Highway stehen. Die Brüder gingen mit Manny aufs Geratewohl eine Landstraße entlang. Sie kamen zu einer Schafweide, weiter weg lag ein Feld voller Heuschober. Die Natur summte, erfüllt von Insekten und Vogelrufen. Sie sahen eine Mühle und eine kleine Steinmauer, wo sie sich für ein Photo in Pose stellen wollten. Cesar hatte eine Kodak-Box dabei und sagte zu Nestor, er solle sich neben ihn vor der Mauer aufstellen. Dort standen sie, jeder den Arm und die Schultern des anderen gelegt, als sie eine Kuhglocke hörten. Keine Kuhglocke wie in einem südamerikanischen Orchester, die einen ½-Takt schlug, sondern eine richtige. Dann lernten sie auch die Kuh selber kennen, die von der Wiese heruntergekommen war. Ihr Fell war schwarz gefleckt, und sie bewegte sich in einem Geschwirr von Fliegen. Die Flecken brachten die Brüder auf die Idee, sich ihre Sonnenbrillen aufzusetzen. Sie stellten sich vor der Kuh auf und sahen aus, als gehörten sie zur Familie.

Ein Farmer hatte ihnen zugesehen und sagte mit deutschem Akzent zu ihnen: »Laßt mich das Photo von euch machen. Ihr alle drei zusammen.«

Und so warfen sich Manny, Nestor und Cesar, die drei Mambo Kings, für die Nachwelt in Pose. Das war im Juli 1956.

Der Farmer lud sie dann in sein Haus ein, das am Fuß des Hügels lag. Der Garten davor war voller seufzender Blumen, seufzend versuchten sie, sich höher aus dem Boden zu recken. Und die Wurzeln der Erde schienen zu ächzen. Im Hotel Splendour noch fühlte der Mambo King die Sonnenwärme dieses Tages und goß sich einen weiteren Drink ein. Es war ein Steinhaus und drinnen roch es nach Schmutz und Brennholz und Pfeifentabak mit Kirscharoma. Sie tranken Kaffee und aßen Maisbrot, Schinken (»*Sabroso!*«), Traubengelee und Rührei. Nachher trank jeder noch ein Glas Bier. Als sie ihm anboten, zu bezahlen, lehnte er ab, und als sie gingen, begleitete er sie den Weg zurück zum Bus, wo Cesar ihm ein signiertes Exemplar der »Mambo Dance Party« schenkte. Er lachte, und sie waren gerührt, als er darauf bestand, daß sie jederzeit mal wieder zum Essen kommen könnten.)

Wegen der Tournee verbrachte Cesar seinen achtunddreißigsten Geburtstag in Chicago. Sie waren in einem zwölfstöckigen Hotel untergebracht, das Dover House hieß, im Nordosten der Stadt, mit Blick auf den Michigansee, und er hatte einen schönen Tag, ging mit seinem Bruder und einigen von den Mambo Kings am Seeufer spazieren, alberte herum, aß in netten Restaurants und versuchte wie jedesmal die Zeit vor dem Auftritt totzuschlagen. Er erwartete sicherlich etwas mehr von den Jungs, als er bis jetzt bekommen hatte. Er sah sich als ihr Vater, ihr Weihnachtsmann, ihr Seelenhirte, und da stand er nun, an seinem Geburtstag, nach einem Auftritt, und seine Musiker machten keinerlei Anstalten, seinen Geburtstag zu feiern. Es war also nicht so, daß er ganz unempfindlich war. An einem normalen Abend hätte er eine Party vorgeschlagen, aber die Vorstellung, seine eigene Geburtstagsfeier anzuregen, war ihm zuwider. Nachdem seine Musikerkollegen ihrer Wege gegangen waren, trollten Cesar und Nestor sich auf ihre Zimmer. Diesmal war Cesar einmal der düstere.

»Nun denn, alles Gute zum Geburtstag, *hermano*«, sagte Nestor mit einiger Verlegenheit in der Stimme. »Schätze, ich hätte der Band was davon sagen sollen.«

Niedergeschlagen, weil er achtunddreißig geworden und am Abend seines Geburtstags allein war, öffnete Cesar die Tür zu seinem Hotelzimmer und knipste das Licht an; er schlief in einem Bett vor einer Wand von verspiegelten Fliesen. Vor dieser Spiegelwand räkelte sich eine schöne langbeinige Frau, den Kopf mit einer Flut dichten schwarzen Haares auf den Ellbogen gestützt, ihr Körper aufregend und nackt.

Er besah sich die sensationellen Kurven eines Körpers, dessen Vorderseite den Mambo King in Wallung brachte und dessen wohlgestaltetes Hinterteil, weich und gerundet wie ein Schwanenhals, im Spiegel zu sehen war, und sagte: »*Dios mío!*«

Und die Frau, eine Brünette mit großen braunen Augen, sagte: »*Feliz cumpleaños*«, und lächelte.

Er kannte sie, sie war eine exotische Tänzerin, Daliah Múñez, bekannt als die Argentinische Flamme der Leidenschaft. Einige von den Mambo Kings und er hatten sie in einem Club auf der Südseite tanzen sehen. Als seine Kollegen bemerkten, daß er an diesem Abend die Augen nicht von ihr ließ, mieteten sie sie als Geschenk für ihn, und da war sie nun: Sie breitete Arme und Beine für ihn aus, und Cesar beeilte sich, seine Kleider auszuziehen, die er auf dem Fußboden auf einem Haufen liegenließ. Jede Frau, die er je aufs

Kreuz gelegt hatte, sollte er Jahre später im Hotel Splendour denken, hatte bei der Liebe etwas Besonderes. Bei der Argentinischen Flamme der Leidenschaft war es der Genuß, mit dem sie ihm einen blies, daß sie es wirklich mochte, seinen milchigen Erguß im Mund zu haben – oder wenigstens so tat. (Und erst ihre Technik! Sie machte seinen gewaltigen Penis noch größer. Sie faßte seine Peniswurzel über den Hoden, die aussahen wie ein Paar pralle Wammen und die Größe von guten kalifornischen Pflaumen hatten, und drückte so fest, daß sein Ding purpurrot wurde von dem Blutandrang und dann noch größer; und dann strich sie mit ihrer Zunge darüber, nahm ihn in den Mund, leckte ihn überall, zog, schob und rieb an seinem Glied, bis es ihm kam.) Sie hatte auch noch andere Vorzüge, die sie bis nach sieben am Morgen beschäftigt hielten; sie schliefen glücklich bis halb elf, dann bumsten der Mambo King und seine Daliah noch ein weiteres Mal, duschten zusammen, zogen sich an und erschienen im Speisesaal des Hotels, wo seine Musiker sich versammelt hatten und auf den Bus warteten. Als er hereinkam, applaudierten sie. (Noch Jahre danach schrieb er Daliah Postkarten, in denen er sie nach New York einlud und schrieb, er könnte sie auch in Chicago besuchen kommen.)

Die Brüder liebten die ungeheure Weite der Vereinigten Staaten und machten ihre Erfahrungen mit den Genüssen wie mit der Monotonie von Kleinstadtamerika. Von den Staaten im Mittelwesten fanden sie Wisconsin am schönsten, aber auch der Westen gefiel ihnen sehr. Sie spielten in Denver, wo Cesar, der sein Leben lang für Cowboyfilme geschwärmt hatte, seine ersten O-beinigen, schleppend sprechenden Kuhtreiber an einer Bar lehnen sah, die Cowboystiefel mit Sporen auf die Fußleiste gestellt, ein mechanisches Klavier von anno dazumal klimperte »The Streets of Laredo« herunter. Und da hieß es »Hallo Pardner« und »thank you much«, lauter solche langgedehnten Laute. Sie kauften Mitbringsel für die Familie, wo immer sie hinkamen. In Denver Cowboyhüte und Plastik-Tomahawks und kleine Puppen, und für Delores ein »Original Navajo Squaw«-Kleid. Sie machten es wie die Touristen und schickten Dutzende Ansichtskarten von überallher nach Hause, vom Mount Rushmore bis zur Golden Gate-Brücke. Von den Augenblicken der Fremdheit und Verlorenheit abgesehen, hatten sie eine schöne Reise.

Die Jungs, die es schwer hatten, waren die schwarzen Musiker, die an manchen Orten wie Aussätzige behandelt wurden. Es gab keine Gewalt gegen sie, nur eine böse Stille, wenn sie in einen Laden kamen, eine muffige Ungastlichkeit, wenn sie zum Jägerfrühstück Spezial in ein Hotel gingen, die Teller wurden ihnen achtlos auf den Tisch geknallt, die Drinks hastig eingeschenkt, mit abgewandtem Blick. In einem Ort in Indiana hatten sie Zoff mit dem Besitzer einer Tanzhalle. Er wollte Desi Arnaz und nicht diese ebenholzschwarzen Kubaner wie Pito und Willy. Der Lokalbesitzer wollte sie nicht auf seinen Grund und Boden lassen, das Orchester sagte den Auftritt ab und Cesar sagte zu dem Mann: »Sie können uns mal, Mister!« Anderswo mußten sie durch die Hintertür reingehen und durften nicht dieselben Toiletten benutzen wie jedermann sonst. Die Gemüter waren frostig, besonders wenn das Wetter schlecht war, da den Jungs auf der Reise manchmal eine arktische Kälte entgegenschlug, gegen die New York ihnen vorkam wie Miami Beach.

Einmal waren sie volle zwei Wochen unterwegs, ohne je einem Kubaner zu begegnen – und einen ganzen Monat lang, ohne daß sie andere Schwarze sahen.

San Francisco war ganz anders. Cesar mochte es sofort, weil seine Hügel ihn an Santiago de Cuba erinnerten. Er ging gern durch die Straßen und freute sich am Anblick der bunten Häuser mit ihren verschnörkelten Balkonen und Erkerfenstern. Es war die letzte Station ihrer Tournee, und die Mambo Kings sollten bei einem Dreifachprogramm im Sweets Ballroom dabeisein und neben den Orchestern von Mongo Santamaria und Israel Fajardo spielen. Für sie war das eine wirklich große Sache, weil sie für einen Auftritt zweitausend Dollar erhielten – mehr als je zuvor. Als er an diesem Abend unter lautstarkem Applaus auf die Bühne kam und das Orchester wie immer mit »Twilight in Havana« eröffnete, war Cesar Castillo überzeugt davon, daß es von nun an für die Band besser und besser laufen und daß es in Zukunft noch viele Abende geben würde, an denen sie eine solche Stange Geld verdienten. Ja doch, mit ein paar hundert Dollar die Woche konnte ein Mann schon sehr gut leben! Wie ein Reicher. Dieser Abend sollte für immer eine schöne Erinnerung bleiben. Jede Nummer wurde enthusiastisch begrüßt, die Tanzpaare waren begeistert, und allein die Ehre, mit Musikern von diesem Kaliber auf einem Plakat zu stehen. Und dann gab es auch immer noch den Moment, da das Publikum die Eingangstakte von »Beautiful Maria of My Soul« erkannte, ihr einer Hit, das Lied, das sie dem Ruhm am nächsten brachte.

Von all dem Geld kauften die Brüder sich neue Anzüge, Spielzeug für die Kinder, Nestor kaufte Delores eine Pelzstola. Für das Apartment kaufte er eine nagelneue Castro Bettcouch und den großen RCA-Schwarzweißfernseher, der die nächsten zwanzig Jahre im Wohnzimmer stehen sollte. Und er ging auf die Bank, um Geld auf die hohe Kante zu legen. Sein sicherer Hort war ein Sparbuch der American Savings Bank, das garantierte vier bis fünf Prozent Zinsen im Jahr einbrachte. Manny, der Bassist, der in Nestor einen vertrauenswürdigen Charakter sah, wollte mit ihm eine *bodega* auf der 135sten Straße aufmachen, Nestor aber, der jede Art von Risiko scheute, kniff. Er war, was die Zukunft betraf, so unsicher und so von Befürchtungen geplagt, daß er weiter in der Fleischfabrik arbeitete und immer wieder auf Pablo einredete, sich nach Auftrittsmöglichkeiten umzuhören, damit für die Familie genug Geld ins Haus kam. Selbst Cesar, dem das Geld sonst stets durch die Finger rann, gelang es, etwas davon zur Seite zu legen, wenn auch nicht viel. Er gab es auf der Rennbahn, in Nachtclubs und für seine Freunde und seine Frauen aus. Etwa drei Monate lebte er ein Leben im Überfluß. Selbst nachdem er seiner Tochter auf Kuba, die er weiterhin zu besuchen versprach, ein paar hundert Dollar geschickt hatte, blieb ihm noch genug, um die Anzahlung für sein Traumauto, den 1956er DeSoto, hinzulegen.

An den Nachmittagen war Cesar draußen auf der Straße zu finden, stolz seifte er den DeSoto mit Wasser und einem Schwamm ab und polierte ihn dann mit Wachs. Dann machte er sich mit Lappen an das Chrom, bis der ganze Wagen auf Hochglanz war. Cesar war bei dem Auto genauso penibel wie bei seinen Fingernägeln, und auf der großen Windschutzscheibe oder der glatten, gewölbten Haube gab es keinen Fleck oder Kratzer. Er genoß den bloßen Anblick und hielt auf dem Vordersitz hof, ließ das Radio laufen und schwatzte leise mit seinen Freunden, bis er beschloß, mit irgendwem eine Spritztour zur George Washington-Bridge und zurück zu machen. Das Ding war so groß und glänzend, daß er damit Horden von Straßenkindern anlockte, die ehrfürchtig davorstanden.

»Jawoll«, dachte sich Cesar. »Das schöne Auto da ist meins.«

Er hatte immer Bedenken, es vor dem Haus zu parken, ohne daß jemand darauf aufpaßte. Die La Salle-Street war eine Straße, wo die Halbstarken nicht nur auf Autos herumsaßen; sie sprangen mit Anlauf von den Autos hoch, um bei Stockballspielen Flugbälle zu fangen und hüpften auf Autodächer, um zu tanzen. Normalerweise parkte er es in der Garage an der 126sten Straße, manchmal aber stellte er es auch in der Nähe des Hauses ab. Dann sah er oft aus dem Fenster nach dem Wagen. Er liebte seinen DeSoto. Er war groß. Er war prachtvoll. Er war glatt. Er hatte Turboantrieb und war viereinhalb Meter lang. Er sah so fabelhaft aus, daß jede Frau lächeln mußte, wenn sie ihn sah. Dieser DeSoto hatte soviel Kraft, daß, wenn er eine Straße entlangröhrte und quietschend stehenblieb, den Fuß auf dem »berührungssensiblen« Servobremspedal, Fahrer und Wagen eins waren und er das Gefühl hatte, turbogetrieben durch die geballte Gewöhnlichkeit der Welt zu preschen.

Er nahm alle auf Spazierfahrten mit, den Ellbogen aus dem Fenster gestreckt, vom Rückspiegel baumelten Würfel aus Filz. Seine besten Freunde damals waren Manny, der Bassist, Frankie Pérez, der Tanzpalast-Dandy, Bernadito Mandelbaum, Künstler und Mambo-Aficionado, sein dicker Cousin Pablo und Eugenio. Sie alle durften mit dem Mambo King spazierenfahren. Eines Tages machte er mit der Familie und einer Freundin eine Landpartie hinauf in den Norden nach Connecticut und hielt an einem Ort namens Little America, ein mit Souvenirs vollgestopftes Blockhaus für Ausflügler, dessen Regale und Wände voll von Tierköpfen waren, Musketen, Cowboyhüten mit münzenverzierten Hutbändern, Zinnsoldaten, Mohawk-Indianern, Plastiktomahawks, Zylindern, »Willkommen in Connecticut«-Aschenbechern, Miniaturausgaben der amerikanischen Flagge, Tischtüchern und Kugelschreibern mit der amerikanischen Flagge. Cesar, ein reicher Mann, kaufte den Kindern haufenweise diesen Kram. Danach gingen sie in den Little America-Imbiß, wo sie Soda und Malzmilch mit Schokolade tranken und mit Tüten voller Kartoffelchips und Snickers-Riegeln wieder fortgingen. Dann fuhren sie noch eine Stunde, und die Straße führte durch ausgedehnte Landstriche von Wiesen, Flüssen und Wäldern. Kühe und Pferde ließen hinter Zäunen die Köpfe hängen, Hunde bellten am Straßenrand. Im Radio sang Bing Crosby »Moonlight Becomes You«. Cesar lenkte seinen Wagen mit den schönen Weißwandreifen, ging quietschend in die Kurven. Die Familienmitglieder hielten sich an ihren Sitzen fest, aber Cesar lachte und pfiff vor sich hin. Manchmal flogen Funken, wenn die Radkappen den Randstein streiften. Er fuhr in einen staatlichen Naturpark, wo die Fichten erhaben über ihnen emporragten. Friedvoll zog die Familie durch eine Gasse zwischen den Bäumen, mit Picknickkörben, Gitarren und einer Kühltasche mit Soda und Bier. Sie folgten einem Schild, auf dem ZUM SEE stand.

Bienen schwirrten dicht um Cesar und seine Gefährtin, Vanna Vane. Er hatte soviel Haarwasser drin, daß die Bienen ihn umschwärmten, als wäre er ein Feld voll Wildblumen. Sie trug viel Parfüm und hatte an diesem Tag ein rotkariertes Kleid an, sehr schlicht und auf seine Weise sehr matronenhaft. Sie waren ein glückliches Paar, auch wenn sie nicht wirklich ein Paar waren. Sie hielten Händchen und tuschelten, alberten und lachten. Sie hoffte, die Sache mit ihm werde sich schon noch regeln. Es gefiel ihr, wie großzügig er zu ihr war. Ganz ehrlich, in ihrem Alter mußte ein Mädchen langsam ans Heiraten denken, und obwohl er ihr hundert Mal gesagt hatte, daß es bei ihnen beiden gerade für ein bißchen zusammen lachen und fürs Hotel Splendour reichte, glaubte sie, daß sie ihm mehr bedeutete. Bei den paar Gelegenheiten, als sie echte Zärtlichkeit von ihm erlebte, hatte sie in seinen Armen zu weinen begonnen. Und als könnte er es nicht ertragen, sie leiden zu sehen, hatte er gesagt: »Komm schon, Vanna, Schätzchen. Hör auf, dich wie ein kleines Mädchen aufzuführen.« Also hielt sie sich zurück und wartete geduldig darauf, daß Cesar es sich anders überlegte.

Cesar erinnerte sie an den Filmschauspieler Anthony Quinn, und ihr gefiel die Art, wie er alle Aufmerksamkeit in einem Raum auf sich zog, wie andere Frauen sie zu beneiden schienen, wenn sie mit ihm aus war. Und nun war er ganz oben, mit jeder Menge Aussichten. Ein mexikanischer Filmproduzent, Anibal Romero, hatte mit dem Mambo King über eine Rolle als *guest star* in einem Film in Mexiko gesprochen, wo »Beautiful Maria of My Soul« ein Hit war. Und er war in der *I Love Lucy*-Show gewesen und hatte genug Geld, um sich einen DeSoto zu kaufen und ihr ein Goldkollier zu schenken, weil er sich erfolgreich fühlte. (Keiner von beiden dachte gern an die wahren Begleitumstände dieses Kolliers. Cesar hatte Vanna *uptown* in die 155ste Straße bringen müssen, zu dem Pakistani mit dem dichten schwarzen Haar und den Tintenfaßaugen, einem Arzt, der Vanna für einen kurzen chirurgischen Eingriff hinsetzte und ihre Gebärmutter ausschabte, bis das Kind, das sie gezeugt hatten, für immer aus der Welt war. Und Cesar saß draußen, kettenrauchend, weil Vanna geweint hatte, und die ganze Sache kotzte ihn an. Nachher brachte er sie runter nach Brooklyn, kaufte ihr ein Bananensplit in einem Drugstore an der Ecke und war befremdet, weil sie so durcheinander war. »Eine Menge Männer«, sagte er, »wären nicht einmal mit dir hingegangen.« Daraufhin ging sie fort aus dem Drugstore, traurig, und es dauerte Monate, bis sie wieder mit ihm redete oder ins Bett ging.) Für die Familie aber waren sie ein richtig glückliches Paar, ganz und gar nicht wie Delores und Nestor, die es sich zur Gewohnheit gemacht hatten, ernst nebeneinander herzugehen und ihre Bemerkungen nur an die Kinder zu richten: »Kommt her, *nenes*!« »Steck nicht die Finger in den Mund, wenn du gerade das da angefaßt hast!« »Gib deinem Papi einen Kuß!«

Es gab nur noch Schweigen, denn seit die Brüder dem Ruhm nahegekommen waren, hatte Nestor begonnen, sich zu verändern. Er machte lange Spaziergänge allein, und die Leute erzählten Delores oder Cesar immer, sie hätten Nestor »reglos an einer Straßenecke stehen« sehen. Oder daß er »so aussah, als wenn er dort wär, aber er war's nicht wirklich, verstehst du, was ich meine?« Und dann war da noch etwas: die Briefe, die sie manchmal zusammengefaltet in seinen Jackentaschen fand, Briefe an Maria. Ihre Augen flogen über die Seiten und stießen auf Sätze, die ihr ins Herz schnitten wie Messer: »... Und trotz aller Zweifel, ich liebe dich immer noch ... es war immer eine Qual ... Diese Liebe wird immer in meinem Herzen sein ... Wenn ich dir nur bewiesen hätte, wie ich bin ...« Und auch andere Sätze, bei denen sie ihn ohrfeigen wollte und ihm sagen: »Wenn dir dein Leben hier nicht gut genug ist, geh doch wieder zurück nach Kuba!« Aber wie hätte sie das tun können? Sie saß in ihrer Liebe zu ihm gefangen wie in einer Falle. Der Gedanke, daß ihr schöner Liebestraum an Eifersucht zerbrechen sollte, trieb sie zur Verzweiflung. Sie hielt sich an ihre Bücher und schwieg. Drei Monate lang hatte nur das den Frieden gerettet.

Mit ihren siebenundzwanzig Jahren war Delores immer noch eine attraktive Frau. Durch die Selbstlosigkeit aber, mit der sie sich um Nestor und um die Familie kümmerte, bekam sie etwas ratlos Verkniffenes um die Augen. Ein Photo von ihr mit fünf anderen Kubanern, den Brüdern und Musikerfreunden der Familie, zeigt eine intelligente und schöne Frau buchstäblich umzingelt von einem Haufen Männer. (Auf diesem Photo, aufgenommen vor dem Abraham Lincoln-Denkmal in der 116ten Straße, drängen sie sich eng an sie. Eingezwängt in einen Haufen Machos, scheint sie gekränkt darauf zu warten, daß irgendwer sie dort herausholt.) Sie hatte immer noch das Bild des traurigen, aber gutaussehenden Mannes vor Augen, den sie vor Jahren an der Bushaltestelle kennengelernt hatte, und sie liebte ihn und die Kinder sehr. Aber es gab Tage, an denen sie sich ein anderes Leben ausmalte, jenseits von Kochen und Saubermachen und Sich-um-die-Familie-kümmern. Manchmal streifte sie mit den Kindern bei der Columbia Universität umher und spähte in Lehrsäle oder stand vor einem Fenster und hörte in eine Vorlesung des Sommerkursus hinein. Sie seufzte und dachte an all die College-Studenten in ihrer Nachbarschaft. Aus Gründen, die sie nicht verstehen konnte, bezog sie eine tiefe Befriedigung aus all dieser Gelehrsamkeit, aber würde sie je etwas in dieser Richtung unternehmen können?

Es schien keinen Ausweg für sie zu geben. Sie hatte ihre Stelle als Hausangestellte gekündigt und ihre Abendkurse an der Howard Hughes High School abgeschlossen, wo ein Lehrer, halb im Flirt, halb im Ernst, ihr vorschlug, sich zumindest halbtags auf dem College einzuschreiben. Sie hatte in ihren Kursen immer gute Noten gehabt und wäre ins City College hineingekommen, das nur zehn Minuten zu Fuß von der La Salle-Street weg war. Sie sagte ihren Lehrern immer nein. Dann aber malte sie sich in Tagträumen ihr Leben aus, und ihre Knie schmerzten vor Neid auf die Professoren, die von Büchern und bewundernden Kollegen und Studenten umgeben ihr Leben verbrachten.

Eine Zeitlang dachte sie, ihre Interessen seien viel unwichtiger als das Wohl ihrer Familie, aber manchmal, wenn das Apartment voll war mit Cesars und Nestors Kumpeln aus den Tanzbars, die erwarteten, daß man sie bediente, war ihr zum Schreien zumute. Ihr war klar, daß sie intelligenter war als jedermann sonst, den sie kannte. Eine vage Übelkeit kam über sie, und sie überstand diese Abende kaum, so sehr krampfte sich ihr der Magen zusammen.

Sie wurde düster bei der Verrichtung ihrer hausfraulichen Pflichten an diesen Abenden.

»Was ist los mit dir? Warum bist du so traurig?«, fragte Nestor sie.

»Tut mir leid«, sagte sie. »Es ist mein Magen. *Tengo ganas de arrojar*. Mir ist speiübel.«

Es bedrückte sie so sehr, daß sie Nestor ein paar Wochen später darauf ansprach, um die Sache mit ihm zu klären. »*Querido*«, sagte sie zu ihm. »Ich möchte dich etwas fragen.«

»Ja?«

»Was würdest du davon halten, wenn ich ein paar Kurse auf dem College belege?«

»Und warum willst du das tun?«

»Um weiterzukommen.«

Er sagte nicht nein. Aber sein Gesicht wurde rot und füllte sich mit Enttäuschung. »Du kannst machen, was du willst«, sagte er. Er stieß einen Seufzer aus. »Geh du nur, und das wird dann das Ende eines normalen Lebens für uns sein!« Er war von seinem Stuhl aufgestanden. »Mach doch, was du willst, wirst schon sehen, ist mir sowieso egal.«

»Aber was ist denn schon groß dabei, Nestor? Was ist das Problem?«

»Das Problem ist, daß ich hier die Brötchen verdiene, aber wenn du unbedingt willst, ist das deine Sache.«

Sie war still und hoffte, der Ausdruck in seinem Gesicht würde anders werden, entspannter.

Statt dessen machte er weiter. »Mach du nur und demütige mich vor den anderen.«

»Oh, Nestor, bitte.«

»Dann komm mir nicht mit solchen Sachen.«

»Ich wollte dich doch nur um Erlaubnis fragen, ob ich zum College gehen kann.«

Das Wort »Erlaubnis« besänftigte ihn. »Ach ja?« Jetzt schien er es eher in Erwägung zu ziehen. »Na gut, vielleicht sollten wir nochmal darüber reden, irgendwann. Aber ich will sagen, eine Frau mit zwei Kindern sollte nie länger als notwendig von zu Hause weg sein.«

Und dann wurde er sehr zärtlich, legte die Arme um sie und gab ihr einen sanften Kuß. »Tut mir leid«, sagte er zu ihr. »Sieht so aus, als könnt ich mich schlecht beherrschen zur Zeit.«

Danach aber fiel es ihr schwerer, ihr Alltagsleben auszuhalten. Sie ging mit ihren Kindern den Broadway entlang, inmitten der Studenten und Professoren von der Universität. Manche sahen ziemlich dämlich aus, andere wie Genies. Manche hielten ihr die Tür auf, andere ließen sie ihr vor der Nase zufallen. Manche waren homosexuell, andere taxierten sie mit lasziven Blicken. Warum durften die studieren und sie nicht? Manchmal ließ sie die Kinder bei ihrer Schwester Ana Maria, die sie liebte, stahl sich in die großen Bibliotheken der Universität und saß in Büchern blätternd dort. Sie tat so, als wäre sie auf dem College eingeschrieben, nickte den Studenten zu und sagte hallo. Sie dachte versonnen über das Wesen der Welt nach und über die Ordnung darin. Warum war es so, daß ihr Vater auf einer Treppe tot umfiel, mitten an einem kräfteverzehrenden Arbeitstag, das Herz schwer von all seinen Sorgen? Warum beobachtete der strenge Bibliothekar mit den Bifokalgläsern, die tief unten auf seiner spitzen Nase saßen, sie mit Argwohn? Warum stand nicht ihr Papi in einem von den Lehrsälen und las über den Aufstieg der Päpste von Avignon, anstatt unter der Erde zu verrotten? Warum war es so, daß sie beim Heimgehen Angst davor hatte, daß ihr Ehemann, den sie sehr liebhatte, sich in seiner eigenen Welt von Schmerz und Musik verlor? Warum brachte sie so viel Zeit in Schweigen neben ihm zu, weil es ihn anscheinend nie interessierte, was sie zu sagen hatte oder was für Bücher sie las. Warum war es so, daß, wenn es Mambo-Zeit wurde, wenn das Haus sich mit Musikern und ihren Frauen füllte und der Plattenspieler lief, sie sich willig anstellte wie eine Sklavin und all die Männer bediente und doch keine Befriedigung dabei empfand oder sich mit den Frauen verwandt fühlte, mit ihrer Schwester Ana Maria oder mit Pablos Frau, Mariam, die sich vergnügt in die Küche stellten und vergnügt mit Tabletts voll Essen ins Wohnzimmer huschten? Warum saß sie letztendlich immer bloß auf der Couch, den Haufen fröhlicher Tänzer beobachtend und, die Arme überkreuz im Schoß, kopfschüttelnd, *no, no, no*, jedesmal, wenn irgendwer, ihr Schwager, sie an den Handgelenken nahm und zum Tanzen in die Höhe zog? Warum machte sie in ihrem Apartment in der Bronx eines Tages die Tür auf und sah Giovanni, den netten Jungen aus der Fabrik, davorstehen, schnaufend und mit dem Hut in der Hand, um ihr zu sagen, daß ihr Papi tot war? Warum verlor sie sich so gern in Büchern, etwa dem, das sie eines Nachts gerade las, *Huckleberry Finn* von Mark Twain, als sie spürte, wie ihr Ehemann neben ihr mit den Fingern zwischen ihre Beine tastete und plötzlich den Mund auf ihre Brust drückte? Warum fühlte sie nicht mehr denselben Drang, genau das zu tun, was er wollte, ihn aus seinem Schmerz emporzuheben? Sie wußte nicht, warum, und sie machte alles für ihn, wie es richtig war, öffnete ihren Morgenrock von oben bis unten und drückte Küsse auf sein männliches Kinn und seine Brust und unten hin, wo diese Küsse ihn schnell zur Entspannung brachten.

Sie gingen einfach schweigend dahin, Nestor in seiner blauen *guayabera* und seinen karierten *pantalones* sah ins Sonnenlicht, das zwischen die Bäume des Waldes hereinfiel. Eine Hand auf der Schulter von Eugenio, mit der anderen die ängstliche kleine Leticia weiterziehend. Kein Wort für Delores, außer »Schöner Tag heute, hä?« Und so war es bei ihnen immer schon gewesen, seit sie sich an der Haltestelle kennengelernt hatten. Der grüblerische und gequälte Musiker konnte einfache Sätze über das Leben und die Welt sagen, das war alles. Ein guter Mann, immer noch mit einem gebrochenen Herzen wegen einer anderen, dachte sie bei sich. Und deshalb wollte er mich, dachte sie. Wollte mich, damit ich ihm helfe zu vergessen, was er nicht vergessen konnte. Darüber wurde nie gesprochen, aber wenn er ganz nahe bei Delores stand, schien er vor Scham den Atem anzuhalten. Er hatte Angst, sie zur Uni gehen zu lassen, weil er glaubte, sie könnte dann klüger werden und seine Zerrissenheit durchschauen. Er liebte sie ja. Er würde es ihr ja auch immer wieder sagen, eine Million Male, wenn es sein mußte, aber irgend etwas zog und zerrte weiter an ihm, und er glaubte, daß es Maria wäre. Oder war es etwas anderes?

Und während sie durch den Wald spazierengingen, waren Nestor und Delores voller Spannung. Die Kinder fühlten es, obwohl sie zu klein waren, um zu wissen, warum, und auch Cesar wußte es. Er kam zu ihnen herüber und blödelte mit ihnen. Er kam an ein paar Gänseblümchen vorbei und pflückte einige für Vanna Vane und Delorita. Eine Blume glitt ihm aus der Hand und blieb einen Sekundenbruchteil lang zwischen ihnen stehen, in der Schwebe. Wie beim Magnettrick im Zirkus machte Cesar einen Schritt zurück, und die Blume fiel zu Boden. Später glaubte Nestor im Wald ein Reh gesehen zu haben und ging es suchen. Während die Familie zusah, trat er in einen Schacht aus Sonnenlicht und schien einen Moment lang unsichtbar. Dann rief er: »Es *ist* ein Reh!«

Hinter einem Hügel lag der See und in der Ferne Berge. Am Ufer streckten da und dort ein paar Sommerurlauber alle viere von sich, und es gab ein Badehaus, wo alle in ihre Badesachen schlüpften. Die Kinder spielten im seichten Wasser. Eugenio war erst sechs, aber er sollte sich daran erinnern, wie gut das Grillhühnchen an diesem Tag schmeckte, an die langbeinigen Insekten, die auf der Wasseroberfläche zu schweben schienen, und an seine Mutter, die, hübsch wie eh und je, auf der einen Seite der Decke saß, sein Vater auf der anderen, und Nestor sagte immer wieder: »Warum sind wir nur so? Begreifst du denn nicht? *Yo te quiero.* Wenn du das begreifst, werden wir wieder glücklich sein.«

Jedesmal aber, wenn sie sich von Nestor abwandte, sah er die anderen hilfesuchend an, als sollte einer von ihnen vortreten und sagen: »Ja, sei nicht so hart zu ihm, Delorita, er ist ein guter Mann.«

Cesar und Vanna Vane waren unzertrennlich. Sie sprangen ins Wasser, das kalt war, und rannten zurück ans Ufer, streckten sich auf Badetüchern aus, tranken Rheingold-Bier und genossen den Sonnenschein. Nestor, der jüngere Mambo King, sah ihnen aufmerksam zu, und jedesmal, wenn Cesars Flasche leer wurde, brachte Nestor ihm eine neue. Hin und wieder sagte er zu Delores: »Noch böse?«

Dann lief Vanna Vane in einem grünen Badeanzug, mit spitzen Nippeln und Gänsehaut an Armen und Beinen, ins Wasser. Cesar lief ihr nach, aber weil er nicht schwimmen konnte, planschte er nur herum und lachte wie ein Kind. Vanna, die Großstadtpflanze, konnte auch nicht richtig schwimmen, und beide tauchten blubbernd unter, hielten einander an den Hüften, streichelten und küßten sich. Delores blieb am Ufer und las. Nestor spielte mit den Kindern, als er plötzlich den Entschluß faßte, sich als Mann zu beweisen. In der Mitte des Sees war ein kleine Insel, ein paar hundert Meter weit draußen, und da beschloß er hinzuschwimmen. Aber er kam nicht weit und versank wild strampelnd in den Wellen, das Gesicht verzerrt vor Anstrengung, sich über Wasser zu halten. Als er am Untergehen war, fühlte er, wie es ihm Brust und Magen zusammenschnürte, und aus seinem Mund quoll ein Schwall von Luftblasen. Ein paar Mal sah es aus, als würde er ertrinken, da keiner dort gut genug schwimmen konnte, um ihn zu retten, aber als Delores ihr Buch fallen ließ und anfing »Nestor! Nestor! Komm zurück!« zu schreien, trat er schnell Wasser und schaffte es mit einer herkulischen Anstrengung zurück ans Ufer. Delores wickelte ihn in ein Badetuch und deckte seinen bibbernden Leib mit dem ihren zu. Ein kalter Wind hatte über dem See zu wehen begonnen, und das grünliche Wasser verdunkelte sich ins Schwarze, als breiteten Schatten sich darin aus. Dann begannen schwere, schwarzbäuchige Wolken zu grollen wie weit entfernte Congas, und der Sommertag mit seinem heißen Sonnenschein, der auf dem See funkelte, wurde auf einmal kalt, die Luft lud sich auf, und es begann zu regnen. Alle drängelten sich unter das Vordach des Badehauses, sahen eine halbe Stunde lang dem Regen zu, dann zogen sie sich an und machten sich auf den Weg zum Auto. Cesar Castillo brachte die Familie heim in die La Salle-Street und fuhr anschließend mit Vanna Vane ins Hotel Splendour.

Sie sollten einen Abend in New Jersey spielen. Cesar stand vor dem Spiegel im Wohnzimmer und band seine Schleife zur Form eines Schmetterlings. Als er gerade anfing, sein öliges Haar zurückzubürsten, bemerkte er, daß die Fenstervorhänge flatterten, und von der La Salle-Street herauf hörte er Feuerwehrsirenen heulen. Dann roch er Rauch in der kühlen Luft: In einem Haus weiter unter brannte eine Wohnung, und drei kleine Kinder schrien, so laut sie konnten, um Hilfe. Frisch aus der Badewanne, ging auch Nestor ans Fenster. Die ganze Familie versammelte sich an den Fenstern, um den tapferen Feuerwehrmännern mit ihren Piken und Schläuchen zuzusehen, wie sie auf ihren langen Leitern balancierten. Glas schmolz, Fenster barsten von der Hitze, Splitter regneten auf die Straße – von überall sahen die Leute zu. Das Feuer machte die Brüder nervös, und sie gingen in die Küche und gossen sich ein paar Drinks ein. Es waren die Schreie, die wabernden Rauchschwaden. Eine Nacht voller Rauch und Schreien in der Luft. Traurigkeit machte sich im Apartment breit; Tod lag in der Luft, und sie tranken zwei Biere und zwei Scotch.

Cesar mit seinem fleischigen Gesicht zuckte die Schultern und versuchte, die ganze Sache zu vergessen, und Nestor erinnerte sich an gewisse Grundsätze positiven Denkens, in ihren Köpfen aber hallten die Schreie der Kinder wider. Die Schatten an den Wänden waren gezähnt und zersägten das Licht.

Sie zogen sich an und machten sich zum Gehen fertig, schwarze Instrumentenkoffer neben sich. Es war der übliche Abschied, kein bißchen anders als sonst. Cesar hatte seinen schwarzen Gitarrenkoffer und eine kleine Schachtel mit Perkussionsinstrumenten auf dem Flur bei der Tür, und Nestor folgte ihm mit seinem schwarzen Trompetenkoffer in der Hand, den Hut tief in die Stirn gezogen. Mit seinem tieftraurigen Blick kniete er nieder und rief Eugenio, gebannt vom Flimmern des RCA-Fernsehers, für einen Abschiedskuß her. (Beim Auftritt in der *I Love Lucy*-Show ist dieser Blick in seinem Gesicht zu sehen, und manchmal auch, wie die gleiche kubanische Schwermut durch Ricky Ricardos Züge bricht, mit einem Mal verletzlich und empfindsam, der Ausdruck eines Mannes, der viel durchgemacht hat und nicht mehr leiden will in seinem Leben.) Eugenio gab ihm einen Kuß zum Abschied und rannte dann zurück zum Fernsehen. Er sah gerade *Superman*. Und als Eugenio davonrannte, versuchte Nestor ihn für noch einen Kuß festzuhalten.

Er hatte mit Delorita in der Küche gesprochen. »*Bueno*«, sagte er. »Wir gehen jetzt.«

»Wann seid ihr zurück?«

»Na ja, du weißt ja, es ist eine Debütparty in New Jersey, *un fiesta de quince*. Wir werden versuchen, bis fünf oder sechs zurück zu sein.«

Sie rauchte eine Zigarette, blies den Rauch sanft durch die Nase aus und gab Nestor einen flüchtigen Kuß. Die vierjährige Leticia, die neben ihr stand, versank in den Falten von Rock und Schürze. Was konnte Delores schon tun außer nicken: »Gut.«

Später saß sie im Wohnzimmer, während die Kinder fernsahen, glücklich, daß sie den Abend mehr oder weniger für sich hatte, so daß sie lesen und tun konnte, was sie wollte, ein schönes langes Bad nehmen vielleicht.

Morgens um acht sollte sie sich dann verwünschen, weil sie ihm nicht mehr Liebe bezeigt hatte. Sie würde die Mauern umfallen sehen und wie eine Figur aus einem Roman in einem Wirbel von Schatten durch den Flur gehen.

Er pfiff – so jedenfalls sollten sich später alle an ihn erinnern – pfiff »Beautiful Maria of My Soul«. Schon schwand er dahin, wenn auch, sein ganzes Dasein von Erinnerungen aufgezehrt, nur mehr wie ein Gespenst. Es war so frisch draußen, daß die Brüder mit den Füßen aufstampften und Schwaden eisgrauer Luft ihnen aus Mund und Nase dampften, es war die Zeit im Jahr, wo ein paar weihnachtliche Lichter noch in den Fenstern blinkten. Die Überlebenden aus dem brennenden Haus kauerten in Mänteln und Decken auf der Straße, ein Sprühregen von Löschwasser fiel im Bogen in den Lichtschein der gußeisernen Straßenlaternen. Über den Hausdächern der Mond, ein Mond wie ein Mambo-Sänger mit einem Schnurrbart dünn wie ein Bleistiftstrich, die Sterne glänzend wie glitzernde Fleckchen Goldlamé. Sie gingen die Treppe hinunter, standen einige Zeit in der Menge, die bei dem Feuer zusah, und warteten auf Manny in seinem holzbeschlagenen Studebaker Kombi. Cesar und Nestor fuhren im DeSoto hinterher. Atem aus Nestors Lungen, Dampfwolken aus dem Auspuff wirbelten in die dunkle Nacht hinein. (Wie der Himmel in Kuba von der Veranda aus, dachte der Mambo King im Hotel Splendour, die Sterne endlos und ewig.) Eineinhalb Stunden später dachten sie immer noch an das Feuer. Sie waren an ihrem Ziel in New Jersey angekommen: eine Kolonne von fünf Autos fuhr vor dem Club vor, und aus dem von

Ramon, dem »*Jamon*«, aus Brooklyn gefahrenen Wagen stieg Vanna Vane, die mitgefahren war, um bei dem »großen Schrank von Mann«, Cesar, sein zu können.

Die Mambo Kings bauten im Club auf, auf einer Bühne unter einer Batterie von roten Lichtern. Heliumgefüllte Ballons dümpelten überall an der Decke. Der halbe Saal war voll mit langen Tischen, an denen die Verwandten und Freunde des Mädchens an seinem Ehrentag saßen. An der Wand gegenüber der hufeisenförmigen Bar war ein Tisch voller Großmütter mit Kristallbroschen und Diademen im Haar, die gläserweise Sangria tranken und ein gestrenges Auge auf die Umtriebe der jüngeren Pärchen in der Menge hatten, geschniegelte *suavecitos* mit ihren jungen Mädchen; die Teenager an einem anderen Tisch sahen gelangweilt aus und warteten begierig auf den Beginn der Feierlichkeiten. Zwei Köche trugen wie auf einer Tragbahre zwei Spanferkel herein, die Haut braun und knusprig, und stellten sie auf einem langen Tisch ab, über den ein rotes Tuch gebreitet war. Dann kamen noch mehr Platten mit Essen, gefolgt von der Krönung des Ganzen, einer einen Meter hohen Schokoladencremetorte, überzogen mit einer Honigglasur und der Zahl 15 obendrauf. Der Mann, der die Party gab, hieß López, und er überreichte Cesar eine Liste von Liedern, die er von der Band hören wollte, Nummern wie »*Quiéreme Mucho*«, »*Andalusía*« und das Lied, mit dem er seiner Frau den Hof gemacht hatte, »*Siempre en Mi Corazón*«.

Und er fügte hinzu: »Können Sie für die *nenes* auch ein wenig von diesem Rock'n'Roll spielen?«

»*Seguro.*«

»Und dann eins noch, das Lied, das Sie im Fernsehen gesungen haben?«

»›Beautiful Maria of My Soul‹?«

»Jaja, genau das.«

Herein kam López' Tochter – in einem altmodischen Seidenkleid mit Reifrock und fünf Volants, auf hohen Absätzen daherstöckelnd, dahinter eine Prozession von Freundinnen und Tanten. Sie trug ein großes Blumenbukett und auf dem Kopf ein Krönchen und verströmte, als sie in die Runde blickte, eine beklommene Würde, hochmütig und zugleich dankbar.

Mit einer grünen, weit herumgezogenen Sonnenbrille trat Nestor ans Mikrophon und setzte, den Kopf in den Nacken gelegt, seine

Trompete an und begann – zum letzten Mal in seinem Leben – die bewegte Melodie von »Beautiful Maria« zu spielen. Dann zog der große Cesar Castillo neben ihm ein parfümiertes Taschentuch heraus und wischte sich damit über die feuchte Stirn. Mit geschlossenen Augen wartete Cesar, bis sein Pianist, Miguel Montoya, seine Einleitung mit viel Pedaldämpfung zu Ende gespielt hatte, und mit weit ausgebreiteten Armen, feierlichem Gesicht und zähnefletschend wie ein Pferd, begann er zu singen.

Zugleich ergriff Mr. López die schmale, weiß behandschuhte Hand seiner Tochter und führte sie in die Mitte der Tanzfläche. Er drehte sie elegant im Kreis, mit stolzem Blick und einem breiten Lächeln auf dem Gesicht. Die Gesellschaft applaudierte und strömte um Vater und Tochter zusammen. Dann tanzten alle.

Während der Pause ging Nestor beiseite, um sich in eine Ecke zu lehnen und den Kindern zuzuschauen, die auf eine *piñata* losgingen, voll mit *caramelos*, Spielzeug und Münzen; nacheinander droschen die Kinder mit einem Stock auf die *piñata* ein, das Geräusch der Schläge führte ihn zurück in seine Kindheit (und da hörte er Schläge aus dem Nebenzimmer, sein älterer Bruder Cesar kauerte in einer Ecke, die Arme über den Kopf, um ihren Papi abzuwehren). Aber diese Kinder mit ihren verbundenen Augen waren glücklich, ein kräftiger Junge zertrümmerte die *piñata* und die Kinder stürzten sich auf die Preise. Eßgeräusche, ältere Stimmen, die mit den Jungen schimpften, knallende Champagnerkorken, und verschiedene Nummern auf der Bühne: Ein Jongleur von den örtlichen *Knights of Columbus*, der drei Fackeln kreiseln ließ wie ein Windrad aus Licht. Danach kamen zwei kleine Mädchen mit Shirley Temple-Frisuren und roten Haarschleifen, die über die Bühne steppten. Dann leitete ein Komiker mit einer großen roten Perücke und einer falschen Knollennase eine Tombola. Zu gewinnen gab es eine Schachtel Havanna-Zigarren, Marke Partagas & Co., eine Kiste rosa Champagner, eine Zwei-Pfund-Bonbonniere von Schrafft's und viele kleinere Preise, genug, daß für so gut wie jeden etwas abfiel: Kugelschreiber, Puderdosen, Handtäschchen, Zigarettenetuis, auf denen »Alles Gute, Carmencita López, 17. Feb. 1958« eingeprägt war.

Miß Vanna Vane gewann eine kleine muschelförmige Puderdose mit aufklappbarem Spiegel, die sie an den Tisch zurückbrachte, um sie ihrem Mann, Cesar, zu zeigen. Der Mambo King war diesen Abend am Trinken. In letzter Zeit hatte er es bei einigen Auftritten so gemacht, ruckzuck ein paar Gläschen gekippt, jedesmal, wenn er an die Bar konnte oder sich zu den Leuten an einem der Tische setzte. Den Arm um Vanna Vane's Taille geschlungen, küßte er sie hinters Ohr, packte dann ihren Stuhl und zog ihn nahe zu sich, so daß er durch ihren geschlitzten Rock ihren warmen Schenkel, und ganz leicht auch ihren Puls, an seinem Bein fühlen konnte – ein Puls, der auf seine Art sagte: »Wir werden viel Spaß zusammen haben, Cesar, und ich werde dir zeigen, wie sehr ich dich liebe.«

Sie war eine nette und warme Frau, eine tolle Tänzerin, die nie mit Cesar stritt, außer wenn es um ihr Aussehen ging. Sie maulte, weil das Ausgehen mit ihm auf die Figur schlug. Cesar führte sie dauernd in Restaurants oder auf Parties, und dort aß sie dann lauter Dinge, die dick machten. Sie konnte eine Platte Hühnchen mit Reis verdrücken, noch eine mit knusprigen *tostones*, ein paar Flaschen Bier trinken und stand dann am nächsten Tag stundenlang vor dem Spiegel, zog den Bauch ein und quetschte sich danach in ihren Maidenform Hüfthalter. Daß sie deswegen unglücklich war, erstaunte Cesar, der ihre reifende Fülle mochte und auch die Art, wie ihr Fleisch wackelte. (Es gibt ihm einen Stich, wenn er jetzt zurückdenkt, wie gern sie, wenn sie ihn bestieg, es hatte, wenn er ihre *nalgitas* richtig fest drückte, jeder Druck genau im Takt, bis sie ihn ganz in sich drin hatte: dann kreiste sie die Hüften, und alles fühlte sich cremig an. Und noch ein Stich: Sie sprühte aus dem Zerstäuber Parfüm auf ihren Hals, ihr Dekolleté und die feuchtwarme Mitte ihres Lily of Paris-Höschens. In ihrem Zimmer im Hotel Splendour machte sie für ihn Privat-Striptease, wickelte ihre Strümpfe um sein Glied und hängte ihr Höschen darüber. Wieder ein Stich).

Vanna saß zwischen den beiden Brüdern, und dann zuckte sie zusammen, weil sie spürte, wie Cesars Hand sich auf ihrem Schoß einrichtete. Sie rutschte herum, aber er ließ sie liegen. Dann, ohne ein Wort zu sagen oder sie anzusehen, begann er, ihr den Schenkel zu streicheln. Sie rutschte noch ein wenig herum, nahm einen Schluck von ihrem Drink und lächelte wieder. Schließlich flüsterte sie Cesar ins Ohr: »Bitte, es sind Leute da. Da sitzt gleich dein Bruder.«

Er schlürfte seinen Drink und zuckte die Achseln.

Nestor saß da, sah gedankenverloren auf die Leute auf der Tanzfläche, das Durcheinander von Tischen, und träumte vor sich hin. Er hatte zuvor an diesem Abend schlechte Stimmung gehabt; als ob er es gewußt hätte. Während er auf der Bühne stand und das Solo von »Beautiful Maria« spielte, hatte sich in seinen Knien ein schlechtes Gefühl bemerkbar gemacht und war langsam, Rippe um Rippe, durch Brust und Hals hochgestiegen, ehe es sich in seinem Hirn festsetzte. Es war das simple Gefühl, daß seine Sehnsüchte irgendwie im Widerspruch zu seiner offenbaren Lebensbestimmung standen, traurige Boleros zu schreiben, krank im Bett zu liegen, lang verflossenen Lieben nachzutrauern, sich nach etwas zu verzehren, das er doch nie haben konnte.

Am späteren Abend, als ihre Arbeit getan war, kamen die Musiker der lästigen Pflicht nach, ihre Instrumente zusammenzupacken und auf ihr Geld zu warten. Dann sammelten sie säckeweise übriggebliebenes Essen und Kuchen ein. Und Nestor stopfte sich die Taschen bis zum Überquellen mit *caramelos* und Kaugummi, Murmeln und kleinen Spielsachen voll. Cesar nahm sich eine Flasche Rum mit, schnappte Vanna und ging hinaus zum Auto.

»Brüderchen«, sagte er zu Nestor, »du fährst.«

Nestor hatte sein letztes Wasser gelassen, sein letztes Abendmahl gegessen, seine letzte Trompetenphrase gespielt. Er hatte sich die juckende Nase gekratzt, war bei einem falschen Ton zusammengezuckt. Er hatte seinen letzten Schluck Rum getrunken und, eins von den Bonbons aus dem Zellophan wickelnd, seine letzte Süßigkeit gekostet. Er hatte sich auf der Herrentoilette des Clubs mit kaltem Wasser das Gesicht gewaschen; er hatte Vanna Vane wie von ungefähr in den Ausschnitt geguckt, als er sich über den Tisch beugte, um sich an der Kerze Feuer zu nehmen. Er hatte sich danach gefühlt, Delores anzurufen, es sich jedoch anders überlegt, hatte über die Grundsätze positiven Denkens nachgedacht und einen Fleck auf dem linken Revers seines Jacketts entdeckt. Vor dem Spiegel stehend und sich von Kopf bis Fuß betrachtend, hatte er sich vorgestellt, seine Eingeweide seien voll von einer dicken schwarzen Flüssigkeit wie Tintenfischtinte. Er hatte das Gefühl gehabt, vom Boden abzuheben, als er sich während seines Trompetensolos zurückbeugte, das Gefühl, durch eine Wand zu gehen. Beim Pinkeln war ihm weh, er dachte an Maria die Schöne nackt im Bett, weh vor Unverständnis der Dinge.

Fast hätte er eine Fliege totgeschlagen, entschied sich aber dann dagegen, das arme Ding war halb tot und klammerte sich an eine

Ecke des Toilettenspiegels. Er hatte ein paar Machos beim Armdrük-
ken an einem hinteren Tisch zugesehen. Er hatte das Gepräge eines
Zehn-Cent-Stücks untersucht. Er hatte sich die Nase geschneuzt.
Schwitzend, weil es in dem Club so heiß war, und begierig, die
kühle Nachtluft auf dem Gesicht zu spüren, hatte er die Hintertür
aufgemacht, hinauf in den Himmel geschaut, der tief auf die Erde
herunterzuhängen schien, und ein Sternbild ausgemacht, den
Schwan. Er hatte hinter dem Club den Schnee leise fallen gesehen
und bemerkt, wie er sich auf den unteren Zweigen des Baumes
sammelte und dann sachte herabrieselte. Er hatte sich gefragt, wie es
wohl wäre, in ewige Fernen auf und davon zu gehen. Er hatte sich
gedacht, daß die Vergangenheit wohl niemals ein Ende nahm. Er
hatte sich gefragt, ob es wohl Engel gab, wie seine Mutter immer
gesagt hatte. Er erinnerte sich, wie sie zur Milchstraße hinauf
gedeutet und gesagt hatte: »Sieh nur all die Leute dort oben«, und er
träumte von einem Himmel, in dem es von Seelen wimmelte. Er
hatte das Kruzifix um seinen Hals hängen gefühlt und an den Tag
zurückgedacht, als seine Mutter es ihm schenkte. Er war zwölf Jahre
alt und kniete zitternd an der Altarbrüstung, um die Kommunion zu
empfangen. Und in dieser Nacht, Jahre später, hatte er einen
leichten Schmerz hinter dem linken Ohr gespürt. Er hatte gewünscht, er hätte sich ein paar Tage zuvor ein scharfes Heft mit
nackten Mädels an dem Zeitungsstand in der 124sten Straße gekauft.
Er hatte sich an sein Versprechen erinnert, wieder mit Eugenio und
Leticia ins Museum zu gehen, Dinosaurierskelette anschauen. Er
hatte sich erinnert, wie er sich an Delores drückte, während sie beim
Kochen am Herd stand. Sie las gerade ein Buch mit Cowboys auf
dem Umschlag. Er hatte angefangen, eine Erektion zu kriegen,
schon dreiviertelhoch, und sie drückte sich an ihn. Dann kamen die
Kinder herein und dazu sein Bruder. Und die Rohre rasselten, und
es klang, als wären Leute in den Rohren eingesperrt und würden mit
Messern und Löffeln daran kratzen. Er hatte über Jesus Christus
nachgedacht, wie er am Kreuz hing. Er hatte sich gefragt, ob Jesus,
der doch alles auf der Welt sehen konnte, Vergangenheit, Gegenwart
und Zukunft, auch ihn sehen konnte, wie er durch den Club ging.
Er hatte sich daran erinnert, wie gern er sich Jesus beim Fischen im
See Genezareth vorstellte. Er hatte sich daran erinnert, für seine
Schwägerin Ana Maria in der Fleischfabrik zwanzig Pfund Lamm-
schnitzel vom Mittelstück zu einem Vorzugspreis zu besorgen. Er

hatte sich an den Geschmack der Nippel seiner Frau erinnert. Er hatte beschlossen, ein paar Pfund abzunehmen, weil er einen Bauch bekam. Er hatte über die Melodie nachgedacht, an der er herumbosselte. Er hatte davon geträumt, die Dinge ungeschehen zu machen, nicht seine Kinder oder das Glück seiner Frau, aber doch irgendwie zurück nach Kuba zu gehen, in die Arme Marias. Er hatte sich daran erinnert, wie er dachte, warum wühlt nur immer dieser Schmerz in mir, wann wird dieser Schmerz ein Ende haben?

Dann das, wofür weder der Mambo King noch irgendwer sonst eine Erklärung hatte: Auf dem Rücksitz des DeSoto alberte Cesar mit Vanna Vane herum. Sie waren beide beschwipst genug, daß er seine Hand in die warmen oberen Gefilde ihres Rockes schob, wo die Nylons auf den Strumpfhalter trafen, und sie war die reine Verzückung, küßte ihn zärtlich und lachte, beide süffelten ihren Rum, während Nestor auf dem Vordersitz auf die Straße sah und sich Mühe gab, in den vereisten Kurven und auf dem schönen Schnee, der weiter überall gefallen war, die Straße zu halten. Vanna ließ ihre Hand über die Innenseite von Cesars Schenkel gleiten, und er drückte sein Gesicht an ihres und sagte ihr all die Schweinereien, die sie miteinander machen würden, wenn sie erst einmal wieder in Manhattan waren. Auf dem Rücksitz war ein Nebel aus Parfüm und Zigarettenrauch, aus dem Küsse und Gekicher drangen, die beiden waren so sehr miteinander beschäftigt, daß sie mitunter vergaßen, daß Nestor am Steuer saß. Er wurde ein namenloser Fahrer für sie, während sie sich ineinander verloren; er war der Mann im Mantel, schwarzbebänderten Hut und Schal mit einem Trompetenkoffer neben sich auf dem Vordersitz und einer Schachtel mit Perkussionsinstrumenten auf dem Boden.

Nestor war längere Zeit still gewesen, hatte mehr auf die Straße geachtet als auf das Geküsse hinter ihm, als ihm einfiel zu fragen: »Soll ich die Heizung höher drehen?« Dann aber, einfach so, kam der Wagen ins Schleudern und schlitterte über einen Flecken Eis, und er geriet in Panik, stampfte die Bremse herunter und blockierte die Räder, so daß der DeSoto in ein dichtes Gehölz flog und in den massiven Stamm einer Eiche krachte. Es gab einen Bums und dann ein lautes Ächzen, als würde bei einem Schiff der Großmast brechen, und der bullige V-8-Turbomotor brach aus den Bolzen und rammte das Lenkrad in Nestors Brust.

Das war alles. Mit einem tiefen Seufzer verlor er hinter dem

Lenkrad das Bewußtsein. Er schloß die Augen und fühlte, wie jemand heißes Öl über ihn träufelte, und er fragte sich, warum sein Inneres sich mit Feuchtigkeit füllte: feuchte Palmwedel, verrottende Blumen, die Stengel zermanscht und blutig; feuchtes Notenpapier, feuchtes Klopapier, feuchte Präservative, feuchte Seiten aus der Bibel, feuchte Seiten eines Fernsehdrehbuchs, feuchte Seiten aus D. D. Vanderbilts *Forward America!* Das Lenkrad hatte ihn in die Brust getroffen wie ein harter Schlag, eigentlich nicht einmal ein schrecklich wuchtiger Schlag, und er hatte das Ächzen gehört und nach dem Ächzen das Läuten von fernen Glocken. Dann schwammen hinter seinen Lidern schwarze und weiße Sterne, als hätte er gerade in ein Kamerablitzlicht geschaut, und er öffnete die Augen, und der fallende Schnee hatte sich geteilt wie ein Vorhang und er konnte den Himmel sehen, wie er ihn von der Veranda des Hauses seiner Familie auf Kuba aus gesehen hatte: da waren die Sternbilder des Schwans, Herkules und Steinbock, und unzählige andere Sterne, strahlender, als er sie je in Erinnerung gehabt hatte, die Sterne leuchteten wie glückliche Kinderaugen. Und begannen dann herumzuwirbeln wie Tänzer in einem überfüllten Ballsaal. Er schloß die Augen und wollte weinen, konnte aber nicht. Er versuchte zu sprechen: »Sagt meiner Familie, daß meine Gedanken bei ihr waren«, wollte er sagen, aber dann wurde auch das Denken immer schwerer und er schlief ein, und obwohl er sich sehr anstrengte, wach zu bleiben, wurden seine Gedanken träumerischer und dunkler, und dann träumte er, daß jemand ihm über sein dichtes, welliges Haar strich, und wachte nicht mehr auf.

Aus ihrer Liebeswolke geschleudert, waren Cesar und Vanna etwa zehn Minuten bewußtlos, bis die anderen, die später aufgebrochen waren, dazukamen. Um Nestor zu befreien, schoben die Männer den Sitz zurück und hoben ihn hinaus in den Schnee, wo sie ihn auf eine Decke legten. In der kalten Nacht dampfte er aus Mund und Nase, Rauch und der Geruch von verschmortem Gummi und von Benzin lagen in der Luft. Später würden sie sagen, daß Nestor kurz die Augen öffnete und traurig lächelnd zum Himmel sah. Cesar wurde durch einen Schluck Rum wiederbelebt und glaubte einen Moment lang, an einem Sonntagmorgen mit einem fürchterlichen Kater im Hotel Splendour aufzuwachen. Aber Vanna Vane weinte, und da waren einige von den Mambo Kings mit Taschenlampen, dann Polizisten und Fremde und Sirenen aus der Ferne. Neben

Nestor niederkniend, ertappte der Mambo King sich verblüfft dabei, wie er über ihm das Kreuzzeichen machte. Er verharrte lange Zeit dort, berührte Nestors Gesicht und sagte immer wieder: »Wart noch, Brüderchen. Wart noch.« Sonst aber geschah nichts – nichts jedenfalls, woran der Mambo King sich hinterher hätte erinnern wollen.

Woran er sich erinnerte, war Nestor, wie er die Treppe zum Apartment hochrannte, glücklich wie ein kleiner Junge, unter dem Arm eine als Päckchen vom Weihnachtsmann verpackte Gitarre als Geschenk für Cesar, ein scharfes Stück, das er unten an den Docks erstanden hatte. Er erinnerte sich, wie der Mann auf der Kante der Couch saß und, wenn er glaubte, daß grade keiner hersah, sein Gesicht in den Händen vergrub. Er erinnerte sich, wie er zum ersten Mal den Namen Maria gehört hatte und sein Bruder zum ersten Mal die Akkorde des Liedes spielte, als sie bei Cousin Pablo wohnten. Und irgendwie brachte er Nestors Tod immer mit diesem Lied in Verbindung. Er stellte sich vor, daß Nestor gehört hatte, wie er Vanna lüstern geküßt hatte – und die Wahrheit war, daß er bereits begonnen hatte, sein Spiel mit ihr zu spielen, und mit dem Daumen durch ihr Höschen über die Öffnung ihrer Scheide tastete, der ganze Mann in heller Erregung durch die Feuchtigkeit, die sich nach und nach dort ansammelte – und daß Nestor es nicht ertragen konnte, so viele andere in einer Welt voll Lust und Freude leben zu sehen, während er in einer Welt des Schmerzes existierte: daß er dieses Gefühles wegen, anstatt auf der eisigen Straße geradeaus zu fahren, das Lenkrad abrupt nach rechts verrissen hatte, um an einem Baum zu landen. Dann fielen ihm, und jedermann, die Worte seines Bruders wieder ein, denen er nie viel Beachtung geschenkt hatte: »Manchmal hab ich das Gefühl, ich werd nicht lang dasein auf dieser Welt.«

An noch etwas erinnerte er sich, wie der Arzt in dem Spital, in das sie Nestor gebracht hatten, sagte: »Eigentlich war's gar nicht so schlimm. Nur eine kleine Vene beim Herzen, die wurde zerquetscht, eben Pech.«
»Pech.«

Das Schlimmste war, Delores die Nachricht beizubringen. Sie wußte, daß etwas passiert war, als Cesar am nächsten Morgen um halb zehn mit Manny auftauchte. Sie hatte geschlafen, als es ihr ins Bewußtsein drang: Ihr Buch, *Double Indemnity*, war morgens um halb vier vom Nachttisch gefallen, und sie fühlte, wie eine queck-silbrige Ahnung ihr langsam in die Knochen sickerte, wie damals, als sie in ihrem Apartment in der Bronx an die Tür gegangen war und erfahren hatte, daß ihr Vater gestorben war. Was konnte sie also tun, außer im Flur auf und ab gehen und am Fenster Wache halten, in Erwartung der Nachricht? Was konnte sie schon tun, als sich selbst im Spiegel anzustarren und zu wünschen, es hätte besser gestanden um sie beide?

Als Cesar die Nachricht überbrachte: »Es hat einen Unfall gege-ben, und Nestor war darin verwickelt. Er ist von uns gegangen«, sagte sie: »*Cuñado*, Schwager, würdest du wiederholen, was du gerade gesagt hast?«

Er wiederholte es.

Dann, ruhig und beeindruckend, sagte sie: »Ich muß meine Schwester Ana Maria anrufen und es ihr sagen.«

Cesar sagte, er wolle es den Kindern sagen. Eugenio und Leticia teilten sich ein kleines Zimmer am Ende des Flurs, und um die Zeit des Unfalls herum hatten sie gehört, wie ein paar von den Rohren unten im Heizungsraum sich bogen und rüttelten, als würden sie gleich zerbersten oder aus der Wand brechen. Und darauf folgte ein metallisches Ächzen, auf das Eugenio sich im Bett aufsetzte. Sie schliefen sonntags lang und warteten, daß ihre Mutter sie für die Messe um elf holte. An diesem Tag aber stieß Cesar die Tür auf, immer noch im Mantel, der nach Schnee roch. Er streichelte ihnen die Gesichter und sagte: »Euer Papi ist weit weggefahren.«

»Wohin?«

»Einfach weit weg.«

»Und kommt er zurück?«

»Ich weiß nicht, Kinder.«

Er griff in seine Tasche und holte einige von den harten roten Fruchtdrops hervor, die sein Bruder bei der Party in New Jersey für die Kinder mitgenommen hatte. Und er gab sie ihnen und sagte: »Euer Papi hat mich gebeten, euch diese Bonbons zu bringen.«

»Und jetzt zieht euch an, es kommen gleich ein paar Leute.«

Diese Leute waren der Priester aus der Kirche, Pfarrer Vincent, und Bernadito Mandelbaum und Frankie Pérez und Miguel Montoya und Ana Maria und Manny, und dann noch die anderen Mambo Kings, die mit ihren Frauen und Kindern oder ihren Freundinnen kamen, oder allein einfach im Flur standen, den Hut in der Hand, den Kopf gesenkt. Der Priester saß im Wohnzimmer und redete von der »Gnade«, und die Kinder zogen sich an. Es war nett, wie freundlich jeder Besucher zu ihnen war, ihnen die Köpfe streichelte und ihnen Geld für Comic-Hefte und Bonbons gab.

Sie beschlossen, keine Totenwache zu halten, warteten jedoch zwei Tage auf die Ankunft des dritten Bruders aus Kuba, Eduardo, der spindeldürr war und noch nie zuvor in einem Flugzeug gesessen hatte. New York sah für ihn grau und trübe aus. Nachts wanderte er in einem Frotteeschlafrock, weißen Socken und Schuhen mit dünnen Sohlen durchs Apartment. Er war in allem sehr zaghaft. Auf die Straße zu gehen, schien ihn wirr zu machen, seine Sinne wurden bombardiert vom Lärm des Verkehrs, der Baustellen, U-Bahnen. Er war in den Vierzigern, wirkte aber älter. In seinem Haar waren Strähnen Weiß, und er sprach so leise, daß keiner auch nur die Hälfte von dem verstand, was er sagte. Sein Gesicht war sonnengegerbt und voller Schatten. Er ging durch das Haus und schüttelte den Kopf, als wollte er sagen: »Armer Nestor« und »Das alles macht keinen Sinn«.

Nestors Tod und Begräbnis blieben im Gedächtnis hängen wie Wolken von Schmerz. Niemand wollte sich daran erinnern.

Selbst im Hotel Splendour mußte Cesar gegen den Drang ankämpfen, wieder »Twilight in Havana« oder »Beautiful Maria of My Soul« zu spielen und in die Vergangenheit einzutauchen, in Gedanken um das schmerzlichste Erlebnis seines Lebens kreisend, den Verlust seines Bruders. Vielleicht besser »Manhattan Mambo« auflegen und die frühen Tage in den Clubs zurückholen, oder die alten Sachen mit dem Orchester von Julián Garcia wieder hervorkramen.

Ein Detail, an das er sich leicht und gern erinnerte? Daß er sich am Tag vor dem Begräbnis seines Bruders mit Vanna Vane für eine Stunde ins Hotel Splendour stahl. Eine Stunde lang taten sie so, als ob nichts Schreckliches passiert wäre. Sie wollte vergessen, und er wollte vergessen. Also warf er sie aufs Bett und legte sich auf sie. Sie waren viel zu durcheinander, um sich auch nur auszuziehen, aber er schob ihren Rock hoch, zog sein tränendes Ding heraus und rammte es ihr zwischen die Beine. Sie bumsten nicht einmal wirklich, er rieb es einfach an ihrer Spalte, nur um des Gedankens willen, am Leben zu sein.

Er mußte einfach ständig an die feistschenkelige Vanna Vane denken. Sie drängte sich ihm auf, das Bild, wie sie ihre Nylons über die kräftigen, wohlproportionierten Beine zog, wie sie die Strumpfhalter zuknipste. Auf sauberen kühlen Laken lag seine Haut an ihrer. Endlose Küsse und über ihm Miß Vanes großer Hintern, auf und nieder.

»Weißt du, was ich mag, wenn du es manchmal mit mir machst?«

»Was?«

»Ich mag es gern, wenn du mich richtig fest in den Busen beißt, wenn's mir kommt.«

»Okay. Und weißt du, was ich mag? Ich mag es, wenn wir es auf die übliche Weise machen, und dann, wenn's mir fast schon kommt, gehe ich raus und dann nimmst du mich in den Mund und dann, wenn's mir wieder fast kommt, gehe ich wieder raus und unten in dich hinein, und das machen wir solange weiter, bis ich mich nicht mehr zurückhalten kann.«

Eugenio kam durch das Begräbnis drauf. So viele Leute streichelten ihnen über die Köpfe und schenkten ihnen Vierteldollar. Sie hatten nicht gewußt, was »sterben« hieß. Bis dahin war nur Christus am Kreuz gestorben, aber das bedeutete bloß, daß er ins Paradies auffuhr und auf die Erde zurückkehrte. Sie bekamen von den Dominikanerinnen Rosenkränze geschenkt, und viele Kinder aus ihrer Straße, Iren und andere, kamen zum Begräbnis, auch wenn sie nicht immer gut über die Familie geredet oder gedacht hatten. Ana Maria erzählte ihnen alles über Schutzengel, die sie beschützen würden für den Fall, daß sie vom Teufel bedroht wurden. Sie hörten, daß Gott im Himmel über sie wachte. Aber sie hatten nicht einmal im Traum gedacht, daß ihr Papi tot sei. Leticia hatte vermutet, daß er über den Hügel zum Grab von Grant und dann über den Fluß nach Westen gegangen war. Was war es, das ihr Papi eines Tages zu ihnen gesagt hatte: »Seht ihr, dort drüben, Kinder? Wenn man in dieser Richtung immer weitergeht, kommt man nach Kalifornien. Das ist dort, wo ich und euer Onkel damals waren.«

(Und in Kalifornien? Desi Arnaz kam zu seinem Haus in der Nähe von San Diego zurück. Er fuhr einen Wagen wie den Cesars, einen DeSoto. Und als er ausstieg, ging er durch einen Garten, dessen bougainvilleabewachsene Mauern ihn an die blumenbedeckten Mauern auf Kuba erinnerten. Er bewohnte eine Villa im Ranchhaus-Stil mit rosa Wänden und einem Blechdach, einem Garten, einer Terrasse und einem Swimmingpool. Er ging über die Terrasse, wo er immer Kaffee trank und seine Post durchsah, ins Haus. Da war ein Brief von einem seiner Freunde, ein Brief, in dem der allzu frühe Heimgang des kubanischen Komponisten Nestor Castillo erwähnt wurde. Einfach so war es passiert! Bei der Erinnerung an den jüngeren Bruder, der es bei seiner Show so schwer gehabt hatte, wurde er traurig und versuchte nachzudenken, was er für die Familie tun konnte. Sein Gesicht verzog sich, wie sich das Gesicht eines Kubaners verzieht, wenn er schlechte Nachrichten erhält, seine Lippen wölbten sich nach unten und sein Mund wurde breit, wie eine Maske von Pathos. Wissen Sie, was er sich wünschte? Er wünschte, er könnte durchs Zimmer gehen und Cesar und die Familie seines Bruders in einer Reihe an der Bar stehend vorfinden und sie auf Drinks und zum Essen einladen und in die Tasche greifen, seine Brieftasche hervorholen, und der Familie fünf, sechs knisternd neue Hundertdollarscheine schenken. Was er aber tat, war folgendes: Er setzte sich hin und schrieb in schlichter Handschrift einen Beileidsbrief an die Familie von Nestor Castillo. Er war sehr direkt: »Ich bin tieftraurig über die schlimme Nachricht, die mich hier in Kalifornien erreicht hat. Wenn es irgend etwas gibt, das ich für Euch tun kann, laßt es mich bitte wissen. Stets Euer Freund, Desi Arnaz.«)

Die Kirche war gerammelt voll von Musikern. Machito und Puente und Mongo Santamaría waren zum Begräbnis gekommen. Und da waren viele weniger bekannte Musiker, gewöhnliche Männer, die in langen Mänteln, die Köpfe gesenkt, Hüte in Händen, hereinkamen, Jungs, die hin und wieder mit ihren Frauen und Freundinnen ins Apartment zu Besuch gekommen waren. Auch ein paar Arbeitskollegen aus der Fleischfabrik waren da. Elva und René steckten im dicksten Gedränge und wünschten, sie könnten davonlaufen und tanzen. Manny, der Bassist, stand an der roten Kirchentür und begrüßte die Trauergäste. Miguel Montoya wohnte dem Begräbnis in Begleitung einer alten Frau, seiner Tante, bei.

Die Orgel spielte das Tedeum. Der Altar war mit weißen Blumen geschmückt, ebenso wie der Sarg, und das Altartuch war mit liturgischen Gefäßen bestickt.

Die Familie und ihre engsten Freunde nahmen die ersten Reihen in der Kirche ein. Cesar stand neben Delores und neben ihr die Kinder. Cesars Gesicht war gerötet, als hätte ihm jemand kräftig eine runtergehauen. Seine Hand lag auf der Schulter der kleinen Leticia. Sie war erst vier Jahre alt und hatte keine Ahnung, was da vor sich ging. Selbst als man ihr erklärte, daß ihr Papi weg sei, erwartete sie, daß er wieder zur Tür hereinkommen würde. Sie zappelte auf ihrem Sitz herum und trat mit ihren schwarzen Lackschuhen gegen die Knieleiste der Kirchenbank; sie lutschte an den Fingern, ihre Hände klebrig rot von den Kirschdrops, die Cesar ihr vor dem Gottesdienst gegeben hatte. Leticias Kopf streichelnd, zeigte ihr Onkel dauernd nach vorn zum Altar, wo die Wunder geschahen. Und Delores? Sie hatte ihre Gefühle scheinbar unter Kontrolle, die Wangen hohl und der Mund angespannt, so sehr, daß man sich denken konnte, wie ihr von der Anstrengung die Zähne knirschten. In ihrem Kopf ein Sturm von Gedanken: Sie hatte ihren Vater jung verloren, und nun auch ihren Mann.

(Eine Zeitlang hörten andere Leute auf zu existieren. Gesichter verschwammen ihr zu fahlen Masken; Stimmen schienen von nirgendwoher zu kommen. Ihre Kinder erschienen ihr wie zu groß geratene Puppen. Am liebsten wäre sie irgend jemand anders auf der Welt gewesen, sogar Nigger Jim aus dem Buch, das sie gerade las. Sie hatte eine vage Erinnerung daran, daß man sie die Kirchentreppe hinauf- und hinunterführte. Viele Leute sagten ihr nette Dinge, wünschten ihr und der Familie alles Gute. Jaja, du verliebst dich, verschenkst dein Herz, du sehnst dich nach ihren Küssen, sie brechen dir das Herz und sterben. Was dir von ihnen bleibt, sind Haarlocken, alte Hüte und Erinnerungen. So war das mit den Männern. Überschütten dich mit Liebe, wenn sie etwas wollen von dir, und verschwinden dann, einfach so. *Männer! Qué cabrones!* Ihr Vater auf einer Treppe tot umgefallen, Nestor in die Nacht hinein verschwunden, seinen schwarzen Instrumentenkoffer in der Hand. Da fiel ihr ein: Ich habe ihn geliebt, trotz all unserer Streiterei. Oh, halt mich, halt mich, Gott, halt mich.)

Ana Maria stand neben Delores. Dann war da Eduardo, aus Kuba heraufgekommen. Er faßte sich beständig an die Nasenwurzel und zuckte, als hätte er fürchterliches Kopfweh. Cousin Pablo, nervös hinter der Familie, mit Frau und Kindern. Dann waren da noch die anderen, Frankie, Pito, und hinten in der Kirche, unter all den Iren, saß schluchzend Vanna Vane.

Von Maurio Bauza, »Killer« Joe Piro, »Symphony« Sid Torrin und anderen waren Kränze und Blumengebinde gekommen.

»Der Familie Castillo mit tiefempfundenem Beileid, Carlos Ricci und die Belegschaft des Imperial Ballroom.«

»In aufrichtiger Trauer, Tito Rodriguez.«

»Wir fühlen mit Euch in dieser traurigen Stunde . . . Vincentino Valdez.«

»Gott segne Euch und gebe Euch Kraft in dieser Zeit des Leids . . . Familie Fajardo.«

Benny, der Babyphotograph, war mit seiner Verlobten gekommen, in die er sehr verliebt war. Er war ein kleiner, angenehm aussehender Mann mit einem kurzgeschorenen Schopf von weichem, schwarzen Haar, die Art von Haar, an dem Babies und Kinder gerne rubbeln. Er war glücklich gewesen, weil er verliebt war, hatte gelacht und seinem Mädchen Liebesgedichte geschrieben. Nun aber war sein Freund tot, und alles schien so tragisch, weil Nestor erst zweiunddreißig gewesen war.

Die Predigt wurde von Pfarrer Vincent gehalten, einem großgewachsenen Iren mit beginnender Glatze. Im Verlauf seiner Predigt sprach er über das Geschick der Menschen: »... Diejenigen unter uns, welche die Tragödie der menschlichen Seelen, die nur für die sichtbare Welt leben, verstehen, wissen auch um die Herrlichkeit, die uns erwartet. Hier war ein Mensch, der allen von sich gab. Er war einer, der aus Kuba zu uns kam, und nun ist er weitergezogen in ein noch herrlicheres Königreich von alters her, das Reich ewigen Lichts, durchstrahlt von der Liebe Gottes, der überall in seinem unendlichen All zugegen ist. Gott ist überall, denn Er ist das All.«

»Nestor«, schrie jemand.

Über dem Altar war ein Triptychon, das ein Eigenleben zu haben schien, »Die Geschichte des Menschen«. Adam nackt in einem schönen Garten, den Kopf tief gesenkt vor Scham, hinter ihm die nackte Eva. Vögel flatterten überall herum, und die Bäume, die sich in eng zulaufende, olivfarbene Fernen erstreckten, hingen voller Früchte. Um einen Apfelbaum wand sich die Schlange der Versuchung, die gespaltene Zunge schob sich aus ihrem Maul, frohlockend, weil sie die beiden zur Sünde verleitet hatte. Adam und Eva gingen durch ein Tor und betraten einen Wald von dunklen Bäumen. Hinter ihnen ein Engel mit goldenem Haar, der drohend sein

Schwert schwang. Trauer und Verzweiflung in Adams Gesicht: »Niemals wieder werden wir an diesen glücklichen Ort zurückkehren.« Und gleich im Anschluß an diese Szene eine Grabeshöhle. Ein großer Steinblock war vom Eingang weggewälzt worden, vor dem zwei römische Soldaten mit Schwertern und Lanzen sich vor Furcht auf dem Boden krümmten und mit muskulösen Armen und Händen ihre Gesichter bedeckten. Im Vordergrund der Gekreuzigte, Jesus, in einem weißen Gewand, die Hände emporgestreckt, damit die Welt es sehen konnte, daß er es ist, der tot gewesen und zurückgekehrt ist. Die Wunden an seinen Händen und Füßen sind tiefrot und augenförmig; sein Gesicht ist ruhig. (Und die Kinder hatten nur den einen Wunsch, zu sehen, was in der Höhle war oder hinter den wogenden Hügeln, auf die Jesus zuschreitet.) Und auf der dritten Tafel der auferstandene Christus, auf einem Thron sitzend, der Heilige Geist als leuchtende Taube über seinem Haupt schwebend, Gericht haltend über alle Menschen: Scharen von Engeln und reuigen Menschen und die Heiligen drängen sich auf Wolken wie Zypressenkronen – war es das, wohin Papi gegangen war?

»Nestor.«

Die Leichenträger trugen den Sarg hinaus. Es war das erste Mal, daß irgend jemand aus der Familie in einer Limousine fuhr. Die Fahrt hinaus nach Flushing, Queens, hatte etwas unbestimmt Aufregendes an sich. Am Grab wurden noch mehr Worte gemacht, und während in der Ferne grau und schemenhaft die Stadt lag und Blumen ins offene Grab geworfen wurden, war den Kindern danach, zwischen den Grabsteinen Fangen zu spielen.

Im Hotel Splendour sitzend, zuckte der Mambo King schmerzlich zusammen, weil diese Gedanken an den Tod seines Bruders ihm nicht aus dem Kopf gingen. Irgendwie war er von den glücklichen Bildern von bebenden Frauenschenkeln abgekommen und versuchte nun, zu ihnen zurückzukehren. Er schlürfte Whisky und besah sich das witzige Cover von »Mambo Inferno« mit der cartoonartigen Zeichnung von männlichen und weiblichen Teufeln auf den verschiedenen Stufen der Hölle, alle in Rot und mit Hörnern und Schwänzen. Hochauflodernde' Flammen! Er nahm die

Platte aus dem Umschlag und legte sie auf den Plattenteller. Der Schmerz marterte ihn: Kein Tag war in den letzten dreißig Jahren seines Lebens vergangen, an dem er nicht an den »armen Nestor« gedacht hätte. Das war wohl das Ende gewesen, vermutete er, von seinem »glücklichen, sorglosen Leben«.

»Nestor.«

»Im Namen des Vaters, des Sohnes und des Heiligen Geistes.«

Er fragte sich, wie spät es war, und als er dann auf die Uhr zu sehen versuchte, wurde ihm klar, daß er wirklich betrunken war, weil die Ziffern sich auf dem Zifferblatt drehten, als ritten sie wie Kinder auf den Zeigern. Jedenfalls trank er noch einen. Er ging aufs Klo zum Pinkeln, stützte sich dabei mit einer Hand an der Wand ab und sah auf sein großes Ding und den Strahl von Urin, neugierig, wann er sich blutig rosa färben würde.

Er erinnerte sich, daß er vor langer, langer, langer Zeit fünf, sechs Mal am Tag onaniert hatte.

Er erinnerte sich an die Parties, die sie in den glücklichen Tagen feierten, der Sog der Vergangenheit war übermächtig. Im Wohnzimmer bogen sich die Tische vor Essen, rote Birnen in den Lampen, stapelweise Platten, reihenweise artige, ausgelassene, lärmende, höfliche, schüchterne, arrogante, stille und hitzige junge Männer, die aus dem Apartment und über die Treppe durch den Kohlgeruch auf dem Flur auf die Straße strömten, wo es mitunter zu Schlägereien kam; haufenweise schöne Frauen, nach Parfüm und Schweiß duftend, im Apartment, der laute Plattenspieler war noch etliche Blocks weiter zu hören, die Dame einen Stock tiefer war in Angst und Schrecken, daß die Decke einstürzen könnte, die irischen Bullen verlangten mit einigem Zögern, sie sollten die Musik leiser drehen und aufhören rumzutrampeln, und frühmorgens erst brachen die letzten Partygäste auf, laut singend und redend, während sie die Straße hinunter gingen.

Die Platte begann zu spielen, schmissige Trompetenphrasen und hämmernde Trommeln in seinem Zimmer im Hotel Splendour.

Im Namen des Mambo, des Rumba und des Cha-cha-cha.

Nun sah er die persönliche Habe seines toten Bruders durch, sein Neffe Eugenio saß auf einem Stuhl und sah ihm dabei zu. Den letzten Monat über hatten sie sämtliche Schuhe Nestors, Größe 42, weggegeben, seine Hüte und seine Kleidung, darunter auch schöne Sachen, die sie in Schachteln im Wohnzimmer des Apartments in der La Salle-Street sortiert hatten. Es kamen eine Menge Leute, und Cesar, der sich damals um alles kümmerte, gab sich dabei sehr sachlich. Er saß in einem Sessel, rauchte Kette und sagte: »Das ganze Zeug ist erste Wahl, bei Klamotten haben wir nie gespart.« Es gelang ihm, ein paar Sachen für sich zu behalten: einige von den Jacketts seines Bruders, die er zu dem abgezehrt aussehenden jüdischen Schneider auf der 119ten Straße brachte, der sie um die Mitte weiter machte. Bernardito Mandelbaum bekam Nestors weißen Seidenanzug, den, den er im Fernsehen getragen hatte. Frankie bekam sein cremefarbenes Jackett. Eugenio besah sich die Kleiderstapel und spürte ein starkes Verlangen, sich darüberzuwerfen, durch die Haufen auf dem Boden zu schwimmen und sich in dem daran hängenden Geruch von Kölnischwasser und Tabak zu suhlen, den er mit seinem Vater gleichsetzte. Eine Zeitlang machte Eugenio ein Spiel daraus: Auf der Eingangstreppe sitzen und versuchen, an einem Mann, der gerade vorbeiging, die Schuhe oder irgendein anderes Kleidungsstück seines Vaters zu erkennen.

Cesar behielt auch die Trompete seines Bruders und die Blätter, auf denen er seine Liedtexte und Akkorde aufgeschrieben hatte, ebenso das Kreuz und das Kettchen, das ihre Mutter Nestor zur Erstkommunion geschenkt hatte.

Dann war da noch dieses Buch, *Forward America!* Auch das hatte der Mambo King in Nestors Jackettasche gefunden.

Zu dieser Zeit gewöhnte Eugenio sich an, Seite an Seite mit seinem Onkel Nickerchen zu halten, beide hielten einander eng umschlungen, tagein, tagaus, durch Monate hindurch. Immer wenn auf dem Flur Schritte hallten, das Klack-klack-klack von Blockabsätzen, rechnete Eugenio fast damit, die Tür aufgehen und Nestors klares Pfeifen zu hören, die Melodie von »Beautiful Maria«.

Die Erinnerung, ein trauriges Geschäft, überkam Cesar in Wellen wie die ersten Anzeichen einer bösen Wintergrippe, und das führte zu einer quälenden Melancholie, die blutrot war und sich rasch in seinem Inneren breitmachte. Sie brachte eine Lähmung allen Ehrgeizes und ein Gefühl von Selbstverachtung mit sich, so daß er viele von seinen Tagen in der Wohnung zubrachte. Eine Zeitlang führte diese heftige Schwermut bei ihm zu Halluzinationen. Viele Nachmittage lang, während er am Fenster stand und auf die Straße sah, hörte er, wie unter dem einfahrenden Zug die Hochbahngleise bebten und dann beobachtete er zufrieden die Leute, die aus dem Treppenaufgang mit den Kiosken strömten. An dieser Ecke war auch gleich der schmale, düstere Eingang von Mulligan's Bar und Grillrestaurant und dann ein Stück Mauer, an dem die Straßenkinder »Chinese« spielten, Kinder, die »Drei Schritte nach Deutschland« spielten, Kinder, die »Kuh auf der Wiese« spielten. Eines Tages blickte er aus dem Fenster und sah eine elegante Männergestalt an dieser Mauer lehnen. Er trug einen Strohhut mit schwarzem Band und einen langen Mantel. Neben ihm stand ein schwarzer Instrumentenkoffer.

»Ich geh nur Zigaretten holen«, sagte er. Dann zog er seinen Mantel an und ging auf der Straße dem eleganten Mann nach, der zum Hochbahnaufgang unterwegs war. Cesar rannte die Treppe hoch und schaffte es gerade noch, in den *downtown*-Zug zu kommen, als sich schon die Türen schlossen. Dann ging er systematisch von Waggon zu Waggon und suchte nach dem Mann mit dem schwarzbebänderten Strohhut und dem schwarzen Instrumentenkoffer. Er fand ihn nie. Einmal fuhr er mit der U-Bahn in die 59ste Straße, wo drei Linien zusammenkamen, die in die Bezirke Brooklyn und Bronx fuhren, und er sah denselben Mann, wieder an eine Mauer gelehnt, hinter einem Zeitungsstand. Er schloß die Augen, sah wieder hin, und der Mann war verschwunden. Dasselbe passierte noch einmal, nur daß Cesar diesmal mit dem A-Train nach Brooklyn fuhr; nach einer halben Stunde stieg er aus und fand sich trinkend und ausgehungert in einer Bar wieder. Er war so in Aufruhr, sein Herz pochte so laut, daß er sich erst wieder beruhigen mußte. Doch dabei wurde er so ruhig, daß eine Bande von Strolchen in Lederjacken ihm auf diesem Straßenstück, das an einer menschenleeren Baustelle vorbeiführte, nachging, und etwa fünf von den Bandenmitgliedern, die Seemannskappen trugen und Marlboro-Zigaretten in die Ärmel ihrer T-Shirts eingerollt hatten, ihn aufs Pflaster warfen und böse verprügelten. Es war auch nicht gerade eine Hilfe, daß er einen flamingorosa Anzug und ein Paar cremefarbene Schuhe mit Blockabsätzen anhatte. Nicht nur, daß sie ihn ausraubten, einer von den Typen versuchte auch, ihm die Schläfen einzutreten. (Er kam davon, weil einer aus der Bande Mitleid bekam und seine Kumpel wegzerrte.)

Als er wieder zu sich kam, stand Nestor oder der Mann oder Geist, der aussah wie er, unter einer Laterne auf der anderen Straßenseite und rauchte eine Zigarette. Cesar riß den Arm hoch und rief um Hilfe, aber nach einem Wimpernschlag war der Mann verschwunden.

Das waren tief verwirrende Tage für ihn – und für jedermann. Auch mit Delores ging etwas Seltsames vor.

Sie schien im Geschwindschritt über Nestors Tod hinwegzukommen, verbrachte ihre Abende mit den Kindern und mit Ana Maria und deren *novio*, diesem Raulito, der bei der Gewerkschaft der Handelsmarine arbeitete. Ana Maria wohnte damals vorübergehend bei ihnen. Nachts schliefen die beiden Schwestern zusammen, wie sie es als Kinder getan hatten, in Flanellnachthemden, die Arme umeinander geschlungen. Und wenn Delores nicht schlafen konnte, las sie ihre Bücher. Nachbarn, die von ihrem Hang zum Lesen wußten, schenkten ihr haufenweise Bücher, und neben ihrem Bett stapelte sich ein ganzer Stoß davon. Am glücklichsten war sie, wenn sie in den Universitäts-Buchladen ging, wo sie die Kisten und Regale mit antiquarischen Büchern durchstöberte und mit Einkaufstaschen voller Romane heimkam. Und dann waren da noch die Bücher, die sie auf den Kirchenbasaren erstand. Sie brachte gut zwei oder drei Stunden am Tag mit diesen Büchern zu, angetrieben von dem simplen Wunsch, mehr zu wissen. Sie fraß sich langsam auch durch die dürrsten Landstriche biologischer, landwirtschaftlicher und historischer Prosa. Obwohl sie fast alles las, hatte sie Detektivromane immer noch am liebsten. Sie schlief mit einer kleinen Leselampe neben sich ein, ein Arm hing vom Bett herab, ein Taschenbuch oder eines mit festem Umschlag in der Hand. Das Lesen erinnerte sie an die Nächte, als sie lange aufblieb und wartete, bis ihr Vater oder ihr trompetespielender Mann nach Hause kam.

Cesar wußte, wie gern sie Bücher hatte, und bei seinen Fahrten durch die Stadt ging er in Buchläden und sah sich für Delores um, was er für sich selbst nie getan hätte. Er schenkte ihr damals zumindest zwei Bücher, *Moby Dick* und *Vom Winde verweht*. Mit einer Widmung von Cesar: »Meiner wundervollen Schwägerin in Liebe und Zuneigung, Cesar«. Er kaufte auch andere Geschenke für sie: ein hübsches schwarzes Kleid mit falschen Perlenknöpfen, einen chinesischen Schal, einen blauen Samthut, einen neuen Handspiegel und, dank einer Verkäuferin von großer Überzeugungskraft bei Macy's, ein Parfüm von Coco Chanel aus Paris. Und er nahm ein nettes Photo von Nestor und Delores, aufgenommen an einem schönen Frühlingstag im Park, und ließ es ordentlich rahmen, damit sie es ins Schlafzimmer stellen konnte. (Nicht, daß sie noch mehr Bilder gebraucht hätten. Die Wände waren mit Photos von der Band und den beiden Brüdern zusammen mit Cugat, Machito und Desi Arnaz vollgehängt, dazu noch Bilder von den Aposteln und von Jesus mit brennendem Herzen.) Während er außer Haus heftig und launenhaft geworden war, benahm er sich daheim höflich und beinahe bescheiden, besonders wenn er in Delores' Nähe war. Es gab, sagte er immer, sehr wenig, das er nicht für sie tun würde.

Sie gingen zusammen einkaufen, mit den Kindern in den Park, ins Kino.

Weder Cesar noch Delores wußten, wie ihnen geschah. Sie begann sich nicht nur auf die Tage mit Cesar zu freuen, sondern machte sich auch mit hübschen Kleidern und Make-up für ihre Ausflüge zurecht. Wenn sie an einem verregneten Nachmittag gemeinsam im Apartment festsaßen, kamen sie auf dem Flur aneinander vorbei, und ihre Haut gab einen schwachen Duft von Zimt und gedünstetem Schweinefleisch ab. Es gab Zeiten, als er sich dabei ertappte, wie er in der Küche hinter Delores stand und die Arme um ihre Hüften legen wollte, sie an sich ziehen, mit seinen Händen über ihren Körper streichen, ihre Brüste berühren. Brütend saß er da und hing der Zeit nach, als sein Bruder noch lebte. Er erinnerte sich an das eine Mal, als er über den Hof ins Fenster seines Bruders schaute und Delores nackt vor dem Spiegel stehen sah, ihr Körper prall von Jugend und Liebreiz. Es machte die Sache auch nicht besser, daß ihr egal geworden war, was sie zu Hause trug, und daß sie ihre Tage in einem rosa Frotteemorgenrock verbrachte, ohne einen Faden Stoff darunter. Es machte es auch nicht besser, daß er ins Badezimmer kam und ihre Spitzendessous über der Vorhangstange der Dusche hängen sah, zierliche BHs, Höschen und Strümpfe. Es machte es nicht besser, daß ihr Körper bebte, wenn sie durchs Zimmer ging, oder daß er sie gequält anstarrte, wenn sie sich über den Tisch beugte, um einen Fleck wegzuwischen, und er einen Blick auf ihre fülligen Brüste erhaschte. Auch nicht, daß er eines Tages am Badezimmer vorbeiging, als die Tür einen Spaltbreit offenstand, und sie nackt dastehen sah, tropfnaß, frisch aus der Wanne. Er träumte von ihr: Er lag im Bett, drückte sich in die Matratze, sein Körper in die Laken geschlagen, und die Tür ging auf und Delores stand in ihrem Morgenrock da. Sie öffnete ihn und kam nackt auf das Bett zu: Ein schwerer Geruch nach Gemüse und Fleisch erfüllte den Raum, und er fand sich wieder, wie er Delores küßte, und dann legte sie sich neben ihn und öffnete sich ihm. Ihre Beine spreizten sich weit, ein Strahl Sonnenlicht drang aus ihr heraus. Dann liebten sie sich, und sein Ding stand in Flammen, als hätte er es in die Sonne gestoßen. Oft aber endete der Traum traurig. Er ging durch einen dichten Wald von Begierden, dachte »Delores« und dann »Nestor«. Diese Verbindung verstörte ihn stets, und beim Aufwachen schämte er sich.

Die Situation machte ihm schwer zu schaffen; er saß im Wohnzimmer, die Hände im Schoß gefaltet, und dachte daran, daß Nestor fort war, ums Leben gekommen am Steuer seines schnittigen De-Soto, und daß der Arzt gesagt hatte: »Nur eine kleine Vene am Herzen.« Seine Beine wurden hohl, als wären plötzlich Fleisch, Sehnen und Knochen herausgeschält worden. Er stellte sich vor, seine Beine wären Blechröhren, und er fühlte sich so schwach in den Knien, daß er Mühe hatte, gerade zu stehen.

Er versuchte, sich auf andere Gedanken zu bringen, indem er auf Teufel komm raus außer Haus ging und Frauen nachzujagen begann wie nie zuvor in seinem Leben. Dann schloß er sich einer etwas rauheren Clique an, einem Haufen harter Jungen, deren wildes Temperament ihm als geeignete Ablenkung erschien. Nacht für Nacht machte er die Runde durch die diversen Tanzlokale und Nachtclubs in der Stadt, in Gesellschaft von koketten Flittchen und kurvigen Nutten, Frauen, die vom Plattencover des »Mambo Inferno« hätten heruntergestiegen sein können; diese Frauen hatten lange Fingernägel, große Hintern, verruchte Gesichter, riesige Münder, die Zähne fleckig vom Lippenstift, die Haare hochlodernd wie Flammen und die Augen gerahmt von dunklem Mascara. Er lebte für dieses Leben fleischlicher Zerstreuung. Während die Frauen sich früher um ihn gerissen hatten, weil er gut aussah, ein frecher jungenhafter Sänger, bekamen sie es nun mit einem gefühlsseligen Meister der Verführung zu tun. Sein leidvolles Gesicht, seine schwerlidrigen Augen, seine Traurigkeit, sein melancholisches Gehabe und die Geschichte seines Kummers brachten das Mitfühlende in den Frauen heraus, so daß Cesar sich praktisch jede Nacht knutschend in Seitengassen, Mietshausfoyers, den hinteren Reihen von Kinos wiederfand. Anfangs brachte er ein paar von diesen Frauen in die Wohnung mit, um Delores eifersüchtig zu machen, hörte aber auf damit, weil er Delores manchmal nachts weinen hörte.

So war sein Leben einige Zeit lang eine Flut von Spitzenhöschen, prallen Hüfthaltern, Hemdchen, Unterröcken, BHs, Strapsen, dikken Parisern, Spülungen mit Backsoda und Coca-Cola, lockigem blonden, roten und schwarzen Schamhaar. Er genoß die Gesellschaft von Negerinnen mit apfelförmigen Hintern, schweißigen Schenkeln und seidengefütterten Döschen, von kräftigen Mulattinnen, die ihn mit ihren Beinen aus dem Bett hoben. Er bumste italienische Schönheiten, die im Mambo Nine Club im Ballett tanzten, und alte Jungfern, die er zwischen den Auftritten auf der Tanzfläche von Ferienhotels in den Catskills kennenlernte, wo die Mambo Kings gelegentlich an den Wochenenden spielten. Er machte es mit Zigarettenmädchen und Garderobenfräuleins, Serviererinnen und Fünfundzwanzig-Cent-pro-Tanz-Mädchen aus den Lokalen in der 43sten Straße. Er tat es mit drei von den Musikerinnen von Glorious Gloria und ihrer Rumba-Damenkapelle, darunter einer litauischen Posaunistin namens Gertie, mit der er es an einer Wand aus Mehlsäcken im Lagerraum des Pan-American Club in der Bronx trieb.

Seine Liebespraktiken, seit jeher schon keine delikate Operation, wurden plumper und brutaler. Er schleppte Vanna Vane die Treppen des Hotel Splendour hinauf und packte sie dabei grob am Handgelenk. Normalerweise war sein Ding schon steif, wenn er die Tür aufmachte. Er ging hinter ihr her und stieß sie mit seinem wütenden Penis in den Hintern. Dann drückte er sie an die Wand, glitt mit der Hand in den Schlitz ihres Rocks mit den Silberpailletten, seine nervigen Musikerhände krochen gierig über die rauhe Kante ihrer Strümpfe, ihre Schenkel hinauf, dann unter den Gummizug ihres Höschens und in ihr Schamhaargeflecht. Sie war so fertig wegen Nestors Tod, daß sie ihn machen ließ, was immer er wollte. Sie zogen sich aus: er fickte sie in den Mund, zwischen die Beine, in den Arsch. Manchmal fragte sie sich, ob Cesar verrückt geworden war, der Blick, den er hatte, wenn er mit ihr bumste, ängstigte sie, es war, als würde ihm nicht nur der Schwanz, sondern auch das Herz auslaufen. Er mußte verrückt sein, denn wenn sie einander in den Armen lagen, sagte er wieder und wieder »Ich liebe dich, Baby« und »Ich liebe dich«. Und er fand Trost darin, bis er die Treppe in der La Salle-Street hochstieg und einmal mehr begriff, daß es Delores war, die er wollte, und nicht Vanna Vane.

(Und die arme Vanna, sie hielt es noch drei Jahre mit dem Mambo King aus, ehe sie klug wurde und den netten Burschen heiratete, der bei der Post arbeitete. In den letzten Lebenstagen von Cesar Castillo, die er im Hotel Splendour verkrochen zubrachte, lebte sie mit ihrem Mann und zwei Söhnen in der Bronx. Sie hatte ein paar Pfund zugelegt, war aber immer noch hübsch. Eine Menge Leute sagten zu ihr: »Du siehst aus wie Shelley Winters.« Sie war die erste, die einem erzählte, wie glücklich sie jetzt war, besonders nach all den Jahren, in denen sie ein wildes Mädchen gewesen war, von den Männern ausgenutzt. Aber obwohl sie das sagte, dachte Miß Vane, nunmehr Mrs. Friedman, liebevoll an diese chaotischen und prallen Nächte zurück und fragte sich, wie es dem Mambo King Cesar Castillo wohl seitdem ergangen war.)

Als er aber durch Frauen keine Erlösung von seinem Schmerz fand, begann Cesar zuviel zu trinken. Im Palladium war er der Mann, der an der hufeisenförmigen Bar entlangtaumelte, der Mann, der nicht imstande war, die Gesichter der Leute zu erkennen, die ihn begrüßen kamen. Marlon Brando stand fünf Minuten lang neben ihm an der Bar, und der Mambo King erkannte den berühmten Filmschauspieler nicht. Er verwechselte die Leute. Ein Musiker namens Johnny Bing, der einen dichten Schopf von gewelltem schwarzen Haar hatte, kam auf ihn zu, und Cesar dachte, er wäre Desi Arnaz. »Wenn du wüßtest, was die Familie durchgemacht hat, Desi«, und er torkelte vorwärts und dann rückwärts, lachend, so ekstatisch war sein Schmerz.

Das nächste, was er wußte, war, daß er sich die Treppe zum Apartment hochzog. Als er endlich auf seiner Etage ankam, drehte sich der Fliesenboden wie eine 78er-Platte. Dann probierte er, den Schlüssel ins Schloß zu stecken, aber das Schlüsselloch war einmal da und dann wieder nicht und dann waren es auf einmal zwei wie bei einer Fata Morgana. Als er den Schlüssel zum Schluß ans Schloß brachte, wollte er nicht hineingehen, verbog sich wie das halbsteife Glied eines Betrunkenen. Schließlich mußte er läuten, und Delores kam an die Tür und half ihm ins Bett, ein wändeschrammender Ringkampf über den Flur, der jedesmal die Kinder weckte und ihnen Angst machte.

Sein fortdauernder Kummer war ein Mahnmal des schwermütigen *gallego*. Er schleppte sich über den Flur, eine schwere Last auf den Schultern, als trüge er das Gewicht eines toten Mannes auf dem Rücken. Er verstand das nicht, er sehnte sich nach den Tagen, als er einfach tat, was er wollte. Das wird vorbeigehen, sagte er sich. Er schlief ein und fand sich beim Aufwachen in der Fleischfabrik wieder, zwischen den hängenden, weißfettig durchwachsenen Rinderhälften, und schob einen verstörten und verängstigten Nestor aus diesem kalten Ort hinaus zur Tür, wo die Sonne schien. Er träumte, er untersuche den amtlichen Prüfstempel und lese in dem Kreis: »Manchmal kann man eine Frau so sehr lieben, daß es einem das Herz bricht.«

Beim Einschlafen und Aufwachen aus diesem trunkenen Schlummer sehnte er sich nach Delores und nach Erlösung vom Schmerz. Er lachte über sich selbst, weil er noch nie so gewesen war, so melancholisch. Er hatte das Gefühl, er müsse für den Tod seines Bruders bezahlen. Er wollte leiden, er stieß die Leute von sich. Er war verwirrt. Es war, als versuchte er, seinen Bruder am Leben zu erhalten, indem er wurde wie er.

Als sie im Imperial Ballroom eine Art Gedächtnis-Tanzparty zu Ehren Nestors veranstalteten, die fünfzehnhundert Dollar als Beitrag zu den Begräbniskosten einbrachte, erschien Delores wie ein junger Hollywood-Star. Immer noch jung und schön, hatte sie sich von Ana Maria ein aufregend enges schwarzes Kleid ausgeborgt und kam auf acht Zentimeter hohen Bleistiftabsätzen hereingestöckelt. Die Männer traten vor ihr zur Seite, als wäre sie die Königin von Saba. Es war insgesamt ein nettes Benefiz. Alles klappte nach Wunsch, die Ankündigung der Veranstaltung ging auf Flugblättern und Anzeigen in *La Prensa*, der *Daily News* und dem Brooklyner *Herald* raus. Der Diskjockey Simphony Sid machte beim Tanz den Conférencier, und das Orchester setzte sich aus einigen der besten Musiker der Stadt zusammen, die bekanntesten waren Maurio Baza, Mango Santamaría und Vincentino Valdez. Die Damen, viele von ihnen Musikerfrauen, brachten Essen mit – Kochtöpfe voll *arroz con pollo*, schwarzer Bohnensuppe und Spanferkel – und sie machten einen Bottich Sangria, eines von den Lieblingsgetränken des Mambo Kings. Und dazu gab es Fässer Bier von der örtlichen Rheingold-Brauerei. Eine große Menge Leute zahlten 1,04 Dollar Eintritt, und von Zeit zu Zeit ließ man Körbchen herumgehen. Im Gefolge ihrer Kinder und Ana Marias saß Delores vor der Bühne, umgeben von Blumen, schmollend und verdrossen dreinschauend wie eine verwöhnte Filmschauspielerin.

An ihrem Tisch empfing und begrüßte sie die Freunde der Familie. Sie saß da, fächelte sich Luft zu und nahm gelegentlich einen Bissen von dem guten Essen, das vor ihr auf den Tisch kam. Brav und artig ließen Eugenio und Leticia die ganze Sache sehr gleichmütig über sich ergehen. Leticia sah hübsch aus in ihrem rosa Kleidchen und mit einer Schleife im Haar. Sie sah glücklich auf das Orchesterpodium und wartete darauf, daß ihr *Papi* auf die Bühne kam. Cesar trat auf. Als das Orchester auf seinen Instrumenten zupfte, trommelte und blies und Cesar ans Mikrophon ging, um einen Bolero zu singen, legte sich sein Blick sehnsüchtig auf Delores.

An diesem Abend war ein Mann da, dem Delores besondere Aufmerksamkeit bezeigte. Nicht der Kaiser des Mambo, Pérez Prado, der sich vor Delores verbeugte und seine Aufwartung machte, auch nicht Ray Barretto, der Leticia auf den Schoß nahm und den Kindern einen Dollar für Süßigkeiten schenkte. Nein, besonders aufmerksam war sie zu einem Buchhalter namens Pedro Ponce, der auf der Madison Avenue *downtown* beim *La Prensa*-Verlag arbeitete. Er war ein Mann mit Glatze und finsterem Gesicht, um die vierzig, mit einem borstigen Schnurrbart wie eine Zahnbürste. Er trug ein kariertes Jackett mit Fliege und Hosenträger, die seine viel zu großen braunen Hosen halb auf die Brust hinaufhievten. Das einzige Stück modischen Putzes an ihm war ein Paar loh- und cremefarbene Schuhe. Pedro wohnte in der 122sten Straße und beriet die Brüder bei der Buchführung und den Steuern. Sie kannten Pedro »aus der Gegend«, weil er manchmal auf einen extrakurzen Mokka in dieselbe kubanische Kneipe kam, wo auch die Brüder zum Kaffee hingingen. An diesem Benefizabend näherte er sich dem Tisch, an dem Delores saß, den Hut in der Hand und Ehrerbietung im Herzen. Der Umstand, daß er stotterte und die Augen abwandte, über ihre Schulter und auf die Bühne starrte, rührte sie. Sie dachte: »Das ist ein Mann, der mir niemals das Leben schwermachen würde.«

»Ich teile Ihren Schmerz«, sagte er zu ihr. »Es ist schrecklich, was Ihnen passiert ist. Mein Herz und mein Mitgefühl sind mit Ihnen.«

Und er griff in die Tasche und zog einen Umschlag mit Zwanzig-dollarscheinen heraus.

»Eine kleine Summe . . . als Hilfe«, sagte er.

»*Que Dios te bendiga*«, antwortete Delores. »Gott segne dich.«

An diesem Abend hatte es Cesar wirklich schlimm erwischt. Als sie heimkamen und die Kinder zu Bett gebracht waren, bat er sie, ihm eine Tasse Kaffee zu machen, und als sie am Herd stand, überraschte er sich selber damit, daß er hinter sie trat und ihr die Arme um die Taille legte.

»Delores . . . Delores.«

Natürlich drehte sie sich um, stieß ihn weg und sagte mehrmals: »*Déjame tranquila*! Laß mich in Ruhe.«

»Es tut mir leid, Delores. Siehst du nicht, ich bin betrunken?«

»Ja. Und jetzt geh schlafen.«

Sie half ihm in sein Zimmer. Er saß auf dem Bettrand, rieb sich die Augen und sagte: »Dieser Kahlkopf mag dich, was?«

Sie half ihm, die Schuhe auszuziehen, und zog ihm die Socken herunter.

»Delorita . . . ich möchte dich etwas fragen.« Er brauchte lange, bis er diesen Satz heraus hatte.

»Sag schon«, und sie hob seine Beine in Richtung Bett. In diesem Moment wünschte sie, sie hätte die Kraft eines Mannes. »Leg dich hin«, und mit einem gewaltigen Ruck hob sie seine Beine hinauf.

»Eine Frage nur, ich möchte dir nur eine kleine Frage stellen, Schwesterherz. Haßt du mich?«

»Nein, *hombre*, tu ich nicht.«

»Was ist es dann, das du für mich fühlst, Schwesterherz?«

»Manchmal tust du mir leid, *hombre*. Ich mach mir Sorgen um dich. Warum schläfst du jetzt nicht?«

»Aber siehst du, was ich für dich empfinde?«

»Ja, das sehe ich, aber es hat keinen Sinn. Schlaf jetzt.«

»Eine Menge Frauen konnten mich gut leiden, Delorita. Ich hab sie alle befriedigt.«

»Schlaf schon.«

Er hatte sich zusammengerollt und sie zog die Decken über ihn, und dann legte er seine Hand an ihre Hüfte und sagte: »Bleib nur noch ein kleines bißchen hier bei mir, hab mich ein ganz klein wenig lieb.«

Dann schlang er die Arme um sie, begann, sie überall anzugreifen, ihre Brüste zu streicheln, und sie sagte zu ihm: »Nein, *hombre*, laß mich los!« Und als er sie nicht losließ, gab sie ihm eine Ohrfeige, so fest sie nur konnte, und seine Augen öffneten sich in einem Moment der klarsten Nüchternheit.

»Okay, okay, okay«, sagte er immer wieder. Er fuchtelte mit den Händen durch die Luft, als wäre alles nur ein schrecklicher Irrtum gewesen.

»Okay?«

Ich war so *jodido* damals, dachte der Mambo King im Hotel Splendour. Ich war so durcheinander vor Traurigkeit, mag sein, daß ich die Grenzen überschritten habe, aber was ich getan habe, ist passiert, weil ich mir so sehr wünschte, ihr zurückzugeben, was ihr durch Gottes Ratschluß genommen worden war.

Da war noch etwas. Er hatte sein Herz für die Musik verloren, und seine Seele welkte dahin. Er schrieb keine Lieder mehr, griff zu Hause nie mehr zur Gitarre. Und während die Mambo Kings weiterhin Arbeit bekamen, war er nicht mit dem Herzen dabei. Die Stimmung in der Band war gedrückt: Die Frage war nicht, einen neuen Trompeter zu finden – da gab es hunderte, die die gleichen Phrasen und Solos hätten spielen können – aber das Fehlen seines Bruders nahm Cesar die Lust an allem. Er gab sich große Mühe, sich wie ein Profi zu benehmen, aber seine Auftritte waren so verhalten und zaghaft, daß keiner je darauf gekommen wäre, daß er der singende Kraftprotz von vor noch ein paar Wochen war. Plötzlich sah er aus wie ein Mann, der lange, lange Zeit nicht mehr richtig geschlafen hatte. Und obendrein fing er ernsthaft an zu trinken, damit er überhaupt auftreten konnte. Und das begann sich bemerkbar zu machen: Er schmiß seine Liedtexte und verpatzte seine Soli. Manchmal, wenn er zu tanzen versuchte, schlitterte er nach hinten, als hätte jemand die Bühne ins Schwanken gebracht. Er sang ganze Lieder mit geschlossenen Augen, wiederholte immer dieselben Zeilen, vergaß Dacapos, hörte nicht mehr auf seine Einsätze und gab auch keine mehr.

Er dachte an seinen Bruder, tot unter der Erde, und sagte sich: »Wenn ich mit dir tauschen könnte, Brüderchen, ich würd's tun.«

Dem Publikum fiel diese Veränderung auf, und es sprach sich herum, daß Cesar Castillo ein wenig durchgedreht sei.

Trotzdem setzte er an manchen Abenden ein Pferdegrinsen auf, sang, spielte Trompete und ging sogar soweit aus sich heraus, mit dem Publikum herumzualbern. Das waren seine Marihuanaabende. Die dauerten jedoch nicht lange. Einmal, mitten in einem Auftritt im Imperial Ballroom, vergaß Cesar, wo er war, und verließ mitten in einem Song die Bühne, mit verstörtem Gesicht, als hätte er in den Kulissen etwas gesehen.

Das Schlimmste war, daß Cesar begann, seine üble Laune an anderen auszulassen. Das Mambo Kings Orchester verschliß zwei Ersatztrompeter, die wieder gingen, weil Cesar sich über ihre Fähigkeiten lustig machte, bei ihren Soli das Gesicht verzog und Songs mittendrin abbrach, um sie lautstark zu beschimpfen. Dann fing er an, sich mit Fremden anzulegen. Irgendein Unglücksrabe hatte das Pech, in Cesar hineinzulaufen, als er im Park Palace von der Toilette kam, und schon war's passiert: Cesar stürzte sich auf den Mann und schlug ihn windelweich. Es brauchte vier Männer, um ihn wieder zu beruhigen. Ähnliches passierte wieder und wieder in Clubs in der ganzen Stadt, in denen die Mambo Kings spielten.

»Ich hatte mich verirrt«, dachte Cesar in seinem Sessel im Hotel Splendour. »Ich war am Durchdrehen und wußte nicht, was ich mit mir anfangen sollte.«

Sein Verhalten beunruhigte Miguel Montoya ernstlich. Sie gingen eines Abends aus und aßen im Violeta's, und bei dieser Gelegenheit sagte Montoya: »Sieh mal, jeder weiß, daß du wegen Nestor aus der Fassung bist – das sind wir alle, du weißt das – und die Jungs aus der Band meinen, es wär gut für dich, eine Weile Pause zu machen.«

»Du meinst, ich soll die Band verlassen?«

»Eine Zeitlang.«

»Ja, du hast recht, ich war ein Arschloch in letzter Zeit.«

»Eine Zeitlang« erwies sich aber als für immer, denn das Mambo Kings Orchester sollte nie wieder mit Cesar Castillo als Sänger und Bandleader auftreten.

*N*achdem er aus der Band ausgeschieden war, fuhr er nach Kuba, um seine Familie zu besuchen. Er mußte raus aus New York, sagte er sich. Er benahm sich nicht anständig, und seine Freuden im Leben – Alkohol, Frauen und die Liebe – waren schal geworden.

Er reiste auf demselben Weg nach Kuba zurück, auf dem er mit Nestor gekommen war: Er nahm den Zug nach Miami Beach, blieb ein paar Tage zu Besuch bei Musikerfreunden, die in einem der großen Hotels dort arbeiteten. Und dann kehrte er mit pochendem Herzen nach Havanna zurück. 1958 war die Revolution gegen die Regierung Batista die große Neuigkeit dort unten. Am Nachmittag, auf dem Weg in die Calle 20, um seine Tochter zu besuchen, kehrte er unterwegs ein, um sich mit ein paar Drinks auf Vordermann zu bringen. Es war eine schöne ruhige Straße, sonnig und still – das andere Havanna seiner Träume. Die Revolution war bei den Männern in dieser Bar das Tagesgespräch.

»Dieser Castro, es heißt, er und seine Männer werden draußen in Oriente geschlagen. Glaubt ihr das?«

»Ja, er bezieht Prügel. Daß Batista das Land verläßt, wirst du nicht erleben.«

Das war jedenfalls die offizielle Version im Radio. Und die einzige Veränderung, die er bemerkt hatte, war, daß es auf dem Flughafen mehr Polizei und Militär gab. Und auf dem Weg zum Flughafen waren ihm zwei Militärfahrzeuge aufgefallen, ein Panzer und ein Mannschaftswagen am Straßenrand. Die Soldaten aber saßen neben den Fahrzeugen auf der Straße, ihre Stahlhelme neben sich, und aßen zu Mittag. (Und hier mußte er an ein Gespräch denken, das er Jahre später mit einer Frau führte, die als Dienstmädchen im Hause Batista gearbeitet hatte: »Das Problem mit Batista war, daß er nicht grausam genug und ein bißchen faul war. '53 hätte er Fidel hinrichten lassen können, aber er ließ den Kerl laufen. Er war faul und wollte sich nur mit den Leuten aus der High-Society amüsieren. Er war so daneben, daß er, als die Revolution kam, nicht die geringste Ahnung hatte, was da wirklich ablief, *sabe?*«) Ansonsten schien die Lage in der ganzen Stadt dieselbe zu sein, soviel er sehen konnte jedenfalls. Die Männer in ihren *guayaberas* und Leinenjacketts lehnten am Tresen. Cesar rauchte eine Zigarette und schlürfte seine *tacita de espreso* und seine zwei *Tres Medallas*-Schnäpse, die Kalkstein- und Ziegelwände auf der anderen Straßenseite, jenseits des Schattens der Markise, lagen in der prallen Sonne. Und als er von seiner *tacita* hochsah, fiel ihm eine hübsche Frau in rosa Trainingshosen auf.

Auf Kuba fühlte er sich gleich besser. Er hatte von New York aus seine Ex-Frau angerufen und ihr seine Absicht angekündigt, seine Tochter Mariela zu besuchen. Luisa, die einen Lehrer geheiratet hatte, war bereit, ihm dieses Recht auch weiterhin zu gewähren, und bald schon war er unterwegs zu dem *solar*, in dem sie jetzt wohnten. Er hatte eine große ausgestopfte Stoffpuppe für Mariela und einen Blumenstrauß, Hibiskus und Chrysanthemen, für Luisa gekauft. Als er durch den Innenhof ging und dann durch ein Tor auf eine schmiedeeiserne Wendeltreppe zu, war er voller Reue, sich damals von seiner Frau getrennt zu haben. So sah er, als er vor ihrer Tür stand, abgezehrt und erschöpft aus, ein Schatten seiner selbst. Es kam für beide überraschend, wie froh sie waren, einander wiederzusehen, als Luisa öffnete und ihn lächelnd in ein hübsches, großes, luftiges Apartment einließ.

»Mariela nimmt gerade ein Bad, Cesar«, sagte Luisa zu ihm. »Sie wird gleich da sein, um dich zu begrüßen.«

Und dann saßen sie an dem kleinen Küchentisch und redeten. An der Wand hing ein Kruzifix und ein Photo von Julián Garcia. Luisa ging es gut. Sie war seit kurzem wieder schwanger. Ihr Mann leitete eine große Schule in Havanna, und sie setzten große Hoffnungen auf diesen Fidel Castro.

»*Y Mariela*?«

»Sie ist ein sehr begabtes Kind, Cesar. Künstlerisch.«

»Inwiefern?«

»Sie will Ballettänzerin werden. Geht aufs Lyceum.«

Ein paar Minuten später kam Mariela heraus, ausdrucksvoll und hübsch, um ihren Vater zu begrüßen, den sie so viele Jahre nicht gesehen hatte. Sie gingen zusammen aus wie früher, Cesar führte sie in die verschiedenen Kaufhäuser und ging mit ihr in einem der guten Restaurants am Hafen essen. Sie war dreizehn und hatte ihm zur Begrüßung einen Kuß gegeben, aber als sie durch die Straßen gingen, hielt sie den Kopf gesenkt. Sie war ein schlaksiges, dünnes Mädchen mit lebhaften Augen und mußte wohl, dachte der Mambo King, Angst gehabt haben, er könnte sie nicht hübsch finden. Darum sagte er ihr in einem fort: »Mariela, ich bin so stolz, daß du so schön geworden bist.« Und: »Du hast die hübschen Augen deiner

Mutter.« Aber sie hatte auch etwas von der Schwerblütigkeit seiner Familie, und sie hatte ihrem Vater, der seine Familie verlassen hatte, nicht viel zu sagen. Er spielte einige Male auf sein Weggehen an, als sie die Galiano, eine Einkaufsstraße, entlanggingen.

»Du verstehst doch, was zwischen mir und deiner Mutter passiert ist, hat nichts mit dir zu tun, Kind . . . Ich hab mich doch immer um dich gekümmert, nicht wahr, Kind? Dir Briefe geschrieben und Sachen geschickt. Ja oder nein? Ich möchte einfach nicht denken müssen, daß du mich in einem schlechten Licht siehst, wenn ich nicht so bin. Siehst du mich so, Kind?«

»Nein, Papi.«

Seine Stimmung stieg, und er begann, mit ihr zu reden, als würde er sie am nächsten und übernächsten Tag gleich wieder besuchen kommen.

»Vielleicht gehen wir nächstes Mal zusammen ins Kino?« Und: »Wenn du magst, können wir irgendwann eine kleine Reise nach Oriente machen. Oder du kannst mich in New York besuchen kommen.«

Dann: »Aber weißt du, Kind, jetzt, wo du langsam erwachsen wirst, sollte ich vielleicht hierher nach Havanna ziehen. Würdest du das wollen?«

Und sie nickte.

Als er sie später nach Hause brachte, war sie glücklich. Vom Eingang aus sah er einen sympathisch aussehenden Mann im Wohnzimmer sitzen, ein aufgeschlagenes Buch im Schoß.

»Kann ich sie morgen wieder besuchen kommen?«

»Nein. Morgen fahren wir fort.«

»Dann, wenn ich aus Oriente zurück bin?«

»Ja, wenn wir da sind. Aber du weißt, sie ist nicht mehr dein Kind, Cesar. Sie ist jetzt die Tochter meines Mannes, und ihr Name ist Mariela Torres.«

Das schlimmste Telegramm, das er im Leben je geschrieben hatte, ging nach Las Piñas, kurz nach dem Unfall, bei dem sein Bruder ums Leben gekommen war, und darin stand: »Nestor hat einen Unfall gehabt, von dem er sich nie mehr erholen wird«, eine Nachricht, bei der er lange brauchte, sie in Worte zu fassen, außerstande, wie er war, die unverhohlene Wahrheit zu sagen. Er hätte schreiben können: »Nestor fuhr, und ich hab mit einem Mädchen herumgemacht, aber ich wäre schön blöd gewesen, wenn ich die Finger von ihr gelassen hätte, sie sah so gut aus: Meine Finger spielten mit den Knöpfen ihrer Bluse, meine Fingerspitzen strichen über ihre Brüste, ihre Nippel wurden hart zwischen ihnen, ihre Hände faßten mich an, als die Sache außer Kontrolle geriet. Er war betrunken, und der Wagen rutschte von der Straße und gegen einen Baum.«

Und er dachte wieder daran: Ein Kuß, Lachen, das Blöken einer Autohupe, die Worte »*Dios mío*«, ein schreckliches Knirschen von Metall, der Geruch von Benzin, Rauch, Blut, die verbeulte schwere Karosserie eines rassigen 1956er DeSoto.

(Und dahinter? Jetzt, da er selber dem Tod nahe war, eine Ahnung davon, was sein Bruder gefühlt hatte. Eingeschlossen in einen Raum ohne Türen, aus dem er herauswollte, hämmerte sein Bruder an die Wände, warf sich gegen sie.)

Zwei seiner älteren Brüder, Eduardo, der zum Begräbnis nach New York gekommen war, und Miguel, erwarteten ihn an der Bahnstation von Las Piñas. Er drückte sie mit der ganzen Kraft seiner Arme an sich. Sie trugen *guayaberas* und leinene *pantalones*. Im Radio im Büro des Stationsvorstehers lief das Lied »*Cielito Lindo*«. Der Stationsvorsteher lehnte vornübergeneigt am Fahrkartenschalter und las Zeitung. An der Wand ein gerahmtes Portrait von Batista, Präsident der Republik Kuba; an der Decke ein Ventilator.

Er hatte immer eine triumphale Rückkehr nach Las Piñas geplant. Oft hatte er mit Nestor spaßeshalber davon gesprochen, wie er, genau wie in den Hollywoodfilmen, in einem schicken Auto in Las Piñas einfahren würde, beladen mit hübschen Geschenken aus den Staaten, die Taschen voller Geld. Es reute ihn von Herzen, daß er in elf Jahren nie nach Las Piñas gefahren war, obwohl er ein paar Mal zum Karneval in Havanna gewesen war, um vor seinen Freunden den Mann von Welt zu spielen. Und jetzt? Er war aus Schuldgefühl zurückgekommen: Seine Mutter hatte ihm Briefe geschrieben, in denen Dinge standen wie: »Nachts bete ich zu Gott, daß ich Dich noch einmal sehe, bevor ich zu alt bin. Meine Arme kommen mir leer vor ohne Dich, mein Sohn.«

Sie fuhren auf einer ungepflasterten Straße in Richtung Farm, der Wagen trug sie am Fluß entlang. Auf der einen Seite eine Reihe Palmen und Häuser über dem Wasser, auf der anderen dichter Wald. In den Bäumen schwirrte es von schwarzen Vögeln, und er mußte an den Tag denken, als er noch ein Kind war und mit Nestor vom Hof fort und durch den Wald ging, auf der Suche nach hohlen Baumstümpfen, um daraus Trommeln zu machen. Zwanzig Minuten gingen sie durch den Wald, ohne auf Licht zu stoßen, dann kamen sie auf eine Lichtung. Dort standen sie, als sie ein Rascheln in den Bäumen hörten. Über sich sahen sie ein paar Vögel aus den Wipfeln der Bäume auf der einen zu den Wipfeln der Bäume auf der anderen Seite fliegen. Ihnen folgten etwa zwanzig weitere Vögel. Dann fünfzig, dann hundert Vögel. Dann ein Rauschen aus der Ferne, als würde ein starker Wind durch die Baumwipfel blasen, aber es war nicht der Wind: Die Wipfel erzitterten, durch Laub und Farne ging ein raschelnder Schauer, als würden sie ausgepeitscht, das Rascheln wurde lauter und dann war klar, warum: Es war ein Strom von schwarz und blau und hellbraun gefiederten Vögeln, die auf ihrem Zug durch den Wald schwirrten. Während die Brüder dort standen, begann es am Himmel über ihnen zu schwärmen von einer Million Flügeln, Vögel, die durch die Baumwipfel schossen, als wollten sie die Welt erstürmen, so viele, daß sie nirgendwo im Wald Sonnenlicht sehen konnten und der Himmel eine Stunde lang fast schwarz wurde, dann erst war der Zug vorbei.

Erinnerst du dich, Bruder?

Dann kam die alte Hütte, wo dieser schlaksige Schwarze, Pucho, der Gitarre spielte und über seine Hühner herrschte, ihm die ersten Musikstunden gegeben hatte. Sie kamen an einer verlassenen Wassermühle vorbei, die Wände eingefallen, und dann an dem steinernen Turm aus der Zeit der *conquistadores*. Sie passierten die Abzweigung zum Díaz-Hof, die zum Hernández-Hof.

Dann kamen sie zu ihrem Hof. Er hatte den Weg dahin noch gut in Erinnerung. Als junger Mann machte er die drei Meilen von Las Piñas auf dem Maultier, eine Gitarre am Riemen über der Schulter, einen Strohhut tief in die Stirn gezogen. Als sie in den Feldweg zum Hof einbogen, sah er zum ersten Mal seit vielen Jahren seine Mutter wieder. Sie saß auf der Veranda ihres einfachen, blechgedeckten Hauses und unterhielt sich mit Genebria, der Frau, die die Amme der Mambo Kings gewesen war.

Sie hatten etwa vier Hektar Land, einen Pferch, wo die grauen Schweine fröhlich in ihrer Suhle tollten, ein paar müde Gäule, und einen langen, niedrigen Hühnerstall. Und dahinter eine Wiese voll wildem Gras, durchsetzt mit Obstbäumen.

Als er seine Mutter sah, dachte er, sie werde sagen: »Warum hast du deinen Bruder sterben lassen? Du weißt doch, er war das Licht in meiner Welt?«

Aber seine Mutter hatte viel Liebe für ihn in ihrem Herzen, und sie sagte: »Oh, mein Sohn. Ich bin so froh, daß du gekommen bist.«

Ihre Küsse waren zärtlich. Sie war dünn, wog fast nichts in seinen Armen. Sie hielt ihn lange fest und sagte immer wieder: »*Grandón*! *Grandón*! Wie groß du geworden bist!«

Er war glücklich, daheim zu sein. Die Wärme seiner Mutter war so stark, daß er einen kurzen Moment lang eine Erkenntnis hatte, was Liebe war: völliges Aufgehen ineinander. Das war es, wozu sie in diesen Momenten ganz wurde, der Wille zur Liebe, das Prinzip der Liebe, die Geborgenheit der Liebe, die Hoheit der Liebe. Denn ein paar Augenblicke lang fühlte er sich von dem Schmerz erlöst, der seine Spannkraft so ermüdet hatte. Es war, als wäre seine Mutter ein offenes Feld wilder Blumen, über das er laufen konnte und freudig die Sonne auf seinem Gesicht spüren, oder wie der Nachthimmel, von Planeten und weit entfernten Nebeln durchschnitten – »Der Schleier über dem verborgenen Gesicht von *Dios*«, sagte sie immer. Und während sie ihn umfaßte, war alles, was sie zu sagen wußte: »Oh, mein Sohn, oh, du mein Sohn.«

(Dazu die Erinnerung, was er ein paar Jahre später, 1962, empfand, als er erfuhr, daß seine Mutter gestorben war, mit neunundsechzig Jahren. Aus dem Telegramm schnellten schwarze Fäden, die ihm in die Augen flogen, stechend wie Staubkörner, so daß er, der Mann, der niemals weinte, zu schluchzen begann. »Meine Mutter, die einzige Mutter, die ich je haben werde.«

Er las das Telegramm wieder und wieder, als könnte seine Konzentration an der Bedeutung der Worte etwas ändern. Er weinte, bis sein Körper zitterte und der Magen sich ihm verknotete, bis das Bedürfnis, die Traurigkeit zu unterdrücken, ihm in die Brust drang und er fühlte, wie sich um sein Herz ein stählernes Band zusammenzog.)

»Oh, mein Sohn, ich bin froh, daß du heimgekommen bist.«

Wieder bei ihnen zu sein, brachte einige von den Sehnsüchten seiner Kinderzeit zurück, und die hatten zumeist mit den Frauen im Haus zu tun. In den Träumen seiner Jugend – und später, als seine Mutter tot war – war sie gleichbedeutend mit Licht. Seine glücklichsten Stunden als Junge verbrachte er auf der Veranda oder im Garten hinter dem Haus, mit dem Kopf auf ihrem Schoß dösend, die Sonne brannte silbrigweiß durch die Baumkronen über ihnen. Seine Mutter Maria sagte: »Pssss, *niño*, komm her«, und führte ihn an der Hand durch den Garten zu der unter einer riesigen Akazie im Hof aufgestellten Blechwanne, wo sie ihm sein dickes, lockiges Haar wusch: das war damals, als der Mambo King noch eine süßere Vorstellung von den Frauen hatte, als seine Mutter das Morgenlicht war. Genebria, deren Brust nach Zimt und Salz geschmeckt hatte, brachte heißgemachtes Wasser, und dieses Wasser troff ihm übers Haar und auf sein Geschlechtsteil, was war das doch für ein Genuß, und dabei sah er hoch in die achtsamen und liebevollen Augen seiner Mutter. Jetzt, schmutzig von der langen Reise, ging er in sein altes Zimmer beim Hinterhof, zog sich bis auf ein Paar Boxershorts und ein ärmelloses Unterhemd aus und rief seiner Mutter in der Küche zu. »*Mamá*, tu mir einen Gefallen und wasch mir die Haare.«

So wurde das alte Bild von neuem Wirklichkeit, der Mambo King über eine Wanne im Hof gebeugt, die Augen zusammengekniffen vor Genuß an einem einfachen Liebesdienst: Nichts schien sich seit damals verändert zu haben; seine Mutter goß ihm Wasser über den Kopf, schrubbte ihn mit Seife ab und massierte ihm die Kopfhaut. »*Ay, hijo*«, sagte sie immer wieder. »Ich bin so glücklich, daß du daheim bist.«

Genebria war da, um ihm das Wasser vom Kopf zu rubbeln. Nach all den Jahren der Trennung konnte der Mambo King im Flur nicht an ihr vorbeigehen, ohne sie kurz in den Hintern zu kneifen. Er hatte sie immer schon besonders gern gehabt, dankbar für die anerkennende Art, wie sie eines Nachmittags vor vielen, vielen Jahren nach Luft geschnappt hatte. Er war in dem Alter, als er einschlief und träumte, daß es ihm die Knochen streckte, als sein ganzer Körper sich dehnendes Fleisch und Organe war, als die Lust ihm im Rückgrat summte, sich um seine Hüften schlang und ihm aus dem Geschlecht quoll. Er war in dem Alter, als er mit seiner frisch entdeckten Männlichkeit vor der Welt protzen wollte wie ein Junge, der ein Krokodil durchs Haus trägt. Er saß in der Badewanne und war gerade dabei, sein bestes Stück abzurubbeln und sauberzumachen, als sein Ding, knallig vor Röte und Milch, sich aufrichtete und wie eine Weinflasche im Wasser trieb. Genebria war gerade am Saubermachen, und als er sie singen hörte, rief er ihr zu: »Genebria, kannst du mal herkommen?« Und als sie kam, stand der künftige Mambo King auf, zupfte an seinem Ding und sagte: »*Mira*! *Mira*! Schau her! Schau her!«

»Hör auf damit, du kleines Biest! Du Ferkel!« Sie schnappte nach Luft und lief ins Haus zurück.

Grinsend hielt er es weiter fest und sank ins Wasser zurück, seine Milch quoll heraus wie weiße Tintenfischtinte. Dann explodierte es hinter seinen geschlossenen Augenlidern rot mit silbrigen Rändern, und er hatte ein Gefühl, als sei die Welt plötzlich gekippt. Er verbrachte viele von jenen Tagen mit diesem neuen Instrument in einem Traum von Ziehen, Zupfen, Pressen, Wetzen, Netzen und Spritzen. Und was Genebria betraf, was war ihr neuer Spitzname für Cesar, der Name, den sie voll Wärme und Neugier aussprach? »*Hombrecito*« zunächst, und dann »*El macho*«.

Wenn er sie jetzt sah und sagte: »*Mira, Mira*!«, geschah es mit großer Traurigkeit.

»Hier, Genebria, ich hab dir ein Parfüm mitgebracht.«

Und er schenkte ihr eine kleine Flasche Chanel No. 5.

Seine Mutter bekam Parfüm und einen Hut, und seine drei Brüder italienische Brieftaschen und Ronson-Feuerzeuge. Ja, und einen Packen Schallplatten und ein paar Photos von Nestor und der Familie.

Seine Mutter saß in einem Rattan-Schaukelstuhl auf der Veranda und sah den Stoß Platten durch. Die schmissigen Entwürfe auf einigen der Plattencovers, mit schwebenden Noten, der New Yorker Skyline und scharf umrissenen Congatrommeln, brachte sie zum Lächeln. Und die Schrift war englisch, und auf drei von den Covers posierte Nestor Seite an Seite mit seinem älteren Bruder.

»Nestor«, nannte sie ihn. »Mein Sohn, der im Paradies ist.«

In seinem Zimmer zog er sich langsam an, sein Vater, Pedro Castillo, wurde erwartet. Draußen hörte er Pferde und dann die altvertraute rauhe Stimme: »Ich bezahl dich nicht fürs Nichtstun«.

Wie hatte der alte Mann immer gesagt? »Du willst dein Leben in Tanzlokalen vergeuden? Mach, was du willst, aber wenn du Geld brauchst, komm nicht zu mir. Musiker willst du werden? Dein Lebtag ein armer Mann wirst du sein.«

Er hörte die Fliegentür auf der Veranda und die Stiefel seines Vaters auf dem Hof. In der nächsten Sekunde würde er in den Hof hinausgehen und den Mann umarmen, dem es verdammt egal war, ob Cesar sich bemühte, ihm Respekt und Zuneigung zu bezeigen oder nicht.

Und er schloß die Augen, wußte nicht ganz, wie er es schaffen sollte, ruhig zu bleiben, denn die Stimme seines Vaters beschwor einen Anflug unterdrückter Gewalttätigkeit unter dem Herzen. Er trödelte vor dem Spiegel und sagte sich: »*Tranquilo, hombre, tranquilo.*«

Er nahm einen Schluck Rum und machte sich auf in den Hof, um seinen Vater wiederzusehen. Er war vierzig Jahre alt.

Im Hotel Splendour sitzend, redlich betrunken, hatte Cesar größte Mühe, sich auch nur an sein Aussehen zu erinnern. Er hatte ein Bild, das er von jeher gemocht hatte, eine von diesen dünnen, zerknitterten Photographien mit vergilbten Rändern und einem Stempel auf der Rückseite: »Oliveres Studios, Calle Madrid no. 20, Holguín«. Das einzige, das er von seinem Vater besaß. Es war ein witziges Bild, um 1926 herum aufgenommen, der Mann in Fliege und Leinenjackett, einem breitkrempigen Hut, mit dem hängenden Schnurrbart eines *guajiro*, traurigen Castillo-Augen und steifer Miene – sein Gewicht auf einen Stock gestützt. Und gleich dahinter ein Kinoplakat von Charlie Chaplin aus *Goldrausch*, Chaplin in der gleichen Pose.

»Goldene Zeiten . . .«, dachte er.

Er hatte eine schöne Erinnerung an seinen Vater, wie er ihn und seine Brüder nach Las Piñas mitgenommen hatte, wo sie den Vormittag unter den Männern in einem Café verbrachten, Sandwiches essend und *batidas* – Malzmilch mit Früchten – trinkend. In dem Café waren Bauern, am Eingang Hühner in Käfigen, und der Mann, der am Tresen das Obst aufschnitt, troff von Saft. An diesem Tag hatte sein Vater, Don Pedro, ihn vom Boden hochgehoben und stand redend mit den Männern an der Bar, den künftigen Mambo King auf dem Arm. Er war ein hagerer Mann, nach Tabak riechend, und wenn er seine *tacitas* Kaffee trank, mußte er sich den Schaum vom Schnurrbart wischen. Er hatte riesige Fingerknöchel, und seine Wangen und die Stirn waren von den unzähligen Tagen auf den Feldern indianerrot gegerbt.

Aber das war das einzige Mal, daß es so schön war. Wenn er an seine frühe Kindheit dachte, erinnerte er sich, daß er sich krümmte wie ein verängstigtes Tier, wenn sein Vater in der Nähe war. Er sah dann rote und schwarze und silberne Vögel in raschen Bögen durchs All wischen, und sein Gesicht, seine Rippen, sein Rücken, seine Beine stachen von den Schlägen mit Fäusten und Stöcken. Seine älteren Brüder, die braver waren, bekamen auch Prügel – im Namen von Respekt und Autorität und weil ihr *Papi* nicht wußte wohin mit seinem Zorn und seiner üblen Laune. Sie wuchsen zu mehr oder weniger respektvollen und schwächlichen Söhnen heran, mit verhärmten Gesichtern und gebrochenem Charakter. Während Cesar, in den Worten seines Vaters, »immer schlechter« wurde. Doch er begriff nie, warum der Mann ihn schlug. In einem Winkel zusammengekrümmt, brüllte er: »Was hab ich dir getan? Warum tust du das?« Es ging ihm wie einem glücklichen kleinen Hund, der nur ein wenig Freundlichkeit von dem Mann wollte, doch er wurde geschlagen und geschlagen und geschlagen. Er mußte stundenlang weinen deswegen, aber nach einiger Zeit konnte er nicht mehr weinen. Er versuchte fröhlich zu sein, spielte seinen Brüdern Streiche und rannte durchs Haus, ein fortwährender Energieausbruch, wie später in seinem Tanzen, in seiner Musik. Er hatte sich so daran gewöhnt, daß der Mann ihn grün und blau prügelte, daß er nach einer Weile Spaß daran zu haben schien, er hänselte und provozierte den Mann, ihn wieder und wieder zu schlagen. Er wälzte sich lachend auf dem Boden, weil sein Vater manchmal so heftig auf ihn eindrosch, daß dem Mann die Fäuste wehtaten. Sein Vater prügelte ihn, bis sich ein seltsamer Ausdruck auf Pedros Gesicht legte, ein Ausdruck von Trauer und Vergeblichkeit.

»Sohn«, sagte er dann, »ich will doch nur Liebe und Respekt von dir.«

»Du weißt doch, dein Vater ist ohne einen Penny nach Kuba gekommen. Er hatte nie einen Vater, der sich um ihn kümmerte, wie er sich um dich kümmert. Alles, was er je gekannt hat, war Arbeit, *hijo*, Schweiß.«

»Dein Papi ist vom Schicksal betrogen worden. Er ist zu vertrauensselig. Die Leute haben ihn ausgeplündert, weil er immer ein gutes Herz hatte. Gott hat es nicht gut gemeint mit ihm. Morgen wird er sich ändern. Gott wird ihm vergeben. Er ist ein hart arbeitender Mann und ein Versorger. Du mußt nachsichtig mit ihm sein. Verzeih deinem Vater. Er liebt dich, *niño*. Er hat ein Herz aus

Gold. Vergiß nie, daß er dein Vater ist. Vergiß nie, daß er dein Blut ist.«

Keine Milde in Pedros Gesicht, keine Freundlichkeit, kein Mitgefühl. Er arbeitete schwer, hatte seine Frauen nebenher und ließ die Söhne seine Stärke fühlen. Seine Männlichkeit war derartig, daß sie das ganze Haus mit einem Geruch von Fleisch, Tabak und selbstgebranntem Rum durchdrang. Der Geruch war so stark, daß Cesars Mutter Maria das Haus mit Blumen füllte, die sie in Vasen überall aufstellte. Und Eukalyptustöpfe, um diesen Geruch von Männlichkeit zu betäuben, der sich in wabernden Wellen durch die Räume zog, wie Hitze vom Straßenpflaster aufsteigt.

Er hatte nie viel Geld und nie Lesen oder Schreiben gelernt, unterschrieb mit einem Kreuz. In der Gesellschaft von Las Piñas aber nahm er einen hohen Rang ein, um seines *gallego*-Blutes und seiner spanisch weißen Haut willen, die ihn über die Mulatten und Neger des Städtchens stellten.

Cesar erinnerte sich an einen Wirbelsturm, in dem viele von den Pferden und Kühen und Schweinen ersoffen und am nächsten Morgen auf dem Wasser treibend aufgefunden wurden, mit aufgeblähten Bäuchen und herausgequollenen Zungen. Er erinnerte sich, wie eines Nachts jemand an ihre Haustür klopfte. Sein Vater machte auf und bekam ein Messer in die Schulter. Er erinnerte sich an die Soldaten, mit denen sein Vater in Holguín Geschäfte machte. Über die Jahre hinweg war er mehr als einmal betrogen worden und betrachtete sich, all seinen Mühen zum Trotz, als einen »armen Mann«.

Sein Vater war immer so angespannt, daß er von quälenden Leiden heimgesucht wurde, die mit seinen üblen Launen, Schulden und schwerer Arbeit zu tun hatten. Manchmal litt er an nervösen Ekzemen und einem Ausschlag, der ihm die Haut so sehr austrocknete, daß sie hart und spröde wurde wie Pergament. Der Mambo King konnte sich an Tage erinnern, an denen Pedros Körper aussah, als wäre er durch ein Dickicht von Dornbüschen gelaufen, ganz zerkratzt und voll wunder Stellen. An heißen Tagen war er so angegriffen, daß das einzige, was er tragen konnte, ein Paar *calzonillos* war. Sein Vater kam von einer Steinhütte am Feldrand zurück, wohin er sich manchmal verkroch, schmerzgepeinigt von dem heißen, salzigen Schweiß auf den geschundenen Gliedern. Ohne ein freundliches Wort für irgendwen, ging er hinaus zur Wanne im

Hinterhof, wo er in einem Bad weichte, in das Maria eine Lotion mit Rosenduft getan hatte, auf Alkoholbasis, was seinen Zustand nur verschlimmerte. Stundenlang im Schatten eines Granatapfelbaumes weichend, legte er den Kopf auf den Wannenrand, trank schlückchenweise Rum und schaute, Höllenqualen leidend, in den Himmel.

So war es damals, wenn sein Papi auf dem Feld arbeitete und sich um seine Tiere kümmerte. In einiger Entfernung, im Schatten von Papayas, Brotfrucht- und Bananenbäumen, stand die Steinhütte, wo er Vieh schlachtete. Zu Mittag brachte einer seiner Söhne einen Topf mit Essen hinaus, das er mürrisch hinunterschlang. Dann machte er sich wieder an die Arbeit, die gerade anstand: Wenn er ein Schwein schlachten mußte, rochen seine weißleinenen *pantalones*, seine Baumwoll-*guayabera*, seine Haut, seine Nägel, sein dicker *campesino*-Schnurrbart nach Blut. Die armen Viecher schlugen aus, und manchmal rannten sie aufs Feld, galoppierten ein Stück dahin, ehe sie niederbrachen.

Und dann fällt ihm plötzlich wieder der Tag ein, als sein Papi mit einer Machete hinter ihm her war. Er konnte sich nicht mehr erinnern, was den Streit ausgelöst hatte. War es einer seiner aufsässigen Blicke, sein üblicher Mangel an Respekt, oder saß er draußen auf der Veranda und zupfte auf der Gitarre?

Er wußte nur noch, daß sein Vater ihn quer durch ein Feld von wildem Zuckerrohr jagte, die Machete über dem Kopf schwingend, und schrie: »Komm her da, du.« Er rannte um sein Leben, rannte so schnell er konnte, durch die Reihen von Zuckerrohr, hinter ihm, dreißig Meter lang, der Schatten seines Vaters. Er lief auf den Wald zu, als er einen furchtbaren Schrei hörte: Sein Vater lag am Boden und hielt seinen Fuß umklammert.

»Hilf mir, Junge!«, rief ihm sein Vater zu. »Hilf mir!«

Dann: »Hierher, Junge. Ich hab mir einen Rohrstrunk eingetreten.«

Er wollte seinem Vater helfen, aber was, wenn es ein Trick war? Was, wenn er zu seinem Vater ging und der Mann mit der Machete auf ihn losschlug? Sein Vater rief wieder und wieder, und langsam wagte Cesar sich näher heran, bis er sehen konnte, daß sein Vater die Wahrheit sagte, bis er den blutigen Wurzelstrunk durch den Rist seines rechten Fußes ragen sah.

»Zieh ihn raus«, sagte er zu Cesar.

Als er es tat und ihn mit aller Kraft aus dem Fuß zog, stieß sein

Vater einen Schrei aus, der alle Vögel aus den Baumkronen scheuchte.

Und als er wieder auf die Beine gekommen war, humpelnd, die Arme um seinen Sohn gelegt, glaubte Cesar, nun würde alles anders.

Dann waren sie zurück im Haus und sein Vater saß gestreckt in einem Sessel. Er rief Cesar zu sich: »Komm her da.«

Als sein Sohn sich hinunterbeugte, schlug er Cesar ins Gesicht, hart, mit dem Handrücken.

Das Gesicht seines Vaters war rot, die Augen grausam – so hatte er ihn jetzt in Erinnerung.

1958 aber war der Mambo King so voll Schmerz, daß er seinen Vater umarmte. Er liebte den Mann eben doch. Nach so vielen Jahren, die er von diesem Haus fort gewesen war, fühlte er sich vor seinem Vater kaum mehr wie ein Sohn. Der Mann hinkte beim Gehen, seit damals, als er sich auf dem Feld den Rohrstrunk durch den Fuß gerannt hatte, und er überraschte den Mambo King, indem er ihn seinerseits herzhaft umarmte. Dann saßen sie im Wohnzimmer, schweigend, wie früher. Seine Mutter bediente ihn, und Cesar saß da und trank. Später in dieser Nacht saß er da und versuchte seine Mutter zu trösten, die um Nestor weinte, hielt sie in seinen Armen.

Es war, weil sie die Platten gespielt hatten. Sie lauschte seinem Trompetenspiel und dachte zurück an ihre Söhne, als sie Kinder gewesen waren, dachte zurück an die Zeit, als Nestor so kränklich gewesen war, bleich vom Asthma.

»Er hat dich vergöttert, Cesar«, erzählte sie ihm. »Er war immer so glücklich, wenn du irgendwas für ihn gemacht hast. Glücklich, irgendwo mit dir hinzufahren und zu singen und zu tanzen und für die Leute zu spielen . . . «

Dann ihr Schweigen, ihre Tränen.

Woran konnte er sich noch erinnern?

Daß er seine Freunde in der Stadt besuchte und wieder ritt. In den lokalen Bars war er die Attraktion, erzählte von New York und lud jeden, den er kannte, ein, ihn besuchen zu kommen. Er ging die erste Frau besuchen, mit der er je ins Bett gegangen war (»Das war nur, damit du siehst, ob's dir gefällt. Nächstes Mal mußt du bezahlen, okay?«). Und er ging über den Friedhof, wo sein alter Musiklehrer, Eusebio Stevenson, ein Kino-Klavierspieler, früher gewohnt hatte. Der Mann war schon lange tot. (»*Señor!* *Señor!* Können Sie mir zeigen, wie das auf dem Klavier geht?«) Er ging zwischen den Grabsteinen umher und fühlte sich erleichtert, während er sich mit den Geistern unterhielt.

Wenn er in diesen Nächten 1958 draußen auf der Veranda saß, hatte er manchmal das Gefühl, das Himmelsgewölbe ließe sich herunterschälen wie eine Orangenschale und dahinter würde das Paradies zum Vorschein kommen, wohin sein armer Bruder gegangen war. Das Paradies seiner Mutter, seiner gläubigen Mutter, die an all das glaubte. Das Paradies, wohin die Engel und Heiligen und die Seelen der Seligen auffuhren, hinauf in die wirbelnden Himmel zwischen den leuchtenden Sternen und duftenden Wolken ... Warum weinte sie dann? Tagsüber begleitete ihn diese Frage in die Stadt, wo er Freunde besuchte, an Straßenecken herumstand. Die Reise auf den unbefestigten Straßen zurück zur Farm machte er auf einem geliehenen Maultier mit einer Flasche Rum unter dem Arm. Diese Flasche trank er nachts aus. Er trank Rum, bis Gott tief im Himmel hing wie eine schwere Schleppe. Er trank Rum, bis seine Augenränder angenehm rosa glühten, wie der Flügel einer Nachtigall in einem Lichtblitz, und bis die Bäume, die die Farm umringten, Atem holten, wie nur Betrunkene es hören können. Er trank, bis es Zeit zum Aufstehen war, und dann marschierte er fröhlich ins Haus, rasierte sich vor einem Spiegel in dem Zimmer seiner Jugend und saß danach mit den Frauen zusammen, die Geschäftigkeit der Küche genießend.

Es war an einem dieser Morgen, daß er seine Mutter zu Genebria sagen hörte: »Bring diesen Teller dem armen Säufer, der mein Sohn ist.«

Dann die Erinnerung ans Abschiednehmen: von Miguel, den er neun Jahre lang nicht wiedersehen sollte; von Pedrocito, den er bis 1980 nicht wiedersehen sollte; von seinem Vater und seiner Mutter, die er nie wiedersehen sollte.

Als er seine Mutter umarmte, wahrte er seine Macho-Haltung, flüsterte jedoch: »Ich möchte, daß du eines von mir weißt, *no soy borrachón*, ich bin kein Säufer.«

Und seine Mutter nickte: »Ich weiß«, aber sie hatte einen anderen

Ausdruck in ihren Augen, ergeben, stoisch und vielleicht überzeugt, daß die Dinge zwangsläufig in eine bestimmte Richtung gehen mußten. Der anhaltende Zweifel in ihren Augen, und sein Gefühl, daß auch viele andere Dinge nicht in Ordnung waren und er im Zentrum all dessen stand, verstörte ihn.

Diese Verstörung verfolgte ihn auf dem Pan Am-Flug von Kuba nach Hause, auf dem er Sandwiches mit amerikanischem Käse aß, serviert in Wachspapiertüten, und mit der Stewardeß flirtete, ihr jedesmal, wenn sie vorbeikam, zulächelte und zuzwinkerte, verfolgte ihn in New York aus dem Zug und die Treppe hoch zum Apartment in der La Salle-Street, verfolgte ihn noch, als sein heißgeliebter Neffe Eugenio die Tür öffnete und ihm die Arme ums Bein schlug, verfolgte ihn, als Leticia, die ganz Liebe und Freude war, über den Flur gesaust kam, mit hüpfenden Zöpfchen, um ihn zu umarmen und die Geschenke anzusehen, die er für sie gekauft hatte, verfolgte ihn bei seinen Abstechern ins Hotel Splendour mit Vanna Vane, ans Grab seines Bruders, durch viele Dinge, durch viele Jahre hindurch bis zu jenem Moment, als er in jener feucht-schwülen Nacht im Hotel Splendour noch ein weiteres Glas Whisky trank, eine unauslöschliche, dornige Linie, Erinnerung, da für immer.

*E*ntschlossen, etwas zu unternehmen, um sein Leben zu ändern, ging Cesar zur Handelsmarine. Sein Verbindungs-mann dahin war der Freund von Ana Maria, Raúl, der bei der Gewerkschaft arbeitete.

Er arbeitete dreizehn Monate lang auf einem Schiff und kehrte 1960 zurück, wettergegerbt und mit einem drahtigen Bart. Um seine Augen bündelten sich kringelige, tiefe Falten, entstanden in den zahllosen Nächten, die er auf Deck an der Reling verbracht hatte, gegen die Übelkeit in seinem Magen und die Enttäuschung über die Monotonie seiner Tage ankämpfend. Von seiner Arbeit als Heizer bekam er einen ungeheuren Appetit, tat sich an der Schiffsküche gütlich und ließ bis zum späten Abend alles wieder über Bord gehen. Das wurde noch gefördert durch große Mengen von portugiesischem Wein und spanischem Brandy, der die Seeleute Pfennige kostete und den der Ex-Mambo King zu den Mahlzeiten hinuntergoß wie Wasser: Es dauerte ein paar Stunden, bis die Säuren an seinen Magenschleimhäuten Unheil anrichteten, und dann, draußen an Deck, um die Sterne anzustarren und zu träumen, erbrach er sein Abendessen in die lieblichen, phosphoreszierenden sardischen Gewässer, ins Mittelmeer, in die Ägeis. In Alexandria in Ägypten ließ er sich in einer Stanley Bar photographieren, schneidig mit Kapitänsmütze mit glänzendem Schirm und auf einem Rattan-Thron sitzend, flankiert von einem Kumpel aus Puerto Rico namens Ernesto und einem fröhlichen Italiener namens Ermano und umgeben von Topfpalmen, die ihn an Havanna erinnerten.

In seinen Augen schien eine schwärzliche Lauge von Gram zu schwimmen, sie waren reuevoll, seltsam; sie sagten: »Ich habe eine Menge gesehen.« Der Cesar Castillo, der versonnen in die Kamera schaute, war hager, dunkeläugig und ein wenig weltmüde. Er schien nun ganz die Schwermut seines toten jüngeren Bruders angenommen zu haben. Er ging in einen ägyptischen Basar, wo er inmitten eines brandenden Gedränges den Geist von Nestor sah, der hinter dem Tisch eines Straßenhändlers voller Onyxarmbändern und Skarabäus-Halsketten hervorblickte.

Und hinter dieser verschwitzten Stirn wirbelte auch die Erinnerung an die Namen der Häfen: Marseille, Cagliari, Lissabon, Barcelona, Genua, Tanger, San Juan, Biloxi. (Und auch an Frauen. Er erinnerte sich an die dunstige Nacht in Marseille, als er Antoinette kennenlernte, eine wunderbare Frau, die mit Lust an seinem Glied lutschte. Manche Frauen wußten nichts damit anzufangen, sie aber ging mit seinem Glied um wie mit einer Lieblingspuppe. Angeregt von seiner Biegsamkeit und Dicke, strich sie mit ihren großen französischen Lippen über die Spitze, als wäre, was daraus träufelte, eine Art Gesichtsmilch, bis ihre Lippen glänzend von seinem Samen wurden und ihre Nippel, hart wie Kork, von ihren Brüsten hervorstanden und ihr heißer Hintern eine feuchte Spur von seinen Knien bis zu den Zehen zog. *Vive la France!*) Er hatte viel Gewicht verloren, seinen federnden Gang wiedergewonnen. In dem Seesack, den er über der Schulter trug, brachte er bergeweise Geschenke von seinen Reisen mit: Seidenschals, Kerzenhalter aus Ebenholz, einen kleinen Perserteppich, einen Ballen orientalische Seide, die er für praktisch nichts vom Maat auf seinem Schiff gekauft hatte – ein Geschenk für Ana Maria, die sich gern Kleider nähte. Ein Jahr war er auf See gewesen, hatte keinen Ton gesungen und kein Instrument in die Hand genommen.

Die Musik lag weit hinter ihm, sagte er sich. Als er den Hügel hinaufging, den Seesack über der Schulter, war Cesar Castillo ein anderer. Seine Hände waren schwielig und schrundig: er hatte eine Narbe an der linken Schulter von einem geplatzten Dampfkesselventil, das ihn verbrüht hatte, und obwohl er es ungern zugab, hatten die Anstrengungen der letzten Jahre ihn leicht kurzsichtig gemacht, denn wenn er jetzt die Zeitung oder das Buch von D. D. Vanderbilt las, mußte er die Augen zusammenkneifen.

Die größte Neuigkeit während seiner Abwesenheit war, daß Delores Pedro, den Buchhalter, geheiratet hatte, in einer stillen Zeremonie im Rathaus: der Mann gehörte nun mit zum Haushalt. Er war kein übler Kerl. Weder auftrumpfend noch besonders freundlich, ließ er sich in einem großen Lehnstuhl im Wohnzimmer des Apartments in der La Salle-Street nieder, die Füße auf einem Hocker, und sah gelegentlich von seiner Zeitung hoch zum Fernseher. Das einzige Anzeichen, daß Nestor früher in diesem Haus gelebt hatte, waren ein paar Photos da und dort auf dem Flur und auf dem Kaminsims im Wohnzimmer. Ansonsten war das Apartment in der La Salle-Street der Gegenwart eines anderen Mannes angepaßt, eines Nicht-Musikers, verläßlich und solide, dessen Instrumente nicht Congas, Gitarren oder Trompeten waren, sondern Hauptbücher, Lineale und Druckbleistifte. Pedro war langweilig, aber nett zur Familie. Jeden Sonntagabend führte er Delorita und die Kinder ins Restaurant oder ins Kino aus; und manchmal mietete er ein Auto, und sie unternahmen eine Sonntagsspazierfahrt. Er hatte eine Glatze, einen winzigen Schnurrbart und seltsame Toilettegewohnheiten. Im Büro ging er, wenn er Ruhe und Frieden haben wollte, aufs Klo, und dorthin ging er auch zuhause, wenn Eugenio, um ihn zu piesacken, herumpolterte und seine Spielsachen gegen die Wand warf, brüllte, ihm scheele Blicke zuwarf und sich auch sonst alle Mühe gab, seine gemächliche Ruhe zu stören. Er war kein schlechter Mann, aber er war auch nicht Nestor, und das weckte in den Kindern eine gewisse Wachsamkeit, die der arme bedrängte Mann stoisch hinnahm und durch Güte und Beweise seiner Anteilnahme zu beschwichtigen suchte.

In das alles kam Cesar zurück. Auf der Straße erkannte ihn niemand. Er sah nicht mehr aus wie der Cesar Castillo, der für das

Cover von »The Mambo Kings Play Songs of Love« posiert hatte, gar nicht wie der Alfonso Reyes aus der *I Love Lucy*-Show.

Eugenio war jetzt neun und hatte sich der neuen Situation mehr oder weniger angepaßt. Er hatte eine Art in sich gekehrte Nachdenklichkeit in seinem Benehmen entwickelt, die der seines Vaters nahe kam. Als er aber seinen Onkel sah, der nach Tabak und Meer roch, schwand aller Ernst aus seinem Gesicht und wich der schieren Begeisterung.

»*Nene*!« rief sein Onkel ihm zu, und Eugenio rannte über den Flur. Als Cesar ihn hochhob, schwand Eugenios Gefühl von Leere dahin.

An diesem Abend kamen die Familie und Freunde aus der Nachbarschaft zusammen, um ihn zu begrüßen. Er ging ins Bad, wo er sich mit Leticia, die sich an ihn klammerte, den Vollbart abrasierte. Mit sonnenverbranntem Gesicht, zerfurcht von tiefen Falten und mit seinem wiederhergestellten Schnurrbart trat er wieder heraus.

Die Familie verbrachte natürlich den Abend damit, Cesars Abenteuern zu lauschen. Mit fast zweiundvierzig hatte der Mann ein bißchen was von der Welt gesehen. Er dachte daran, wie er und sein Bruder um die Weihnachtszeit an die Docks gegangen waren, um schachtelweise japanische Spielsachen zu kaufen, das Tollste waren batteriegetriebene, kabelgesteuerte grün-weiße New Yorker Polizeiautos, die sie für einen Vierteldollar das Stück bekamen und wie Weihnachtsmänner an die Kinder verteilten, die sie auf der Straße und im Haus kannten. Sie betrachteten die großen Liniendampfer mit ihren rauchenden Schloten und den eleganten französischen Gepäckträgern, und sie träumten davon, wie schick es sein müßte, vor der Bohème in den Cafés im schwülen Pariii, wie sein Pianist Miguel Montoya es nannte, zu spielen.

»*Salud*!« und ein weltmännisches Nicken, so begrüßte er damals die Leute im Haus, sein Neffe Eugenio immer an seiner Seite. Aus einem Seesack holte er ein paar schöne Geschenke für Eugenio: ein afrikanisches Jagdmesser mit Elfenbeingriff, in Marseilles gekauft und angeblich von den Yuroba aus Belgisch-Kongo, und einen leichten italienischen Seidenschal, den Eugenio jahrelang tragen sollte. Dann steckte ihm sein Onkel einen knisternden Zwanzigdollarschein zu. (Beim Durchstöbern des Seesacks fand Eugenio etwas Verblüffendes, eine französische Illustrierte mit dem Titel *Le Monde des »Freaks«* mit welligen, unscharfen Photos von hübschen Frauen mit großen Hintern, die Seeleuten, Zirkusartisten und Bauernburschen einen bliesen oder sich vögeln ließen.)

Eugenio war stolz auf seinen Onkel und hatte während seiner Fahrten stets genau Bescheid gewußt, wo er war. Er hatte sich von seinem Freund Alvin einen Atlas geborgt, damit er die Städte und Häfen nachschlagen konnte, von denen in den Postkarten, die von Zeit zu Zeit kamen, die Rede war. (Fast zwanzig Jahre später sollte Eugenio eine von diesen Postkarten finden und sich erinnern, daß die Nachrichten selten variierten und es mehr oder weniger immer hieß: »Nur damit du weißt, daß ich immer an Dich denke und daß Dein Onkel Dich liebhat.«). Eugenio bewahrte diese Postkarten in einer Plastiktüte unter seinem Bett auf, zusammen mit ein paar hundert Gummicowboys und -indianern und einer Seite aus einem Artikel in *Life* über die Folies-Bergères in Paris (darauf war eine Reihe von schönen französischen Frauen zu sehen, die in einer Linie die Beine hochwarfen, ihre spitzen, straßbestreuten Brüste weckten ein begehrliches Interesse in ihm) und seiner Sammlung von Baseball- und Weihnachtskarten.

Eine Weihnachtskarte von 1958 war ein Familienbild von Desi, Lucille, Desi junior und Lucy Arnaz, in Pose vor einem Kamin und einem reich geschmückten Tannenbaum, umstrahlt von Wohlstand und Weihnachtsfreude. Die Karte für 1959 war schlichter gehalten: eine winterliche Szene mit einem Schlitten, der durch eine Landschaft fuhr – die Unterschrift »Von der Familie Arnaz« in Antiqua-Fettdruck. Und handgeschrieben darunter die Worte: »In Liebe und Verbundenheit, Desi Arnaz«. Cesar schenkte die Karten immer Eugenio, der sie aufhob, weil Mister Arnaz berühmt war: Alle Kinder aus ihrer Straße hatten mächtig Trara um den Auftritt seines verstorbenen Vaters mit seinem Onkel in dieser Show gemacht; diese Karte war ein weiterer Beweis für das Ereignis. Was ihn am meisten beeindruckte und weshalb er sie herumzeigte, was das Wort »Liebe«.

An diesem ersten Abend zu Hause trank sein Onkel bis vier Uhr früh, und sein Gesicht wurde schlaff und verfärbte sich bläulich. Als sein Freund Bernardito Cesar gefragt hatte: »So sag uns schon, Cesar, wann wirst du wieder ein Orchester aufstellen? Jeder im Palladium fragt nach dir«, antwortete Cesar, rot im Gesicht, ärgerlich: »Ich weiß nicht.«

Dann hieß es: »Komm schon, sei nicht so, Cesar, sing uns einen kleinen Bolero«, worauf er zur Antwort gab: »Mir ist zur Zeit nicht nach Singen zumute.«

Um diese Zeit war Delores in die Küche gekommen, um Frankie und Bernardito rauszuschmeißen, weil es schon so spät war und Pedro am nächsten Morgen zur Arbeit mußte.

»Warum willst du meine Freunde aus dem Haus jagen?«

»Weil es schon sehr spät wird.«

»Und wer bist du überhaupt? Es waren Nestor und ich, die das Apartment hier zuerst gehabt haben. Auf dem Mietvertrag steht mein Name!«

»Bitte, Cesar, sei vernünftig.«

Aber Bernardito und Frankie standen schon von sich aus auf. Als seine Freunde gegangen waren, sackte Cesar am Tisch zusammen, als wäre er verraten worden. Eugenio, der seinem Onkel gegenübersaß, blieb treu an seiner Seite. Während Delores durch den Flur ging, hörte Eugenio seinem welterfahrenen Onkel zu, der ihm seine schwermütigen Ansichten über das Leben zuteil werden ließ: »Frauen, Junge, ruinieren dich, wenn du nicht aufpaßt. Du bietest ihnen Liebe, und was kriegst du dafür? Ein gebrochenes Herz. Ich weiß schon, was die alle über mich denken. Sie denken, daß ich deinen Vater irgendwie verletzt habe. Es war anders rum, er hat mich traurig gemacht mit seinem Unglücklichsein.«

Dann und wann wurde ihm bewußt, mit wem er redete, und er hörte auf, aber dann verschwand Eugenio hinter dem Schleier halbgeschlossener Augen.

»Die Männer sollten zusammenhalten, um Leid zu vermeiden. Freundschaft und ein paar Drinks, das tut gut. Freunde. Weißt du, wer gut zu mir war? Ein guter Kerl? Ich sag's dir, Junge. Machito, Manny. Andere auch noch, mir fallen nur eben die Namen nicht ein. Alle gut zu mir. Weißt du, wer ein prima Kerl war, ein prächtiger Mann, der mich und deinen Vater geliebt hat? Desi Arnaz.«

Dann erschien Pedro in der Tür, kam ruhig auf ihn zu und sagte mit leiser Stimme: »Komm schon, *hombre*. Du hast genug gehabt, und es ist sehr spät.«

Pedro hatte ihn am Ellbogen genommen. »Ich geh zu Bett«, sagte Cesar zu ihm, »aber nicht, weil ich Angst vor dir habe, sondern weil ich ein Mann bin und die Bitte eines anderen Mannes respektiere.«

»Ja, *hombre*, ich weiß das zu schätzen. Und jetzt gehen wir den Flur runter.«

»Ich werde gehen, aber denk daran, schubs mich nicht, denn ich kann auch böse werden.«

In ihrem Schlafzimmer wartete Delores, die Lippen zusammengepreßt, eine Hand zur Faust geballt und sich durch ihr rosa Flanellnachthemd aufs Knie pochend, wartete darauf, daß der Ex-Mambo King schlafen ging.

Pedro gab sich Mühe, bei der ganzen Sache nett zu bleiben.

Und Eugenio? Als das Sofa zu einem Bett ausgezogen war und sein Onkel sich hinlegte, immer noch angezogen, machte sich Eugenio daran, ihm Socken und Schuhe auszuziehen.

Eugenio freute sich darauf, seinen Onkel morgens zu wecken. Er schlich sich aus seinem Zimmer über den Flur und fand den Mann, wie er sich in den Laken wälzte und mit sich selber redete, mit gequetschter Stimme, wie ein Mann, der im Mundwinkel auf einer riesengroßen schwarzen *puro*, einer kubanischen Zigarre, herumkaut: »Kuba ... Nestor, willst du 'ne wirklich nette Braut kennenlernen? ... Meine *pinga* ist groß und hungrig, Schätzchen ... Und nun, Damen und Herren, ein kleiner *canción*, den ich und mein Bruder hier, der hübsche Junge mit der Trompete, geschrieben haben – verbeug dich und laß die Damen einen Blick auf deine Visage werfen, Bruderherz. In der Nacht leuchtet die Freude in meinem Herzen wie Sternenlicht. Bruder, warum schreist du so schmerzerfüllt? ... Ich hätte schon längst heiraten und mich benehmen sollen, richtig, du Schlampe? Irgendwer, schnell. Macht das Feuer aus! Ja, ich bin gut bekannt mit Mister Arnaz, wir sind alte Kumpel aus der Provinz Oriente auf Kuba. Wissen Sie, wenn da unten auf Kuba nicht die Scheißrevolution wär, ich würd zurückgehen.«

Das Gesicht im Schlaf verzerrt und zermartert, als wäre die Hölle in ihm, voller Höhlen und Flammen und schwarzem Rauch. Freilich, es war eine Musikerhölle, genau wie auf dem Cover von »Mambo Inferno«, die Bernardito, der Künstler, gemalt hatte (wie auch »Welcome to Mamboland«). Eine Hölle congatrommelnder Teufel und gehörnter Frauen in roten Trikots, die Musiker selbst als schwarze Silhouetten auf Simsen im Hintergrund hockend. Diese Hölle in ihm ließ ihn aufstöhnen, sich herumwerfen. Und dann plötzlich, als spürte er die gute Absicht seines Neffen, schlug er die Augen auf ...

Er paßte sich dem Haushalt an, wußte aber, daß er bald würde ausziehen müssen. Er hatte nicht viel Geld gespart, obwohl er damit rechnen konnte, daß von Zeit zu Zeit ein Scheck reinkam, zumeist Tantiemen von »Beautiful Maria of My Soul«, das im Namen von Nestor und Cesar Castillo herausgekommen war. Obwohl Musiker vorbeischauten, um zu fragen, ob er Lust auf eine Jam Session hatte oder in einen Club losziehen wollte, sagte er entweder zu und kam dann nicht oder er beschied seine Freunde einfach, daß er lieber zu Abend essen und sich ein paar Drinks genehmigen würde.

Trotz Kummer und Verwirrung ging er doch recht viel unter die Leute. Sein kleiner Terminkalender, in dem er früher geschäftliche Telephonnummern und Termine in Clubs und Tanzlokalen notiert hatte, füllte sich mit Verabredungen zum Essen. Drei Monate lang ging er fast jeden Abend aus. Jeden Nachmittag war er auf einem rastlosen Spaziergang durch die sechs Blocks von der La Salle-Street bis in den Schatten des West Side Highway anzutreffen. Er ging immer noch gern mit Frauen aus, fand aber den Verzehr reichlicher Mahlzeiten fast genauso angenehm. Am glücklichsten war er, wenn er zu irgendwem nach Hause zum Essen gehen konnte und dort jemanden traf, den er noch nicht kannte. Er ging immer zur Fabrik hinunter, um sich von seinem Cousin Pablito ein paar Gratissteaks zu holen. Er bekam einen Bauch und mußte sich seine vielen Anzüge beim Schneider weiter machen lassen. Dann machte sich ein Doppelkinn bemerkbar und seine Finger wurden dicker, seine Hände breiter. Er ging immer auf eine *tacita* Kaffee hinunter in ein kleines Café um die Ecke von der La Salle-Street, und die Tasse nahm sich in seiner Hand aus wie ein Puppenhaustäßchen.

Er sang nicht, komponierte und spielte nicht und verlegte sich aufs Herumlungern an Straßenecken. Auf Parties mit Jazzern und Bongospielern rauchte er Marihuana und glitt in einen lieblichen Lenz hinüber, danach in tiefe Düsternis. Er legte noch immer gern richtig los, tanzte, versuchte bei Frauen zu landen und ließ sich vollaufen, aber wenn er das tat, neigte er dazu, außer Kontrolle zu geraten. Seine Erinnerung an manche Nächte? Drei, vier Männer, die ihn durch ein Treppenhaus hinunterführen. Auf dem U-Bahnsteig stehen und die Nummer auf dem Zug nicht lesen können. Und im Hintergrund immer Delores, die ihn tagein, tagaus daran erinnerte, daß er sich eine eigene Wohnung suchen müsse.

»Ja, ich weiß. Heute«, sagte er immer.

Er kreuzte bei Parties auf, und die Leute fragten sich, wie er sich so gehen lassen konnte. Wußte er nicht, daß viele ihn immer noch singen hören wollten? Bedeutete es ihm denn gar nichts, daß in Violeta's Restaurant sein Bild an der Wand hing, neben Tito Puente, Miguelito Valdez und Noro Morales? Und was mag er sich gedacht haben, wenn er am Schaufenster des Paris-Schönheitssalon vorbeikam, an Bennys Photostudio und dem Eisenwarenladen und sich in diesem weißen Seidenanzug sah, neben Nestor und Desi Arnaz? Vergessen hatte er Mr. Arnaz sicher nicht. Hin und wieder ging er hinunter, setzte sich auf die Veranda und schrieb Briefe. Briefe nach Kuba, Briefe an seine Tochter, Briefe an alte Freundinnen und Briefe an Mr. Arnaz.

Aber wozu war das schon gut? Eines Tages hatte er die Nase voll vom Nichtstun, tat sich mit einem Freund zusammen und besorgte sich einen Eiswagen, um *coquitos* zu verkaufen: Tüten mit matschigem Eis, serviert mit *mamey*, Papaya- und Erdbeersirup für fünfzehn Cent das Stück, ein Geschäft, in das er zweihundert Dollar aus seinen Ersparnissen steckte. Er verbrachte den Sommer Ecke 124ste Straße und Broadway und verkaufte und verschenkte dieses Eis an die Kinder aus den Mietskasernen, deren Anhänglichkeit er genoß. Sich selbst verschaffte er Abkühlung, indem er Rheingold-Bier kippte. An manchen Tagen starrte er in die Ferne, die Stirne aufgeheizt von der unglaublichen Sonne, seine Aufmerksamkeit gefangen von irgendeinem jungen Kerl, der in seiner Wohnung Tonleitern auf der Trompete übte. Dann schweiften seine Gedanken in die Vergangenheit und er zitterte am ganzen Körper. Eines Tages hatte er genug von dem *coquitos*-Karren und schenkte ihn einem Jungen namens Louie, einem schlaksigen Puertorikaner, der seinen Platz an der Ecke einnahm und gutes Geld damit machte, so daß er sich ein paar nette Sachen zum Anziehen kaufen konnte. An einem anderen Tag saß er eine Stunde lang auf der Wohnzimmercouch, ohne sich zu rühren. Leticia, die ihn vergötterte, kraxelte ihm auf Schultern und Rücken herum, ein dünnes Ding mit Zöpfchen, das sein feist werdendes Fleisch knetete wie einen schweren Klumpen Töpferton. Eugenio machte es sich zur Gewohnheit, immer dort zu spielen, wo Onkel Cesar gerade war. Er fühlte sich wohl in der Nähe seines Onkels, ein einfaches Gefühl von Zusammengehörigkeit – wie ein Faden in der Luft.

Pablito war sehr besorgt um seinen Lieblingscousin, und eines

Tages, als Cesar vorbeikam, um noch etwas Fleisch zu kaufen, bot er ihm wieder seinen alten Job an, vorübergehend zunächst, als Aushilfe für Leute, die auf Urlaub waren. Er nahm an und arbeitete den September 1969 über wie ein Vieh, hundertfünfzig Pfund schwere Rinderhälften auf den Schultern schleppend, das Gefühl der Last auf seinem Rücken war nicht viel anders als das, welches er manchmal im Traum spürte, wenn er den Leichnam seines toten Bruders trug. (Sein Bruder, der manchmal die Augen aufschlug und sagte: »Warum läßt du mich nicht in Frieden?«)

Von Zeit zu Zeit, wenn er ein paar Drinks genommen hatte, zog er los in die 135ste Straße *uptown*, um bei Manny, seinem alten Bassisten von den Mambo Kings, herumzusitzen, der Cesar die Gründung eines neuen *conjunto* einzureden versuchte. Die Mambo Kings hatten nur noch das Jahr von Cesars Weggang überdauert. Miguel Montoya ging nach Kalifornien, wo er sein Glück mit seichten Klavieraufnahmen machte, und die anderen Musiker, wie Manny, deren Ruhmeszeit für immer vorbei war, machten sich an die Lösung sehr normaler Lebensprobleme.

Bei Manny lief es sogar ganz gut. Er war einer von diesen praktischen Jungs, der auf Parties nüchtern blieb und sein Geld zusammenhielt. Nach sieben Jahren mit den Mambo Kings hatte er genug Kies zusammen, um sich eine *bodega* zu kaufen, die er mit einem seiner Brüder führte. Tatsache war, daß in der Szene nicht mehr soviel los war, Engagements waren viel schwerer zu kriegen. Es gab genügend schlechtbezahlte Jobs bei Kirchenkränzchen am Samstagabend, Schulabschlußparties und in Gesellschaftsclubs und Lateinamerikanischen Kulturvereinen *uptown*, aber die Engagements in den Ferienhotels gingen nur an die größten Musiker wie Machito, Puente und Prado, und die Saison war in jedem Fall begrenzt. Dasselbe passierte mit den großen Tanzlokalen, Läden wie dem Palladium, dem Tropic Palms, dem Park Palace. Und was war mit Städten wie Havanna? Castro hatte die Mafia verjagt und alle großen Clubs schließen lassen, den Capri Club, das Sanssouci und das Tropicana; und die Musiker dort, die jetzt von Kuba in die Staaten gingen, drängten ins Geschäft, was die Sache nicht erleichterte. Mit einer Frau und drei Kindern war er froh, einen eigenen Laden zu haben. An den Nachmittagen spazierte Cesar *uptown* und saß bei Manny hinter dem Tresen und half ein bißchen aus, ging ins Lager und holte noch ein paar *chorizos* oder eine neue Schachtel

Bratfett. Oder wenn ein Kind reinkam, um ein Stück *guava*-Kuchen oder ein paar Kaugummikugeln aus den runden Plastikbehältern auf dem Glaskasten über der Fleischvitrine zu kaufen, pickte Cesar sie mit einer Zange heraus, schlug sie in Wachspapier ein und reichte sie ihm. Das Radio spielte immer. Manny hatte seinen Abzug von dem Photo der Mambo Kings hinter dem Tresen hängen, die dreizehn Musiker in weißen Seidenanzügen auf einem muschelförmigen Art Déco-Podium, durch die kringeligen Unterschriften hindurchlächelnd, damit alle Welt sie sah, aber Cesar gab sich gerne unauffällig, nahm sich ein wenig salzigen *bacalao* oder brutzelte auf einer Kochplatte hinter dem Tresen ein paar *chorizos* und Eier für sie beide zum Mittagessen.

Wenn Gäste ihn erkannten – »Sind Sie nicht Cesar Castillo, der Sänger?« – nickte er und zuckte dann die Achseln; sein elegantes Äußeres hatte er immer noch. In einem Baumwollhemd und Leinen-*pantalones* aus Mexico mit Bügelfalten, trug er Goldarmbänder am Handgelenk und an jeder Hand drei Ringe, einen Panamahut mit schwarzem Band tief in die Stirn gezogen. Wenn die Leute ihn fragten, was er denn so tat, zuckte er einfach wieder die Achseln. Sein Gesicht wurde rot dabei. Aber dann beschloß er, auf die Erklärung zurückzugreifen, er sei gerade dabei, ein neues Orchester aufzubauen, und das schien die Leute zufriedenzustellen.

Manchmal kam Manny mit irgendwelchen Geschäftsideen daher. Er redete Cesar zu, seine Talente zu nutzen: sein Aussehen, seinen Charme, sein Talent.

»Weißt du, Cesar wenn du dir die Mühe mit einem Orchester nicht nochmal antun willst, könnten wir vielleicht was ganz anderes machen, einen Nachtclub eröffnen beispielsweise. Ein ruhiges Lokal, nicht so sehr für 'n junges wildes Publikum, sondern für Leute in unserem Alter. Wo sie was zu Essen kriegen können, und vielleicht 'n bißchen Musik dazu.«

»Irgendwann vielleicht«, sagte Cesar. »Aber jetzt ... ich weiß nicht.«

Die Wahrheit aber war, daß eine Melodie zu hören, ein Lied zu summen, an einen Text zu denken, ihn an Nestor erinnerte. Sein Bruder war gestorben, ohne je im Leben glücklich gewesen zu sein. Schluß. *Punto*, Ende des *canción*. Die paar Male, als er Mannys Vorschlag, ein neues Orchester aufzubauen, zu überdenken begonnen hatte, wuchs sein Interesse bis an einen bestimmten Punkt, und dann wurden seine Knie schwach vor Gram über die verfaulenden Überreste Nestors.

Er verzog schmerzlich das Gesicht, nahm einen Schluck Rum. Im Hotel Splendour ertönte die Melodie des »Cuban Cha-cha-cha«, und der Mambo King spürte einen Schmerz in der Seite und stand von seinem Stuhl auf, um sich zu strecken: ein Jucken zwischen den Beinen, und dann wieder die Stimmen aus dem Nebenzimmer, Stimmen, weich und cremig vor Lust.

Er hatte immer noch die Gewohnheit, bei schönem Wetter mit Eugenio zum Ballspielen in den Park zu gehen; manchmal ging er auch allein, eine einsame Gestalt auf einem Grashügel sitzend, auf den Fluß sehend, nachdenkend. Er saß mitunter eine Stunde lang so da. Der Fluß zog vorbei, und auf dem Fluß Schiffe. Das Wasser schaumig kräuselnd. Auf den Kämmen glitzerte das Licht wie windzerstreuter Silberstaub. Der Wind schob die Wolken vorbei. Auf dem Highway floß in beiden Richtungen der Verkehr. Der Wind blies durch die Bäume, das Gras wogte, Löwenzahn zerstob, das Gras teilte sich unter Hundeschnauzen. Ein weißer Schmetterling. Ein Schmetterling mit leopardengesprenkelten Flügeln. Ein vielgliedriger Tausendfüßler krabbelte an einem Baum hinunter. Die Knorren am Baum, aus denen winzige pfeilspitzenförmige Käfer quollen. Spaziergänger, ballwerfende Kinder, kricketspielende Collegestudenten, ein Folksänger auf der Steinmauer sitzend, auf einer Gitarre mit Stahlsaiten spielend und mit dem Fuß schlenkernd, Fahrradfahrer in beide Richtungen, Kinderwagen, sportwagenschiebende Mütter in Lockenwicklern und Kattunkleidern, dann das Klingeling des Eiswagens und Kinder, die hinliefen – Cesar ergab sich dem Vergnügen, das Leben um ihn herum zu beobachten, auf dem Boden zurückgelehnt und sachte und langsam genug atmend, um den kreisenden Lauf der Erde wahrzunehmen, die Drift der Kontinente und das Wogen des Ozeans, alles in Bewegung, die Erde, der Himmel und dahinter, dachte er eines Nachmittags, die Sterne.

Er hatte begonnen, Nestors Buch zu lesen, das einzige Buch, das er Nestor je hatte lesen sehen. Drei Jahre zuvor, als er Nestors Habseligkeiten durchgegangen war, hatte Cesar beschlossen, es zu behalten; warum, wußte er nicht. Er blätterte es durch und las die Stellen, die Nestor unterstrichen und angekreuzt hatte: Stellen über Ehrgeiz und persönliche Stärke, wie man Widrigkeiten überwand und die Zukunft beim Schopf packte.

»Nun also, Mr. Vanderbilt«, fragte er das Buch, »ist mein Bruder durch einen Zufall ums Leben gekommen, oder war's doch keiner?«

Das Buch antwortete nicht, obwohl die einzelnen Passagen doch im allgemeinen von so zuversichtlicher Bestimmtheit in allen Lebensfragen waren.

Er blätterte noch ein paar Seiten mehr durch, und einen Moment lang empfand er so etwas wie einen Ruck von Ehrgeiz. Einen Moment lang genoß er die Aussicht, einen Plan zu haben, egal, wie vage er auch war. Etwas, dem man in Zukunft entgegensehen konnte. Etwas, um sich zu beschäftigen. Er wußte jetzt, er mußte etwas mit sich anfangen, oder es würde einer von den Pennern auf der Straße aus ihm werden. Er las mehr von dem Buch und seinen ermutigenden Stellen und begann bald einzuschlafen. Es war ein Schlaf, in dem jedes Geräusch der Welt sich verlor, ein tiefer, fester Schlaf.

Eines Nachmittags stürzte der Bruder der Hauswirtin, Ernie Shannon, eine Treppe herunter und brach sich das Rückgrat. Wenige Wochen danach tauchte ein Schild, mit schwarzem Filzstift auf ein Stück Pappkarton geschrieben, in einer Ecke des Fensters auf, an dem Mrs. Shannon unentwegt saß, Zigaretten rauchte und in den Fernseher und auf die Straße starrte. Ihr Bruder war bettlägerig und die normalen Arbeiten im Haus erwiesen sich als zuviel für Madame. Auf dem Schild stand: »Hausmeister gesucht. Auskunft Apt. 2.«

Sie sah sich gerade *Queen for a Day* an, als sie ein Klopfen an der Tür hörte.

Im Eingang stand Cesar, den Hut in der Hand, das Haar nach hinten geklatscht und süßlich duftend nach Kölnischwasser und Sen-Sen. Sie dachte, er sei mit einer Beschwerde wegen der Wasserleitung gekommen, die Schwierigkeiten machte, aber anstatt sich zu beschweren, sagte er: »Mrs. Shannon, ich hab Ihr Schild im Fenster gesehen und wollte mit Ihnen reden wegen der Stelle.«

Durch ihren Körper ging ein Prickeln, denn als Cesar »Stelle« sagte, sprach er es »Stählle« aus, genau wie dieser Ricky Ricardo im Fernsehen.

Sie lächelte und bat ihn ins Chaos ihres Wohnzimmers, wo es nach modrigen Teppichen, Bier und Kohl roch. Sie war aufgeregt, sogar geehrt, daß es etwas gab, was sie für den Mann tun konnte. Er war ja praktisch eine Berühmtheit.

»Haben Sie wirklich Interesse daran?«

»Ja, hab ich.« Er sprach es »hja« aus anstatt »ja« und »chab« statt »hab«.

»Sehen Sie, mit der Musik ist bei mir ein bißchen weniger los gewesen, und ich hätte gern ein regelmäßiges Einkommen.«

»Kennen Sie sich aus mit Hausverwaltung, Elektrizität, Installationen – irgendwas davon?«

»Oh ja, als ich zum ersten Mal in dieses Land kam«, log er, »hab ich zwei Jahre als Hausmeister in einem Haus *downtown* gearbeitet. Auf der 55sten Straße.«

»Ach ja? Nun, die beste Arbeit ist es nicht, aber auch nicht die schlechteste«, sagte sie. »Wenn Sie es wirklich machen sollen, kann ich Sie auf Probe nehmen, und wenn's nicht funktioniert, dann gehen wir friedlich auseinander.«

»Und wenn's funktioniert?«

»Sie kriegen Ihr Gehalt und freie Wohnung. Da ist ein Apartment, in dem paar Studenten wohnen, das wird nächsten Monat frei. Das würden Sie bekommen und fünfundzwanzig Dollar die Woche. Wenn alles glattgeht.« Dann fügte sie hinzu: »Kein Tariflohn, klar?« Dann: »Möchten Sie ein Bier?«

»Ja.«

Als sie mit zwei Gläsern Bier aus der Küche kam, fühlte sie sich sogar ein wenig stolz, daß Cesar Castillo für sie arbeiten würde.

Sie saß in ihrem Lehnstuhl und sagte: »Wissen Sie, ich denke immer noch daran, wie Sie und Ihr Bruder in dieser *I Love Lucy*-Show waren. Ob Sie's glauben oder nicht, einmal hab ich Lucille Ball um Weihnachten herum vor Lord und Taylor's auf der Straße gesehen. Sie sah aus wie eine wirklich nette Dame.«

»Das war sie auch.«

»Und Ricky, waren Sie dick befreundet mit ihm?«

»Ja.«

Sie betrachtete ihn bewundernd. Er aber wollte alles so schnell wie möglich hinter sich bringen. Er wollte keine großen Anstrengungen machen müssen, um sich ein neues Leben aufzubauen. Keinesfalls würde er, trotz seiner Sehnsüchte, ins Leben eines

Bandleaders zurückkehren. Auf dem Weg vom Park den Hügel hinunter und voll Auftrieb durch die praktischen Ratschläge von Mr. Vanderbilt, hatte er das Schild im Fenster gesehen und beschlossen, ein wenig Sicherheit in sein Leben zu bringen. Besser als sich mit Clubbesitzern und kleinen Gaunern rumzuschlagen, und mit der Qual schierer Erinnerung. Außerdem sah das alles doch ganz vernünftig aus. Es war nicht allzuviel Arbeit damit verbunden, und er würde immer ein Dach über dem Kopf haben. Und wenn er es sich anders überlegte und wieder Musik machen wollte, würde er auch dafür Zeit haben. Er konnte sich nicht erinnern, daß der Hausmeister in seinem Haus je besonders hart gearbeitet hätte, nur daß er den Mann oft in den Keller hinuntergehen sah. Irgendwie fand er die Idee mit dem Keller anziehend.

»Ja«, fuhr er fort. »Mr. Arnaz ist ein Gentleman.«

Ein paar Minuten später kam sie ins Wohnzimmer zurück, in der Hand noch ein Bier und eine billige alte Stella-Gitarre mit verzogenem Hals. »Würden Sie etwas singen für mich?«

Er wischte die Gitarrensaiten mit einem Taschentuch sauber; die dicken grießigen Saiten hinterließen auf dem Stoff Spuren wie Schießpulver. Mit viel Druck auf den Bünden schlug er einen e-Moll-Akkord an, räusperte sich und sagte: »Wissen Sie, ich singe nicht sehr viel zur Zeit. Das fällt mir jetzt ein bißchen schwer.«

Er begann, *Bésame Mucho* mit einer Stimme zu singen, die wenn, dann noch seelenvoller und verletzlicher war als früher: Nun bebte sein Bariton wirklich vor Melancholie und Sehnsucht nach Erlösung vom Schmerz in seinem Leben, und sein Gesang machte Mrs. Shannon, die immer schon ein Auge auf den Musiker gehabt hatte, absolut selig.

»Oh, wunderbar«, sagte sie. »Sie sollten noch mehr Platten machen.«

»Vielleicht, eines Tages.«

Während er sein Bier austrank, sagte sie zu ihm: »Na ja, wir werden's mal probieren mit Ihnen«, und dann, mit einem breiten Lächeln und an ihrem ganzen gewaltigen Körper bebend, dieser unendlichen Masse unter dem suppenfleckigen Kleid: »Aber Sie müssen mir versprechen, dann und wann für mich zu singen. Versprochen?«

»Okay.«

»Also, und jetzt lassen Sie mich nur meine Schlappen holen und die Kellerschlüssel suchen, und dann geh ich mit Ihnen hinunter und zeig Ihnen die Anlagen.«

Die Stiegen hinunter und in den Keller, den Korridor entlang vorbei am Warmwasserspeicher und der Waschküche. Dann stand Cesar Castillo, Ex-Mambo King und ehemaliger Star der *I Love Lucy*-Show zum hundertsten – oder war es das tausendste? – Mal vor der schwarzen, bolzenbeschlagenen Feuertür, die der Eingang zu seiner Werkstatt war. Eine einsame Glühbirne, ihr Faden über ihm glimmend wie eine Feuerzunge, die Mauern eine Mondlandschaft voller Sprünge, aus denen lange Strähnen Menschenhaar zu sprießen schienen. Er trug keinen weißen Seidenanzug und kein Mambohemd mit Rüschenärmeln, meine Damen und Herren, auch keine eleganten Schuhe mit goldenen Schnallen, statt dessen eine graue Arbeitskluft, schlichte schwarze Schuhe mit dicken Gummisohlen, einen Gürtel, an dem ein Bund Schlüssel für vierundzwanzig Wohnungen, verschiedene Abstellräume und Schaltkästen klimperte. In seinen Taschen zerknüllte Quittungen aus dem Eisenwarenladen, Beschwerdezettel aus dem Haus und ein gelbes Blatt liniertes Papier, auf dem er nach zwei Jahren musikalischer Enthaltsamkeit den Text zu einem neuen Lied aufzuschreiben begonnen hatte.

Im Keller lebte er auf. Er pfiff vor sich hin, er schwang beseligt den Besen, er mochte die Vorstellung, daß metallische Dinge wie Schraubenschlüssel und Zangen an seinem Körper hingen, klirrend wie eine Rüstung; er ertappte sich dabei, daß er in derselben Haltung durch das Gebäude ging wie ein Kapitän zur See, die Arme auf dem Rücken verschränkt, die Augen forschend und voll Besitzerstolz. Er mochte die glücklich aussehende Reihe von Stromzählern und den Umstand, daß sie im ½-Takt vor sich hintickten, im Takt der *claves*, daß die vielfachen Reihen von Rohren mit ihren Ventilen pfiffen, wenn das Wasser durchrauschte. Er mochte das schnarrende Geräusch, wenn Wasserhähne aufgedreht wurden, das Congatrommelhämmern des Trockners in der Waschküche, das Donnern der Wände des Kohlenbunkers. In der Tat war er derart angetan von der perfekten Verwirklichung eines Büßerdaseins, daß seine Stimmung sich besserte.

»*Me siento contento cuando sufro*«, sang er eines Tages. »Ich bin glücklich, wenn ich leide.«

Vor der bolzenbeschlagenen Tür zu seiner Werkstatt lag sein

Hund Poochie, ein borstiger ringelschwänziger Köter, der mit seinem Hängegesicht und den langen krummen Pfoten, die Klauen schwarz wie Miesmuscheln, dem berühmten Filmhund Pluto ähnlich sah. Auf der schwarzen Tür selbst ein Kalender, ein breithüftiges hübsches Mädchen mit grünen Augen in einem knappen Badeanzug, in einem Swimmingpool watend und eine eisig angelaufene, gerillte Flasche Coca-Cola an den Mund hebend.

Drinnen sein Arbeitstisch, ein Durcheinander von Gefäßen und Dosen mit Schrauben und Nägeln, Unterlegscheiben und Muttern, Blechbüchsen, Spulen Draht und Schnur, Batzen Holzbinder, Kitt und Farbtropfen; Wohnungsschlüssel mit Anhängern an einem Draht quer über die Wand hängend; dann noch ein Kalender, aus Joe's Pizzeria, darauf Leonardos *Abendmahl*. Holzkisten überall und ein farbbekleckertes Telephon, in das er immer sagte: »Hier spricht der Hausmeister.«

Er ließ sein Werkzeug überall herumliegen, und darauf war ein harzähnlicher Leim geronnen. Ein staubiger Ventilator mit rostigen Blättern stand auf einem Stapel alter Ausgaben von *National Geographic*, das er manchmal ganz gern las. Es gab zwei Abstellräume, einen Raum mit schmalen und tiefen Regalen, wo er immer wieder interessante Dinge fand: darunter eine sechssaitige Laute, die er zu den anderen Instrumenten oben in seinem Apartment stellte, und eine deutsche Pickelhaube aus dem ersten Weltkrieg, die er spaßeshalber einer Frisierbüste aus einem Schönheitssalon aufsetzte. Und er hatte alle Arten von Illustrierten: Nudistenmagazine mit Titeln wie *Sun Beach California*, darin kräftige Männer mit Hodensäcken wie Wurfschleudern und erdbeergesichtige Frauen, abgebildet mit Gießkannen und karierten Sonnenhütchen im Garten des Lebens, wahrlich eine seltsame Rasse. Dann ein Stapel wissenschaftlicher und geographischer Untersuchungen, Altpapier aus dem Apartment von Mr. Stein, einem gelehrsamen Zausel aus dem sechsten Stock. Und Cesar hatte einen großen Polstersessel, einen Hocker, schließlich hatte er ein altes Radio und einen Plattenspieler aus einem der Abstellräume geborgen.

Dazu ein Stapel Platten, einschließlich der fünfzehn 78er und drei 33er-LPs, die er mit Nestor und den Mambo Kings gemacht hatte. Er spielte sie nie, obwohl er sie doch von Zeit zu Zeit in Jukeboxes oder auf dem spanischsprachigen Sender hörte, wobei der Diskjockey einen *canción* etwa so ansagte: »Und jetzt was Schnuckliges aus der

Goldenen Ära des Mambo.« Einige von diesen Platten bewahrte er auch oben auf, in dem kleinen Apartment, das er zusammen mit dem Job bekommen hatte. Die Bude war jetzt vollgestopft mit Instrumenten, der absonderlichen Sammlung von Souvenirs von seinen Reisen und aus seinem Musikerleben und mit nicht zusammenpassenden Möbeln, die er ungerührt aus dem Keller raufholte.

Seine Wohnung spiegelte die Gewohnheiten eines etwas verblichenen, lebenslangen Junggesellen wider, aber er bezahlte Eugenio und Leticia dafür, daß sie einmal die Woche herunterkamen und ihm den Boden fegten, das Geschirr spülten, die Kleider wuschen und so weiter. Seine Schwägerin, glücklich, daß er nicht mehr in ihrer Wohnung lebte, und bereit, vieles zu vergessen, stellte klar, daß er jederzeit nach oben zum Essen kommen könne. Das tat er auch drei- oder viermal die Woche, hauptsächlich aber, um in der Nähe der Kinder seines toten Bruders zu sein und um sicherzugehen, daß ihr Stiefvater, Pedro, gut zu ihnen war.

Einmal eingearbeitet, ging er glücklich seinen Obliegenheiten nach. Er lernte die Nachbarn kennen, mit denen er vorher kaum mehr als ein paar Worte gesprochen hatte. Einige Leute wußten, daß er früher Musiker gewesen war, andere nicht. Zumeist bestanden seine Aufgaben in kleineren Reparaturen an Wasserhähnen und Steckdosen, obwohl er gelegentlich Hilfe von außerhalb holen mußte, wie zum Beispiel, als in Mr. Bernhardts Wohnzimmer die Decke runterkam. Nach und nach erlernte er seinen Beruf: Er machte sozusagen eine Lehre in Wasserhähnereparieren, Boilerwartung, Vergipsen, Verputzen, Stromkabelverlegen. Alle paar Tage stand er am lodernden Verbrennungsofen und sah zu, wie die Flammen Pappe und Papier und Milchpäckchen auffraßen, hörte Knochen knacken, angesengte Haut zischen, alles ging in Rauch auf. Dabei fielen ihm Dinge ein, ein Ausdruck von Versonnenheit trat in sein Gesicht, während er in der erkaltenden Lava stocherte.

Eugenio wunderte sich damals oft über seinen Onkel. Der Mann starrte ins Feuer und rührte sich nicht. Seit dem Tod seines Vaters vor Jahren war er nicht mehr er selbst. Um die Zeit, als Cesar Hausmeister geworden war und die Kniffe seines Jobs gelernt hatte, wurde Eugenio langsam bewußt, daß sein großartiger Macho-Onkel ein geplagter Mensch war. Es war nicht so sehr, daß Cesar Castillo in die Glut starrte und manchmal vor sich hinmurmelte – er schien überhaupt irgendwo anders zu leben.

Was sah er in der Asche? Den Hafen von Havanna? Die Felder von Oriente? Das Gesicht seines toten Bruders, treibend inmitten von brennendem Müll?

Es war nicht so wichtig. Sein Onkel kam wieder zu sich, tippte seinem Neffen auf die Schulter und sagte: »Na, komm.« Und er schaufelte die Asche in Abfalleimer, schleppte sie über den rissigen Betonboden und mit mächtigen Rucken die Stiegen hoch und auf den Gehsteig, wo sie dann standen und auf den Müllwagen warteten.

Außerdem machte er die Bekanntschaft von anderen Hausmeistern. Luis Rivera, Mr. Klaus, Whitey. Seine Mieter waren Iren, Schwarze, Puertorikaner, darunter auch ein paar Akademiker und Studenten. Sein Klempner war ein einäugiger Mann namens Leo, ein Sizilianer, der früher beim Orchester von Tommy Dorsey Jazzvioline gespielt und ein Auge sowie die Lust am Spielen im Zweiten Weltkrieg verloren hatte. Cesar war sich nie zu gut, ihm einen Drink anzubieten, und oft zogen Leo und er sich nach der Arbeit in die Werkstatt zurück, um Bier zu trinken, während Leo ihm von seinen Sorgen erzählte.

Der ungestüme Cesar Castillo war ein guter Zuhörer geworden und erwarb sich den Ruf eines Mannes, dem man von den eigenen Schwierigkeiten erzählen konnte. Seine Freunde, die zu Besuch kamen, hatten entweder ein Leid zu klagen oder sie wollten etwas von ihm, Geld borgen oder die Nacht damit zubringen, seinen Wein zu trinken. Die Leute aus der Straße und den Clubs, die vor dem Tod seines Bruders darüber geredet hatten, was für ein Schürzenjäger und wie unsensibel er war, sagten nun, daß vielleicht diese Tragödie aus ihm einen nobleren Menschen gemacht habe. Genaugenommen tat er den meisten Leuten leid, und sie wünschten ihm nur Gutes. Sein Telephon klingelte ständig; andere Musiker, darunter auch paar berühmte, fragten immer mal wieder, ob er nicht etwas machen wollte: Der große Rafael Hernández lud ihn zu sich in die 113te Straße ein, um was Gutes zu essen und über Musik zu reden; Machito lud ihn auf wüste Feten in die Bronx ein; und noch viele andere riefen an, die wissen wollten, ob der Ex-Mambo King je wieder auf der Bühne stehen würde.

B-Seite

Später in der Nacht
im Hotel Splendour

*I*rgendwann mitten in der Nacht gingen die Geräusche aus dem Zimmer nebenan wieder los, Stuhlbeine scharrten über den Boden und die Stimme des Mannes schnarrte kehlig, selbstzufrieden lachend. Der Mambo King war für ein paar Minuten eingenickt, ein Schmerz in der Seite rüttelte ihn jedoch wach, und nun saß er aufrecht auf seinem Sessel im Hotel Splendour und die dunstige Welt wurde wieder scharf vor seinen Augen. Zwei Finger taten ihm weh, weil er mit einer brennenden Zigarette dazwischen eingeschlafen war, an der Stelle war eine blasige Schwiele aufgegangen. Dann aber bemerkte er die böseren Schrammen und Blasen überall auf seinen Armen und Beinen. »*Carajo*!«

Er stand auf, um zu pinkeln, und vor dem Klo konnte er die Stimmen von nebenan hören. Als er einen Augenblick zuhörte, begriff er, daß sie über ihn sprachen.

Die Frauenstimme: »Komm wieder her, stör keinen nich.«

»Aber ich hab die ganze Nacht von nebenan Musik gehört. Ich frag einfach mal.«

Gleich darauf klopfte es an der Tür. Der Schwarze war groß und schlank, er trug einen gestreiften Pyjama und Samtschuhe. Er hatte eine wilde Tolle und schwärzlich-bläuliche Knutschflecken am Hals.

»Ja, was ist?«

»Ich bin's, der Nachbar. Kann ich dich was fragen?«

»Was?«

»Mir ist der Brandy ausgegangen. Wenn du welchen hast, den du bis morgen entbehren kannst; ich zahl natürlich.«

Der Mambo King hatte die Tür gerade nur so weit aufgemacht, daß er den Mann sehen konnte. Er ließ sich die Bitte durch den Kopf gehen, und das Pärchen, das ohne genug Trinkbares im Hotel Splendour festsaß, tat ihm leid. Er konnte sich an eine Nacht mit Vanna Vane erinnern, als sie all ihren Brandy ausgetrunken hatten. Nackt im Bett und zu faul, aus dem Zimmer zu gehen, hatte er sich aus dem Fenster gebeugt und einem kleinen Jungen, der gerade vorbeikam, zugerufen: »Geh an die Ecke und sag dem Mann in dem Schnapsladen, daß du 'ne Flasche Seagram-Whisky für den Mambo-

Musiker willst. Er weiß dann schon! Und laß dir auch 'n bißchen Eis geben, hörst du?«

Gab dem Jungen fünf Mäuse für seine Mühe, bezahlte später den Besitzer des Schnapsladens – so löste er sein Problem.

Wieso nicht, sagte er sich. »Wart mal 'ne Minute.«

»Das ist nett von dir, alter Freund.«

Dann warf der Schwarze einen Blick hinein und sah, daß Cesar Mühe hatte, durchs Zimmer zu gehen. »Sag mal, geht's dir auch gut?«

»Kein Problem.«

»Na gut!« Dann: »Wieviel?«

»Mach dir darüber mal keine Sorgen. *Mañana.*«

»Ja? Na so was, Scheiße, du bist 'n Gentleman.«

Der Mambo King lachte.

»Hör mal«, sagte der Schwarze auf eine wirklich freundliche Art. »Komm doch rüber, meinem Herzblatt guten Tag sagen. Komm auf 'nen Drink mit!«

Während einmal mehr »Beautiful Maria of My Soul« lief, zog er langsam die Hose an. Es brauchte nur drei, vier Stunden zu trinken, und seine Muskeln verkrampften sich völlig. Er schraubte die Kappe auf die halbvolle Flasche Whisky, aus der er getrunken hatte – er hatte noch zwei auf dem Bett liegen, die auf ihn warteten – und folgte dem Schwarzen zu seiner Tür.

»Baby, ich hab was!«, sagte er zu seiner Mieze, und zum Mambo King: »Wie heißt du, Kumpel?«

»Cesar.«

»Uh, wie Julius?«

»Der Name von meinem Großvater.«

Als er ins Zimmer geschlurft war, hatte Cesar schwach den Vögelgeruch auf dem Bettzeug wahrgenommen. Es war komisch, er konnte kaum den Kopf oben halten. Seine Schultern fühlten sich an, als müßten sie gleich nach vorn sacken; seine ganze Haltung war so. Er sah sich im Spiegel, einen alten Mann, hängebackig und müde. Gottseidank hatte er sich jedenfalls die grauen Haare schwarzgefärbt.

»Schätzchen, das ist unser Nachbar, er kommt dir guten Tag sagen.«

Auf dem Bett, in einem violetten Negligé, die Gefährtin des Mannes. Hingestreckt wie diese Tänzerin in Chicago, die argentini-

sche Flamme der Leidenschaft. Ihre Nippel dunkel, knospenge-
krönte Blüten durch den Stoff. Langbeinig, breites Becken, ihre
Hüften weich und geschwungen wie die polierten Treppengeländer
im Explorers' Club in Havanna. Und ihre Zehennägel waren gold-
lackiert! Da war noch etwas, das ihm gefiel: Sie hatte sich das
schwarze Haar hochgebürstet, so daß es beinahe wie eine Krone um
ihren Kopf stand.

»Sie sehen aus«, sagte der Mambo King, »wie eine Göttin aus
Arará.«

»Was is los?«

»Arará.«

»Geht's Ihnen gut, Mann?«

»Arará. Das ist ein Königreich in Afrika, wo alle Magie herkommt.«

Er sagte das, weil er sich erinnerte, daß Genebria ihm davon
erzählt hatte, auf dem Hof in Kuba – als er sechs Jahre alt war.

»Und wenn der Mensch stirbt, geht er in dieses Königreich ein.
Der Eingang ist eine Höhle.«

»In Afrika, hat er gesagt!« Der Schwarze klärte sie auf. »Die
ganzen Spiritistenläden heißen doch so. Arará dies, Arará das.«

»Sie sind sehr schön«, sagte Cesar, konnte aber kaum den Kopf
oben halten, um sie anzusehen. Dann, als er es schaffte, lächelte der
Mambo King, denn obwohl er sich krank fühlte und wußte, daß er
bemitleidenswert aussehen mußte, hatte er gesehen, wie sie her-
schaute und seine hübschen Augen bewunderte.

»Hier ist dein Drink, mein Freund. Willst du dich setzen?«

»Nein. Wenn ich mich hinsetz, steh ich nicht mehr auf.«

Wenn er ein junger Mann wäre, dachte er, würde er sich hinknien
und auf allen vieren ans Bett krabbeln, kopfwackelnd wie ein Hund.
Sie schien der Typ zu sein, der darüber amüsiert und geschmeichelt
wäre. Dann würde er ihren schlanken Fuß nehmen, ihn gerade
soweit drehen, daß ihr Bein perfekt dalag, und dann seine Zunge von
ihrer Achillessehne bis zur Rundung ihrer dunklen Pobacken streichen lassen; dann würde er sie zur Wand schieben, ihr die Beine
spreizen und sich auf sie legen.

Er stellte sich einen uralten, unwandelbaren Geschmack von
Fleisch, Salz und Korn vor, angefeuchtet und süßer werdend, je
tiefer seine Zunge ging ...

Er mußte einen Moment lang weggedriftet sein und dabei ausgesehen haben, als könnte er umfallen, oder vielleicht hatten ihm auch die Arme zu zittern begonnen, denn plötzlich faßte der Schwarze ihn an den Ellbogen und sagte: »Na? Na? Na?«

Vielleicht war er ins Taumeln gekommen oder scheinbar am Umfallen gewesen, denn die Frau sagte: »Mel, sag dem Kameraden, es ist halb drei Uhr morgens. Er gehört ins Bett.«

»Kein Problem.«

An der Tür drehte er sich um, um die Frau noch einmal anzusehen, und bemerkte, daß der Saum ihres Negligés sich ein wenig höher über ihre Hüften geschoben hatte. Und gerade, als er mehr sehen wollte, lagerte sie sich anders, und der durchsichtige Stoff rutschte noch ein paar Zentimeter hinauf, bis er den Großteil ihrer rechten Hüfte und ihres Schenkels sehen konnte.

»Na dann, gute Nacht«, sagte er. »*Buenas noches.*«

»Ja, und danke, Mann.«

»Macht's gut.«

»Machen Sie's gut«, sagte die Frau.

Während er langsam in sein Zimmer zurückging, erinnerte der Mambo King sich, wie gegen das Jahresende, den Dezember hindurch und bis in den Januar, die weißen Männer auf Kuba vor den Bordellen Schlange gestanden waren, um mit einer schwarzen Frau schlafen zu können – je schwärzer ihre Haut, desto größer der Genuß. Sie glaubten, wenn sie um diese Jahreszeit mit einer schwarzen Frau schliefen, ihre Schwänze tief in diesen magischen Leibern, würden sie geläutert werden. In Las Piñas ging er immer in dieses alte Haus – *bayu* – mit einem verwilderten Garten am Rand eines Feldes, und in Havanna besuchte er, wie hunderte andere Männer auch, die Häuser an bestimmten Straßen in den Bezirken La Marina, wo er und Nestor gewohnt hatten, und Pajarito. Sie fielen ihm wieder ein, die Kopfsteinstraßen, die für den Verkehr gesperrt waren, voller Männer, die an die Türen klopften. Vor jedem Haus stand um diese Jahreszeit ein riesiger Bulle von Mann, meist ein Homosexueller, der die Kunden einließ. In gedämpftes Licht waren diese Häuser getaucht, sie hatten Dutzende von Zimmern und rochen nach Parfüm und süßlich duftenden Ölen. Man kam in einen Salon, wo die Frauen auf Kunden warteten, nackt auf alten Diwanen und riesigen altmodischen Sesseln, sehr darauf bedacht, daß man sie auswählte. Um diese Zeit schmollten die weißen Prostituierten, weil bei ihnen das Geschäft zurückging, während die *mulatas* und schwarzen Königinnen in Strömen von Speichel und Sperma schwammen, die Beine weit gespreizt, einen Mann nach dem anderen einlassend, bis jeden Mannes körperlicher Hunger gestillt, jeden Mannes Seele gereinigt war. Und es war jedesmal komisch damals, wie er sein Ding zurück in die Hose steckte und sich beim Hinausgehen auf die Straße gestärkt und erneuert fühlte.

Jetzt, als er die Tür hinter sich schloß und unterwegs zu einer weiteren Flasche Whisky war, das Zimmer erfüllt mit dem Klavier, den Trompeten und Trommeln seines alten Orchesters, träumte der Mambo King, schwach am ganzen Körper, davon, mit der Frau nebenan zu schlafen, und genau dann konnte er wieder ihre Stimmen hören:

»Psssst, oh, Baby.«

»Nicht so fest, Liebling.«

»Ohhh, aber ich mag es so!«

»Dann mach mich mit dem Mund feucht.«

Der Mambo King hörte wieder das Bett, die Matratze pumperte gegen die Wand und die Frau stöhnte leise, die sanfteste Musik von der Welt.

Er trank seinen Whisky und verzog das Gesicht vor Schmerz; das Zeug verwandelte sich in Glasscherben, bis es in seinem Magen ankam. Er erinnerte sich, wie er früher die ganze Nacht lang Musik machen und trinken konnte, heimkommen und ein Steak hinunterschlingen, einen Teller Bratkartoffeln und Zwiebeln, und das Ganze mit einer Schüssel Eiscreme abrunden, und am nächsten Morgen aufwachte, vier oder fünf Stunden nach dem Essen, und nichts davon spürte. Wenn der Körper verfiel, spürte man viel mehr von ihm, das war es. In seinem Sessel zurückgelehnt, spürte er, wie ihm der Whisky in der Magengrube brannte, durch die Risse und Schrammen, als die er sich seine Magengeschwüre vorstellte, austrat und in seine Leber und Nieren sickerte, in denen der Schmerz wogte, als hätte jemand mit der Faust hineingeschlagen. Dann war da auch noch die Hitzesäule, lang wie sein Penis, die aus seiner Magengrube hochschoß und ihm das Herz aufspießte. Manchmal, während er in diesem Zimmer im Hotel Splendour saß und trank, war der Schmerz so schlimm, daß ihm die Hände zitterten. Aber der Whisky half, und so konnte er weitermachen.

Er hatte einen Jugendfreund aus Kuba, einen gewissen Dr. Victor López, der 1975 in die Staaten gekommen war und in Washington Heights eine Praxis aufgemacht hatte. Drei Jahre später, als der Mambo King in einem Club in der Bronx spielte, traf er diesen Dr. López eines Abends im Publikum. Sie hatten einander seit 1945 nicht gesehen und feierten ein fröhliches Wiedersehen, die beiden alten Freunde küßten sich ab und klopften einander auf den Rücken, tauschten lachend Erinnerungen an ihre Kindheit in Las Piñas, Provinz Oriente aus.

Später war seinem alten Freund aufgefallen, daß Cesars Hände zitterten, und er sagte: »Warum kommst du nicht mal in meiner Praxis vorbei, ich mach mal 'ne Untersuchung gratis, mein Freund. Du weißt, so jung sind wir nicht mehr.«

»Mach ich.«

Der Arzt und seine Frau verließen den überfüllten, rotbeleuchteten Club, und der Sänger ging hinüber an die Bar auf noch einen Drink und ein pikantes Sandwich mit gebratenen *chorizos*.

Er ging nicht zu seinem alten Freund, eines Tages aber, als er durch die La Salle-Street lief, spürte er einen bestimmten, immer wiederkehrenden Schmerz – wie Glasscherben, die ihn inwendig aufschnitten. Normalerweise trank er, wann immer diese Schmerzen, die er seit Jahren hin und wieder erlebt hatte, sich meldeten, ein Glas Rum oder Whisky, nahm ein paar Aspirin und legte sich kurz nieder. Dann ging er nach oben, um die Witwe seines Bruders und die Familie zu besuchen, oder er zog los auf die Straße, wo er sich mit seinen alten Kumpels, Bernardito Mandelbaum und Frankie Pérez, »El Fumigador« – der Killer – herumtrieb. Oder, wenn sein Neffe Eugenio zufällig gerade da war, ging er mit ihm etwas trinken. Am besten war es, wenn er seine Türglocke ein paarmal schnell und nachdrücklich läuten hörte, weil das bedeutete, daß seine Freundin im Foyer wartete.

An diesem Tag aber war der Schmerz zu stark, und so ging Cesar zu Dr. López. Weil er den Doktor aus seinem alten *pueblo* her kannte, hatte er alles Vertrauen der Welt zu ihm und glaubte, sein kubanischer Landsmann werde ein paar Pillen hervorholen, die seine Schmerzen auf der Stelle beseitigten. Er rechnete damit, in ein paar Minuten wieder herauszusein, aber der Arzt behielt ihn eine Stunde lang da: Er nahm ihm Blut ab, machte eine Sputum-, eine Urinprobe, horchte sein Herz und klopfte seinen Rücken ab, maß ihm den Blutdruck, schaute ihm in die Ohren und in den Hintern, befühlte seine Hoden, sah ihm genau in die dunkelgrünen Augen, die ihn zu so einem Ladykiller gemacht hatten, und am Ende sagte er: »Ich weiß nicht, wie ich's dir sagen soll, mein Freund, aber dein Körper ist in einem ziemlich schlimmen Zustand. Ich denke, du solltest eine Weile ins Krankenhaus gehen.«

Er errötete vor Schreck und spürte, daß sein Puls schneller wurde. Er dachte, Victor, wie kann das sein? Vor ein paar Tagen erst hab ich mein junges Mädchen gebumst wie der Teufel . . .

»Verstehst du, dein Urin ist rosa von Blut, dein Blutdruck ist viel zu hoch, gefährlich hoch, mein Freund, du hast die Symptome von Nierensteinen, deine Leber ist vergrößert, deine Lungen klingen verstopft, und wer weiß, wie dein Herz aussieht.«

Versteh mich, sie hat geschrien. Ich hab sie kommen lassen, ich, ein alter Mann.

»Sieh mal, Victor, ich will dir sagen, was ich von der ganzen Sache halte. Es ist einfach so, daß ich lieber einen Abgang mach wie ein Mann, statt langsam zu verfaulen wie ein Stück altes Obst, wie die *viejitos*, die ich im Drugstore sehe.«

»Na ja, so jung bist du eben nicht mehr.«

Er gab dem Arzt eine pampige Antwort, mit derselben Aufsässigkeit wie als Kind, wenn er etwas zu hören bekommen hatte, das er nicht hören wollte.

»Dann also, *coño*. Wenn ich schon an der Schwelle zum Tod stehe, werd ich halt sterben und dabei 'ne Menge rausfinden, oder nicht?«

»Mein Freund, wenn du nicht jetzt was unternimmst, *wirst* du langsam verfaulen wie ein Stück altes Obst. Nicht heute, und vielleicht nicht morgen, aber alle diese Dinge bedeuten, wenn man sie nicht behandelt, den Anfang von einer Menge Leiden.«

»Danke, Doktor.«

Aber er folgte dem Rat seines alten Freundes natürlich nicht, und so kam es, daß er drei Jahre später allen Lebewohl sagte, seine Briefe schrieb und zusammenpackte, um seine letzten Tage im Hotel Splendour zuzubringen.

Nun hatte der Mambo King Mühe beim Stehen. Als es Zeit war, aufzustehen und die Platte umzudrehen, taten ihm die Seiten weh. Aber es gelang ihm, die Platte umzudrehen und durch das Zimmer im Hotel Splendour auf die kleine Toilette zu kommen: Es konnte gut dieselbe kleine Toilette sein, wo Vanna früher immer vor dem Spiegel stand, splitternackt, sich den Mund mit Lippenstift bemalte und fröhlich sagte: »Ich bin fertig!« Er wünschte, die Seiten täten ihm nicht so weh, er wünschte, es wäre nicht so heiß draußen, er wünschte, sein Bruder wäre nicht tot. Über der Muschel stehend, holte er sein großes Ding heraus, und sein Urin rann gurgelnd ins Wasser. Dann hörte er etwas, wie das Hämmern einer Männerfaust an der Wand, und als er fertig war, stellte er sich an die Flurgarderobe und horchte genau hin. Es war nicht einer, der an die Wand hämmerte, es war das Pärchen nebenan, das aufs Ganze ging! Der Mann sagte: »So isses gut, Baby. So isses gut, ja.« Der Mann würde einen Orgasmus haben, und Cesar Castillo, der Mambo King und ehemalige Star der *I Love Lucy*-Show hatte stechende Schmerzen am ganzen Körper. Nieren kaputt, Leber kaputt, alles kaputt, außer seiner *pinga*, die perfekt funktionierte, wenn auch ein wenig lustlos zur Zeit. Er setzte sich wieder neben das Bett und klickte den Plattenspieler an. Dann nahm er noch einen langen, todesmutigen Zug aus der Whiskyflasche, und dabei fiel ihm ein, was sie ihm vor ein paar Monaten im Krankenhaus gesagt hatten:

»Mr. Castillo, diesmal kommen Sie wieder in Ordnung. Wir haben die Ödeme reduziert, aber mit dem Trinken ist Schluß für Sie, und Sie werden eine spezielle Diät einhalten müssen. Haben Sie verstanden?«

Er kam sich vor wie ein Idiot, mit nur einem Kittel an auf dem Spitalbett sitzend. Die Schwester, die neben dem Arzt stand, war gut gebaut, und er versuchte, auf Mitleid bei ihr zu machen, und er hatte auch nichts dagegen, sein Ding durch den Schlitz sehen zu lassen, als er sich zurück ins Bett legte.

»Nie mehr«, sagte der Doktor auf Englisch. »*No más. Comprende?*«
Der Arzt war Jude, und er gab sich alle Mühe, auf den Mambo King einzuwirken, und Cesar nickte, nur damit er verflucht noch mal hier wieder rauskam. Er war einen Monat lang dagewesen und auf alle mögliche Weise gepiekt und geprüft worden. Er war felsenfest überzeugt, er werde sterben. Allerdings war er wieder in Ordnung gekommen, und mußte nun mit der Demütigung leben, daß sein Körper buchstäblich verfaulte. Im Krankenhaus hatte er lange Zeiträume durchgeschlafen, betäubt von Medikamenten. Von Kuba träumte er, von sich und *el pobrecito* Nestor, als sie noch Kinder waren, von Frauen und Schnaps und fettem gebratenem

Essen. Er schätzte, daß es das war, woran ein toter Mann dachte. Das und die Liebe. Das Seltsamste war, daß er in diesem tiefen Schlaf immer wieder Musik hörte. Also hatte Dr. Victor López jr. recht gehabt, als er ihn gewarnt hatte, und auch der Arzt im Krankenhaus hatte recht gehabt.

»Sie haben zwei Möglichkeiten, nur zwei. Die eine ist: Sie halten sich zurück und leben. Die andere ist: Sie machen sich kaputt. Ihr Körper ist nicht in der Lage, Alkohol zu verarbeiten, verstehen Sie?«

»Ja, Doktor.«

»Es ist wie Gift schlucken, verstehen Sie?«

»Ja, Doktor.«

»Haben Sie irgendwelche Fragen?«

»Nein, Doktor. Danke, Doktor. Und gute Nacht, schöne Schwester.«

Als er die erste Flasche geleert hatte, öffnete er die zweite und füllte sein Glas auf. Dann lehnte er sich zurück und genoß die Musik, eine kleine Nummer mit dem Titel »A Woman's Tears«, eine ernste Ballade, geschrieben in den alten Zeiten draußen auf der Feuerleiter von Pablos Apartment. Nestors Trompetenspiel war ihm immer ein Genuß gewesen, und gerade, als die Bongos klangen wie Händeklatschen im Wald, begann der Mann nebenan laut aufzustöhnen, sein Orgasmus lang und voll, und auch sie stöhnte. Der Mambo King beschloß, sich noch eine Zigarette anzuzünden.

Als er ins Krankenhaus kam, hingeschleppt von Raúl und Bernardito, waren seine Gliedmaßen aufgedunsen und er konnte kein Essen unten behalten. Es kam für ihn trotz allem überraschend, als hätten all die Jahre des Trinkens und Essens und bedenkenlosen Lebens ihm niemals etwas anhaben dürfen.

Wenn er an diesen Krankenhausaufenthalt dachte, erinnerte er sich, wieviel er damals geschlafen hatte. Tage und Tage und Tage hindurch, so schien es. Zunächst hatte er eine Menge Träume – Träume vom Keller, wenige von seinem Leben als Musiker. In einem Traum hatten die Kellerwände abzublättern begonnen und waren voller Blasen, die eine rosa Flüssigkeit absonderten. Und er ging zur Arbeit, ziemlich genauso, wie er es jahrelang in seinem Haus in der La Salle-Street getan hatte, in den Träumen waren es meist Klempnerarbeiten. Rohre brachen in den Wänden, und der aufgeweichte Gips und die Decken kamen herunter oder bröckelten ab, wenn er sie nur antippte. Er öffnete Schränke, und eine Wand von Insekten, stachelig und schwarz, fiel auf ihn. Einem rasselnden Geräusch im Kesselraum nachgehend, fand er sich durch einen Tunnel kriechend wieder, der immer enger wurde, so daß er am Ende eingezwängt war, so beengt, daß er sich kaum rühren konnte. (Das kam von den Riemen um seine Handgelenke und Beine.) Wenn er schließlich das lose Verbindungsstück fand, tropfte ihm von oben schmutziges Wasser ins Gesicht und oft in den Mund. Wenn er in seinen Träumen Metall oder Holz berührte, war es, als bekäme er einen elektrischen Schlag.

Zeitweise schien alles ganz normal. Er saß in seiner Kellerwerkstatt und ging die Beschwerdezettel aus den Wohnungen durch, die während des Tages bei ihm zusammenkamen: »Mr. Stein, Fenster reparieren.« »Mrs. Rivera, Klosett.« Und er begann gutgelaunt zu singen, seine Stimme trug schmelzend bis in den Hof, wo ihn die Nachbarn hörten.

Und da war immer Mrs. Shannon, die den Kopf aus einem Hoffenster steckte und ihm zurief, während er den Hof durchquerte: »Ah, wissen Sie, Sie klingen genau wie dieser Ricky Ricardo.«

Dann ging er an seine Arbeit.

Er sang vor sich hin: »Mein Leben geht seltsame Wege.«

In seinen Träumen (wie im Leben) ertappte er Junkies, die sich mit Schraubenziehern an den Hoffenstern zu schaffen machten, er schaufelte Schnee, reparierte verstopfte Klos. Dann kam er zu einem Job (wie im Leben), und irgend etwas Gravierendes ging schief. Ein Lappen, der im Abfluß unter einer Spüle feststeckte, und Cesar auf dem Boden, beim Versuch, ihn mit einem zurechtgebogenen Drahtkleiderbügel herauszukriegen, und dann, verzweifelt (weil der Lappen tiefer und tiefer ins Rohr zu kriechen scheint), holt er eine Abflußschlange, ein kreiselndes Drahtseil, das alles kleinkriegt, mit dem Tuch aber zu kämpfen hat: endlich, mit großem Hauruck, kriegt er es heraus, er ist über und über bedeckt von Fett und Haaren und Essensresten und will nur ins Bad, kann sich aber nicht bewegen.

Er erinnerte sich an einen anderen Traum, in dem Mrs. Stein in ihrer Küche einen Wasserrohrbruch hatte, der ihre Wohnung überflutete und einen Stock tiefer die Decke abbröckeln ließ, genau, wie es wirklich einmal passiert war, aber im Traum stand er auf dem Hof und lachte, während all das Wasser bei ihr aus den Fenstern schoß wie ein Wasserfall.

Dann war da immer der Traum, in dem er sich fühlte wie ein Ungeheuer. Er war so schwer, daß seine Füße, wenn sie am Boden aufkamen, klangen wie Blechtonnen, die von einem fahrenden Lastwagen abgeworfen werden, der Boden unter ihm splitterte. Er war so riesig, daß jede Holzstufe unter ihm zerbrach, wenn er die Stiegen in den vierten Stock hinaufstieg. Durch seine Tür kam er nur seitwärts.

Ein angenehmerer Traum? Als die Wände umfielen, und er alles sehen konnte, was im Haus vorging. Schöne junge Collegestudentinnen (die er manchmal vom Dach aus beäugte) unter der Dusche, schwätzend am Telephon, ihre niedlichen Ärsche aufs Klo setzend und den delikaten Akt der Entleerung vollziehend. Männer beim Pinkeln, Pärchen beim Bumsen, Familien beim Abendessen: Leben.

Manchmal auch Träume von Musik, hauptsächlich aber von zusammenbrechenden Dingen: einstürzende Wände, brüchige Rohre, morsche und insektenbehauste Böden, alles weich und mehlig, wenn man es anfaßte.

Einmal, in einer Nacht, als sein Körper schmierig war von Medikamenten, Schweiß und Unsauberkeit, kam seine Mutter ihn besuchen. Neben ihm sitzend, hielt sie eine weiße *palangana* voll Seifenwasser und säuberte ihn langsam und liebevoll mit einem Schwamm, und dann, Genuß der Genüsse, wusch sie ihm das Haar, ihre sanften, sanften Hände berührten sein Gesicht.

Die ersten drei Tage lang hatte er nichts anderes getan als geschlafen, und als er die Augen aufschlug, saß sein Neffe Eugenio neben dem Bett.

Der Junge war zu der Zeit in den späten Zwanzigern. Unverheiratet, und er hatte den gleichen traurigen Ausdruck im Gesicht wie sein Vater. Neben seinem Onkel sitzend, brachte Eugenio die Zeit damit zu, ein Buch zu lesen. Hin und wieder beugte er sich hinunter und fragte mit lauter Stimme: »Onkel, bist du da? Bist du da?«

Und obwohl er seinen Neffen hörte, konnte er nicht antworten, konnte nicht mehr, als die Augen aufschlagen und dann sofort wieder einschlafen.

»Onkel!«

Eine Krankenschwester: »Bitte, schreien Sie hier nicht.«

Während er daran dachte, wünschte Cesar, er hätte etwas zu dem Jungen sagen können. Er war den Tränen nahe, gerührt von der Art, wie sein Neffe neben ihm saß, auch wenn er ungeduldig war und alle paar Minuten aufsprang, um im Krankensaal zwischen all den Maschinen hin und her zu gehen.

»Schwester, können Sie mir sagen, was meinem Onkel fehlt?«

»Sprechen Sie mit dem Doktor.«

»Wird er wieder aufwachen?«

»Wir werden sehen . . . «

Dann bemerkte Cesar eines Tages die hübsche puertorikanische Schwester, die sich vorbeugte, um irgendeinem armen Mann, dessen Haut sich gelb verfärbt hatte, eine Injektion zu geben. Damals setzte er sich zum ersten Mal auf, wollte sich waschen und rasieren, wollte gesund werden, und dort wieder rausgehen wie ein junger Mann.

»Wir sind alle so froh, daß es dir besser geht«, sagte Delores zu ihm. »Ich hab dir ein paar Bücher mitgebracht.«

Bücher über Religion, über Heilige, über Meditation.

»Dank dir, Delores.«

Und dann sah er seinen Neffen in der Nähe sitzen, er rief den Jungen – nun, er war ja jetzt ein Mann, oder? – her, packte seine Schulter und drückte sie. »Na, froh, daß ich wieder okay bin? Eigentlich war's ja gar nichts.«

Sein Neffe war still.

(Ja, Onkel, gar nichts. Mir war nur drei Tage lang übel vor Angst, du könntest sterben. Nur drei Tage lang das Gefühl, daß die ganze Welt zusammenstürzt.)

»Komm schon ein Lächeln, Junge? Ein Lächeln für deinen Onkel.« Dann aber verzerrte er das Gesicht vor Schmerz.

Eugenios Gesicht teilnahmslos, unbewegt.

»Hilf mir, Junge, mich aufzusetzen.«

Und Eugenio half ihm still, aber nicht, wie er es als kleiner Junge getan hatte, als seine Augen krank vor Kummer waren. Jetzt war sein Gesicht kalt.

Mit einem Blick ganz wie Nestor ging Eugenio aus dem Krankensaal, ohne ein Wort zu sagen.

(Und was brachten ihm die anderen mit? Ein paar Tittenmagazine von Frankie, ein Roastbeefsandwich mit Mayonnaise, Salatblatt und Tomate von Raúl, ein kleines rosa Transistorradio von der aztekisch aussehenden Frau, der die Bäckerei gegenüber gehörte, ein Blumen-strauß von Ana Maria, ein neuer Strohhut mit schwarzem Hutband von Bernardito. Und seine Freundin Lydia und ihre Kinder brach-ten ihm Buntstiftzeichnungen von herumlaufenden Kindern mit einer großen gelbroten Sonne am Himmel. Lydia saß neben ihm und versuchte, fröhlich zu nicken.)

Dann, als füllte langsam Sonnenlicht das Zimmer, fühlte er seine Kraft nach und nach zurückkehren. Um seine Mitte verdichtete sich eine Hitze, als würde er durch tropische Gewässer waten, und eines Tages wachte er mit einer Erektion auf. Er hatte nur einen Kittel an, wegen dem Getue mit der Bettpfanne und all den Schläuchen, aber als die blonde Schwester herkam, um nach ihm zu sehen, war sie perplex über das Sexualwerkzeug dieses alten Musikers. Errötend, als sie sich daran machte, die Bettlaken um ihn herum geradezuzie-hen, konnte sie sich ein kleines »Oh, du schlimmer Junge du«-Lächeln nicht verkneifen, und das tat ihm so gut, daß er ihr, als sie aus dem Zimmer ging, nachrief: »Danke, Schwester, danke sehr. Einen schönen Tag noch.«

Damals fiel ihm auch dieser andere Kerl auf. Nicht der Mann ohne Beine, sondern der aufgeschwemmte Mann, der als Intensiv-pflegefall angekommen war, ganz verdrahtet mit Schläuchen – Leber hin, Nieren hin, Blase verlegt und völlig außerstande, seine Körper-flüssigkeiten zu verarbeiten. Fünf Tage lang lag er neben diesem Mann, und trotz seiner eigenen Schmerzen dachte der Mambo King in einem fort, Gott, bin ich froh, daß ich nicht er bin.

Dem Mann ging es immer schlechter. Seine Finger waren aufge-quollen vor Flüssigkeit, seine Gliedmaßen so gedunsen, daß seine Fingernägel näßten. Auch sein Gesicht war wie ein rosa Ballon, auf den ein Maskenbildner eine Leidensmiene gemalt hatte; Flüssigkeit rann ihm von den Lippen, aus der Nase, aus den Ohren, aber sonst rann nirgendwo mehr was. Zu seinen eigenen Problemen hatte der Mambo King den Anblick dieses armen Mannes vor Augen und schüttelte den Kopf über diesen lebenden Alptraum.

»Sehen Sie sich ihn an«, sagte der Arzt. »Machen Sie weiter so, und Ihnen wird's genauso gehen.«

Nun war der Schmerz wirklich schlimm, aber scheiß drauf, wenigstens machte er seinen Abgang mit Stil. Einfach vergessen, daß einige der Venen in seinen Knöcheln durch die Haut zu bluten begonnen hatten, vergessen, daß ihm schwindlig war und er wußte, ganz sicher wußte, daß er auf dem Weg hinüber war. Nichts, daß noch ein Schuß Whisky nicht wieder gutmachen würde. Und um diesen Drink würdig zu begehen, legte er »The Mambo Kings Play Songs of Love« auf.

Wenigstens war er aus dem Spital heraus und würde nie wieder hineingehen. Das war im Juni gewesen, und bei der Erinnerung an die Krankenschwestern mußte er trotz seiner Schmerzen lachen. Es hatte dort die junge puertorikanische Schwester gegeben, die ihm zunächst wie eine Zicke vorgekommen war, weil sie ihm nie zulächelte oder auch nur Hallo sagte, dann aber machte er sie langsam mit Komplimenten weich, und in den Tagen, als er sich wieder zu erholen schien, trug er Frankie auf, ihr einen Strauß Blumen zu kaufen. (Es brachte ihn beinahe um, wenn sie sich über sein Bett beugte, um seinen Puls zu messen oder die Schläuche und Nadeln zu kontrollieren, die sie ihm in seine Arme und Beine gesteckt hatten, da sie eine von diesen modernen Blusen mit einem Reißverschluß auf der Vorderseite trug, der immer gerade nur soweit offenzustehen schien, um ihn mit ihrem Busenansatz zu peinigen, eines glorreichen Nachmittags jedoch bis ganz nach unten aufging, während sie sich abplagte, ihn im Bett herumzudrehen. Der Reißverschluß glitt hinunter, und er konnte die Häkchen vorn auf ihrem rosa BH sehen, das Material war dünn und fast durchsichtig und hielt mühevoll ihre Brüste zusammen, die fein säuberlich hineingequetscht waren und über das weiche Material hervorquollen, so hübsch und groß und rund.) Die andere Schwester, ein amerikanisches Mädchen, blond wie Vanna Vane, war ihm von Anfang an nett erschienen, sie kriegte keine Allüren, wenn er mit ihr zu flirten versuchte, lächelte einfach und machte ihre Arbeit, vielleicht in Wahrheit ein wenig schüchtern, denn diese Schwester war ziemlich groß, fast einsachtzig, mit langen Händen und Gliedmaßen und breiten Schultern, und sie hielt sich möglicherweise für unweiblich und linkisch, aber er hätte keine Sekunde gezögert, mit ihr ins Bett zu gehen. Und sie hätte sich geliebt und schön gefühlt, und so ausgevögelt, daß sie tagelang nicht hätte gehen können. Darum flirtete er mit ihr, wenn er wach war und seine Medikamente ihn nicht hatten vergessen lassen, wie man sprach, glücklich, weil sie die Hand auf ihre breiten Hüften legte und zurückflirtete, ihn »mein liebster und hübschester Patient« und »Herzblatt« nannte. Das machte ihn eine Weile froh, aber der Kerl eben ihm, ein Diabetiker, der seine Beine nicht mehr gebrauchen konnte, sagte ständig zu Cesar: »Vergiß es, *hombre*. Du bist zu alt, was kann eine junge Frau schon von dir wollen?«

Vielen Dank, mein Freund.

*U*nd jetzt nichts als Trommeln, die Congas legen los, eine *descarga,* und die Trommler heben und schütteln die Köpfe unter einer Art Zauber. Das sind Regentrommeln, wie trippel, trappel, trippel, trappel, nur hundertmal schneller, und dann Tür-zu-knall-Trommeln, und Polter-Kübel-Trommeln und Ein-Kick-gegen-die-Stoßstange-Trommeln. Dann Zirkustrommeln, dann Kokosnüsse-fallen-aus-den-Bäumen-und-plumpsen-auf-den-Boden-Trommeln, dann Löwenfelltrommeln, Eine-Hand-klatscht-gegen-die-Wand-Trommeln, Kissen-klopfen-Trommeln, Schwere-Steine-an-die-Wand-Trommeln, dann Im-Wald-an-die-dicksten-Stämme-pochen-Trommeln, Bergegrollen-Trommeln, dann Kleine-Vögel-werden-flügge-Trommeln und Große-Vögel-landen-flügelspreizend-auf-dem-Dach-Trommeln, dann Auf-dem-Fluß-ein-Boot-die-Riemen-klatschen-schwer-ins-Wasser-Trommeln, dann Ein-Mann-bumst-eine-Frau-das-Bettgestell-bumst-gegen-die-Wand-Trommeln und dann Auf-dem-Boden-auf-und-nieder-hopsen-Trommeln und dann Ein-fetter-Mann-tätschelt-sich-den-Bauch-Trommeln und dann Eine-Frau-platscht-mit-dem-Hintern-auf-den-Boden-Trommeln und dann Morsezeichen-Trommeln und dann Das-Firmament-bricht-auf-und-der-ganze-Himmel-fällt-herunter-Trommeln, und dann Plap-plap-plap-Gerede-Trommeln und Kinderrennen-durch-die-leere-Kirche-Trommeln und Ein-Konquistador-schießt-mit-Kanonen-auf-ein-Indianerdorf-Trommeln, dann Sklaven-werden-unter-Deck-geworfen-Trommeln, verwittert-schwere-Eichentüren-krachen-wuchtig-zugeschlagen-Trommeln und dann Topf-und-Pfannen-Scheppern-Trommeln und dann Blitzschlagtrommeln und dann Ein-Elefant-wälzt-sich-am-Boden-Trommeln und dann Herzschlagtrommeln und Kolibrisummentrommeln und dann Tick-tack-und-stop-Trommeln, dann Ein-Hurrikan-an-hundert-Häusern-durch-die-Fenster-läden-Trommeln, dann Jalousien-flattern-im-Wind-Trommeln und Eine-jähe-Bö-bläht-Segel-Trommeln und Brüste-platschen-gegen-einen-Männerbauch-Trommeln, Schweißige-Haut-furzt-aufeinander-Trommeln, Gummibäume-biegen-sich-Trommeln, Wind-fegt-durch-den-Wald-Trommeln, Schwarze-Vögel-fliegen-durch-die-hohen-Äste-Trommeln, Klappernde-Stapel-Teller-und-Tassen-Trommeln, Eingeborene-hämmern-auf-Reihen-von-Totenschädeln-Trommeln, Knochen-fliegen-durch-die-Luft-Trommeln, Auf-Schildkrötenpanzer-klopfen-Trommeln, Auf-fetten-Wackelhintern-klopfen-Trommeln, Chinesische-Glöckchen-Trommeln, und Männer-prügeln-Männer-Trommeln, Gürtelschläge-ins-Gesicht-Trommeln, Dicke-Äste-auf-den-Rücken-Trommeln, und dann Särgepochen-Trommeln, alle Trommeln, *batá*, Congas, Bongos, *quinto-*, *tumbadora-*Trommeln dröhnen wie Gewitterwolken, Schöne-Frauen-mit-den-lebensgebärenden-Becken-wackelnd-Trommeln, Eine-Million-Glok-ken-fällt-vom-Himmel-Trommeln, Eine-Welle-stürzt-sich-übers-Land-Trommeln, *Comparsa*-Züge-winden-sich-durch-Städtchen-Trommeln, Hochzeitsfeier-Trommeln, Erschießungskommando-Trommeln, Ein-Mann-stöhnt-im-Orgasmus-Trommeln, und schrei-ende, ächzende, lachende, weinende Trommeln, Trommeln von jenseits eines Feldes und tief aus dem Wald, die Trommeln von verrückten Teufeln, die auf der Bühne loslegen, der gute alte Pinto an den *timbales* und Benny an den Congas, ein zehn Sekunden langes Zwischenspiel in der Mitte von einem der alten Lieder der Mambo Kings.

Warum also fing der Mambo King 1962 wie-der an, Musik zu machen, nachdem er doch so lange Zeit keinen Mut dazu gehabt hatte? Es hatte mit der Familie auf Kuba zu tun, seine Brüder Miguel und Eduardo schrieben ihm Briefe und baten ihn um Geld, Medikamente und Kleidung. Das war ihm ein »Anliegen« geworden. Auch wenn er sich bisher immer einen Dreck um die Politik gekümmert hatte, was sollte er machen, wenn jemand aus der Familie ihn um Hilfe bat? Zunächst nahm er Extraarbeiten jeder Art an, Wohnungen verputzen und ausmalen, um mehr Geld zu verdie-nen. Auf das Drängen seines alten Bassisten Manny hin fing er dann aber an, Engagements da und dort in der Stadt anzunehmen. (Sein erster Job nach seinem Comeback? Eine heitere Sache, eine Hoch-zeit draußen in Queens, ein Kubaner, den seine Braut dabei er-tappte, wie er die Brautjungfer in den Hintern kniff. Als sie später ihre Instrumente zusammenpackten, flüchtete der Bräutigam hinaus auf den Parkplatz, die Braut schlagend und tretend hinter ihm her.) Das Geld, das seine freigiebige und verschwenderische Lebensart überdauerte, ging für den Kauf von Lebensmitteln und Medikamenten drauf, die er nach Kuba schickte. Mit dem *Webster's Dictionary* von Delores vor sich, entwarf er sorgfältig Briefe an die Regierung, Anfragen, wie man seine Familie aus Kuba herausholen konnte. Er zeigte sie dann einem von den klügeren Mietern, einem gewissen Mr. Bernhardt, der einmal Professor am College gewesen war. Durch seine Bifokalgläser lesend machte Bernhardt, ein stattlich und distinguiert aussehender Mann, die nötigen Korrekturen und schrieb den Brief danach auf einer uralten englischen Schreibmaschine nochmals ab. (Cesar sah sich dabei in seinem Wohnzimmer um. Bernhardt hatte als eine Art Geschichtslehrer gearbeitet, und seine Tische waren vollgepackt mit Papieren und Büchern in Latein und Griechisch, Stapeln von Photos von Ausgrabungsorten, sowie einer Sammlung von dicken, unglaublich alten Büchern über Hexerei, aber auch Ordnern mit pornographischen Photos.) Die Antworten auf seine Briefe sagten, daß alles darauf ankam, von der Regierung Castro die Ausreisegenehmigung zu erhalten; doch diese Briefe nach Kuba schienen von Büro zu Büro weiterzuwandern, neben tausend anderen in Ablagen zu verkommen. Schließlich dauerte es fünf Jahre, bis sie ausreisen konnten.

Es hatte noch einen tieferen Grund. An manchen Abenden, wenn er Musik hörte, erinnerte er sich an seine Kindheit auf Kuba und wie er zur Zuckerfabrik gegangen war, um die berühmten Orchester zu hören, die die Insel bereisten: Orchester wie die Melody Boys von Ernesto Lecuona. 1932 kostete es einen Dollar Eintritt, Lecuona zu hören, und jeder in Las Piñas ging hin; es war das größte Kulturereignis des Jahres. Familien kamen in Pferdewagen, Autos und Kombis zur Zuckerfabrik gefahren, und die Straßen waren verstopft von den Anreisenden aus den Städten der Umgebung. Einige machten die Reise zu Pferd. Schwätzende Stimmen, das Zirpen der Grillen und das Trap-trap-trap der Pferde durchschnitten die Nacht. Die Sterne summten wie feine, gläserne Glocken. Die Veranstaltungshalle der Zuckerfabrik war ein hoher Ballsaal mit Kristallüstern und Bogenfenstern mit großen, gefältelten Draperien; maurische Täfelungen und Böden waren so auf Hochglanz poliert, daß sie glitzerten wie sonnenbeschienen. Eines Abends vor fast fünfzig

Jahren trat Ernesto Lecuona auf die Bühne, und Cesar Castillo, damals noch ein Junge, war da, um ihn zu hören. Ernesto war kein hochgewachsener Mann und ähnelte auf den ersten Blick einem stämmigeren Rudolpho Valentino. Er trug einen schwarzen Smoking, ein Hemd mit Perlenknöpfen und eine leuchtendrote Fliege. Er hatte dunkle, eindringliche Augen und lange, schmale Hände. Am Klavier sitzend, das Gesicht heiter gelassen, spielte er die ersten anschwellenden Akkorde seiner berühmten Komposition »*Malagueña*«.

Später, in der Pause, kam der verehrte Lecuona von der Bühne herunter, um sich unter sein Publikum zu mischen. Als er an dem Abend sah, wie Lecuona durch die Menge ging, drängte Cesar Castillo, vierzehn Jahre alt, sich nach vorn, um dem großen Herrn die Hand zu schütteln. Das war der Abend, an dem Cesar sich ihm mit den Worten vorstellte: »Mein Name ist Cesar Castillo, Mr. Lecuona, und hier ist etwas, das ich geschrieben habe und von dem ich gerne hätte, daß Sie es sich anhören. Eine Ballade.«

Und Lecuona seufzte, einen Geruch nach Limonenduftwasser verbreitend. Obwohl er ein wenig matt wirkte, nickte er höflich und sagte dem Jungen: »Komm nachher zu mir in den Salon.«

Nach dem Konzert saß der junge Cesar Castillo in einem großen Salon, der sich an den Ballsaal anschloß, am Klavier und spielte und sang nervös seinen *canción*.

Lecuonas Reaktion war ehrlich und freundlich: »Du hast eine gute Singstimme, deine Verse sind zwar monoton, aber du hast einen guten Refrain geschrieben.«

Der Titel des Liedes? Daran konnte er sich nicht mehr erinnern, nur noch, daß in einer der Zeilen von »welkenden Blumen« die Rede war.

»Danke, Mr. Lecuona, danke«, hatte er, erinnerte Cesar sich, gesagt, »dankesehr«, als er ihm zurück zu den Leuten folgte, das Bild verblaßte fast sofort, nicht aber die Sehnsucht, sich wieder in diese Musik gleiten zu lassen, die so schön gewesen war.

Mit der Zeit arbeitete er dann an den Freitag- und Samstagabenden in Läden wie dem Sunset Club und dem Lateinamerikanischen Kulturverein auf der 146sten Straße (Ein Taxifahrer: »Wissen Sie, wen ich mal dahin gefahren habe, Pérez Prado!«); er gab sich nicht mit dem harten Geschäft ab, eine Band zu leiten, und nahm einfach Engagements an, wie sie kamen. Er verlangte nicht sehr viel, zwanzig oder fünfundzwanzig Dollar für den Abend, und dadurch bekam er leichter Arbeit, denn er hatte immer noch so etwas wie einen Namen.

Er wußte es nur nicht.

Er arbeitete sogar als Tisch-zu-Tisch-Gitarrespieler und Sänger in Restaurants wie dem Mamey Tree und dem Morro Castle in Brooklyn.

Natürlich war es ein Vergnügen, wieder vor Leuten aufzutreten. Es brachte ihn auf andere Gedanken. Und er freute sich immer, wenn jemand kam und ihn um ein Autogramm bat (»*Ciertamente!*«), es tat ihm wohl, wenn er an einem Sonntagnachmittag über den Markt in der 125sten Straße ging und irgendein Typ in einem ärmellosen Unterhemd ihm vom Fenster aus zurief: »He, Mambo King! Wie geht's?«

Trotzdem spürte er seine Traurigkeit noch. Manchmal, wenn er diese Auftritte mit Manny zusammen hatte, fuhr der ihn im Wagen nach Hause. Meistens aber nahm er die U-Bahn, weil er nachts nicht mehr gern Auto fuhr. Nachdem er seinen DeSoto hatte verschrotten lassen, kaufte er sich einen 54er Chevrolet, aber immer, wenn er damit ausfuhr, war ihm danach, den Wagen gegen eine Mauer zu setzen. Er nahm ihn zwar an schönen Tagen für gelegentliche Spritztouren den Riverside Drive rauf und runter, wusch ihn sonntags, ließ das Radio laufen und benutzte ihn wie ein kleines Büro, wenn er seine Kumpel traf. Hauptsächlich aber ging ihm der Wagen auf die Nerven; ständig mußte er Strafen für Falschparken bezahlen und ihn an Freunde ausleihen. Deshalb verkaufte er ihn '63 für zweihundertfünfzig Dollar. In jedem Fall trank er gern, und die U-Bahn zu nehmen bedeutete, daß er keine Angst haben mußte, den Wagen zu Schrott zu fahren oder jemanden zu verletzen. Der einzige Nachteil war, daß es ihn manchmal nervös machte, spät nachts auf dem Bahnsteig zu warten – New York wurde seit den frühen sechziger Jahren immer schlimmer; deshalb ging er bis ganz nach hinten und versteckte sich hinter einer Säule, um auf den Zug zu warten.

Anonym mit einer Sonnenbrille und mit tief in die Stirn gezogenem Hut, den Gitarren- oder Trompetenkoffer zwischen die Knie geklemmt, fuhr der Mambo King durch die Stadt zu seinen Auftritten. Wieder nach Hause zu kommen war leicht, wenn er in Restaurants im Village oder in den Bars auf der Madison Avenue arbeitete, wo er Geschäftsleute, die alle aussahen wie Fred MacMurray, und ihre Begleiterinnen ansang (»Und jetzt, Mädels, singt mir nach: ›Babalooooo!‹«), weil diese Jobs normalerweise gegen elf zu Ende waren. Aber wenn er in kleinen Clubs und Tanzlokalen am Rand von Brooklyn oder der Bronx spielte, kam er erst morgens um halb fünf oder fünf nach Hause. Manche Nacht saß er ganz allein im Zug und las *La Prensa* oder *El Diario* oder die *Daily News*.

In den Zügen freundete er sich mit einer Menge Leute an; er kannte den Flamencogitarristen aus Toledo in Spanien, einen Jungen namens Eloy García, der im Café Madrid spielte; einen Akkordeonspieler bei einem Tango-Orchester in Greenwich Village, ein pummeliges Männchen, das mit einem Gaucho-Hut zur Arbeit ging. (»Die Musik von Matos Rodríguez spielen, heißt, Matos wieder lebendig machen«, sagte er immer.) Er kannte Estela und Nilda, zwei *zarzuela*-Sängerinnen, die mit welkenden Nelken im Haar durch ihr Matronendasein gingen. Er kannte ein schwarzes Tanztrio, freundliche und hoffnungsfrohe Jungs mit Conk-Frisuren, prächtig in weißen Smokings und Gamaschen, die ständig auf dem Weg zu irgendeinem Vortanzen waren (»Im Moment gibt's 'ne Chance, in die *Ed Sullivan*-Show zu kommen.«) Dann waren da die Mexikaner mit ihren übergroßen Gitarren, Trompeten und einem Akkordeon, das aussah wie ein Altar, die Klaviatur glänzte vor getriebenen religiösen Medaillons mit der Muttergottes, mit Christus und den Aposteln, aus Wunden blutend, auf Krücken humpelnd, von Pfeilen durchbohrt. Die Männer trugen große *sombreros*, glöckchenklirrende Hosen und hohe, schmalhackige Cowboystiefel mit schwungvoll ins Leder geschnittenen Blumen. Sie waren mit einer Frau und einem kleinen Mädchen unterwegs. Die Frau trug eine Mantilla und ein Rüschenkleid aus einem Stoff mit Aztekenmuster; das kleine Mädchen hatte ein rotes Kleid an und spielte ein Tamburin mit einem aufgemalten Emailportrait von Johannes dem Täufer. Während der Fahrt saß sie unruhig, unglücklich da, während Cesar sich vorbeugte und leise mit ihrer Mutter sprach (»Wie läuft's denn so?« »Mäßig zuletzt, die beste Zeit ist um Weihnachten, da gibt jeder was.«) Sie fuhren bis zur Endstation *downtown*, zum Fährhafen in Staten Island, wo sie für die wartenden Fahrgäste *bambas*, *corridos*, *huapangos* und *rancheras* spielten.

»*Que Dios te bendiga.* Gott segne dich.«

»Gleichfalls.«

Da waren noch andere, eine Menge Latinomusiker wie er selbst auf dem Weg zu beschwerlichen Spätabendjobs im finstersten Brooklyn und in der Bronx. Einige von ihnen waren jung und kannten den Namen Cesar Castillo nicht, aber die alten Hasen, die Musiker, die seit den vierziger Jahren in und um New York herumgekommen waren, die kannten ihn. Trompeter, Gitarristen und Schlagzeuger kamen herüber und setzten sich zum Mambo King.

Es gab immer ein freundliches Hallo, und manchmal luden sie sich gegenseitig zu Jam Sessions ein. Im Hotel Splendour erinnerte er sich, daß eine der besten Jam Sessions stattfand, als Benny, der Conga-Spieler, ihn ins Naturgeschichtliche Museum einlud, wo er in seinem zweiten Leben als Wächter arbeitete. Gegen neun Uhr abends, als es wirklich ausgestorben war, tauchte Cesar mit ein paar anderen Musikern auf, und sie landeten schließlich zum Spielen in einem kleinen Büro gleich neben dem Dinosaurier-Saal. Benny spielte auf den Trommeln, und ein Junge namens Rafael schrummte auf der Gitarre, und Cesar sang und spielte Trompete, die Musik hallte und summte durch die Knochen dieser prähistorischen Wesen – der Stegosaurus und der Tyrannosaurus Rex und der Brontosaurus und das wollige Mammut atmeten schwer in dem riesigen Saal, und, klickend und klackend auf den Marmorböden, verfingen sich Melodien in ihren gewaltigen hakigen Kiefern und in der Krümmung ihrer riesenhaften Wirbelsäulen.

Trotzdem, da waren die Tunnels, die Dunkelheit, die drückende Einsamkeit einer Station um vier Uhr morgens, und der Mambo King träumte von Kuba.

Er litt sehr darunter, daß er sich nicht einfach ins Flugzeug setzen und nach Havanna runterfliegen konnte, um seine Tochter zu sehen oder seine Familie in Las Piñas zu besuchen. Wer hätte sich je träumen lassen, daß es einmal so sein würde? Daß Kuba mit Rußland befreundet sein würde?

In seinem Zimmer im Hotel Splendour sitzend (durchs Zimmer taumelnd), dachte der Mambo King lieber nicht an die Revolution auf Kuba. Was, Scheiße nochmal, hatte ihn in den alten Tagen die Politik gekümmert, außer wenn er mal im Wahlkampf für irgendeinen Gauner von Lokalpolitiker in den Provinzen spielte? Was, Scheiße nochmal, hatte es ihn gekümmert, wenn doch unter seinen Musikerkumpels die einhellige Meinung herrschte, daß es völlig egal war, wer an die Macht kam – bis Fidel. Und überhaupt, was hätte er schon tun können? Die Lage mußte ziemlich schlimm gewesen sein. Der Orchesterchef René Touzet war mit seinen Söhnen nach Miami geflohen, spielte dort in den großen Hotels und gab Konzerte für Kubaner. Dann kam der Großmeister der kubanischen Musik, Ernesto Lecuona, er traf ganz verwirrt und künstlerisch erstarrt in Miami ein, unfähig, einen Ton auf dem Klavier zu spielen, und endete schließlich in Puerto Rico, »verbittert und desillusioniert bis zu seinem Tod«, so hatte Cesar manche Leute sagen hören. Verbittert, weil sein Kuba nicht mehr existierte.

Gott, waren alle Kubaner aufgewühlt. Selbst der *compañero*, der die Familie nie vergaß, – Desi Arnaz hatte ein paar Zeilen zusätzlich auf eine seiner Weihnachtskarten gekritzelt: »Wir Kubaner sollten in diesen schweren Zeiten zusammenhalten.«

Wie hatte ein Freund die Revolution genannt? »Die Rose, aus der ein Dorn wuchs.«

Die große Celia Cruz kam ebenfalls in die Staaten, das war 1967. (Andererseits entschlossen sich Pala de Nieve und die Sängerin Elena Burke zum Bleiben.)

Als 1962 seine Mutter starb, erreichte ihn die Nachricht durch ein Telegramm von Eduardo, und das war schon wieder so eine komische Sache, weil er gerade in dieser Woche viel an sie gedacht hatte – etwas wie ein sanftes Pulsieren in seinem Herzen, und der Kopf voller Erinnerungen. Als er zunächst die Zeile las: »Ich habe schlechte Nachrichten«, dachte er sofort: »Nein«. Als er das Telegramm gelesen hatte, konnte er stundenlang nichts anderes tun als trinken und sich erinnern, wie sie ihn als Kind in den Hof hinausführte und ihm in einer Wanne das Haar wusch, wieder und wieder und wieder, ihre sanften, nach Rosenwasser riechenden Hände schrubbten ihm den Kopf und strichen ihm übers Gesicht, durch die Baumwipfel kam die Sonne, und in ihrem Haar kräuselten sich Locken aus Licht . . .

Stundenlang weinte der Mann, bis seine Augenlider geschwollen waren und er mit dem Kopf auf dem Arbeitstisch einschlief.

Er wünschte sich, er hätte sie noch einmal gesehen; sagte sich, er wäre im vergangenen Jahr, als er erstmals erfahren hatte, daß sie krank war, sicherlich heimgefahren, wenn da nicht Castro dazwischengekommen wäre.

Manchmal geriet er über die Situation dort unten in heftige

Auseinandersetzungen mit Ana Marias Ehemann Raúl. Als alter Gewerkschafter war Raúl eifrig dabei, die Fabriken in den Zwanzigerstraßen auf der Westseite, wo die meisten Arbeiter Einwanderer aus Mittelamerika und Puerto Rico waren, gewerkschaftlich zu organisieren. Sie waren immer noch Freunde, trotz ihrer Meinungsverschiedenheiten. Aber Raúl versuchte beharrlich, den Mambo King von Castro zu überzeugen. An einem Freitagabend ging er sogar soweit, ihn in einen Verein auf der 14ten Straße mitzunehmen, wo spanische und portugiesische Linke Versammlungen abhielten. Er saß ganz hinten und hörte zu, wie die alten Spanier, deren Ausdrucksweise und politisches Denken von den Prügeln und Gefängnissen im Spanien Francos geprägt waren, lange, tiefempfundene Reden darüber hielten, »was getan werden muß«, was immer auf ein »*Viva el socialismo!*« und »*Viva Fidel!*« hinauslief.

Es war nichts dagegen zu sagen, die Übel der Welt abzuschaffen. Davon hatte er eine Menge gesehen. Auf Kuba hatte es zerfallende Baracken aus Pappe und Lattenkisten gegeben, Kinder, die nur mehr Haut und Knochen waren, und krepierende Hunde. Ein Begräbniszug in einer Stadt namens Minas. Auf der Seite des einfachen Kiefernsarges ein Schild: »*Muerto de hambre.*« An Straßenecken, wo gutaussehende *suavecitos* schwätzend herumstanden, irgendein armer Teufel, der bei der Arbeit in der Zuckermühle, in den *calderas*, einen Arm oder ein Bein verloren hatte, bettelnd. Wenn er sich Leid ausmalte, dachte er an einen toten Hund, den er auf einer Kopfsteinstraße in der Nähe des Hafens von Lissabon liegen gesehen hatte: ein winziger Hund mit einem herzigen Gesicht und hübsch aufgestellten Ohren, der Rücken steif, der Bauch aufgeplatzt, sein dunkel purpurfarbener Magen aufgebläht auf die Größe einer Fünfzehn-Pfund-Melone.

Er hatte nichts dagegen einzuwenden, daß man anderen helfen wollte, Raúl. Daheim auf Kuba nahmen sich die Leute einander an. Familien gaben Kleider, Essen, Geld, und manchmal auch eine Arbeit im Haushalt oder in einem Geschäft.

»Meine eigene Mutter, Raúl, hör mir zu! Meine eigene Mutter hat immer Geld für die Armen gegeben, auch wenn wir selber nicht viel hatten. Was kann man mehr verlangen?«

»Mehr.«

»Raúl, du bist mein Freund. Ich will mich nicht streiten mit dir, aber die Leute gehen weg, weil sie es nicht aushalten.«

»Oder weil sie nicht stark genug sind.«
»Komm schon, gehen wir einen trinken.«

Ein Brief, Datum 17. Juni 1962:
Mein lieber Bruder,
Wir mögen die letzten Jahre getrennt gewesen sein, aber in unseren Herzen warst Du niemals fort. Die Wahrheit ist, daß die Lage hier unten schlimm geworden ist. Pedrito ist der einzige von uns, der überhaupt Sympathien für die Castro-Regierung hat. Es deprimiert mich, das Wort auch nur zu schreiben. Noch vor einem Jahr war ich in der Lage, den anderen mit dem Geld auszuhelfen, das ich mit der Autowerkstatt verdiente, aber die Regierung hat sie mir weggenommen, die Türen mit Ketten verriegelt und mich wissen lassen, ich sei jederzeit willkommen, dort zu arbeiten, wenn ich will, aber der Besitzer zu sein, könne ich vergessen. Die Saukerle. Das ist der Kommunismus. Ich hab mich geweigert, wieder hinzugehen und [gestrichen]. Ich weiß, daß es Dir gut ergangen ist, und hoffe, Du kannst es einrichten, uns zu schicken, was immer Du kannst. Schlimm genug, daß wir den tragischen Verlust von Nestor erleben mußten, aber nun scheint all das die Dinge noch schlimmer zu machen. Ich würde Dich nicht bitten, wenn ich nicht glaubte, daß Du das Geld auch hast. Wenn Du uns fünfzig oder hundert Dollar schicken könntest, wäre das genug, um uns zu helfen, anständig zu leben, bis unsere Ausreiseanträge bewilligt sind – wenn überhaupt jemals. Aber das ist eine ganz andere Sache. Gott segne Dich. Wir senden Dir unsere Liebe.

Eduardo

Also trieb er Geld für seine Brüder auf und schickte auch an seine Tochter Mariela Geld und Geschenke, obwohl sie das nicht wirklich zu brauchen schien. Als Schuldirektor in den Tagen der Revolution hatte Marielas Stiefvater eine Untergrundzeitschrift, die für Castro war, herausgegeben und wurde nach der Revolution mit einem guten Posten im Erziehungsministerium belohnt. Die Familie lebte in einer geräumigen Wohnung im Bezirk Vedado in Havanna und genoß ihre Privilegien. Mariela ging zur Ballettschule.

(Unter den Photos, die der Mambo King ins Hotel Splendour mitgenommen hatte, war das Lieblingsbild von seiner Tochter, in

Trikot und Tutu unter einem Bogenfenster in einem Raum mit Pilasterwänden und reichverzierten Fliesen. Das Bild, 1959 aufgenommen, zeigt ein dünnes, vornehmes Mädchen mit großen braunen Augen und einem langen ovalen Gesicht, gelenkig und elegant, mit träumerischem Ausdruck, als hörte sie gerade eine schöne Musik. Ein anderes Photo, aufgenommen 1962, als sie sechzehn war, zeigt sie bei einer Probe zu *Giselle*; Alicia Alonso und ihre Ballettlehrerin, eine hübsche Kubanerin namens Gloria, sehen ihr zu.)

Manchmal hing er in den Bars und *cantinas* von Washington Heights und, bei Gelegenheit, in Union City, New Jersey, herum, wo sich in den frühen sechziger Jahren viele Kubaner niedergelassen hatten. Seine *tacita de café negro* schlürfend, horchte er still dem politischen Tratsch. Die neu angekommenen Kubaner waren verbittert und verzweifelt; die Alteingesessenen versuchten herauszubekommen, was auf Kuba vorging: Ein Mann mit einem Zittern in der rechten Hand, dessen älterer Bruder, ein Juwelier, in Havanna Selbstmord begangen hatte; ein Mann, der seine Stelle als Gärtner auf dem Anwesen der Du Ponts verloren hatte; ein Mann, dessen Cousin ins Gefängnis gekommen war, weil er mit einem Pfund Zucker unter dem Hemd versteckt über die Straße gegangen war. Ein Mann, der seine Farm verloren hatte. Ein Mann, dessen Onkel zu zwanzig Jahren verurteilt worden war, weil er bei einer Versammlung im Rathaus »Scheiß auf Castro« gerufen hatte. Ein Mann, dessen schöne Nichte ins frostige Moskau entführt worden war, wo sie einen humorlosen Russen mit einem Brustkasten wie eine Tonne geheiratet hatte. Ein Mann, dem bei der Schweinebucht-Invasion durch den Ellbogen geschossen worden war.

Stimmen:

»Und uns nennen sie ›Würmer‹.«

»Als Castro auf die Insel kam, hatte er viertausend Hektar Land, und jetzt gehört ihm alles.«

»Und ich hab Waffen geschmuggelt für den Hurensohn.«

»Wenn wir gewußt hätten, daß er Kommunist ist, hätte er nie gesiegt.«

»Es heißt, der Grund, warum Castro '54 von Batista freigelassen wurde, war, daß sie ihn kastriert haben.«

»Sie reduzieren unsere Unzufriedenheit auf unsere Bäuche. Sie sagen, wir seien weggegangen, weil wir nirgendwo in Havanna mehr ein gutes Essen finden konnten. Das ist wahr, weil die Russen alles wegfressen. Aber es gibt noch andere Gründe. Sie haben uns das Recht genommen, in Frieden mit unseren Familien zusammenzusitzen, an Tischen, die gedeckt sind mit den Früchten unserer Arbeit.«

»Also sind wir weg, *hombre*, und dieser Castro, *mojón guindao*, soll zur Hölle fahren.«

»Er ist wie Rasputin.«

»Sollen sie doch Kuchen essen, das ist seine Einstellung.«

»Er hat einen Pakt mit dem Teufel.«

»Wir sind rundherum verraten worden.«

»Ja, ich weiß«, sagte der Mambo King dann immer. »Ich habe drei Brüder und einen Vater, die noch in Oriente leben, und sie sagen alle dasselbe, sie wollen weg.« Ein Schluck Kaffee. »Außer mein Vater. Er ist sehr alt, über siebzig, und es geht ihm nicht gut.«

Und er konnte nicht widerstehen: »Ich hab eine Tochter in Havanna. Meiner Meinung nach hat man sie von klein auf beeinflußt.«

Der Mambo King ging die La Salle-Street hinauf, den Kopf gesenkt, den Rücken leicht gekrümmt, der Bauch über dem Gürtel hängend, in düsteren Gedanken an Kuba. Im Durcheinander seiner Werkstatt las er die Anti-Castro-Pamphlete, die seine Freunde ihm gaben. Zwischen den Seiten des Buches seines jüngeren Bruders steckend, *Forward America!* (»Denn, was immer Ihre Probleme sein mögen, denken Sie daran: Wo Stärke und Entschlossenheit, da ist ein Weg!«), dieser Auszug aus einem Pamphlet aus den Jahren 1961–62, eingekreist mit rotem Kugelschreiber auf dem Tisch des Zimmers im Hotel Splendour:

»... Wir können nicht leugnen, daß wir in der Ära republikanischer Regierungen nicht immer politische Führer hatten, die mit Ehrlichkeit und Patriotismus die gerechten und vortrefflichen Gesetze unserer Verfassung in die Tat umsetzten. Doch eine solche Tyrannei, wie Fidel Castro und seine Horden sie entfesseln, haben wir nie gekannt, noch uns je vorzustellen vermocht. Frühere Operettendiktaturen versuchten wenigstens, demokratische Lösungen für ihr moralisches Versagen zu suchen. Ihre Methoden wurden erst diktatorisch durch Provokationen von Kommunisten, die den öffentlichen Frieden störten und unschuldige, dumme und fanatische junge Leute als Kanonenfutter auf die Straße trieben. Einige Leute meinen, Kuba werde unter Fidel

Castro neu erblühen, Unterernährung, Prostitution, Analphabetentum, Korruption und Armut würden ausgemerzt für alle Zeiten – die Insel ein Paradies der Gleichheit mit einer wahrhaft humanen Regierung. Fragt doch jene, die brutal gefoltert wurden und tot in namenlosen Gräbern liegen, ob dem so ist. Die Wahrheit sieht anders aus: Fidel Castro und seine Bande von Räubern und mörderischen Verbrechern, wie der furchtbare Argentinier Che Guevara, die spanischen Kriminellen Lister und Bayo, die Folterexperten und Totschläger wie Raúl Castro und Ramiro Valdes, der Kopf der G-2, haben Kuba an euroasiatische Mächte verschachert. Mächte, die geographisch, geistig und historisch weit abseits von allem Karibischen liegen und die Kuba zu einer tropischen Kolonie und zu einem Militärstützpunkt der Russen gemacht haben. Seit dem 1. Januar 1959 ist aus Kuba ein verarmter Elendsstaat geworden, ohne Ressourcen und ohne Freiheit, und die Aufrichtigkeit und Fröhlichkeit des Kubaners ist einer tragischen Düsterkeit gewichen. Die Heiterkeit des kubanischen Alltags- und Handelslebens mit seinem Rum und guten Zigarren und seinem Reichtum an Zucker und allem, was vom Zucker kommt, wurde abgeschnürt durch strenge Rationierungen im Namen der sowjetisch-kubanischen Handelsbeziehungen. Der Durchschnittsbürger auf Kuba muß sich auf eine entbehrungsreiche Zukunft einrichten, während Fidel Castro selbst nur die besten Zwanzig-Dollar-Zigarren raucht, Rum säuft und sich den Wanst mit gutem *lechón asado* und russischem Kaviar vollschlägt. Während Tausende von Kubanern ins Exil gegangen sind, verkommen hunderttausend andere wegen »politischer Verbrechen« in den Gefängnissen. Die verbliebene Bevölkerung ist gespalten in die kubanischen Verräter, welche die Tyrannei unterstützen, und jene, die sich aus persönlichen Gründen entschlossen haben zu bleiben oder nicht ausreisen können, weil die Regierung es ihnen nicht erlaubt. Laßt uns ihrer nicht vergessen! Lang lebe Jesus Christus und lang lebe die Freiheit!«

Angestachelt von der feurigen Prosa dieser Pamphlete und den Nachrichten aus Kuba, schloß der Mambo King sich in seiner Kellerwerkstatt ein, trank Bier und schrieb an Mariela – Briefe, die mit den Jahren immer flehentlicher wurden.

Im Kern stand darin folgendes: »Nach allem, was ich aus Kuba höre, kann ich nicht glauben, daß Du dort glücklich bist. Ich bin nicht einer, der Dir sagt, was Du zu tun hast, aber an dem Tag, an dem Du fortgehen und in die Vereinigten Staaten kommen willst, laß es mich wissen, und ich werde alles tun, was ich kann, und ich tu es gern, denn Du bist mein eigen Fleisch und Blut.«

Er unterschrieb mit »Dein Dich liebender einsamer Vater«.

Da er von ihr nie eine Reaktion auf diese Angebote erhielt, dachte er, natürlich, die Briefe werden abgefangen und in Streifen geschnitten, bevor sie sie lesen darf! Statt dessen war in ihren Briefen von ihrer Tanzausbildung die Rede – »Sie sagen, ich bin eine vielversprechende Studentin« – und von hochgestochenen Kulturereignissen, wie einer Aufführung von Strawinskys *Feuervogel* mit dem Bolschoi-Ballett auf der Bühne des Opernhauses (worüber er stutzte, denn die einzigen Ballettaufführungen, die er je besucht hatte, waren die pornographischen Ballette in Havannas berüchtigtem Shanghai-Theater).

Manchmal (in wehmütigen Tagträumen) glaubte er, er könnte ein neues Glück finden, wenn Mariela von Kuba heraufkäme, um bei ihm zu leben, illegal auf einem Boot oder auf wundersame Weise mit Erlaubnis der Regierung (»Ja, das arme Ding will bei seinem leiblichen Vater leben. Lassen wir sie mit unserem Segen gehen«). Dann würde sie sich um ihn kümmern, ihm das Essen kochen, im Haushalt helfen und, vor allem, Liebe empfangen und ihm Liebe geben, und diese Liebe würde sich ihm ums Herz legen wie eine zarte Seidenschleife, es schützen vor allem Ungemach.

An Mariela zu denken half ihm in gewisser Weise zu verstehen, warum Nestor immer auf der Couch gesessen und sich stundenlang selber gequält hatte, indem er von seiner »Beautiful Maria« sang, auch wenn das alles nur ein Hirngespinst gewesen war. Es hatte was mit Liebe zu tun und ewigem Frühling, mit einem Stillstand der Zeit – so träumte der Mambo King davon, daß er in seinem Zimmer am sonnigen Fenster sitzen würde, den Kopf zurückgelegt und die Augen geschlossen, während seine Tochter Mariela ihm die Haare schnitt, wie seine Mutter es immer getan hatte. Marielas liebliche Stimme (stellte er sich vor) würde in seinen großen Ohren summen, ihr Gesicht strahlend vor glückseliger Liebe zu ihm. Hin und wieder fühlte er sich davon so ermuntert, daß er mit der U-Bahn zu Macy's fuhr und, Marielas Größe schätzend, ein halbes Dutzend Kleider und Blusen für sie kaufte, Lippenstifte, Wimperntusche und Rouge und, bei einer Gelegenheit, einen langen Seidenschal, gelb wie das Sonnenlicht auf alten Gemälden – er hetzte eilig durch das Kaufhaus, als könnte die Wahl des richtigen Geschenks die Dinge verändern. Er legte diesen Sachen ein Briefchen bei: »Nur damit Du weißt, daß Dein Vater Dich liebt.«

Und an jedem siebzehnten Februar, Marielas Geburtstag, stellte er ein Päckchen mit Sachen zusammen, die für Kubaner generell nicht zu haben waren, Dinge, von denen er dachte, daß ein Teenager sie gerne hätte: Schokoladenriegel, Kekse, Marmelade, Kaugummi, Kartoffelchips, sichere Beweise für die Vielfalt und den Überfluß des Lebens in Amerika.

Sie kam nie in seine Arme gelaufen.

*S*obald er einmal aus dem Spital heraus war, seine Kraft im Schwinden, war ihm alles egal. Ja doch, alle waren nett zu ihm. Machito kam ins Haus, um ihm seine Aufwartung zu machen, ebenso viele andere Musiker. Aber er fühlte sich so schwach, ging so langsam (wegen der Medikamente), daß er gar nicht mehr aus dem Bett wollte. War das ein Leben für den fabelhaften Cesar Castillo? Und seinen Job als Hausmeister konnte er vergessen. Er mußte Frankie und ein paar andere Freunde als Aushilfe holen. Wenn Lydia, seine junge Freundin, mit der er zuletzt seine Schwierigkeiten gehabt hatte, nicht da war, um sich um ihn zu kümmern, ging er nach oben, um bei Pedro und Delores zu essen, die Spannungen zwischen ihnen hatten sich jetzt aufgelöst, da er kein Hengst mehr war, den der Hafer stach, sondern nur noch ein alter Klepper im Gnadenbrot. Obendrein mußte er eine fade, fettarme, salzarme, körnerreiche Diät halten, während er tief drinnen nach *plátanos* und Schweinefleisch und einem gehäuften Teller Reis und Bohnen gierte, mit einem Glas Bier oder Wein oder Whisky dazu.

Was für Genüsse waren ihm geblieben? Herumlungern und mit Frankie oben in der Gegend des Bear Mountain fischen gehen; bei Bernardito in der Wohnung sitzen und Musik hören; Stunden und Stunden fernsehen und pikante Magazine wie »*Foto Pimienta!*« lesen, mit ihren grobkörnigen pornographischen Schwarzweißphotos und den Inseraten für das »Revolutionäre europäische Verfahren zur

Verlängerung Ihres Penis« (»Meine bessere Hälfte dachte immer, ich sei nicht ›stramm‹ genug für sie, *pero ahora la penetro muy profundo* – aber jetzt komme ich wirklich tief rein, und sie kann es kaum erwarten, mit mir ins Bett zu gehen!«), sowie Inseraten für Cremes und Liebestränke (»Gleitcreme-Spritzig, *Loción* Johannes-Bläser«). Hinten standen die Privatanzeigen, männlich und weiblich. (»Ehrlicher, sauberer Mann aus Veracruz, Mexiko, 38 Jahre, jugendliches Aussehen, Penis dreiundzwanzig Zentimeter lang, sechs Zentimeter stark, sucht einsame Gespielinnen zwischen zwanzig und sechzig zum Liebemachen.« »Bisexueller Mann aus Santurce, Puerto Rico, mit Penis von siebzehn Zentimetern, sucht Paare für Unterhaltung am Wochenende. Mit Auto.« »Einsamer Kubaner, 50 Jahre alt, aber jugendlich und gut bestückt – *superdotado* – wohnhaft in Coral Gables und voll Heimweh nach Kuba, sucht Partnerin zum Leben und Lieben.« »Ich bin eine verlassene vierunddreißigjährige Frau mit einem sechs Jahre alten Sohn, sehr romantisch, und fühle mich traurig und allein. Amerikanische Staatsbürgerin, weiß, *gordita* (mollig) mit großem Busen, und eine leidenschaftliche Geliebte. Wenn Sie ein gesunder Mann zwischen 35 und 50 sind, mit gutem Job und anständigem Charakter, senden Sie mir bitte Ihre Zuschrift mit Photo.« (Unter der Anzeige ein Photo von ihr, eine nackte Frau, die sich vorbeugte.)

»*Dios mío!*«

Und natürlich sah er sich gern die Varietéshows auf Kanal 47 aus New Jersey an, einem spanischen Sender, sein Liebling war die unglaublich sinnliche Iris Chacón, deren juwelenumschnürte Hüften und Brüste den Mambo King ein wenig fiebrig machten, und er mochte auch die alten Musicals aus Mexiko, wie jene, für die sein früherer Arrangeur Miguel Montoya immer die Musik geschrieben hatte: Vampirfilme, Western und Catcher-Filme. Dann die Detektiv-Filme und die Seifenopern über Liebe und Familie, die Frauen jung und schön, die Männer viril und gutaussehend, während er jetzt nur ein alter Mann war, zweiundsechzig Jahre alt, aber aussehend wie fünfundsiebzig. Auch an Hollywoodfilmen hatte er Freude, am liebsten waren ihm die mit Humphrey Bogart, William Powell, Frederic March, Veronica Lake, Rita Hayworth und Marilyn Monroe. (Obwohl er auch immer froh schien, wenn es einen Laurel und Hardy-Film gab. Im Kino in Las Piñas hatte er sie früher immer gerne gesehen. Darunter einen, den er wirklich liebte. Er hieß *Die fliegenden Teufel*: Laurel und Hardy entfliehen aus der französischen Fremdenlegion in einem Doppeldecker, der abstürzt, dabei stirbt Oliver Hardy. Am Ende des Films geht Stanley an einem schönen Frühlingstag eine Straße entlang, mit einem Wanderstock und einem Bündel über der Schulter, traurig und voll Wehmut, daß sein alter Kumpel tot ist. Schmetterlinge, Bäume neigen sich im Luftzug, Vögel zwitschern, die Sonne scheint, überall um ihn herum Leben, und er sagt: »Herrje, so ein schöner Tag hätte Ollie gefallen«, und genau dann, als er um die Ecke biegt, begegnet ihm ein Maultier, ein Maultier mit Schnurrbart, Stirnfransen und einem Hut genau wie der von Ollie, und Stanley erkennt, daß Ollie als Maultier wieder auf die Welt gekommen ist. Tränen steigen ihm in die Augen, er klopft dem Maultier auf den Rücken, sagt: »Herrje, Ollie, bin ich froh, dich zu sehen«, und Ollie antwortet etwas wie: »Da hast du mich ja wieder in 'n netten Schlamassel gebracht«, aber es ist ein Happyend, und der Mambo King, der an die Auferstehung denkt und an die Art, wie Christus aus dem Eingang der Grabeshöhle tritt, lichtumstrahlt, stellt sich vor, wie schön es gewesen wäre, wenn sein jüngerer Bruder zurückgekehrt wäre, und auch er kriegt feuchte Augen.)

Dann und wann schaute er sich die *I Love Lucy*-Show an und sah ein letztes Mal diese eine Folge, ehe er sich auf den Weg ins Hotel Splendour machte. Sah seinen Bruder und weinte, dachte daran, wie tieftraurig das Leben durch seinen Tod doch geworden war. Wenn er die Augen zumachte, hörte er das Pochen an Ricky Ricardos Tür, stand noch einmal in Lucys und Rickys Wohnzimmer, und er hätte schwören können, wenn er die Hand ausstreckte, hätte er seines Bruders Knie berühren können und nicken, weil Lucille Ball mit ihrem Kaffee und was zum Knabbern ins Zimmer kam, und davon bekam er ein ganz schlimmes Verlangen nach einem netten Gläschen Brandy, aber er dachte daran, was ihm die Ärzte gesagt hatten. Er wußte, daß es richtig war, etwas für seine Gesundheit zu tun, aber er langweilte sich tödlich. Es schien, daß alles, was er hatte, Erinnerungen waren, daß seine Vergnügungen nur noch in der Vergangenheit lagen. Alles andere war zu kompliziert. Er konnte kaum noch durchs Zimmer gehen, und weil ihm die Arthritis in den Gelenken schmerzte und seine Finger immer noch angeschwollen und steif waren, konnte er nicht einmal mehr Gitarre oder Trompete spielen.

Und Lydia, seine letzte Liebe, die er 1978 in einem Nachtclub in der Bronx kennengelernt hatte, brachte es nicht mehr über sich, mit ihm zu schlafen. Das schmerzte am meisten. Sie kam alle paar Tage vorbei, um nach ihm zu sehen, und er war immer glücklich wie ein junger Hund, daß sie da war, aber wenn er sie jetzt berührte, entzog sie sich.

»Du bist noch nicht gesund«, sagte sie zu ihm.

Aber er war hartnäckig. Sie kochte ihm das Essen, und er stand hinter ihr und drückte sich solange an ihren Rücken, bis die Wärme ihres Hinterns ihn auf Touren brachte. Und ohne nachzudenken ließ er die Hosen herunter und zeigte ihr sein hundeschnäuziges Ding, noch nicht einmal völlig steif, aber immer noch in der Lage, viele jüngere Männer zu beschämen. »Bitte«, sagte sie immer, »ich bin nur hier, um mich um dich zu kümmern.«

Er ließ nicht locker: »Faß mir einfach mal hin.«

»*Dios mío*, du bist wie ein Kind.«

Und sie nahm sein Ding, was ihn hoffen ließ, steckte es dann aber in seine Hose zurück.

»Und jetzt setz dich hin und iß die Suppe, die ich dir gemacht hab.«

Sie hielt seine Wohnung sauber, kochte ihm das Essen, machte ihm das Bett, räumte die Illustrierten und Zeitungen in seinem Wohnzimmer weg, aber alles, was er wollte, war, ihr die Kleider herunterzureißen und sie zu bumsen. Nichts, das er versuchte, wirkte. Kein Singen, keine Witze, keine blumigen Komplimente. Schließlich verlegte er sich aufs Wehklagen. »Du hast mich nie geliebt. Ich fühl mich jetzt so nutzlos, ich könnte mich auch gleich hinlegen und sterben.« Das wurde durch Wochen hindurch sein ständiges Lied, bis sie, mürbe gemacht, sich seiner erbarmte, ihr Kleid auszog, und sich in schwarzem BH und Höschen vor ihn hinkniete, ihm die Hosen herunterzog und sein angejahrtes Glied zu lutschen begann. Ihr dickes schwarzes Haar nehmend und es von ihren Augen wegstreichend, taxierte er den Ausdruck in ihrem Gesicht und begriff, daß er der reine Ekel war, und er erschlaffte.

Sie machte an ihm weiter, bis ihr Mund und Kiefer müde wurden, und dann ging sie dazu über, ihn grob zu mastubieren und führte schließlich den Schauer herbei, auf den er gewartet hatte. Aber als es vorüber war, schien es, als könnte sie es nicht ertragen, ihn anzusehen, diesen untersetzten alten Mann mit weißem Haar, und sie wandte sich ab, beide Fäuste an den Mund gepreßt und in die Knöchel beißend. Und als er sie sanft berührte, entzog sie sich – wie alle anderen in seinem Leben auch.

»Bist du so, weil ich dir und den Kindern in der letzten Zeit kein Geld geben konnte? Ich hab Geld auf der Bank, das kann ich dir geben. Oder, wenn du warten kannst, bis ich wieder zu arbeiten anfange oder ein Scheck mit Tantiemen reinkommt, bring ich dir Geld, okay? Wenn es das ist, was du willst, dann werd ich tun, was du willst, damit du glücklich bist.«

»*Hombre*, ich will dich nicht mehr anfassen, denn dich anfassen ist wie den Tod anfassen.«

Und dann begann sie einfach zu weinen.

Wieder angezogen, sagte sie: »Es tut mir leid, daß ich das zu dir gesagt hab. Aber du hast mir so zugesetzt. Versteh mich bitte.«

»Ich verstehe«, sagte er. »Und jetzt verlaß bitte dieses Totenhaus, diesen alten kranken Mann, geh einfach.«

Mit dem Versprechen wiederzukommen, ging sie, und er stand auf und sah in den Spiegel. Seine riesige, rotschnäuzige *pinga* hing zwischen seinen Beinen herunter. Der Bauch gewaltig, die Haut schlaff. Auweia, er hatte beinahe Brüste wie eine Frau.

Er dachte: Es ist eine Sache, eine Frau zu verlieren, wenn du fünfundzwanzig, vierzig bist, eine andere, wenn du zweiundsechzig bist.

Er dachte an seine Frau Luisa auf Kuba. An seine Tochter Mariela.

An die vielen anderen,

Oh, Vanna Vane.

Lydia.

»*Mamá*.«

». . . wie den Tod anfassen.«

Er brauchte lange Zeit, um seine Entschlüsse zu fassen. Der erste davon war: »Zum Teufel mit der Diät und dem gesunden Leben!« In seinem weißen Seidenanzug ging er in das kleine Lokal zwischen 127ster Straße und Manhattan Avenue und bestellte zweimal frittierte Bananen, einmal süß, einmal grün, einen Teller *yuca* gedünstet in Salz, Öl und Knoblauch, einmal Schweinebraten und eine Extraportion Shrimps und Huhn, Brot und Butter, alles hinuntergespült mit einem halben Dutzend Biere und derart ausgiebig und blähend, daß der Weg zurück in die La Salle-Street einer der großen Kämpfe seines Lebens wurde.

An diesem Punkt beschloß er: Zum Teufel mit allem. Hob seine Ersparnisse ab und kaufte für alle Geschenke (darunter ein Gebiß für Frankie, einen Federhut für Pedro, der immer zu schüchtern gewesen war, sich selber einen zu kaufen, eine alte Platte von Don Aziapaú mit dem Titel »Havanna Nights« für Bernardito, und für seinen Neffen Eugenio, der gerne zeichnete, den dicksten Kunstband, den er finden konnte, etwas über die Werke von Francisco Goya). Dann verbrachte er einen Monat damit, da und dort Freunde zu besuchen. Oh, so eine Scheiße, alten Kumpels wie Manny und Frankie Lebewohl sagen zu müssen. Was für eine Scheiße, Lebewohl zu Delores zu sagen, mit einer Schachtel Kuchen und Geschenke für seinen Cousin Pablo nach Flushing hinauszufahren, nett mit der Familie zu essen, und dann ein letzter *abrazo* für ihn.

Jetzt lacht er beim Gedanken an den grinsenden Bernardito Mandelbaum und wie er ausgesehen hat, als sie sich 1950 kennenlernten: mager, mit einem dichten Schopf von schwarzem Wuschelhaar, in den ausgebeulten abgelegten Hosen seines älteren Bruders, mit kariertem Hemd und braunen Sears & Roebuck Schuhen und weißen Socken! So zog er sich für seinen Angestelltenjob im Büro der Firma Tidy Print an, wo auch Cesar eine Zeitlang im Lager gearbeitet hatte. In einem höhlenartigen Raum voll lärmender Druckmaschinen waren sie Freunde geworden, Bernardito mochte Cesars unbeschwerte und zuvorkommende Art und erwies ihm dauernd kleine Dienste. Morgens holte er dem Mambo King Kaffee, brachte ihm hausgemachte Kuchen als Kleinigkeit zwischendurch, und wenn Cesar mal wegen eines Auftritts früher weg mußte, stach Bernardito bei Arbeitsschluß für ihn die Karte. Im Gegenzug nahm der Mambo King Bernardito in den Kreis seiner Freunde in der Firma auf, Kubaner, Puertorikaner und Dominikaner, die in der Mittagspause zusammensaßen und schlüpfrige Geschichten erzählten. Und Bernardito, ein angehender Cartoonist mit seinem Spanisch von der High-School, hörte aufmerksam zu und fragte Cesar nachher wegen bestimmter Wörter und Wendungen aus, die er in einem Notizbuch sammelte.

Er schien ein ganz netter Bursche zu sein, und deshalb ging der Mambo-King eines Nachmittags zu ihm und sagte: »Hör zu, Junge, du bist zu jung, dir allen Spaß entgehen zu lassen. Warum kommst du morgen abend nach der Arbeit nicht mit uns? Ich und mein Bruder, wir spielen da bei einem Tanz in Brooklyn – ganz in der Nähe von dir – komm doch nach der Arbeit mit, okay? Aber zieh dir 'n bißchen was Besseres an, 'ne nette Krawatte und ein Jackett, wie 'n Gentleman.«

Und das war der Anfang eines neuen Lebens, denn am nächsten Abend schloß Bernardito sich dem Mambo King und seinem Bruder an, aß ein Steak und einen Teller frittierte süße Bananen und fuhr dann mit ihnen in den Imperial Ballroom hinunter, wo die Musik ihn in ihren Bann schlug und er sich wild vor der Bühne kreiselnd wie eine lebende Hieroglyphe wiederfand und die Damen in Verwirrung stürzte mit seinen rätselhaften Verrenkungen und seiner seltsamen Art, sich anzuziehen – braunes Sakko, gelbes Hemd, grüne Krawatte, weiße Hosen und braune Schuhe.

Fasziniert von der Erregung und dem Glanz der Tanzpaläste, vergaß er Bensonhurst und begann, sich an den Wochenenden mit dem Mambo King herumzutreiben, wobei er selten vor drei Uhr morgens heimkam. Langsam, unter Cesars (und Nestors) Fittichen, wurde Bernardito zu einem hochkarätigen Tanzsaal-*suavecito* umgemodelt. Als erstes änderte sich sein Kleidungsstil. An einem Samstagnachmittag traf Cesar sich mit ihm, und sie machten die Runde durch die Warenhäuser und Bekleidungsläden. Weg mit den abgelegten Hosen von seinem älteren Bruder. Bernardito räumte sein Sparkonto leer und deckte sich mit der neuesten Mode ein: Zehn Paar Hosen mit Bügelfalte, doppelreihige Sakkos mit Schulterpolstern und breiten Revers, italienische Gürtel und zweifarbige Schuhe. Er ließ sich das Haar zu einer Tolle frisieren und legte sich einen schmalen Schnurrbart zu – ganz nach der Mode seiner neuen Freunde.

Dann begann er, Platten mit lateinamerikanischer Musik zu sammeln. Seine Sonntage verbrachte er nun in Plattenläden in Harlem und auf der Flatbush Avenue, so daß dieser Junge, der vorher Xavier Cugat und Jimmy Durante nicht auseinanderhalten konnte, mit der Zeit seltene Aufnahmen von Größen wie Ernesto Lecuona, Marion Sunshine und Miguelito Valdez anhäufte. Schließlich besaß er hunderte von diesen Platten, genug, um drei Regale zu füllen, eine der besten Sammlungen der Stadt.

Er war glücklich, bis er wegen seines neuen Lebens Streit mit seinen Eltern bekam. Seine Eltern, erzählte er dem Mambo King, waren nicht allzu glücklich über seine langen Nächte und machten sich Sorgen wegen seiner neuen Freunde. Seine Mutter und sein Vater, die aus Rußland eingewandert waren, müssen einigermaßen überrascht gewesen sein, als sie es an einem Sonntagnachmittag an der Tür läuten hörten und die beiden Brüder draußen stehen sahen. Sie hatten sich in Schale geworfen, Blumen und in der Schrafft's-Filiale Ecke 107te Straße und Broadway eine Bonbonniere gekauft. Sie verbrachten den Nachmittag bei ihnen, tranken Kaffee, aßen Kekse und gaben sich so liebenswürdig, daß Bernarditos Eltern ihre Meinung änderten.

Nicht lange danach aber ging Bernardito zu einer Party der Mambo Kings und lernte Fifi kennen, eine dreißigjährige Wuchtbrumme, die mit Wärme und den fleischlichen Genüssen, die ihr Körper ihm bot, sein Herz gewann. Er zog in ihr Apartment auf der 122sten Straße und sollte die nächsten fünfundzwanzig Jahre mit Versuchen zubringen, wieder Frieden mit seinen Eltern zu schließen. Bei Fifi wohnend, fand Bernardito seinen Lebensstil, machte tagsüber einen vollen Job und arbeitete nachts als freier Illustrator. Er war der Zeichner von *The Adventures of Atomic Mouse* und machte auch drei Plattencover für die Mambo Kings, darunter »Mambo Inferno.«

Damit geriet Bernarditos Leben ganz auf das gelassen-heitere Gleis seiner kubanischen Freunde. Fast dreißig Jahre lang sollten er und Cesar Castillo Kumpane bleiben. Und in dieser Zeit lernte Bernardito nicht nur zu leben wie ein Latino, ein gutes slangdurchsetztes kubanisches Spanisch zu sprechen und Mambo und Cha-chacha zu tanzen wie die Allerbesten, sondern er verwandelte sein und Fifis Apartment allmählich auch in eine Mischung aus einem Mambomuseum und dem Salon einer Villa in Havanna, mit Läden vor den Fenstern, Topfpalmen, einem Mahagoniventilator an der Decke, Schränken und Tischen mit geschnitzten Tierfüßen, Aquarien mit Tropenfischen, Korbmöbeln, einem krächzenden Papagei in einem Käfig, Kerzen und Kandelabern und – zusätzlich zu einem großen, modernen RCA-Fernseher und einer Stereoanlage – einer kurbelgetriebenen Victrola. Seit kurzem hatte er angefangen auszusehen, als käme er geradewegs aus dieser Zeit, er trug Mittelscheitel, Nickelbrillen und einen dünnen Schnurrbart, ausgebeulte *pantalones* mit Hosenträgern, Fliegen und Panamahüte mit schwarzen Bändern.

Und er besaß signierte Photographien von einigen der ganz Großen: Cesar Castillo, Xavier Cugat, Machito, Nelo Sosa und Desi Arnaz.

Am Tag, als der Mambo King zu Bernardito ging, um Lebewohl zu sagen, fand er seinen Freund am Fenster sitzend, mit dem Bleistift in der Hand über einen Zeichentisch gebeugt, an einigen Werbeillustrationen arbeitend. Als festangestellter Graphiker beim *La Prensa*-Verlag verdiente er nebenher immer noch Geld als freier Zeichner – eine Spezialität von ihm waren pikante Cartoons für Tittenmagazine (eine Puppe mit großem Po bückt sich, um eine Rose zu pflücken, den Steiß hoch in die Welt gestreckt, ein Mann gafft sie an, und seine matronenhafte Frau neben ihm sagt: »Ich hab gar nicht gewußt, daß du Blumen so magst!«) An diesem Nachmittag saß er neben Bernardito, während der arbeitete, die beiden Männer redeten und tranken. Bernardito hörte bei der Arbeit Musik, aus den Lautsprechern kam Nelo Sosas Orchester – wunderschön.

Eine Stunde oder so redeten sie, und dann, die Traurigkeit dieses Tages in sich spürend, schenke der Mambo King seinem Freund einen Packen alter Schallplatten des Sexteto Habanero aus Kuba, fünf 78er, die er in den fünfziger Jahren an einem Straßenstand in Havanna entdeckt hatte.

»Die sind für dich, Bernardito.«

Und der Mambo King sah seinen Freund lange und ausgiebig an. Der Mann war jetzt in den späten Vierzigern, hatte aber nach wie vor dieses doofe freudige Grinsen, das er schon mit neunzehn immer aufsetzte.

»Aber warum schenkst du mir die?«

»Weil du mein Freund bist«, sagte Cesar. »Außerdem hör ich sie nicht mehr. Da kannst genausogut du sie haben.«

»Bist du sicher?«

»Ja.«

Glücklich legte Bernardito Mandelbaum auf seiner alten KLH-Stereoanlage, die sich noch auf 78 einstellen ließ, die berühmte Aufnahme des Sexteto Habanero von »*Mamá Inez*« auf.

Und dann spielte er alle durch und fragte dabei andauernd: »Bist du sicher, daß du mir die schenken willst?«

»Sie gehören dir.«

Dann saßen sie eine Zeitlang einfach da, und Cesar fragte: »Und deine *señora*? Wann kommt sie nach Hause?«

»Sollte bald da sein.«

Ja, und das war eine Sache für sich. Nachdem er fünfundzwanzig Jahre auf das Hinscheiden seiner Eltern gewartet hatte, war er schließlich so weit, daß er Fifi heiraten konnte.

Es dauerte noch eine Stunde, bis Fifi heimkam, dem Mambo King anbot, ihm ein nettes gesundes Abendessen mit Grillsteak und Bananen zu machen, und ihm einen Kuß auf die Wange drückte, der ihn erröten ließ.

Aber er lehnte das Essen ab, sagte, er fühle sich nicht wohl.

An der Tür sagte er Bernardito Lebewohl, legte fest die Arme um ihn und hielt ihn eine lange Zeit.

»Komm am Sonntag wieder«, sagte Bernardito zu ihm, als der Mambo King die Treppe hinunterging. »Vergiß nicht. Sonntag.«

Am schlimmsten war der Abschied von Eugenio gewesen. Er wollte den Jungen nicht »zurücklassen«, ohne ihn noch ein letztes Mal gesehen zu haben. Und so rief er Eugenio eines Tages an seinem Arbeitsplatz als Buchhalter in einem Geschäft für Künstlerbedarf auf der Canal Street an, einem Laden namens Pearl Paints, und lud ihn für den Abend zum Essen ein, damit sie sich ein bißchen rumtreiben könnten wie früher. Sie trafen sich auf der 110ten Straße und landeten schließlich in diesem dominikanischen Lokal auf der Amsterdam Avenue, wo sie nett zu Abend aßen. Danach zogen sie los in diese kleine Bar, die La Ronda hieß, wo das Bier zwar fünf Dollar kostete, die Stripperin aber, die in einem Käfig tanzte, einen hübschen festen Körper hatte. Als sie reinkamen, hatte sie schon nichts mehr an. (Hin und wieder ging sie mit Kunden für einen bestimmten Preis nach hinten, legte sich auf ein Bett und machte die Beine breit.)

»*Mambero*«, rief sie ihm zu, als sie bemerkte, daß er hereingekommen war. »Geht's dir besser?«

Er zuckte mit den Schultern. Dann sah sie Eugenio von oben bis unten prüfend an, und der Mambo King beugte sich mit einem Zwanzig-Dollar-Schein in der Hand zu seinem Neffen und fragte: »Willst du mit ihr gehen? Macht mir nichts aus.«

»Geh du mit ihr, Onkel.«

Der Mambo King sah an ihr hoch, wie sie da im Käfig stand, an ihren festen Beinen und schönen glatten Schenkeln. Sie hatte sich sogar die Muschi rasiert, die Spalte war wie ein längsstehender Mund, den sie mit Vaseline und wer weiß was noch zum Glänzen gebracht hatte. Es war verlockend, aber er sagte: »Nein, ich bin hier, um die Zeit mit dir zu verbringen.«

Damals wußten alle in der Familie schon, daß Cesar seine Diäten und Medikamente aufgegeben hatte, daß er wieder zunahm und triefäugig und tranig wurde. Es traf Eugenio hart. Als er neben seinem Onkel saß, überkam ihn wieder ein altes Verlangen – wegzulaufen, irgendwo anders hinzugehen, irgendwer anderes zu sein.

Sie hörten der Musik zu, und dann herrschte lange Zeit Schweigen: Der Junge schien so unglücklich.

»Erinnerst du dich, wie wir damals zusammen zu Auftritten gefahren sind?«

»Ja, Onkel.«

»Das waren schöne Zeiten, was?«

»Es war okay.«

»Naja, die Dinge ändern sich. Du bist kein *nene* mehr und ich kein junger Mann mehr.«

Eugenio zuckte die Achseln.

»Erinnerst du dich, wie ich dich zu dieser Frau oben auf der 145sten gebracht hab?«

»Ja!«

»Eugenio, sei nicht so mürrisch zu mir. Sie war schon ein leckeres Stück, häh?«

»Sie war eine hübsche Frau, Onkel.«

Dann: »Bleiben wir noch lange hier, Onkel?«

»Nein, nur für ein paar Drinks, Junge.«

Er nahm einen Schluck. »Ich will nur, daß du weißt ... du bedeutest mir eine Menge – hier drin«, und er klopfte sich auf die Brust.

Eugenio kratzte sich die Augenbraue, die Tänzerin beugte sich in ihrem Käfig vor und schüttelte die Brüste.

»Ich hoffe, du glaubst mir, Junge. Ich will, daß du mir glaubst.«

»Onkel ...«

»Ich wollte dir nur noch eine Kleinigkeit sagen, von Mann zu Mann, von Herz zu Herz.« Sein Gesicht war rot und riesig, sein Atem ging schwer. »*Que yo te quiero.* Ich liebe dich, Neffe. Verstehst du?«

»Ja, Onkel, sollte ich deshalb hierherkommen?«

Dann: »Sieh mal, Onkel, ich hab wirklich gedacht, es wär was nicht in Ordnung; ich mein, es ist ein Uhr morgens, und ich muß nach Haus.«

Der Mambo King nickte, hatte das Bedürfnis seinen Schmerz hinauszuschreien. »Naja, ich weiß es jedenfalls zu schätzen, daß du gekommen bist, um deinen alten *mambero*-Onkel zu sehen«, sagte er.

Und dann saßen sie eine Weile in der Bar, sahen der Stripperin zu und sagten nicht viel. Aus der Jukebox dröhnten die Lieder der neuesten Latino-Hitmacher – Musiker wie Oscar de León – und ewige Publikumslieblinge wie Tito Puente.

Später standen sie beide bei der U-Bahnstation Ecke 110te Straße und Broadway.

Eugenio mußte in die Zehnte Straße Ost, wo er wohnte, während der Mambo King den Zug *uptown* nahm. Die letzten Worte, die er zu seinem Neffen sagte, waren eine Wiederholung dessen, was er immer sagte, wenn er betrunken war. »Naja, vergiß mich nicht, hä? Und vergiß nicht, dein Onkel hat dich lieb.« Dann umarmte er seinen Neffen zum letzten Mal.

Während er auf seinen Zug wartete, beobachtete er seinen Neffen aus der gegenüberliegenden Plattform. Eugenio saß auf einer Bank und las eine hochgestochene Zeitung, die *New York Times*. Sein Neffe, der aufs College gegangen war, war genauso schwermütig wie sein Vater, und das wurde deutlicher, je älter er wurde. Als der Zug des Mambo King einfuhr, pfiff er zu Eugenio hinüber, der gerade noch rechtzeitig aufsah, um seinen Onkel winken zu sehen. Ans Fenster gedrückt und durch seine dunkelgrünen Gläser blinzelnd, sah der Mambo King aus dem losbrausenden Waggon auf seinen Neffen, bis der schwarze Tunnel ihn verschluckte.

Das war ein paar Abende zuvor gewesen, erinnerte sich der Mambo King, als er im Hotel Splendour saß.

Weil er sich an noch etwas erinnerte, ging er an seinen kleinen Koffer und holte einige Umschläge und Briefe heraus, damit er sie noch einmal ansehen konnte, und dann tastete er durch die weichen Stoffächer seines Koffers und zog ein schönes Rasiermesser mit schwarzem Griff heraus, ein Geschenk von einem Freund vor vielen Jahren, und legte es vor sich auf den Tisch, für den Fall, daß er bis zu tief in die Nacht hinein in seinem Zimmer im Hotel Splendour trödeln sollte.

*M*usiker, Sänger Hausmeister; und auf etwa zehn Jahre wurde er in den sechziger Jahren auch noch Lehrer. Die meisten seiner Klassen, die immer am Sonntagmittag zusammenkamen, bestanden aus fünf oder sechs Schülern, und ein paar Jahre lang gehörte auch Eugenio dazu, der im Alter von ungefähr zwölf mit der Trompete begann. Bei schönem Wetter hielt er die Stunden manchmal draußen im Park ab, in der kälteren Jahreszeit aber versammelten sie sich in seinem Apartment. Er gab diese Stunden gratis, weil er sich dann ein bißchen wie sein alter Lehrer, Eusebio Stevenson, fühlte, und wie der herzensgute Julián Garcia, der sich vor vielen Jahren seiner angenommen hatte.

Und weil er nicht gerne allein war.

Glücklich, diese Kinder um sich zu haben, lief er normalerweise schnell um Soda und Napfkuchen, aber wenn er ein paar Dollar extra in der Tasche hatte, schickte er Eugenio mit fünf Dollar in die *bodega* gegenüber, um ein paar Pfund Aufschnitt, ein paar Laibe italienisches Brot und Kartoffelchipstüten zu kaufen, damit diese Jungens, von denen manche nicht immer viel zu essen hatten, nachher zu einem netten Lunch kamen.

In seinem Wohnzimmer versammelt, warteten die Jungs darauf, daß der Maestro mit einem Armvoll Platten und seinem tragbaren Plattenspieler hereinkam. Es hing von seiner Stimmung ab, ob er einfach Technik lehrte oder, wie er es an diesem Tage tat, ein paar Mambos und alte *canciónes* spielte und ins Land der Erinnerungen reiste und ihnen dabei ein paar von eben den Dingen weitergab, die sein Lehrer, Eusebio Stevenson, ihm einst erzählt hatte:

»Also, der Rumba leitet sich vom *guaguancó* her, der weit zurückreicht, viele hunderte von Jahren, als die Spanier zum ersten Mal die Flamenco-Musik nach Kuba brachten, und dieser spanische Stil, vermischt mit den Rhythmen der Afrikaner, auf Trommeln geschlagen, führte zu den frühen Formen des Rumba. Das Wort ›Rumba‹ bedeutet Herrlichkeit. Die Sklaven, die das als erste tanzten, wurden normalerweise über Nacht an den Knöcheln angekettet, also waren ihre Bewegungsmöglichkeiten beschränkt: Wenn sie ihre Rumbas tanzten, geschah das mit viel Bewegung in den Hüften und wenig in den Füßen. Das ist der echte Rumba aus dem neunzehnten Jahrhundert, mit Trommeln und Stimmen und Melodien, die gleichzeitig spanisch und afrikanisch klingen ... Und was ist nun das Afrikanische? Das Afrikanische klingt für mich immer wie der

Singsang von Leuten im Wald, oder wie Rufe über einen Fluß. Diese Rumbas wurden zunächst nur mit Trompeten und Trommeln gespielt. Wenn ihr moderne Musik hört und darin kommt eine Improvisation an den Trommeln vor, eine *descarga*, dann heißt das der *rumba*-Teil. Jedenfalls wurden diese Rumbas im neunzehnten Jahrhundert allgemein beliebt; die kleinen Militärkapellen in den Städten auf Kuba haben ihre faden Walzer und Militärmärsche immer mit Rumba-Rhythmen gewürzt, damit die Leute richtig loslegen konnten.

Der Mambo, das ist ein anderer Tanz. Der kam in den vierziger Jahren auf, bevor ihr alle geboren wurdet. Als Tanz ist er wie der Rumba, aber mit viel mehr Bewegung in den Beinen, als wären die Ketten abgenommen worden. Darum sehen alle so verrückt aus, wenn sie Mambo tanzen, wie beim Jitterbug mit Feuer unterm Arsch.«

Und dann zeigte er ihnen ein paar Schritte, sein schwerfälliger Körper bewegte sich behende über den Boden, und die Kinder lachten.

»Die Freiheit des Mambo kommt ursprünglich von der *guaracha*, einem alten Tanz auf dem Land in Kuba, der immer fröhlich gespielt wird.

Das Zeug, was wir jetzt haben, wie der *pachanga*, ist in Wirklichkeit nur eine Abwandlung. Das meiste, was ihr spielen werdet, wenn ihr je in einem *conjunto* spielt, wird im ¼-Takt sein, und obendrein werdet ihr den *claves*-Rhythmus im ½-Takt hören, der so geht: eins-zwei-drei, eins-zwei.

Also, die meisten Orchester werden ihre Arrangements auf die folgende Weise spielen, die Nummern werden in drei Teile unterteilt. Der erste ist der *head* oder die Melodie; der zweite der *coro* oder Refrain, bei dem ihr die Sänger zusammensingen hört; und dann schließlich der Mambo- oder Rumbateil. Machito benutzt häufig diese Art von Arrangement.«

Dann ging er zu den verschiedenen Instrumenten und Taktformen über, wobei diese ganze gelehrte Erörterung über den Umstand hinweghalf, daß er selber nicht Noten lesen konnte.

Danach die eigentlichen Stunden und das Spielen auf den Instrumenten; dabei waren die gelehrigsten Schüler Miguelito, ein sehniger Puertorikaner, der Saxophon lernen wollte, Ralphie, der Sohn von Leon, dem einäugigen Klempner, und Eugenio mit seinem ganz annehmbaren Gehör und seiner gewissenhaften Art. Beide spielten Trompete. Jeder Schüler stand der Reihe nach auf und spielte eine Nummer, und der Mambo King machte Anmerkungen über seine Technik und zeigte dem Schüler, wie ein Fehler zu korrigieren war. Und diese Methode funktionierte, da einige von seinen Schülern sich hervortaten und zu anderen Lehrern überwechselten, die Noten lesen konnten. Das war ein Mangel, für den der Mambo King sich schämte. Obwohl er sie richtig plazieren und die Noten in einer Niederschrift erkennen konnte, hatte er nie gelernt, sie schnell zu lesen. Sein Gesicht wurde rot, und er vermied es, seinen Schülern in die Augen zu sehen. Keine Rede davon, komplizierte Jazzpartituren nachzuspielen, wie in den Büchern mit Duke Ellington-Arrangements, mit denen Miguelito immer ankam.

Trotzdem hatte er an neuen Schülern keinen Mangel. Es gab immer irgendeinen armen Jungen aus der La Salle oder aus Harlem oder der Bronx, der von dem Mambo King gehört hatte, der gratis Musikunterricht gab – und dazu Sandwiches servierte! Und Cesar bereute es nie, sie aufgenommen zu haben. Seine einzige schlechte Erfahrung machte er mit einem Jungen mit Pockennarben im Gesicht und ruppigen Stakkatosätzen wie Phil Silvers in der *Sergeant Bilko*-Serie im Fernsehen. Cesar kannte Eddie aus der Nachbarschaft. In der Mitte seiner zweiten Stunde ging der Junge hinaus, um ein Glas Wasser zu trinken: Später, als er sich zum Ausgehen anzog, fehlten Cesar eine Timex-Uhr mit Goldband und zwanzig Dollar in bar, die er in der Schublade seiner Schlafzimmerkommode aufbewahrt hatte. Aus einer anderen Schublade fehlten ein Ronson-Feuerzeug und ein silberner Ring, den der Mambo King von einem seiner Fans bekommen hatte. Eddie wurde gefaßt, als er versuchte, den Ring bei einem Pfandleiher in Harlem zu verkloppen, und saß einen Nachmittag im Jugendknast. Er durfte nie wieder ins Haus, aber der Mambo King gab weiter Stunden für seine anderen Schüler; aus einer Handvoll von ihnen wurden später tatsächlich glücklich arbeitende Profis.

Nun lauschte er Eugenio beim Üben auf der Trompete, und es regnete. Wie unter einer Decke aus Nachmittagsschläfrigkeit, hörte er dem Jungen aufmerksam zu, dessen Spiel so weit entfernt klang: Mitunter verwechselte er die Regentropfen auf den Fensterbrettern mit denen, die in Kuba gefallen waren, und drehte sich glücklich im

Bett um, als wäre er wieder ein Kind, als das Schlafen noch schön war und die Welt endlos schien. Langsam kämpfte er sich aus dem Traum heraus – sein Hund Poochie hatte zu bellen angefangen, weil weiter unten auf der Straße ein Feueralarm losgegangen war – und er setzte sich auf und zündete sich eine Zigarette an. Er war die Nacht zuvor wirklich lang ausgewesen, bei irgendeinem Auftritt in der Bronx, und in seinem Kopf pochte es. Irgendwas war da mit einer Frau in einem kurzen grünen Kleid gewesen, die ihn vor einer Jukebox küßte, und dann hatte es furchtbar lang gedauert, morgens um vier auf diesen ausgestorbenen Straßen in der Bronx ein Taxi zu kriegen. An was konnte er sich noch erinnern? Das letzte, was er wußte, war, er lag im Bett und fühlte, wie ihm die Krawatte vom Hals gelöst wurde, wie jemand sein Hemd aufknöpfte und es ihm herunterzuziehen versuchte. Dann der Genuß, als ihm die Schuhe von den Füßen glitten und die kühle Nachtluft sich auf die Haut legte. Dann: »Gute Nacht, Onkel«, und dann Licht aus.

Nun, er mußte aufstehen, hatte schon wieder einen Auftritt in der Bronx, lieber Gott, an jedem anderen Abend ja, nur nicht heute. Er wäre lieber im Bett geblieben und wieder eingeschlafen, bei dem netten Rauschen des Wassers draußen in den Regenrinnen, das ihn immer an die Tropengewitter erinnerte, von denen er auf Kuba so begeistert gewesen war. (Ein Donnerschlag mit Blitz erinnerte ihn daran, daß er einmal als Kind auf den Bodenplatten im Hof getanzt und sich im Kreis gedreht hatte, selig im Regenguß.) Er wollte nicht, daß der Regen aufhörte, wollte nicht aufstehen, kroch aber schließlich doch aus dem Bett. Eugenio spielte »Bésame Mucho«, und während der Mambo King auf dem Klo seine Verrichtungen machte und sich nachher rasierte, dachte er darüber nach, wie der Junge nach fast zwei Jahren endlich echte Fortschritte erkennen ließ. Nicht, daß irgendwer in der Familie dachte, er solle sich auf ein Musikerdasein einlassen, auf keinen Fall, Junge! Du mußt zur Uni gehen, damit du später nicht wie ein Sklave mit den Händen arbeiten oder bis vier Uhr früh irgendwo am Arsch der Welt spielen mußt. Und versteh mich recht, es ist nichts Schlechtes daran, die Leute zu unterhalten oder Freude am eigenen Spiel zu haben. Nein, es ist das Drumherum, das dich auffrißt, die langen Fahrten nach Hause in der Früh, die Müdigkeit in deinen Knochen, die Gauner, mit denen du es zu tun hast, das Gefühl, daß eine Nacht genauso ist wie die nächste, für immer und immer.

Wenn du nicht sehr, sehr viel Glück hast, sagte er dem Jungen, mußt du hart arbeiten. Wenn du nicht Frank Sinatra bist oder Desi Arnaz, mit einem schönen Haus in Kalifornien, du weißt schon, Kleiner? Ich rate dir, sei vernünftig. Such dir ein nettes Mädchen, heirate, hab Kinder und 'ne feste Stelle. Und wenn du versuchst, mit einem Musikereinkommen eine Familie zu ernähren, glaub mir, dann wirst du 'nen regelmäßigen Job haben, ehe du weißt, wie dir geschieht. Wenn du also spielen willst, nur zu, aber denk dran, daß es für dich nur 'n Hobby sein soll. Ich will sagen, Junge, du sollst nicht so enden wie dein Onkel, oder?

(Der Junge ließ dann immer den Kopf hängen.)

Später, als er nach oben ging, hatte der Junge schon zu Abend gegessen und wartete im Wohnzimmer seines Onkels. In der Küche setzte sich der Mambo King zur hübschen Leticia und zum drögen Pedro an den Tisch, aß sein Essen und hörte Delores zu, wie sie über den Jungen lamentierte: »Du mußt ihm sagen, er soll vernünftig werden. Sonst kommt er in Schwierigkeiten. Verstehst du?«

Das ganze letzte Jahr über hatten sie Schwierigkeiten mit ihm gehabt. Er kam immer noch nicht mit seinem Stiefvater aus und hatte angefangen, sich mit ein paar schlimmen Streunern auf der Straße herumzutreiben. Sie hatten alles versucht: waren mit einem Gürtel hinter ihm her gewesen, hatten ihn zum Priester gebracht, zum Jugendfürsorger, und bei einer Gelegenheit hatte Delores die Polizei gerufen. Aber nichts davon hatte funktioniert: Der Junge reagierte darauf, indem er ausriß und auf einen Zug aufsprang, der ihn im tiefsten Winter nach Buffalo, New York, brachte, wo er sich drei Tage lang in einem Rangierbahnhof verkroch und sich beinahe eine Lungenentzündung holte. Und sie war auch nicht froh darüber, daß er mit dem Mambo King zu diesen Auftritten spät abends loszog, aber das war zumindest besser, als wenn er sich auf der Straße herumtrieb.

»Red ihm wenigstens ein bißchen gut zu«, beschwor ihn Delores. »Sag ihm, es ist nicht gut für ihn, wenn er so ist.«

»Werd ich tun.«

Auf ihrem Weg zu diesen Auftritten redete er Eugenio dann zu, auf seine Mutter zu hören und die Jungs von der Straße zu vergessen. »Du weißt, ich würd nie einen Finger gegen dich erheben, aber wenn du so weitermachst, werd ich was dagegen unternehmen müssen.«

»Du würdest mir das antun?«

»Na ja ich, ich, ich würd's nicht wollen, weil du mein eigen Blut bist« (und er dachte an die Prügel, die er einst bekommen hatte), »aber du solltest unbedingt Respekt vor deiner Mutter haben.«

»Ich hab aber keinen mehr vor ihr.«

»Nein, nein, Neffe, so geht das nicht.«

Aber er konnte verstehen, warum der Junge sauer auf Pedro war. Der Kerl war ein Miesepeter.

»Eugenio, denk dir, was du willst, aber denk auch immer daran, daß deine Mutter eine gute Frau ist und daß sie nie was Unrechtes tun würde. Ich mein, du solltest nicht so böse auf sie sein, nur weil sie sich entschlossen hat, wieder zu heiraten. Sie hat es für dich getan, verstehst du?«

Und der Junge nickte.

»Ich hab dich heute gehört«, sagte er. »Klang gut.«

Dann: »Gehen wir.«

Der Club war oben auf einem steilen Hügel, eine enge Treppe, vorbei an einem Schild BITTE KEINE SCHUSSWAFFEN, eine kleine alte Frau. Als sie ankamen, waren sie durchgefroren bis auf die Knochen. Anheimelnd die Wärme der vielen Leute.

Stimmen:

»He, seht mal, wer da ist!«

»*Mambero!*«

»Schön, dich zu sehen. Das hier ist mein Neffe, ein Riese, was?«

Dann: »Gut, sind alle hier.«

Manchmal, wenn er Eugenio auf den Rücken klopfte und plötzlich merkte, daß er einen Erwachsenen berührte, staunte er, wie die Zeit verging.

Als sie zu der kleinen Plattform kamen, die ihre Bühne war, traf er auf seine Musiker, mit denen allen er schon gespielt hatte, die aber Eugenio zum Teil noch nicht kannten.

»Er lernt Trompete«, sagte der Mambo King zu dem Pianisten Raúl.

»Dann laß ihn doch mitspielen.«

»Nein, er ist schon froh, wenn er die Bongos spielen darf.«

Und mit mir zusammen ist. Als er kleiner war, blieb der Junge den ganzen Tag bei mir im Apartment, sah fern und machte, was er wollte. Einmal fragte er mich: »Onkel, kann ich kommen und bei dir wohnen?«

Und ich antwortete ihm: »Aber, Chico, das tust du doch praktisch.«

An diesem Abend wurde der Schmerz in seiner Seite schlimmer, aber er sang trotzdem gut. Er spulte sein übliches Programm ab, mischte schnelle und langsame Nummern, alberte mit dem Publikum und ging manchmal auf die Tanzfläche hinunter. Wenn er auf der Stelle herumwirbelte (wie er es im Regen gemacht hatte – wie sehr er sich manchmal wünschte, unter diesem windzerzausten Baum zu sein!), fiel sein Blick auf seinen Neffen, der auf einem schwarzen Trommelkoffer saß, auf einem Paar Bongos, das er zwischen den Knien hielt, vor sich hin trommelte und beinahe aussah wie ein ausgewachsener Mann. Bald genug würde er das auch sein, der Junge würde wegziehen, und die Dinge würden nie mehr so sein wie jetzt. War er deshalb immer um seinen Onkel herum? Was mochte der Junge denken? Vielleicht konzentrierte er sich einfach auf die Musik oder träumte vor sich hin – aber wovon?

»Möchtest du später Trompete spielen? Wir könnten ›Bésame Mucho‹ spielen, hast du Lust?«

»Nein, ich bin froh, einfach dabeizusitzen.«

Er ließ ihm seinen Willen, zwang den Jungen nie zu etwas. Trotzdem konnte er nicht verstehen, warum sein Neffe so viel übte, wenn er nicht spielen wollte.

»Bist du sicher?«

»Ja, hombre. Komm schon«, sagte einer von den anderen Musikern.

Aber er blieb bei den Bongos. Und dann dachte sich Cesar, daß Eugenio noch verschlossener war als sein Vater, sein armer Vater.

Während er das Trompetensolo von »Santa Isabel de las Lajas« spielte, wurde ihm klar, daß er Eugenio einfach nicht verstand. Delores erzählte ihm in einem fort, der Junge kriege solche Wutanfälle, daß er Dinge von den Wänden fegte, Pedros Buchhaltungsbögen und seine Briefmarkensammlung über den Fußboden verstreute. Er war dabei erwischt worden, wie er durch die Straßen lief und Fensterscheiben einschlug. Er war draußen auf der Straße jähzornig, fing grundlos Schlägereien an.

»Siehst du das nicht, Cesar?«

Wenn das so war, warum war der Junge dann bei ihm so sanft?

Da war er und schlug seine Trommeln, wie konnte irgendwer sagen, daß etwas mit ihm nicht stimme?

Weißt du, Junge, es wird mir leid tun, wenn du aus dem Haus bist.

Den Kopf zurückgelegt, ließ er sich auf den dahinfließenden Tönen treiben, ließ sich treiben in seine Vision von Eugenio:

Ein Junge, der mitten am Nachmittag auf seinem Schoß einschlief; ein Junge, der ihn in manchen Nächten aufrecht hielt, wenn sie durch die Straßen gingen und er jemanden brauchte, der ihm weiterhalf. Eine Hand, die sein Gesicht berührte; der stille Junge, der lieber bei seinem Onkel fernsah als bei sich zu Haus. (Der Junge liebte die Sendung, in der ich und mein Bruder aufgetreten waren.) Und er war ein manierlicher Junge, der Junge, den er nach Coney Island mitnahm oder in den Palisades-Vergnügungspark oder zu Besuchen bei Freunden wie Machito oder auf den Markt in der 125sten Straße. Ein Junge, der sich darauf verstand, »na, komm schon« zu ihm zu sagen, wenn er niedergedrückt war wie an jenem Nachmittag vor drei Jahren, als er auf der Treppe vor dem Haus stand, um sich auf die Welt sah und ihn schauderte vor Sehnsucht nach seiner Mutter, die er niemals wiedersehen würde. Ein Junge, der ihn an diesem Tag an die Hand nahm und auf den Markt führte, wo die Verkäufer Stände aufgestellt hatten, an denen von Barbie-Puppen bis zu Hula-Hoop-Reifen alles verkauft wurde, ein Junge, der ihn aus seiner Traurigkeit herausriß, glücklich von einer Bude zur nächsten lief und, ausgerechnet, einen Secondhand-Laden für ihn fand, der eine alte Mamboplatte von einem von Cesars Lieblingen hatte, Alberto Iznaga!

Das war alles, was er wissen mußte, alles, was er wußte, alles, was er jemals wissen würde von dem Jungen.

Wenn ich dir alles auf der Welt geben könnte, ich würd's tun, Junge, aber ich hab nicht die Macht dazu.

Er beugte sich vom Mikrophon zurück und strich Eugenio über den Kopf.

Später stand er am Fenster und sah auf die Straße hinaus, mit einem Drink in der Hand, Whisky, der seine Schmerzen ein bißchen zurückdrängte.

In einer Sekunde hätt ich deinen Papi zurückgeholt, wenn ich gekonnt hätte.

»Eugenio, tust du mir einen Gefallen und holst mir noch was zu trinken?«

»Ja, Onkel.«

Ich hätte mit den Fingern geschnippt . . .

Und als er seinen Drink bekam und anfing, das Glas hinunterzukippen, versuchte er den Jungen zu beruhigen: »Keine Angst, ich bin viel zu müde, um heute lang hierzubleiben.«

Gegen halb zwei spielten sie ihr Schlußset: »*El Bodeguero*«, »*Tú*«, »*Siempre en Mi Corazón*«, »*Frenesi*« und »*Que mambo!*«.

Und da waren sie dann, um drei Uhr morgens an der Station in der 149sten Straße, und warteten auf den Express nach Manhattan.

Die Stille in der Station, der Junge an seinem Onkel lehnend und sein Onkel an einer Säule, den schwarzen Instrumentenkoffer neben sich.

*D*as Mamey Tree war ein riesiges Restaurant Ecke Fifth Avenue und Achtzehnte Straße in Brooklyn, mit zwei Speisesälen und einer Saft- und Sandwichbar, die um eine Ecke lief und zum Bürgersteig hin offen war.

Der Besitzer, Don Emilio, brachte seine Tage in einem Rollstuhl an der Kasse sitzend zu, mit strengem Blick über den Speisesaal. Er trug schimmernde Nickelbrillen, und die Taschen seines *guayabera*-Hemds waren vollgestopft mit Panatellas und glänzenden Kugelschreibern mit roten Druckknöpfen, säuberlich in einer Reihe eingesteckt. Seine Beine baumelten hoffnungslos in schwarzen *pantalones*.

Der arme Mann war in die Staaten gekommen, hatte sich in Brooklyn niedergelassen und wie viele andere Kubaner geschuftet wie ein Vieh, um Geld zusammenzusparen und seinen eigenen Laden aufzumachen. Das Restaurant florierte, und dann, bumms, füllte ein Schlaganfall ihm Sägespäne in die Beine und er landete im Rollstuhl, von der Hüfte abwärts gelähmt. »War früher mal 'n netter Kerl«, erzählten die Kellner Cesar. »War stolz auf den ganzen Betrieb und hat uns gut behandelt, nur jetzt ist das einzige, woran er denkt, daß die Leute ihn berauben wollen . . . genau wie Gott ihm seine Beine geraubt hat.«

Als er an diesem Samstagnachmittag in den überfüllten Speisesaal kam, zog Cesar blöde den Hut und sagte mit einem Diener: »Schönen Nachmittag, Don Emilio.«

»Wie geht's dir, mein Freund?«

»Gut, Don Emilio. Ich komme wegen meiner Gitarre. Ich hab sie letzte Nacht hier liegengelassen.«

(Weil er betrunken gewesen war und sie nicht bis zur U-Bahn tragen wollte.)

»Meine Frau hat's mir gesagt. Ich glaub, sie hat sie hinten hingestellt.«

»Ja?«

Durch eine doppelte Schwingtür marschierte er in die geschäftige Küche, wo die Köche an riesigen, vielflammigen Herden und Backrohren arbeiteten, Hühnchen und Schweinskoteletts garten, töpfeweise Reis, Brühe und Fischsuppe machten, Bananen brieten und *yuca* kochten.

»Der Boß hat mich hier nach hinten geschickt, wegen meiner Gitarre.«

»Carmen hat sie mit raufgenommen. Sie hat gemeint, die Hitze tut ihr nicht gut.«

Dann deutete der Koch, in einer langen Schürze mit Sauceflekken, auf eine Hintertür, die auf einen Hof ging. »Die Stiegen hinauf, im zweiten Stock.«

Durch einen kleinen Hinterhof, wo ein Baum und Blumen es geschafft hatten, durch die Risse im Betonboden zu wachsen, ging er durch einen anderen Eingang und dann die Treppe hinauf zu Don Emilios Wohnung im zweiten Stock. Als seine Frau die Tür öffnete, war das Apartment von Sonnenlicht durchstrahlt und roch nach Rosen. Drinnen, auf jedem Tisch, Tischchen und Fensterbrett, ein Strauß Blumen neben dem anderen, so viele, daß ihre Farben den Raum durchfluteten.

(Und er muß daran denken, wie seine Mutter auf Kuba immer das Haus mit Blumen vollgestellt hatte.)

Der Mambo King nahm den Hut ab, ließ ein warmes Lächeln aufleuchten und sagte leise: »Carmencita, ich komme meine Gitarre holen.«

Don Emilios Frau Carmen, eine hübsche Frau Ende Dreißig mit einem vagen Ausdruck von Niedergeschlagenheit, trug ein sauberes, matronenhaftes, ärmelloses Kleid. Mit ihrer haarspraygestärkten Lockenfrisur, langen Wimpern, dickem Lippenstift und Mascara schien sie ausgehen zu wollen. Keine Kinder im Haus, ein paar Photos da und dort im Zimmer aufgestellt, darunter ein Hochzeitsbild, aufgenommen in Hoguín auf Kuba vor der Revolution, als Don

Emilio seine Beine noch gebrauchen konnte. (Er war der große, grinsende Kerl, der seine Frau an sich drückte.) Ein altertümliches Kruzifix über der Couch (Oh Jesus, sei meine Stütze), eine elektrische Uhr mit einer strahlenden Sonne darauf, ein großer Farbfernseher, eine plastiküberzogene Couch. Es war eine alte Wohnung mit einem nagelneuen Badezimmer, wo es einen elegant aussehenden Nachtstuhl wie im Krankenhaus gab, mit Haltegriffen auf dem Sitz.

»Bitte kommen Sie rein, Cesar.«

»Okay, ich wollte nur meine Gitarre holen.«

In ihrem schwarzen Koffer lehnte die Gitarre am Heizkörper.

»Ich wollte mit Ihnen reden«, sagte Carmen.

Der Mambo King schüttelte den Kopf. »Ich werde zuhören, aber wenn Sie über Ihren Mann mit mir reden wollen, will ich nichts davon hören. Ich hab nichts gegen Don Emilio und . . .«

»Und ich hab nichts«, sagte sie verzweifelt. »Wenn ich nicht gerade unten arbeite, bin ich hier, allein. Er läßt mich nicht einmal auf die Straße, wenn er nicht dabei ist, in seinem Rollstuhl.«

Dann: »*Hombre* . . .«, und sie öffnete die Knöpfe vorn an ihrem Kleid vom Hals bis zum Rocksaum, und schlug es auf. Sie trug nichts darunter. Sie hatte einen kurzen und molligen Körper, der Hintern nett und rund, und große, von Dehnungsstreifen gezeichnete Brüste. Sie setzte sich auf die Couch, lehnte sich zurück und sagte zu ihm: »Cesar, ich warte.«

Als er zögerte, beugte sie sich vor, zog ihm die Hosen herunter und streichelte so an ihm herum, daß sein Ding gegen seinen Willen (er mochte Don Emilio) in die Welt sprang, und sie schloß die Finger um ihn und sog sich an ihm fest, als wäre sie ein kleines Tier im Wald auf der Suche nach Honig aus einem Bienenstock.

Mutter Natur übernahm das Kommando, und mit Hosen und Unterhosen bis über die Knie hinuntergezogen, liebte er sie angstvoll, ständig in Sorge, daß Don Emilio oder einer seiner Brüder sie ertappen könnte. Beim ersten Mal war er unten im Kühlraum gewesen, vor einem Jahr, als Don Emilio mit Grippe im Bett lag. Es war sehr spät geworden, er hatte sein übliches Abendprogramm heruntergespielt (zwischen den lauten Tischen herumwandernd, hatte er »*Malagueña*« gespielt, »*Bésame Mucho*« und »*Cuando Caliente el Sol*« gesungen) und wartete auf sein Geld, als sie ihm sagte, er solle mit ihr nach hinten ins Büro kommen, damit die Kellner nicht sahen, wieviel sie ihm gab; und dann stieß sie die Tür zum Kühlraum auf, schob den Rock über die Taille hoch, und das war's dann, da er ein bißchen betrunken war und ihr Höschen so nett über ihre Beine mit den schwarzen Nylons und den roten Stöckelschuhen heruntergerutscht war. Im Büro nebenan klingelte in einem fort das Telephon – Don Emilio rief an, um zu fragen, wann sie heimkäme – und die Melodie von Beny Mores »*Santa Isabel de las Lajas*« drang schwach durch die Wände, seine Knie schabten an Fünfzigpfund-Jutesäcken mit Linsen, und Doña Carmen drückte ihr Gesicht an seine Brust (und biß in alles, was ihr unterkam), und dann war es schnell vorbei. Sie hatte keine zwei Minuten gebraucht, um zu kriegen, was sie wollte. Nachher hatte er sich schlecht gefühlt, weil Don Emilio damals, als er wieder mit der Musik angefangen hatte und auf der Suche nach Arbeit von Restaurant zu Restaurant gegangen war, um Geld für die Familie auf Kuba aufzutreiben, ihn als einer der ersten engagiert hatte.

Aber er mußte zugeben, daß es, wenn sie einmal angefangen hatten, keine Chance gab, wieder aufzuhören ... Allein ihre Hand auf ihm wäre genug gewesen, und sie hatte mehr getan als das: Dick wie ein Siphongelenk unter einer Spüle, drang sein Ding langsam in sie ein. (Alle sechs Zentimeter oder so stoppte sie ihn und warf den Kopf zurück und ließ reibend die Hüften kreisen, bis die enge, heiße Öffnung vor Feuchte aufblühte und sich auffaltete wie Seide, und dann ließ sie ihn weiter ein, warf den Kopf von einer Seite zur anderen und knirschte mit den Zähnen, um ihr Stöhnen zu unterdrücken.) War er erst einmal ganz in ihr, brauchte er nur sieben Stöße, sein riesiger Körper begrub sie unter sich, ihr Schambein stieß hart gegen das seine, darunter wand sich alles, seine Penisspitze leckte ihr den Gebärmuttermund, und Carmen sagte: »Don Emilio war einmal gebaut wie du. *Caballo* hab ich ihn immer genannt.«

Dann war es vorbei; sie wurde hektisch, stieß eine Lampe um, und er hatte kaum Zeit, sich anzuziehen, guten Tag zu sagen und ein Glas Wasser herunterzustürzen. Seinen bläulichen Kolben zurück in die Hose gestopft, fand er sich draußen vor ihrer Tür wieder, mit einem Herzklopfen, als wäre er um ein Haar von einem Bus überfahren worden.

Die Treppe hinunter, mit seinem Gitarrenkoffer in der Hand, und in die Küche und durch den Speisesaal, an Carmens Hintern denkend und wie sie seine Hand auf ihren Mund legte, als sie kam, und ihre Zunge zwischen seinem Zeige- und Mittelfinger rein und raus schob, und an Kuba und Don Emilio und den überfüllten Saal, den Geruch von Schweinskoteletts und schwarzen Bohnen und Reis und gebackenen Bananen, und er fragte sich, ob sie wohl Doña Carmen an seinen Händen oder seinem Gesicht riechen würden. Auf dem Weg zur Tür knöpfte er sich seinen *London Fog*-Mantel zu und winkte gerade seinen Freunden zu, bis nächste Woche, als Don Emilio ihn zu sich rief.

»Cesar, tu mir einen Gefallen, wenn du schon mal da bist«, sagte Don Emilio zum Mambo King und hielt ihn am Handgelenk fest. »Sing diese nette kleine Nummer für das Brautpaar dort drüben. Er ist der Sohn von einem guten Freund von mir.«

»Ja, wenn Sie wollen, Don Emilio.«

»Ich würde mich sehr freuen.«

Und Don Emilio gab Cesar einen freundschaftlichen Klaps auf die Schulter, und der Mambo King nahm seine Gitarre heraus, streifte den Samtgurt über die Schultern und ging hinüber an den Tisch des Hochzeitspaares. Als erstes sang er ein Lied von Ernesto Lecuona, »*Siempre en Mi Corazón*«, und dann, weich zwei Akkorde anschlagend, a-Moll und E-Dur (die Anfangsakkorde von »Beautiful Maria of My Soul«), sprach er folgende Worte:

»Kinder, möge Gott euch segnen auf eurem Weg. Ihr steht nun am Beginn einer besonderen Zeit in eurem Leben, wertvoll aber schwierig ... Auf euch warten Prüfungen und Glücksmomente, und es wird Zeiten geben, wo du, als Ehefrau, und du, als Ehemann, vielleicht mit dem anderen streiten und dir wünschen wirst, du wärest diesen Bund nie eingegangen. Mag sein, daß eure Herzen einmal irregehen, mag sein, daß Krankheit euch Verzweiflung bringt. Aber wenn das jemals geschehen sollte, denkt daran, daß dieses Leben schnell vergeht und daß ein Leben ohne Liebe einsam ist, während die Liebe, die ein Mann und eine Frau füreinander und für ihre Kinder empfinden, im Herzen scheint wie die Sonne. Und dieser Sonnenschein begleitet euch für immer, beschützt euch euer ganzes Leben, selbst bis in die letzten Tage, wenn ihr beide alt seid und die Tage kürzer werden, wenn ihr euch vielleicht fürchtet vor dem Tag, da euer Schöpfer euch abberuft. Aber denkt einfach daran, daß eure Liebe euch immer schützen und für immer euer Trost sein wird.«

Und als er geendet hatte, verneigte Cesar sich, und das junge Paar, bebend vor Freude, dankte ihm.

»*Bueno*«, sagte er zu Don Emilio. »Ich muß zurück nach Manhattan.«

»Dank dir, mein Freund« – und er klopfte Cesar auf den Rücken und gab dem Mambo King einen Fünfdollar-Schein. »Für deine Mühe, mein Freund. Wir sehen dich dann nächste Woche, ja?«

»Ja, Don Emilio.«

Nervös und von unbestimmtem Stolz erfüllt, fuhr er heim in die La Salle-Street. In seinem Bad machte er sich die Hosen auf, um sich über dem Waschbecken zu waschen: Und obwohl er sich wie ein Verräter vorkam, war das Bild von Carmens wilder Leidenschaft wie eine dicke Frauenzunge, die über sein Glied strich, und einfach so sah er drei klare Samentröpfchen, wie aus dem Maul eines Delphins, hervorquellen, es zog sich wie Silberdraht von der Spitze seines Dings bis zu jenem Punkt in der Luft, an dem es von seinem Finger wegschnalzte.

*U*nd da war der Morgen, als er nach oben gegangen war, um mit Delores und den Kindern ein nettes Sonntagsfrühstück zu essen. Er verzehrte gerade genüßlich ein *chorizo* und ein Sandwich mit Spiegelei, als er Frankie, den Killer, von der Straße heraufhupen hörte.

»Juuh!«, rief Frankie strahlend vor Aufregung zum Fenster hinauf.

Cesar ging hinunter.

»Du kennst meinen Freund Georgie aus Trinidad?«

»Ja, klar.«

»Hör zu, er möchte, daß wir zum Karneval runterfahren.«

Ihm kam der Gedanke, daß er in letzter Zeit keinen netten Urlaub mehr gehabt hatte, Fahrten überallhin in die Bronx und nach Brooklyn, aber nirgendwohin sonst.

»Die Sache ist die, Georgie hat'n Haus dort, und wir müßten nur den Flug bezahlen und was wir so brauchen, aber das ist billig da unten.«

Am folgenden Donnerstagabend tanzten Cesar, Frankie und Georgie in einem Karnevalszug. Cesar hatte beim Tanzen ein Leinentuch um und einen Stierkopf auf und blies seine Trompete. Frankie war der Teufel; Georgie eine freche Dirne. Sie stürmten durch die überfüllten Straßen, kletterten auf blumenbedeckte Flöße, warfen den Kindern Münzen und Bonbons zu, flirteten mit den hübschen Frauen in ihren einteiligen Badeanzügen und Bikinis, genossen bei Tag die tropische Sonne und bei Nacht die laternenbeleuchteten Veranden, partyselige Häuser, aus deren Fenstern die Musik dieses unvergleichlichen Sohnes von Trinidad plärrte, Mighty Sparrow, den Cesar seit Mitte der fünfziger Jahre bewundert hatte.

Die Menge war so fröhlich und betrunken, daß die Frauen ihre Oberteile auszogen und die drei hinternkneifend, busengrapschend, küssestehlend alle Kontrolle verloren. Die Masken halfen dabei, da sie die Falten und Tränensäcke in ihren einst gutgeschnittenen Gesichtern verbargen. Die Frauen stiegen darauf ein, schwenkten die Hüften und tummelten sich, verwegen die Lippen leckend, griffen sich an die gewagtesten Körperteile, auch an die der Männer. In jeder Gasse waren zumindest ein Trommler, ein Trompetenspieler, ein plärrender Lautsprecher und ein halbes Dutzend Paare, die es schamlos trieben. Es wurde soviel herumgebumst, so viel getanzt und gehopst, daß es auf den Straßen nach Schweiß, Parfüm und Sperma roch. Rudel von streunenden Hunden bellten und heulten ihre Freude hinaus. Dann stürmten sie alle in Georgies Haus mit seinen rosa und hellblauen Wänden, und kugelten sich am Boden, lachend und ihre neuen Gefährtinnen abknutschend.

Die drei genossen die Tage so sehr, daß sie kaum schliefen. In der ersten Nacht kam Cesar zu nicht mehr als einer halben Stunde Schlaf. Sie kauften zwei Kisten Rum und luden das Haus mit Frauen voll, sanften und süßen Mädchen von sechzehn und überreifen, aber willigen Frauen von fünfzig. Georgie drehte seinen Plattenspieler so laut, wie es nur ging: Alle tanzten noch eine Runde. Stunde um Stunde hörten sie Mighty Sparrow und sein gefeiertes Calypso-Orchester, und wenn sie gerade nicht tanzten und tranken, waren sie wieder draußen auf der Straße, heulend wie die streunenden Haufen von herrenlosen Hunden.

Es hätte ein Traumurlaub sein können, wäre da nicht die begrenzte Ausdauer von Männern, die auf die Fünfzig zugingen, gewesen. All das brausende Blut, die mit Rum gefüllten Mägen, die schwindligen Köpfe, die spritzenden Geschlechtsteile, die blubbernden Verdauungsapparate, immer weitermachend ohne Unterlaß. Diese Männer hatten nie Gesundheitsmagazine mit ihren Artikeln und medizinischen Studien darüber gelesen, wie oft es für einen Mann bekömmlich war, eine Erektion zu bekommen. Sie kriegten ihn immer wieder hoch, atmeten die trunken machende Luft mit ihren betäubenden Dämpfen, lebten ihrem Vergnügen.

Und warum mußte er jetzt plötzlich an einen anderen Freund denken, der als Wärter auf dem Friedhof in der Nähe des Hauses von Edgar Allan Poe in der Bronx lebte?

»Kein leichter Job, hier auf dem Friedhof zu arbeiten«, erzählte der Mann dem Mambo King. »Das sag ich dir, *coño*. Eine Menge Voodoos und *santeria*-Leute kommen hierher und halten Zeremonien ab, weil das geweihter Boden ist. Ich merk das, weil ich manchmal morgens Blut auf dem Boden finde, Asche und kleine Tierknochen über die Gräber verstreut; manchmal sind die Grabsteine mit Blut bespritzt.«

»Ich würd mich fürchten.«

»Nein, diese Leute sind nicht so übel, eigentlich ganz nett. Ich seh sie manchmal morgens vorbeikommen. Touristen auch, Leute aus Europa. Sieh mal«, – und er deutete den Weg hinunter. »Am Ende von diesem Weg steht das Haus des Schriftstellers Edgar Allan Poe, da hat er ein paar Jahre gelebt. Das ist das Haus, wo seine Frau im Winter an Tuberkulose starb. Sie waren so arm, daß er keinen Cent für Holz zum Heizen hatte und sie mit Zeitungen zudecken mußte, und er legte seine Hauskatzen auf sie drauf, damit sie es wärmer hatte. Aber sie starb trotzdem, der arme Mann an ihrer Seite. Jedenfalls sagen die *santeros,* daß von dem Haus eine übernatürliche Kraft ausgeht und daß Geister darin umgehen, und deshalb mögen sie diesen Friedhof so besonders: der Hausmeister im Haus von Poe, der auch bei der Stadt arbeitet, hat mir erzählt, daß er manchmal Blut und Knochen und Vogelfedern auf dem Boden vor dem Eingang verstreut findet.«

Er erinnerte sich an noch mehr:

1960 war es der *pachanga* gewesen.

1962 der Bossa Nova.

1965 der Mozambik und der Bugaloo.

Danach kam er nicht mehr so richtig mit.

Eines, an das er sich damals nicht gewöhnen konnte, war die Veränderung in der Mode. Es war ganz gewiß nicht mehr 1949. Jede

Eleganz schien flötengegangen zu sein, und die jungen Leute damals sahen aus, als hätten sie Zirkuskostüme an. Die Männer trugen Armeedrillich und große, dicke Stiefel und die Frauen karierte Holzfällerhemden und formlose, schlabbrige Kleider. Ihm war das alles unbegreiflich. Dann waren es Glockenhosen, buntgescheckte Sakkos und Hemden mit unmöglich breiten Kragen. Und erst die Haare. Koteletten, Backenbärte, Walroßschnurrbärte, Haare bis auf die Schultern. (Sogar Eugenio hatte mitgemacht, er trug seins als Pferdeschwanz den Rücken runter und sah aus wie ein verlorener Indianer.) Er schüttelte den Kopf und versuchte auf seine bescheidene Art, die Eleganz seiner Jugend beizubehalten, auch wenn Leticia ihn »Mr. Altmodisch« nannte. Aber wenn er sich umdrehte, sah er, daß sogar viele von seinen Latino-Musikerkollegen sich verändert hatten, sie trugen das Haar lang und schmückten sich mit Bärten und dichten Afrokrausen. *Carajo*, gingen die mit der Zeit.

So kam es, daß er, als er 1967 ein Plattencomeback versuchte, eine Single mit dem Titel »Psychedelic Baby« bei Hip Records auf der Marcy Avenue in Brooklyn herausbrachte, im Grunde ein lateinamerikanischer Bugaloo, mit einer improvisierten Kreuzung von Latinomusik und Rock auf der B-Seite (dazu nahm er junge Musiker), aufgebaut auf einer zwölftaktigen Bluesfolge, ein Boogie-Woogie angeschärft mit Congas und Terz-Quint-Septim-Harmonien von den Bläsern. (Für diese Platte holte er einen jungen Pianisten aus Brooklyn namens Jacinto Martínez, seinen Bassisten Manny, einen Saxophonisten namens Poppo, Pito an den Trommeln und drei unbekannte Bläser.) Von der Platte wurden zweihundert Stück verkauft, das Bemerkenswerteste daran war das Schwarzweiß-Cover, das einzige Photo des Mambo King mit einem Spitzbart à la Pérez Prado. In einer *guayabera*, Drahtsonnenbrille, dazu passenden blauen Leinenhosen und weißen Schuhen mit goldenen Schnallen, hatte er für das Photo vor dem alten Globus von der Weltausstellung 1964 in Flushing Meadows in Queens posiert.

(Im selben Jahr gab es noch ein Plattencomeback, eine 33er-LP mit dem Titel »The Fabulous Cesar Castillo Returns!«, auf der unter anderem ein neuer Bolero, »Sadness!«, und eine neue Version von »Beautiful Maria of My Soul« war, aufgenommen mit Cesar als Gitarristen und Sänger und fünf Begleitinstrumenten. Eine denkwürdige Platte, die rasch in den 39 Cent-Wühlkisten von Woolworth und John's Discountläden verschwand.)

Das war auch das Jahr, in dem Cesar sich als Diskjockey in der Cheetah-Diskothek bewarb, aber jemandem, der seine Nummer Johnny Bugaloo nannte, den Vortritt lassen mußte.

Und 1967 war das Jahr, in dem seine Brüder Eduardo und Miguel und ihre Familien endlich Kuba verlassen konnten. Nur ein Sohn, Pedrocito, blieb bei ihrem alten Vater zurück. Sie ließen sich in Miami nieder. (Der alte Mann, weißhaarig und streitsüchtig noch in den Siebzigern, bewirtschaftete mit seinem Sohn nach wie vor den Hof. An eben jenem Tag, als der Mambo King Jahre später in seinem Zimmer im Hotel Splendour saß, war er immer noch gut in Schuß, ein gebeugter Mann, der fluchte und mit sich selber redete und vielleicht von seiner Jugend an einem Ort namens Fan Sagrada im spanischen Galicien träumte.) Sie waren Ende fünfzig, aber ihre Söhne waren jung und ehrgeizig und riskierten es, sich selbständig zu machen – eine Reinigung und ein Kleidungsgeschäft. Als der Mambo King hinunterfuhr, um sie zu besuchen, waren sie voll tiefer Dankbarkeit, weil er ihnen bis dahin fünf Jahre lang Geld geschickt hatte. Sie sagten dem Mambo King, er könne kommen und bei ihnen in ihren überfüllten und fröhlichen Haushalten wohnen, wann immer er wolle. Das machte er über die Jahre hinweg auch zu vier verschiedenen Gelegenheiten, aber der Anblick seiner beiden bäurischen Brüder, die auf ihren Stühlen vor den Läden in Little Havanna alt wurden, machte ihn traurig, ihre Gesichter hängebackig schwer vom täglichen Einerlei und ihre Augen träumerisch, während ihre Söhne vorwärtsdrängten, reichen südamerikanischen Jet-Settern die neueste Mode aus Malibu und New York verkauften, ihre Häuser mit Elektrogeräten vollstopften und genug Geld zur Seite legten, um ihre Kinder Wirtschaft oder Jura studieren zu lassen! Wenn er bei ihnen zu Besuch war, hatte er immer das Gefühl, in ein Altersheim gekommen zu sein, weil seine älteren Brüder sich wie Gespenster durch das Getriebe des Familienlebens und der Familienunternehmen bewegten und abends mit ihren Söhnen auf eine kleine Tasse *café negro* fuhren, in Autos, in denen 38er Revolver in Papiertüten unterm Vordersitz steckten – wer konnte dabei glücklich sein?

Dann kam es zu einer Begegnung in New York, als die Cousins und Cousinen der Familie einander kennenlernten, die jungen Neuankömmlinge aus Kuba musterten den langhaarigen Eugenio und die stille, schöne Leticia, den ganzen Abend lang sagte keiner der beiden Seiten ein Wort zur anderen.

Im darauffolgenden Jahr verbeulte er sich seine Trompete, als er und eine zusammengewürfelte Gruppe auf einer Kiezparty in der Bronx spielten. Das war die Zeit der »Rassenunruhen«, wie die Zeitungen es nannten. Martin Luther King war tot, Malcolm X war tot, und die jungen Schwarzen waren ruhelos. (Am Tag, nachdem Martin Luther King jr. erschossen wurde, sperrten den ganzen Broadway hinauf und hinunter und in der Amsterdam Street die Läden zu, und an jeder Ecke standen stämmige irische Polizisten und warteten, ob die Krawalle sich auf das Gebiet südlich der 125sten Straße ausbreiten würden.) Sie traten auf dem Sportplatz der Roosevelt High School auf und sahen sich von einer Menge umringt, die ein Lied namens »Cool Jerk« hören wollte und klatschend diesen Namen skandierte, während die Gruppe von sieben Musikern fortfuhr, ihre Mambos, Cha-cha-chas und alte Standards wie *Bésame Mucho*« und *Tú*« zu spielen. Aber einige in der Menge hatten getrunken und fingen bald an, mit Flaschen dorthin zu werfen, wo all die Puertorikaner, Dominikaner und Kubaner standen, die »spanische Gruppe«, wie die Zeitungen sie nennen sollten, und die warfen die Flaschen zurück, und irgendwer hatte ein Messer dabei, ritsch, und die Leute begannen zu schreien und das Podium zu stürmen, und ritsch, wurde dem Congaspieler der Arm aufgeschlitzt und der Bassist von jemandem in den Bauch getreten, der seine Brieftasche stehlen wollte. Als es losging, war Cesar gerade mitten in einem schmelzenden Solo, er spielte gut und fühlte sich auch so, weil er und sein alter Kumpel, Frankie der Killer, und sein Bassist, der Ex-Mambo King Manny, vor dem Auftritt einen Kasten Rheingold-Bier geleert hatten. Irgendein Junge kam auf Cesar zu, um ihm seine Gitarre zu klauen, die er hinter sich niedergestellt hatte, aber er nahm seine Trompete und knallte sie dem Jungen auf den Kopf. Dann beruhigte sich das Ganze. Die Bullen kamen. Der Vertreter von Rheingold, einem der Sponsoren der Kiezparty, rief zur Ordnung auf, wurde niedergebuht, und El Conjunto Castillo packte zusammen und ging nach Hause. Solche Dinge passierten den Musikern von Zeit zu Zeit, und sie lachten darüber.

*U*nd dann die Erinnerung an die Frau, die sich im Kaufhaus Macy's die Treppe hinunterplagte, über und über beladen mit Weihnachtspäckchen. Der Mambo King hatte seiner Nichte und seinem Neffen Weihnachtsspielzeug gekauft, eine schmale Armbanduhr für seine Schwägerin und ein japanisches Transistorradio für ihren Ehemann, Pedro. *La Nochebuena* – der Weihnachtsabend – gehörte zu seinen liebsten Zeiten im Jahr: Er unternahm Fahrten *downtown* an die Docks oder in die großen Kaufhäuser, nach Chinatown und in die Delancey Street und trug Schachteln mit Schals, Handschuhen, Socken, schicken Uhren, Platten zusammen, dazu Fläschchen mit importiertem Parfüm und Kölnischwasser, die er an seine Freunde und Bekannten verschenkte. Und er liebte es, Geschenke zu bekommen: Das Jahr zuvor hatte ihm die »Familie« einen weißen Seidenschal geschenkt. Er gefiel sich sehr damit, wenn er ihn zu seinem Mantel, dem Hut mit schwarzem Band und seinen weichen Handschuhen aus spanischem Leder trug. Er sah also sehr adrett aus, als er bemerkte, daß dieser Frau die Einkaufstüte aufplatzte und die Geschenke die Treppe hinunterpurzelten. Als Kavalier bückte er sich, half ihr mit den Päckchen und nahm dann, wie es eben so ging, auch denselben Zug wie sie, die Linie 2 *uptown*.

Er schwindelte ihr vor, er müsse ohnehin in diese Richtung, und fragte sie, ob sie Hilfe brauche, um die Pakete nach Hause zu bringen. Er umgarnte sie mit seiner Höflichkeit, und als er ihr erzählte, er sei Musiker, war sie auch davon sehr angetan. Sie wohnte oben in der Allerton Avenue, eine Stunde von seinem Weg ab, aber er begleitete sie jedenfalls bis vor ihre Haustür. An der Tür bedankte sie sich, und sie tauschten ihre Adressen aus und wünschten einander Frohe Weihnacht. Eine Woche später rief sie ihn von ihrer Arbeit bei der Telephongesellschaft an – sie war in der Vermittlung –, und sie verabredeten sich auf einen Abend und landeten in einem sizilianischen Restaurant, wo jedermann sie kannte. Später brachte er die Frau nach Hause; ihr Name war Betty, fällt ihm jetzt im Hotel Splendour wieder ein, sagte höflich auf Wiedersehen und verbeugte sich. Sie kam ihm wie eine Frau aus der Alten Welt vor, bei der er nicht zu direkt sein konnte. Er führte sie ins Kino aus, in Restaurants, und eines Abends erschien sie bei einer Tanzparty, auf der er und seine gelegentlichen Bandmitglieder spielten und wo sie den ganzen Abend lang mit Fremden tanzte. Aber sie kam nie an der Bühne vorbei, ohne ihm ein strahlendes Lächeln zu schenken.

Als er sie morgens um drei verführte, in einem Schlafzimmer in den leuchtenden Farben des Mittelmeers – azurblau, passionsblumenrosa, römischorange – legte sie ihr weißes Kleid mit den schwarzen Filzknöpfen ab, dann den Unterrock, dann das Höschen mit Blümchenzwickel und die Strapse. Als er sich ausgezogen hatte, sprang seine Erektion in die Welt, und er begann sie zu küssen, und seine Hände waren überall auf ihrem Körper; jedesmal jedoch, wenn er sie besteigen wollte, stieß sie ihn weg. Also drehte er das Licht aus, weil er dachte, sie sei gehemmt, aber sie schaltete es wieder ein. Er kam an den Punkt, an dem sein Glied reichlich tränte, während er sich gegen ihre schraubstockfest geschlossenen Beine preßte. Schließlich setzte er sich mit einem Ruck auf und lehnte sich an den Bettrahmen. Sein Penis, den er unter ihr Bein gezwängt hatte, sprang hoch und klatschte ihm auf den Bauch.

In seinem Zimmer im Hotel Splendour mußte er lachen, kopfschüttelnd, trotz seiner Schmerzen. Der Mambo King hatte sie angesehen und gesagt: »Mein Gott, ich bin auch nur ein Mensch, Frau. Warum quälst du mich so?«

»Es ist nur, ich hab's noch nie gemacht.«

»Und wie alt bist du?«

»Vierzig.«

»Vierzig – nun, findest du nicht, es wird langsam Zeit?«

»Nein, erst müßte ich verheiratet sein.«

»Was tun wir dann hier?« Und er wurde rot im Gesicht und war nahe dran, sich anzuziehen und zu gehen. Aber dann zeigte ihm die Frau, wie sie es gern hatte, nahm sein großes Ding (»Es fühlt sich schwer an«) in den Mund und machte sich über ihn her wie eine Professionelle, und als es ihm zu kommen anfing, wälzte und wand sich Betty, rieb sich im Bett, und dann, während ihr Körper errötete und ihr Gesicht die Farbe einer Pfingstrose annahm, kam auch sie.

Ermutigt dachte der Mambo King, daß die Frau mit ihrer Jungfräulichkeit einen Witz gemacht hatte, aber als er wieder versuchte, sich auf sie zu legen, preßte sie die Beine zusammen und sagte ihm feierlich: »Bitte, alles andere, aber das nicht.« Und dann nahm sie sich sein Ding und begann ihn wieder abzulutschen, und als er kam, kam auch sie, genau wie vorher. Dann schliefen sie ein, aber um halb sechs wachte er auf, weil sie schon wieder an ihm herumlutschte. Es war seltsam, im Dunkel des Zimmers aufzuwachen und zu fühlen, wie sie sich über seinem Ding auf und nieder bewegte. Ihr Mund und ihre Zunge, naß vom Speichel, taten gut, aber sie hatte ihn so oft gebissen und sein Ding so sehr gedehnt und gezogen und verbogen, daß er sich wund fühlte. Er hätte nie gedacht, daß er das je zu einer Frau sagen würde, aber jetzt tat er es: »Bitte, laß mir eine Pause.«

Zu Weihnachten gab Cesar eine wüste Party in seinem Apartment. Zunächst verbrachte er den Tag oben bei der Familie, aß den gebratenen Truthahn, den Ana Maria und Delores vorbereitet hatten, und kam seinen Pflichten als Onkel nach. Bis zum Abend war er zurück in seinem Apartment und spielte den Gastgeber für Musiker- und Tanzlokalfreunde, die ihre Familien mitbrachten, so daß abends um halb sieben Cesars Junggesellenbude zum Bersten voll war mit Kindern und Babies, Töpfen mit Essen und Kuchen und mit essenden, tanzenden, singenden, trinkenden Erwachsenen.

Bongogetrommel, Bing Crosby, Cha-cha-cha vom Plattenspieler, und der Wohnzimmerboden bog sich unter den Füßen fröhlicher Tänzer.

Als die Frau ihn gegen halb neun anrief, um ihm fröhliche Weihnachten zu wünschen, war er ganz schwindlig bei der Vorstellung, mit ihr Liebe zu machen. Angesäuselt und feiertagsselig, ertappte er sich dabei, wie er zu ihr sagte: »Ich liebe dich, Baby. Ich muß dich wiedersehen, bald.«

»Dann komm heute abend her.«

»Okay, Baby.«

Nachdem er Frankie und Bernardito mit der Oberaufsicht betraut hatte – »In zwei Stunden bin ich zurück« –, machte er sich auf den Weg in den Nordosten der Bronx. Mit der Entschlossenheit eines Piloten vor einem Flug rund um die Welt erschien er an ihrer Tür, vibrierend vor Energie und mit einer Flasche Champagner und einem Karton Essen von der Party in Händen. Den ganzen Hinweg hatte er sich gedacht: »Diesmal laß ich sie nicht so davonkommen.«

Und innerhalb einer Minute, nachdem er zur Tür hereingekommen war, waren sie auf dem Bett und küßten und streichelten sich – sie war ein wenig beschwipst, da sie an diesem Tag bei einer Familienfeier gewesen war – und dann entwickelte es sich wieder wie zuvor. Als er begann, mit ihr auf dem Bett herumzurangeln, lachten beide, als wäre es ein Spaß, bis er beschloß, ihre Beine auseinanderzukriegen, und als sie sie diesmal eng wie einen Schraubstock zusammenpreßte, benutzte er mit aller Kraft sein Knie und spreizte sie gewaltsam und so weit, daß es wie hitziger Atem aus ihrer Scheide strömte und sein Eindringen unabwendbar machte, und obwohl sie begonnen hatte, flehentlich auf ihn einzureden: »Cesar, wenn ich sage, hör auf, mein ich das auch so, bitte, hör auf«, konnte er nicht aufhören. Ihren Geruch nach Frau dick in den Nüstern und die Haut fiebrig heiß, hörte er sie nicht oder wollte sie nicht hören: Er drückte sich an sie, brachte sein Körpergewicht zum Tragen, drang in sie ein, und sie hatte ein Gefühl, als würde ein Lebewesen vom Gewicht und der Größe einer zwei Jahre alten Katze von ihr Besitz ergreifen. Als er seinen Höhepunkt hatte, wirbelten ihm die Mittelmeerfarben des Schlafzimmer im Kopf herum, und als er sich beruhigte, dachte er, daß er vielleicht ein bißchen heftig in seinem Ungestüm gewesen war, aber Teufel auch, er war nun mal ein Mann. Außerdem würde er sie gut behandeln, ihr übers Haar streichen und mit Komplimenten alles wieder in Ordnung bringen.

Aber sie weinte, und egal, was er probierte – in den Nacken küssen und ihr die Haare aus dem Gesicht streichen, ihre Brüste küssen, sich bei ihr entschuldigen und versprechen, ihr nie wieder auf diese Art Gewalt anzutun, – »Es war die Leidenschaft, Frau. Verstehst du? Ein Mann wie ich kann sich manchmal nicht helfen, verstehst du?« – sie weinte immer weiter. Weinte die ganzen zwei Stunden lang, die er neben ihr auf dem Bett saß und sich fühlte, als wäre er der grausamste Mann auf der Welt. Obwohl er nicht verstehen konnte, warum sie so außer sich war.

»Es war sowieso höchste Zeit für dich«, sagte er, tätschelte ihr die Schulter und machte alles nur noch schlimmer.

Der Mambo King erinnerte sich, daß sie weiterweinte, während er sich anzog, und immer noch weinte, als er auf die Straße runterging. Er sah sie niemals wieder. Und wie er so trinkend im Hotel Splendour saß, erinnerte er sich irgendwie kopfschüttelnd an sie und rätselte immer noch darüber, wie eine Frau, die mit dem Mund so unersättlich war, dermaßen gekränkt und verletzt sein konnte, da er doch nur gewollt hatte, daß sie sich seiner auf die normalere, natürlichere Weise annahm.

*D*amals schien er allzeit beschäftigt mit seinen Pflichten als Hausmeister, beschäftigt mit der Musik und mit den Frauen, nicht mehr so vielen, wie er früher gefunden hatte, aber immer noch genug, daß Delores oder Ana Maria ihn alle paar Monate in einem blauen Anzug und sehr adrett aus dem Haus gehen sahen, unterwegs, um seine neueste Flamme zu treffen. Es hatte ein paar nette darunter gegeben, wie Celia, eine von Ana Marias Freundinnen, die den Mambo King mit ihrer Stärke und ihrem Vermögen, Männer im Zaum zu halten, überwältigt und die ihn durchschaut hatte – »Was du tun mußt, ist lernen, dich mit dem zufriedenzugeben, was du auf dieser Welt hast, *hombre*« – aber das wollte er niemals hören. Sie waren ungefähr sechs Monate zusammen, und die Familie machte sich Hoffnungen, daß sie den Mambo King ruhiger machen, ihn in ein Leben häuslicher Beschaulichkeit schleusen und ihm helfen würde, mit dem Trinken aufzuhören.

Aber er brach das Verhältnis ab, mit den Worten: »Ich bin nicht dazu bestimmt, mich anbinden zu lassen.« Und er meinte das wörtlich so, weil Celia sich nichts von ihm bieten ließ. Sie war eine von diesen harten kubanischen Frauen, hatte den Großteil ihres Lebens in New York verbracht und sich immer allein durchgeschlagen, rauchte Zigarren, wenn ihr danach war, hielt beim Fluchen mit den besten Männern mit und wuselte andauernd mit irgendwelchen Geschäften herum, kam zu Weihnachten mit Parfüm daher, das sie den Damen verkaufte, und Einkaufstaschen voller billiger koreanischer und japanischer Spielsachen und war immer in Wollmütze und Lumberjack draußen am Broadway, um die halbvertrockneten Weihnachtsbäume zu verkaufen, die sie in Poughkeepsie kaufte und eigenhändig mit einem kleinen Laster nach New York fuhr, eine Frau, die im Bett ein Skandal war – »Mal sehen, ob du mich befriedigen kannst« – die sich hielt wie ein Mann und Cesar gern herumkommandierte, alles mit dem Ziel, ihm zu helfen. Sie war in der ganzen Gegend als eine Art Hellseherin bekannt und spürte andauernd die Gegenwart von Verstorbenen im Haus – seine Mutter, sein toter Bruder – und hatte sein Leben in die Hand nehmen, ihn antreiben, seine beinahe glorreiche musikalische Vergangenheit wiederbeleben und ihn ermutigen wollen, sich Leuten mit Einfluß wie Machito und Desi Arnaz wieder zu nähern.

»Warum fährst du nicht nach Kalifornien? Vielleicht gibt er dir 'nen Job. Du sagst, er ist so nett. Du mußt deine Verbindungen nutzen, um in dieser Welt weiterzukommen.«

Warum tat er's nicht? Weil er Machito oder Desi Arnaz nie belästigen wollte, nicht wollte, daß sie dachten, er würde persönlichen Vorteil aus ihrer Freundschaft ziehen. Und obwohl er wußte, daß sie es nur gut meinte, konnte er es nach so vielen Jahren als Junggeselle einfach nicht vertragen, andauernd gesagt zu bekommen, er solle sich ändern. Eines Abends, als sie rübergekommen war, um mit ihm fernzusehen, trank er sich einen an und wollte dann tanzen gehen. Und als sie ihm sagte: »Es ist schon zu spät, Cesar«, sagte er: »Scheiß auf diesen Schwachsinn von Häuslichkeit, dann geh ich eben allein.« Da stieß sie ihn in seinen Lehnstuhl zurück, band ihn mit einem fünfzehn Meter langen Stück Wäscheleine fest und sagte: »Nein, *Señor*, Sie gehen nirgendwo hin.«

Zuerst lachte er noch und lenkte ein und sagte: »Komm schon, Celia, kennst mich ja, ich versprech dir, ich geh nirgendwo hin.«

»Nein, das soll dir eine Lehre sein: Wenn du mit jemanden fest zusammen bist wie mit mir, dann hat sich's damit. Nix da ausgehen, nix da tun, was du willst. Kann ja sein, daß du bei diesen anderen *fulanas* tun konntest, was du wolltest, aber bei mir kannst du das vergessen.«

Er antwortete nicht und verlangte dann, sie solle ihn losbinden, aber ganz im Ernst, das Lachen war aus seinem Gesicht verschwunden, und als sie sich weigerte, wollte er seine herkulischen Körperkräfte auf die Probe stellen und versuchte, das Seil zu zerreißen, indem er Brust und Bizeps anspannte, aber das Seil riß nicht. Daraufhin gab er nach und schlief geschlagen ein. Am frühen Morgen waren sowohl Celia als auch das Seil fort.

Das war's dann, so sehr er sie auch mochte, so sehr alle dachten, daß sie und er glücklich werden könnten, so sehr er Lust hatte, ihr Blumen zu bringen, so sehr es ihm gefiel, wie sie sich um ihn kümmerte; sie war zu weit gegangen. »Du hast eine Grenze bei mir überschritten, Celia. Keine Frau« – und er stocherte ihr mit dem Finger vor dem Gesicht herum – »darf so etwas mit einem Mann machen. Du hast mich gedemütigt und entehrt. Du hast versucht, mich kleinzumachen. Das ist etwas, das ich nicht hinnehmen oder vergeben kann. Niemals.«

»Vergeben? Ich hab versucht, dich davon abzuhalten, dir selber wehzutun.«

»Ich habe gesprochen, Frau. Jetzt mußt du mit den Folgen deines Tuns leben.«

Das war's, und es fand sich eine andere Frau, Estela, die ihre beiden Zwergpudel im Park ausführte und den Mambo King ganz verrückt machte mit ihrer niedlichen Art, diese puppengroßen Hündchen zu rufen, deren Fell sie rosa gefärbt und denen sie riesige rote Schleifen und Glöckchenhalsbänder umgebunden hatte. Die Hunde verachteten ihn gänzlich und kratzten an der Schlafzimmertür und sprangen jaulend daran hoch, wenn er gerade anfing, mit Estela zärtlich zu werden. Es dauerte lange, sie aufzureizen, die ledrige Zähigkeit zwischen ihren Beinen in die Weichheit von taufeuchten Rosenblättern zu verwandeln, und bis dahin hatten die Viecher aufgegeben und sich vor der Schlafzimmertür hingestreckt, übellaunig und besiegt. Und jedesmal schien es, daß in dem Moment, wenn er in Estela eingedrungen war – sie war eine zitternde, nervöse Frau, die im Büro des Direktors der örtlichen katholischen Schule arbeitete – die Hunde so traurig zu winseln und zu heulen begannen, daß ihr elendes Gejaule Estelas mütterliche Instinkte wachrief und sie sich von ihm losmachte und sich splitternackt um die armen kleinen Dinger kümmerte, während der Mambo King sich zurücklegte und davon träumte, die Biester aus dem Fenster zu werfen.

Dann war da die Professorin für Spanisch von der Universität, die Cesar eines Vormittags kennengelernt hatte, als er sich im Salon die Haare schneiden ließ. (Er liebte es, wenn Ana Maria oder Delores sich beim Haareschneiden an ihn drückten.) Sie hieß Frieda und war früher mal durch eine Liebesaffäre in Sevilla sehr verletzt worden. Das war ein paar Jahre, bevor er sie kennenlernte, und so nahm sie an, als er sie einlud, in ein Restaurant zu gehen, glücklich über die Möglichkeit, ihr Spanisch zu üben und ein wenig von seiner Welt kennenzulernen. Sie war fünfunddreißig Jahre alt, und der Mambo King war schon Anfang fünfzig, leicht füllig um die Mitte, aber noch immer entschieden adrett und sehr aufmerksam, er hielt ihr die Tür auf und bezahlte immer, wenn sie ausgingen. Er führte sie in nette Restaurants und Tanzlokale, brachte ihr *merengue* bei, und sie schleppte ihn in Säle mit dicken Teppichen und vielen Lüstern in der Universität, wo sie Lesungen und Vorträge von den führenden Intellektuellen Lateinamerikas und Spaniens hörten. Er wußte nie, worum es ging, hatte aber mit großem Vergnügen dem Schriftsteller

Borges zugehört, der eine sehr angenehme, onkelhafte Art an sich hatte, er war die Art Mann, schätzte Cesar, der auf ein paar Drinks mit einem ging. Und darum schüttelte er Borges die Hand (der arme Mann war blind). Eine andere Sache an dieser Frau war, daß sie sehr anspruchsvoll im Bett war. Das erste Mal, als sie miteinander schliefen, nahm sie ein Maßband und stellte die Länge des Mambo Kings vom Hodenboden bis zur Spitze seines Gliedes fest und trug diese hocherfreuliche Zahl in ein Büchlein ein, das sie als Tagebuch benutzte. Dann, vom spanischen Brandy und der Flamencomusik erhitzt, machten sie wollüstig Liebe. Sie war sehr ernsthaft und sehr nett, aber er hatte nichts für ihre Freunde übrig und fühlte sich bei diesen kulturellen Zusammenkünften wie ein Eingeborener. Als es aus war, war das für Delores, die manchmal zu den Vorträgen mitgegangen war, wirklich schmerzlich. (Auch sie hatte Borges gesehen und ging am nächsten Tag in die Bibliothek und holte sich eines seiner Bücher.)

Es gab noch andere. Eine von diesen Damen war nur zum Spaß. So etwa einmal im Jahr flog er hinunter nach San Juan, Puerto Rico (verzog schmerzlich das Gesicht, wenn der Pilot ansagte, daß sie gerade die Ostspitze Kubas überflogen), und nahm von da ein klappriges Flugzeug im Pendelverkehr nach Mayagüez, einer schönen Stadt an der äußersten Westküste der Insel. Er nahm ein Sammeltaxi hinauf in die Berge, wo die Zeit stehengeblieben zu sein schien, wo Bauern ihr Vieh über die Straße trieben und die Männer noch auf Pferden ritten, bis er in der Stadt ankam, wo diese Frau wohnte. Er hatte sie 1962 bei einem Tanz in der Bronx kennengelernt, und in diesem Jahr schlief er auch zum ersten Mal mit ihr. Dann fuhr er dorthin und ging zum ersten Mal über die ungepflasterte Straße ihrer Stadt und sah den mächtigen Fluß von der Dole-Ananaskonservenfabrik talwärts rauschen. Er fand es immer sehr schön dort. Sie hatte zwei erwachsene Kinder und wollte nichts anderes vom Mambo King als Gesellschaft. Er brachte ihr Geschenke mit – Kleider, Ohrringe und Armbänder, Parfüms und Transistorradios. In einem Jahr schenkte er ihr einen Fernseher. Schöne Zeiten, erinnerte er sich, Karten spielen, fernsehen, mit der Familie plaudern, essen, schlafen, essen, schlafen. Gegen halb vier regnete es immer eine halbe Stunde, ein Guß wie ein Sturzbach, der den Fluß wirklich aufschäumen ließ, und er saß draußen auf der Veranda, dösend und das Geräusch genießend (der Regen, der Fluß), bis die Sonne wieder hervorkam und er baden ging, sich zwischen ein paar Felsen verkeilte, weil es dort normalerweise eine starke und schnelle Strömung gab, oder an einer geschützten Stelle auf dem Rücken trieb und vor sich hinträumte. Um ihn herum schwammen überall Kinder, sprangen vom Ufer oder den süßlich duftenden Bäumen ins Wasser. Er blieb solange, bis es für seinen Geschmack zu voll wurde. Gegen halb sechs kamen immer die Arbeiter von der Konservenfabrik herunter und sprangen ins Wasser, und dann packte er seine Sachen zusammen und ging zum Haus zurück.

So spannte er zwei Wochen aus. Ihr Name war Carmela und sie trug gern Kleider mit Blumenmuster. Sie war knapp einssechzig und mußte wohl hundertachtzig Pfund haben, aber im Bett war sie ein Genuß und so gutherzig, wie eine Frau nur irgend sein konnte. Sie besaß einen Plattenspieler, der aus den Fenstern plärrte, und immer, wenn er ihr ein Stück Schmuck schenkte, setzte sie sich damit raus auf die Veranda und wartete, daß Leute vorbeikamen, vor denen sie damit angeben konnte. An einem komischen Abend sahen sie sich *Ben Hur* in dem kleinen, chaotischen Flohkino an, in dem es von hellgrünen Insekten wimmelte, die, insbesondere nach einem heftigen Regen, in Schwärmen zwischen den Fußbodenbrettern hervorkamen. Diese Insekten waren überall, auf den Sitzen, auf den Zuschauern, und sie flogen durch die Szenen, in denen Judah Ben Hur im Circus Maximus das Wagenrennen fährt. Wegen der Insekten mußten sie früher gehen. Auf dem Heimweg nahm sie ihn fester an der Hand, als wollte sie, daß er niemals mehr fortginge, aber er mußte ja doch. Beim Abschied gab es nie Schwierigkeiten.

Dann war da eine Frau namens Cecilia, und dann Maria und Anastasia und so weiter und so fort.

Als hätte alle Musik, aller Schnaps, alle Frauen der Welt etwas daran ändern können, wie er sich innerlich fühlte: Immer noch litt er um Nestor.

Dieser Kummer war auch fünf Jahre, zehn Jahre, fünfzehn Jahre danach noch so beharrlich, daß er beinahe versucht war, in die Kirche zu gehen und zu beten, daß er wünschte, es würde sich eine Hand aus dem Himmel strecken und ihm übers Gesicht streichen, wie es seine Mutter immer getan hatte, um ihn zu trösten, ihm zu vergeben.

Wenn er die La Salle-Street hinaufging, den Kopf gesenkt, den

Rücken leicht gekrümmt – all die Jahre, in denen er Eimer voll Asche vom Verbrennungsofen geschleppt hatte, fingen an, Wirkung zu zeigen – hatte er Tage, an denen er durch Leiden Buße zu tun suchte. Manchmal war er unnötig roh zu sich selbst, trieb sich eines Tages ein Hohleisen in die Hand oder faßte achtlos an eines der heißen Dampfrohre, während er am Heizkessel arbeitete. Der Schmerz machte ihm nichts aus, trotz all seiner Narben, Schrammen und Schnitte. Weil er ein hartgesottener Macho war und der Schmerz ihm das Gefühl gab, als würde er damit für seinen Wandel auf dieser Welt bezahlen.

Einmal, als er von einem Auftritt unterwegs nach Hause war und die Amsterdam Avenue entlangging, fielen drei Männer über ihn her, warfen ihn auf dem Gehsteig nieder und begannen, auf ihn einzutreten. Der Mambo King krümmte sich zusammen und deckte seinen Kopf ab, wie er es früher getan hatte, wenn sein Papi ihn schlug . . .

Eine halbe Reihe Zähne locker, eine aufgeplatzte Lippe, schmerzende Kiefer und Seiten, alles irgendwie so tröstlich . . .

Viele seiner Freunde waren so, gequälte Seelen. Sie schienen immer glücklich – besonders wenn sie über Frauen und Musik redeten – aber wenn sie einmal durch die Schicht Euphorie hindurchgefallen waren, öffneten sie die Augen in einer Welt aus reiner Trauer und Schmerz.

Frankie war einer dieser Männer. Frankie, der im Leben die härtesten Schläge hinnehmen mußte. Er hatte einen Sohn, den er sehr liebte, doch als der Junge älter wurde, spuckte er seinem alten Herrn ins Gesicht. Cesar mußte sie immer auseinanderbringen, wenn sie sich auf der Straße prügelten, und begleitete Frankie *downtown* ins Jugendgefängnis, um den Jungen auszulösen. Dann kam der Vietnamkrieg. Sein Sohn war erwachsen geworden; einsfünfundachtzig, breitschultrig und gutaussehend, der ewig geile, kerngesunde, klugscheißerische Sohn eines kubanischen Arbeiters.

Und was geschah? Er kam eines Tages heim, marschierte in Schnürstiefeln die Straße entlang, die Uniform geplättet und sein Mützenschirm ein leuchtendes Schwarz. Aus seinem Mund kam »Gelbarsch hier, Gelbarsch da«, und ab ging's nach Vietnam, wo er bei seinem ersten Absprung auf einer Mine landete und in einem Metallbehälter von der Größe einer Kleenex-Schachtel wieder nach Hause geflogen wurde. Auf seinem verschlossenen Sarg mit verschnörkelten Messingleisten eine kleine amerikanische Flagge, ein *Purple Heart*, ein Foto von seinem hübschen Gesicht. Cesar hielt Frankie das ganze Begräbnis hindurch am Arm, kümmerte sich um ihn, hielt ihn dann eine Woche lang unter Schnaps.

Er fand ein wenig Trost darin, die Arme um die Schultern seines Freundes zu legen und zu sagen: »Na, na, das geht vorüber.« Er fand ein wenig Trost darin, den Schmerz des Mannes zu spüren, als würde sein eigener dadurch irgendwie erhöht oder verklärt.

Manchmal saßen sie zu viert oder fünft in seinem Apartment oder unten in seiner Kellerwerkstatt, sie tranken, bis ihnen die Gesichter abblätterten, und alles, was blieb, Schatten waren.

Traurige Gesichter, verzogene Münder, Stimmen so lallend, daß keiner mehr den anderen verstand.

*I*n jenen Tagen war er mit einem Gangster befreundet, keine große Nummer, der im Ruf stand, Geld in allerlei Unternehmungen zu stecken. Sein Name war Fernando Pérez und er hatte lange Zeit als respektables Mitglied der Nachbarschaft gegolten. Er lebte schon lange in der Gegend und betrieb die meisten der Wettbüros am oberen Broadway und in der Amsterdam Street. Er war kugelrund, hatte einen Quadratschädel, kurze Arme und Beine und Wurstfinger. Ganz feiner Herr in legeren grauen Anzügen, trug er gern einen weißen Hut mit schwarzem Hutband und spitze weiße Krokolederschuhe mit Sieben-Zentimeter-Absätzen. Er ging regelmäßig zum Essen *downtown* ins Violeta's und in ein anderes kleines Lokal Ecke 127ste und Manhattan Avenue, wo er manchmal auf Cesar traf. Obwohl er immer zwei brutal aussehende Männer dabei hatte, war er ein Muster an Höflichkeit. Er besaß ein Apartment in der La Salle-Street, ein Haus in Queens und eines in der Nähe von Mayagüez auf Puerto Rico und ein viertes, legendenumwobenes Apartment auf der 107ten Straße zwischen Broadway und Amsterdam Street. Es war in der Gegend als die Festung bekannt, und es ging das Gerücht, daß der Mann dort all sein Geld in einem riesigen Wandsafe aufbewahrte und daß man, um an den Safe zu kommen, durch drei schwere Türen einbrechen und zahlreiche Leibwächter niederkämpfen mußte, die in der Diele und in verschiedenen Räumen Wache standen.

Er war früher ein großer Fan von Cesar Castillo gewesen. Er hatte seiner Frau Ismelda in den Tanzlokalen, wo die Mambo Kings spielten, den Hof gemacht, und an jenen Abenden ließ er dem Mambo King immer eine Flasche guten Champagner an den Tisch schicken. An der Bar von Läden wie dem Park Palace grüßten sie einander, und sie schrieben sich gegenseitig Glückwunschkarten an die Familien. Ihr einziger Disput, jetzt lang vergessen, hatte sich vor langen Jahren zugetragen, als die Mambo Kings nach ihrem Auftritt in der *I Love Lucy*-Show dem Ruhm am nächsten waren. Fernando Pérez hatte sie unter Vertrag nehmen wollen, aber Cesar und Nestor wollten nichts mit ihm zu tun haben. Das hatte seine Gefühle so verletzt, daß er ungefähr zehn Jahre lang kein Wort mehr mit dem Mambo King redete.

Eines Tages im Jahre 1972, als Cesar gerade in Violetas Restaurant saß, kam Pérez mit einem Gefolge von Freunden hereinspaziert. Er wedelte mit einem Packen Geldscheine und streute Zwanziger über einem jungen, verzückten Dämchen aus, die quietschte und ihm Kußhände zuwarf, während sie die Scheine aufsammelte. Und er verkündete großartig: »Heute abend ißt alles hier auf meine Rechnung.«

Also applaudierten die Stammgäste, und er setzte sich. Seine Clique aß Spanferkel und eine Platte Reis, Bohnen, *yuca* und *tostones* nach der anderen. Cesar hatte ihn beim Hereinkommen bemerkt und respektvoll genickt. Später kam Pérez herüber, und sie umarmten sich, als wären sie die ältesten Freunde auf der Welt.

»Tut gut, dich zu sehen, alter Freund«, sagte Fernando Pérez zum Mambo King. »Wir sollten in unserer Freundschaft nicht noch mehr Zeit verlieren. Das Leben ist zu kurz.«

Sie redeten: Pérez hatte gerade einen Herzinfarkt hinter sich, und im Überschwang der Dankbarkeit, noch ein wenig Zeit auf dieser Erde zu haben, war er anscheinend zu einem großmütigeren Menschen geworden. Und da war noch etwas anderes: Um Pérez' Hals lag ein Kettchen, an dem ein großes, glänzendes Kreuz mit eingelegten Bergkristallen hing, die Art, wie Witwen es tragen. Das berührte er andauernd, während er sich nach Cesars Leben erkundigte.

»Was ich mache?«, sagte der Mambo King. »Ich arbeite mit Musikern, nichts, von dem ich reich werden könnte, du verstehst, aber ich nehm doch da und dort meine paar Dollar ein. Und dann bin ich in dem Haus drüben in der La Salle-Street.«

Während er das sagte, schämte er sich, weil Pérez vor langer Zeit einmal zu ihm gesagt hatte: »Wenn du nicht jetzt was für deine Zukunft tust, werden die Leute dich vergessen wie nichts.« Dabei hatte er mit den Fingern geschnippt.

Nun, da er ein wenig Abstand zu all dem hatte und Dinge wieder aushalten konnte, begann den Mambo King zu stören, was auf der Welt er alles nicht hatte. Er wurde älter. Er war vierundfünfzig Jahre alt und hatte jahrelang sein Geld für Frauen, Glücksspiel und Freunde hinausgeworfen.

Er hatte keine Krankenversicherung, keine Sicherheit, kein kleines Haus auf dem Land in Pennsylvania wie ein Freund von ihm, ein Geiger. Keine kleine *bodega* wie Manny.

Was hatte er? Ein paar Briefe aus Kuba, eine Wand voller Photos mit Autogrammen, einen Kopf voller Erinnerungen, die manchmal ineinanderliefen wie Eier beim Verrühren.

(Wieder fällt ihm ein, wie sein Papi in Kuba vor langer Zeit zu ihm sagte: »Werde du nur Musiker, und du wirst dein Lebtag lang ein armer Mann bleiben.«)

Cesar nickte: »Na, scheint dir ja gut zu gehen«, sagte er zu Pérez.

»Gott segne dich, das ist es, was ich heute zur ganzen Welt sage.« Und zu seiner Verblüffung küßte Pérez ihn auf den Hals.

»Ich wär beinahe gestorben, wußtest du das?«, sagte er zu Cesar. »Und als ich am Rand des Todes war, hatte ich eine Erscheinung: Vom Himmel regnete es Licht auf mich herab, und für einen kurzen Augenblick sah ich das Angesicht Gottes. Ich sagte zu ihm: ›Erlaube mir, der Menschheit Gutes zu tun, erlaube mir, dein bescheidener Diener zu sein.‹ Deswegen bin ich jetzt noch hier, *sabes?* Was kann ich denn für dich tun, Cesar? Brauchst du Geld? Brauchst du Hilfe bei deiner Musik? Bitte sag's mir, ich will es wissen.«

»Ich will gar nichts, Fernando. Mach dir um mich keine Sorgen.«

»Also das Mindeste ist«, sagte Fernando, bevor er wieder zu seiner Tischrunde und den hübschen jungen Mädchen zurückkehrte, denen die Brüste aus den engen Oberteilen ihrer roten Rüschenkleider quollen, »daß du mich einmal in meinem Haus in Queens besuchen kommst. Wirst du das tun?«

»Ja.«

»Gut, und Gott segne dich. *Que Dios te bendiga!*«

Und er legte eine Fünfdollarnote auf den Tresen und sagte: »Gib meinem Freund hier einen Drink.«

Dann klopfte er Cesar auf den Rücken und ging zurück an seinen Tisch: »Vergiß es nicht.«

Danach standen die beiden Männer wieder auf gutem Fuß. Pérez fuhr stets in einem weißen Cadillac El Dorado vor und parkte vor der *bodega*, von der aus er seine Wucherkreditgeschäfte und seine Privatlotterie führte. Das tat er nun in einer Aura von Ehrwürdigkeit und Heiligkeit, schlug über seine Kunden das Kreuz und entließ sie mit seinem Segen. Und wenn er Cesar auf der Straße sah, hupte Pérez und winkte den Mambo King zu sich. Dann hieß es immer: »Wann kommst du einmal zu Besuch zu mir nach Queens?« Und: »Warum hältst du dich so fern von mir, mein Freund?«

»Nein, nein, tu ich ja nicht«, sagte er zu Pérez. Dann lehnte er sich ins Autofenster, hielt ein Schwätzchen und ging üblicherweise mit einer Havanna-Zigarre wieder weg (Pérez bezog sie von einem Freund in Toronto).

An einem Donnerstagabend fuhr er dann nach Queens, wo Pérez ein dreistöckiges Haus mit zwanzig Zimmern bewohnte. In jedem Raum sorgsam gefältelte Gardinen, ein Farbfernseher und ein Telephon. Aquarien mit Tropenfischen und ein großes abstraktes Gemälde im Wohnzimmer, eine Stereoanlage, eine Bar. Und vor dem Haus hatte er drei Cadillacs stehen. Aber was den Mambo King am meisten beeindruckte, war der Swimmingpool in Pérez Garten.

Sie aßen auf einer von Fliegengittern umschlossenen Sonnenterrasse, die nach hinten hinausging, zu Abend, Pérez und seine Frau saßen jeder an einem Ende eines langen, mit Platten vollgestellten Tisches und zwischen ihnen Cesar. Ismelda läutete eine kleine Glocke, und herein kam ein peruanisches Hausmädchen, der sie beide Befehle gaben: »Nimm die Bohnen wieder weg, sie sind viel zu kalt.« »Haben wir kein frischeres Brot?« »Bring noch eine Flasche Wein!«

Sie saßen da und sprachen von alten Zeiten. Fernando stand immer wieder auf und langte über den Tisch, um die ringbestückte Hand seiner Frau zu streicheln.

»Unsere Liebe begann«, sagte Fernando zu ihm, »eines Abends in diesem Lokal in Brooklyn, in dem dein Orchester damals oft spielte.«

»Im Imperial Ballroom«, sagte seine Frau zärtlich.

»Mann, warst du damals großartig, da oben auf der Bühne. Was war noch das Lied, mit dem ihr damals immer anfingt? Ich hab's auf einer von euren Platten.«

»Wir begannen unsere Auftritte immer mit 'ner Instrumental-
nummer, einem Bolero, ›Twilight in Havana‹.«

»Dein Bruder, Gott schenke seiner Seele Frieden, hat immer mit
einem langen Trompetenlauf angefangen, richtig? Etwas zwischen
Chocolate Armenteros und Harry James. Ich erinnere mich gut an
dieses Lied, weil ich an der Bar war und der Band zusah. Ich kann
mich ganz genau an dieses Lied erinnern« – und er summte ein Stück
von der Melodie. »Ich erinner mich daran, weil es während dieses
Liedes war, daß mein Bruder mich mit meiner kleinen Frau hier
bekanntmachte. Das war vor fast dreißig Jahren, und du siehst ja,
wir sind immer noch zusammen, und es geht uns gut.«

Er hob das Glas.

»Weißt du, was wir für kommendes Jahr planen? Nächste Ostern
wollen wir nach Rom und eine der Audienzen beim Papst besuchen.
Diese Ehre und Befriedigung will ich noch haben, bevor für mich
schließlich der Lebensabend anbricht.«

Und dann sprach er vom Wohlstand seiner Kinder: Zwei Söhne
waren bei ihm ins Geschäft eingestiegen und machten sich gut, zwei
andere waren auf dem College; er hatte sieben Enkel und genug Geld
für den Rest seines Lebens.

»Aber das größte Geschenk für mich ist meine Gesundheit.« Pérez
klopfte auf den Tisch. »Geld, Frauen, Besitz bedeuten nichts im
Angesicht des Todes. Am Ende wird es doch alles zu Scheiße. Das
dachte ich jedenfalls, bevor ich erleuchtet wurde.«

Zu essen gab es Schweinskoteletts und Brathühnchen, Reis und
Bohnen, frittierte Bananen, einen riesigen gemischten Salat, Kuttel-
suppe, getoastetes italienisches Brot, und als Nachtisch hatten sie
Espresso, Zitronencreme mit Karamelglasur und Kuchen mit Rum-
füllung. Dann kam eine Flasche Courvoisier, der so weich und
köstlich war, daß Cesar nicht widerstehen konnte, ein Glas nach
dem anderen davon runterzukippen.

Danach saßen sie im Wohnzimmer und lauschten schmeichelnden
Weisen der Ten Thousand Hollywood Strings, des Orchesters von
Miguel Montoya. Während er sich aus einer Schachtel mit französischen Pralinen bediente, wurde Cesar gelöster und empfand eine
ungeheure, wehmütige Dankbarkeit dafür, daß er den Gangster
Fernando Pérez kannte. Auch das enorme Mahagonikruzifix, das
den größten Teil der Wand gegenüber der Couch einnahm, berührte
ihn.

»Schätze, wir kennen uns schon lange, lange Zeit«, sagte Cesar tränenselig. »Schätze, wir sind wirklich gute Freunde, nicht wahr, Pérez?«

»Ja, danken wir dem Herrn Jesus Christus dafür.«

Cesar hatte an diesem Abend die meiste Zeit ein unbestimmtes Gefühl von Ungerechtigkeit gehabt. Er fand es nicht richtig, daß der zwielichtige Pérez, der früher auch Prostitution und Drogen gemacht hatte, so reich geworden war. Der Cognac tat jedoch seine Wirkung und verhalf Cesar zu einer anderen Sicht der ganzen Sache. Und es rührte ihn, als Pérez den Mambo King an der Hand nahm, ihn vor das Kruzifix führte und ihn bat, niederzuknien und mit ihm ein Gebet zu sprechen.

»Ich weiß nicht, *hombre*«, sagte Cesar und lachte. »Ich hab nicht viel gebetet in letzter Zeit.«

»Wie du meinst, mein Freund.«

Pérez und seine Frau knieten nieder und schlossen die Augen: Fast augenblicklich wurden ihre Gesichter tiefrot, und Tränen flossen ihnen aus den Augen. Pérez brabbelte vor sich hin. Ein paar Worte, die der beduselte Mambo King heraushörte, lauteten: »Oh, das Leiden, das Leiden unseres Herrn, der für uns unwürdige Seelen starb.«

Danach sahen sie bis elf fern, und dann rief Pérez ein privates Taxi, um den Mambo King nach Hause zu fahren.

»Vergiß niemals, mein Freund«, sagte Pérez zu ihm. »Wenn es irgend etwas gibt, das du je von mir willst oder brauchst, sag es mir, okay?«

»Ja, ja.«

»*Vaya con Dios.*«

Am nächsten Tag plagte ihn ein Gefühl des Versagens. Von Zeit zu Zeit holte ihn das ein, obwohl es sich dann zeitweise wieder legte, besonders, wenn er mit Musik und Frauen beschäftigt war. Aber in letzter Zeit war nicht mehr viel los in seinem Leben. Sein Körper veränderte sich. Er bekam Hängebacken, seine Augen waren von Fältchen umlagert, und, was das Schlimmste war, sein Haaransatz wich langsam zurück. Bei Frauen war er viel mehr auf der Hut und verlegte sich auf die Freuden der Erinnerung, obwohl ihm von Zeit zu Zeit langweilig wurde und er eine alte Flamme anrief. Aus Miß Vanna Vane war eine Mrs. geworden, aber er traf sich manchmal *downtown* mit ihr, wo sie als Sekretärin arbeitete, lud sie zum

Mittagessen ein und langte unter dem Tisch hinüber, um ihr die Schenkel zu streicheln. Er sah auch andere Frauen, ging aber alles langsamer an. Obwohl sein Ding so groß wurde wie eh und je, war es lustloser geworden. Einfach nur über die Straße zu gehen, um Eugenio an der Ecke hallo zu sagen, oder Manny, den Bassisten, zu treffen, schien ihn schon zu erschöpfen. Und manchmal, wenn er sich im Bett ausruhte, hatte er Schmerzen ums Herz, Schmerzen in den Nieren und der Leber, einen Kopfschmerz, der zwischen den Augenbrauen saß.

Schwer, sich damit abzufinden, daß er kein junger Springer mehr war. Delores, die alles las, hatte ihm gesagt, er mache gerade eine »Midlife-Crisis« durch.

»Du fühlst dich so, weil du glaubst, daß du nicht mehr viel zu erwarten hast, aber in Wahrheit könntest du noch dreißig Jahre weiterleben.«

(Er lachte in seinem Zimmer im Hotel Splendour.)

Und es lief auf etwas anderes hinaus: Was würde er tun, wenn er zu alt war, sich seinen Lebensunterhalt zu verdienen? Also machte er seine kleinen Auftritte, und da gab es immer jemanden, der mit ihm über ein Comeback redete, wie dieser Pérez, aber er war so sehr draußen aus allem, was gerade so lief – Jazzrock, ätzend-scharfer *salsa* –, Disco-Boleros, daß es hoffnungslos schien. Er arbeitete damals meistens nur, wenn jüngere Bands absagten. Die alten Hasen mochten ihn, aber wer sonst erinnerte sich an ihn? All das erfüllte ihn mit Reue.

Wenn er sich nur mit Xavier Cugat zusammengetan hätte.

Wenn er nur verheiratet geblieben wäre.

Wenn nur sein Bruder noch lebte.

Wenn er nur Geld hätte.

Der Mädchenkalender an seiner Werkstattür mit der Frau mit den großen Titten in einem klatschnassen Badeanzug, die sich eine geriffelte Colaflasche in den Mund schob, bewirkte gar nichts bei ihm. Er legte für eine halbe Stunde den Kopf auf den papierbedeckten Tisch, stand wieder auf, zupfte auf seiner Gitarre. Dann dachte er, er könnte sich aufmuntern, indem er seiner Männlichkeit frönte, zog aus einer Schublade ein Pornoheft heraus, machte sich den Hosenschlitz auf und onanierte. Er trank ein Bier in seinem Werkstattlehnstuhl und döste wieder ein. Als er in den Mauern die leise Musik hörte, die das in den Rohren summende Wasser machte, kam er drauf, daß es die Kennmelodie von *I Love Lucy* war. Und als er die Augen aufschlug, sah er sich neben Nestor stehen, dem armen nervösen Nestor, als sie sich in den Kulissen fertigmachten für ihren Auftritt in der Show.

»*Oyeme, hombre*«, sagte er und zog Nestors Fliege gerade. »Sei stark. Es wird großartig werden. Sei nicht nervös, mach einfach alles wie bei den Proben mit Mr. Arnaz.«

Sein Bruder nickte, und jemand sagte: »Gleich kommt euer Stichwort, Jungs.«

Und Nestor sagte: »Bruder, sei selber auch nicht nervös. Lies das Buch.«

Und dann gingen sie hinaus, wie sie es schon viele, viele Male getan hatten, um in Rickys und Lucys Leben zu treten und »Beautiful Maria of My Soul« zu singen.

Als er aus diesem »Traum« erwachte, fiel ihm der Rat seines Bruders ein, er stöberte in seinem Arbeitstisch und fand seines Bruders altes Exemplar von *Forward America!* unter einem Berg von Beschwerdezetteln aus dem Haus und Quittungen aus dem Eisenwarenladen. Er blätterte es durch und las dabei eine von den Zeilen, die Nestor vor langer Zeit unterstrichen hatte: »Auch wenn die Lage noch so schlimm ist, weich nie zurück. Behalte dein Ziel im Auge. Schau nie zurück und marschiere immer vorwärts ... Und denk dran: Nur der General, der mit seiner Armee vorrückt, *gewinnt den Krieg*!«

Er fühlte sich ruhelos an diesem Samstag und außerstande zu arbeiten. Der Mambo King lungerte in seiner Werkstatt herum, hörte Radio und ordnete die Papiere auf seinem Schreibtisch. Gegen drei Uhr beschloß er, in die Shamrock-Bar zu gehen.

Nach einer Weile, in der er einen Whisky trank, hörte er, wie der Besitzer, ein Mann namens Kennedy, jemandem erzählte, daß die Bar zu verkaufen sei.

»Und wieviel wollen Sie dafür?« erkundigte sich dieser Jemand.

»Fünfunddreißigtausend.«

Der Mambo King blieb noch länger in der Bar, trank und sah gelegentlich auf das Baseballspiel im Fernsehen. Normalerweise blieb er nie sehr lange; beim zweiten Glas Whisky aber fühlte er sich schon so aufgekratzt, daß er nicht mehr recht in den Keller zurück mochte.

Dann kam dieser Ire rein und setzte sich neben Cesar. Sein Gesicht war voll x-förmiger, kleiner Schnitte von einem Typen, der ihm das Gesicht zerschlitzt hatte. Ein Straßenräuber hatte ihn eines Nachts, als er nach Hause wankte, angefallen und ihm das Gesicht zerschnitten. Das hinderte ihn nicht, immer noch denselben Weg nach Hause zu gehen, wobei er wieder und wieder überfallen wurde.

»Sei doch mal etwas vorsichtiger«, sagte der Mambo King zu dem Mann.

»Ne, ne«, sagte Dickie. »Ich weiß schon, was mir blüht.«

Er saß noch eine Stunde in der Bar und sah dem Besitzer, Mr. Kennedy, einem knochigen, rotgesichtigen Mann mit zittrigen Händen und einer riesengroßen altersfleckenübersäten Nase beim Tellerwaschen und Drinksmachen zu. Nachdem er noch einen Drink für sich und einen für Dickie bestellt hatte, beschloß er, nach Hause zu gehen. Das war an dem Nachmittag, als Cesar auf dem Weg hinauf zu seinem Apartment, seine Nachbarin aus dem zweiten Stock, Mrs. Stein, vor ihrer Tür stehen sah.

»Mein Mann wacht einfach nicht auf«, sagte sie.

Gut, daß er sich mit ein paar Drinks gestärkt hatte. Als sie ihn ins Schlafzimmer führte, saß Mr. Stein mit einem Bündel Papiere in der Hand aufrecht im Bett, sein Mund halb offen, die Zunge stand leicht zwischen seinen Zähnen vor, als ob er gerade etwas sagen wollte. Ein Gelehrter, der meist den Kopf voll zu haben schien und doch immer höflich war und niemals ungeduldig wurde, wenn Cesar etwas in der Wohnung zu tun hatte. Einmal, als er einen Stecker in eben diesem Zimmer reparierte, wollte der Mambo King Mr. Stein eine Frage stellen, angeregt von all den Papieren mit seltsamen Schriften darauf – »Hebräisch und Deutsch«, hatte Mr. Stein gesagt. »Und das da ist Griechisch.«

Und so hatte er gefragt: »Glauben Sie an Gott?« Und ohne zu zögern, hatte Mr. Stein gesagt: »Ja.«

Das war es, woran er sich jetzt erinnerte.

Er deckte den Kopf des Mannes mit einem Laken zu, aber nicht ohne ihm vorher die Augen zuzudrücken, die klar waren und blau, auf einen Sprung in der fleckigen Wand gerichtet.

»Mrs. Stein, ich weiß nicht, wie ich's Ihnen sagen soll, aber Sie müssen einen Krankenwagen rufen. Oder haben sie Verwandte, mit denen ich reden kann?«

Dann begriff sie: »Jetzt bin ich in die Hölle gekommen«, sagte sie. »Nun setzen Sie sich bitte erst mal hin, ich kümmere mich schon um alles.«

In dieser Nacht hatte er Mühe einzuschlafen, brachte Stunden mit gequälten Gedanken zu. Warum war er, früher ein so starker Mann, nun auf angstvolle Gedanken an lebenslange Einsamkeit zurückgeworfen? Warum taten ihm die Knie weh? Warum hatte er manchmal das Gefühl, mit einem Leichnam über der Schulter umherzugehen, als ob die Zeiten nach dem Tod seines Bruders sich irgendwie wiederholten?

Hin und wieder dachte er über die Bar nach. Seit Jahren (seit seiner Rückkehr aus der Handelsmarine) setzte Manny ihm zu, sein Partner zu werden, etwas Gemeinsames aufzumachen, wie ein Tanzlokal oder einen Club. Und jetzt dachte er bei sich: Was wäre denn so schlecht daran, wenn ein Kerl wie er, der das Musikgeschäft kannte, etwas auf die Beine stellte, ein Latino-Varieté oder einen Tanzclub. Im Kopf ging er alle wohlhabenden Leute durch, die er kannte, Leute, die versprochen hatten, ihm aus der Klemme zu helfen. Da war einmal Miguel Montoya, der jetzt in Arizona lebte; Bernardito, Manny, sein Vetter Pablo. Sie alle hatten ein paar tausend Dollar auf der hohen Kante. Und Pérez. Aber fünfunddreißigtausend? Und was würde er darüber hinaus noch brauchen? Die Bar war heruntergekommen, er mußte sie neu herrichten, die Wände streichen, neue Beleuchtung, eine kleine Bühne bauen. Das mußte nicht allzu teuer kommen. Mit Sicherheit konnte er viele seiner Musikerfreunde dazu kriegen, für wenig Geld zu arbeiten. In seiner Eigenschaft als Conférencier würde er ans Mikrophon treten und huldvoll alte und neue Talente präsentieren. Und was, wenn es einschlug und so populär wurde wie das Havana San Juan oder das Tropicana? Dann würde alles andere von selber kommen: Geld, Frauen, gute Stimmung.

Dann dachte er daran, was für Leute wohl in seinen Club kommen würden. Junge, anständige Pärchen, die sich vergnügen wollten, mit ein paar Dollars in der Tasche, bessergestellte Leute mittleren Alters, die eine Mischung aus alten Standards und Neuem mochten . . . Bis zum frühen Morgen dachte er darüber nach, bis er mit dem Gedanken, daß an der Idee was dran sein könnte, schließlich einschlief.

Jeder sagte ihm, er sei verrückt, sich mit Pérez einzulassen, auch wenn Pérez jetzt mit einem Kreuz um den Hals herumlief und zur Kirche ging. Und er wußte das auch, aber er machte sich nichts daraus: er schob es weg. Wenn er von seinem Lokal träumte, sah er es zu einem üppigen Tropenparadies hergerichtet. Sah sich selbst wie Desi Arnaz als Conférencier und Sänger auftreten (am Rand dieser Vorstellung spukte irgendwo Nestor herum). Es war vielleicht seine Chance, mehr zu werden als bloß Hausmeister und Gelegenheitsmusiker. Er ignorierte jedermanns Rat. Sogar nachdem er im Traum gesehen hatte, was passieren würde: daß es sich gut anlassen und eine Zeitlang laufen würde, daß dann aber Pérez' Leute es übernehmen und etwas anderes daraus machen würden. Trotzdem steuerte er zielstrebig darauf zu. Manny stieg mit dreitausend ein, den Rest legte Pérez drauf, eine Hälfte als Geldanlage für sich selber, die andere als Darlehen an Cesar.

»Ich sagte, ich würd dir helfen, mein Freund.«

Im Juni 1972 wurde er zum Besitzer der Shamrock-Bar mit Eismaschine, Tiefkühltruhe, Fleischwolf, Hufeisenbar, Lunchtheke, Jukebox, Tischen und Stühlen, Registrierkasse, fleckigen Spiegeln und Barhockern. Aus seinem Keller schleppte er das scheppernde Klavier herauf, ließ das Ding stimmen und stellte es an eine Wand. Es gab einen Eßbereich, der schon bessere Tage gesehen hatte. Die Wände waren mit Holzvertäfelungen und hellgrünen Klebertapeten verkleidet gewesen. Er riß sie weg und ersetzte sie durch verspiegelte Fliesen, die er für so gut wie gar nichts von einem Freund in der Bronx kaufte. Dann machte er sich daran, eine kleine Bühne aufzubauen. Er wollte sie ungefähr so groß wie die Bühne im Mambo Nine Club, als müßte das den Erfolg anziehen. Sie maß zwei mal vier Meter, gerade groß genug, um eine kleine Band darauf unterzubringen. Er überzog die Sperrholzkonstruktion mit rotem Plüschteppich und strich den Eingang ebenholzschwarz.

Die Iren aus der Nachbarschaft wußten, daß die Dinge im Begriff waren, sich auf Dauer zu ändern, als sie Cesar die Kleeblätter vom Fenster zur Straße kratzen sahen. Als er damit fertig war, holte er sich seinen Freund Bernardito, den Künstler, als Innenarchitekten und stellte den Schuppen mit Plastikpalmen und Pappmaché-Ananas voll. An eine Wand hängte er ein großes Gemälde von Havanna, das er in New Jersey erstanden hatte. Dann montierte er eine flamingorosa Markise, die bis zum Randstein reichte, und im Fenster ein schickes Neonschild mit den Worten *Club Havana*, zweifarbig blinkend, aquamarin und rot.

Schließlich holte er ein paar von den Hunderten von Fotos, die er seit seiner großen Zeit in der Mambo-Ära in Schachteln aufbewahrt hatte, und hängte einige davon gerahmt über der Bar auf, signierte Photographien von schier jedermann von Don Aziapaú bis Marion Sunshine. Und dazu die gerahmte Photographie von Desi Arnaz, Nestor und ihm.

Er beschloß, zwei Dollar für das Gedeck zu verlangen, einen Dollar pro Drink, und eine einfache Speisekarte aufzulegen, auf der vor allem Gerichte wie *arroz con pollo*, Reis und Bohnen, fritierte Bananen und kubanische Sandwiches stehen würden; dafür wollte er irgendeine arme Frau als Köchin nehmen. Dann ließ er tausend Werbezettel drucken und engagierte kleine Jungs für einen Dollar pro Stunde, damit sie sie an Laternenmasten und in Hausfluren aufklebten oder bei Autos hinter die Scheibenwischer steckten. Als das alles erledigt war, machte er es sich zur Gewohnheit, nach der Arbeit dort hinzugehen. Er schritt durch die Räumlichkeiten, als wäre eine Art Traum wahr geworden, rauchte eine dicke blaue Zigarre und nickte sich selber zu, pochte auf den Tresen, stellte sich vor den Spiegel hinter der Bar in Pose und goß sich Drinks ein.

Natürlich gab es da noch Komplikationen: Er mußte sich um Lizenzen bemühen, Alkoholausschank, Varieté- und Restaurantbetrieb. Er mußte alles von der Baubehörde und dem Gesundheitsamt inspizieren lassen, die ihn partout nicht aufmachen lassen wollten, bis Pérez sich um die Inspektoren kümmerte. Pedro beriet Cesar in Sachen Buchführung, und Pérez sorgte für die »Sicherheit«.

»Möge Gott uns segnen, aber du weißt, mein Freund«, sagte Pérez zu ihm, »wenn man nicht die richtigen Vorkehrungen trifft, kann's allerlei Ärger geben.«

Es wurde beschlossen, daß Pérez vor dem Club einen Mann postierte, und er machte Cesar ein Geschenk, das er hübsch in glänzend blauem Papier verpackt hatte: einen 38er Smith & Wesson-Revolver, den der Mambo King in ein Handtuch wickelte und bei sich im Keller hinter den Boiler klemmte.

Es war eine komische Sache. Knapp eine Woche vor der geplanten Eröffnung des Clubs bekam Cesar Besuch. Er saß gerade in dem kleinen Hinterzimmer, das er als Büro benutzte, als Frankie, der draußen den Boden aufgewischt hatte, Cesar mitteilte: »Da ist eine Dame, die dich sprechen will.«

Es war eine junge Frau, ein Hippie, vielleicht dreißig. Sie kam in einer Wildleder-Cowboyjacke und Stiefeln aus Klapperschlangenleder reinmarschiert. Sie bezeichnete sich als Filmemacherin und sagte, sie arbeite gerade an etwas zum Thema der »verschiedenen Lebensstile im Schmelztiegel der Großstadt.«

»Ach ja?«

»Wir wollen nur einen Abend lang hierher kommen und filmen. Ginge das von Ihnen aus in Ordnung?«

»Bezahlen Sie was dafür?«

»Nein, nein, es ist nicht gegen Bezahlung. Ich verdiene selber nichts damit. Es ist für einen Film über Latinos in New York. Ich tu's für einen Freund von der Columbia-Universität.«

»Nicht Professor Flores?«

Flores war ein kubanischer Freund, der Spanisch unterrichtete.

»Nein.«

Sie sagte ihm, alles, was sie wolle, sei, mit einem kleinen Team mit Kamera und Mikrophon an einem Abend reinzukommen, beim Tanzen zu filmen und ein paar Interviews zu machen.

Er dachte darüber nach und sagte dann zu ihr: »Ich muß das erst mit meinen Partnern besprechen, aber ich sag Ihnen Bescheid, falls ja. Wir eröffnen kommenden Samstagabend. Wenn Sie wollen, können Sie da ja kommen und Ihren Film machen.«

Als es sich herumsprach, daß die Eröffnung des Club Havana gefilmt werden sollte, bekam die Sache etwas vom Glanz einer Hollywoodveranstaltung. Die Filmemacherin erschien an diesem Samstagabend mit ihrem Team. Bei Musik, Essen und Trinken gratis kamen Leute von überallher: Alte Freunde aus den Tanzlokalen, Musiker und ihre Frauen, Freunde der Familie, Kunden aus dem Schönheitssalon, in dem Ana Maria halbtags arbeitete, Bekannte von der Straße. An diesem ersten Abend fungierte Cesar als Conférencier und Sänger, mit einer zusammengewürfelten achtköpfigen Band als Begleitung. In einem weißen Seidenanzug mit einer Nelke im Knopfloch und einer dicken Zigarre in der Hand sang er, schwenkte die Hüften, klopfte Leuten auf die Schulter, lachte, drängte seine Freunde, sich an der großen offenen Bar zu bedienen, und fand es unglaublich, daß er auf all das nicht früher gekommen war. Und den Leuten schien es riesig zu gefallen.

Cesar hatte alle guten Tänzer, die er kannte, für diesen Abend um ihr Kommen gebeten. Bernardito aus Brooklyn war beim Mambotanzen zu einem ziemlichen Experten geworden. Und Frankie, obwohl recht angejahrt, war mit seinen windenden Bewegungen immer noch beinahe ein Profi. Scheinwerfer und Kamera auf die Tanzfläche gerichtet, legten die Tänzer los wie verrückt, und das Orchester fiel in lange, ausladende *claves* – Rhythmusimprovisationen, und die zwei Schlagzeuger, Pianist, zwei Trompeter (einschließlich Cesar, hinter seinen dunkelgrünen Brillengläsern in verschwitzter Auflösung), Flöte, Saxophon und Bassist spielten sich das Herz aus dem Leib. Und als die Kamera auf ihn schwenkte, steigerte der Mambo King sich erst richtig rein, eine Trompete in der Hand, den Hintern rausgestreckt, verdrehte er die Füße, spitzte die Lippen, »Oh, Baby!« und schlenkerte die Hände durch die Luft, als hätten seine Fingerspitzen Feuer gefangen. Bei einer späteren Nummer dann spielte er einen Roboter und bewegte Arme, Beine und Kopf, als hätte er Zahnräder und Watte in den Gelenken.

Alle klatschten und lachten, die Musik klang großartig. Sogar die abgestumpften Kids aus der Nachbarschaft, die sonst lieber Gruppen wie die Rolling Stones oder Smokey Robinson and the Miracles hörten, hatten ihren Spaß. Selbst Eugenio, der schon lange nicht mehr regelmäßig tanzte, kam vorbei und tanzte, nachdem er sich erst mit ein paar Drinks gestärkt hatte, Mambo und *pachanga*, wenn auch nicht annähernd so gut wie sein Onkel und die meisten anderen.

Nach einer Weile gewöhnten Cesar und seine Freunde sich an die Kamera, nicht aber an den Umstand, daß eine Frau die Anweisungen gab. Sie war groß, mit einer Mähne von Haaren und wildem, intelligentem Blick. Frankie nannte sie *señorita jefe* und verbeugte sich mit gespielter Ehrerbietung, wenn sie vorbeikam.

Als das rührendste Paar auf der Tanzfläche erwiesen sich an diesem Abend der dicke Vetter Pablo und seine Frau. Obwohl er nur knapp über einssechzig groß war, machte er in blauem Anzug, weißem Hemd und roter Krawatte eine flotte Figur. Früher waren er und seine Frau nie ausgegangen, aber nun, da ihre Kinder erwachsen waren, hatten sie Zeit dafür. (Ihre beiden Töchter hatten geheiratet, und ihr Sohn, Miguel, hatte eine gute Stelle als Mechaniker und lebte in der Bronx.) Die Spezialität von Pablito und seiner Frau war der *pachanga*, und an einem Punkt des Tanzabends sammelten sich alle Clubgäste um sie herum, während sie tanzten: Als die Kamera sich auf sie richtete, legte Pablito richtig los und führte jeden Schritt vor, den er kannte. Am Ende war sogar das Kamerateam von Hippies gerührt und applaudierte und pfiff vor Begeisterung.

Die Eröffnung erwies sich als toller Erfolg. Nicht zu bremsen in ihrer Begeisterung, tanzten und tranken die Leute von neun Uhr abends bis morgens um halb fünf. Sogar auf dem Bürgersteig drängten sich die Leute. Es war genauso voll wie der Bürgersteig vor einem Begräbnisinstitut während der Aufbahrung, und auch genauso laut. Wenn die Band drinnen gerade nicht spielte, plärrte die Jukebox die Musik von Beny More geradewegs hinaus auf die Straße. Mit vollen Bäuchen, schnapsduseligen Köpfen und ausgetanzten Füßen machten sich die Gäste glücklich auf den Weg und versprachen dem stolzen Besitzer wiederzukommen.

Und auch die Filmemacherin dankte dem Mambo King für seine Hilfe, und während immer noch weitergefeiert wurde, packten sie und ihr Team ihre Ausrüstung in Metallkoffer und gingen heim.

(Und der Film? Aus den Dreharbeiten dieser Nacht wurde ein nur zehnminütiger Streifen, der bei einem Festival im Whitney Museum gezeigt wurde und unter anderm ein kurzes Interview mit Cesar enthielt, der mit der eingeblendeten Bezeichnung »Geschäftsführer des Clubs« erschien. An der Bar sitzend, eine dicke Zigarre in der Hand und sehr adrett in seinem Anzug, sagte er: »Ich bin in den vierziger Jahren mit meinem Bruder hierher gekommen, und wir hatten eine kleine Band, die Mambo Kings. Ich komponierte mit meinem Bruder zusammen ein Lied, ›Beautiful Maria of My Soul‹, und das machte den Sänger Desi Arnaz auf uns aufmerksam, der uns einlud, mit ihm in seiner Fernsehshow *I Love Lucy* aufzutreten, kennen Sie die?«

Und im Film lief das in einer Schleife, sprang zurück an den Punkt, wo er sagt: » . . . der uns einlud, mit ihm in seiner Fernsehshow *I Love Lucy* aufzutreten.« Immer wieder zurückspringend, lief das ungefähr zehnmal schnell hintereinander.

Dann kam ein Schnitt zu genau so einer Schleife, in der Pablito mit seiner Frau *pachanga* tanzt, dieselben Schritte wurden ruckartig x-mal wiederholt. Im Vorführraum des Whitney Museum wurde das wieder und wieder gezeigt, und später dann auch in Frankreich, wo der Film einen Preis gewann.)

Dann, gegen fünf an diesem Morgen, einem Sonntag, als die Gedanken der meisten Leute sich schon auf Gott und die Heilige

Messe richteten, sagte Pérez allen Gutenacht. An diesem Punkt war die Eröffnungsparty auf Cesar, Pablito, Manny, Bernardito und Frankie, der in dieser Nacht hinter der Bar gestanden hatte, zusammengeschmolzen. Und dann war da noch Eugenio, einundzwanzig Jahre und auf dem College, der in der Küche gearbeitet hatte. Als Pérez ging, sagte er zu ihnen: »Ich hab da was für euch. Bleibt noch ein paar Minuten da.« Das taten sie und obwohl sie alle erschöpft waren und gähnten, wurden sie mit einem Schlag wieder hellwach, als drei junge Frauen in Miniröcken mit Silberpailletten hereinmarschiert kamen, ihre Kleider auszogen und anfingen zu tanzen.

Das beste Geschäft machte der Club schließlich an den Samstagabenden. Die restliche Woche war der Mambo King abhängig von den Biertrinkern am Ort und den Collegestudenten, die wegen seiner preiswerten Tagesgerichte kamen. Er vermietete den Club auch für private Parties, überließ die Räume der lokalen Pfarrgemeinde gratis für bunte Abende und veranstaltete bei mehreren Gelegenheiten Wohltätigkeitsparties. Die Mittwochabende aber waren für Jam Sessions reserviert. Bei Essen und Trinken zu ermäßigten Preisen benutzten die Musiker, die um Mitternacht ankamen, den Club Havana als zweites Zuhause und spielten bis vier Uhr morgens, genau wie bei den Jam Sessions in den kleinen Strandclubs bei Havanna, in denen Cesar seinerzeit gespielt hatte. Auf einem der hohen Barhocker sitzend, eine Zigarre brannte bläulich zwischen seinem dicken Daumen und Zeigefinger, applaudierte er lautstark den jungen Musikern, die von der Bühne gingen. Mit den Jahren hatte die grelle Bühnenbeleuchtung seine Augen empfindlich gemacht, und darum trug er stets seine grünen Sonnenbrillen. Hinter den dunklen Gläsern sahen seine Augen aus wie unter Wasser, und obwohl sein hängebackiges Gesicht vom Geschehen sehnsuchtsvoll gefesselt schien, driftete er oft ab in Träumereien von Liedern, die er schreiben könnte, über die Liebe, Frauen, Familie.

Mit dem Club verdiente er sich ein bescheidenes Auskommen. Die Arbeit bis spät in die Nacht ließ ihn schon erschöpft an seine Arbeit tagsüber als Hausmeister gehen. Diese Erschöpfung, der Schmerz in den Knochen, sein Magenflattern, die wachsende Lustlosigkeit seines Penis stießen den Mambo King wieder darauf, daß er älter wurde. In seinen Koteletten tauchten graue Haare auf (die er mit Grecian Formula behandelte). Die stechenden Schmerzen im

Magen, die Säure in seiner Speiseröhre – nachts in seinen Träumen eine Hitze im Hals – und die dumpfen, steinigen Schmerzen in den Seiten, Anzeichen für Beschwerden in Nieren und Leber, mehrten sich.

Im Namen des Rumba, des Mambo und des Cha-cha-cha der Jugend schenkte er alldem keine Beachtung.

Und trotzdem tat er während dieser Zeit seine Arbeit im Haus, obwohl er sich nun den Luxus leisten konnte, Freunde zu engagieren, gewisse Arbeiten für ihn zu erledigen. Er bezahlte Eugenio dafür, daß er sich um alles im Haus kümmerte. Im ersten Jahr der Existenz des Clubs war es Eugenio, der, wenn er vom Studium am City College kam, mit einem Schraubenschlüssel und einer Zange in der Hand bei den Mietern vor der Tür stand.

Während dieser Zeit genoß Cesar den Ruf, einer der Kubaner in New York zu sein, der ausgewanderte Musiker in seiner Wohnung aufnahm und ihnen half, Arbeit zu finden. Von Zeit zu Zeit kamen Trompeter und *congueros*, Pianisten, Balladen- und Bolerosänger neu aus Kuba, und wohnten in einem der Gästezimmer des Mambo Kings. Ehe er den Club aufgemacht hatte, versuchte er immer irgendwo in der Nachbarschaft oder aber durch seine Beziehungen Jobs für sie aufzutreiben: bei Pablo in der Fleischfabrik; durch Bernardito, der das Druckerei- und Zeitungsgeschäft kannte; und durch die Besitzer von Clubs und Restaurants wie Rudy López vom Tropic Sunset oder Violeta's, die vielleicht Tellerwäscher oder Kellner brauchen konnten. Musikjobs zu finden war schwerer. Auch wenn die kubanische Bevölkerung in New Jersey im Wachsen war und es mehr Jobs gab als früher, waren immer noch nicht genug für alle da. So ließ er diese Kubaner bei sich wohnen, borgte ihnen oft Geld und half ihnen, sich in Pfandleihen in Harlem Instrumente zu besorgen. (Oder er lieh ihnen seine eigenen.) Er tat das mit derselben Einstellung, als würde er seiner eigenen Familie helfen. Da jeder im Durchschnitt einen Monat blieb, tauchten immer neue Gesichter in seinem Apartment auf.

Daß er jetzt den Club hatte, brachte es mit sich, daß Cesar den Leuten leichter Arbeit verschaffen konnte, meist indem er sie als Kellner anstellte oder zum Abwaschen nach hinten schickte. Er bezahlte sie aus seiner eigenen Tasche, selbst wenn im Club überhaupt nichts los war. Und er hatte ein paar gute Musiker, die bei ihm arbeiteten. Pascual Ramírez war dagewesen, ein Pianist, der sehr feste politische Überzeugungen hatte und die Revolution haßte. Er schlug mit der Faust auf den Tisch, wenn er in Rage geriet. Und dann dieser andere Typ, Ramón, der Saxophon spielte und voll Ernst und Hoffnung davon sprach, daß die Dinge auf Kuba sich ändern könnten. (1978 erhängte der arme Teufel sich in Miami.)

Normalerweise brachte Cesar diese Gäste auch mit zu Delores, damit sie die Familie kennenlernten, aber mit dem Club und dem Hausmeisterjob waren seine Tage lang und ausgefüllt, und er hatte wenig Zeit, sich auszuruhen, Delores, Pedro und die Kinder zu besuchen, Delores anbetungsvoll anzuschauen, wann immer sie durchs Zimmer ging. Wenn er bis vier Uhr nachmittags arbeitete, blieb ihm mit Glück noch eine Stunde für ein Nickerchen, dann zog er sich an und machte sich auf den Weg hinüber in den Club Havana. Obwohl er oft müde war, hatte er sich an diesen Tagesablauf gewöhnt.

An einem dieser Nachmittage, als er sich gerade für die Arbeit im Club fertigmachte, bekam er einen Anruf, ein Ferngespräch aus Miami, irgendein Typ, der Freund eines Freundes aus Kuba namens Rafael Sánchez, der den Mambo King fragte: »Ich und mein jüngerer Bruder, Rico, wir kommen nach New York und haben uns gefragt, ob Sie uns wohl helfen könnten, eine Unterkunft zu finden?«

»Na klar«, sagte der Mambo King.

Eine Woche später standen die beiden Brüder, Strohkoffer und schwarze Instrumentenkoffer, eine Trompete und ein Saxophon, neben sich, vor seiner Tür.

»Señor Castillo?«, sagte der ältere Bruder. »Ich bin Rafael Sánchez, und das hier ist mein Bruder Rico.«

Der ältere Bruder war ein dreißig-, fünfunddreißigjähriger Mann mit beginnender Glatze, einem gutgeschnittenen Gesicht und sorgenvoller Miene. Er trug blaue Arbeitshosen, weißes Hemd, einen abgetragenen blauen Blazer, einen schwarzen Mantel und einen braunen Filzhut mit schwarzem Band. Mit einer Verbeugung schüttelte er dem Mambo King die Hand, ebenso wie sein jüngerer Bruder, Rico. Er war etwa fünfundzwanzig und schmal und hager, mit einem dichten schwarzen Haarschopf und klaren blauen Augen.

Er hatte Arbeitshosen an, einen dunklen Pullover und einen Mantel, und auf dem Kopf eine Wollmütze.

»Kommt rein«, sagte der Mambo King. »Ihr müßt hungrig sein.«

Also gingen sie durch den Flur in die Küche, wo er den Brüdern Steaksandwiches auftischte, Pommes frites mit Zwiebeln, *pasteles* und Salat, getränkt in Öl und Salz. Sie tranken Bier und Bier und nochmals Bier und ließen das Radio laufen, und Cesar steckte den Kopf aus dem Fenster und pfiff zu Delores hinauf, damit sie runterkäme und die beiden kennenlernen konnte. Sie kam zusammen mit Leticia, die nun schon achtzehn Jahre alt war, bebend und süß wie der *flan*, den sie den Brüdern mitbrachten.

»Und wie war die Reise?«

»Anstrengend, wir sind mit dem Zug raufgekommen. Aber dafür haben wir was von der Landschaft zu sehen gekriegt«, sagte der ältere Bruder. »Ich bin jetzt zum zweiten Mal in den Staaten, aber mein jüngerer Bruder zum ersten Mal.«

Der jüngere Bruder sagte mit leiser, leiser Stimme: »Ich kann verstehen, daß man sich hier verirren kann.«

Der Mambo King nickte: »Meinen Sie geistig oder auf den Straßen?«

»Geistig.«

Und er schenkte noch Bier aus, weil Bier ihn gelöster und freundlicher machte. Er klopfte ihnen auf den Rücken, und dann folgten die Geschichten, wie sie über Spanien aus Kuba rausgekommen waren, drei Monate in Madrid verbracht hatten und dann auf weitere drei Monate zu einem Vetter nach Miami fuhren. Auf Kuba waren sie beide Jazzmusiker gewesen, der ältere Bruder spielte Saxophon und Gitarre und der jüngere Trompete.

»Damals in den alten Zeiten vor der Revolution«, sagte Rafael, »hörten wir in Havanna immer Jazz auf CMQ und drückten uns in den großen Hotels rum, um die berühmten Bands zu hören und Jam Sessions zu spielen, mit Leuten wie Dizzy Gillespie . . .«

»Er ist Klasse«, sagte Rico.

»In dieser einen Bar, die wir oben in La Concha kannten« – er sprach von einem bei jungen Leuten und Musikern beliebten Badestrand, etwa vierzig Autominuten außerhalb von Havanna – »hörten wir Musik und trafen andere Musiker. Aber dann kam die Revolution, und was wir zu hören kriegten, war nur noch dieser getürkte Swing aus Osteuropa, wie Humtata-Walzer, nur manchmal hatten wir Glück und bekamen ein Kurzwellenradio in die Hände und hörten das richtige Zeug aus den Staaten und aus Mexiko. Jedenfalls arbeiteten wir beide in Havanna, Rico in einer Zigarrenfabrik, und ich fuhr einen Bus durch die Stadt, und wir beide wollten einfach nur raus da. Ich meine, was hatten wir dort schon? Fidel ließ so viele von den Clubs und Hotels schließen, und was wir an Arbeit bekamen, auf Hochzeiten und Tanzabenden für die Russen zu spielen, war nichts für uns. Um die Wahrheit zu sagen, wir konnten schon sehen, daß er ein paar gute Sachen für die armen Leute machte, aber für uns? Was war da schon? Nichts. Jedenfalls war es Rico hier, der unbedingt wollte, daß wir weggehen. Aber leicht war es nicht.«

Die Gesichter der Brüder? Weltmüde Erschöpfung, gefolgt von einem gesunden, dankbaren Lächeln.

Dann die Geschichte eines Freundes. Er war Bassist und mit der Tropicana Revue aus Havanna auf Tournee in Mexiko City. Im zweiten Stock eines Hotels kletterte er aus dem Badezimmerfenster und lief viele Blocks weit, bis er ein Taxi erwischte, das ihn zur amerikanischen Botschaft fuhr. Ein anderer Künstler auf Tournee, ein Sänger, machte sich als Frau verkleidet aus seiner Garderobe davon.

».. . Aber lassen wir diese nette kleine Zusammenkunft nicht zu einer trübseligen Angelegenheit werden,« sagte, wie der Mambo King sich erinnerte, der ältere Bruder. »Ich trinke auf unseren Freund Cesar Castillo.«

»Und auf die liebreizenden Damen, die uns zarten *flan* und ein warmes Lächeln gebracht haben«, sagte Cesar. »Und auf unsere neuen Freunde.«

»Und auf Dizzy Gillespie und Zoot Sims und John Coltrane«, sagte der jüngere Bruder.

»*Salud!*« ging es reihum, auch Leticia sagte es, die ein Glas Wein trank, das ihr die Wangen rötete.

Die Rolle des *patrón* genießend, hob Cesar sein Glas zu einem letzten Toast: »Auf eure Zukunft!«

Da hieß es Gutenacht zu Delores und Leticia, und der Mambo King brachte die Brüder in einem der hinteren Zimmer unter und zog, ein wenig beduselt, los in den Club.

Am darauffolgenden Nachmittag zeigte er ihnen die Gegend und machte die Sánchez-Brüder mit seinen Freunden bekannt. Und er zeigte auf die andere Straßenseite und sagte: »Seht mal, der Schuppen dort drüben. Das ist der Club Havana. Der gehört mir.« Dann: »Mal sehen, was ich an Arbeit für euch finden kann. Vielleicht in der Küche, wenn ihr wollt.«

Ein paar Wochen später arbeiteten die Brüder als Tellerwäscher und Kellner im Club Havana. Hin und wieder, wenn wenig los war, machten sie eine Jam Session, Cesar saß am Klavier und die beiden Brüder neben ihm auf der Bühne spielten ihre Instrumente. In den fünfziger Jahren hatte Cesar eine Menge Jazz gehört, und obwohl er mit ein paar schleppenden Bluesriffs ganz gut zurechtkam, fühlte er sich doch, je älter er wurde, im melodischen Boleroland weit eher zu Hause. Die Brüder aber machten eine wilde und sich überschlagende Musik, Krähen und Nachtigallen in einem Käfig, um den er seine Kreise zog, fröhlich bemüht, Schritt zu halten.

Daran erinnerte er sich.

Eines Nachts hatte er einen Traum: Die Brüder riefen von der Straße zu seinem Fenster herauf, und als er hinuntersah, standen sie in *guayaberas* und weißen Leinenhosen unten, mit kältestarren Gesichtern. Die Stadt lag im Schnee, und er rief aus dem Fenster: »Keine Angst, ich laß euch gleich rein.« Er schrie so laut im Schlaf, daß der ältere Bruder in der Tür zu seinem Schlafzimmer erschien und fragte: »Alles in Ordnung?«

(Und in einer anderen Nacht der Schimmer eines noch schaurigeren Traums: Die ganze Nachbarschaft war unter einem Gletscher gefangen, alles festgefroren, wo es grade war, durch das Eis aber zirpte Musik.)

»Ja, ja. Es ist nur der Club. Ich denk manchmal zuviel an den Club.«

(Und manchmal machte er die Augen zu und stellte sich vor, es wäre wieder 1949.)

Weil er sie mochte, scheute er keine Mühe, um es den Brüdern angenehm zu machen und ihnen zu helfen. Er rief Bandleader und Clubbesitzer an, um die Nachricht zu verbreiten, daß die beiden Musiker verfügbar waren. Er führte sie zu Macy's und Gimbels und kaufte ihnen hübsche Anzüge, neue Schuhe, und ging mit ihnen in den Salon, wo Ana Maria ihnen die Haare schnitt. Er fühlte sich schlecht, wenn sie Teller waschen mußten, bezahlte sie sogar an ruhigen Abenden, wenn es fast nichts zu tun gab. Als er hörte, daß der ältere Bruder die Sängerin Celia Cruz liebte, ging er los und kaufte einen Armvoll ihrer Platten, und als er Rico sagen hörte, daß ihm ein eigener Plattenspieler sehr fehlte, ging er in eine Pfandleihe auf der 116ten Straße und kaufte ihm einen. (Jetzt hörte er Rico nachts zu Aufnahmen von Machito und Miles Davis improvisieren.) Er nahm sie zu den Treffen der Kubaner von Washington Heights mit und jeden Sonntag hinauf zu Delores, wo sie die Gastfreundschaft der Familie genossen. (»Wann immer ihr zum Essen kommen wollt«, sagte Pedro zu ihnen, »ihr seid willkommen.«) Und er war besorgt um sie. Er machte sich Vorwürfe, wenn er Rico, dem vor Heimweh die Decke auf den Kopf fiel, vor dem Fernseher gähnen sah, machte sich Vorwürfe an den grauesten Tagen, wenn er Rico oder seinen älteren Bruder am Fenster stehen sah, mit gebrochenem Herzen. Obwohl er sonst keiner war, der andere belehrte, ertappte er sich dabei, wie er auf die Mietskasernen in der 123sten Straße deutete und sagte: »Dort solltet ihr nicht reingehen.« Er wies sie auf Junkies auf der Straße und auf die miesen kleinen Dealer hin, die manchmal an der Ecke auftauchten. Wenn er Rico oder Rafael in die Augen sah und Traurigkeit darin fand, sagte er: »Willst du einen Drink, mein Freund?« Und binnen einer Stunde machten sie eine Flasche Rum halbleer.

Einmal erzählte er den Brüdern beinahe von seinem Bruder Nestor. Sie hatten sein Bild auf dem Schleifglasschrank in der Eßzimmerecke gesehen und auch die Mambo King-Photos auf dem Flur. Er ließ es dann aber, denn warum hätte er sie mit seiner Traurigkeit behelligen sollen?

Andererseits, vielleicht hatte er ihnen ein Dutzend Mal von Nestor erzählt und konnte sich bloß nicht erinnern.

Manchmal ertappte er sich, wie er Rico anstarrte und an Nestor dachte und sich fragte, wo all die Zeit geblieben war. Dann saß er am Tisch und beklagte die Freuden, die sein Bruder alle verpaßte, Zuneigung vor allem und Trost, die Freuden, die sein Bruder niemals haben würde.

An einem Sonntagabend schlief er auf der Wohnzimmercouch ein, nachdem er mit Frankie und Bernardito und ihren Frauen in dem geschwätzigen, lebendigen Haushalt oben zu Besuch gewesen war. Er hatte wieder einen Traum, diesmal einen schönen. Er war auf einer Wiese in Kuba, watete mit seinem Bruder neben sich durch wilde Blumen und pflückte sie für ihre Mutter. Einen so schönen Traum hatte er schon lange nicht mehr gehabt.

Drei Monate blieben die beiden beim Mambo King, halfen ihm im Club und da und dort im Haus, während sie gleichzeitig versuchten, Arbeit als Musiker zu finden. Alle mochten sie, und Leticia ließ sich von einem von ihnen das Herz brechen: Achtzehnjährig und herzzerreißend hübsch, hatte sie die matronenhaften Kleider und die Bücher, die ihre Mutter ihr gekauft hatte, weggelegt und begonnen, einen Minirock aus Silberlamé anzuziehen, rosa Blusen und BHs in Regenbogenfarben, alles um Eindruck auf Rico zu machen, der sie kaum wahrnahm. Der Mambo King hatte so wenig Ahnung von Leticias Leben, daß die Entdeckung dieses Dramas, das sich seit ein paar Monaten abgespielt hatte, für ihn völlig überraschend kam. Von Zeit zu Zeit hatte er sie weinen gesehen, ihre Tränen aber dem weiblichen Monatszyklus zugeschrieben, hatte gehört, wie Delores ihr Predigten über die prinzipielle Wertlosigkeit von Männern hielt und drohte, sie auf die Klosterschule zu schicken, wenn sie nicht wieder normal würde, und trotzdem hatte er die besonderen Gründe für den Aufruhr in ihrem Teenagerdasein nicht kapiert. Er begriff die Situation erst, als Leticia Rico im Club Havana aufsuchte und ein derart verführerisches rotes Kleid trug, daß Delores mit einem Gürtel hinter ihr herkam und sie schlug. Als Friedensstifter dazwischentretend, schickte der Mambo King Delores nach Hause, hielt die weinende Leticia in den Armen und fragte sich: »Wer ist diese Frau, der da so die Gefühle durchgehen?«

Eine halbe Stunde lang hörte er sich Leticias Klagen an: Daß sie sich fühlte wie ein Hund an der Leine, weil ihre Mutter sie nie etwas alleine tun ließ, daß alles, was sie wollte, ein bißchen eigenes Leben war. Unter Tränen und wieder Tränen, und der Mambo King wußte nicht, was er sagen sollte, außer: »Das geht vorüber.«

Später, als er wieder allein an der Bar stand, versuchte er seine Erinnerung an Leticia als das dünne, liebevolle Mädchen, das vor Jahren immer in seine Arme gelaufen war, mit der von Liebe gewürgten, schwarzhaarigen Schönheit in Einklang zu bringen, deren üppige Fraulichkeit und geballte Gefühle ihn jetzt durcheinanderbrachten. Er hatte alles versucht, damit sie aufhörte zu weinen, hatte angeboten, ihr ein Eis zu kaufen, eine Puppe, hatte ihr sogar zehn Dollar geschenkt, damit sie sich selber etwas kaufen konnte, aber sie weinte immer weiter. Etwas an ihren Tränen ließ ihn an eine Menge anderer Frauen zurückdenken, die er mit Tränen gleichzusetzen schien – seine Mutter weinend im Bett, seine Frau weinend auf der Straße, Delores weinend im Bett – und noch immer wußte er nicht, was er tun sollte. Schließlich legte er den Arm um sie und brachte sie nach Hause in die Wohnung, ohne noch ein Wort zu sagen.

Und die Brüder? Während Rafael, der Ältere, an seinen freien Abenden gern *downtown* ging, Freunde besuchte (an den Abenden, an denen er kellnerte, kamen sie manchmal wegen der billigen Drinks auch in den Club) und in Jazzclubs im Village ging (einer der liebsten war ihm das Half Note in der Spring Street), zog Rico einen blauen Nadelstreifenanzug vom Macy's an und zog los zur U-Bahn, von Kopf bis Fuß süß nach Eau de Cologne mit Rosen und Honig duftend; eine wirklich nette Geschichte, eine Romanze mit einem Mädchen, das er von daheim auf Kuba kannte und mit dem er sich wieder zusammengetan hatte. Sie lebte mit ihrer Familie in Jersey City. Ein paar Abende pro Woche ging er aus, um sie zu sehen, klatschte sich das Haar zurück und putzte sich vor dem Spiegel heraus. Morgens um vier fuhr er mit den Spätzügen heim und bewegte sich leise durch die Wohnung, um niemanden zu stören. Normalerweise war der Mambo King noch wach und saß mit Frankie oder einem seiner Freunde am Küchentisch, redete leise, oder er saß im Wohnzimmer und sah fern oder ging, einen Schreibblock in der Hand, ein altes Arrangement durch, an das er sich zu erinnern versuchte. Oder er versuchte, ein Lied zu schreiben.

Eines Nachts kam Rico heim, setzte sich zum Mambo King an den Tisch und erzählte, daß er diese Frau aus New Jersey heiraten und daß er und sein älterer Bruder zu ihrer Familie nach Elisabeth ziehen würden.

Der Mambo King zuckte die Achseln: »Laß mich wissen, was für ein Geschenk ich euch besorgen soll«, sagte er zu Rico. Und er klopfte dem jüngeren Musiker auf den Rücken. Und lächelnd sagte er. »Wußt ich's doch, daß ich da Liebe in der Luft gerochen hab!«

Da war noch etwas: Er bat die Brüder, im Club aufzutreten.

Alles wurde arrangiert. Eines Abends kamen Rafael und Rico Sánchez auf die Bühne des Club Havana, begleitet von Manny, dem Bassisten, einem Pianisten namens Eddie Torres und dem guten alten, verläßlichen Pito am Schlagzeug. Sie spielten eine Menge jazzig klingender Instrumentalnummern, ein paar alte Standardtitel zum Tanzen. Hin und wieder trat der ältere Bruder ans Mikrophon und sang einen Bolero, ganz in der Tradition der Bolerosänger mit bebender Stimme, geschlossenen Augen, das Gesicht schmerzlich und ernst. An einem der hinteren Tische saßen Delores, Leticia, Eugenio und Pedro. Und an der Bar, schluckweise Rum trinkend, der Mambo King, er hörte aufmerksam zu, und es tat ihm wohl zu sehen, wie gewisse Ereignisse sich wiederholten.

»*Adiós*, meine Freunde«, hatte er, erinnerte er sich, zu ihnen gesagt, als sie fortgingen.

*D*anach begannen die Dinge im Club sich zu verändern. Obwohl Cesar Pérez zehntausend Dollar schuldete und das Geschäft ganz gut zu gehen schien, zahlte er seine Raten nicht, mit der Behauptung, er habe das Geld einfach nicht. Und warum? Weil er immer noch den großen Mann spielte, Freunde wie die Brüder aus Kuba anstellte, zwei Serviermädchen auf der Lohnliste hatte, eine Köchin namens Esmeralda, Frankie hinter der Bar und noch Tellerwäscher und weil er obendrein Essen und Drinks ausgab und seine Musiker anständig bezahlte, gleichgültig, was an Eintrittsgeld reinkam.

Als er Berichte von dieser auffälligen Großzügigkeit hörte, berief Pérez eines Tages ein Treffen der Teilhaber ein.

»Ich weiß nicht recht, wie ich's dir beibringen soll, mein Freund«, sagte Pérez zu ihm »Aber meiner Meinung nach glaubst du, du führst einen Wohlfahrtsclub, ja?«

»Nein, aber es ist mein Club.«

»Ja, geführt mit meinem Geld.«

Pérez behauptete, er habe insgesamt mehr als vierzigtausend Dollar in den Laden gesteckt. Manny, der dreitausend angelegt hatte, war es ziemlich egal, wie Cesar den Club führte, solange es den Mambo King glücklich machte, aber Pérez machte klar, daß er als Geschäftsmann seine Interessen wahrzunehmen habe.

»Alles, was ich will, ist, daß du mir die Geschäftsführung überläßt, okay? Ansonsten kannst du weiterhin machen, was du willst, Bands engagieren und die Stammgäste begrüßen. Das ist das, was du am besten kannst, verstehst du?«

Dann verpaßte er Cesar einen herzlichen *abrazo*. »Glaub mir, Gott ist mein Zeuge, das das Richtige.«

Schließlich setzte Pérez zwei von seinen Männern rein. Einer ähnelte dem Boxer Roberto Durán, er hatte die gleichen stechenden schwarzen Augen wie der vor einem K.O.-Schlag. Der andere schien umgänglicher, zurückhaltender, bis er mit einem redete und dann lächelte und dabei die Lippen gehässig hochzog. Sie nannten den Mambo King Papi, und wenn er ihnen Anweisungen gab, taten sie ihm den Gefallen. Sie hatten nicht viel für Eugenio und seine Freunde übrig, hatten nichts übrig für den »Nassauer« Frankie, dosierten die Drinks genau und fütterten nie die Jukebox mit Vierteldollars aus der Kasse.

Sie feuerten eines von den Serviermädchen und ließen damit Cesar schäbig aussehen, was ihn deprimierte.

Aber mit dieser neuen Geschäftsführung kam auch ganz neue Kundschaft. Stenze aus Brooklyn, die ihre lavendelfarbenen Cadillacs vor dem Lokal in zweiter Spur parkten und dicke Goldketten um den Hals trugen. Sie fläzten sich an ihre Tische und zogen dicke Packen Zwanzigdollarscheine raus, und sie bevorzugten Soulmusik, deren übersteuerte Bässe fast die Lautsprecher aus der Jukebox bliesen. Langsam begann die Anzahl der alten lateinamerikanischen Standardtitel zu schwinden und ebenso die Anzahl der alten Gäste. Und sie waren großzügig, gaben dicke Trinkgelder und spendierten dem »Boß«, Cesar Castillo, immer Drinks. Um Mitternacht fand er sich dann wieder, wie er an Frankies Seite den Club verließ, so betrunken, daß er nicht über die Straße gehen konnte. In einer dieser Nächte hatte er noch einen schönen Traum: Der Club Havana brannte ab, aber es war ein stilles Feuer, wie die Glut im Verbrennungsofen, ohne Sirenen oder splitterndes Glas, der Laden brannte einfach nieder, mit all dem Gesindel drin. Manchmal schaffte er es gerade noch bis zu seinem Treppenabsatz und saß da und wünschte sich, der Club würde abbrennen.

Im Hotel Splendour sitzend, stellte er sich nur ungern vor, daß diese Männer den Club Havana dazu benutzt hatten, Drogen zu verkaufen, wie in der Nachbarschaft geklatscht wurde. Aber auch schon damals wußte er, daß etwas nicht stimmte, denn die Leute sahen ihn komisch an. Der alte Ire mit dem erdbeerroten Kinn, der sich immer an den zerknautschten grauen Hut getippt hatte, sah in die andere Richtung, wenn Cesar vorbeiging. Sogar die sanfte Ana Maria lächelte nicht mehr beim Haareschneiden. Und da gab es so Geschichten oder Zufälle, die ihm übel aufstießen. Ein netter schwarzer Junge, »einer von den besseren«, hatte er immer gesagt, Alvin hieß er, von einem Dach gefallen. Ein irischer Junge namens Johnny G., zusammengesackt und völlig am Ende in irgendeiner Pinte am Broadway aufgefunden, tot. Ein anderer irischer Junge tot in einem Keller. Ein Italienerjunge namens Bobby verunglückt bei einer Spritztour in einem geklauten Wagen, vollgepumpt mit Drogen; ein schwarzer Junge namens Owen in einen Kanal gespült, der draußen bei Rockaway mündete. Halbwüchsige, käsigfahl vor Gelbsucht und wer-weiß-was-noch, die ihm zunickten und sagten: »Wie geht's, Mr. Castillo«, einen toten Blick in den Augen. Ein Junge namens Tommy, der spaßigste Bursche auf der Straße, gestorben an Hepatitis. Eine blinde Zeitungshändlerin auf der 121sten, das Gesicht zerschnitten, mittendurch, wegen ein paar Dollar; ein Radiomechaniker, aufgeschlitzt von einem Ohr zum anderen. Dazu die anderen, von denen er gehört hatte, die ihm entfallen waren, weil er nicht an sie denken wollte. Nur daß viele von den Kids nachts immer vor dem Club Havana herumstanden, laut und übermütig in ihren schwarzen Hosen, Pullovern mit V-Ausschnitt und Converse-Turnschuhen mit doppelten Maschen. Er hätte eine Menge Geld machen können, wenn er in dem gemeinsamen Unternehmen geblieben wäre, aber eines Tages gingen er und die anderen Teilhaber zu Pérez und ließen sich auszahlen. Seiner Schulden ledig, kam Cesar noch mit fünftausend Dollar extra aus dem Geschäft heraus – Pérez war großzügig gewesen. Dann flog er für zwei Wochen nach Puerto Rico und verkroch sich in dem Bergstädtchen in der Nähe von Mayagüez. Nach seiner Rückkehr hatte er das Gefühl, daß die ganze Geschichte schon so ziemlich hinter ihm lag, obwohl er, wenn er die Straße entlangging, aus dem Eingang die Jukebox und das Stimmengewirr hören konnte. Er hatte alle seine Bilder mitgenommen, und Pérez war immerhin so freundlich, den Namen von Club Havana in Star Club zu ändern. Ein Jahr später wurde er wieder geändert, auf Club Carib, und im Jahr danach, als Pérez starb (von Engeln in den Himmel getragen), schloß er dann ganz, die Eingangstüren und die Fenster wurden weiß übertüncht und mit Brettern vernagelt.

*U*nd einfach so ruft eine andere Melodie die Erinnerung an einen Mann aus Guatemala wach, einen großen Machotypen namens Enrique, den Cesar aus den Tagen des Park Palace kannte. Rannte eines Tages zufällig auf der Straße in ihn rein, Jahre später, und sie hockten sich zusammen in eine Bar, wo er dem Mambo King die Geschichte seines »ersten Verkehrs«, wie er sich ausdrückte, erzählte. Er war ein Teenager, der auf einer ungepflasterten Straße von der Schule nach Hause ging, als er hörte, wie aus dem Gebüsch eine Stimme nach ihm rief, eine Frauenstimme, die sagte: »Komm her«, und als er nähertrat und die Blätter zur Seite schob, sah er eine Indianerin auf dem Boden, den Rock hochgehoben und die Beine gespreizt – für ihn.

»Sie hatte einen hübschen Körper«, erzählte er dem Mambo King, der nickte und lächelte. »Und sie sagte zu mir: ›Zeig mir, was du hast‹«, und dann streichelte sie ihn und machte sein Ding groß, »sehr groß«, sagte er mit dem Nachdruck, den ein Macho diesem Detail beimißt. Und dann »paarten« – er benutzte dieses Wort – sie sich gleich neben der Straße, und obwohl er seinen Spaß gehabt und sie befriedigt zurückgelassen hatte, sagte er, er hätte, um die Wahrheit die Ehre zu geben, die Gesellschaft eines hübschen Jungen vorgezogen, der an dieser Straße wohnte, ein guter Freund.

Nun hatte dieser Junge eine Schwester namens Teresa, die Enrique immer schöne Augen machte. Sie flirteten miteinander, küßten sich sogar, aber im Grunde wußten sie beide, daß er, amourös gesprochen, das Zusammensein mit Männern vorzog. Dabei hatte er nicht mal was mit ihrem Bruder, aber jeder wußte davon. Das war der erste Teil der Geschichte. Und dann nahm er sie fünfzehn Jahre später wieder auf, als Enrique in New York lebte und Briefe von Teresa bekam, in denen sie ihn anflehte, sie zu heiraten, damit sie die amerikanische Staatsbürgerschaft bekäme; wenn sie erst einmal verheiratet wären, könnten sie es dann so arrangieren, daß ihr Bruder nachkam. Weil er Teresa wie eine Schwester liebte, schrieb Enrique ihr, er werde sich um alles kümmern und auf dem Flughafen auf sie warten. Einen Monat nach ihrer Ankunft wurden sie im Rathaus getraut und lebten ein Jahr lang mehr oder weniger als Mann und Frau zusammen, obwohl sie nicht das Bett miteinander teilten.

Der Mambo King nickte.

Dann hatte sie begonnen, sich mit anderen Paaren anzufreunden, und nun mußte er sich wirklich wie ein guter Ehemann betragen, und das bedeutete, daß er seine männlichen Gefährten nicht mehr um sich haben konnte. Tatsache war, daß sie angefangen hatte, sich zu verbitten, daß seine Freunde ins Haus kamen, weil sie die zunehmend ekelhaft fand. Und da war noch etwas: Sie war es leid, abends schlafen zu gehen und neben Enrique aufzuwachen, der, wie er dem Mambo King nachdrücklich erzählte, dazu neigte, im Schlaf mächtige Erektionen zu bekommen. Und obwohl sie wußte, daß er sich aus Frauen nichts machte, streichelte sie Nacht für Nacht an ihm herum, bis aus ihnen endlich ein Liebespaar wurde. Und sie hatten sogar viel Spaß aneinander. Diese Idylle währte einige Monate, dann versuchte er, mit ihr zu handeln; die Gesellschaft seiner Freunde gegen seine männlichen Dienste, ein Vorschlag, der die Dinge zwischen ihnen schlimmer machte, weil sie darauf zu ihm sagte: »Aber Enrique, du verstehst nicht, ich liebe dich, ich habe dich immer geliebt.« Und: »Wenn ich dich nicht haben kann, dann weiß ich nicht, was ich tue«, wie eine Schauspielerin in einem schlechten Hollywoodfilm – wieder seine Worte – aber dann, als er ihr nicht glaubte, trieb sie die Sache auf die Spitze und ging mit jedem Mann, den sie auf der Straße traf, und handelte sich den Ruf ein, eine Hure zu sein, so daß Enrique, ein hünenhafter Mann, rausgehen und sich für nichts und wieder nichts prügeln mußte, aber er tat es. Danach versuchte er, den häuslichen Frieden zu bewahren, aber sie hatte angefangen, Teller zu zerschlagen, zum Fenster hinauszuschreien, sie sei mit einer »Tunte« verheiratet, und stundenlang laut zu weinen, so daß er sich schämte, auch nur aus dem Haus zu gehen.

Dann beruhigte sich die Lage. Eines Tages, erzählte er dem Mambo King, kam er von seinem Job als Kellner *downtown* nach Hause und stellte fest, daß sie ausgezogen war. Ein paar Tage später wurde ihm die Scheidungsklage zugestellt; die Begründung war, daß er nicht in der Lage sei, ihr gegenüber seinen Mannespflichten nachzukommen. Nicht nur, daß der Gerechtigkeit nicht Genüge getan wurde, sie bekam dazu noch fünfzig Dollar Alimente pro Woche zugesprochen, was damals eine Menge Geld war.

»Gottseidank«, sagte er, »daß sie schließlich, vor ein paar Jahren, wieder geheiratet hat.«

»Klingt verrückt«, sagte der Mambo King kopfschüttelnd. Dann stand er auf, klopfte Enrique auf die Schulter und sagte: »Nun, ich hoffe, es sieht jetzt besser für dich aus?«

»Ja, das tut es.«

»Gut.«

Und zusammen mit dem Mann aus Guatemala, der Pech gehabt hatte, fiel ihm der arme reiche Engländer ein, ein adretter Bursche, der auch immer im Park Palace war und sich in eine schöne Brünette verliebte, die ihn in den Selbstmord trieb.

So viele Jahre waren vergangen.

Er erinnerte sich an den kleinen Priester aus der örtlichen Pfarre, der Humphrey Bogart ähnlich sah und den Frauen immer in den Ausschnitt zu schauen schien.

Das war ja nun wohl ein Mann, der wirklich einen großen Fehler gemacht hatte.

Und, à propos Pech, was war denn mit seinem Freund Giovanni, der den Boxer Kid Chocolate managte, einen draufgängerischen kubanischen Weltergewichtler. Ebenfalls ein Kellner, hatte Giovanni damit einen Gutschein auf Millionen, und was passierte? Sein Boxer nannte den Champion eine Schwuchtel und bezahlte dafür im Ring, wurde ins Koma gedroschen.

Nachdem er den Kampf in *Friday Night Fight of the Week* gesehen hatte, wartete der Mambo King, daß sein Freund Giovanni, der im Haus nebenan wohnte, nach Hause zurückkehrte und sah ihn um ungefähr ein Uhr morgens mit seinem Sohn die Straße heraufkommen, er trug einen Segeltuchsack. Er lief die Treppe hinunter, nur um zu sagen: »Ich hab gesehen, was passiert ist. Wie geht's ihm?«

»Nicht gut«, sagte Giovanni.

»Komm rauf, wir trinken ein paar zusammen.«

»Okay.«

Und als sie oben saßen und gerade dabei waren, eine Flasche leerzumachen, sagte Giovanni: »Pffffft, einfach so. Das ganze Training, all die Kämpfe. Pffft, es schreit zum Himmel, weißt du?«

Der letzte Takt dieser seltsamen Unglücksmusik gab ihm wirklich einen Stich ins Herz, denn aus dem Nichts hörte er plötzlich, wie Elva und René, sein altes Tanzpaar, sich anschrien. René beschuldigte seine hübsche Frau, ihn zu betrügen, und Elva stritt es unter Tränen ab und dann, weil er ihr nicht glaubte, drehte sie den Spieß um und prahlte mit lauter jungen und gutaussehenden Liebhabern, so daß René die Beherrschung verlor und Elva mit einem Küchenmesser erstach. Danach stürzte er sich aus dem Fenster.

Das war noch so ein Unglück, das 1963 passiert war. Gottseidank, dachte der Mambo King, daß die Musik sich schnell änderte und es wieder weiterging.

●

Gegen Ende, der
wehmütigen »Beautiful
Maria of My Soul«
lauschend

*D*azu war es schließlich gekommen: Er blickte auf und stellte fest, daß er den Übergangsjob, den er angenommen hatte, um seine Mußestunden auszufüllen, nun schon fast zwanzig Jahre machte.

Als er durch den Hausflur ging, erinnerte er sich an die Zeit, als er noch ein großspuriger und arroganter Musiker gewesen war, und dachte bei sich, wer hätte sich je träumen lassen, daß alles so kommen würde? (Und die Millionen Leute, die ihn in der Wiederholung der *I Love Lucy*-Show sahen, konnten sich wohl niemals vorstellen, daß er ein eigenes Leben hatte, daß er Hausmeister war.) Er hatte sich daran gewöhnt, nach Dichtungsgummi zu riechen, die Nägel geschwärzt von Schmierfett und Öl. Die Mieter pochten an die Rohre, und er kam schnell, dabei waren manche von diesen Jobs ein Alptraum. (Eingekeilt unter der Spüle in einer heißen Küche, der Linoleumboden unter ihm schimmelnd und wimmelnd von Schaben, kräuseliges und verfilztes Hexenhaar wuchs unter dem Spülenboden und hing ihm ins Gesicht, der Mann plagte sich in der stechenden Hitze des Tages stundenlang ab, um mit einem Franzosen das Abflußrohr oder den Siphon abzuschrauben. Oder in ein Apartment zu kommen, das schon einen Monat abgeschlossen war, weil die Mieter auf Urlaub waren, und in die Küche gehen und feststellen, daß sie zwar den Eisschrank abgeschaltet, aber die Tür zugelassen haben, so daß ein bläulicher Schimmel zu wuchern begonnen und sich über den Boden ausgebreitet hat, und überall, wo er hinsah, waren Schaben und feierten ein großes Fest auf dieser Bläue. Oder das eine Mal, als er einen Schrank aufmachte und eine Million Schaben aneinandergeklammert auf ihn gefallen waren wie ein alter Mantel. Das waren einige von den Dingen, die ihm nicht gefielen.) Aber wenn die Mieter ihn riefen, kam er immer. Weil er die Leere seiner Tage ausfüllen wollte, damals, vor so vielen Jahren, hatte er lockere Türen repariert, tropfende Wasserhähne, zerbrochene Fensterscheiben, abbröckelnde Wände, kaputte Steckdosen. Er hatte eine stilvolle Wandlampe mit Bronzearm, wie man sie auf alten Postämtern und in den Leseabteilen von Bibliotheken fand, über den Briefkästen montiert und sogar einen neuen Spiegel für die enge Eingangshalle gefunden, den fleckigen alten von den Haken genommen und für die Müllabfuhr auf den Gehsteig gestellt. (Die Kinder aus der La Salle-Street zerschlugen ihn mit Wonne.)

Dicklich und langsam weiter zulegend, begann er die Form einer Kirchenglocke anzunehmen. Er hatte seine Lieblingsanzüge in ein paar Jahren ungefähr dreizehn Mal weitermachen und ändern lasen, sooft, daß sein Schneider schließlich im Bund Gummibänder einzog. Erstaunt über die eigene Massigkeit, stampfte er manchmal die Hintertreppe hinunter und genoß es, wie die klapprige Konstruktion wackelte. Obwohl er mehr Schwierigkeiten beim Atmen hatte und beim Gehen langsamer wurde, war der Mambo King froh, daß mehr an ihm dran war, das Platz in der Welt für sich in Anspruch nahm.

Wenn er sich in die Badewanne sinken ließ, stieg das Wasser unerwartet bis an den Rand.

Das war um die Zeit, als die Schmerzen so schlimm wurden, daß sein alter Kumpel Dr. López ihn ins Krankenhaus stecken wollte.

In diesem Jahr wurde er zu einer Radiosendung eingeladen, einer Nostalgiestunde. Der Pianist Charlie Palmieri, Bandleader und Arrangeur, war in derselben Sendung, Palmieri sprach darüber, wie er bei Tito Puente anfing und dann in den fünfziger Jahren eigene Wege ging, kreuz und quer durchs Land reiste, noch ehe die »Rassenbarrieren« beseitigt waren, wie er bei Tanzabenden oben in den Bergen spielte und daß er derjenige war, der Johnny Pacheco entdeckte, einen Tellerwäscher, der in der Küche Flöte spielte, mit der als Hauptattraktion angekündigten Band mitspielte, sein Spiel so lebendig, daß Palmieri ihn vom Fleck weg engagierte.

Und dann hieß es »Danke, Charlie Palmieri«, und aus dem Radio kam ein ozeanisches Rauschen und die Melodie von »Twilight in Havana«.

»Mein nächster Gast heute ist jemand, der in den Fünfzigern ein fester Bestandteil der Szene hier in New York war. Es ist mir ein Vergnügen, Ihnen den Bandleader und Sänger Cesar Castillo vorzustellen. Willkommen Cesar!«

Während er dasaß und seine und Nestors Geschichte erzählte, wie es damals so zuging in den Tanzlokalen, in denen die Mambo Kings auftraten, im Imperial Ballroom, dem Friendship Club, dem Savoy in der Bronx, und was für verdrehte Dinge sich abspielten, wie die

Glatzkopf-Wettbewerbe oder die großen Bandkonkurrenzen, all diese Dinge – unterbrach der Interviewer bei Gelegenheit und spielte eine von den alten Platten der Mambo Kings, um dann weiter mit ihm zu sprechen.

»Und wie stehen Sie zu Desi Arnaz?«

Cesar lachte: »Ein netter Mann.«

»Ich meine, musikalisch?«

»Ein ungeheures Talent, nicht ausgebildet, aber wirklich gut für seine Musiker. Sie wissen, ich und mein Bruder spielten einmal in seiner Show.«

»Ja.«

»Aber zurück zu seinem Talent. Eines Tages traf ich Chico O'Farrill und wir kamen aufs Notenlesen zu sprechen. Ich meine, ich hatte es nie gelernt, und soweit ich weiß, konnte Arnaz es auch nicht, und deshalb fragte ich Chico, was er von Arnaz' Talent hielt, und er sagte, der Mann sei sehr gut für einen nicht ausgebildeten Musiker.«

»Aber niemand hat ihn je für sehr authentisch oder originell gehalten.«

»*Bueno*, ich denke, was er machte, war schwierig. Für mich war er sehr kubanisch, und die Musik, die er damals spielte, war gut und für mich kubanisch genug. Sie wissen, er sang in dieser Show eine Menge alter kubanischer Balladen.«

Hauptsächlich aber redete er über die verschiedenen Tanzdielen, welche Bands wo spielten, und über das Kuddelmuddel von Musikern und die Kumpelhaftigkeit unter den Liederschreibern – »Eine untergegangene Epoche«, darin stimmten beide überein.

»Und was mögen Sie jetzt?«

»Meistens immer noch dasselbe. Meine Lieblinge sind so ziemlich dieselben geblieben.«

»Sie meinen El Conjunto Mambo Kings?«

»Nein, ich mochte immer Puente, Rodríguez, Fajardo, Palmieri, Machito, Beny More, Nelo Sosa. Ich weiß nicht, ich schätze, Sie können nennen, wen Sie wollen, und ich mag es. Und dann sind da noch Celia Cruz und der Sänger Carlos Argentina. Ich könnte noch weitermachen, es gibt so viele große Könner, die immer noch im Geschäft sind.«

»Und Sie selber?«

Cesar lachte und zog an seiner Zigarette.

»Ich arbeite noch da und dort. Nichts Aufregendes, Sie verstehen, aber ich bin immer noch da und halte meine Stimmbänder in Schuß.«

»Zu unserem Glück.« Dann: »Nun, wir müssen Schluß machen, aber vorher lasse ich Sie noch mit diesem kleinen feinen *canción* allein.«

Damit gab der Moderator das Stichwort für »Beautiful Maria of My Soul«, das aus Fenstern erklang, aus Autoradios und am Strand, wo hübsche junge Frauen, die in der Sonne lagen, ihre Körper glänzend von Sonnencreme, Herzen und Köpfe voller Gedanken an die Zukunft, das Lied hörten.

Gelegentlich bekam er einen Anruf von einem Agenten oder Veranstalter, der davon sprach, ihn wieder ins Rampenlicht zu bringen. Normalerweise blieb es dabei.

Eines Tages aber schleppte er gerade Müll aus dem Keller herauf, schleifte die schweren Ascheneimer an die Gehsteigkante, als er eine Autohupe hörte. Ein Mercedes-Benz war vorgefahren, und am Steuer saß, hochelegant in weißem Zobelmantel und Federhut mit einem Band in Leopardenmuster, sein alter Pianist von den Mambo Kings, der fabelhafte Miguel Montoya.

Er brauchte eine Sekunde, bis er ihn erkannte. »Miguel, *hombre*!«
Und schon lagen sie einander in den Armen.

»Meine Güte, siehst du aber nach Erfolg aus!«

»Ja«, sagte er. »Ich kann nicht klagen.«

Später fuhren sie dann rüber in eins von Cesars Lieblingslokalen auf der 129sten Straße. Miguel mußte damals Ende siebzig gewesen sein, aber er schien immer noch dick drin zu sein und hatte es, nach seiner eigenen Schilderung, zu etwas gebracht, machte in Kalifornien Aufnahmen für Hintergrundmusik – er war das sahnig-samtige, einschmeichelnde Klavier bei »Moon River«, »*Quizás, quizás, quizás*« und »Beautiful Maria of My Soul«, wie sie aus Lautsprechern in Supermärkten, Flughäfen und Bushaltestellen quollen –, und er schrieb die Filmmusik zu billig gemachten mexikanischen Horrorfilmen mit Titeln wie *The Beautiful Vampires of the Hacienda of Terror!* (Diesen Film hatte Cesar 1966 in der Bronx gesehen. Er war mit seinem Neffen Eugenio und ein paar von seinen Freunden hingegangen – mit Louie, einem schlaksigen Puertorikaner, und Victor, einem Neuankömmling aus Kuba – und sie hatten im bläulichen Schein des Schauerlichts gesessen, in einem Kino voll altkluger

Kinder, die lachten und klatschten, während sie sich die großbusigen weiblichen Vampire ansahen – die Brüste rund, spitz und saftig unter ihren schwarzen, durchsichtigen Umhängen – die über Veranden schwirrten, auf denen Musiker in Sombreros spielten und durch Bogenfenster krachten, um die Liebesdienste und das Blut ihrer männlichen Opfer zu fordern.)

Ein netter langer Nachmittag, sie tranken und lernten sich wieder richtig kennen, und schließlich rückte Miguel mit einem weiteren Grund für seinen Besuch, abgesehen von ihrer Freundschaft, heraus. »Ein Promoter, den ich kenn, ein Engländer, der in London lebt, will im Londoner Palladium ein Revival steigen lassen und hat mich gebeten, ein Orchester und eine Gesangsgruppe zusammenzustellen. Natürlich hab ich ihm von dir erzählt.«

»Ja?«

Und die Vorstellung, nach Europa zu reisen, nach England, wo er noch nie gewesen war, machte den Mambo King froh.

»Es wird gerade erst alles geplant, aber ich hab schon ein paar gute Leute beisammen. Und wer weiß, vielleicht können wir mit der Show auf Tournee gehen, nach Madrid, Paris, Rom, all diese schönen Städte.«

Miguel war so begeistert davon, daß er den Mambo King über die ganze Sache auf dem laufenden hielt, ihn alle paar Monate anrief, aber dann hörte Cesar plötzlich nichts mehr von ihm; und als er Miguels Nummer in Phoenix, Arizona anrief, teilte irgend jemand, der sich um Miguels Angelegenheiten kümmerte, dem Mambo King mit, daß sein alter Freund tot war.

»*Coño!*«

Einmal hätte er auch beinahe seine Tochter wiedergesehen. Sie schrieben einander immer noch, aber was war sie ihm denn schon, außer ein paar verblassende Zeilen Tinte auf Papier? Dann schrieb sie ihm, ihre Ballettruppe werde in Montreal, Kanada, auftreten, mit einer Produktion von *Giselle* mit Alicia Alonso. Jetzt Anfang Dreißig, hatte sie irgendwas mit der Leitung des *Corps de ballet* zu tun, und ob er sich in dieser winterlichen Stadt mit ihr treffen wolle? Ja, schrieb er. Sie vereinbarten das Wie und Wann, und er besorgte sich ein Ticket, aber am Morgen seines Fluges nach Montreal ließ er seinen Symptomen freien Lauf, er konnte sich nicht aus dem Bett rühren und begnügte sich mit einem langen, von Rauschen geplagten Telephongespräch mit seiner Tochter um halb elf Uhr abends.

Mit müder Stimme versuchte er ihr die Schmerzen in seinem Körper und in seinem Herzen zu erklären.

Dann hieß es: »Na ja, tut mit leid, daß wir uns nun nicht sehen, Papi.«

»Ja, Tochter. Mir auch. Ein andermal?«

»Ja.«

»Paß gut auf dich auf, meine Tochter.«

»Ja, und du auf dich, Papi.«

Und lebwohl für immer.

An einem anderen Abend sollte er auftreten, und er kam aus der Kühle des Kellers herauf, wo es immer war wie im Herbst, und zog sich vor dem Spiegel aus. Weg mit seiner grauen Arbeitsmontur, weg mit dem Ring mit den Apartmentschlüsseln, den Unterhosen, den schmutzigen weißen Socken, und über den Flur ins Bad.

Dann das Ganze retour, sich anziehen. Zuerst Kölnischwasser hinter die Ohren und auf den Nacken; dann Talkumpuder unter die Achseln und auf die haarige Brust mit der Narbe über dem rechten Nippel. Ein sauberes Paar gestreifter Boxershorts, dann hohe Seidensocken mit Sockenhaltern. Rein in sein flamingorosa Hemd und den verschossenen weißen Seidenanzug, eng um die Mitte, die Knöpfe spannten unter dem Zug. Dann her mit der himmelblauen Krawatte und der silbernen Krawattennadel. Er rieb sich ölige Frisiercreme ins Haar und ein wenig Vaseline unter die Augen, damit man die Falten nicht so sah, und zog dann mit einem Wachsstift seinen schmalen Schnurrbart – wie der von Cesar Romero in den alten Filmen – nach. Dann streifte er die weißen Schuhe mit den Goldschnallen über und wienerte das weiche Leder mit einem Poliertuch spuckeblank. Als er damit fertig war, betrachtete er sich von oben bis unten. Zufrieden, weil alles an seinem Platz war, und fertig zum Gehen.

Später standen Cesar und seine Musiker auf der Bühne des Clubs Tropical Paradise in der Bronx, ein Laden geführt von Puertorikanern, die große Fans der Mambo Kings gewesen waren; sie spielten gerade ihr zweites Set zu Ende, eine Reihe von Klassikern wie »El Bodeguero« und »Cachita«, die selbst die alten Omas und Opas dazu gebracht hatten, sich zu schütteln und fröhlich zu lachen, als wären sie wieder jung. Er hatte mitangesehen, wie ein schmächtiges Frauchen, dünn und verkrümmt wie ein Ast, in einem viellagigen Kleid aus einer anderen Zeit, sich in ein zwölfjähriges Mädchen verwandelte, ihre arthritischen Schultern ruckten nach vorn, als hätte sie sich eben in eine Conga-Kette eingereiht. Davon befeuert, hatte der Mambo King mächtig in seine Trompete geblasen, gezwinkert und »*Vaya!*« gerufen, die Töne seines Solos segelten auf der Dünung des ½-Takts, und die Musik hatte so gut geklungen, daß sogar sein schläfriger Bassist Manny, müde von seiner Tagesarbeit, aufgewacht war.

Und damit hatten sie zu einem anderen Lied übergeleitet, und der Mambo King begann, trotz eines schlimmen Urindrangs zu tanzen und bewegte seine massige Gestalt auf den Spitzen seiner goldbeschnallten Schuhe. Er sang und blies seine Trompete mit Verve, als wäre er wieder der junge Mann in Havanna, der sich betrank und mit aller Energie der Welt durch die Straßen rannte, blies, bis das Gesicht rot war, die Seiten stachen und der Kopf zu platzen schien. Er hatte einen Schritt zurück gemacht, sich zu seinen Musikern gedreht und ihnen das Auszeichen gegeben, nochmal-den-Refrain-und-Schluß.

»Meine Damen und Herren«, sagte er – ... im Hotel Splendour wünschte er, er hätte nicht solche Schmerzen ... – ins Mikrophon. »Danke vielmals. Es freut uns, daß Sie sich gut amüsieren.«

Die Blase voll, daß es wehtat (Leber, Nieren, zerfressener Magen), schaltete er das Mikrophon ab, stieg vom Holzpodium und bahnte sich im Dunklen den Weg durch die Tänzer und streifte wie von ungefähr einige hübsche Frauenhintern. Als er sich da hindurchbewegte, fühlte er sich von Jugend umgeben, bedrängt, überwältigt. Inmitten dieser Menge von zumeist jungen Leuten kam er sich vor wie ein Botschafter, als wäre er hier als Vertreter der aussterbenden älteren Generation, dem Tod näher, wie es heißt, als dem Licht der Jugend.

– Über eine Wiese laufen, der Boden zieht unter ihm vorbei wie ein Fluß –

So viele hübsche junge Frauen mit großen goldenen, halbmond- und pagodenförmigen Ohrgehängen und lichtdurchzuckten Locken und hübschen Hintern auf schlanken, langfesseligen Tanzbeinen. Seidige Blusen, prall von Weiblichkeit, bebend und glänzend im roten Licht. Angerempelt, und ein wenig verweilend, preßte er sich eng an eine Frau, die nach Jasmin und Schweiß roch.

Fast sechzig jetzt schon. Und sahen ihn die jungen Dinger da an wie früher, von oben bis unten, und hofften, er würde rüberkommen und ein Gespräch anfangen? Jetzt behandelten sie ihn mit fröhlichem Respekt, mit Blicken, die sagten: »Ach je, aber früher mal muß er schon ein Ladykiller gewesen sein.« In den alten Zeiten konnte er nicht über die Straße gehen, ohne daß irgendeine hübsche Frau ihm süß und verlangend in die Augen sah, aber jetzt? *Dios mío*, um eine rumzukriegen, mußte er sich jetzt ins Zeug legen, und wenn er eine jüngere Frau wollte, mußte er dafür bezahlen, denn die Frauen, die ihn jetzt wollten, waren keine jungen Dinger mehr, und das war etwas, das er nicht verkraften konnte.

Aber dann, während er sich den Weg zur Toilette bahnte, spürte er, wie jemand ihm am Jackettärmel zupfte und ihn am Ellbogen faßte, eine junge Frau von dreißig, fünfunddreißig. *Coño!*

»Señor Castillo? Mein Name ist Lydia Santos. Das ist mein Vetter Alberto« – ihr gegenüber am Tisch ein Mann mit dünnem Schnurrbart, der dem Filmschauspieler Leon Errol aus den dreißiger Jahren ähnlich sah. »Ich wollte Ihnen nur sagen, daß Ihre Musik mir wirklich gefällt. Wissen Sie, ich hab Sie früher schon mal gesehen, vor Jahren, als ich ein junges Mädchen war. Mein Vater nahm mich immer zu allen Shows ins Teatro Hispanico mit. Dort hab ich Sie gesehen, und in Brooklyn. Wie hieß dieses andere Lokal noch gleich?«

»Das Savoy«, sagte ihr Vetter.

»Ja. Da haben wir ein paar Mal gespielt. Mit dem Orchester von Glorious Gloria Parker. Das ist viele Jahre her. 1954 war das.«

(Und jetzt, dieser Erinnerung überlagert, Glorious Gloria Parker und ihre Rumba-Damenkapelle, sie spielen eine Rumbaversion der Mondscheinsonate und Cesar und Gloria eines Abends aneinandergeschmiegt an einem Tisch, und Gloria hinreißend in flammendrotem Kleid und einem Steckkamm im Haar, sagte zum Mambo King: »Wollt ihr Jungs nicht im Vorprogramm mit uns in diesem Schuppen in den Catskills arbeiten?« Und das blendet über zu einer Mondnacht, in der morgens um drei der Mambo King und Glorious Gloria am Ufer eines Sees entlangzotteln, berückt vom Widerschein des Monds und der Sterne, wie Tränen aus Licht im Wasser, und den kobaltblauen Kiefern in der Ferne, und in einem Moment, als die beiden Bandleader nahe genug beieinanderstanden, um einander atmen zu hören, drehte sie sich ihm zu und steckte zwei Finger in sein Hemd, ihre Nägel berührten seine Haut und sein kräuseliges Brusthaar, und sie sagt, wie es damals so Mode war: »Komm schon, großer Dämlack du, warum gibst du mir nicht 'nen Kuß?«)

»Ich war noch ein Kind, aber mir gefiel Ihr Orchester wirklich.«

»Danke, das ist ein großes Kompliment. Wenn eine so hübsche Frau das sagt.« Und er verneigte sich.

Aber in seinem Gesicht war Schmerz, sichtbar wie ein Schatten. Der Mambo King wollte bleiben und weiterreden, aber seine Blase schmerzte ihn. »Noch 'ne Runde Drinks hierher!«, rief er dem Kellner zu.

Dann beugte er sich vor und sagte zu ihr: »Ich komm nachher noch mal vorbei, damit wir reden können, ja?«

Weiter in Richtung zu den Toiletten im Korridor, in Gedanken bei diesem jungen Mädchen von dreißig oder fünfunddreißig. Lydia Santos. Die meisten jüngeren Frauen, die er traf, hatten noch nie von seinem Orchester, den Mambo Kings, gehört, oder wenn sie den Namen kannten, war es nur eines von Dutzenden altmodischen Orchestern, deren Platten ihre Eltern auflegten, wenn ihnen nostalgisch zumute war.

»Ich war noch ein Kind, aber mir gefiel ihr Orchester wirklich«, hörte er wieder, als er an der plärrenden Jukebox vorbeikam.

Am Ende eines engen Foyers war eine fest verriegelte Feuertür, die ihn störte. Einmal hatte er in einem Club in Queens gespielt, wo in der Küche ein Feuer ausgebrochen war und sie mußten die Feuertür auf die Gasse hinaus mit einer Axt aufbrechen. (Er wünschte, das wäre im Club Havana passiert.) An die Tür gedrängt, mußten die Leute husten und weinen vor Rauch und vor Angst. Darum sah er sich immer die Notausgänge an.

– Der Klang der Feuerwehrsirenen in der Nacht von Nestors Tod . . .

Entlang der Korridorwand eine Reihe junger Männer, die darauf warteten, daß sie aufs Klo konnten (zum Pinkeln, Kacken, Sich-Frischmachen, *yerba*-Rauchen, Kokainschnupfen), und unter ihnen der Bräutigam, *el novio,* für den diese Party gegeben wurde. Die jungen Männer waren wirklich aufgeräumt und glücklich. Ein Witz, der durch die Reihe lief? Wie wund das Geschlechtsteil des Bräutigams bis morgen nachmittag sein würde. Er gab zurück: »Es ist schon seit langem wund«. Alles grinste dreckig.

Unter diesen jungen Männern und aufgekratzt durch die Aufmerksamkeit von Lydia Santos, vergaß der Mambo King sein Alter und nahm die Pose eines jungen Wolfes ein, Kragen und Schleife offen. Seine Brust voll wollig wirren, grauen und schwarzen Haaren lag bloß, und an einem Kettchen schmiegten sich das Kreuz, das Amulett und das kleine Bronzemedaillon von Changó in die Urwaldfeuchte seiner Haut. Ein ziemlich hoch aufgeschossener Bursche machte dem Mambo King Komplimente (obwohl er den Bräutigam zu einer von diesen neuen Disco-Gruppen gedrängt hatte, mit ihren ausgefallenen Anlagen, elektronischem Schlagzeug und Synthesizer-Klavieren, aber der Brautvater hatte gemeint: »Eine Gruppe ist eine Gruppe, und dieser Cesar Castillo ist ein echter Profi«, was hieß, daß Cesar viel weniger verlangt hatte als die anderen, und was machte es schon, wenn seine Musik ein wenig altmodisch war?) und bot dann dem Mambo King und seinem Bassisten einen Zug von seiner Marihuana-Zigarette an.

Nein danke, er zog den Rum dem Kiffen vor, weil er vom Kiffen eigenartige Gefühle bekam, Stimmen hörte und dauernd argwöhnte, sein toter Bruder Nestor werde gleich um die Ecke kommen.

Ein anderer junger Mann machte höflich Konversation und fragte den Mambo King um seine Meinung über den Aufsteiger aus Panama, Rubén Blades, den Cesar gehört und der ihm gefallen hatte. »Sie müssen eine Menge von den Großen zu Ihrer Zeit gekannt haben, häh?«

»Ja, wen Sie wollen ... Puente, Palmieri, Ray Barretto, Pérez Prado. Ich hab vor langer Zeit eine Menge Jungs gekannt. Talentierte Jungs mit Stil und guten musikalischen Ideen; sie lösten sich in Luft auf. Sie haben hart gearbeitet. Und wo sind sie jetzt, die meisten von ihnen? Ein Freund von mir, ein wirklich guter *conguero*, paßt auf die Dinosaurier im Naturhistorischen Museum auf. Ich hab einen anderen Freund, der *downtown* im Modeviertel als Bügler arbeitet. Er ist zu alt, um irgendwas anderes zu machen, aber zu seiner Zeit war er ein guter Trompeter. Er kann einem leid tun, aber er hat auch seine große Zeit gehabt und außerdem, aus was für Gründen immer, das war seine Berufung. Er wußte, auf was er sich einließ, *sabes*?«

»Versteh mich nicht falsch, mein Freund«, fuhr er fort. »Man kann davon leben, aber es ist nicht leicht, und damit reich zu werden, das kannste vergessen.« Er lugte nach vorn, um zu sehen, ob die Reihe vorwärtskam, und sagte zu Manny: »Wie lang wird dieser Kerl noch da drinbleiben, häh?«

Als er schließlich in das verrauchte Klo kam, erlebte er eine Überraschung: Im Spülwasser schwamm eine blaugrüne Papageienfeder. Er holte sein großes Ding heraus und entleerte seine Blase. Als er die Augen schloß – kringeliger Rauch von seiner Zigarette stieg ihm hinein – dachte er an die junge Frau: Er stellte sich vor, wie sie auf dem Kachelboden kniete und ihm die Hose aufmachte.

Na komm, *hombre*, nun laß die Frau mal in Frieden, schalt er sich selbst, und das kurze Bild der Begierde löste sich auf, zerfloß in einer Welle von Melancholie. Er hatte immer gedacht, seine große *pinga* würde alles von selber regeln, er würde kriegen, was er wollte, wenn er einer Frau mit seinem Hübschen-Jungen-Blick nur tief in die Augen sah, arrogant war, als wären sie allesamt nichts wert. Und da war er nun, ein alternder Musiker, und was hatte er schon groß vorzuzeigen, trotz all seiner Jahre auf der Welt?

Ein schmerzliches Zucken, wenn er daran dachte, wie er seinen jüngeren Bruder immer auf den Schultern durch den Hof auf Kuba trug: Sein Bruder, der sich an ihn klammerte, ihn liebte, die dünnen Arme um seinen Hals gelegt, der Kleine jauchzte jedesmal, wenn Cesar auf und nieder hopste und wieherte wie ein Pferd. Ließ ihn bis in den schattigen Teil des Hofes reiten, wo die Damen des Hauses sich zusammensetzten, zum Nähen, Waschen und Tratschen. Die große Wanne, randvoll mit heißem Wasser und nach Rosen duftendem Seifenschaum, seine Mutter sagte zu ihm: »Erst Nestor, und dann du, mein Sohn.«

Die Damen des Hauses: Mama, Genebria und ihre Freundinnen, vier lustige schwarze Frauen, die sich mit Magie beschäftigten, die immer über ihn lachten und ihn wegen seiner Eitelkeit aufzogen, ihm sagten, daß sie ihm noch Ärger machen würde. Wie hießen sie noch gleich – er versuchte sich jetzt zu erinnern. Tomosa, Pereza, Nicolena und Nisa, die in ihren roten und gelben und mangofarbenen Hemdkleidern um ihn herumwirbelten, lachend. Er hatte schon lang nicht mehr an sie gedacht, an diese fröhlichen Frauen, die sich um ihn drängten und ihn mit Küssen zu Tode hätschelten.

Die Erinnerung, immer wieder diese Erinnerung, wie er hochsah, in die Augen seiner Mutter, und darin die reine Güte und Liebe fand.

Die reine Güte war sie, seine Mutter, und doch konnte sie nichts ausrichten gegen die Gewalt seines Vaters, der sie prügelte, ihn prügelte und versuchte, seinen freien Geist in Grund und Boden zu prügeln. Der seinen jüngeren Bruder zu Tode ängstigte, so daß er durchs Leben ging wie ... wie ein kleines Mädchen. Diese ohnmächtige Güte.

Warum mußte er plötzlich daran denken, all die Jahre später im Hotel Splendour?

Als er in den Spiegel auf dem Klo sah, mußte er über sich selber lachen. »Schäm dich, *viejito*, an diese junge Frau auch nur zu denken.«

Wie konnte er an eine junge Frau denken, wenn er doch eine *faja*, ein Korsett, trug?

Was hatten die Ärzte im Krankenhaus ihm gesagt?

In diesem Leben ist es aus mit dem Genießen.

Jetzt betrachtete er sich von der Seite und zog dabei den Bauch ein. Den Kopf vornehm hochgereckt, hatte er eine gewisse Ähnlichkeit mit dem Cesar Castillo aus der Ruhmeszeit der Mambo Kings, dessen Gesicht das Cover des unsterblichen Albums »The Mambo Kings Play Songs of Love« zierte.

Als er aus der Toilette kam, bewegte er sich zackig, Brust raus, den riesigen Bauch rein, er klopfte Schultern, tätschelte die Kinder, die im Kreis um die Erwachsenen herumliefen, winkte leutselig und zwinkerte älteren Damen zu. Dann ging er zurück auf die Bühne. Als er vor dem Mikrophon stand und sich umdrehte, um den Schalter an einem Verstärker auf Ein zu klicken, spürte er, wie ihm Säure im Magen brauste. Zuvor an diesem Abend hatte er zwei Teller *lechón asado* gegessen, die er mit einer reichlichen Prise Salz und dem Saft einer prallen Zitrone gewürzte hatte; dann *tostones*, knusprig gebacken und gebräunt, Pommes frites, *arroz moro*, ein wenig *yuca*.

Was ihn aber in die Eingeweide schnitt, war der Rum. Er ging ihm die Gurgel runter wie schmelzendes Eis, begann dann aber in der Nähe seines (von tausend Frauen geküßten) vibrierenden Zwerchfells zu brennen. Gelegentlich lutschte er Pillen gegen die Übersäurung. Über die Jahre hinweg hatte er viele Flaschen Magnesiummilch und gewöhnliche Milch in sich hineingeschüttet, um das Übel zu lindern. Hin und wieder probierte er sogar eine eigene Erfindung, die er »69« nannte, Milch und Rum und Pfefferminzlikör oder Amaretto, als könnten der Bonbongeschmack und die ölige Konsistenz den Schmerz vertreiben. Und obwohl die Anfälle in seinem Magen und das Pochen in Nieren und Leber ihn manchmal mitten in der Nacht aus dem Schlaf rissen und gute Freunde wie Manny, der Bassist, Bernardito und Dr. López ihm geraten hatten, besser auf sich aufzupassen, ignorierte er sie weiter.

Gleich darauf begannen der Mambo King und seine Musiker mit einer neuen Folge von Stücken wie »The Cuban Mambo«, »The Tremendo Cumbancha«, »Cua, cua, cua«. Dann war es Zeit für den Bolero und »Beautiful Maria of My Soul«.

Der Mambo King sang diesen Bolero, wie er es Jahre und Jahre getan hatte, mit bebender Stimme, das Gesicht leuchtend von ernstem, liebestrunkenem Gefühl: Die Arme vor seinem korpulenten Körper weit ausgebreitet, sang er mit ganzem Herzen die Frauen an. Und als er in die Menge sah, fanden seine Augen Lydia: Sie hatte ihn angestarrt, zwischen ihren kirschroten Lippen baumelte ein verbogener Strohhalm. Er sang die letzte Zeile des Liedes für sie, und nur für sie. Während er durch die schwermütige Schönheit dieser Melodie segelte, dachte er bei sich: Da ist schon wieder dieses junge Ding und sieht mich an.

(Oh, Christus, mein Herr und Retter, erklär mir bitte in dieser traurigen Nacht, was so viele Menschen zum Weinen gebracht.)

Sie spielten bis gegen halb vier, und dann versammelten die Musiker sich um einen Tisch und warteten auf ihr Geld. Draußen auf der Tanzfläche waren immer noch eine Menge Leute, Silhouetten von engumschlungenen Körpern, ein Raum voller Schatten unter dem rosa und roten Licht, enge Kreise im grellen Licht der Leuchtschrift auf der computergesteuerten Jukebox: DIE BELIEB-TESTE SCHLAGERAUSWAHL! Der Brautvater schwelgte an der Bar in Erinnerungen und ließ sich Zeit. Es machte nichts aus: Die Musiker waren erschöpft, besonders Manny, der auf seinem Stuhl zusammengesackt war und flüsterte: »Wann wird der Mann endlich zahlen, häh?«

»Ich werd mich drum kümmern. Mach dir keine Sorgen.«

»Ja, natürlich, wie konnte ich nur meinen Freund vergessen!« Und der Brautvater übergab Cesar Castillo einen Umschlag mit dreihundert Dollar – das machte fünfzig Dollar für jeden der fünf Musiker, für siebeneinhalb Stunden Live-Musik, plus fünfzig Dollar Trinkgeld, die sie unter sich aufteilen mußten – ein guter Abend.

Als die Musiker ihre Instrumente, Kabel und Mikrophone zusammensuchten, blieb der Mambo King, die Schleife gelöst, das Hemd offen, an Lydias Tisch stehen, um auf Wiedersehen zu sagen. Zuerst schüttelte er ihrem Vetter die Hand, ein männlicher Handschlag, aber bei Lydia führte er galante Gewandtheit vor und küßte die Knöchel ihrer rechten Hand. Dabei fühlte er, wie ihre Hand warm wurde. Und sie errötete auch.

Dann sagte er zu ihr: »Könnte sich dieser *viejito* das Vergnügen machen, Sie irgendwann anzurufen?«

»Ja.«

Auf die Rückseite eines Budweiser-Bierdeckels schrieb sie: »Lydia Santos, RI 9-8996.«

»Danke.«

Interessierte sie sich wirklich für ihn, oder war sie einfach nur nett zu einem alten Mann? Trotzdem konnte er es sich nicht verkneifen, ihr nochmals die Hand zu küssen und darauf ein zärtliches Lächeln folgen zu lassen. Dann stelzte er mit Frankie zur Tür hinaus.

Er und Frankie konnten bei Manny mitfahren. Während sie auf dem Cross Bronx Expressway westwärts fuhren, war der Mambo King alles andere als müde. Er gähnte nicht, er fläzte sich nicht schlapp in den Autositz, er spürte nicht mal die Schmerzen in seinem Magen. Statt dessen wippte er mit dem Fuß und hatte Lust auf eine Party. Manny setzte den Mambo King und Frankie in der La Salle-Street ab und machte sich müde auf den Heimweg, wo er seinen Baß und den Verstärker in seine *bodega* wegsperren würde. Aber Cesar?

»Frankie, willst du noch mit raufkommen und einen trinken?«

»Es ist fünf Uhr morgens.«

»Du kannst ja bei mir übernachten.«

»Laß mich nach Hause gehen. Meine Frau wartet.«

»Komm schon, sie weiß doch, daß du bei mir bist.«

Sie gingen die Treppe hoch in Cesars Apartment und durch den Flur in die Küche, wo Cesar gute Drinks für sie machte. Im Wohnzimmer legte er eine von seinen Lieblingsplatten auf, »Dancemania« von Tito Puente, und dann setzten sie sich auf die Couch und tranken. *Coño*, diese junge Frau hatte Gefallen an ihm gefunden, und nun schnurrte die Welt vor Wohlbehagen. Er hatte das Gefühl, daß Wohlwollen auf ihn einströmte, daß er der Mittelpunkt eines ihm günstigen und schönen Universums war. Ausgelaugt, wie er war, döste Frankie bald ein. Aber Cesar blieb wach, jubilierend und glücklich, als ob alles um ihn herum sich ihm liebevoll zuneigte: die alte Couch, der Lehnstuhl, die viktorianisch aussehenden Stühle am Fenster, die er aus dem Keller heraufgeholt hatte, der Zenith-Farbfernseher mit seinem blauen Schirm, seine Congas, seine Maracas mit der Aufschrift »Kuba«, seine Stereoanlage. Die schimmernden Rücken der alten und neuen Platten im Schrank, die halbe Flasche Bacardi-Rum, sein schwarzer Instrumentenkoffer, alles strahlte Liebe aus.

Er hatte eine kleine kubanische Fahne auf dem Fernseher stehen und in der Zimmerecke einen kleinen Schrank, der dem Andenken Nestors gewidmet war. Er selbst und Nestor und die übrigen Mambo Kings lächelten ihm jetzt zu, von einem muschelförmigen Art-déco-Podium circa 1950 herab. Und dann lächelten auch die anderen gerahmten Bilder an der Wand: Tito, Pérez, und ja, auch das wieder, er und Nestor in Pose neben Desi Arnaz.

(Einen Moment lang, wie er so in der Sommerhitze am Fenster seines Zimmers im Hotel Splendour dasaß, hatte Cesar den Eindruck, wieder vor der Tür zum Apartment Desi Arnaz' zu stehen, neben ihm, lebendig und gesund und jung, sein Bruder Nestor.)

Dann waren da noch mehr Photos seiner Familie. Seine Nichte und sein Neffe als Babies, als Kleinkinder, und immer weiter ins Leben hinein: Leticia in ihrem Kommunionskleidchen, ein Bild von Leticia mit einem quadratischen Barett mit blauer Quaste auf dem Kopf am Tag der Abschlußfeier in der Herzmarien-High School, Leticia am Tag ihrer Hochzeit mit einem netten jüdischen Jungen namens Howard. Eugenio als Soldat Christi bei seiner Firmung in der Corpus Christi-Kapelle, ein schwarzes Meßbuch in der Hand, hinter ihm lichtstrahlend der Geist Christi. Ein Photo von Cesar und seinem toten Bruder und Delores vor einem Restaurant in Chinatown, ein paar Stunden, nachdem sein Bruder und seine Schwägerin getraut worden waren. Delores in einem getupften Kleid, eine Blume in der Hand; Nestor in einem schicken blauen Sergeanzug. Photos von seiner Tochter, Mariela, aufgenommen in Havanna, als sie noch klein war.

Und unter all diesen Bildern stellte der Mambo King sich selbst mit Lydia vor, in Positur geworfen, als wäre er wieder ein junger Mann, eine Million Liebesnächte und eine glückstrahlende Zukunft vor sich, als könnte er noch einmal leben und vieles noch einmal tun. Sogar die tick-tackende Uhr an der Küchenwand schien ihm zuzulächeln.

Dann begann plötzlich im Osten die Sonne aufzusteigen, und im Fenster glühte orangerotes Licht. Und wie eine Figur aus einem Bolero, fühlte der Mambo King sich wieder glücklich und jung: Während Frankie, der Killer, am Küchentisch wegschnarchte, flog ein Name, leicht wie eine fallende Blüte, durch Cesars weltmüde Seele, flog durch Schichten von Machotum und Zweifel, Zorn und Verachtung. »Lydia.«

Die Woche darauf rief der Mambo King nervös Lydia Santos an und lud sie ein, mit ihm essen zu gehen.

»Ja, das würde ich gern«, sagte sie zu ihm.

Am ersten Abend, als sie zusammen ausgingen, fand sich der Mambo King wieder, wie er in der U-Bahnstation in der 96sten Straße auf und ab ging und auf ihren Zug aus der Bronx wartete. Er trug einen lavendelfarbenen Anzug, weiße Schuhe mit kantigen Kappen und einen lackierten Strohhut mit schwarzem Band. Eine große Sonnenbrille, damit sie die Tränensäcke unter seinen Augen nicht sah. Um ihn herum schien überall nur Gesindel zu sein. Die Tage waren lang vorbei, als man im Schatten eines Baumes im Park ein Nickerchen machen konnte, ohne sich Sorgen zu machen, daß einem einer die Taschen umdrehte. Auf dem Weg von oder zu Auftritten hatte er in der U-Bahn schnellfüßige Diebe beobachtet, die sich an den Zugtüren aufstellten, im einen Moment noch die Sportseite der *Daily News* lasen und, pssst, im nächsten, unmittelbar bevor die Türen sich schlossen, jemandem eine dicke Goldkette wegrissen oder eine Handtasche oder ein Radio und über den Bahnsteig davonrannten. Ein schneller Griff, einfach so. Einmal sah er, wie ein Mann in einen Waggon kam und einem anderen das Hemd aufschlitzte, um an dessen Brieftasche zu kommen; das Opfer rührte sich nicht einmal. Er hatte gesehen, wie in Zügen schlafenden Männern die Jacketts vom Rücken gezogen, Schuhe von den Füßen gerissen wurden. Und erst die Anzahl der Bettler! In den alten Zeiten waren es nie so viele gewesen. Er gab nur den alten, nicht den jungen Männern. Da gab es auch einen Indianer, der aussah, als wäre sein Körper in der Mitte abgeschnitten worden. Er schob sich auf einem Rollbrett durch die U-Bahnwaggons und hielt eine Blechschale in die Höhe, die Cesar immer mit Kleingeld füllte. (Wie konnte dieser arme, leidgeprüfte Mann auf dem Klo sein Geschäft verrichten? Was hatte er an Liebe in seinem Leben?)

Außerdem war jetzt alles so verdreckt: Damals, 1949, waren die Bahnsteige sauber. An jeder Säule war entweder ein Kaugummiautomat, Einwurf ein Cent, oder ein Automat mit Schokoriegeln, fünf Cent; keine Zeitungsstände, keine Pizzerias, keine Buden mit Hamburgern oder Hot Dogs. Keine Scheiße, Pisse, dreckige Fetzen, Abfallhaufen . . .

Fahrpreis zehn Cent, Flechtrohrsitze und weißlackierte Haltegriffe. (Jetzt schließt er die Augen und sieht sich wieder mit Nestor die Straße entlanggehen.)

Er versuchte, nicht aufzufallen, während Gruppen von Teenagern, die auf Remmidemmi aus waren, mit lauten Radios den Bahnsteig bevölkerten. *Coño*, dachte der Mambo King und hielt sich nahe der Bahnsteigkante. *Coño*!

»He, Mann, hast du mal 'ne Zigarette?«

»Aber sicher.«

»Chesterfield? Wer raucht schon Chesterfield?«

Der Mambo King hatte Lust, darauf zu antworten: »Das ist die bevorzugte Marke des Mambo Kings, Cesar Castillo.« Aber er sah weg.

»Hast du mal 'nen Vierteldollar?«

»Nein.«

»Du meinst, du hast kein Geld?«

»Nein, tut mir leid.«

»Tut dir leid, ja? Alte Schwuchtel!«

Sie kam eine halbe Stunde zu spät.

»Meine Schwester, die auf die Kinder aufpaßt, wurde auf der Fahrt zu mir aufgehalten.«

Er war verärgert, weil er auf sie hatte warten müssen: Vor fünfzehn Jahren hätte sie ihn nicht mehr angetroffen. Er hätte zehn Minuten zusätzlich gewartet und wäre dann allein ausgegangen.

»Kommen Sie, gehen wir.« Und sie nahmen einen Zug zur 23sten Straße.

Sie saßen ein gutes Stück der Fahrt schweigend nebeneinander, aber dann sagte er zu ihr: »Sie sehen hübsch aus.«

Sie trug ein marineblaues Kleid mit schwarzen Filzknöpfen und weißen Zierborten, schwarze Nylonstrümpfe und schwarze Stöckelschuhe. Sie hatte ihr Haar zu einem Pferdeschwanz frisiert; ein dunkles, fast braunes Rouge, Mascara und hellrosa Lippenstift, alles, um die Hitze aus ihren paar Fältchen wegzukriegen, und auch die Traurigkeit. Sie war hübsch, ihre Haut war gut, ausgenommen eine kleine Narbe in der Form eines Sterns oder einer aufgesprungenen Blüte auf ihrer Stirn.

»Ich dachte, wir würden erst was essen« sagte er zu ihr. »Und dann tanzen gehen.«

Sie gingen ins Violeta's, wo Cesar immer sehr gut behandelt wurde, tranken ein paar Krüge Sangria und suchten nach Gesprächsstoff. Außer verliebtes Geschwafel hatte Cesar nie etwas mit Frauen zu reden gewußt. Romantische Boleros singen ja, verwegene Verführungen einleiten, einer Frau sagen: »Du bist schön, Baby«, das ja. Aber was sollte er mit einer Frau reden, die fast dreißig Jahre jünger war als er?

Als der Kellner vorbeikam, faßte Cesar ihn am Ellbogen und sagte zu Lydia: »Ich möchte, daß Sie sich etwas anhören, Lydia, ein kleines Stück Musik.«

Und zum Kellner: »Tu mir einen Gefallen, Julio, und spiel eines von diesen Bändern für mich?«

Aus dem Kassettenrekorder hinter der Theke kam wie durch ein Schneegestöber eine Aufnahme von »Twilight in Havana«.

»Das war mein Orchester, die Mambo Kings. Gefällt es Ihnen?«

»Oh, ja.«

»In der Generation Ihrer Eltern war ich ein klein wenig berühmt. Wie alt sind Sie denn nun eigentlich, *querida*?«

»Über dreißig.«

»Ja?«

Sie hörten eine Zeitlang der Musik zu, und er sprach über Kuba. Damals war das ein großes Thema für ihn.

»Ich bin seit zwanzig Jahren nicht mehr dortgewesen. Jetzt, wo Castro da ist, glaub ich nicht, daß ich je wieder hinkomme.«

»Und haben Sie Familie dort?«

»Schon. Ich hab einen Bruder dort, dem die Zustände anscheinend nichts ausmachen; zwei andere in Miami. Und meinen Vater! Er lebt immer noch auf dem Bauernhof, wo ich geboren wurde. In Oriente.«

Und er erzählte ihr von seiner Tochter Mariela, Tänzerin in einem von Alicia Alonso geleiteten kommunistischen Ballett. Seine Tochter, die nur in Gestalt gelegentlicher Briefe in seinem Leben existierte.

Vielleicht hatte er auch uneheliche Kinder, aber wenn, dann wußte er nicht mal ihre Namen.

»Sehen Sie, das Schlimmste ist, daß es viele Dinge nicht mehr gibt?«

»Was für Dinge?«

»Kuba.«

»Das ändert sich vielleicht wieder«, sagte sie. »Ich hab Freunde, die meinen, daß Fidel bald stürzen wird.«

»Jeder sagt das. Aber selbst wenn das passieren würde, wären die Dinge nicht mehr dieselben. Zu viele Leute wollen sich dort unten gegenseitig umbringen ... Und außerdem bin ich kein junger Mann mehr.«

»Sagen Sie nicht sowas.«

»Ich habe diese großen Gläser auf, damit Sie die Augen von diesem ollen *viejito* nicht sehen.«

»Nehmen Sie sie ab! Lassen Sie mich urteilen.«

Und er setzte seine Sonnenbrille ab.

»Ihre Augen sehen jung aus. Sie sind grün, nicht wahr?«

Auf »Twilight in Havana« folgte »*Los Güajiros*«, und das schnellere Tempo dieses alten *guaracha*-Stückes ließ Lydia auf ihr Glas trommeln.

Was hatte sie ihm sonst noch erzählt – er versuchte sich zu erinnern:

»Ich hab zwei Kinder, Rico und Alida. Wo Sie gespielt haben, da in der Nähe wohn ich. Ich arbeite in einer Fabrik *downtown*.«

»Und Sie waren verheiratet, ja?«

»Mein Mann ist in Puerto Rico.«

»Puerto Rico, eine nette Gegend. Wissen Sie, ich hab ab und zu einige Zeit dort unten verbracht. In San Juan und draußen bei Mayagüez. Dort ist es wirklich schön.«

Später (und daran erinnerte er sich mit Vergnügen) führte der Mambo King sie in den Club 95, wo sie die ganze Nacht *merengue* tanzten. (Das war gleich neben dem Seniorenclub, wo er einmal Machito auf einer Leiter gesehen hatte, wie er an einem Fenster Gardinen aufhängte.) Der altmodische Bauerntanz aus der Dominikanischen Republik war wieder in Mode, und Cesar Castillo, ein alter Mann, zeigte ihr, wie man ihn tanzte. Und es machte Eindruck auf sie, daß er beinahe jeden im Lokal zu kennen schien. Obwohl er zuviel trank und rauchte, benahm er sich mit Würde und wie ein Gentleman. Jeder, der den Mambo King an ihrem Tisch begrüßte, schien ein gutes Wort für ihn zu haben und erwies ihm Respekt – das genau war es, was sie wollte.

Und er war großzügig. Gegen zwei Uhr früh bekam er Schmerzen, und so gähnte er und sagte: »Es ist schon sehr spät, Lydia.«

Sie verließen den Club zusammen. Sie dachte, sie würden zur U-Bahn gehen, doch er rief ihr auf der Straße ein Taxi.

»Nein, nein, steigen Sie ein«, sagte er, und sie stiegen zusammen ein.

In der La Salle-Street sagte er zu ihr: »Ich wohne in dem Haus dort drüben. Sagen Sie ihm jetzt, wo Sie hinwollen, okay? Und denken Sie an mich.«

Von der Straßenecke aus, im Schatten der Hochbahnstation auf der 125sten Straße, sah er zu, wie das Taxi Richtung Norden weiterfuhr. Zuerst dachte sie daran, dem Fahrer zu sagen, er solle Ecke 125ste Straße und Lexington anhalten, damit sie die U-Bahn nehmen und das, was es weniger kostete, einstecken konnte, aber es war schon sehr spät und sie hatte das Gefühl, daß dieser Cesar Castillo, ob nun ein alter Mann oder nicht, gut zu ihr war, die Art Mann, der ihr eine Hilfe sein würde. Sparsam mit ihrem Geld, eine Frau, die sich an einem Drink so lange festhielt, bis die Eiswürfel schmolzen und ihre Zitronenscheibe austrocknete, saß sie im Fond des Taxis, hielt sich an einem der Haltegriffe fest und schwelgte in diesem plötzlichen Komfort. Und als sie ankam, oben in der 174sten Straße, gab sie dem Fahrer einen Dollar Trinkgeld.

Er führte sie mindestens einmal pro Woche aus, wann immer sie beide sich freimachen konnten. In seiner grauen Arbeitsmontur, die Füße auf dem vollgeräumten Arbeitstisch, rief der Mambo King sie am späten Nachmittag an, seine Fragen hatten eine wundersam beruhigende Wirkung auf Lydia: »Wie geht es deinen Kindern? Kann ich irgendwas für sie besorgen, das du brauchst? Oder für dich? Brauchst ein paar extra Glühbirnen oder Sicherungen für deine Wohnung? Sag's mir, *mi vida*, was immer du willst.«

Belebt durch das Zusammensein mit ihr, wurde der Mambo King wieder fröhlich. Ana Maria, Delores' Schwester, warf beim Abendessen einen Blick auf ihn und erklärte: »Ich kann's nicht glauben, dein alter Schwager ist verliebt! Sieh dir nur seine weichen Augen an!«

Sie gingen in Läden wie das Tropic Sunset oder das New Sans Souci, Lokale, wo er manchmal gearbeitet hatte. Es waren nette Clubs, erzählte er ihr, aber nichts gegen das, was es früher gab: Nachtclubs, die wie das Innere eines ägyptischen Tempels dekoriert waren, Clubs mit einem Ballett von fünfunddreißig Mädchen, mit glitzernden Lüstern, langbeinigen Zigarettenmädchen, Schuhputzern und Krawattenzwang.

»Diese Generation«, sagte er zu ihr, wie zu Eugenio, »hat den Sinn für Eleganz verloren.«

Vom Club Havana erzählte er ihr nichts.

Manchmal führte er sie in den Roseland Ballroom, wo das Publikum älter war. Wenn sie nicht gerade bei einem Mambo auf der Tanzfläche waren, saßen sie hinten an einem kleinen Tisch, hielten Händchen und tranken Cola mit Rum. Hin und wieder kam jemand herüber und schwelgte in Erinnerung an die große Zeit der Tanzpaläste.

Es gab Momente, in denen ein engelhafter Anflug über sein Gesicht zog, und sie sagte dann immer: »Wie jung du jetzt gerade aussiehst.« Er versuchte nie, sie zu küssen, und gab sich damit zufrieden, sich überall in der Stadt mit ihr sehen zu lassen. Und er kaufte Lydia ständig Geschenke: Kleider und Schachteln mit Süßigkeiten, Parfüm aus dem Drugstore.

Dann, am puertorikanischen Feiertag, traf er Lydia und ihre beiden Kinder an der Station in der neunundfünfzigsten Straße und ging mit ihnen hinüber auf die Fifth Avenue, um die große Parade anzusehen. Auf einem der Umzugswagen, umgeben von pomponschwingenden Showgirls in bauschigen BHs und Nerz-Bikinis und Federhauben stand Mr. Salsa persönlich, Tito Puente, weißhaarig und wie ein Fürst seinen Fans zuwinkend. Dann zogen Tänzer und Fernsehgrößen von Kanal 47 vorbei – auf einem Wagen wurde die anmutige Iris Chacón präsentiert, ein Wagen mit Congaspielern, die als schwarze Bohnen verkleidet waren, dann noch mehr Wagen mit *salsa*-Bands und einer in der Form der Insel Puerto Rico und auf dem Thron darauf die wunderschöne Miß San Juan; Volkstänzer und Gitarristen und Vokalisten, die *pregones* aus den Bergen sangen.

Nach diesem großen Spektakel gingen sie durch den Park, blieben wieder und wieder an den Bierbuden stehen und kauften den Kindern kleine Leckerbissen: *cuchifritos*, *pasteles* und Wurstsandwiches. Die Abfalleimer gingen über vor schmelzender Eiscreme und Soda, überall Bienen; auf den klebrigen Rändern wimmelten Ameisen. Sie gingen in den Zoo, ins Affenhaus, die Affen hopsten von Sprosse zu Sprosse, streckten ihre rosa Hinterteile wie wulstige Lippen in die Luft und langten mit schlenkernden Armen durch die Gitter; sie blieben lange Zeit stehen und sahen zu, wie die Affen alles fraßen, was ihnen in die Käfige geworfen wurde: Stücke von Snickers-Riegeln, Popcorn, Hamburger-Brötchen, Erdnüsse, sogar die Fetzen einer puertorikanischen Fahne aus Plastik. Familien drängten sich am Geländer – »*Mira, mira el mono!*« – und dazwischen der Mambo King mit seiner jungen *pollita*, eine Hand um ihre Hüfte und mit der anderen Hand ihre Tochter haltend.

Er führte sie alle zum Essen aus, und sie konnten haben, was sie wollten, und wenn ihre Augen sehnsüchtig aufleuchteten, wenn sie an einem Baskin-Robbins-Eissalon oder einem Spielzeugladen vorbeikamen, führte der Mambo King sie hinein. Er zog einen zerknüllten Fünfdollarschein aus der Tasche und sagte: »Nur zu.« Und am Ende dieser Ausgehtage setzte er sie entweder in ein Taxi oder fuhr mit ihnen mit der U-Bahn in die Bronx und beschützte sie mit seinem Spazierstock, der eine Spitze hatte wie ein Schwert.

Allmählich lernte er sie kennen. Sie arbeitete *downtown* in der 26sten Straße, auf der Höhe der Sixth Avenue, in einer Fabrik, die Brillengestelle erzeugte. Ihre Arbeit bestand darin, mit einem bleistiftgroßen Bohrer (Schutzbrille tragend) Löcher in die Brillenrahmen zu bohren, damit kleine Kristalsplitter eingeklebt werden konnten. Sie wurde angestellt, um den Platz eines Mannes einzunehmen, der, nachdem er den Job zwanzig Jahre lang gemacht hatte, erblindet war. Sie war nicht versichert, hatte einen Achteinhalbstundentag und bekam zwei Dollar fünfzig die Stunde. Mit der Arbeit dort verdiente sie gerade genug, um ihre Rechnungen zu bezahlen und zur Arbeit zu fahren. Es hatte ein paar Männer gegeben, die sie gemocht hatten, solange ihre Kinder außer Sicht blieben. Er aber mochte die Kinder und war gut zu ihnen.

Das war alles, was sie wollte, und nichts weiter. Sie sagte immer zu ihm: »Daß du gut zu mir bist.«

Sie waren zwei Monate miteinander gegangen und sahen in ihrem

Wohnzimmer in der Bronx fern. Der Mambo King massierte ihr gerade die Füße: Sie war müde vom Stehen bei ihrer Arbeit, und als er mit der Fußmassage fertig war, machte er an den Knöcheln weiter, und seine Hände bewegten sich ihre Schenkel hinauf, und er erwartete, sie werde sich wegdrehen, denn wer wollte schon einen alten Mann? Sie aber sagte: »*Sigue*, mach weiter«, und schloß die Augen, und bald knetete seine Hand ihren Schoß durch ihr Höschen, durch das es feucht durchkam, drahtige Schamhaare ragten an den Seiten hervor, und dann tat er, wovon alte Männer immer nur reden, kniete sich zwischen ihre Beine, und während im Fernsehen irgendein Cowboyfilm weiterlief, in dem *vaqueros* einer Viehherde nachjagten, zog er ihr Höschen herunter und gab ihr einen Zungenkuß und konnte es kaum glauben, als sie ihn an sich zog. Er stand vor ihr und hatte immer noch seine Hosen an, und es sah aus, als hätte er eine Bierflasche vorn in seiner Hose stecken, denn sie fragte: »Und was ist das?« und berührte ihn dort und keuchte auf, als er es ihr zeigte, wie Genebria es getan hatte, als er noch ein Kind war, und einen Moment lang fühlte er sich unsterblich.

Dann drückte er sie mit seinem Körper nieder: sie war hübsch mollig, hatte Kaiserschnittnarben über ihrem dichten schwarzen Schamhaar, das freilich kein sehr guter Schild war, und Schwangerschaftsstreifen überall auf ihren Brüsten, doch sie sah so schön aus, und obwohl seine Knochen schmerzten, drang er lange auf sie ein, und als er sich endlich entlud, stürzte er kopfüber in ein Feld von Röte, knirschte mit den Zähnen und spürte, wie sich ihr Inneres einwärtsstülpte wie ein umgedrehter warmer Seidenhandschuh.

Von dieser Nacht an begann sie den Mambo King »mein hübscher Alter« und »mein *machito*« zu nennen.

Obwohl er sechzig Jahre alt war, nuckelte er an ihren Brüsten wie ein Baby und dachte dabei, was für ein Glück ich doch habe. Ich bin Jahrgang 1918, und da bin ich mit diesem jungen Küken.

Wenn er im Bett mit ihr fertig war, fiel er nach hinten wie ein Toter, die Augen starr auf die Wand gerichtet, und träumte von Jugend und Stärke und Schnelligkeit, sein Gesicht an ihren Busen geschmiegt.

Nachher sagte er: »Ich liebe ich, Lydia.«

Aber er wußte nicht, ob das die Wahrheit seines Herzens war: Er hatte über die Jahre hinweg so oft Frauen belogen, hatte so viele Frauen schlecht behandelt und falsch verstanden, daß er sich darin ergeben hatte, Liebe und Romantik zu vergessen, genau die Dinge, die er in Liedern besang.

Die ganze Nacht hindurch flüsterte er wie ein junger Mann, halb singend: »Der Gedanke, dich nicht zu besitzen, ist eine Qual, die ich nicht ertragen kann.«

*E*s war ein Sonntagnachmittag, und die Kirche hatte ein Gemeindefest auf der 121sten Straße vorbereitet. Pfarrer Vincent hatte Cesar gebeten, für die Musik zu sorgen. Er hatte ein paar seiner Freunde zusammengetrommelt und die Puertorikaner mit den pomadeglänzend schwarzen Haaren gebeten, Rock'n Roll zu spielen.

Lydia erschien in einem rosa Sommerkostüm, das ihr gut gepaßt hatte, als sie es zum ersten Mal trug, ein Geschenk unter vielen von Cesar. Aber in den dazwischenliegenden Monaten war der Mambo King oft mit ein paar Pfund Lebensmitteln, Kuchen und Steaks aus der Fabrik in der 125sten Straße in ihrer Wohnung in der Bronx aufgetaucht, und als er draufkam, daß sie eine Schwäche für Schokolade hatte, hatte er angefangen, ihr Einpfundtüten Zartbitter-Schokolade aus Holland in einem schicken Laden im europäischen Stil in der Nähe der Universität zu kaufen. Und sie gingen andauernd in Restaurants, und wenn sie das nicht taten, war Lydia fleißig dabei, sich als eine Art Köchin zu beweisen, nahm sein Geld und spielte im Supermarkt verrückt – sie kochte alle kubanischen und puertorikanischen Gerichte, wie gebackene Bananen und Schweinebraten und Reis und Bohnen, und auch italienische Sachen. Sie machte große Pfannen Lasagne und töpfeweise Spaghetti mit Muscheln (*alle vongole*, wie sie es nannte) und tischte große, in Olivenöl schwimmende Salate auf. Von all dem hatte sie begonnen, dick zu werden.

Während seine maßlosen männlichen Gelüste unter dem Ansturm der Jahre allmählich nachließen (sein Penis hatte sich verdickt und in Jahren des Gebrauchs gedehnt und machte sich in seinen Hosen breit wie ein dösender Köter), gewann er immer mehr Interesse am Essen. Sie hatte nichts dagegen, obwohl ihr hübscher Hintern ausgeprägter wurde. Und die Kinder? Sie hatten ihr ganzes Leben nicht so gut gegessen und waren glücklich, wann immer der Mambo King sie in der Bronx besuchte.

Also hatte sie ein paar Pfunde zugelegt. Was machte das schon, solange er über ihr schwellend junges Fleisch in Verzückung geriet? Er konnte eine Stunde lang dankbar ihren Nippel nuckeln, bis der purpurrot wurde und sich unter seinen Lippen und Zähnen weitete; er schwelgte darin, ihr festes Fleisch zu kneten. Und ihre Hüften wurden breiter und waren drauf und dran, aus den Nähten der Kleider zu platzen. Mehr Männer sahen und sprachen sie an, wenn sie vorbeiging. Und obwohl das den Mambo King stolz machte, wie früher, wenn er in den alten Zeiten mit Vanna Vane und ihresgleichen Einzug hielt, funkelte er sie bedrohlich an und warf sich in die Brust, als wäre er bereit, sich zu prügeln.

Nach dem Aufbau erwartete er sie auf der Bühne. Während der Priester eine Rede darüber hielt, daß die Armen nicht die Erde, sondern Gottes »andere Schätze« erben würden, sichtete Cesar in der Menge Lydia, und schon sie zu sehen, machte ihn glücklich. Oben auf der Bühne kamen ihm Gedanken wie: Ich liebe dich, Baby, ich schicke dir meine Küsse; ich kann es kaum erwarten, bis wir uns als Liebende in den Armen liegen.

Das war zu jener Zeit, als er angefangen hatte, sich zu sagen, daß er verliebt, wirklich verliebt in Lydia war. Die Art Liebe, die er seit seinen ersten Lieben daheim in Oriente nicht mehr gefühlt hatte, wie die Liebe, die er für seine Frau im Kuba der vierziger Jahre empfunden hatte.

(Im Alter holte ihn alles wieder ein. Phantasien davon, wie es ihm ergangen wäre, wenn er bei ihr geblieben wäre, wenn er nicht aus ihrer kleinen Stadt fortgegangen wäre, Havanna und seinem Schicksal entgegen. Durch ihre Familie hätte er sich einen guten Job verschaffen können, vielleicht als Vorarbeiter in der Zuckerraffinerie. Er hätte vielleicht ein kleines Orchester organisiert, für die Wochenenden und Feste auf Kuba, und sich so seinen Wunsch nach einem Musikerleben wenigstens zum Teil erfüllt. Und sein Bruder Nestor wäre auch mit ihm auf Kuba geblieben. Er hätte der Vater von einem Haufen Söhne sein können, anstatt einer einzigen Tochter, um an seinem Lebensabend Gesellschaft zu haben. Und statt all den Muschis? Er hätte sich mit ein, zwei Mätressen in der Stadt begnügt, genauso wie sein Vater Pedro. Doch auch diese Phantasien hielten nicht stand, denn schließlich hätte er Kuba doch verlassen müssen.)

An diesem Tag eröffneten die Musiker ihr Programm mit einer Instrumentalimprovisation mit dem Titel »Traffic Mambo«. Der Mambo King trug einen hellen Sommeranzug mit Nadelstreifen, und sein dichter Schopf glänzte von Haarwasser. Seine Stimme hallte von den Häusern wider, als er sich zum Mikrophon beugte und ansagte: »Und nun, meine Damen und Herren, wird es Zeit für eine kleine *charrrannnnnga*!«

Nachdem er Lydia gesehen hatte, zog er eine gute Show ab, um sie zu beeindrucken. Während er sich im Kreis drehte, war er ganz verblüfft über seine Liebe zu ihr: Selbst die Knoten im Gekröse und die wirbelnden Säfte in seinem Körper schienen sich aufzulösen, wenn er an sie dachte. Erinnerung auf Erinnerung: Lydias nackter Körper, Lydia vor dem Spiegel sitzend und sich das Haar bürstend, ihre fülligen Hinterbacken, das pflaumenförmige Dunkle dazwischen und das angejahrte Glied des Mambo King, das erst schlaff auf seinem Bauch lag und dann steif wurde – wenn er sie nur ansah. Und dann bumste er sie von hinten, schob sich in das Innere der Pflaume, und sie gab ihm genau das, was sie zu verheißen schien: Hitze, Feuchte, festen runden Halt.

(*Dios mío, Dios mío* – er trank darauf, wie es in seinem Kopf und Herzen rundging – ich war dieser Frau wirklich verfallen, *coño*, schwer verfallen, genau wie mein armer Bruder Nestor diesem Miststück von Beautiful Maria aus Havanna verfallen war, genau wie ich meiner Frau. Und so schluckte er den Rum runter, und eine angenehme Empfindung überkam ihn: ein leichtes Schwebegefühl, das Gefühl, daß er sich über das Gesetz der Schwerkraft hinwegsetzen konnte und mitsamt seinem Stuhl vom Boden abhob, und dann blies ihm der Ventilator, der sich auf der Kleiderablage drehte, ins Gesicht, und dann traf ihn ein Luftzug genau zwischen die Beine und leckte durch den Schlitz in seinen Boxershorts an seinem Penis, kühlfeucht wie die feuchten Träume der Jugend, und, wumms, spürte er sein Ding steif werden, wenn auch nicht ganz, durch den Luftzug, den Rum und seine Gedanken an Lydia, ein schönes Gefühl: Wäre er jünger gewesen, hätte der Mambo King masturbiert, wäre auf Wolken von Träumereien und Hoffnungen auf künftige Verführungen hinweggeschwebt, aber jetzt, in seinem gegenwärtigen Zustand, erschien ihm Masturbation traurig und hoffnungslos, und darum nahm er, anstatt der Regung nachzugeben, noch einen Schluck von seinem Rum. Auf dem Plattenspieler drehte

sich diese große Melodie der Mambo Kings, »Mambo Traffic«, nur
daß sie ganz anders klang, als er sie in Erinnerung hatte; es klang, als
würden auf der Aufnahme, die er jetzt hörte, hundert Musiker
mitspielen, mit lauter zusätzlichen Instrumenten: Glasglocken und
Harfen und Kirchenorgeln. Außerdem konnte er sich gar nicht
erinnern, daß das Trompetensolo, das sein toter Bruder Nestor
spielte, so lang gewesen war. In der Version, die er jetzt hörte,
schien es kein Ende zu nehmen. Der Mambo King war so verwirrt,
daß er aufstand. Da war ein kleiner Spiegel über einem Waschbek-
ken, dann ein wandschrankgroßes Badezimmer, gerade groß genug
für das Klo und die Dusche. Er war jetzt schon so betrunken, daß,
als er in den Spiegel sah, die Falten des Alters und der Traurigkeit
mehr oder weniger geglättet schienen, das Grau in seinem Haar eher
silbrig, die Gedunsenheit seines Schädels mehr ein Zeichen von
Gesetztheit denn Sichgehenlassen. Er wusch sich das Gesicht und
setzte sich dann wieder. Er rieb sich die Beine: Die Unterseite seiner
Beine war von dicken, geweiteten Krampfadern durchzogen, blau
und gewunden wie die dicke Vene an der Unterseite seines großen
Dings, die sich verzweigte wie ein Fluß mit seinen Zubringern. Das
waren nicht die kleinen Krampfadern, wie sie sich durch die braunen Strümpfe von alten Weiblein zeigten, sondern Venen wie Würmer, überall von oben bis unten auf der Rückseite seiner Beine. Er
strich einen Moment lang darüber und lachte: Wie er über seine Frau
gelästert hatte, als er eines Tages bemerkte, daß sich an ihren Beinen
ein paar Krampfadern gebildet hatten, sie *feita* – häßlich – genannt
hatte, wo sie doch noch so jung und, auf ihre Art, hübsch gewesen
war.)

Von der Bühne aus wachte er über Lydia wie der Hund, der den
Kellereingang eines Hauses weiter unten in der Straße bewachte.
Ein Schäferhund mit verfilztem Fell und milchig verklebten Augenwinkeln, der jeden Passanten anbellte und jeden hündischen Ein-
dringling zwischen den Hinterbeinen beschnüffelte. Lydia sah ihm
getreulich von der Straße aus zu, aber dann ging sie hinüber, um sich
von einem der Tische ein Sandwich zu holen, und die Männer
begannen sie anzusprechen.

Was sagten sie wohl?

»Warum tanzen Sie nicht mit mir?«

»Ich kann nicht.«

»Aber warum?«

»Ich gehöre zu dem Sänger der Gruppe dort drüben.«

»Cesar Castillo?«

»Ja.«

»Aber Sie sind doch so jung! Warum sind Sie den mit diesem *viejito* zusammen?«

Das, glaubte er, sagten sie.

Aber die Männer waren einfach freundlich. Als der Mambo King sie mit einem von ihnen tanzen sah, überfiel ihn ein plötzlicher Schwindel. Warum tanzte sie den *pachanga* mit diesem Kerl? Vor zwanzig Jahren hätte er darüber gelächelt und sich gesagt: »Na und?« Jetzt aber brannte ihm die Demütigung heiß im Nacken, und er hatte nicht übel Lust, von der Bühne zu klettern und dazwischenzutreten.

Dann dachte er sich eine Strategie aus, um ihre Aufmerksamkeit wiederzuerlangen und sie an ihre Treuepflicht zu erinnern. »Ich widme dieses Lied einer ganz besonderen Frau in meinem Leben. Dieses Lied ist für meine Frau, Lydia Santos.«

Aber sie tanzte weiter mit dem Hurensohn, und er fühlte sich deprimiert.

Aber Arbeit war Arbeit, und der Mambo King und seine Musiker spielten noch weitere Nummern: Mambos, Rumbas, *merengues*, Boleros und ein paar Cha-cha-chas. Seit den Tagen nach Nestors Tod hatte er sich nicht mehr so durch ein Programm gequält. Als die Gruppe Pause machte und zusammenpackte – eine örtliche Rock'n' Roll-Band wartete schon darauf, weiterzumachen – ging er schnurstraks zu Lydia, die so tat, als wäre überhaupt nichts los.

»Cesar! Ich habe auf dich gewartet!« Und sie küßte ihn. »Das hier ist Richie.«

Der Mann mit dem sie getanzt hatte, war ein schlanker Kerl in einer netten, sauberen *guayabera*, gutaussehend sogar mit seinem pockennarbigen Gesicht.

»*Mucho gusto*«, sagte der junge Mann, aber der Mambo King wollte ihm nicht einmal die Hand geben.

Dann sagte er zu Lydia: »Komm mit, ich will mit dir reden.«

»Warum tust du mir das an?«

»Weil ich der Mann bin und nicht will, daß du mit irgendwem anderen bist.«

»Wir haben einfach nur getanzt, die Musik klang gut. Wir haben einfach ein bißchen Spaß gemacht.«

»Mir egal. Ich hab dir gesagt, wie ich dazu stehe.«

Sie standen im Eingang von Nummer 500 auf der La Salle-Street, Cesars Haus.

»Für dich mag ich ein alter Mann sein, aber ich laß mir deswegen keine Hörner aufsetzen. So war ich, als ich jung war, und ich werd mich jetzt nicht mehr ändern.«

»Okay, okay« – sie nahm die Hände hoch und gab ihm dann einen Kuß auf den Hals: Er tätschelte ihre hübschen *nalgitas*, und als der Zorn in ihm abflaute, sagte er: »Tut mir leid, wenn ich dir so grob komme. Es gibt eine Menge Wölfe da draußen. Komm, laß mich dir ein Eis spendieren, und dann möchte ich, daß du und die Kinder jemanden kennenlernt.«

Er machte ein zischendes Geräusch: »Psssss, siehst du aber gut aus, Lydia.«

Und: »Sieh nur, was du mit mir machst.«

Sie nahmen an dem Straßenfest teil wie alle anderen auch, Cesar ging mit ihren Kindern um, als wäre er ihr Vater – oder Großvater. An diesem Nachmittag stellte er Lydia seinen Freunden vor. Frankie und Bernardito hatten sie bereits kennengelernt. Sie waren schon alle gemeinsam mit ihren Frauen ins Restaurant gegangen. Trotzdem nahm er sie an der Hand und stellte sie mit großartiger Geste auf der Straße seinen anderen Freunden vor. Er schien sich beruhigt zu haben. Und sie fühlte sich nicht so schlecht. Es machte ihr nichts aus, daß er dreißig Jahre älter war, obwohl sie manchmal, wenn sie miteinander im Bett waren, diese fürchterliche Last der Sterblichkeit auf sich spürte. Sein spektakulärer Geschlechtstrieb ließ ihn manchmal am ganzen Körper zittern: Sein Gesicht wurde krebsrot bei seinen Anstrengungen, Eindruck auf sie zu machen, und sie hatte Angst, er könnte einen Herzinfarkt oder Schlaganfall bekommen. Sie hatte noch nie einen Mann wie ihn gehabt und hätschelte ihn daher mit Lob und Bewunderung, so daß er sich dem trügerischen Gefühl hingab, er sei gefeit gegen die nagenden Jahre. Sie war überwältigt von ihm. Wie Dutzende Frauen vor ihr spürte sie sein tierhaftes Wesen.

Er rammte sich in sie hinein, und sie legte es darauf an, Dinge zu sagen wie: »Du wirst mich auseinanderreißen«, »*Tranquilo, hombre, tranquilo.*« Und sie stöhnte und schrie. Sie wollte nicht, daß er den angeödeten Blick bekam, den andere Männer manchmal bei ihr bekamen, nach einem bestimmten Punkt. Sie wollte alles sagen und tun, was er von ihr wollte, aus dem einfachen Grund, weil er gut zu ihren Kindern war.

Also war er eben ein bißchen eifersüchtig. Sie sah ihm das nach; schließlich war er ein alter Mann, auch wenn er ein hübscher Alter war. So hatte sie ihn angefangen zu nennen, erinnerte er sich. »*Dame un besito, mi viejito lindo.*« Und was immer man auch über seine derzeitige Lebenslage sagen konnte, daß er als Hausmeister arbeitete und da und dort kleine Engagements als Musiker annahm, er war einmal so etwas wie ein berühmter Mann gewesen. Obwohl sie fünfunddreißig Jahre alt war, hatte sie ihre kindliche Ehrfurcht vor den Sängern seiner Generation noch immer nicht abgelegt. Und der Mann war sogar im Fernsehen aufgetreten. Sie kannte die Folge der *I Love Lucy*-Show, in der er aufgetreten war: Er hatte ihr sogar einen Karton mit Photos zum Anschauen gebracht und ihr eines von sich mit Arnaz und seinem armen toten Bruder geschenkt. Stolz hatte sie es den Leuten in ihrem Haus gezeigt.

Er war die Art Mann, der eine Menge in seinem Leben gemacht hatte. Er lungerte nicht bloß herum wie so viele andere. Er war lebensklug und würde imstande sein, ihr zu helfen. Wenn sie sich Bilder von ihm ansah, als er jung und ein hübscher Junge war, mußte sie seufzen. Manchmal machte es sie fertig, wenn sie an jüngere Männer dachte. Natürlich wünschte sie sich, er wäre jünger, aber sie wußte auch, daß er in seinen Ruhmestagen niemals bei ihr geblieben wäre. So hatte sie ihn eben jetzt in seinem Niedergang. Na und, sagte sie, er hatte eben Hängebacken im Gesicht, einen gewaltigen Bauch und Hoden, die ihm halb bis zu den Knien hingen (wie seine *pinga*!) Was machte ihr das schon aus, solang er versprach, für ihre Kinder dazusein?

(Das mußte sie sich doch sagen, oder?)

Später fand er endlich Gelegenheit, sie der Familie vorzustellen.

»Das also ist deine junge *pollita*?« fragte Delores Cesar.

Er zuckte die Achseln.

Aus Delores Fernseher dröhnte der Film *Godzilla*. Pedro saß an seinem üblichen Platz, im Lehnstuhl, mit der Zeitung und einem Drink. Hinter ihm auf der Couch saß Leticia mit ihrem Baby. Sie war aus Long Island zu Besuch da. Sie spielte mit den Zehen des Babys, redete Babysprache und achtete nicht auf das Fernsehen und das übrige Tohuwabohu in der Wohnung. Ihr Bruder Eugenio saß neben ihr auf der Couch, nahe beim Fenster. Er hatte es ein wenig hochgeschoben und einen Aschenbecher aufs Fensterbrett gestellt, damit er in Ruhe rauchen und vor sich hinbrüten konnte. Cesar freute sich immer, ihn zu sehen, was nicht oft vorkam, aber der Junge schien immer schlechtgelaunt zu sein: So war er schon seit langem. (Eugenio verstand das alles nicht. Im Herzen ein reiner Tor, hatte er einen Jähzorn, der aufflammte, wenn ihn wie die anderen Männer der Castillos urplötzlich die Schwermut überkam und er unter der Plage seiner eigenen Erinnerungen litt. Wenn er zornig war, ertappte er sich dabei, wie er Dinge sagte, die er nicht wirklich meinte, wie »Die ganze Welt kann mich am Arsch lecken« und »Ich brauche niemanden«, was schon viele Leute von ihm abgeschreckt hatte.)

Jetzt tauchte er oft in der Wohnung in der La Salle-Street auf, enttäuscht und verbittert.

Als Cesar Lydia ins Wohnzimmer brachte, war Eugenio ganz verblüfft darüber, wie gut sie aussah. Auch er mochte hübsche Frauen und trat für einen Moment aus seinem Trübsinn heraus, als würde er aus einem Flugzeug springen. »Nanu, halllooo.« Eugenio' war freundlich zu ihr, aber sobald die Vorstellungen vorbei waren, schlug seine Laune wieder um. Es saß am Fenster und frönte seiner kubanischen Melancholie. Je älter er wurde, desto mehr nahm er das Temperament seines lang verstorbenen Vaters an. Er durchlebte Stimmungen von fortgesetzter Unruhe und Unzufriedenheit: er machte traurige Augen bei der geringsten Kleinigkeit und ein langes Gesicht angesichts der Tatsache, daß das Leben nicht vollkommen war. Obwohl er nicht bewußt melancholisch war, hatte Eugenio nun denselben Ausdruck angenommen, den er für alle Zeiten mit seinem Vater gleichsetzte, denselben verstörten Ausdruck, den Nestor Castillo in seiner Rolle als Alfonso Reyes hatte, der wieder und wieder an Desi Arnaz' Tür erschien. Den verstörten Ausdruck seines Vaters, als er in dieses Zimmer trat, den Hut in der Hand, die Gitarre bescheiden neben sich, sein Gesicht irgendwie gequält.

(Als er ein Kind war, war der Ausdruck seines Vaters »kubanisch«: melancholisch, sehnsüchtig. Arnaz hatte das, Onkel Cesar hatte es, Frankie, Manny und die meisten der Kubaner, die ins Haus kamen, trotz Remmidemmi und allem, sie hatten es allesamt.)

»Eugenio, ich möchte dir Lydia vorstellen.«

Eugenio stand auf verbeugte sich. Er trug einen schwarzen Rollkragenpullover – im Sommer! – Bluejeans und Turnschuhe. Er sollte *downtown* gehen und Freunde treffen, die ihn mit irgendeiner Frau verkuppeln wollten, aber er hatte keine Lust, es sah so aus, als würden die Dinge bei ihm immer in eine bestimmte Richtung laufen. Im Apartment war wenigstens Tante Ana Maria da, um ihm hin und wieder einen dicken Kuß zu geben, und ihr brauchte er auch nie seine Launen zu erklären, wie er es bei seinen Freundinnen mußte.

»Sie sind also Lydia?«, fragte Delores. »Das junge Küken mit dem alten Gockel.« Und sie lachte und gab damit für diesen Nachmittag den Ton an.

Später aßen sie zu Abend, und da bemerkte Cesar, wie Delores Lydia finster anzustarren schien. Eifersucht wegen ihres Aussehens konnte es nicht sein. Delores hatte sich über die Jahre hinweg gut gehalten. Was war es dann?

Nun, sagte sich der Mambo King, während er duselig durch sein Zimmer im Hotel Splendour wankte, keiner von der Familie hatte je geglaubt, daß Delores Liebe für Pedro empfand, nicht einmal, als er jünger war und ihr den Hof machte.

Und dabei hätte sie mich haben können, sagte er zu sich.

Was war es?

Es hatte mehr mit dem Umstand zu tun, daß jetzt, da Eugenio und Leticia aus dem Haus waren, ihre Gründe, bei Pedro zu bleiben, sich in Luft aufgelöst hatten.

Einmal hatte der Mambo King sie sagen hören: »Wenn er stirbt, werd ich besser dran sein.«

Aber da war noch etwas: Nach so vielen Jahren des Wartens hatte sie sich endlich auf dem College eingeschrieben.

Eines Tages, als sie gerade in einer Vorlesung über englische Literatur saß, wurde ihr schlagartig klar, daß sie es nicht mehr ertragen konnte, wenn Pedros Hände nachts unter ihr Nachthemd tasteten: Es brauchte nicht viel, damit ihre Nippel hart wurden, die bloße Berührung genügte schon, er aber stellte sich vor, daß es die besondere Bewegung dieses Daumens war, mit dem er tagsüber den Bleistift hielt, die das bewirkte; daß sein Daumenballen sie nur zu berühren brauchte und schon ihre Nippel hart wurden. Und so ging sein dünner, aber langer fischköpfiger Penis in sie hinein. Und sie entschwand ganz woanders hin, weit weg aus diesem Zimmer.

(Sie war auf einem Bett mit Nestor und ließ es sich von hinten besorgen, reckte die Hinterbacken so hoch, weil er, wenn er auftauchte, nie genug Zeit zu haben schien, da er immer seinen weißen Seidenanzug anhatte, wie der, den er in der Nacht, als er starb, getragen hatte und auch als er in dieser Fernsehshow aufgetreten war – er hatte kaum genug Zeit, seine Hosen herunterzulassen, aber sie lag die ganze Zeit im Bett und wartete auf ihn. Und weil er es gern von hinten tat – er sagte oft, daß er dabei das Gefühl hatte, am allertiefsten reinzukommen – ließ sie ihn immer. Manchmal wurde sie sahnig feucht, wo sie auch gerade saß, und mußte sich zusammenreißen. Sie war es leid, nachts zu weinen, sich in Büchern zu verlieren und mit dem Kleinkram der Haushaltsführung abzugeben. Damals hatte sie schon länger das Gefühl, in lauter Scherben zu zerplatzen.)

Und ihre Gefühle traten zutage, denn später, nachdem Cesar Lydia nach Hause gebracht hatte, machte Delores sich genüßlich über ihn lustig: »Sie ist sehr nett, Cesar. Aber glaubst du nicht, daß sie ein bißchen jung für dich ist?« (Stichelte gegen ihn, wie sie es vor fast dreißig Jahren immer gemacht hatte.)

»Aber warum machst du dich mit ihr zum Narren? Was hast du ihr schon zu geben, außer etwas Geld?«

»Frag dich doch selbst, was kann sie von einem alten Mann wie dir schon wollen?«

(Und er mußte seine Zunge hüten, weil jeder wußte, was mit Delores passiert war, als sie irgendwelche Abendkurse im City College besuchte. Sie hatte sich in einen feinsinnigen Literaturstudenten verliebt, einen Mann, der jünger war als sie, und war mit ihm einige Monate lang ins Bett gegangen. Und weil der Mann sie verlassen hatte, gab sie weniger auf sich acht und ging auf dem Heimweg vom College zu Fuß durch eine üble Straße, und zwei Schwarze zerrten sie in eine Seitengasse und rissen ihr ein hübsches Halsband herunter, das Nestor ihr geschenkt hatte, und sie nahmen ihr die Uhr weg und ein Armband, ein Weihnachtsgeschenk. Dann zog einer von den Männern die Hosen herunter, und der andere drohte ihr, sie umzubringen, wenn sie einen Laut von sich gab, sie aber ließ eine Art Heulen los, daß noch Blocks weiter überall in den Fenstern das Licht anging, und die Männer ließen sie da liegen, mit zerrissenen Kleidern, auf dem Boden, ihre Bücher um sie herum verstreut.)

»Hör mal zu, Delorita. Sag zu mir, was du willst, aber sei nett zu ihr, häh? Sie ist die letzte Chance, die ich habe.«

So kehrte Glück ins Leben des Mambo King zurück. Wie der Held einer fröhlichen Habanera hörte er alle Tage Geigen klingen und bewegte sich durch Räume voller Blumenduft, als wär's aus einem *canción* von Agustín Lara.

(Jetzt erinnert er sich daran, wie er auf einem geliehenen Maultier über die Lehmstraßen aus Las Piñas hinaus ritt, einen Strohhut tief in die Stirn gezogen und eine Gitarre an einem Riemen über der Schulter, und wie er, als er zu einer Wiese voll wilder Blumen kam, von seinem Maultier stieg und hinausging, wo die Blumen am dichtesten standen. Sich niederkauern und zwischen Stengeln und Blüten hindurchsehen, die Sonne stand heiß am Himmel und durch die Bäume lief ein Rascheln: jetzt pflückte er Hibiskus und Veilchen und Chrysanthemen, Iris und Hyazinthen, friedlich zwischen den Bienen und wühlenden Käfern und Ameisen, die um die Sohle seines weichen Lederschuhs wimmelten. Tief die duftende Luft einatmen, und die Welt nahm nie und nie ein Ende. Dann saß er wieder auf seinem Maultier und ritt auf den Hof zu. Auf der Veranda ihres Hauses seine Mutter und Genebria, stets so glücklich, ihn zu sehen. Und Cesar sehr männlich, schritt auf das Haus zu, küßte seine Mutter und schenkte ihr die Wildblumen, sie roch glücklich daran und sagte: »*Ay, niño!*«)

Und er schien glücklich. Pfiff vor sich hin und rasierte sich jeden Tag und trug ein süßliches Eau de Cologne, eine Krawatte und ein Hemd, wann immer er mit ihr ausging. Glücklichsein, das war das einzige, wovon er redete, wenn er mit seinen Freunden an der Straßenecke oder vor der Veranda stand. Sie machte aus ihm, brüstete er sich, einen jungen Mann. Ich werde wieder jung, dachte er, und vergesse meine Sorgen.

Er hätte sich nur gewünscht, seine Schmerzen würden vergehen und er könnte tun, was er wollte, ohne Beschwerden zu haben.

Und Lydia? Sie vermutete, daß sie dabei war, sich in ihn zu verlieben, aber sie hatte ihre Zweifel. Hatte einfach nur den verzweifelten Wunsch, nichts wie wegzukommen aus dieser Fabrik. Wollte egal was, wenn es nur besser war, als was sie hatte. Sie wünschte bei Gott, sie hätte die High School fertiggemacht, wünschte bei Gott, sie hätte einen besseren Job. Wünschte bei Gott, sie hätte nicht mit dem Vorarbeiter geschlafen, weil es alle in der Fabrik gemerkt hatten, und am Ende doch nichts dabei herausgekommen war. Sie hatte es getan, weil er ihr, wie alle Männer, etwas

Besseres versprochen hatte. Aber als sie einmal so weit ging, sich auf seinem Schreibtisch auf den Rücken zu legen und ihren Rock zu heben, war er ganz beleidigt, daß sie nicht auch ein Übriges tun wollte: sich hinknien und es ihm so besorgen. »Was ich dir gesagt hab, ist passé!«, schrie er, nachdem sie ihn das fünfte oder sechste Mal besucht hatte. »Vergiß die ganze Sache« – und er schickte sie weg, als wäre sie ein Kind.

Sie wünschte, sie wäre so klug wie Delores (obwohl, so unglücklich sein wollte sie nicht) oder hätte einen Job wie Ana Maria im Schönheitssalon (sie schien glücklich zu sein).

Wünschte, der Mambo King wäre dreißig Jahre jünger.

Trotzdem sah sie das Gute in ihm: Ihr gefiel der Respekt, den ihm die Leute entgegenbrachten und die Tatsache, daß er so hart zu arbeiten schien. (Manchmal, wenn sie zusammen ausgingen oder sie ihn auf der Bühne sah, konnte sie sich kaum vorstellen, daß der alte Mann tagsüber stundenlang auf dem Rücken lag und mit einem Schraubenschlüssel versuchte, einen verstopften Siphon zu reparieren oder daß er auf Leitern kletterte und Wände vergipste, daß ihm die Muskeln im Rücken wehtaten.

Er war gut zu ihr und das wirkte auf Lydia wie Musik, verwandelte ihre Knochen in summende Röhren und ließ Honig aus ihren Öffnungen träufeln. Er war so glücklich mit ihr, daß er keine Engagements mehr annehmen wollte, weil ihm dann weniger Zeit für sie blieb. Nach einem Auftritt und süchtig danach, sie zu sehen, tauchte er morgens um halb vier in ihrem Apartment auf, in der Hand einen welkenden Blumenstrauß und eine Tüte mit Überbleibseln von der Party. Mit den Schlüsseln zu ihrem Apartment öffnete er leise die Wohnungstür und machte sich auf in ihr rosa Schlafzimmer. Manchmal war sie noch wach und wartete auf ihn, manchmal schlief sie fest, und der Mambo King, all seine Sorgen vergessend, zog sich bis auf seine Shorts und ein ärmelloses Unterhemd aus und kroch neben sie ins Bett, seine weißbehaarten Arme beim Einschlafen um sie gelegt.

Wenn sie miteinander ins Bett gingen, fühlte sie sich ihrer Zuneigung zu ihm bestätigt. Sie mochte ein heftiges Liebesspiel, mochte es, wenn ein Mann »gut gebaut« war. Sie freute sich auf die Entladung in ihrem Körper, diese Orgasmen, die sie zum Schreien brachten. Sie mochte es, wenn er sie überall abküßte. Die Trägheit in seinen Knochen und die schiere Masse an Erfahrung hatten ihn bei der Liebe geduldiger gemacht. Mit Ausdauer die Knospe ihrer Weiblichkeit erforschend, entdeckte er einen Leberfleck innen an ihren Schamlippen, und er küßte diesen Fleck, bis er schmeckte, wie ihm eine gemüsige Süße durch die Zähne sickerte. Als sie kam und sich ihm ins Gesicht rieb, fühlte auch er sich, als würde er verschlungen.

Später knabberte er an jedem einzelnen Höcker ihres Rückgrats, und als er an ihren *nalgitas* anlangte, spreizte sie den Hintern weit für ihn, und er leckte ihren hochgereckten Steiß mit dem blumigen Arschloch und bestieg sie. Eine Art Sich-treiben-Lassen auf heftig wogender See, sie klatschte ihm an Beine und Hoden: Er trieb auf ihr dahin, wie auf einem Floß, schloß die Augen und sah vor sich die See, wie er sie am schönsten fand, ein Streifen von blaudüsteren Wassern, wie er sie aus der Handelsmarine vor der Küste Sardiniens in Erinnerung hatte und auf der Goldhelme und silber-und-rote Punkte aufstrahlten, als plötzlich die Sonne herauskam. Diese frohen Augenblicke ließen ihn immer an Heirat denken, aber er hielt sich zurück, weil er wußte, daß sein Begehren vorübergehen würde und daß er zu alt war.

Sie waren fast ein Jahr zusammen, als er sie einlud, mit ihren Kindern bei ihm einzuziehen, da die Fahrten in die Bronx und wieder zurück langsam ein bißchen mühsam wurden. An diesem Tag führte er sie in einen Abstellraum im Keller und zeigte ihr zwei kleine Betten, einen Frisiertisch, einen kleinen Schwarzweißfernseher und eine Lampe, die er für sie gekauft hatte. Doch sie mußte ehrlich sein: »Ich kann nicht, *hombre*. Die Kinder haben dort ihre Schule und ihre Freunde, und es wäre nicht richtig.« Dann: »Aber ich kann sie ja an den Wochenenden herbringen.«

Sie wunderte sich immer selber über diese Entscheidung. Sie hätte ihren Job aufgeben können, eine Zeitlang bei ihm bleiben und sich inzwischen nach einem anderen umsehen. Aber da war etwas an ihm, das sie schreckte, ein Blick, den er manchmal in den Augen hatte, ein wenig zu verträumt für ihren Geschmack. Sie dachte, es könnte ein erstes Zeichen von Senilität sein, und würde sie dann bleiben? Sie würde sich dann um ihn kümmern müssen wie ein Kindermädchen. Und es wäre reiner Selbstbetrug gewesen zu sagen, daß sie nicht manchmal auf jüngere, schlankere Männer sah, deren Gesichter glatt und unbekümmert waren, oder zu leugnen, daß es ihr manchmal peinlich war, wenn er sie zum Tanzen ausführte und diesen Samthut mit der Feder und ein orangefarbenes Hemd und einen weißen Leinenanzug trug, eine Goldkette um den Hals wie ein *chulo*. Ihr war es lieber, wenn er versuchte, elegant zu sein, und das sagte sie ihm auch, aber er sagte immer: »Nein, ich möchte auch jugendlich wirken. «

Trotzdem, die Kinder über das Wochenende zu ihm mitzubringen war ein gutes Geschäft für sie: Es lenkte seine Großzügigkeit gebündelt auf ihre Familie. Cesar sorgte für alles, was die Kinder brauchten, Kleider, Bücher, Schuhe, Spielsachen, Medikamente, Taschengeld. (Und sie liebten ihn dafür und bedeckten sein Gesicht mit Küssen – wenn er sie im Arm hielt, mußte er an Eugenio und Leticia denken, als sie noch klein waren.) Er ging mit ihnen auf den Straßenmärkten spazieren, kaufte ihr Sachen zum Anziehen, die es dort gab, und führte sie manchmal *downtown* in die großen Kaufhäuser, wo er mitunter sechzig, siebzig Dollar für ein einziges Kleid ausgab. Er machte Platz für sie in seinem Schrank, und sie begann, Sachen bei ihm zu lassen: Eine Lade voll mit ihren spitzenbesetzten Höschen und BHs, eine Stange vollgehängt mit ihren Kleidern im Schrank. Wenn sie nicht gerade Zweifel an der Situation hatte, war sie glücklich mit ihm, ihr gefiel die Geräumigkeit seiner Wohnung, und sie fand die Gegend todschick, verglichen mit dem, wo sie wohnte, zwischen der 166sten Straße und dem Grand Concourse, in der südlichen Bronx.

Und an den Sonntagvormittagen bekam sie von Ana Maria im Schönheitssalon einmal gratis Haarwaschen und Frisieren.

»Es ist so nett, daß Sie mit Cesar zusammen sind. Er wirkt so zufrieden«, sagte die gutmütige Ana Maria immer.

»Finden Sie nicht, daß er zu alt für mich ist?«

»Nein! Sehen Sie doch mal Cary Grant mit seinem jungen Küken an, oder Xavier Cugat mit diesem Püppchen, Charo. Und sehen Sie sich Pablo Picasso an, seine letzte Frau hätte seine Enkelin sein können. Nein, da ist nichts falsch dran, wenn ein Junggeselle wie er endlich die Frau seiner Träume findet, sogar in seinem Alter. «

»Wie alt ist er denn?«

»Fast zweiundsechzig, glaub ich. «

Langsam und sorgfältig arbeitend, verpaßte Ana Maria Lydia immer das Aussehen eines hinreißenden Hollywood-Starlets aus den vierziger Jahren. Tatsächlich hatte sie mit ihrem dunklen, spanischen, ovalen Gesicht, den Mandelaugen und vollen Schmollippen ja auch einige Ähnlichkeit mit der italienischen Schauspielerin Sophia Loren. Von Ana Maria zurechtgemacht und in einem von diesen neuen Kleidern und Stöckelschuhen, machte sie sich auf den Weg zurück in die La Salle-Street, ihr Gang war sehr bewußt, eine Fußspitze immer genau vor die andere gesetzt, als würde sie über ein Hochseil gehen, so daß ihre Hüften wirklich ausschwenkten, und die Männer auf der Straße Bemerkungen machten, wenn sie vorbeiging. Sie genoß das. Was hätte wohl ihr Ehemann dazu gesagt? Sobald sich auf ihren Brüsten Schwangerschaftsstreifen gezeigt hatten und sie nach den Kindern ein wenig schlaff geworden war, hatte er angefangen, sie »alt« zu nennen. Und dabei war sie erst achtundzwanzig gewesen! Schließlich verließ er sie, weil er zum Kriegsdienst eingezogen werden sollte. Er flüchtete zurück nach Puerto Rico und später in die Dominikanische Republik. Daher schmeichelten die Bemerkungen der fremden Männer ihrer Eitelkeit. Und dann gab es da diesen Jungen, Pacito, der in einem Blumenladen arbeitete und ihr immer eine einzelne Rose überreichte, wenn sie vorbeikam, sie bat, sich mit ihm zu verabreden oder wenigstens ein wenig dazubleiben und sich mit ihm zu unterhalten, aber sie blieb Cesar immer treu.

Es machte die Sache nicht besser, als Delores sie beiseite nahm und sagte: »Cesar ist ein sehr guter Mann, aber Sie müssen vorsichtig sein mit ihm. Das ist alles, was ich zu sagen habe, seien Sie einfach vorsichtig.«

Oder daß Mrs. Shannon sie von ihrem Fenster aus immer verachtungsvoll ansah, wo sie mit ihrer wilden Mähne silbergrauen Haars saß, die fleischigen Arme auf das Fensterbrett gestützt.

Aber sie fühlte wirklich mit ihm. Mit seinem Leiden. In vielen dieser Nächte hatte der Mambo King, der manchmal schlief wie ein Lämmchen, böse Träume.

Mitten in der Nacht spürte er, wie sein Vater ihn mit einem Rohrstock schlug. Er krümmte sich wie ein Hund auf der Farm, wie ein Hund, der sich in einen Winkel verkroch. Er hörte, wie seine Mutter ihn von weit weg rief, wie von hinter dem entferntesten Stern am schwarzen Himmel, »Cesar! Cesar!«. Er wand sich im Bett, denn wenn er die Augen aufschlug, war sie nicht da.

Dann war da noch ein Traum, der ihn in jenen Tagen mit Lydia heimzusuchen begonnen hatte, beinahe ein schöner Traum, erinnerte er sich jetzt.

Es ging darin um einen Fluß wie den, der neben der Straße zu ihrer Farm Richtung Las Piñas floß, die Ufer dichtbewachsen mit Bäumen und bevölkert von Vögeln. In diesem Traum ritt er immer ein weißes Pferd. Er stieg ab und bahnte sich durch dichtes Gehölz einen Weg ans Wasser, wirbelig und kühl; mit lebhaften Luftblasen und dünnbeinigen Insekten mit Chinesenaugen und durchsichtigen Flügeln, die an der Oberfläche trieben. Knieend schöpfte er Wasser, benetzte sich das Gesicht und nahm dann einen Schluck. Wie köstlich das Wasser schmeckte. Dann zog er sich aus und sprang hinein, trieb auf dem Wasser und sah zu, wie die Sonne durch die sternförmigen Blätter und zungenartigen Farne brach und träumte von etwas, das er als Schuljunge einmal gehört hatte (seine Schule? Ein einziger großer Raum, in der Nähe der Baracken einer nahen Zuckerfabrik): Daß es in den Tagen von Columbus eine Indianerrasse gegeben hatte, die in den Baumkronen lebte, und manchmal stellte er sich vor, wie sie so auf ihren Ästen lebten, von einer Akazie auf einen Mahagonibaum springend und weiter auf einen Brotfruchtbaum. Aber der Himmel wurde immer dunkel, und er roch Blut im Wasser, wie das Blut, das manchmal in seinem Urin war. Und dann blickte er den Fluß hinunter und sah, daß dort hunderte nackter Frauen waren, prall von Jugend und Weiblichkeit, ihre Körper in der Sonne feucht und schön: Und einige streckten ihm flehentlich die Arme entgegen, einige legten sich mit weit gespreizten Beinen auf dem Boden zurück, und er wollte sie so sehr und träumte davon, hundert Frauen auf einmal zu lieben, als würde ihn das unsterblich machen. Aber dann hörte er ein Klippklapp, klippklapp, klippklapp in den Bäumen, und als er hochblickte, sah er an den Ästen überall Skelette hängen wie Windharfen, sie hingen an jedem Ast jedes Baumes, und die Geräusche, die sie von sich gaben, machten ihm Angst.

Sie wachte oft mitten in der Nacht auf, weil sie aufs Klo mußte, und fand ihn aufrecht sitzend, kurzatmig und keuchend, oder schmerzgepeinigt im Schlaf murmelnd oder im Bett herumrudernd, als wäre er am Ertrinken. Sie sah zu, wie er zitterte, und konnte sich nicht vorstellen, was er geträumt hatte, wußte nie, was sie tun sollte, wenn er aufstand und in seine Küche ging, wo er sich an den Tisch setzte, Whisky oder Rum trank und in irgendeinem Buch las.

Sie waren lange Zeit glücklich miteinander, trotz ihres Unbehagens über sein Alter und die Schmerzen, die manchmal seinen

Körper marterten. Aber dann, ganz plötzlich, begann alles in die Brüche zu gehen. Eines Nachts, nachdem er Lydia und die Kinder zum Essen ausgeführt hatte, lag er mit schrecklichen Magenschmerzen zusammengekrümmt im Bett, da er einen großen Topf mit dominikanischem Hühnchen und Reis und scharf gewürzten Wurststückchen vertilgt hatte. Mit einer herkulischen Anstrengung schaffte er es, aus dem Bett zu kommen, (so ziemlich alles an ihm wabbelig, weil er soviel zugenommen hatte) und kämpfte sich ins Bad, wo er versuchte, die brennenden Insektenlarven aus seinem Magen zu treiben, herauszuwürgen, mitsamt dem Bier und den Bananen und dem Rest, kaulquappenförmige Blutklumpen, die Schwänze geädert und im Spülwasser zuckend. Dann schaffte er es gerade noch ins Bett zurück, wo er zusammenbrach, zitternd vor Fettleibigkeit und Angst. Das war die Nacht dieses seltsamen Traumes, als er sieben Gespenster sah, von denen er fünf sofort erkannte: Tomasa, Pereza, Nicolena, Nisa und Genebria, Frauen, die er von Kuba her kannte. Dann waren da noch zwei Männer ohne Schuhe, in Lumpen und Strohhüten, deren Gesichter mit weißer Schminke bedeckt waren wie Gevatter Tod im Karneval. Sie tanzten um den Mambo King herum und sangen dabei:

»Cesar Castillo, wir wissen, du bist müde sehr, lang ist's zum Sterben nimmermehr.«

Wieder und wieder und wieder.

»Cesar Castillo, wir wissen, du bist müde sehr, lang ist's zum Sterben nimmermehr« – wie ein Kinderreim.

Sie ließen ihm eine Stunde lang keine Ruhe und verschwanden dann in die Nacht (drei Monate später sollten sie in der Dunkelheit seines Spitalzimmers wiederkommen), und der Mambo King, ein naßgeschwitzter Haufen Elend mit flatternder Brust und aufgeblähtem Bauch, sank ins Bett zurück und spürte, wie ihm die Glieder anschwollen: Als er am Morgen erwachte, war seine Haut mit Blasen und Schrunden bedeckt, die Art, wie sie seinen Vater auf Kuba geplagt hatten, wenn es sehr schlimm geworden war. Und er schämte sich, vor Lydia seine Kleider auszuziehen und behielt, wenn er sie liebte, das Hemd an und wandte den Kopf ab, wenn sie ihm ins Gesicht sah.

Als die Schmerzen noch schlimmer wurden, ging er bei einem alten Freund vorbei, der in einer Apotheke arbeitete und ihm manchmal Schmerztabletten gegen Zahnweh gab. Obwohl sein

Freund ihm empfahl, zum Arzt zu gehen, gab er ihm für jeden Fall eine kleine Schachtel Schmerztabletten mit. Anstatt zum Arzt zu gehen, nahm Cesar die Pillen und trank dazu etwas Whisky; davon fühlte er sich soviel besser, daß er sich die Treppe hinunterschleppte und draußen vor die Haustür stellte, um das vorfrühlingshafte Wetter zu genießen. Die Sonne war angenehm auf seinem Gesicht, und ein Gefühl von großer Zuversicht kam über ihn. Und alles war jetzt sehr interessant. Als er an diesem Tag über die Straße sah, sah er sich und Nestor den Block heraufkommen. Dann stand ein großes kariertes Taxi im Leerlauf vor dem Haus, und heraus stieg Desi Arnaz und zog seinen Hut – hinter ihm Miguel Montoya und Lucille Ball.

Und drüben sah er Leute wartend vor dem Club Havana Schlange stehen. Er zwinkerte, und die Schlange war verschwunden.

Dann sah er eine unerträglich schöne Frau vor der *bodega* stehen, starrte sie an und erkannte, daß die Frau die Schöne Maria war, die seinem Bruder die Seele geraubt hatte. Irgendwer sollte ihr mal ein, zwei Dinge beibringen. Und so ging er rüber zu ihr, packte sie grob an den Handgelenken und zerrte sie hinauf in sein Apartment. Bis sie in seinem Schlafzimmer waren, hatte er alle seine Kleider ausgezogen. »Jetzt werd ich dir mal was zeigen, Weib.«

Und er rammelte sie mit seinem riesigen Ding, aber nicht auf die sanfte Tour, wo die Frau innen ganz weich wird; nicht auf die Tour, wo er an ihr herumfingerte, damit es ihr auch kam. Er machte es mit Gewalt, und brachte Maria ein, zwei Dinge bei. Nur, daß es nicht Maria war, sondern Lydia.

»*Hombre*, warum versuchst du, mir so wehzutun?«

»Oh nein, *niña*. Ich will dir nicht wehtun. Ich liebe dich.«

Aber er nahm weiter diese Tabletten. Und die brachten ihn in eine üble Laune.

»Weißt du, es gibt etwas, das ich dir nie erzählt hab«, sagte er eines Tages, als er zu Besuch bei ihr in der Bronx war. »Und das ist meine Meinung über die Puertorikaner. Jeder weiß, daß ihr Puertorikaner neidisch auf uns Kubaner seid; es gab mal eine Zeit, da war es eine brenzlige Sache für einen Kubaner, in eine puertorikanische Bar zu kommen. Aber das ist nicht deine Schuld, überhaupt nicht. Die Puertorikaner hassen uns Kubaner, weil sogar der allerletzte Kubaner, der mit nichts hierherkam, jetzt etwas hat.«

»Kinder«, sagte Lydia. »Warum geht ihr nicht ins Wohnzimmer

und seht mal, was es im Fernsehen gibt.« Dann: »Warum sagst du mir das, wenn du doch meine Lage kennst?«

Er zuckte die Schultern.

»Weiß du was? Du spinnst. Was hab ich dir getan?«

Er hob wieder die Schultern. »Ich sag, was ich denke.«

»Wenn du glaubst, daß ich Dinge von dir annehme, weil ich kein Geld hab, dann liegst du falsch.«

»Ich hab nur von einigen Puertorikanern geredet, nicht von allen.«

»Ich glaub, du suchst nur Streit. Jetzt, bitte, *hombre*, warum beruhigst du dich nicht einfach und setzt dich her, ich koche dir was Gutes – ich hab ein paar *chorizos* und Kartoffeln, die kann ich dir mit Eiern braten.«

»Ja, das wär gut.«

Er saß lange Zeit da und sah ihr beim Kochen zu. Er rauchte eine Zigarette und stand auf und legte die Arme um sie. Sie hatte einen hübschen, weichen, rosa Unterrock von Woolworth an, ohne was darunter, und als er ihr die Hand auf den Hintern legte, machte die Zarthäutigkeit der Jugend ihn traurig.

»Ich bin nur ein alter Mann, und wahrscheinlich wird es noch schlimmer mit mir, willst du mich denn noch?«

»Ja, ja, *hombre*. Sei nicht so ein Narr, setz dich hin und iß dein Frühstück, und später machen wir dann einen Spaziergang zum Kino auf der Fordham Road.«

Wenn er bei sich zu Hause durch die Flure tigerte, wurde er mehr und mehr wie jener Schäferhund mit dem verfilzten Fell und den milchig verklebten Augen, der den Kellereingang eines Hauses weiter unten in der Straße bewachte. Er wartete und wartete, daß Lydia zurückkam, stellte sich an die Tür, wartete am Fenster. Und wenn sie endlich mit der Rose vom Blumenhändler heimkam, fingen sie immer an zu streiten.

»Und wo warst du?«

»Im Blumenladen.«

»Na schön, ich will, daß du dort nicht mehr hingehst.«

Sie gab sich Mühe, ihn zu verstehen, und sagte: »Cesar, ich glaube, du bist ein bißchen unvernünftig. Sorg dich nicht um mich, *querido*. Ich gehöre dir. Sorg dich lieber um dich selber, *hombre*. Du bist zu alt, um nicht zum Arzt zu gehen, wenn du dich nicht wohlfühlst.«

Aber er tat so, als hörte er sie nicht.

»Also, ich will trotzdem nicht, daß du mit irgendwelchen Männern redest.«

Die Launen kamen in Schüben. An einem Freitagabend, während er sich gerade nach einem Bad abrubbelte, träumte er von Lydia. Sie sollte um acht dasein, und sie wollten in ein Kino am Broadway gehen, nett zu Abend essen und dann miteinander ins Bett. Er stellte sich ihren harten Nippel in seinem Mund vor, ihre bebenden Schenkel, wenn er sie abküßte. Wenn es ihr kam, erschauerte ihr ganzer Körper in Wellen, als würde das Haus wackeln. Sich daran zu erinnern, war nett, und erst recht nett, sich darauf zu freuen. Darauf und auf den *flan*, den Delores zu machen versprochen hatte. Cesar mochte *flan* wirklich, und so beschloß er, erst einen Drink zu nehmen und dann nach oben zu gehen, um die Witwe seines Bruders zu besuchen.

Er hatte einen harten Arbeitstag hinter sich, der ganze Körper tat ihm weh. Selbst die Tabletten schienen nicht mehr richtig zu wirken. Dazu hatte er unangenehme *mareos*, Schwindelanfälle, gehabt. In seinen vernünftigen Momenten sah er ein, daß er ein wenig unfair zu Lydia gewesen war, und er wollte alles wieder gutmachen. Sie würde ihre Kinder mitbringen und bis Sonntag bei ihm bleiben, am Samstagabend hatte er ein Engagement, eine Party in der Christi-Himmelfahrt-Schule.

Er hatte Ruhe nötig, aber es war schon nach sieben, und so machte er sich noch einen Drink. Besser trinken als diese Pillen schlucken. Er saß da und dachte über Lydia nach. Nahm sich vor, sich zu bessern. Ja, es waren diese Pillen, die ihn dazu brachten, so grausam zu ihr zu sein. Also ging er ganz gelassen ins Bad, nahm die Pillen und spülte sie im Klo runter. Besser nur trinken, sagte er sich. Er fühlte sich verkrampft, als er nach oben ging, um sein Stück *flan* zu bekommen. Nach so vielen Jahren fühlte er sich immer noch zu Delores hingezogen und konnte einfach nicht anders, als sie mit einem schnellen kleinen Klaps auf den Hintern zu begrüßen. Aber die Zeiten änderten sich. Als er das spaßeshalber bei Leticia gemacht hatte, hatte sie tadelnd zu ihm gesagt: »Ein höflicher Mann tut so was nicht, schon gar nicht ein Onkel.«

Und jetzt sagte Delores: »Cesar, willst du betrunken sein, wenn deine Frau kommt?«

War das ihre Reaktion auf einen freundschaftlichen Klaps auf den Po?

»*Oyeme*, Cesar, ich sag dir das nur, weil mir an dir liegt.«

»Ich bin wegen *flan* hier, nicht, um mir Belehrungen anzuhören.«

Sie stellte einen kleinen Teller *flan* vor ihn hin, und er aß gierig. Danach ging er ins Wohnzimmer, wo er und Nestor all die Lieder geschrieben hatten, sagte Pedro guten Tag und schlug die Zeit mit Kaffeetrinken und Fernsehen tot. Dann und wann, wenn er die Bahn in die Station einfahren hörte, stand er auf, um aus dem Fenster zu sehen und nachzuschauen, ob Lydia unter den Leuten war, die herauskamen. Gegen halb neun begann er, sich Sorgen zu machen, und ging wieder nach unten, um zu warten. Um neun trank er noch ein Glas Whisky und wartete dann bis zehn auf den Treppen vor der Haustür auf sie.

Dann begann er, zwischen dem U-Bahn-Aufgang und seinem Haus hin und herzugehen. Es war ihm nach Knurren zumute, und wenn irgendwer ihn falsch ansah, wurde sein Gesicht rot und seine Ohren heiß. Als er an seinen Freunden vor der *bodega* vorbeikam, tippte er sich an den Hut, sprach aber nicht mit ihnen. Er pfiff eine Melodie. Seine Freunde hatten einen Milchkasten und einen Fernseher rausgestellt. Sie saßen da, in einen Boxkampf vertieft.

»Komm schon, Cesar, was hast du denn?« riefen sie, aber er ging einfach weiter.

Um elf entschied er, daß ihr etwas Schlimmes zugestoßen war: daß sie in der U-Bahn überfallen worden war oder etwas noch Schlimmeres. An der Ecke stehend, eine Zigarette nach der anderen rauchend, stellte er sich Lydia nackt in einem Schlafzimmer vor, wie sie in ein Bett mit kühlen blauen Laken stieg, neben ihr ein jüngerer Mann, Küsse auf seine Brust drückte und ihn dann in den Mund nahm. Der Blumenhändler? Oder einer von diesen Männern, die an den Ecken standen, sie mit Blicken verschlangen und sich fragten, was sie mit dem alten Mann wollte. Wenn er in die Bronx hätte hinauflaufen können wie ein junger Hund, er hätte es getan. Er versuchte, sie anzurufen: Niemand zu Hause. Dann wieder bereute er seine Verdächtigungen, betete zu Gott (wenn es einen Gott gab), daß ihr nichts zugestoßen war. Gegen Mitternacht saß er betrunken in seinem Wohnzimmer, hörte Mambo und sah fern. Bis dahin hatte er ein Dutzend Mal versucht, sie anzurufen, ohne daß jemand rangegangen war, und er malte sich aus, daß sie ihn betrog. Er sagte sich, er könne keine Frau mehr gebrauchen.

Um ein Uhr herum rief Lydia ihn an. »Es tut mir leid, aber Rico bekam plötzlich ein schlimmes Fieber. Ich mußte den ganzen Abend in der Notambulanz warten.«

»Warum hast du nicht angerufen?«

»Es gab nur ein Telephon, und ich bin dauernd mit dem Kind rein und raus. Es warteten immer Leute.« Dann: »Warum hast du so gar kein Verständnis für mich?« Und sie begann zu weinen. »Du hast kein Verständnis.«

»Wie geht's dem Jungen?«, fragte er ruhiger.

»Es war eine Lebensmittelvergiftung.«

»Na schön, kommst du jetzt her?«

»*Hijo*, ich würde gern, aber es ist zu spät. Ich bleibe bei den Kindern.«

»Dann sag ich dir gute Nacht.«

»Wie meinst du das?«

»Ich meine, daß ich mir diesen Schwachsinn von niemandem bieten lasse. *Que te lleve el demonio*!«

Im Hotel Splendour verzog der Mambo King schmerzlich das Gesicht, als er noch einen Schluck Whisky nahm. Obwohl es ihm allmählich schwerfiel, auf die Uhr zu sehen, und er sich fühlte, als würde ein mächtiger Wind ihn durch einen dichten Wald treiben, und ein und dieselbe Mamboplatte, »The Mambo Kings Play Songs of Love«, wieder und wieder gelaufen war, lechzte er nach einem weiteren Drink, genauso wie er in jener Nacht danach gelechzt hatte, wieder mit Lydia zusammenzusein.

Er knallte den Hörer auf und wartete, daß Lydia ihn schluchzend zurückrief, wie die Weiber es immer machten, wenn er es ihnen gezeigt hatte. Er saß neben dem Telephon, und als es nicht läutete, sagte er sich, zum Teufel mit ihr. Ein paar Stunden später aber hatte er das Gefühl, daß er dumm und grausam gewesen war und daß er zerplatzen müsse, wenn er nicht etwas unternahm, um das schlechte Gefühl in sich loszuwerden. Langsam begann er zu verstehen, was seinen jüngeren Bruder vor all den Jahren geplagt hatte, diese drückende Schwermut. Er schlief ein, ohne mehr als einen Bissen *flan* gekostet zu haben; er fühlte sich, als würde etwas wie ein blutiger Fetzen durch seinen Körper gezogen. Es war schon eine komische Sache, der Schmerz. Der Schmerz war so scharf, daß er sich irgendwie schlanker und gar nicht mehr so schwer fühlte. Die Schmerzen vervielfachten sich und waren so schlimm, daß er von seinem Bett aufstehen wollte, sich aber nicht rühren konnte. Gegen sechs Uhr morgens fing die Sonne an, durch die Fenster zu scheinen, und das Licht gab ihm Kraft, und er schaffte es mit einem gewaltigen Ruck, aus dem Bett aufzustehen. Dann, mit einer heroischen Willensanstrengung, dicht an der Wand entlang, kam er bis ins Bad.

Es wurde nicht wieder besser. Er nahm den Zug in die Bronx und tauchte unangemeldet vor ihrer Tür auf, betrunken und überzeugt, daß sie einen Mann da drin versteckt hatte. Er ging hinunter an die Ecke und sah den alten Hund am Fuße der Kellertreppe sitzen. An dem Tag, als er zusah, wie sich der alte Hund einen jüngeren Köter in einem Straßenkampf vornahm, nach den Beinen des jüngeren Hundes schnappte und ihn verjagte, so daß er winselnd die Straße hinunterlief, war er hochzufrieden. Genauso würde er es machen, sagte er sich, mit all ihren jüngeren Männern – die, die er jeden Abend mit ihr ins Bett gehen sah, denn jetzt, in den Kleidern, die er ihr geschenkt hatte, und süß nach seinen Parfüms duftend, war sie die begehrenswerteste Frau auf der Welt.

Wenn er über jene Tage nachdachte, wurde er unsicher. Da war doch noch etwas passiert, oder? Sein Zustand verschlechterte sich mit jedem Tag. Rosa Urin, geschwollene Finger und kleine Anfälle demütigender Inkontinenz, er spürte, wie sein eigener Urin ihm das Hosenbein hinuntersickerte, und er dachte: Aufhören!, aber es hörte nicht auf. Diese Demütigung brachte ihn zum Heulen, denn obwohl er ein alter Mann war, gefiel er sich in dem Gedanken, sauber zu sein, aber diese Tage, fürchtete er, waren für immer vorbei.

Und Lydia? Sie dachte daran, wie sie mit ihren Kindern um ein Haar aus der Bronx zu ihm gezogen war und daß sie bereit gewesen war, für diesen Mann alles zu tun; ihm um der Liebe willen sogar sein Alter und seine üblen Launen vergab, und sie hatte das Gefühl, daß, egal was sie tat, er darauf aus war, alles kaputtzumachen. Zum ersten Mal begann sie an andere Männer zu denken. Dachte, daß, wenn ihr ein netter Mann begegnete, sie mit ihm gehen würde. Sie dachte, daß seine Weltmüdigkeit auf sie übergriff wie ein Gift und daß nicht einmal ihre Liebe etwas dagegen ausrichten konnte. Sie ertappte sich dabei, wie sie sich um drei Uhr nachts in den Schlaf weinte. Er kam heim, zog sich nackt aus und kroch neben sie ins

Bett; manchmal machte er sich über sie her, als sie noch nicht einmal die Augen geöffnet hatte.

Und dann wurde etwas unerträglich. Wann immer sie auch mit ihm reden wollte, er hörte ihre Stimme nicht. Er kaufte ihr Blumen, neue Kleider, Spielsachen für ihre Kinder. Er warf Kußhändchen in die Küche, aber er redete nicht mit ihr.

Eines Tages, als er sie bat, zu kommen und das Wochenende bei ihm zu verbringen, sagte sie ihm: »Cesar, ich fahre mit den Kindern zu meiner Schwester nach New Jersey.«

Und er nickte, legte den Hörer auf, und verkroch sich für die drei Tage, und seine Gesundheit verließ ihn für immer.

Und dann die Medikamente, die Schläuche, die blinkenden Maschinen, die hübschen Krankenschwestern und der Arzt:

»Sie haben alle Anzeichen eines Stoffwechselversagens. Ihre Nieren, ihre Leber tun's nicht mehr. Wenn Sie weiter trinken, enden Sie im Leichenschauhaus. Tut mir leid, daß ich so direkt sein muß, aber das ist die Wahrheit.«

»Ist es so schlimm?«

»Ja.«

»Danke, Doktor.«

*M*ehr als fünfzig Jahre war es her, sagte er sich, als er auf Kuba noch zur Schule ging, daß seine Lehrerin, Señora Ortiz, ihn seitenweise Zeitungsränder mit Plus- und Minusrechnungen vollschreiben ließ, weil er bei Zahlen eine seltsame, verquere Logik hatte – zum Beispiel schrieb er $3 + 3 = 8$, einfach weil die Ziffern rundrückig waren wie eine 8. Sie schickte ihn nach draußen, um Dinge ab- und dann alle zusammenzuzählen, und so fand er sich in der Stadt wieder und zählte die Häuser (einhundertachtundzwanzig) und die Anzahl der Pferde in einer bestimmten Straße (auf der Zayas sieben an Verandageländer gebunden), und einmal versuchte er sogar, die Hibiskusblüten auf einer Wiese zu zählen, kam durcheinander und schlief nach zweihundert oder so in dem weichen Gras ein – ein schöner Tag.

Und fast fünfzig Jahre war es her, seit er zum ersten Mal auf eine Bühne trat, um zu singen.

Und fast vierzig Jahre, seit er geheiratet hatte.

Dann einunddreißig Jahre seit seiner Abreise aus Havanna.

Wie viele tausend Zigaretten hatte er geraucht? Wie oft hatte er gepinkelt? Gerülpst? Gebumst? Wie viele Male hatte er mit einer Erektion seine Lenden an einem Bett gerieben, hatte gedacht, die Matratze sei eine Frau, und war mit feuchter Unterwäsche aufgewacht?

Er erinnerte sich, wie er eines Nachts versuchte, die Sterne zu zählen, als er sich als Kind vor seinem Vater versteckte und auf Kuba im Gras auf dem Rücken lag, und ein Gefühl hatte, als würde die Milchstraße ihn verschlingen. Er starrte so lang hinauf und verzählte sich so oft, daß ihm schwindlig wurde.

Auf seine Art hatte er etwas Bedeutendes sein wollen.

Wie viele Drinks hatte er heute Nacht schon gehabt?

Er schätzte ein Dutzend, volle, herzhafte Gläser, wie es in diesen Anzeigen manchmal hieß.

Er machte noch weitere Schätzungen. Flaschen Rum und Whisky, genug, um ein Lagerhaus zu füllen, alle in Pisse verwandelt. Er hatte genug Essen verzehrt und der Welt genug Scheiße hinterlassen, um Fort Knox damit zu füllen. (Dahinter die Erinnerung daran, wie ihn auf einer Straße außerhalb von Cleveland plötzlich Krämpfe packten, so heftig, daß sie mit dem Mambo King-Bus anhalten mußten, damit er sich ins Gras kauern und sich erleichtern konnte, neben den vorbeiflitzenden Lastern und Autos.)

Eine unendliche Zahl von Zigaretten.

Eine Million Lächeln, Kniffe in hübsche Frauenhintern, Tränen.

Frauen, die zu ihm sagten: »Ich liebe dich«, wie es Vanna Vane immer getan hatte, und er: »Ja, ich fühl es« oder »Und ich liebe dich, Baby.«

Und wofür?

Und wie viele Male hatte er als Kind betend in der Kirche gekniet? Oder hatte im Schlaf »Oh, Gott« oder »Jesus Christus« geflüstert? Oder hatte gesehen, wie sich das Gesicht einer Frau vor Wollust verzog, und hatte sie schreien gehört: »Jesus, Jesus, Jesus«?

Dreiundzwanzig Jahre, seit Nestor gegangen war. Er hatte immer noch die Todesanzeige, sie steckte zwischen den Briefen und anderen Sachen, die er in jener Nacht mitgebracht hatte.

*M*anchmal, wenn die Musik schneller wurde, fühlte er sich wie ein Kind, das die steilen, schönen Treppen von Santiago de Cuba rauf- und runterlief. Manchmal führte ihn ein Lied weit weg von der Bronx nach Nueva Gerona, nach El Valle de Yumurí und in die Berge von Escambray, zum Schlendern durch das Städtchen Matanzas, stürzte ihn in die Wasser der Hanabanilla-Fälle von Las Villas, setzte ihn auf einen Braunen, der ihn durch das friedliche Tal von Viñales in Pinar del Rio trug, ließ ihn auf dem Felsensims einer Berghöhle in Oriente thronen und über den sich windenden Rio Cauto spähen. Die Musik ließ ihn schläfrig im Schatten einer Flaschenpalme in Holguín lehnen. Spät nachts kehrte er in eine Straße in Santiago zurück, an die er jahrelang nicht gedacht hatte, mit ihren schmalen, zweistöckigen Häusern mit schrägen Blechdächern und Fenstern mit hohen Läden, Palmen und Büschen und Wildblumen, die sich über die Mauern ergossen. Er fand sich oben auf einer Treppe stehend und auf einen kleinen Park, drei Absätze tiefer, hinunterblickend, Blumen und Büsche um einen Springbrunnen herum und in der Mitte eine Heldenbüste. Auf einer Bank ein hübsches Mädchen in einem kurzärmeligen, gepunkteten Kleid, zeitunglesend. Der Mambo King, sechzehn Jahre alt, geht auf sie zu, der Mambo King nickt und lächelt, der Mambo King setzt sich neben sie.

»Schöner Tag heute, nicht wahr?«

»Ja.«

»Würdest du nachher gern tanzen gehen?«

»Ja.«

Und die Musik malte den Himmel wolkenlos blau und die Sonne rollte wie ein Ball durch sein Zimmer im Hotel Splendour, rote und purpurne Streifen, und er hörte die schweren Bronzeglocken der Kathedralen von Santiago und Havanna alle gleichzeitig läuten, er hörte das Tllingeling eines Fahrrads und zwinkerte und sah die Nacht über Havanna, zuckende Lichter am Himmel, in der Ferne tausend Trompeten und Trommeln, hupende Autos und das laute Murmeln, wie ein ferner Ozean, der Menge der Nachtschwärmer.

Jetzt lief er an der Casa Potin vorüber, an der Surtida Bodega und den guten Bäckereigerüchen auf der Gran Via!

Ein Umtrunk im Café von Pepe Antonio mit ein paar Musikerfreunden, etwa 1946; eine Nummer mit einer Frau, die er beim Flanieren kennengelernt hatte, ein Schaufensterbummel auf der Obispo, was das Dämchen für einen Arsch hatte, auweia, und wie sie nett nach Schweiß und Candado-Seife roch, und ihre Nippel waren hart, braun und glatt wie Glasperlen. Was für schöne Tage, im Club La Palma am Strand von Jibacoa Beny More zu hören, oder den Paseo del Prado mit seinem Bruder Nestor entlanggehen, Richtung La Punta vom Malecón, der Hafenchaussee, ab, um die Fähre rüber nach Güanabacoa zu erwischen, sie lehnten beide an der Reling und sahen sich die hübschen Mädchen an. In einer faltenlosen *guayabera* rückt er seine Sonnenbrille herunter, so daß diese eine Puppe, in einer Matrosenbluse und einem engen weißen Rock, bis hoch hinauf geschlitzt, einen tiefen Blick in seine mörderisch grünen Augen werfen kann. Die Meeresluft einatmen, die Sonne wärmt ihnen die Gesichter, Ausflugsboote im Hafen, bumpernde Bojen. Und dann steigen sie die Treppe hinauf zu einem netten kleinen Fischrestaurant, El Morito, mit seinen rosa Wänden, Blechdach und schattigem Balkon mit Blick auf die liebessteigernde See, und sie vertilgen einen Topf von gelbem Reis in Hühnerbrühe und Bier, dick von Shrimps, Kammuscheln, Austern, Miesmuscheln, Pfahlmuscheln, Oliven und roten Paprikaschoten. Der Tag ist so friedvoll, wo ist er nur hin, so friedvoll, daß sie sich faul fühlen wie Seemöwen.

Manchmal, wenn er die Augen schloß, sah er sich als kleiner Junge in der ersten Reihe des kleinen Kinos in ihrem Städtchen sitzen, er sah Eusebio Stevenson zu, der mit steinernem Gesicht die Musiker seines Kinoorchesters durch die Tangos, Rumbas und Foxtrotts führte, die sie als Begleitung zu den Stummfilmen mit Tom Mix, Rudolpho Valentino und Douglas Fairbanks Jr. und so vielen anderen spielten, die galoppierten, tanzten und überhaupt Teufelskerle waren. Der zukünftige Mambo King beugte sich vor, damit er genau sah, wie des schwarzen Mannes Hände mit den knotigen Knöcheln, grau im Licht von der Leinwand, sich über die Tasten streckten, spreizten. Später, erinnert er sich, folgte er dem Mann auf die Straße und in ein Café an der Ecke, wo er hinten an einem Tisch saß, still seine *chuletas* mit Reis und Bohnen aß, der Junge wartete und sah zu, wie Eusebio einen Brandy nach dem anderen kippte, bis sich eine gewisse Aufhellung auf seinem verhärtetem Gesicht breitmachte und er wieder hinaus auf die Straße ging. Dann zupfte Cesar ihn am Jackett und bettelte: »Können Sie mir zeigen, wie man diese Noten macht?« und hielt Schritt mit seinem schwankenden Gang (Und an wen erinnert dich das, *hombre*?) während er die Kopfsteinstraßen entlangtorkelte und brummelte: »Laß mich in Ruhe, Junge. Das ist kein Leben für dich«, und den künftigen Mambo King fortwinkte. Der aber sagte immer wieder: »Bitte, bitte, bitte«, das war eines von den wenigen Malen in seinem Leben – sogar als Kind –, daß der Mambo King zu weinen anfing.

»Bitte, bitte«, wiederholte er in einem fort, und das so hartnäckig, daß Eusebio ihn lange ansah, seinen schwarzbebänderten Hut nach hinten rückte und sagte: »Na gut, mal angenommen, ich geb dir Unterricht, was willst du mir bezahlen? Hast du Geld? Hat deine Familie Geld?«

Dann: »Laß mich in Ruh. Ich muß bezahlt werden.« Aber Cesar ließ nicht locker, und als Eusebio sich erschöpft auf die Kirchenstufen setzte, sagte er: »Ich bring Ihnen Essen.« Dann: »Und Rum kann ich Ihnen auch bringen.«

Rum? Na dann. Das ist ein Angebot.

So begann er, Musikstunden zu nehmen, brachte Eusebio einen Topf Schmorfleisch oder Reis und Bohnen, was immer seine Mutter an diesem Tag gerade gekocht hatte (sie gab ihm das Essen), und einen Krug Rum, den er aus einem Faß abzapfte, das sein Vater in der Steinhütte am Feldrand stehen hatte, wo er seine Schweine schlachtete, und alles ging gut, bis zu dem Tag, als sein Vater Cesar ertappte, wie er gerade den Krug füllte, und dem Jungen die Prügel seines Lebens verabreichte, ihn ohrfeigte und mit dem knotigen Ast, den er von einem Akazienbaum gebrochen hatte, auf seinen Rücken und seine Beine losging. Und jetzt fällt ihm ein, daß das der Anfang von all dem bösen Blut zwischen ihm und seinem Vater war, weil es jetzt aus seinem Sohn nicht nur den ungebrochenen Charakter, sondern auch den Dieb herauszuprügeln galt! Und er hörte nicht auf, sich den Rum zu holen, egal, wie gut ihn sein Vater versteckte, und immer wieder wurde er ertappt und bekam noch mehr Prügel, so daß er lernte, die Arme in einem Bogen über dem Kopf zu halten und seine Schläge hinzunehmen wie ein Mann, niemals weinend, frech und aufmüpfig und stark, weil er nach einer Weile den Gürtel, die Faust, den Stock kaum mehr spürte. Manchmal kam er mit blauen und grünen Flecken auf den Armen bei Eusebio an, Striemen, die Eusebio ans Herz rührten. (Warum holten diese Erinnerungen ihn immer wieder ein?)

Und Eusebio Stevenson auf der Veranda, wartend, und wenn er Cesar kommen sah, klatschte er in die Hände: »Komm rein!«

Auf dem Bretterboden seines Wohnzimmers waren eine Matratze, ein paar Stühle, eine Kaffeekanne, und an einer Hintertür, die auf ein dichtes Gebüsch hinausging, stand ein Nachttopf. Und dann, im mittleren Teil des Raumes, stand da an einer Wand ein Montez & Co.-Piano, die Frontseite des Klangkastens mit Perlmuttnachtigallen, Sternen und verschlungenen Halbmonden verziert.

»Hast du den Rum?«

Cesar hatte ihn zum Tragen in eines der Tücher seiner Mutter eingeschlagen. Er gab ihm den Krug, den Eusebio in eine Bierflasche umfüllte.

»Gut«, sagte er. »Jetzt setz dich her und wir fangen an.«

In den ersten Lektionen ging es um das Erlernen simpler Akkorde, darum, wie man den Baß mit der linken Hand spielte, die Melodie und Akkorde mit der rechten. Eusebio schien grausam, er kannte keine Gnade dabei, Cesars kleine Finger weit über die Tastatur zu spreizen und steif hinunterzudrücken. Er wies den Jungen an, sich die Tonleitern einzuprägen; darauf legte er großen Nachdruck, weil er Cesar nicht beibringen konnte, Noten zu lesen. Er beeindruckte den Jungen jedoch mit Ausführungen über Dur- und Mollakkorde, Akkorde von Freude und Heiterkeit und Akkorde von Traurigkeit und Selbstbesinnung. Dann führte er vor, was sich mit einem einzigen Akkord alles machen ließ und spielte alle Arten von Melodien darüber. Und jetzt hörte er Eusebio noch etwas sagen, woran er sich stets erinnern sollte.

»Wenn du Musik machst, mußt du daran denken, daß so ziemlich alles, was je komponiert wurde, mit Liebe und Werbung zu tun hat. Besonders wenn du lernst, ältere Musik zu spielen, wie die Habaneras, *zarzuelas* und unsere eigenen kubanischen *contradanzas*. Das hat alles mit Romantik zu tun, der Mann hält eine Frau um die Hüften, verneigt sich vor ihr, und dann kommt der Moment, in dem er ihr vielleicht etwas ins Ohr sagen kann, die Damen mögen das. Im Fall der *contradanzas* gibt es eine Minute Pause, daher der Name ›gegen den Tanz‹. Und in dieser Pause hatte der Mann dann Gelegenheit, der Frau etwas zu sagen.« Und dann begann er »*La Paloma*« zu spielen, und dann führte er alle verschiedenen Klavierstile vor, darunter Ragtime, das er gelernt hatte, als er einmal in New Orleans lebte.

»Und eines mußt du dir merken, Junge, was die Leute wollen ist, die Arme hochzustrecken und zu sagen ›*Qué bueno es!*‹ Wie wunderbar, wenn sie die Musik hören. Verstanden?«

Ja, die Liebe war so schön, sagte ihm die Musik, sie zog ihn nachts über die Felder, wenn die Eulen schrien und die Sternschnuppen oben am Himmel vorbeischossen, alle Planeten und Sterne schmelzend wie Wachs.

Endlos der Kummer, und überall in der Landschaft traurige Feuer, und die Stimme seines Vaters, sein Vater, der ihn schlug. Jene Nächte, als er nicht glauben konnte, was sein Vater da tat, als er nur ein kleiner Junge war, der die Tür zuhielt, gegen die sein Vater so heftig schlug, um reinzukommen und ihm wehzutun.

Y coño, er rief mich zu sich her und zog mich fest am Arm, er hielt meinen Arm am Ellbogen fest und drückte: Er hatte kräftige Hände von seinem Tagewerk, Hände voller Schnitte und Schwielen, und er sagte: »Junge, sieh mich an, wenn ich mit dir rede. Jetzt sag mir, *niño*, was genau ist es, das ich da in deinen Augen seh? Warum wendest du dich ab von mir, wenn ich in dieses Haus komm, was ist es, das du vor mir versteckst?« Und wenn ich ihm sagte, daß ich nichts vor ihm verbarg, wurde sein Griff noch fester und niemand konnte mich von ihm wegziehen, und er ließ auch nicht nach – ich weigerte mich zu weinen, der Mambo King hat nie wegen eines Mannes geweint – und er hielt mich, bis mein Arm ganz blau und grün wurde oder bis meine Mutter lang genug auf ihn eingeredet hatte, mir, *un niño*, doch nichts anzutun. »Wenn du jemandem was antun willst, warum gehst du nicht zurück in die Stadt und tust es den Männern an, die dich beleidigt haben?« Und dann fing er an, es an ihr auszulassen. Und darum trat ich vor, wenn er in so übler Stimmung nach Hause kam und mich oder einen meiner Brüder fragte, warum in unseren Augen lauter Unfug oder Frechheit war, ich gab die frechen Antworten. Wenn er mich fragte: »Warum siehst du mich so an, Junge«, hielt ich nicht mehr wie zuvor den Mund, ich antwortete: »Weil du betrunken bist, Papi«, und dann schlug er mich, aber es ging ganz schnell, und er schlug auf mich ein, bis seine Handflächen dunkelrot waren, und schlug auf mich ein, bis er sah, wie grausam er war, und dann rief er mich zu sich und bat mich um Verzeihung, weil er doch mein Vater war. Ich war glücklich, daß er mir wieder gut war, und deshalb hab ich das hingenommen, weil mein Vater nun mal mein Vater war.

Und er sah seine Mutter wieder, sah das liebende Gesicht seiner Mutter, in seiner Erinnerung untrennbar verbunden mit den Sternen, zu denen er nachts auf Kuba von der Veranda aus hinaufsah.

»*Te quiero, niño*«, das war es, was sie immer sagte.

Er war damals nur ein kleiner Junge. Er schlief ein, den Kopf an die Brüste seiner Mutter gedrückt, und hörte ihren Herzschlag und diese kleinen Seufzer. Das war damals, als der Mambo King noch eine süßere Vorstellung von den Frauen hatte, als seine Mutter das Morgenlicht war, das Licht, das durch die Baumwipfel brannte. Das war die Zeit, als er das Gefühl hatte, Teil ihres Atems zu sein, und sich wünschte, wünschte (und hier spürt der Mambo King, wie es ihn um die Augen spannte), er könnte etwas tun, um ihrer Traurigkeit ein Ende zu machen.

Er drückte seinen Kopf gegen ihren Bauch und fragte sich: »Was ist da drin?«

Jahre später, als Mann, wenn er Frauen das Geschlecht küßte, zitterte er bei der Erinnerung daran, wie er sich vorgestellt hatte, die ganze Welt sei im Leib seiner Mutter.

»Meine Mutter, die einzige Mutter, die ich je haben werde.«

Sie flickte sein Hemd und fädelte eine dicke Schnur durch die Sohlen von einem Paar zerrissener Schuhe, um sie zu reparieren. »Ah, hab ich gern getanzt, als ich ein junges Mädchen war.«

Sie hatte einen kostbaren Besitz, das einzige Stück im ganzen Haus, von dem er sich erinnern konnte, daß es einigen Wert hatte, eine Mahagoni-Spieldose aus Spanien, ein Familienerbstück. Sie hatte einen großen Bronzeschlüssel, dessen Ring die Form eines Schmetterlings hatte, und sie spielte eine fröhliche *zarzuela*. Sie drehte den Schlüssel und sagte: »Komm, Kind, tanz mit mir.«

Er war kaum groß genug, um ihr bis zur Hüfte zu reichen, aber sie nahm ihn an der Hand und führte ihn im Tanz durchs Zimmer.

»Und wenn dieser Teil des Tanzes vorbei war, verbeugte sich der Mann, und die Frau nahm den Saum ihres Kleides, etwa so, und lüpfte es ein wenig vom Boden weg – damals trugen die Frauen Kleider, die am Boden schleiften, mit langen Schleppen hintendran. Und vielen Schichten darunter.«

»Viele Schichten?«

»Ja, mein Sohn, manche Frauen trugen hundert Schichten unter ihren Röcken, *Vente*!«

»Hundert Schichten . . . « In seinen glücklichsten Träumen verführte er eine Frau in einem hundertschichtigen Kleid, aber weil es ein Traum war, stieß er unter jeder Schicht auf einen Schlüpfer, einen warmen Schenkel, ein seidiges Paar Unterhöschen, und darunter auf einen Leib, der sich ihm öffnete. »Hundert Schichten...« Jahre und Jahre hatte er daran nicht mehr gedacht. »Alles nur eine verblassende Erinnerung, weißt du.« Sie hob ihn vom Boden auf, und das Zimmer drehte sich um ihn. Dann sah er Genebria in der Küchentür. Sie klatschte in die Hände und begann einen gestelzten Walzer, als würde sie beim Karneval einen langsamen Tanz tanzen. Drei Schritte vorwärts, und sie schüttelte die Schultern, und ihr Kopf schüttelte mit, wie bei einem Pferd.

Ah, arme *Mamá*, tot war sie und rief ihm doch aus der fröhlichen Küche zu: »Wieviele *plátanos* willst du?« Und dort stand er nun, in ihrer Küche auf Kuba, und sah seiner Mutter zu, wie sie die dicke Schale von den Bananen zog, und durchs Fenster konnte er die Bananenbäume draußen sehen, und die Mangos, Papayas, *guanábacas, yucas* und Avocados, die da und dort wuchsen. Genebria schnitt Knoblauch, Zwiebeln und Tomaten klein, und in einem anderen Topf kochte *yuca*. Schön, das noch einmal zu sehen.

Und er erinnerte sich, wie er mit seinem jüngeren Bruder, *el pobre* Nestor, vor dem Laden des Arabers stand und zwischen dem Schmalz, Reis, Zucker, Kaffee, den endlosen Wurstkränzen, bei den Kleidern und Kommunionshemden und den Rollen von Seil, Draht, Spaten und Äxten, dem Regal mit den Puppen in Seidenröckchen, eine Gitarre sah. Und wer brachte ihm das bei? Ein schlaksiger Mulatte, dünn wie ein Insekt, namens Pucho, der in einem Urwald von Lattenkisten und Palmwedeln lebte. Er traf ihn in seinem Hof an, auf der Haube eines Autowracks sitzend und mit solchem Tremolo in der Stimme singend, daß die Hühner zu seinen Füßen im Kreis liefen. Er herrschte mit seiner Musik über sie und brachte sie zum Singen: »Gagaaagaaagaaak.« Er hatte sich aus Sperrholz, Draht und Nägeln seine eigene Gitarre gemacht, und sie sah aus wie eine dominikanische Harfe. Aber er konnte spielen, konnte zaubern, kannte die Gesänge an Changó.

Adiós, mein Freund ... *Adiós*.

Ja, die Liebe war so schön, sagte ihm die Musik, und brachte ihn zu seinen Freunden zurück. *Adiós*, Xavier, im dampfenden Dunst draußen vor seinem Kühlhaus sitzend, mit seinem Topf Reis und Bohnen und seinem Akkordeon.

Adiós!

Und er sah den Orchesterchef Julián García vor sich auf einer

Bühne, einen Taktstock schwenkend, und er stand nervös neben Julián und begann schmachtend zu singen, *adiós, adiós*, und er sah Ernesto Lecuona, »ein verdammt netter Kerl, würdevoll, ein bißchen hochnäsig, aber ein wahrer Gentleman, der mir beibrachte, was eine gute *habanera* ist.« Und er läuft auf die Plaza hinunter, wo im Karneval ein Orchester spielt, treibt sich nahe der Bühne herum und versucht, die Fingersätze auf den Instrumenten mitzukriegen, aber das ist schwer, weil alles nur von Laternen beleuchtet ist, und dann sieht er, wie eine Hand zu ihm herunterlangt und ihn hochhebt ins Ruhmeslicht der Bühne, um vor allen Leuten aufzutreten.

Und plötzlich erinnert er sich an all diese Gesichter, hübsche junge Frauengesichter, denen er mit unerschöpflicher Energie nachjagte, von denen er einige liebte, einige kaum kannte.

Und ich liebte dich, Ana, glaub nicht, daß ich je die Zeit vergessen habe, als wir durch die Zayas-Straße in Holguín gingen, auch wenn es vor langer, langer Zeit war. Wir entfernten uns so weit vom Haus deiner Eltern, daß du ganz sicher warst, dein Papi werde mit einem Gürtel hinter uns herkommen, wir gingen in den Park, und immer wenn wir durch die Schatten kamen, wo keiner uns sehen konnte, legte sich deine Hand fester um meine, und die Luft um uns herum schien aufgeladen, und dann küßten wir uns. Wir stahlen uns nur ein paar Küsse, ich hab dich nachher niemals wiedergesehen, aber glaube nie, daß mich die Erinnerung verlassen hat, die Erinnerung an Jugend und Liebreiz, wie oft hab ich mich gefragt, wie es wohl zwischen dir und mir gewesen wäre ... Und ich liebte dich, Miriam, was machte es schon, daß ich ein rotzfrecher Junge war, der dir die Zunge rausstreckte, weil du so ein hochnäsig dreinschauendes reiches Mädchen warst, die mit ihrer Mutter, die einen riesigen Hintern hatte und beim Ausgehen einen Sonnenschirm trug, aus diesem großen Haus kam. Ich wußte, du hattest Interesse an mir, durch die Art, wie du mich verstohlen von der Seite ansahst, ich merkte es sogar, wenn ich so tat, als wärst du nicht da. Erinnerst du dich, wie ich singend vor dem Kino stand? Und du kamst vorbei, hochnäsig wie eh und je, bis zu dem Tag, an dem du lächeltest und alles anders wurde. Du und ich, wir waren einen Monat zusammen, bevor sie etwas merkten, knutschend im Park und hinter Gebüschen, und dann fand dein Papi, ein Richter, hochgeachtet im Gallego-Club, es durch Tratsch heraus, und sie schickten dich weg, um bei deiner Tante zu leben. Woher hätte ich wissen sollen, daß ich

»unter dir« stand? Woher hätte ich wissen sollen, daß dein Vater wegen ein paar harmloser Küsse einen solchen Aufstand machen würde? ... Und ich liebte dich, Verónica – erinnerst du dich, wie wir einfach Händchen hielten und ich beinahe aus meiner Hose platzte, und daß du, so sehr du dich bemühtest, einfach nicht anders konntest, als hinzuschauen, und erinnerst du dich an das Mal, als du nicht widerstehen konntest und mich dort schnell mit der flachen Hand berührtest. Ein Zucken lief mir durch den Körper, während du rot wurdest und das Gesicht abwandtest; Milch sickerte aus mir heraus, und du standest mit gespreizten Fingern in der Ecke und wartetest, daß dir die Farbe wieder aus dem Gesicht wich, und ich ging mit diesem klebrigen Zeug in der Hose nach Hause, aber wir sollten nie ... und ich liebte dich, Vivian – als die Erwachsenen zu müde waren, um auf uns aufzupassen, gingen wir hinaus auf die Veranda, um die Streicherkapelle besser hören zu können, und dann saßen wir auf der Steinmauer und drückten unsere Stirnen aneinander, und manchmal durfte ich dich küssen, aber nicht nur ein gewöhnlicher Kuß, sondern mit meiner Zunge. Du machtest deine Zähne gerade weit genug auf, um die Spitze reinschlüpfen zu lassen, aber nicht alles von mir, ich roch zu sehr nach Tabak. »Immer versucht er, *un gran macho* zu sein«, sagtest du. Dann war da das eine Mal, als ich dich nach der Kirche zufällig traf, und wir gingen über den Camposanto, um das Grab deiner Tante zu suchen, fanden uns aber statt dessen küssend an einem Baum wieder, und keuchend sagtest du zu mir: »Ich hoffe, du bist der Mann, der mein Ehemann sein wird und an den ich meine Jungfräulichkeit verlieren werde«, aber ich war dumm und wurde wütend, dachte mir »Wozu warten?«, besonders wegen des Zustands, in dem ich war. Ich war unersättlich als junger Mann, Vivian, unersättlich, und deshalb krochen meine Finger durch deine Abwehr, bis dir keine andere Wahl mehr blieb, als rot im Gesicht zu werden und nach Hause zu laufen, aber ich liebte dich, verstehst du? ... Und ich liebte dich, Mimi, obwohl du dich nie auf die normale Art von mir bumsen ließest, du führtest mich hinaus hinter den Schuppen deines Vaters und hobst den Rock, und ich durfte dich in den Arsch bumsen, oder war es nur zwischen die Schenkel, ich erinnere mich nicht mehr, nur noch an den Saft und den Geruch deines Körpers und an die Art, wie sich dauernd dein Steiß hob, so als wolltest du mich wirklich in deiner Scheide, aber du hieltest die Hand über die Öffnung und stießest mich immer wieder weg, erinnerst du dich? Und wie wir am Schluß durch die Stadt gingen, ohne uns zu berühren oder an der Hand zu halten: Ich glaubte, du seist ein bißchen traurig, aber nachdem wir es getan hatten, schämte ich mich auch irgendwie, so als wüßte jeder davon. Auf diese Weise machten wir's monatelang jede Woche, und dann kamst du zum Haus meines Vaters, und ich wollte dich nicht reinlassen, und als du weintest, weinte ich auch, aber du hast mir nie geglaubt ... Und ich liebte dich, Rosario, wegen deiner Art, mich anzulächeln, wenn wir auf der Straße aneinander vorbeigingen, und ich liebte dich, Margarita, obwohl wir es in der Liebe nicht sehr weit brachten, uns immer nur Küßchen auf die Wange gaben, aber mit deinen Fingernägeln liebtest du die Fläche meiner rechten Hand, du grubst sie hinein und sahst dann zu mir herüber, wie um zu sagen: »Siehst du, *Macho*, was du von mir zu erwarten hättest?« Ich war fasziniert, bezaubert, Rosario, aber du wußtest, daß deine Brüder mich nicht in deiner Nähe wollten, eine Menge Leute wollten mich in niemandes Nähe. Jemand sollte ihm eine Lehre erteilen, das dachten die meisten Leute, und du weißt, wie viele, deine Brüder eingeschlossen, es versuchten. Ich war nie Tarzan oder Herkules, alles, was ich wollte, war ein wenig Trost, ein paar Küsse. Hab ich dir je erzählt, daß ich an diesem Abend des elften Juni 1935, als ich dich eigentlich zum Tanzen ausführen sollte, durch ein paar Seitengassen ging und eine Bande über mich herfiel, sechs, sieben Jungs, und was sie wollten, war, mich durch den Dreck und die Scheiße zu schleifen, sie schlugen mich nieder, weil ich mich nicht wehrte, nur die Hände hochhielt und sagte: »Kommt schon, Jungs, was soll das?« Sie schlugen mich nicht bloß nieder, sondern wälzten mich durch eine Grube voller Schlamm und Scheiße, und eine Stunde, nachdem der Tanz vorbei war, kam ich wieder zu mir, mit diesem starken Gestank in der Nase und dem Gefühl, daß du mich nie wieder ansehen würdest, daß jeder wußte, man hatte mich durch die Scheiße gezogen, und deshalb kam ich nie mehr zurück, um dich zu sehen – ich dachte, jeder wüßte es, verstehst du? ... Und ich liebte dich, Margarita, wie du auf der anderen Seite der Plaza standst, unter dem Licht eines Lampions, in einem weißen Kleid mit einer roten Schleife um die Taille, und mich von drüben schüchtern anlächeltest, schüchtern, weil du dachtest, ich sei zum Ansprechen zu gutaussehend, aber wenn du gewußt hättest, was ich tief drinnen fühlte, hätte alles anders ausgeschaut;

deshalb sah ich dich nie so an, wie ich es bei manchen von den anderen tat, deshalb drehte ich mich weg, als du dir endlich ein Herz nahmst, lächelnd auf mich zuzugehen – sieh mal, bei mir zu Hause hat man mich dazu gebracht, mich wie ein Stück Scheiße zu fühlen, egal, wie gut ich auch auszusehen schien, ich sah enttäuscht in den Spiegel. Nur aufgrund der Art, wie manche Frauen mich ansahen, wußte ich, ich war mehr wert, aber wenn es an mir gelegen hätte, ich hätte mich mein Leben lang versteckt wie ein Ungeheuer; ich liebte dich, weil du mich schließlich zu lieben schienst ...

Und jetzt fiel wunderschöner Schnee, Bing Crosby-Schnee, Du-drehst-dich-mit-offenem-Mund-im-Kreis-Schnee, der Schnee von Baltimore 1949, der vom Himmel fiel.

Dann schlenderte er mit Nestor dahin, sie gingen in all die verschiedenen Tanzlokale: das Palladium, das Park Palace, das Savoy, jemand sagte: »Benny, Myra, ich möchte euch zwei gute Freunde von mir vorstellen, *compañeros* aus Kuba, und wirklich tolle Musiker dazu. Die wissen genau, wie man einen *son* und eine *charanga* spielt, die wissen, was das ist. Benny, das ist Cesar Castillo, er ist Sänger und Instrumentalist, und das hier ist sein Bruder Nestor, einer der besten Trompetespieler, die du je zu hören kriegen wirst.«

»Cesar, Nestor, ich möchte euch einen netten Menschen und, aber das wißt ihr ja, prima Musiker vorstellen. Jungs, das ist Frank Grillo – Machito.«

»Sehr angenehm.«

»Cesar Castillo.«

»Xavier Cugat.«

»Cesar Castillo.«

»Pérez Prado, *hombre*!«

»Cesar Castillo.«

»Vanna Vane.«

... den Rock ihres Strandkleides hochschieben ... das Höschen ausziehen, und sein Geschlecht entflammt von Sonne und Blut. Lustvolles Stöhnen in der Waldeinsamkeit. Seine dicke Zunge tiefer zwischen ihre Beine hineinstoßen. Ein Schluck Wein, ein Kuß auf ihren Knöchel.

»Oh, Vanna, ist das nicht ein nettes Picknick heute?«

»Du sagst es.«

Wenn er die Musik hörte, erinnerte er sich an das Gefühl, wenn ihm beim Essen auf Kuba das Fett des Schweinefleisches übers Kinn und über die Finger rann, die er mit Genuß ableckte. Erinnerte sich, wie eine Nutte sich mit einem dicken Gummi an seinem Glied plagte, wie er versucht hatte, ihn selber drüberzuziehen, wie ihre Finger seine Finger nahmen, und wie sie dann beide Hände benutzte, um ihn ganz über sein Ding zu kriegen. Er erinnerte sich, wie er tausend Mal die Ventile der Trompete drückte, erinnerte sich an die Schönheit einer Rose, erinnerte sich, wie seine Finger unter einen drahtverstärkten BH Größe 80, Körbchengröße C, glitten, den von Vanna Vane, seine Finger versunken in warmer Haut. Er erinnerte sich, wie er nachts streunende Katzen gehört hatte, die Red Skelton-Radioshow auf der Straße. Aus dem sechsten Stock die Jack Benny-Show, und dann, Jahre später, im Hof *I Love Lucy*.

Rauchwolken aus dem Ofen, daß ihm die Augen wehtaten, Rauchwolken, die über dem Dach zerstoben.

Seine Mutter, die seine Hände hielt, seine Mutter, die ihre Hände um die seinen legte.

Der sanfte Herzschlag seiner Mutter . . .

Und er läuft wieder die Treppe hoch und findet Nestor, wie er wieder dieses Lied spielt – Oh, Bruder, wenn du wüßtest, wie ich in all den Jahren an dich gedacht habe – und er singt dieses neue Lied, dieses verfluchte Lied, an dem er lange, lange Zeit gearbeitet hatte, und als er fertig ist, sagt er: »Das ist es, was ich für Maria empfinde.« Und liebestrunken sah er aus dem Fenster, als würde es Blumen regnen und nicht schneien.

»Auch wenn ich's nur sehr ungern zugebe, Brüderchen, aber da hast du ein hübsches Lied geschrieben. Aber warum machen wir es beim Refrain nicht so . . . «

»Ja, das ist viel besser.«

Und mit einem verschmitzten Lächeln auf den Lippen nickte er dem *quinto*-Spieler zu, der beim Einstieg mit heftplasterverklebten Fingern hart auf die Trommeln schlug, bap, bap, bap, bap! Dann kam das Klavier mit einem Riff, dann der Baß, dann die Bläser und alle Trommeln. Dann noch ein Nicken von Cesar, und Nestor begann sein Trompetensolo zu spielen, die Töne flogen durch den Raum wie Feuervögel, so schmelzend und glücklich, daß alle Musiker sagten: »Yeah, das ist es. Er hat's.«

Cesar tanzend in seinen weißen goldbeschnallten Schuhen, ein- und auswärtszuckend wie aufgeregte Kompaßnadeln, und er ging zurück und lief wieder durch Las Piñas, als wäre er wieder ein Kind, Trompete blasend und auf Töpfe trommelnd und Lärm unter den Arkaden schlagend . . .

Auf einem Meer von zärtlichen Gefühlen treibend, unter einer strahlend sternenhellen Nacht, verliebte er sich wieder: in Ana und Miriam und Verónica und Vívian und Mimi und Beatriz und Rosario und Margarita und Adriana und Graciela und Josefinia und Virginia und Minerva und Marta und Alicia und Regina und Violeta und Pilar und Finas und Matilda und Jacinta und Irene und Jolanda und Carmencita und María de la Luz und Eulalia und Conchita und Esmeralda und Vívian und Adela und Irma und Amalia und Dora und Ramona und Vera und Gilda und Rita und Berta und Consuelo und Eloisa und Hilda und Juana und Perpetua und María Rosita und Delmira und Floriana und Inés und Digna und Angelica und Diana und Ascensión und Teresa und Aleida und Manuela und Celia und Emelina und Victoria und Mercedes und . . .

Und er liebte die Familie: Eugenio, Leticia, Delores, und seine Brüder, ob am Leben oder tot, er liebte sie sehr.

Jetzt, in seinem Zimmer im Hotel Splendour, sah der Mambo King zu, wie der Tonarm ans Ende von »The Mambo Kings Play Songs of Love« kam. Dann sah er zu, wie der Arm hochging und wieder in die Anfangsposition zurückklickte. Das Klicken des Mechanismus war schön, genauso wie der letzte Schluck Whisky.

Wenn man stirbt, dachte er, merkt man es einfach, weil man fühlt, wie ein schwerer schwarzer Lappen aus einem herausgezogen wird.

Und er wußte, daß es soweit war, denn er fühlte sein Herz vor Licht brennen. Und er war müde und sehnte sich nach Erleichterung.

Er begann, das Glas an die Lippen zu heben, konnte aber den Arm nicht mehr bewegen. Wenn ihn jemand dort gesehen hätte, hätte es ausgesehen, als säße er still. Was dachte er in diesen Momenten?

Er war glücklich. Zuerst wurde alles sehr dunkel, aber als er wieder sehen konnte, sah er Vanna Vane im Hotelzimmer, sie streifte ihre weißen Stöckelschuhe ab, schlug den Rock hoch und sagte: »Tust du mir einen Gefallen, Schätzchen? Machst du mir den Strumpfhalter auf?«

Und so kniete er glücklich vor ihr nieder, machte die Klips an ihren Strapsen auf und streifte dann ihre Strümpfe hinunter und drückte einen Kuß auf ihren Schenkel und noch einen auf ihre Pobacke, wo die zarteste Haut, rund und sahnigweich, aus ihrem Höschen lugte, und er zog es bis zu den Knien herunter und gab ihr, sein majestätisches, verwüstetes Antlitz zwischen ihren Beinen, einen tiefen Zungenkuß. Und im Nu waren sie auf dem Bett, tollten herum, wie sie es immer getan hatten, und er hatte eine große Erektion und keine Schmerzen in den Lenden, so groß, daß ihr hübscher Mund mit den gewichtigen Ausmaßen seines Geschlechts-teils zu kämpfen hatte. Sie waren lange ineinander verschlungen, und er liebte sie, bis sie auseinanderbrach, und dann kam eine gewisse Ruhe über ihn, und zum ersten Mal in dieser Nacht war ihm nach Schlafen.

Am nächsten Morgen, als sie ihn fanden, mit einem Drink in der Hand und einem friedlichen Lächeln auf dem Gesicht, lag dieser Zettel, nur ein Song, neben seinem Ellenbogen auf dem Tisch. Nur einer von den Songs, die er selber niederge-schrieben hatte:

Bellísima María de mi Alma

¿Oh, tristeza de amor,
porqué tuviste que venir a mi?
Yo estaba feliz antes que
entraras en mi corazón. (repetir)

¿Cómo puedo odiarte
si te amo como te amo?
No puedo explicar mi tormento
porque no sé como vivir sin tu amor.

Que dolor delicioso
el amor me ha traido
en la forma de una mujer.
Mi tormento y mi éxtasis.
Bella María de mi Alma,
María, mi Vida...

¿Por qué me maltratabas?
Dime por qué sucede de esta manera?
¿Por qué es siempre así?
María, mi Vida,
Bellísima María de mi alma.

Als ich die Nummer anrief, die in Desi Arnaz' Briefkopf angegeben war, erwartete ich, mit einer Sekretärin zu sprechen, aber es meldete sich Mr. Arnaz selbst.

»Mr. Arnaz?«

»Ja.«

»Hier spricht Eugenio Castillo.«

»Ah, Eugenio Castillo, Nestors Sohn?«

»Ja.«

»Schön, von Ihnen zu hören. Von wo rufen Sie an?«

»Aus Los Angeles.«

»Los Angeles? Was führt Sie hierher?«

»Einfach nur Urlaub.«

»Na dann, wenn Sie schon ganz in der Nähe sind, müssen Sie mich besuchen kommen.«

»Ja?«

»Natürlich, Können Sie morgen kommen?«

»Ja.«

»Dann kommen Sie. Am späten Nachmittag. Ich erwarte Sie.«

Es hatte lange gebraucht, bis ich mir endlich ein Herz faßte, Desi Arnaz anzurufen. Etwa ein Jahr zuvor, als ich ihm von meinem Onkel geschrieben hatte, war er so freundlich gewesen, ein Beileidsschreiben zu schicken und diesen Brief mit einer Einladung zu sich nach Hause abzuschließen. Als ich mich schließlich entschloß, ihn beim Wort zu nehmen, und nach Los Angeles flog, wo ich in einem Motel in der Nähe des Flughafens abstieg, nahm ich mir zwei Wochen lang jeden Tag vor, ihn anzurufen. Aber ich fürchtete, seine Freundlichkeit werde sich in Luft auflösen, wie so vieles andere im Leben, oder daß er anders war, als ich mir vorgestellt hatte. Oder daß er gleichgültig sein könnte oder desinteressiert, oder daß er einfach nicht wirklich etwas übrig hatte für Besucher wie mich. Stattdessen trank ich am Motel-Swimmingpool Bier und verbrachte meine Tage damit, mir die Düsenflugzeuge anzusehen, die über den Himmel zogen. Dann machte ich die Bekanntschaft einer der Blondinen am Pool, und sie schien auf Typen wie mich zu fliegen, und wir verliebten uns eine Woche lang verzweifelt ineinander. Dann nahm alles ein böses Ende. Aber eines Nachmittags, ein paar Tage später, als ich im Bett lag und das alte Buch meines Vaters, *Forward America!*, durchblätterte, brachte mich die bloße Berührung meines Daumens, der durch dieselben Seiten strich, die er – und mein Onkel – einst umgeblättert hatten (die Weißräume in all den Klein-buchstaben sahen mich an wie traurige Augen) dazu, zum Telephon zu greifen. Als ich den Besuch einmal arrangiert hatte, war mein nächstes Problem, nach Belmont hinauszukommen. Auf der Karte lag es dreißig Meilen nördlich von San Diego, an der Küste entlang, aber ich hatte kein Auto. Ich landete schließlich in einem Bus, der mich gegen drei Uhr nachmittags nach Belmont brachte. Dann nahm ich ein Taxi und fand mich kurz darauf vor dem Eingang zu Desi Arnaz' Anwesen wieder.

Eine mit Bougainvillea bewachsene Steinmauer, wie die blumen-bedeckten Mauern auf Kuba, und auch sonst überall Blumen. Hin-ter dem Tor ein Gehweg zu dem großen rosa Haus im Ranch-Stil, mit einem Blechdach, einem Garten, einer Terrasse und einem Swimmingpool. Torbögen und Fenster mit Läden davor. Im ersten Stock schmiedeeiserne Balkone. Und es gab einen Vorgarten, wo Hibiskus, Chrysanthemen und Rosen wuchsen. Irgendwie hatte ich erwartet, das *I Love Lucy*-Thema zu hören, aber abgesehen von Vogelstimmen, dem Rauschen der Bäume und des Wassers in einem Springbrunnen herrschte völlige Stille. Überall zwitscherten Vögel, und ein Gärtner in blauem Overall stand im Hauseingang und sah die Post durch. Er war ein weißhaariger, leicht gebückter Mann, dick um die Mitte, mit Hängebacken im Gesicht, in einer Hand einen Packen Briefe, in der anderen eine Zigarre.

Als ich auf ihn zuging und »Hallo?« sagte, drehte er sich um, streckte die Hand aus und sagte: »Desi Arnaz.«

Als ich ihm die Hand schüttelte, spürte ich die Schwielen auf seinen Handflächen. Seine Hände waren übersät mit Altersflecken, seine Finger nikotingelb, und das Gesicht, das Millionen bezaubert hatte, sah viel älter aus, aber als er lächelte, kam der Ausdruck des jungen Desi Arnaz zum Vorschein.

Sofort sagte er: »Ah, Sie müssen hungrig sein. Möchten Sie ein Sandwich? Oder ein Steak?« Dann: »Kommen Sie.«

Und ich folgte Desi Arnaz durch seinen Hausflur. An den Wän-den gerahmte Photos von ihm mit so ziemlich jedem bedeutenderen

Filmstar und Musiker, von John Wayne bis Xavier Cugat. Und dann war da ein hübsches handkoloriertes Photo von Lucille Ball als Glamourgirl aus den dreißiger Jahren, als sie noch Fotomodell war. Über einem mit alten Büchern gefüllten Schrank eine gerahmte Karte von Kuba, circa 1952, und noch mehr Photos. Darunter das Bild von Cesar, Desi und Nestor.

Und dann, in einem Rahmen, das: »Ich komme her, weil ich nicht weiß, wann der Herr wiederkehren wird. Ich bete, weil ich nicht weiß, wann dem Herrn mein Gebet gefallen wird. Ich schaue das Licht des Himmels, weil ich nicht weiß, wann der Herr das Licht nehmen wird.«

»Ich bin jetzt im Ruhestand«, sagte Mr. Arnaz, während er mich durchs Haus führte. »Manchmal mache ich eine kleine Fernseh-show, bei Merv Griffin zum Beispiel, aber hauptsächlich verbringe ich meine Zeit mit meinen Kindern oder in meinem Garten.«

Als wir durch einen anderen Torbogen aus dem Haus traten, gelangten wir auf eine Veranda mit Blick auf Arnaz' Bäume im Terrassengarten. Überall standen Birnen-, Marillen- und Orangen-bäume, auf einem Teich trieben Seerosen. Rosa und gelb und leuchtendrot wuchs es aus dem Boden und ballte sich zu Büschen. Und hinter alldem der pazifische Ozean.

»... Aber ich kann nicht klagen. Ich liebe meine Blumen und meine kleinen Pflanzen.«

Er läutete eine Glocke, und eine Mexikanerin kam aus dem Haus.

»Machen Sie ein paar Sandwichs und bringen Sie uns Bier. *Dos Equis*, häh?«

Mit einer Verbeugung verschwand das Hausmädchen wieder durch einen Torbogen.

»Also, was kann ich für Sie tun, mein Junge? Was haben Sie denn da?«

»Ich habe Ihnen etwas mitgebracht.«

Es waren nur ein paar von den Platten meines Onkels und meines Vaters von früher, Aufnahmen der Mambo Kings. Es waren fünf, ein paar alte 78er und eine 33er, »The Mambo Kings Play Songs of Love«. Als er die erste der Platten ansah, sog er zwischen den Zähnen heftig Luft ein. Auf dem Cover der Platte posierten mein Vater und mein Onkel, trommelspielend und trompeteblasend für eine hübsche Frau in einem enganliegenden Kleid. Er legte es weg und nickte und sah dann auf die anderen.

»Ihr Vater und Onkel. Das waren gute Jungs.« Und: »Gute Songschreiber.«

Und er begann »Beautiful Maria of My Soul« zu singen, und da er sich nicht mehr an den ganzen Text erinnern konnte, füllte er die fehlenden Stellen mit Summen.

»Ein gutes Lied voll Emotion und Wärme.«

Dann sah er die anderen durch. »Verkaufen Sie die?«

»Nein, weil ich sie Ihnen schenken möchte.«

»Also, ich danke dir, mein Junge.«

Das Hausmädchen brachte unsere Sandwiches, hübsch dickes Roastbeef, Salat, Tomaten und Senf auf Roggenbrot und das Bier. Wir aßen still. Zwischendurch sah Arnaz immer wieder durch schwerlidrige Augen zu mir hoch und lächelte.

»Wissen Sie, *hombre*«, sagte Arnaz kauend. »Ich wünschte, es gäbe etwas, das ich für Sie tun kann.« Dann: »Das Traurigste im Leben ist, wenn jemand stirbt, finden Sie nicht, *chico*?«

»Was haben Sie gesagt?«

»Ich sagte, gefällt es Ihnen in Kalifornien?«

»Ja.«

»Es ist wunderschön. Ich hab mir das Klima hier ausgesucht, weil es mich an Kuba erinnert. Hier wachsen viele von den gleichen Pflanzen und Blumen. Sie wissen, ich und Ihr Vater und Onkel stammen aus derselben Provinz, Oriente. Ich bin seit mehr als zwanzig Jahren nicht mehr dagewesen. Können Sie sich vorstellen, was Fidel daraus gemacht hätte, wenn Desi Arnaz nach Kuba zurückkehrt? Waren Sie je dort?«

»Nein.«

»Nun, das ist schade. Es ist ein wenig wie hier.« Er streckte sich und gähnte.

»Ich sag Ihnen, was wir machen werden, Junge. Wir bringen Sie im Gästezimmer unter, und dann führ ich Sie herum. Reiten Sie?«

»Nein.«

»Schade.« Er zuckte und streckte den Rücken durch. »Tun Sie mir einen Gefallen, Junge, und helfen Sie mir auf.«

Arnaz streckte die Hand aus, und ich zog ihn auf die Beine.

»Kommen Sie, ich zeig Ihnen meine verschiedenen Gärten.«

Hinter der Terrasse, ein paar Stufen hinunter, war noch eine Treppe, und die führte auf eine zweite, von einer Mauer umgebene Terrasse. In der Luft schwerer Blumenduft.

»Dieser Garten ist einer meiner liebsten kleinen Plazas in Santiago nachgebildet. Man kam auf dem Weg zum Hafen daran vorbei. Ich führte dort immer meine Mädchen hin.« Und er zwinkerte. »Die Zeiten sind lange vorbei.«

»Und von dieser *placita* aus konnte man die ganze Bucht von Santiago überblicken. Bei Sonnenuntergang brannte der Himmel rot, und das war der Moment, um sich, wenn man Glück hatte, einen Kuß zu stehlen. Oder um auf Cuban Pete zu machen. Das ist eines von den Liedern, die mich berühmt gemacht haben.« Nostalgisch sang Arnaz: »Ich heiße Cuban Pete und bin der König des Rumba-Beat.«

Dann standen wir beide einen Moment lang still und sahen auf den Pazifik, wie er ewig und ewig weiterzugehen schien.

»Eines Tages wird das alles entweder verschwunden sein, oder es wird ewig weiterbestehen. Wie denken Sie drüber?«

»Worüber?«

»Das Leben nach dem Tod. Ich glaube daran. Und Sie?«

Ich zuckte die Achseln.

»Vielleicht ist da auch gar nichts. Aber ich kann mich daran erinnern, als das Leben sich anfühlte, als würde es ewig weitergehen. Sie sind ein junger Mann, Sie verstehen das nicht. Wissen Sie, was schön war, Junge? Als ich klein war, und meine Mutter mich in den Armen hielt.«

Ich wollte auf die Knie fallen und ihn anflehen, mich zu retten. Ich wollte ihn an mich drücken und ihn sagen hören: »Ich liebe dich«, nur um Arnaz zu zeigen, daß ich Liebe wirklich zu schätzen wußte und sie den Leuten nicht wieder ins Gesicht zurückwarf. Statt dessen folgte ich ihm ins Haus zurück.

»Ich muß jetzt gehen und ein paar Anrufe machen. Fühlen Sie sich aber ganz wie zu Hause. Die Bar ist da drüben.«

Arnaz verschwand, und ich ging rüber zur Bar und machte mir einen Drink. Durchs Fenster der strahlend blaue kalifornische Himmel und der Ozean.

In Desi Arnaz' Wohnzimmer sitzend, erinnerte ich mich an die Folge der *I Love Lucy*-Show, in der mein Vater und mein Onkel einst aufgetreten waren, nur daß sie sich jetzt direkt vor meinen Augen abspielte. Ich blinzelte mit den Augen, und auf der Couch mir gegenüber saßen mein Vater und mein Onkel. Dann hörte ich das Klappern der Kaffeetassen und Besteck, und Lucille Ball kam ins Wohnzimmer. Sie servierte den Brüdern ihren Kaffee.

Als ich »Papi« dachte, sah mein Vater hoch und mich an und lächelte traurig.

»Ich bin froh, dich wiederzusehen.«

»Und ich bin froh, mein Sohn, dich zu sehen.«

Auch mein Onkel lächelte.

Dann kam Arnaz herein, aber es war nicht der weißhaarige Herr mit dem hängebackigen Gesicht und den freundlichen, müden Augen, der mich über das Grundstück geführt hatte. Es war der flotte, gutaussehende Arnaz seiner Jugend.

»Mann, Jungs«, sagte er. »Nett, euch wiederzusehen. Wie steht's unten auf Kuba?«

Und ich konnte nicht anders. Ich ging rüber und setzte mich auf die Couch und legte die Arme um meinen Vater. Rechnete damit, in die Luft zu greifen, aber ich traf auf festes Fleisch. Und sein Hals war warm. Sein Gesichtsausdruck gequält und furchtsam, wie ein Bauer frisch vom Auswandererschiff. Aber er lebte!

»Papi, bin ich aber froh, dich zu sehen.«

»Für mich ist es genauso, mein Sohn. Es wird immer genauso sein.«

Als ich ihn umarmte war es, als fiele ich durch unendlichen Raum, meines Vaters Herz. Aber nicht das Herz aus Fleisch und Blut, das zu schlagen aufgehört hatte, sondern das andere Herz voll Licht und Musik, und ich fühlte, wie ich wieder hineingezogen wurde in eine Welt reiner Liebe, vor aller Qual, vor allem Verlust, vor allem Bewußtsein.

Später zerfloß ein riesengroßes Satinherz und hinter einem Nebelschleier erschien das Innere des Nachtclubs Tropicana. Etwa zwanzig Tische, gedeckt mit weißen Tischtüchern und Kerzen, mit Blick auf die Tanzfläche und die Bühne, an denen ganz normale, aber elegant gekleidete Leute saßen – unser heutiges Nachtclubpublikum. Gefältelte Vorhänge hingen von der Decke, da und dort standen Topfpalmen. Ein Oberkellner im Smoking mit einer überdimensionalen Weinkarte in der Hand, ein langbeiniges Zigarettenmädchen, Kellner, die von Tisch zu Tisch gingen. Dann die eigentliche Tanzfläche, und schließlich die Bühne, deren Vorbau und Seitenkulissen so ähnlich wie afrikanische Trommeln bemalt waren, mit Vögeln und krakeligen Voodoo-Linien; diese Muster wiederholten sich auf den Congas und den Pulten, hinter denen die Mitglieder des

Ricky Ricardo-Orchesters saßen, etwa zwanzig Musiker in vier aufsteigenden Reihen hintereinandersitzend, jeder ausstaffiert mit einem Mambohemd mit Rüschenärmeln und einem mit paillettenbenähten Palmen verzierten Gilet (mit Ausnahme einer Harfinistin in einem bodenlangen Kleid und Kristallperlen). Die Musiker sahen sehr menschlich aus, sehr alltäglich, versonnen, gleichmütig oder glücklich, ausgeglichen und ihre Instrumente bereithaltend.

In der Bühnenmitte, ein großes Kugelmikrophon, ein Scheinwerfer. Dann ein Trommelwirbel und Ricky Ricardo.

»Schön, Leute, jetzt habe ich etwas ganz Besonderes für Sie. Meine Damen und Herren, ich freue mich, Ihnen präsentieren zu dürfen: Direkt aus Havanna, Kuba – Manny und Alfonso Reyes! Sie singen einen selbstkomponierten Bolero, ›Beautiful Maria of My Soul‹.«

Die Brüder gingen hinaus, in weißen Seidenanzügen und mit einer Gitarre und einer Trompete, verbeugten sich vor dem Publikum und nickten, als Ricky sich dem Orchester zuwandte und, den dünnen Taktstock in der Hand, bereit anzufangen, fragte: »Fertig?«

Der ältere Bruder schlug einen a-Moll-Akkord an, die Tonart des Liedes; eine Harfe rauschte wie aus himmlischen Höhen; der Bassist begann, eine Habanera zu spielen, und dann setzten das Klavier und die Bläser mit einem Riff aus vier Akkorden ein. Nebeneinander vor dem großen Kugelmikrophon stehend, die Stirn gerunzelt vor Konzentration, mit ernsten Gesichtern, begannen die Brüder ihren romantischen Bolero zu singen, »Beautiful Maria of My Soul«. Ein Lied über eine Liebe, so weit entfernt, daß es schmerzte; ein Lied über verlorene Freuden, ein Lied über die Jugend, ein Lied über eine Liebe, so ungewiß, daß ein Mann niemals weiß, woran er ist; ein Lied über das Sichsehnen nach einer Frau, so sehr, daß auch der Tod ihn nicht schreckt, ein Lied über die Sehnsucht nach dieser Frau, auch wenn sie einen verlassen hat.

Als Cesar sang, mit bebenden Stimmbändern, schien er etwas unendlich Schönes und Schmerzliches zu sehen, das weit weg geschah, mit leidenschaftlichen Augen, flehentlich, sein ernstes Gesicht fragend: »Siehst du, wer ich bin?« Die Augen des jüngeren Bruders aber waren geschlossen, sein Kopf in den Nacken gelegt. Er sah aus wie ein Mann, der dicht davor ist, in einen bodenlosen Abgrund von Sehnsucht und Einsamkeit zu stürzen.

Bei den letzten Zeilen kam der Bandleader zu ihnen, er sang mit ihnen im Chor und war so glücklich über das Lied, daß er am Ende die rechte Hand hochriß und ihm eine dicke schwarze Haarlocke in die Stirn fiel. Dann rief er: »*Olé!*« Die Brüder lächelten jetzt beide und verbeugten sich, und Arnaz in der Rolle des Ricky Ricardo rief mehrmals: »Einen netten Applaus für die beiden, Leute!« Die Brüder verbeugten sich nochmals, schüttelten Arnaz die Hand und gingen, dem Publikum zuwinkend, von der Bühne.

> Oh, Traurigkeit der Liebe,
> Warum bist du zu mir gekommen?
> Glücklich war ich, ehe du
> ins Herz mir drangst.
>
> Wie kann ich dich hassen,
> wenn ich dich so liebe?
> Ich finde keine Worte für meine Qual,
> denn ich weiß nicht, wie soll ich leben
> ohne deine Liebe ...
>
> Welch süßen Schmerz
> hat mir durch diese Frau
> die Liebe doch gebracht.
> Meine Qual und mein Entzücken,
> Maria, mein Leben ...
> Schöne Maria meiner Seele
>
> Warum hat sie mir am Ende so sehr wehgetan?
> Sag mir, warum muß es so sein?
> Warum ist es immer so?
> Maria, mein Leben,
> Schöne Maria meiner Seele.

Und jetzt träume ich, das Herz meines Onkels schwillt an, bis es so groß ist, wie das Satinherz in der *I Love Lucy*-Show, und es schwebt aus der Brust meines Onkels über die Hausdächer der La Salle-Street, so riesengroß, daß man es noch viele Blocks weiter sehen kann. Kardinal Spellman ist in die Pfarre gekommen, um den Sechstkläßlern die Firmung zu erteilen, und meine Freunde und ich stehen auf der anderen Straßenseite herum und sehen uns den

Rummel an, der in allen Zeitungen angekündigt war: Limousinen, Reporter, Geistliche jedes Ranges, von Novizen bis zu Bischöfen, drängen sich vor der Kirche. Und während sie in die Kirche einziehen, bemerke ich das riesengroße Satinherz, und es macht mir Angst, darum gehe ich in die Kirche hinein, obwohl meine Freunde, rauhe Halbstarke in ärmellosen schwarzen T-Shirts, mich deswegen ein kleines Mädchen nennen, aber als ich drin bin, geht da keine Firmung vor sich, es ist ein Begräbnis. Ein schöner blumenbedeckter Sarg mit verschnörkelten Messinggriffen ist im Mittelschiff aufgestellt, und der Kardinal hat gerade die Messe zu Ende gelesen und erteilt den Segen. Dann beginnt der Organist zu spielen, nur daß das, was da erklingt, anstatt Orgelmusik, anstatt Bach, eine Mambo-Trompete ist, ein Klavierakkord, eine Conga, und plötzlich ist es, als wäre auf der Orgelempore eine ganze Mambo-Band, und als ich hinsehe, ist da ein vollbestücktes Mambo-Orchester, geradewegs aus dem Jahr 1952, und spielt einen schmachtenden Bolero, und doch kann ich ein ozeanisches Kratzen hören, wie auf alten Platten. Dann, während sie den Sarg hinaustragen, sind alle sehr traurig, aber sobald er draußen ist, entweicht noch ein Satinherz, dringt durch das Holz und steigt höher und höher, es dehnt sich, während es in den Himmel strebt, hinwegschwebt, dem anderen nach.

Amerikanische Erzähler

Joseph Heller
Catch 22
Roman. Band 1112

Mark Helprin
Eine Taube aus dem Osten
und andere Erzählungen
Band 9580

Richard Ford
Rock Springs
Erzählungen. Band 10701

Bobbie Ann Mason
Shiloh und andere Geschichten
Erzählungen. Band 5460

Jayne Anne Phillips
Maschinenträume
Roman. Band 9199

Robert M. Pirsig
Zen und die Kunst, ein Motorrad zu warten
Roman. Band 2020

Anne Tyler
Die Reisen des Mr. Leary
Roman. Band 8294

Fischer Taschenbuch Verlag

fi 541 / 6